호크마
HOKMAH
Saggezza
지혜
헤세드
HESED
Amore
사랑
네자흐
NETZAH
Eternità
영원

죽음의 법칙

줄리오 레오니 지음 | 이현경 옮김

옮긴이 · 이현경

한국외대 이탈리아어과와 동대학원을 졸업했으며,
비교문학과 박사 과정을 수료했다.
이탈리아 대사관에서 주관하는 제1회 '번역문학상' 수상,
2009년 이탈리아 정부가 주는 국가번역상을 받았다.
현재 한국외국어대학교, 가톨릭대학교에서 강의하고 있다.
번역서로『율리시스 무어』시리즈,『사랑의 학교』,『할아버지와 마티아』,
『단테의 모자이크 살인』,『삐노끼오의 모험』,『단테의 빛의 살인』,
『존재하지 않는 기사』,『나무 위의 남작』,『침묵의 음악』,『바우돌리노』,
『책의 자서전』,『작은 일기』,『권태』등 다수가 있다.

죽음의 법칙
줄리오 레오니 지음

•

초판 1쇄 발행일 2012년 7월 16일

•

옮긴이 · 이현경
펴낸이 · 김종해
펴낸곳 · 문학세계사
주소 · 서울시 마포구 신수로 59-1 (121-110)
대표전화 · 702-1800 ㅣ 팩시밀리 · 702-0084
mail@msp21.co.kr ㅣ www.msp21.co.kr
트위터 : @munse_books
페이스북 : facebook.com/munsebooks
출판등록 · 제21-108호(1979.5.16)
값 16,000원

ISBN 978-89-7075-533-5   03880
ⓒ 문학세계사, 2012

LA REGOLA DELLE OMBRE

GIULIO LEONI

La Regola delle Ombre
by
Giulio Leoni

"죽음은 영원하지 않을 것이다."
──피코 델라 미란돌라가 한 말로 추정되는 격언.

"죽음은 영원하지 않을 것이다."

La Regola delle Ombre

| 차 례 |

Giulio Leoni

| 옮긴이의 말 |

* 이 책에서 본문과 하단의 주(註)는 옮긴이와 편집인이 붙인 것입니다.

남자가 궤짝 위로 몸을 숙이고 칸이 나누어진 그 궤짝 안에서 작은 금속 물체 하나를 꺼냈다. 그리고 머리 위에 매달린 등에서 흘러나오는 불빛에 그것을 자세히 비춰보더니 나무틀 안에 정확히 끼워 넣었다. 남자는 자신의 작업 결과를 살펴본 뒤, 같은 동작을 되풀이했다.

남자는 조용히, 그만이 알고 있는 것 같은 규칙에 따라 몇 시간 전부터 그 의식을 계속하고 있었다. 그의 등 뒤에 있는 인쇄기의 바퀴들은 탁자 위에 소리 없이 누워 있는 이야기에 생명을 부여하고 그 이야기를 끝없는 메아리로 퍼뜨릴 때를 기다렸다.

그때 갑자기 남자가 무엇인가에 붙잡혔다. 허공에서 두 개의 팔이 나오더니 곧이어 다른 팔 두 개가 더 나타났다. 그는 아무런 저항도 하지 못한 채 자신이 끌려가고 있다는 것만을 느꼈다. 고개가 앞으로 숙여졌고 뺨이 팔 힘에 눌려 기계의 판에 닿았다. 갑자기 한기가 느껴졌다. 이마에서는 땀이 비 오듯 흘러내렸다. 위쪽에서 인쇄기가 삐걱거리며 돌아갔다.

"누, 누구냐…… 무엇……"

그가 더듬거렸다. 침입자들의 손가락이 그의 목을 꽉 쥐고 있었다. 그는 공포에 질린 채 압반(壓盤)이 한쪽 귀를 거세게 조여 오는 것을 느꼈다. 압반이 머리를 완전히 꼼짝할 수 없게 짓눌렀다. 침입자들이 목을 잡았던 손을 놓았다. 이제 말을 할 수 있었다. 하지만 공포로 머릿속이 뒤죽박죽되어 한마디 말도 할 수 없었다. 알아들을 수 없는 단음절로 몇 마디 겨우 해보았지만 웅얼거리는 소리로만 들렸다.

횃불 때문에 눈이 부셔 제대로 뜰 수가 없었다.

"이게 무, 무슨 짓……" 겨우 이렇게 더듬거리고 나자 목소리가 갈라져 신음으로 변했다.

"넌 너무 많은 걸 봤어."

그의 등 뒤에서 뜻밖에 아주 부드러운 목소리가 나지막하게 울렸다. 남자가 너무 겁에 질린 나머지 그 목소리에서 일말의 동정심이라도 찾아보려고 했기 때문에 그렇게 들린 것일 수도 있었다. 그는 필사적으로 그 목소리에 매달렸다. 그 사이 날카로운 바늘 수십 개가 압반의 쇠에 짓눌린 뺨에 꽂혔다.

머리 위의 기계가 다시 끼이익 소리를 냈다. 둔탁한 우두둑 소리와 함께 광대뼈가 으스러졌고, 뼈가 으스러지는 소리는 곧 그의 비명소리에 묻혀 버렸다. 그의 몸에는 경련이 일었고, 입에서 나온 피가 금속판 위로 튀었다. 그리고 명령하는 목소리가 다시 들렸다.

"불을 질러라!"

그러자 번개처럼 번득이는 불빛 속에 소음과 고통이 뒤범벅

되었다. 그의 존재는 완전히 그 불빛 속에 가라앉았다.

　침입자들 중 누군가 한 귀퉁이에 쌓인 종이더미 위로 횃불을 던졌다. 잠시 방안이 암흑 천지가 되었지만 곧 불길이 되살아나면서 점점 더 높이 타올랐다. 한 남자가 한 손에 책을 움켜쥐고 손가락으로 책의 페이지들을 어루만지며 망설이다가 불 속에 던져버렸다.

　"지옥으로 떨어져라. 이런 건 거기 있어야만 돼!" 그가 혼자 중얼거렸다.

　그러더니 손짓으로 다른 남자들의 주의를 집중시켰다. 남자들은 무거운 인쇄기를 들어 바닥에 내던지려고 하는 중이었다.

　"기계는 그냥 놔둬라. 곧 밖에서도 불길을 볼 거고 길 가던 참견쟁이들이 끼어들 거다!"

　그가 궤짝을 뒤엎자 내용물들이 바닥에 흩어졌다. 그는 자신의 장화에 밟혀 요란한 소리를 내는 조각들을 무시한 채 조금 떨어진 곳에 쌓여 있는 조판틀 쪽으로 걸어갔다. 망토 밑에서 단검을 꺼내 여러 번 재빨리 칼을 휘둘러 틀을 묶은 끈들을 끊어버렸다. 죽은 이가 질서정연하게 조판해 놓은 글자들이 순식간에 흩어져 이해할 수 없는 기호들 다발이 되어 비처럼 쏟아졌다. 그것들은 마치 분노한 신이 다시 인간의 언어를 뒤섞어버리기로 결정한 듯 가루가 되어 버렸다.

　이제 불길이 방안의 모든 것을 다 집어삼켜 버렸다. 화염에 휩싸인 창문 하나가 깨져 구멍이 뚫리면서 밖에서 북풍이 몰아쳤다. 바람에 불길이 더 거세게 살아나서 어지러운 그림자들이 사방에서 일제히 춤을 추었다. 조금 전까지 텅 비어 조용하던 방안에 종이조각들이 화재의 열기에 밀려 위로 올라가 정신없이 회오리치며 날아다녔다.

인쇄기에 끼여 두 손을 뒤틀며 고통스럽게 죽어가던 남자도 잠시 몸부림을 치는 것 같아 보였다. 자기 주위에 흩어진 글자들을 몇 개라도 집어보려는 것 같기도 했다. 그의 얼굴 옆에 무릎을 꿇고 앉은 비탄의 천사가 자신에게 들려주는 이해할 수 없는 말들에 의미를 부여해보려고 발버둥치는 것일 수도 있었다.

피렌체, 메디치 궁

1482년 2월

차디찬 돌풍이 먼지구름을 일으키며 마른 잎들과 덤불들을 쓸어가 버려 정원이 깨끗해졌다. 한 젊은이가 금방이라도 꺼질 것 같은 횃불의 불씨를 되살려내고 두어 걸음 물러서서 횃불의 상태를 좀더 자세히 살펴보았다.

바람에 밀려 조각상의 옷자락을 핥는 횃불의 불빛 때문에 젊은 여인의 조각상이 보름달보다 더 밝게 환히 빛났다. 널름거리는 그림자들로 인해 조각상의 옷이 진짜 사람의 옷처럼 보였다. 그래서 조각상은 금방이라도 그 자리를 떠날 듯했고 이미 첫 걸음을 떼어놓은 것 같기도 했다.

젊은이는 다시 꺼진 홰를 두 개 집어서 아직 타고 있는 횃불로 그것들에 불을 붙였다. 그리고 바닥에 꽂힌 다른 횃불들 옆에 꽂아 놓았다.

"지금 대체 뭐하는 건가, 조반니[1]? 못된 대장간 일꾼처럼 내 대리석을 석회로 만들려는 건가?"

등 뒤에서 걱정스러운 목소리로 이렇게 크게 외치는 소리가 들려 젊은이는 흠칫했다.

"저 베스타 여신[2]의 신녀는 내가 금화 30냥을 주고 샀네. 마지막 금화 한 냥까지 모두 털어서 살 만한 가치가 있지!"

"저건 베스타 여신의 여사제가 아니라 이시스 여신[3] 봉헌상입니다, 세르(남자 귀족에게 사용하는 존칭) 로렌초[4]. 저 석상 머리 뒤에 솟아 있는 또렷하지 않은 형상이 보이세요? 저건 머리의 나머지 부분이 아니라 여신을 에워싼 상징입니다. 태양과 달의

---

1) 조반니 피코 델라 미란돌라(1463~1494) : 르네상스 시대에 활동한 이탈리아의 철학자, 인문주의자. 미란돌라에서 영주의 아들로 태어났고 피렌체 근교에서 사망했다. 미란돌라의 백작. 볼로냐, 파도바, 파리에서 수학했다. 유대교, 고대 철학, 그리스도교 신학에 정통하고, 신플라톤주의의 사상가로서 큰 영향을 끼쳤다. 유럽 각국에서 많은 학자를 초빙하여 900가지가 되는 명제를 토의하려 했으나 그 가운데 13개 명제를 로마 교회에서 이단으로 간주해서 감옥에 갇혔다. 석방된 뒤에는 메디치 가문의 비호를 받았다. 1486년에 발표한 『9백의 명제(命題)』와 『인간의 존엄에 대해서(De dignitate hominis)』는 특히 중요하다. 이 작품을 통해 새로운 르네상스 인간관을 표현했다.

2) 베스타 : 로마 신화에서 가정을 수호하는 여신으로 그리스 신화의 헤스티아 여신. 로마에서는 국가적으로 가장 중요한 신으로 간주되었다. 나라에 전쟁과 같은 큰일이 있을 때면 로마인들은 이 여신에게 큰 제사를 지내고 국가적 길흉을 점쳤다. 로마에는 베스타 여신의 성화를 지키는 여섯 명의 여사제가 있었다. 이들은 다섯 살에서 열 살 사이에 선발되어 삼십 년 동안 봉사했다.

3) 이시스 : 고대 이집트 신화에 나오는 여신. 이시스는 세트에게 살해당한 오시리스의 아내이자 여동생이다. 또한 호루스의 어머니이며, 게브의 딸이다. 세트의 위협을 피해 호루스를 낳아서, 신성한 어머니의 모습으로 받들어진다. 알렉산드리아의 그리스인들 사이에 널리 숭배되었으며 나중에 로마 제국에서도 받들었던 것으로 기록되고 있다.

결합을 나타내는데 아피스 신5)을 상기시키는 거죠. 아풀레이우스6)가 『변신; Aegyptii caerimoniis me propriis percolentes appellant vero nomine reginam Isidem('이집트인들은 오직 나만을 위한 의식으로 나를 경배한다, 그리고 그들은 이시스 여왕이라는 진짜 내 이름으로 나를 부른다' 라는 뜻의 라틴어)』에 쓴 것처럼 말이에요."

"자네의 기억력이 비상하다는 건 더 이상 증명하지 않아도 되겠군, 친구. 그런데 피렌체의 군주에게 반박하는 건 신중하지 못한 일이야. 정치적인 면에서는 물론이고, 군주가 자신의 도시를

---

4) 로렌초 데 메디치(1449~1492) : 이탈리아의 정치가이자 시인이다. 피렌체의 명문 메디치가 출신으로, 15세기 최고의 정치가로 꼽히고 있다. 어려서부터 고전 문학과 13,14세기 이탈리아 문학에 대해 공부했고 직접 많은 문학 작품을 썼다. 학문과 예술을 장려해서 학교를 설립하고 뛰어난 예술가와 지식인을 메디치 궁전으로 모아 후원했다. 미켈란젤로는 젊은 시절 메디치 궁전에서 4년 동안 보살핌을 받았으며, 레오나르도 다 빈치, 보티첼리, 안드레아 델 베로키오 등도 로렌초의 후원을 받았다. 이 같은 후원은 15세기 피렌체가 이탈리아 르네상스 운동의 중심지가 되는 데 중요한 역할을 했다. 알려지지 않은 고전 작품들을 수집해서 복사본을 만들고 유럽 전역에 보급하는 데도 힘썼다. 로렌초는 정치와 문화 등 다방면에서 탁월한 재능을 보였지만, 메디치 가문 대대로 내려오는 사업에서는 그다지 수완을 발휘하지 못했다. 그의 치세 때 메디치 가문의 은행 지점 몇 곳이 파산을 했으며, 후에는 경제적으로 어려운 상황에 빠졌다.
5) 아피스 : 고대 이집트 멤피스 지역에서 숭배받던 황소 신으로 풍요를 상징할 뿐만 아니라 미래에 대한 예지를 나타낸다.
6) 루키우스 아풀레이우스(124?~170?) : 고대 로마의 저술가로 시인 · 철학자 · 수사가(修辭家)로서 활약하였다. 주요저서에 법정연설의 표본으로서 평가되는 『변명』과 문장과 내용이 재기(才氣) 넘치는 『황금당나귀』 등이 있다.

장식하기 위해 선택한 방법에 대해서도 마찬가지야."

로렌초 데 메디치가 그의 말을 가로막았다. 그러더니 손차양을 만들며, 눈을 가느스름하게 뜨고 젊은이가 가리킨 방향을 보았다. 그렇게 잠시 쳐다보다가 입술을 깨물고 뒤로 물러섰다.

"그래, 어쩌면 자네 말이 맞을 수도 있네. 그러면 결론적으로 내가 아주 싼 값에 굉장한 물건을 산 게 되겠지. 이집트 여신상이 단순한 여사제보다야 훨씬 더 값이 나갈 테니까."

"조각상의 가치는 그게 여신이냐 여사제냐에 있는 게 아니라 대리석에서 그것을 조각해낸 손에 달려 있지요." 젊은이가 정확하게 말했다.

로렌초가 그를 노려보았다.

"예술가들이 이 정원에 와서 작품을 연구할 수 있게 고대인들의 작품으로 이 산 마르코 정원을 장식하느라 내 재산이 거의 바닥나고 있어. 이 때문에 날 '일 마니피코' ('마니피코' 는 '위대한', '화려한' , '훌륭한' 등을 나타내는 형용사. 이것을 명사화해서 로렌초 데 메디치를 가리키는 데 사용함)라고 부르지. 나의 너그러움을 찬양하는 말인지, 어리석음을 비웃는 말인지 잘 모르겠네. 내가 추론해낸 것이라고는 현학적인 젊은이들이 만들어낸 말이라는 것뿐일세! 자, 이제 왜 그 많은 횃불로 내 석상을 태우고 있었는지 설명을 해보게. 내일 아침이면 밝은 햇빛 아래에서 마음대로 편안하게 스케치를 할 수 있을 텐데 말이야."

'위대한 로렌초(Lorenzo il magnifico, 로렌초 일 마니피코)' 가 옆에 있는 이젤에 놓인 하얀 종이를 가리키며 화를 내자 젊은이가 공손하게 설명했다.

"햇빛 아래서 보면 우리 눈에 보이는 대로 조각상을 볼 수 있을 겁니다. 하지만 저는 저 작품을 만든 사람의 눈으로 조각상을 보고 싶었습니다. 이 조각상은 향료의 냄새로 가득한 신전의 비밀스러운 작은 방에 꽃으로 장식되어 서 있도록 주문되었습니다. 저 상을 조각한 사람은 그 사실을 잘 알고 있었기 때문에 강렬하게 지속적으로 비추는 햇빛 아래서가 아니라 횃불처럼 흔들리는 불빛 속에서 조각을 했습니다. 옷의 주름들이 바람에 흔들리는 것처럼 보이지 않으십니까? 불빛을 받은 조각상의 얼굴이 얼마나 부드럽게 변했는지 보이지 않으십니까?"

"조각상의 외형에 대한 이런 장황한 말들은 모두 볼로냐 대학에서 배운 건가? 법을 배우러 대학에 간 걸로 생각했는데. 아니면 아리스토텔레스를 비웃어주러 갔든지. 학생들은 그걸 당연한 의무처럼 생각하지 않나."

"제가 스케치하고 싶은 건 이것입니다." 젊은이는 이렇게만 대답했다. 조금 전의 확신에 찬 목소리와 비교해보면 훨씬 수줍어하는 것 같은 목소리였다.

로렌초가 생각에 잠겨 고개를 저었다.

"자네는 예술을 찾는 게 아니라 미(美)를 찾고 있어. 예술은 공부를 통해 손에 넣을 수 있지만 미는 신이 내린 재능이 있어야만 얻을 수 있어. 아마도 자네는 내 정원보다 수도사들의 밭에서 시간을 보내야 할 걸세."

젊은이가 웃음을 터뜨렸다. 그 웃음은 그보다 나이 많은 친구에게 곧바로 전염이 되었다.

"세르 로렌초, 제가 생각하는 미는 교회에서 노래하는 그런 것과는 별 관련이 없습니다. 루크레티우스가 말한 것처럼……"

"그런 이교도 이야기는 집어치우게!" 일 마니피코가 정원 담 너머로 보이는, 우뚝 솟은 도미니크 수도회의 수도원을 가리키며 갑자기 화를 냈다. "교황의 귀가 내 집안에까지 침투해 있어. 그리고 난 벌써 플라톤 추종자들을 집안에 잔뜩 들여놨다고 의심을 받고 있네! 그리고 내가 보기에 자네는 화지에 인물들을 그리기 위해서가 아니라 철학 공부를 마무리하러 피렌체에 온 것 같은데. 미란돌라의 영주이며, 콘코르디아의 백작인 조반니 피코! 자네는 문학가나 전사로서는 명성이 뛰어나지만 화가로서는 서툴러!"

젊은이가 신경질적인 동작으로 긴 금발머리를 뒤로 넘겼다.

"파도바와 볼로냐 대학에서 저는 많은 것들을 배웠습니다. 그중에는, 인간은 아름다움을 추구함으로써 최고의 품위에 도달한다는 것도 있었지요……" 젊은이가 흥분해서 말을 시작했다.

하지만 일 마니피코가 그의 말을 가로막았는데 일순간 눈빛에 빈정거림이 스쳐 지나갔다.

"그래, 자네 나이에 추구하는 미가 어떤 건지 잘 아네. 파도바와 볼로냐에서 들려오는 소문에는 자네의 학업에 대한 것만 아니라 자네가 울린 처녀들 이야기도 있더군. 나는 정말 이 정원이 미의 소리들로만 가득하길 바란다네. 그런데 몇 가지 문제들이……" 그가 한숨을 쉬었다.

"전쟁이 일어날까요?" 젊은이가 갑자기 심각하게 물었다.

일 마니피코가 고개를 강하게 저었다. 그러더니 그 대답을 지워버리기라도 하는 듯 고개를 끄덕였다.

"베네치아가 페라라를 공격하려 하고 있네. 머지않아 이탈리아 전역이 화염에 휩싸이게 될 걸세. 우린 교황 식스토[7] 때문에 궁지에 몰렸어. 교황의 군대가 국경에서 움직이고 있어. 조만간 야전에서 그들과 대적해야 할 거야. 코무네(중세 말기 이후 이탈리아의 자치 도시를 가리킴)가 군대에 관한 결정을 내리겠지만 난 우리 가문이 군대를 이끌고 전쟁터에 나가길 바라네."

피코는 모든 사람들이 피렌체의 진짜 주인이 로렌초 일 마니피코라는 것을 다 알고 있는데도, 정작 그가 피렌체를 계속 코무네라고 부르는 그 품위 있는 태도를 예사로 보지 않았다. 일 마니피코는 피렌체의 통치자임에도 평범한 사람처럼 자신의 도시 사람들을 대했다. 어쩌면 그는 그냥 다른 사람들보다 좀더 부자이고 좀더 지혜로울 뿐일지도 모른다. 가장 외로운 사람일 수도 있었다.

로렌초가 피코의 생각을 읽은 것 같았다.

"대부분의 사람들이 내가 물러서야 한다고 생각하지. 훌륭한 기독교인답게 교황의 뜻에 따라야 한다고 말이야."

"그렇게 돼서는 안 됩니다. 이탈리아는 지도자를 잃게 될 것이고 교황은 별 쓸모없는 또 다른 아첨꾼만 한 명 더 얻게 될 뿐이니까요. 그럴 바엔 전쟁을 하는 게 더 낫습니다. 게다가 벌써

---

7) 교황 식스토 4세(재위 1471~1484) : 로마의 통치자이자 인문주의의 대부로서 로마의 외관을 아름답게 재건했다. 시스티나 예배당을 신축하여 유명한 화가 산드로 보티첼리와 페루지노에게 그 성당을 장식하게 했다. 그리고 많은 조각가들과 화가들에게도 작업을 시켜 로마를 아름답게 장식하고, 재임기간 중 바티칸 도서관을 학자들에게 개방했다.

그렇게 결심하신 거죠. 안 그렇습니까?"

"젊은이들은 전쟁을 어찌나 쉽게 말하는지…… 자네들은 전쟁이 무슨 축제인 줄 안다니까! 그렇지만 자네 말이 맞긴 해."

로렌초가 고개를 저으며 투덜거렸다. 그러다가 피코를 똑바로 보았다.

"우릴 너무 잘 아는 사람에게 마음을 털어놓는 건 위험하다고들 하지. 대체 무슨 이유 때문인지 난 자네를 친구로 받아주고 있네. 아마 자네 나이 때 경솔했던 내 자신이 생각나서인지도 몰라. 자네처럼 오만했지."

그는 손가락 하나를 위협적으로 흔들며 덧붙였다.

"그리고 자네처럼 나도 잘생겼었다네!"

그때 멀리서 들려오는 종소리가 침묵을 깨뜨렸다. 로렌초는 귀를 기울였다. 불과 몇 초 사이에 종소리가 더욱 크게, 길게 울렸다. 경보를 받고, 그것을 다시 전하는 신호였다.

"어디서 불이 났어!"

바깥벽에 난 철책으로 다가가면서 로렌초가 외쳤다.

담 너머의 피렌체 거리는 어둠에 잠겨 있었다. 몇몇 귀족들의 성문 앞에 꽂힌 횃불의 희미한 불빛들만이 띄엄띄엄 보일 뿐이었다. 올트라르노에서만 불빛이 선명했다.

"빌어먹을 파치[8]!"

로렌초 일 마니피코가 불길이 치솟는 언덕 발치에 있는 거대

---

8) 파치 가문 : 피렌체의 유력 가문으로 메디치 가문의 정적(政敵).

한 건물을 보며 입을 반쯤 벌린 채 중얼거렸다.

"얼마나 거만한지. 불이 난 게 파치 성이었으면 좋겠군!"

"아닙니다, 세르 로렌초. 산 도나토 쪽입니다."

일 마니피코의 옆으로 온 젊은이가 정정했다. 멀리서 번득이는 불빛을 손가락으로 가리켰다. 연기로 가려진 불그레한 빛이 이따금 시야에 들어왔다.

"적어도 코무네에서 그 많은 금화를 가져간 소방대가 제 역할을 하는지는 볼 수 있겠군! 펌프를 구입한다는 명목만으로도 내게 얼마를 요구했는지……"

등 뒤에서 발소리가 들려 일 마니피코는 말을 멈추었다. 무장을 한 남자가 숨을 헐떡이며 오솔길을 달려오고 있었다.

"로렌초 나리, 독일인의 작업장이 불타고 있습니다!"

"인쇄소야!" 일 마니피코가 하얗게 질리며 외쳤다.

피코는 피렌체의 군주가 그렇게 당황하는 모습을 한 번도 본 적이 없었다. 피코가 뭐라 입을 열기도 전에 로렌초가 그의 팔을 잡아 철책문 쪽으로 끌고 갔다.

"군주님, 잠깐만요! 신중하지 못하십니다……"

피코는 어떤 함정이 숨어 있을지 몰라 두려워하며 길가 건물들의 후미진 구석을 걱정스러운 눈으로 보았고 일 마니피코를 말렸다. 그러면서 검에서 손을 떼지 않은 채 일 마니피코 옆에서 떨어지지 않으려 애썼다.

로렌초는 집에서 입던 차림 그대로, 거리로 뛰어나갔다. 미늘갑옷을 걸칠 생각조차, 무기 하나 가져갈 생각조차 하지 못했다. 그를 사랑하는 마음 없이 경탄하기만 하는 그의 도시에 그를 위협하는 위험들이 도사리고 있다는 것을 잊어버린 듯이.

산 도나토 쪽으로 가자 몹시 소란스러웠고 연기와 타는 냄새 때문에 벌써 숨을 쉬기도 어려웠다. 양동이를 든 수많은 사람들이 거리를 가득 메웠다. 불을 끄려고 달려온 사람들이 길게 줄을 만들었다. 그리고 좀더 앞쪽에 펌프를 실은 수레가 얼핏 보였는데, 소방대원들은 기계의 레버를 작동하느라 정신이 없었다. 흥분해서 명령을 내리는 소리와 여자들의 비명소리가 사방에서 들렸다. 여자들은 아이들과 함께 거리로 나와서 겁에 질린 얼굴로 눈앞의 광경을 지켜보았다.

길 끝 쪽으로 낮은 건물 하나가 화염에 휩싸여 있었다. 부서진 다락방을 통해 시뻘건 불길이 춤을 추며 솟구쳐 나왔다. 화덕의 입구처럼 떡 벌어진 그것은 텅 빈 동공을 가진 몸집 큰 동물 같았다. 주변에서 불을 끄려던 사람들은 이제 건물을 구할 수 있을 거라는 희망을 버린 채 불길이 옆집들로 번지지 않게 화재를 진압하려고 애쓸 뿐이었다.

피코는 로렌초를 따라 뜨거운 공기 속을 뚫고 지나갔다. 숯덩이가 된 대들보들이 벽 여기저기에서 튀어나와 있었고 뻥 뚫린 창문으로 시커먼 연기가 소용돌이치며 계속 뿜어져 나왔다. 그때 지붕의 한 면이 둔탁한 굉음과 함께 건물 안으로 무너져 내리며 연기와 불꽃기둥이 하늘을 향해 솟구쳤다.

피코는 옆에 있는 '위대한 자 로렌초'가 떨고 있다는 것을 알아차렸다. 아까 정원 문 앞에서처럼, 갖추어야 할 예의를 모두 무시한 채 로렌초 일 마니피코의 상의를 잡았다.

"조심하세요, 군주님! 너무 위험합니다!"

하지만 로렌초는 위험을 느끼지 못하는 것 같았다. 불길에 점점 더 다가가며 화재 진압을 하는 남자들에게 정신없이 명령을 내리고, 불 끄는 것을 돕기 위해 줄을 서 있던 사람들의 손에서 양동이들을 낚아챘다. 그러다가 마침내 피코가 자신을 잡고 있다는 것을 알아차린 것 같았다. 그가 무서운 눈으로 노려보자, 피코는 그를 잡은 손을 바로 놓았다. 로렌초는 마치 안에서 흘러나오는 열기를 피부로 직접 느껴 보기라도 하려는 듯, 불타버린 문 쪽으로 다시 한 걸음 더 나가면서 손을 뻗었다. 그러더니 더 앞으로 걸어 나가려는 기색 없이 고개를 저었다.

그제야 진정을 하고 자신의 위엄을 되찾은 것 같아 보였다.

"자네 말이 맞네, 친구." 그가 이마로 흘러내린 모자를 고쳐 쓰며 중얼거렸다. "피렌체는 하룻밤에 두 가지를 잃어버렸네. 둘 중 어떤 게 더 나쁜지는 말을 할 수가 없군."

그 사이 소방관들이 깨진 창문과 출입구 쪽으로 계속 물을 뿌렸다. 물을 뿌릴 때마다 요란하게 지지직 소리가 났고 다시 불길이 치솟았다. 불길은 무슨 마법에라도 걸린 것처럼 물이 닿으면 약해지는 게 아니라 물에서 양분을 얻은 듯 더 무섭게 살아나는 것 같았다.

피코는 이런 화재를 이미 경험한 적이 있어서 이런 불길이 얼마나 예측할 수 없는 것인지 알고 있었다. 파도바에서 학생 기숙사에 불이 난 적이 있었다. 안에 갇힌 피해자들을 구하려고 다른 구조자들과 함께 불길에 휩싸인 문을 부수려고 했다. 문이 떨어져 나간 뒤 그가 안으로 달려들어갔을 때 불길은 잦아든 것 같았다. 하지만 곧 불길이 되살아나면서 그와, 그의 뒤를 따르던 친구들을 휘감았다. 마치 과음했을 때 느끼던 것과 비슷한 이상한 취기에 압도당하는 기분이었다. 수백 개의 손이 그의 몸을 붙잡아 조금씩 위로 끌어올리는 것 같았다. 주변의 공기가 진흙처럼 진득해졌고 손가락 하나 움직일 수 없게 되었다. 그는 시간이 없는 영원 속에서 눈과 귀가 멀어갔다. 잠시 후에야 그는 온몸을 부들부들 떨었고 곧 자신을 제어할 수 있게 되었다. 옷과 머리도 그대로였다. 하지만 불과 몇 발짝 떨어지지 않은 곳에서 불기둥으로 변한 친구들의 끔찍한 비명 소리가 들려왔다. 그는 필사적인 노력으로 안전한 외부와 그를 갈라놓은 불의 벽을 가로질러 그 함정에서 벗어났다.

불길에 휩싸인 천사의 호위를 받으며 지옥에서 빠져나온 죄인과 흡사한 그가 연기 속에서 나오자 그 자리에 있던 사람들은 당황스러워 어쩔 줄을 몰랐다. 불가사의하게 살아난 후 이틀이 지난 뒤에도 그 화재로 희생된 친구들의 장례식에 참석할 수가 없었다.

이런 경험이 있었지만 그는 지금 자기 눈앞에서 벌어지는 일을 이해할 수 없었다. 소방관들도 당황한 것 같았다. 비명과 명령 소리가 점점 더 혼란스럽게 뒤섞였다.

굽잇길에서 펌프를 실은 두 번째 수레가 나타났다. 사람들은 다시 열심히 불길에 물을 뿌리기 시작했다. 하지만 이 물 역시 불길을 다시 살려내는 것 같았다. 모두들 당황했다.

로렌초도 불길이 이상하다는 것을 알아차렸다. 피코는 그가 갑자기 고개를 드는 것을 보았는데 바로 그때 옆에 있던 어떤 사람이 그들에게 외쳤다.

"저 안에 악마가 있어요!"

하지만 피코는 곧 의심을 떨쳐버렸다. 2월초의 아펜니니 산맥에 쌓인 차디찬 눈의 기운을 실은 얼음 같은 바람이 그의 얼굴을 거칠게 때렸다. 그가 본 것 속에는 그 어떤 마법도 없었다. 북풍 때문일 뿐이었다. 북풍의 힘만으로도 집요하게 타오르는 불길을 설명하고도 남았다. 그런데 바로 그 순간 불길이 수그러들었다. 바람이 잦아들었다거나 표면적인 상황이 전혀 변하지 않았는데도 말이다. 건물 안에 숨어 있던 야수가 이제 배가 부른 것처럼, 포효하던 불길의 소리도 약해졌다. 그러더니 마지막 연기를 뿜어내며 수증기와 함께 완전히 불이 꺼져 버렸다.

"지금이다." 일 마니피코가 아직도 연기가 나는 출입구 쪽으로 위험하게 다가가면서 외쳤다. "혹시 뭔가 구할 수 있을지 모른다!"

"귀중한 게 있습니까?" 부식 동판에 대한 일 마니피코의 애착을 떠올리며 피코가 물었다.

"물론 성화는 아닐세, 친구. 이런 인쇄소는 피렌체에 열두 개나 있네. 성화는 없어, 마에스트로 엥게베르트는 독일 기계를 이 인쇄소에 설치하겠다는 허락을 내게서 받아 갔네. 같은 페이지를 무한대로 인쇄해내는 기계야."

"그 기계는…… 하지만 틀림없이 다른 기계를 다시 제작할 수 있을 겁니다. 그 기계를 만드는 건 비밀이 아닙니다. 오래 전부터 이탈리아 전역에서 그 이야기를 했었는데……"

"자넨 몰라, 조반니! 내가 걱정하는 건 그 기계가 소실된 게 아니야! 물론 그런 기계를 다시 제작할 수 있겠지. 하지만 그 기계를 작동시키려면 납을 녹여서 만든 작은 글자들이 수도 없이 많이 필요해. 그런데 그게 파손되었다면…… 독일인이 하고 있던 작업이 전부 허사가 될 거야!"

"그가 뭘 인쇄하고 있었는데요?"

로렌초가 생각에 잠겨 입술을 깨물었다.

"인쇄소를 허가해줘서 고맙다고 내게 놀라운 책을 선물하겠다고만 말했네. 수 세기에 걸쳐 우리 가문에 영광을 안겨줄 책이라고. 완벽한 글자로 인쇄한 책이라고. 정말 '완벽한 글자' 라고 말했다네. 뭐라도 건질 게 있는지 들어가 봐야 해!"

그의 생각이 확고부동한 것을 보고 피코가 앞장을 섰다. 옷으로 입을 가리고 문턱을 넘었다. 화재로 인해 건물은 시커먼 동굴로 변해 버렸는데, 난파당한 배의 내부와 흡사했다. 여기저기에서 아직도 불그레한 빛을 발산하며 서서히 꺼져 가는 숯덩이들이 보였다. 매캐한 연기 때문에 숨을 쉬기가 거의 불가능했다.

방 한가운데에 있는 방적기 같은 것 쪽으로 다시 몇 발짝 걸어갔다. 머리가 압반에 끼인 채 숯덩이가 된 시신이 기계에 매달려 있었다. 자신의 죽음을 불러온 그 기계와 마지막 사랑을 나누는 것 같은 이상한 자세로 기계를 껴안고 있는 듯이 보이기도 했다.

불에 탄 압반 옆에 금속 조각들과 불붙은 숯들이 수북이 쌓여 있었다. 원래의 형태를 추측해 볼 수 있는 금속 조각들이 여기저기에 흩어져 있었다. 하지만 열기에 그것들이 거의 다 녹아버려 녹은 금속들이 은색의 물줄기처럼 사방으로 흘러가고 있었다. 그 더미의 맨 위에 전혀 손상을 입지 않은 구리판 하나가 놓여 있었는데, 혼돈 속에서 그것 역시 금방이라도 녹아내릴 듯 옆으로 기울어져 있었다. 판에는 옛날 옷을 입고 잎이 무성한 나무에 등을 기댄 남자가 새겨져 있었다.

“현자의 초상화로군…… 아마 책표지로 사용하려던 것 같은데.” 그의 뒤에서 로렌초가 신음하듯 말했다. “그런데 인쇄가 된 책의 속지들은…… 다 불타버렸군.”

피코가 인쇄기의 긴 굴대 하나를 집어서, 혹시 뭔가 구할 만한 게 있는지 찾아보려고 금속 조각더미들을 뒤적였다. 바닥에 형태를 알아볼 수 있는 게 딱 하나 남아 있었다. 일종의 나무틀 같은 것으로 일부분은 불에 탔지만, 납 글자들을 흩어지지 않게 묶어놓은 가느다란 끈이 시커멓게 그을리긴 했어도 아직 그대로였다.

“이것 좀 보십시오, 군주님!”

피코가 허리를 숙여 그것을 주웠다.

“한 페이지가 남아 있습니다. 잠깐만요, 여기 적힌 게……”

“이리 주게.”

일 마니피코가 이렇게 외치며 젊은이의 손에서 조판틀을 낚아챘다. 재에 뒤덮인 몇 줄을 읽어보려 그것을 눈에 가까이 가져갔다. 하지만 그것을 묶은 끈이 이미 불에 거의 다 타버려서 결국 끊어지고 말았다. 조판된 글자들이 그의 손에서 쏟아져 내렸다. 시빌라(그리스 델포이의 아폴론 신전에서 아폴론의 신탁을 전하던 신녀)의 예언이 적힌 종이가 바람에 실려 날아가 버리듯이.

피코는 뭐라도 살려보려고 몸을 숙였다. 그때 머리 위에서 삐걱이는 소리가 들렸다. 그는 본능적으로 눈을 들었고 바로 그 순간 천장 한가운데의 대들보가 불꽃을 터뜨리며 그들을 향해 기울어지고 있는 것을 발견했다.

그가 재빨리 로렌초에게 몸을 던져, 순식간에 와르르 쏟아지는 석회 기와에서 그를 구해냈다. 그리고 로렌초의 팔을 잡아 출입구 쪽으로 끌고 갔다. 그 사이 지붕의 나머지 부분이 그들 등 뒤에서 굉음을 내며 무너져 내려, 불타지 않고 남은 인쇄기의 잔해들이 모두 기와 더미에 파묻혀 버리고 말았다.

피코와 로렌초는 밖으로 나와 연기 때문에 기침을 하며 군주를 돕기 위해 달려온 흥분한 소방관들 사이에서 숨을 고르려 애썼다. 초라한 외모의 남자 하나가 피코의 눈에 띄었다. 남자는 절망적으로 손을 비틀며 주위를 둘러보았다.

"제 주인님은 어디 계십니까?"

피코는 이렇게 묻는 소리를 들었다.

"넌 누구냐? 이 화재에 대해 뭐든 아는 게 있느냐?"

로렌초가 그의 말에 대꾸하듯 물었다.

"저는 루카라고 합니다. 잉크공입니다. 독일인 주인님 밑에서 납에 잉크를 바르는 일을 했지요. 주인님께 알려서 빨리 오시라고 해야……."

"네 주인은 죽었다."

일 마니피코가 그의 말을 가로막았고 남자는 이 소리를 듣자 신음을 했다.

"어떻게 하다 이렇게 되었는지 짐작 가는 게 있나?"

"아니요, 군주님. 마에스트로 엥게베르트는 항상 빈틈이 없었습니다. 인쇄소 안에 불을 아무렇게나 놔두는 적이 절대 없었습니다. 이해할 수가 없는 일입니다……"

"자네 주인은 화재로 죽은 게 아니야. 불이 났을 때 이미 인쇄기에 눌려 죽어 있었어."

피코가 말했다. 그가 계속 말을 하려 했으나 로렌초가 그를 앞질렀다.

"독일인은 뭘 인쇄하고 있었지? 새로 사용하려 했던 글자가 어떤 것이었지? 활자 틀은 어디 있나? 안전한가?"

"모릅니다, 군주님." 잉크공이 겁에 질려 대답했다.

"마에스트로 엥게베르트는 자신이 하는 일을 누가 간섭할까 봐 몹시 신경을 썼습니다. 저는 그저 잉크를 바르는 일밖에 하지 않았습니다. 전 아무것도 모릅니다……"

"눈앞으로 인쇄된 종이가 지나가는데 어떻게 아무것도 보지 않을 수 있다는 건가?" 로렌초가 믿기지 않아서 반박을 했다. "지금 넌 거짓말을 하고 있다, 무슨 이유 때문이지?"

"맹세합니다, 군주님, 사실입니다! 전…… 전 글을 읽을 줄 모릅니다. 그래서 독일인 주인님이 절 고용한 겁니다. 주인님은 글을 읽을 줄 모르는 단순한 일꾼들만 원했습니다."

로렌초와 피코가 눈길을 주고받았다. 남자는 정직해 보였다. 후들후들 떨리는 그의 다리가 가장 좋은 증거였다. 일 마니피코가 허리를 숙여 거기까지 흘러 내려온, 녹은 납 조각 하나를 주웠다. 그러다가 화가 나서 그걸 던져버렸다.

"그러니까 정말 전부 다 소실된 거로군. 인쇄 거장이 죽었고 그와 함께 글자들이 사라졌어."

뭐라고 투덜거리는 소리가 그의 관심을 끌었다. 잉크공 남자가 뭐라고 중얼거렸는데 그 소리가 너무 작아 무슨 소리인지 알아들을 수가 없었다.

"뭐라고 했지?" 로렌초가 물었다.

"글자요. 그건 독일인이 만든 게 아닙니다." 그가 좀더 크게 말했다. "어느 날 밤, 아마 7일이었을 겁니다. 한 남자가 주인님을 찾아왔습니다. 주인님은 하던 일을 멈추고 그 남자와 이야기를 나누기 위해 인쇄소 한쪽 구석으로 갔습니다. 남자의 이름은 풀젠테였습니다. 제가 듣기로는 그랬습니다. 그 사람은 예술가였어요. 새로운 글자틀도 그가 직접 주인에게 넘겨주었습니다."

"확실한가?"

"그럼요. 마에스트로 엥게베르트가 그 글자틀로 만든 납활자로 조판하다가 그게 이상하다고 투덜거리는 소리를 제 귀로 똑똑히 들었는걸요."

"풀젠테…… 처음 들어보는 이름인데." 일 마니피코가 혼자 중얼거렸다. "이 도시 예술가들은 내가 다 알고 있다고 생각하는데."

"아마 피렌체인이 아닐 수도 있습니다." 피코가 이렇게 추측해 보았다.

"그래, 잠깐 들른 사람일 수도 있지…… 하지만 혹시 조각가라면 그 사람에 대한 정보를 줄 만한 사람이 있을 걸세. 산 루카 조합장, 메세르(남자에게 붙이던 경칭) 바렐로, 그에게 가보세."

"지금은 한밤중입니다…… 동이 트길 기다리시는 게 좋을 것 같은데……"

"피렌체 군주에게는 모든 문이 다 열려 있네." 로렌초가 냉랭하게 대답하며 숯덩이를 발로 찼다. 그 바람에 숯가루가 사방으로 흩어졌다. "낮이든 밤이든 언제라도."

그는 갑자기 자신이 가지고 있던 어떤 열정에 사로잡힌 듯했다. 피코는 로렌초의 동생 줄리아노가 암살 음모로 살해된 다음 날, 로렌초가 그의 적들에게 가한 보복을 다시 생각해 보았다. 푸줏간에서 사용하는 갈고리에 걸려 베키오 궁 문 앞에 매달렸던 음모자들의 시신을 떠올렸다.

그리고 사랑의 시를 쓰던 손으로 인간의 목에 올가미를 씌울 수도 있는 로렌초의 성격이 너무나 놀랍다는 생각도 했다.

인쇄소가 또다시 무너져 내렸기 때문에 피코는 그런 생각에서 벗어났다. 벌써 산타 크로체 성당 쪽으로 걸어가고 있는 로렌초의 뒤를 서둘러 따라갔다.

예술가들이 묵는 산 루카 조합은 프란체스코 수도원 바로 뒤쪽에 있었다. 사도의 석상이 위에 우뚝 서 있는 출입문은, 조각된 박공벽(박공처마 밑에 있는 삼각형 모양의 벽) 양 옆에 꽂힌 두 개의 횃불 때문에 어둠 속에서도 금방 눈에 띄었다.

"조합장을 깨워라, 당장!"

로렌초가 명령했다. 병사 둘이 창의 손잡이로 육중한 나무문을 쳐서 문을 흔들기 시작했고 곧 둔탁한 그 소리가 거리에 울려 퍼졌다.

근처에 있던 개 한 마리가 짖어대자 주변에서 성난 개들이 미친 듯이 따라 짖었다. 그런 소리를 무시한 채 병사들은 계속 대문을 두드렸다. 피코는 2층 덧창의 틈새에서 불빛이 감빡이다가 잠시 후 조심스럽게 덧창이 살짝 열리는 것을 보았다.

"무슨 일이냐, 이 악당들아!"

누군가 외쳤다. 위협적으로 보이려 한 것 같으나 떨림을 숨기지 못한 목소리였다.

"한밤중에 평화롭게 잠자는 선량한 시민들을 이렇게 괴롭히다니!"

"바렐로, 로렌초 데 메디치께서 만나 뵙고 싶어 합니다. 이런 시간에 무례한 요청을 드려 유감스럽다고 하십니다."

덧창이 열리더니 얼굴 하나가 나타났다. 촛불이 잠시 깜빡였다. 그러더니 남자가 알아들을 수 없는 말을 투덜거렸다. 그는 모습을 감추었다가 잠시 후 잠옷과 나이트 캡 차림으로 문 앞에 나타났다.

"군주님, 제가 진작 알기만 했어도……"

남자가 이렇게 말을 시작했지만 로렌초는 과시하듯 천천히 고개를 숙여 인사하며 그의 말을 잘랐다.

"세르 바렐로, 단잠을 깨운 걸 다시 한 번 사과하오. 그러나 안타깝게도 국가의 중대사는 사람들에게 허용되는 밤의 평화를 모른답니다. 당신의 지혜가 필요하오."

다시 사과를 들은 남자가 한편으로 물러섰고 뒤따르는 군인들을 불안한 눈으로 보았다.

"당신이 산 루카 조합의 조합장이지요." 일 마니피코가 말을 시작했다. "풀젠테라는 사람 아시오?"

"풀젠테요? 그 사람이 누굽니까?" 남자가 잠시 생각해보더니 물었다.

"조각가인 것 같은데 이름 이외엔 아는 게 없소. 하지만 당신은 알 거라고 생각했소."

"풀젠테…… 조합 회원 중에는 아무도 떠오르는 사람이 없는데요. 혹시…… 풀젠테라고 하셨습니까? 몇 년 전 우리 조합에 그런 이름을 가진 사람이 있었습니다. 풀젠테 모라였죠. 하지만 피렌체를 떠난 지 오래 됐습니다. 왜 그 사람을 물어보시는 겁니까? 그 사람이 무슨 짓을 저질렀습니까?"

"그 사람이 무슨 일을 저지를 수 있을 거라 생각하시오? 그 사람 얘기를 해보시오."

일 마니피코가 짧게 말했다.

조합장이 주저했다. 여러 번 목청을 가다듬었는데 적당한 말을 찾기 위해서인 것 같았다. 잠시 후 턱을 들고 엄숙한 분위기로 말을 시작했다.

"세르 로렌초, 조합의 관습과 규칙을 잘 아실 겁니다. 우리 조합은 지금으로부터 100년 전에 조형 예술을 직업으로 삼는 모든 이들을 결속하고 보호하기 위해 만들어졌습니다. 그들의 수익과 인간관계를 관리합니다. 그리고 비밀을 보호해 줍니다. 단장인 제가 그런 규약을 위반하길 원하십니까? 게다가 이방인 앞에서 말입니다."

그가 젊은이를 눈짓으로 가리키며 덧붙였다.

로렌초가 호통을 치려고 입을 벌렸다. 그 순간은 자기 성질대로 응수를 하려는 것처럼 보였지만 곧 주먹을 꽉 쥐었다.

"아니오. 당신의 의도는 이해하오."

로렌초가 침착하게 대답했다.

"하지만 시대가 변했고 그와 더불어 세상 일도 변하고 있소. 아마 과거에는 예술이 대중적 호기심에서 벗어나는 게 옳았을 거요. 그 때 예술은 교회에서 하느님의 말씀을 나타내는 데 이용되었으니까. 하지만 우리 시대에서는 아름다움이 그 성스러운 장소에서 나왔소. 거리와 광장에 퍼졌고 우리의 삶 속으로 들어왔소. 신을 지상으로 내려오게 하는 대신에 인간을 하늘로 올라가게 하려고 애쓰고 있소. 아름다움은 우리들의 일상과 조화를 이뤄야 하지 자신의 광휘를 통해 경외심을 불러일으키려고만 해서는 안 됩니다. 당신들의 조합도 곧 변해서 새로운 아카데미아가 될 것이오. 그 아카데미아의 규범은 예술의 비밀을 지키는 게 아니라 지식을 공유하는 게 될 거요. 난 그저 이런 방향으로 당신이 한 발을 내딛어 주기만을 바랄 뿐이오. 사례는 하겠소."

조합장은 마지막 말을 듣자 눈에 띄게 좋아했다.

"풀젠테 모라는 페사로 출신 젊은이입니다. 몇 년 전에 피렌체 필리페피 공방으로 일을 하러 왔습니다."

"마에스트로 산드로? 보티첼리[9] 공방으로 말이오?"

"그렇습니다. 두 사람은 친구이자 같은 예술조합 회원입니다. 서로 구별하기 힘들 정도로 두 사람의 화법이 너무 비슷해요. 사실 모라는 산드로 보티첼리가 주문한 것보다 훨씬 더 뛰어난 결과를 이끌어냈다고들 합니다. 그들의 특이한 성격도…… 두 사람이 의기투합하는 데 한몫한 것 같습니다."

---

9) 산드로 보티첼리(1445~1510), 이탈리아 르네상스 시대의 화가. 〈비너스의 탄생〉, 〈수태고지〉등의 작품을 그렸다.

“우리 산드로의 성격이야 누구보다 내가 잘 알지요.” 로렌초가 대답했다. “하지만 이러한 성격은, 능력과는 전혀 어울리지 않는 그런 성격은 예술을 위해 지불해야 할 세금 같은 거요. 그건 산드로 보티첼리도 마찬가지라오. 다른 위대한 예술가들처럼 그걸 지불했지.”

“그럴 겁니다. 물론 산드로 보티첼리도…… 하지만 제가 말씀드린 건 풀젠테였습니다. 그러니까 그 두 사람의 우정은 강철같이 단단한 것 같았습니다. 많은 사람들이 남자들끼리의 그런 지나친 태도에 대해 수군거릴 정도였지요. 아시다시피 젊고…… 혈기 왕성한 젊은이들이니까요.” 그가 갑자기 거리낌 없는 말투로 이야기를 계속했다. “풀젠테는 자신의 플라토닉한 열정을 숨기지 않았습니다. 제 말씀은 무슨 뜻이냐 하면…… 그는 혼란 속에 빠져 있는…… 특이한 남자였습니다……”

피코가 슬쩍 웃었다. 조합장은 조합의 비밀을 지키기 위해 선출되었지만 예술가들의 비밀을 한 번 털어놓기 시작하자 별로 망설이는 것 같지도 않았다. 게다가 피렌체에서 화가나 뭐 다른 어떤 사람들이든 동성연애자들을 모두 다 구속한다면 지금 있는 시민 감옥만으로는 부족할 것이다.

일 마니피코는 이런 은근한 암시를 무시하고 싶은 듯 시선을 돌렸다. 그저 뭐라고 웅얼거리면서, 계속 이야기하라고만 했다.

“그러다가 갑자기 그들의 우정에 금이 갔습니다. 그래서 풀젠테가 피렌체에서 사라졌습니다. 그 당시 칼을 휘두를 정도로 심하게 다투었다고 합니다. 풀젠테는 로마로 갔는데, 로마에서 교황청의 조각가로 일해 달라는 제안을 받은 것 같습니다. 몇 년 동안 로마에서 지내면서 명성을 날릴 기회를 계속 찾은 걸로 알고 있습니다. 그리고 그때부터……”

“다툰 이유는?”

조합장이 어깨를 으쓱했다.

“남자들끼리의 일이라고 말하는 사람들도 있지만, 아시겠지요…… 그런데 또 다른 소문도 있습니다.”

“어떤?”

조합장은 자기 말을 아무도 듣지 않는다는 걸 확인이라도 하려는 듯, 수행하는 병사들을 남몰래 슬쩍 살펴본 뒤 로렌초의 곁으로 더 다가왔다.

“아주 이해하기 어려운 이유 때문입니다. 두 사람 중 누군가가 차마 입에 올릴 수도 없는 의식을 거행했다고 합니다. 지옥과 거래를 한 거죠. 예술의 발전을 위해, 친구이자 경쟁자인 상대를 제어하기 위해서 말입니다.”

“왜 둘 중 누군가라고 하는 거요? 보티첼리에게도 이런 소문이 돈다는 거요?”

조합장이 다시 어깨를 으쓱했다.

“소문입니다. 이것저것 뒤섞인 소문이지요. 하지만 모라가 달아나자마자 곧 이런 소문은 사라졌습니다.”

“풀젠테 모라가 새롭고 특이한 글자를 조각할 수 있었을까요?” 로렌초가 다시 물었다. “당신은 모라가 그럴 능력이 된다고 봅니까?”

바렐로가 잠시 망설였다.

“풀젠테 모라는 조각에 뛰어난 기술을 가지고 있었습니다. 마에스트로지요. 하지만 창조력은…… 그가 창조력이 뛰어났다는 증거는 별달리 없습니다. 그가 정말 어둠과 그 계약을 맺지 않았다면……”

“피렌체에 돌아온 걸 알고 있소?”

“아니요. 생각도 못했습니다……”

조합장이 깜짝 놀라서 대답했다. 진짜인 것 같았다. 로렌초는 잠시 생각에 잠겼다가 의례적으로 가볍게 목례를 한 뒤, 당황스러운 눈으로 쳐다보는 조합장을 뇌둔 채 갑자기 돌아서서 피코에게 자기를 따르라는 눈짓을 했다.

“풀젠테 모라…… 그도 나쁜 버릇을 가지고 있었군.” 로렌초가 계단에서 투덜거렸다.

“풀젠테가 몰래 이곳 피렌체에 숨어들었다면, 그리고 조합장이 암시했던 습관을 버리지 않았다면 로마나 성문 밖에 있는 올리베로토 여관에 묵었을 가능성이 많아. 그와 같은 사람들이 그 여관에 모이지. 풀젠테를 만나 물어보고 싶군. 그가 인쇄 기술자를 죽였다면 그 이유를 알고 싶어.”

“그자가 범인일 거라고 생각하십니까?”

“아니면 누구겠나? 야심, 경쟁심, 증오. 이따금 다른 사람보다 뛰어나고 싶은 욕망이 영혼을 부패하게 만드는 첫 번째 이유가 되기도 한다네.” 로렌초가 어두운 얼굴로 대답했다.

“그런데 그런 이유만으로 독일인의 목숨을 빼앗고 그가 하던 일을 망쳐놓을 수 있는 걸까요?” 피코가 반박했다.

일 마니피코는 대답을 하지 않고 거리에서 기다리는 호위대를 손짓으로 부르기만 했다. 피코는 로렌초가 대답해주기를 기다렸지만 그는 계속 침묵만 지켰다.

"제 생각에는 지금 여관으로 가봐야 할 것 같은데요."

로렌초의 대답을 재촉하기 위해 그가 말했다.

"아닐세. 난 내 서재로 돌아가고 싶군. 생각을 좀 해봐야겠어. 화재가 메디치 가문에 대한 어떤 음모의 신호라면 난 내 가족들과 있어야 하네. 여관에는 자네가 가게. 난 한시도 기다릴 수 없어. 빨리 알아야겠네. 가서 그자를 잡아 궁으로 끌고 오게. 궁에서 자네를 기다리겠네."

"군대를 데리고 가야 합니까?"

"병사 두 명 정도면 충분할 거야. 여관 주인 올리베로토는 내 지지자일세. 별다른 저항을 하지 않을 걸세. 서두르게!"

피코가 호위병사 둘에게 눈짓을 하고 급히 떠났다. 그의 등 뒤에 선 일 마니피코는 길 한가운데서 고개를 숙인 채 생각에 잠겨 있었다.

올리배로토 여관으로

시내의 한적한 길을 따라 걸으며 피코는 자신과 피렌체 군주와의 관계를 다시 생각해 보았다. 두 달 전 그가 이곳에 도착한 뒤로 둘 사이가 얼마나 친밀해졌는지도. 볼로냐에서 힘든 법률 공부를 끝낸 뒤, 피렌체에 살고 있는 놀라운 천재들을 직접 만나고 싶은 소망에 떠밀려 이곳으로 왔다. 그에게 수사학을 가르쳤던 노스승은 일 마니피코에게 보내는 소개장을 그에게 건네주면서 이렇게 덧붙였다.

"불화가 끊이지 않는 곳으로 가야 하네. 바로 그곳에서 천재적인 자질이 성장하고 정신이 예리해지니까."

그리고 말할 것도 없이 피렌체에는 불화가 끊이지 않았다! 로렌초 암살에 거의 성공하고 메디치 가문을 완전히 몰락시킬 뻔했던 파치 가문의 음모가 끝난 지 4년이 지났지만 아직도 도시 곳곳에 음모의 여파가 남아 있었다. 행운이 로렌초 편이어서 그는 유혈 사건을 통해, 자신의 지배 영역을 강화시켰다.

하지만 평온한 겉모습과 달리 도시는 계속 들끓고 있었고, 메디치 가문의 라이벌인 귀족 가문들은 교황 식스토의 지지를 받으며 호시탐탐 기회만 노렸다. 아마 이 때문에 일 마니피코는 피코를 호의적으로 맞아주고 친밀한 친구로 생각하게 되었는지도 모른다. 로렌초는 그에게서 도시의 분쟁과 무관한 이방인, 지식과 미에 대한 강렬한 욕구가 살아 있어 마음 속에 고귀하지 않은 것들을 자라게 할 공간을 허용하지 않는 젊은이의 모습을 발견했다. 혼란스러운 열정 속에서 태어나서, 죽음의 위기를 겪은 로렌초에게 필요한 사람은 바로 이런 젊은이였다.

아니면 그들이 처음 만남에서 나눈 대화 같은 게 필요했는지도 모른다. 사실 그들은 그때 둘 다 고대 예술에 대한 사랑에 푹 빠져 있다는 것을 발견했다.

멀리서 알 프라토 성벽과 성문이 얼핏 보일 때 피코는 우연이 인생을 얼마나 크게 좌우하는지를 생각하며 다시 한 번 깜짝 놀랐다. 아버지의 뜻에 따라 무술 사범에게 무술을 배우고 어머니가 초대한 인문학 교사의 지도를 받기도 하며 미란돌라 성에서 보낸 어린 시절을 떠올렸다. 가문의 전통에 따라 무인이 되는 대신 문학의 길로 들어선 자신의 선택을 생각해 보았다. 혹은 어린 시절 아름다운 프레스코 벽화 앞에서 걸음을 멈추고 꿈꿔왔던 대로 물감과 조각칼을 사용하는 직업을 택하게 된 것을.

루크레티우스의 말이 맞았다. 삶의 형상들을 창조하기 위해 혹은 삶을 파괴하기 위해 힘을 쓰는 것은 우연뿐이다.

알 프라토 문을 지나자마자 자신이 이 길을 가고 있는 목적이 다시 머리에 떠올랐다. 마에스트로 올리베로토의 여관이 저 앞쪽에 서 있었다. 세관 수비대의 감시를 충분히 피할 수 있는 거리였다. 길 한쪽에 우뚝 서 있는 건물이 어둠 속에서 차츰 보이기 시작했다. 벽돌로 지은 거대한 건물이었는데 아마도 로마 시대 대저택의 일부인 것 같았다. 그 주위에 수백 년 동안 담과 울타리로 각자 분리되어 있는, 크지 않은 다른 집들이 서 있어서 일종의 마을이 형성되어 있었다. 뭔가 숨길 게 있는 사람들에게 딱 맞는 곳이었다. 침묵의 악령이 그 날개를 펼친 듯이 보였다. 꼭 닫힌 덧창 너머에서 속삭이는 소리 하나 흘러나오지 않았다. 잠시 피코는 전염병이 손님들을 공격했거나 어떤 알 수 없는 이유 때문에 손님들이 모두 도망을 간 게 아닌지 걱정이 되었다.

하지만 곧 맑은 웃음소리가 들렸고 그 뒤를 이어 포도주에 취한 또 다른 웃음소리, 수많은 욕설들이 비현실적인 그 침묵을 깨뜨렸다. 그러더니 여관에서 흔히 부르는 노래가 시작될 기미가 보였다. 곡예단이 무대에서 벌이는 공연처럼, 늘 같은 연극이 펼쳐지고 세상이 원래의 축으로 다시 돌아올 것 같았다.

피코가 큰 건물 쪽으로 가면서 호위대 병사들에게 자신을 따라오라는 신호를 했다. 출입문은 안으로 들어오라고 권하듯 활짝 열려 있었다. 문 너머에 넓은 식당이 자리잡고 있었다. 벽난로에는 타고 남은 숯이 아직도 불그레했다. 긴 탁자들과 포도주 통들이 놓여 있었는데 통 옆에서 젊은 하인 둘이 꾸벅꾸벅 졸고 있었다. 피코와 호위대 병사들이 소리 없이 식당 끝에 있는 나무 계단 쪽으로 걸어가는 동안 저녁 식사로 먹은 빵과 포도주 때문에 깊은 잠에 빠진 두 젊은이가 몸을 슬쩍 뒤척였다. 피코와 병사들 머리 위 다락방의 나무 천장에는 밧줄들이 그물처럼 얼기

설기 걸려 있었다. 그 밧줄에 천들이 매달려 있었고, 그 천들은 지붕 밑의 공간을 수없이 많은 객실로 나누어 놓았다.

천 뒤에 묵직한 숨소리가 들려 왔다. 악몽을 꾸는지 이따금 신음소리가 숨소리를 대신하기도 했다. 웃음소리도 들려왔고 사랑을 나누는 사람의 헐떡거리는 숨소리도 들렸다. 여기서도 고단한 하루 일과에 지쳐 지푸라기 몇 개 깔린 바닥에서 깊이 잠든 다른 하인들이 보였다. 반면 맨 끝 쪽의 공간은 나무벽으로 막아 놓아 주인만의 공간이라는 것을 알려주었다.

문이 닫혀 있었다. 피코는 빗장을 단호하게 잡고 문을 벌컥 열었다. 침대 위에 두 사람이 뒤엉켜 있었다. 둘 중 나이 많은 남자가 벌떡 일어나 앉으면서 급히 다른 사람에게서 벗어났다. 그의 옆에 있던 곱슬머리가 고개를 들었다. 욕정으로 불타오르는 눈이었다. 둘 다 메디치 가문의 병사들을 불안한 눈으로 뚫어지게 보았다.

"누구시오…… 무…무슨 일이오……"

올리베로토는 화가 난 동작으로, 발로 젊은이를 침대 밑으로 밀어내며 겨우 이렇게 더듬거릴 수 있었다.

"주인장, 로렌초 데 메디치께서 당신에게 청을 하셨소."

피코는 동요하지 않고 그 장면을 바라보며 말했다.

"뭐라고요…… 로렌초 나리가? 이 비천한 종에게 뭘 원하신다는 겁니까? 나는 여기서 며칠 전부터 병든 이 젊은이를 간호하고 있습니다. 이런 한밤중이라도 피렌체의 훌륭한 군주님을 위해 제가 못할 일이 뭐가 있겠습니까!"

"로마에서 온 풀젠테 모라라는 사람이 이곳에 묵고 있소?"

"모라라고요? 예, 그런 이름의 이방인이 있었지요. 가지고 있는 짐으로 봐서 화가인 것 같더군요. 왜 그 사람을 찾으십니까?"

"어디 있는지 말하시오."

피코는 올리베로토의 말에 대답을 하지 않은 채 명령했다.

"밖에. 오래된 건초장에…… 완성시켜야 할 그림들이 있다고 그 건초장을 혼자 다 쓰고 싶어 했습니다. 한 달 동안 묵었습니다. 조용한 남자입니다. 숙박비도 잘 지불했고. 여자를 찾지도 않고 병든 기색도 없고……"

"지금 거기 있소?" 피코가 그의 말을 잘라버렸다.

"모르겠습니다…… 오고 난 뒤로 못 봤는걸요. 지금 생각하니 한참 되었군요. 우리 집에서 식사도 하지 않고 외출도 별로 안 하는 것 같고……"

"그 사람이 있는 곳으로 안내하시오. 세르 로렌초께서 만나고 싶어 하십니다."

피코가 바닥에서 바지를 집어 올리베로토에게 던지면서 재촉했다. 올리베로토는 겁에 질려 침대 밑에서 꼼짝하지 않는 알몸의 젊은이에게 눈길을 돌리지 않으려 애쓰면서, 될 수 있는 대로 서둘러 옷을 걸쳐보려고 했다. 올리베로토는 자신의 분비물을 숨기려 애쓰며 고양이처럼 조심스럽게 움직였다. 재빨리 벽난로의 불을 살려서, 등불의 심지에 불을 붙이며 일 마니피코가 원하는 일을 당장에 수행하겠다는 뜻을 여러 차례 확인시켰다.

피코는 올리베로토가 방금 전의 수치스러운 일에 자신이 관련되지 않은 척하고 싶어 한다는 것을 알아차렸다. 일 마니피코의 호위대 병사들은 별로 당황하지 않았다. 하지만 피렌체에서 동성애자들은 사형에 처해졌다. 올리베로토는 걱정스러워보였으나 자신의 목에 교수대 밧줄이 내려오는 것을 예감하는 사람의 눈빛은 아니었다. 로렌초를 지지하는 팔레스키 당에 속해 있다는 점이 그에게 유리하게 작용하는 게 틀림없었다.

그들은 평평한 안뜰을 가로질러, 그 뜰을 둥글게 에워싼 여러 개의 건물들 중 어떤 한 건물 앞에 도착했다. 올리베로토가 말한 오래된 건초장이었다. 예전에는 정말 건초장으로 쓰였던 게 틀림없었다. 외관은 소박했지만 교회처럼 높이가 높았고 마른 나뭇가지로 지붕을 얹은 건물이었다. 안으로 들어가는 문은 하나밖에 없었다. 피코가 재빨리 건물을 한 바퀴 돌며 확인했지만 다른 문은 전혀 없었다. 풀젠테가 안에 있다면 달아날 가능성은 전혀 없었다. 자물쇠를 조사해보았다. 피코가 밀어보았지만 꿈쩍하지 않았다. 안쪽에서 뭔가가 막고 있는 게 틀림없었다. 있는 힘껏 문을 두드렸다.

"모라, 문을 여시오! 로렌초 데 메디치의 명령으로 왔소!"

큰소리로 말했다. 명령은 아무 소용이 없었다. 다시 더 세게 문을 두드려 보았다. 누군가 안에 있다면 아무리 깊이 잠들었다고 해도 이 소리를 듣지 못했을 리가 없었다.

"문을 부숴라!" 피코가 호위병에게 명령했다.

병사들이 재빨리 주위를 둘러보았다. 근처에 나무로 만든 노새의 길마가 보였다. 어떤 장사꾼이 그것을 벗겨놓고 가버린 것이다. 병사들은 그것을 집어, 둘이 동시에 문에 충격을 가했다. 단 두 번 만에 낡은 판자가 부서지더니, 세 번째 공격에 문이 요란한 소리를 내며 떨어져나가 버렸다.

그 충격에 밀려 병사들이 건초장 안으로 몇 발짝 들어갔다. 하지만 피코는 곧 두 젊은이가 양 손으로 입을 틀어막은 채 겁에 질려 밖으로 뛰어나오는 것을 보았다. 그들과 함께 무시무시한 악취가 흘러나왔다. 마치 지옥의 입이 떡 벌어진 것 같았다.

피코는 오두막에서 나오는 견디기 힘든 악취를 참아보려고 애쓰며 뒤로 물러났다.

"빌어먹을……"

뜻밖의 상황에 놀라 중얼거렸다. 아무리 지저분한 푸줏간에서도 이런 냄새를 맡아본 적이 없었다. 이것은 죽음과 부패의 냄새였다. 전사자들의 시신을 묻어줄 시간조차 없을 정도로 격전이 벌어진 며칠 뒤 전쟁터에 떠도는 바로 그 악취와 똑같았다. 피코는 딱 한 번 이 냄새를 맡아본 적이 있었다. 호기심에 떠밀려 집에서 몰래 도망쳐 페라라 근교의 늪지에 갔을 때였다. 베네치아와 우르비노(이탈리아의 중부에 위치한 도시) 군대가 충돌했던 곳이었다. 그는 전투가 벌어지고 나서 이틀 뒤에 그곳에 갔었는데 공기 중에 바로 이런 끔찍한 죽음의 냄새가 떠돌았다.

하지만 지금, 흥분한 군대와 전투 뒤에 흘러넘치는 피에서 멀리 떨어진 이런 외딴 공간에 고여 있는, 육체의 죽음을 알리는 비극적 냄새의 신호는 최후의 심판을 알리는 나팔 소리 같았다.

올리베로토는 그 사이 머리카락을 쥐어뜯으며 오두막 주위를 서성이다가 문 안쪽을 살펴보려고 다가왔다. 피코는 화가 난 몸짓으로 그가 가까이 오지 못하게 막았다. 그러는 사이 외부의 찬 공기가 서서히 건물 안으로 들어가면서 악취가 조금 전보다는 줄어들었다. 피코는 잠시 기다렸다가 허리에 두르고 있던 비단

띠를 풀어 코와 입을 막았다. 그리고 여관 주인의 손에 들린 등을 빼앗듯 낚아채서, 심호흡을 깊게 하고 안으로 들어갔다.

건초장 안에는 낡은 짚 매트리스가 놓여진 것 말고는 완전히 텅 빈 듯했다. 여행 가방들이 한쪽 구석에 쌓여 있었는데 두루마리들과 옷 몇 개가 삐져나와 있었다. 이 수상한 투숙객은 이곳에 도착해서 자신의 짐을 푸는 일에는 조금도 신경을 쓴 것 같지가 않았다. 아니면 시간이 없었을 수도 있었다.

사람의 형체가 짚 매트리스를 차지하고 있었다. 마치 깊은 잠에 빠진 듯 꼼짝하지 않았다. 등불의 불빛에 죽음으로 메말라버린 그 사람의 얼굴이 반사되었다. 입은 죽음의 고통으로 일그러져 있어서, 그 고통이 영원히 끝나지 않을 것처럼 보였다. 그가 입고 있는 셔츠는 가슴 한가운데가 찢긴 것 같았고 그 찢어진 옷 부위에 뭔가의 나무 손잡이가 튀어나와 있었다. 칼의 손잡이이거나 그의 심장을 찌른 다른 어떤 무기의 손잡이일 수 있었다. 허리 옆으로 뻗은 두 팔은 뻣뻣했고, 손가락들은 발작하듯 아직도 뒤틀려 있었다. 그가 치명적인 공격을 당하는 동안 누군가 그의 손목을 꼼짝 못하게 쥐고 있었던 게 틀림없었다. 시신의 겉모습이 전혀 흐트러지지 않은 이유도 그것 때문일 것이다.

"안으로 들어와요, 올리베로토!" 문 쪽으로 소리쳤다.

여관 주인이 머뭇머뭇 앞으로 걸어 나왔다.

"가까이 와요! 이 사람이 풀젠테 모라 맞나요?"

그가 다시 몇 걸음 마지못해 걸어와 죽은 사람을 보더니 그 자리에서 뒤로 물러섰다. 눈이 화등잔만해진 채 겨우 고개만 끄덕였다. 그러면서 구역질이 나는 것을 참으려고 입을 막았다.

"전혀 몰랐소?" 피코가 다시 물었다. "당신 여관에서 사람이 살해되었는데 아무도 이 사태를 몰랐다는 말이오? 혹시 당신도 이 범죄에 연루된 것 아니오?"

여관 주인의 눈에 갑자기 두려운 빛이 스쳤는데, 그 두려움으로 인해 자신의 눈앞에 펼쳐진 몸서리치는 광경조차 제대로 인식하지 못한 것 같았다. 올리베로토는 몹시 동요하며 고개를 절레절레 흔들었다.

"아닙니다, 맹세합니다! 제 자식들의 목숨을 걸고 맹세합니다!" 그가 외쳤다. "이 사람은 한밤중에 짐꾸러미 몇 개만 가지고 로마의 거리에서 혼자 왔습니다. 아무도 만나지 않았습니다! 우리 여관에 머물렀지만 제 가족들도 한 번도 만난 적이 없습니다. 이 사람은 할 일이 있다고 말했지요…… 아무도 만나고 싶어 하지 않았습니다!"

피코가 눈을 돌렸다. 여관 주인이 진짜로 겁을 먹은 것처럼 보여서 그의 말을 믿어보려 했다. 그런 연극을 할 수 있을 정도로 그렇게 교활해 보이지는 않았다. 올리베로토는 망설임 없이 포도주에 물을 타서 팔 수도 있고 세금 징수원을 속일 수 있는 비열한 남자였다. 하지만 냉정하게 살인의 무게를 견뎌내려면 악에 단련이 되어 있어야만 했다. 그런데 그는 육욕에 단련이 되어 있을 뿐이었다. 게다가 시체의 상태로 보아 범죄는 며칠 전에 일어난 게 분명했다. 아무도 모르게 남자의 시신을 치워버리고 범죄의 흔적을 완전히 지울 만한 시간은 충분했다.

여관 주인은 정말 전혀 몰랐을 수 있었다. 피코는 주위를 둘러보았다. 가방이 열려 있었다. 주인이 처음부터 별 신경 쓰지 않고 아무렇게나 던져두었던 것 같은 그 가방들을 좀더 자세히 살펴보자, 급히 뒤진 흔적이 나타났다. 피코는 재빨리 그림들을 확인해 보았다. 얼굴 스케치, 건물 스케치, 프레스코 벽화를 위한 세밀한 밑그림들이었다. 모두 화가의 화첩에서 찾아볼 수 있을 법한 것들이었다. 종이 몇 장과 개인적인 물품, 뼈로 만든 빗과 보잘것없는 칼 이외에는 특별히 값나가 보이는 것은 하나도 없었다. 왜 살해당한 것일까? 이 스케치들은 누구를 위한 것일까? 한 사람의 목숨이 왔다갔다할 정도의 작품 같아 보이지는 않았다. 이미 부패해 버려 원래의 모습이 다 남아 있는 것은 아니었지만 시신이 입고 있는 옷들도 싸구려 같아 보였다. 피코는 상처 부위와 가슴에 꽂힌 물건을 좀더 자세히 보기 위해 몸을 숙였다. 그것은 긴 붓이었는데 오래 사용해서인지 담비털 뭉치가 다 닳아 버린 것 같았다. 그것이 늑골 사이에 들어가 심장에 치명적인 상처를 낸 게 틀림없었다.

이상한 살인 방법이었다. 살인자는 흔적을 남기고 싶었던 걸까? 무엇보다 어떻게 살인을 할 수 있었을까? 문은 안쪽에서 빗장이 질러져 있었다. 사방 벽에는 다른 출입구가 전혀 없었다. 천장 한가운데에 좁은 구멍 하나가 나 있을 뿐이었다. 돌을 둥글게 쌓아 아무렇게나 만든 조잡한 화덕에서 나오는 연기가 밖으로 나갈 수 있게 만든 단순한 구멍일 뿐이었다. 사람이 들어오고 나가기에는 너무 좁아 보였다. 그리고 그 위까지 대체 누가 어떻게 기어올라갈 수 있단 말인가?

풀젠테가 자기 손으로 자신의 최후를 맞지 않고서는 있을 수 없는 일이었다. 피코는 고귀한 영혼을 지닌 사람들은 죽음에 대한 갈망 때문에, 비겁한 사람들은 죽음에 대한 두려움 때문에, 어떻게 스스로 목숨을 끊는지를 고대 작가들의 책을 통해 알게 되었다. 전자는 자신의 운명을 만나러 달려가기 위해, 후자는 참을 수 없는 고통을 피하기 위해 죽음을 택한다. 두 번째 사람들의 정신은 팽팽하게 잡아당겨진 밧줄이 끊어지듯 굴복을 해버려 죽음을 놓고 밀고당겨야 할 균형을 포기해 버린다. 용감한 군인들조차도 적과의 대결을 피하기 위해, 스스로 격노해서 자신에게 수없이 치명적인 상처를 입힌다. 마치 우리 손으로 직접 스스로의 목숨을 끊는 게 갑자기 우리를 공격하는 죽음을 맞는 것보다 덜 잔인한 것처럼.

하지만 이 침대에 누워 있는 사람은 군인이 아니다. 그는 어떤 공포로부터 달아나려 발버둥쳤던 것일까? 그리고 훨씬 더 빠르게, 덜 고통스럽게 죽을 수 있는 칼을 사용해서 최후를 맞을 수 있었는데 왜 자신이 그림을 그리던 도구를 그렇게 심하게 망가뜨리는 선택을 한 것일까? 어쨌든 자살은 아니었다.

자살이 아니라 살해된 것이었다. 그런데 이 안에 들어와 그런 짓을 할 수 있는 사람은 아무도 없었다. 그것은 악령의 짓이었다. 악령이 결코 존재하지 않는다 해도.

시신에서 풍기는 악취를 참아보려 애쓰며 자기 생각에 빠져 있던 피코는 시신의 옆구리에서 삐져나온 무엇인가를 발견했다. 처음 보았을 때는 침대의 시트와 구별이 안 될 정도로 피가 잔뜩 묻어 있었다.

시신의 엉덩이를 들어보았다. 진득한 피에 젖은 채, 종이 한

장이 등에서 삐져나온 화필의 끝부분에 눌려 그 밑에 있었다. 인쇄된 책의 한 페이지였는데, 조판과 잉크 칠이 완전하지 않은 것으로 미루어 보아 교정쇄 같았다. 잉크가 활자판에서 넘쳐나서 스펀지처럼 종이 여기저기로 번져 있었다. 혹시 조각가와 독일인이 만들던 책의 교정쇄인지도 모르겠군, 피코는 조심스럽게 시체 밑에서 종이를 빼내며 이렇게 생각했다.

종이의 다른 한 면은 그림이 차지하고 있었다. 불빛을 향해 조심스럽게 들어보았다. 목탄으로 그린 여자의 얼굴이었다. 어쩌면 유화를 그리려고 준비한 스케치일 수도 있었다. 반짝이는 큰 눈을 가진, 아파 보이는 얼굴이었다. 얼굴은 약간 긴 달걀형이었고 입술 바로 옆에 보조개가 파였으며 턱은 균형이 잡혀 아름다웠다. 살짝 벌린 도톰한 입술 사이로 가지런한 작은 이가 드러났다. 곧은 코에 콧구멍은 살짝 구부러졌으며 뺨에는 신경질적으로 그린 선영(線影) 때문에 그늘이 드리워져 있었다. 꼭 화가가 서둘러 그림을 끝내려 한 것 같았다. 숱이 많은 머리카락이 넓은 이마 양쪽으로 흘러내려 힘 있는 어깨 위의 기둥처럼 단단한 목을 어루만졌다. 바로 그 머리카락 위에 피가 굳어 있어서, 그림을 무시무시한 적갈색으로 물들였다. 죽음의 손이 예술가의 작품을 그런 식으로 완성시키고 싶어 한 것 같았다.

초상화 밑에 누군가 펜으로 몇 마디를 덧붙여 써 놓았다.

"S aetatis suae XXIX('S의 나이 29살 때' 라는 뜻의 라틴어)"

물론 모델이 된 여인은 한 번도 본 적은 없었지만 그 모습이 왠지 친숙하게 생각되었다. 그렇게 경이로운 여인을 만났더라면 기억을 못할 리가 없었다. 어쩌면 이 얼굴은 살아 있는 여인의 초상이 아니라 이데아의 세계에만 살고 있는 형상을 세상으로 다시 불러내서 이상적인 미를 만들어내려고 노력하던 화가가 얻어낸 결실일 수도 있었다. 그가 느끼는 친근감은, 플라톤의 말처럼 모든 인간이 선험적으로 마음 속에 간직했다가 평생을 찾아 헤매는 미에 대한 기억에서 유래한 것일 뿐일까? 지워버릴 수 없는 후회처럼 우리를 압도하는 현상의 아름다움, 존재하지 않는 그 아름다움일까?

"이 여자는……"

올리베로토가 그림 쪽으로 목을 길게 빼고 유심히 그림을 살피더니 중얼거렸다. 피코가 재빨리 일어났다.

"무슨 소리요? 어떤 여자 말입니까?"

"이 여자 말입니다, 메세르. 오, 정말 아름다워요, 금방 알아볼 수 있겠는걸요!"

"이 여자가 실존인물이라는 겁니까? 언제 봤습니까?"

피코가 그를 몰아붙였다. 올리베로토가 깜짝 놀라서 한 걸음 물러섰다.

"모라가 도착하고 얼마 안 돼서 기사 둘이 찾아와 하룻밤 묵어갈 수 있겠냐고 물었습니다. 이상한 사람들이 지나간 바로 그 날이었습니다. 로마로 내려가는 그 떠돌이들 말입니다. 신뢰할 수 없는 이상한 사람들이지요. 게다가 도둑이기도 하고요."

피코도 순례자들 무리가 도착했다는 이야기를 들은 적이 있었다. 그들이 어디서 오는 것인지는 아무도 알 수가 없었다.

"두 기사는 짐이 하나도 없었지만 고급스러운 여행복을 입고 있었습니다. 부유한 상인이거나 사냥 대회에 참석하러 가는 귀족이거나 뭐…… 그런데 이야기를 나누기를 꺼리는 것 같았습니다. 따뜻한 포도주 두 병만을 주문한 뒤 쉬러 올라가려 했지요. 계단에서 그들 중 한 사람이 숨을 헐떡이며 걸음을 멈추고 그때까지 머리에 꾹 눌러 썼던 모자의 베일을 들어올렸습니다. 감기 때문에 힘들어하는 것처럼 말입니다. 제가 두 사람에게 촛불을 건네주었는데 촛불이 잠시 그 기사의 얼굴을 비췄습니다. 그래서 그 여자를 보게 되었지요. 하지만 전 그렇게 놀라지는 않았습니다. 남장한 귀부인과 만나기 위해 우리 여관을 이용하는 귀족들이 이전에도 종종 있었으니까요. 우리 여관은 특히 피렌체 전역에서 유명하답니다……"

"그리고 뭘 했소?"

"아무것도요. 그들이 말한 대로 새벽에 다시 길을 떠나야 했던 게 틀림없었습니다. 제 하인들 말에 따르면 잠결에 두 사람이 싸우는 걸 들었고 두 기사의 말이 있는 마구간에서 시끄러운 소리도 들렸다고 합니다. 하지만 제가 아침에 일어났을 때는 이미 자취를 감추었더군요."

"그 여자가 이 그림과 닮았소?" 피코가 다시 등불을 그림에 가까이 가져가며 다그치듯 물었다.

올리베로토가 고개를 끄덕였다.

"그럼요, 바로 그 여자예요……" 그가 한 손을 뻗으며 자신 있게 말했다.

하지만 피코는 그의 손길이 그림에 닿을 수도 있다는 생각을 하자 기분이 나빠져서 거칠게 그를 밀어버렸다. 게다가 이 여자가 어떤 여자였든 지금은 멀리 떠나버리고 없었다. 그는 초상화를 말아서 가방에 넣었다.

로렌초 데 메디치는 피코에게 조각가를 데려오라고 명령했다. 일 마니피코가 바라는 모습으로 데려갈 수는 없어도 그 명령에 따라야 했다.

"수레와 덮개를 준비해 주시오."

피코가 무뚝뚝하게 여관 주인에게 명령했다. 잠시 뒤 여관 주인이 큰 수레를 밀며 문 앞에 나타났다. 피코는 호위병들에게 시체를 천으로 감싸서 잘 묶으라고 명령했다.

"이 방을 잘 닫아두고 흔적들을 모두 지우시오. 그리고 피렌체 군주님께서 직접 당신에게 어떤 명령을 내리기 전까지는 이 사건에 대해서는 입을 다물도록 하시오. 당신의 죄와 이 맹세는 서로 연결되어 있소. 이 맹세를 어기면 비역질 죄목으로 교수형을 당할 테니 그리 아시오."

올리베로토는 몸을 떨면서 서둘러 호위병들이 시신을 마차에 싣는 것을 도와주었다. 그러면서 변명을 하기 시작했다. 자신이 팔레스키와 가까우며 얼마나 평판이 좋은 남자인지 큰소리로 말하고 자신의 보증을 서줄 수 있는 귀족들의 이름들을 늘어놓았다. 그리고 자신이 군주에게 얼마나 충성스러운지를 열심히 이야기했다. 피코는 전혀 모르는 사람들의 이름이었지만 호위병들은 그 이름을 듣더니 키득거리며 눈짓을 했다. 그 사람들의 비행을 알고 있는 게 틀림없었다.

피코는 혹시 다른 흔적을 놓치지나 않았는지 살펴보기 위해 방안을 한 번 더 둘러봐야겠다고 생각했다. 하지만 특별히 눈에 띄는 것은 전혀 없었다. 침착하게 방을 막 나서려던 찰나, 침대 밑에서 뭔가 희미하게 반짝이는 게 눈에 띄었다. 그는 그게 뭔지 궁금하여 되돌아갔다. 바닥에는 금으로 만든 작은 메달이 놓여 있었다. 아기를 안고 있는 성모상이 섬세하게 새겨진 메달로 먼지가 뽀얗게 앉은 낡은 끈조각이 아직 매달려 있었다. 아주 오래 전부터 거기 버려져 있었던 것처럼. 여자 물건이 분명해, 피코가 생각했다.

그는 메달을 가방에 집어넣고 드디어 그 조용한 죽음의 장소를 떠나기로 했다. 호위병 둘이 수레를 잡고 도시 성문 쪽으로 갔다.

피코는 고개를 푹 숙인 채 어설프게 흉내낸 쓸쓸한 장례 수레를 따라갔다. 불빛도, 사제도, 희망도 없는 장례 행렬이었다. 이 무시무시한 짐을 실은 수레가 성문을 통과하게 해달라고 수비대원들을 설득하는 게 쉽지 않았다. 수비대원들은 악취 때문에 가까이 다가오지 않은 채 창끝으로 넝마조각에 덮인 시신을 뒤적이다가 겁에 질린 얼굴로 물러섰다.

"대체 도시 안으로 뭘 들여가려는 거요, 빌어먹을!"

수비대장이 메디치 가문의 제복을 입은 호위병들을 무시하며 피코에게 고함을 쳤다.

"죽은 피렌체인인데 묘지에 묻어주러 가는 길이오." 피코가 대답했다.

"당신은 이자를 묻으려는 게 아니라 무덤에서 파온 게 틀림없소! 그 끔찍한 물건을 가지고 당장 꺼져요!"

피코는 잠시 일 마니피코의 권위를 이용해 보려는 생각을 했다. 하지만 그의 이름을 거론한다는 것은 아직 확실한 게 하나도 없는 사건에 그를 끌어들이는 것을 의미했다. 피코에게 좋은 수가 떠올랐다.

"이노첸티 병원 해부학자들이 이 시신을 기다리고 있소. 이 남자와 가족이 모두 신종 전염병으로 죽은 것 같소."

수비대원들이 급히 수레에서 떨어져 한쪽으로 물러섰다.

"그렇다면 가시오. 모두 악마에게나 잡혀 가 버려라."

수비대장이 소매로 입을 막으며 등 뒤에서 외쳤다.

성문을 등진 피코는 다시 백여 걸음 정도 계속 걸어갔다. 그러다가 걸음을 멈추더니 수레를 끌고 있는 두 호위대 병사에게 자기를 따라오라는 눈짓을 했다.

"아까 말씀하신 대로 이노첸티 병원으로 가는 거 아닙니까?"

두 호위병 중 나이 많은 병사가 물었다.

"아니다, 내게 더 좋은 생각이 있다."

피코가 교활한 미소를 보일 듯 말 듯 지으면서 대답했다.

"산 루카 조합으로 데려가라. 그리고 조합장에게 넘겨주고 장례를 치르게 해."

"뭐라고요? 지금 이 시간에?"

"피렌체에서 예술가들을 보호하는 건 그 사람이다. 그리고 이 불운한 남자는 이 시간에도 보호를 필요로 한다."

피코는 처음에는 산 사람 때문에 그 다음에는 죽은 사람 때문에, 한밤중에 두 번이나 잠에서 깨어나야 할 조합장의 기름진 얼굴을 속으로 상상하며 대답했다.

메디치 궁

　멀리 라타 가에서 비치는 희미한 불빛이 도시를 감싼 어둠을 갈라놓았다.

　메디치 궁의 정면에서 활활 타오르는 횃불의 불빛이었다. 건물의 육중한 벽은 쭉 이어졌고 입구 주변의 로지아(이탈리아 건축에서 한쪽 벽이 없이 트인 방이나 복도를 가리키는 말) 부분에서만 그 벽이 중단되었다. 코시모 일 베키오('나이 많은 코시모'란 뜻으로 로렌초의 할아버지인 코시모 데 메디치를 가리킴)가 건축가 미켈로초에게 이 로지아를 만들라고 부탁했는데, 아마도 이 건물이 주는 어둡고 강한 분위기를 부드럽게 만들기 위해서일 것이다. 총안(몸을 숨긴 채 총을 쏘기 위해 성벽이나 보루 등에 뚫어놓은 구멍)이 있는 이 건물은 메디치 가문의 적들을 향해 마치 요새처럼 우뚝 솟아 있었다. 혹은 그 집은 전제군주의 소굴이 아니라 도시 사람들을 향해 열려 있으며, 누구든 더운 여름이면 서늘한 그늘을 찾아, 추운 겨울에는 비를 피해 그곳에 들어올 수 있다는 것을 시민들에게 암시하기 위해서일 수도 있었다.

시민들이 권력자들, 특히 너무 부자거나 신흥세력에게 느낄 수 있는 시기심을 누그러뜨리게 하기 위한 방법이었다. 그리고 암살자들의 시기심을 완화시켜 그들이 무기를 들지 못하게 하려는 의도도 있었다.

로렌초는 아직도 인쇄소에서 불이 났을 때 달려갔던 차림 그대로였다. 눈에는 밤을 샌 흔적이 역력했다. 서재의 의자에 앉아 피코가 돌아오길 기다리고 있었던 게 틀림없었다.

"조각가는 찾았나? 왜 함께 오지 않았나?" 실망한 얼굴로 문 쪽을 쳐다보며 물었다.

피코는 대답 대신 꼼짝 않고 제자리에 서서 일 마니피코 등 뒤의 벽을 놀란 눈으로 뚫어지게 보았다. 벽에 상자형 액자가 하나 걸려 있었는데 나무로 된 작은 문이 달려 있었다. 서재의 텅 빈 벽을 장식하는 건 그 액자 하나뿐이었다. 피코는 지금까지는 그 작은 문이 일 마니피코가 기도를 위해 걸어놓은 성화를 보호해 준다고 생각했다.

그런데 지금 처음으로 그 문이 활짝 열려 있었다. 피코는 기계적으로 그림을 찾기 위해 가방을 집었다. 두루마리를 펴서 액자의 작은 초상화에 가까이 댔다. 창문 앞에 서 있는 알몸의 여자 초상이었다. 창문 너머로는 황량한 풍경이 얼핏 보였다.

"저 여인은…… 같은 사람입니다!"

"무슨 소리인가? 자네 손에 들고 있는 게 뭐지?"

로렌초가 다가와 피코의 손에 있는 종이를 빼앗았다. 재빨리 그림을 본 그도 흠칫하며 벽에 걸린 초상화 쪽으로 눈을 돌렸다.

"정말이군……"

그가 이렇게 중얼거리며 그림의 머리 부분을 볼썽사납게 만든 핏자국을 손가락으로 만졌는데 그 피를 꺼리는 기색이 전혀 없었다.

"시모네타야…… 이걸 그린 사람이 누군가? 그 풀젠테? 그자는 지금 어디 있나?"

피코는 간단히 여관에서 목격한 광경들을 설명했다.

"조각가는 살해당한 게 분명합니다. 인쇄 장인도 단순한 범죄에 희생되어 죽은 게 아니라 조각가의 죽음과 연관이 있는 것 같습니다. 어떻게 왜 죽였는지 알 수는 없지만 얼마나 잔인하게 살해했는지는 알 것 같습니다."

하지만 로렌초는 이상하게 불안해하면서 피코의 말을 귀담아 듣는 것 같지가 않았다. 계속 초상화와 그림을 번갈아보았고 그러다가 피코를 보기도 했는데 점점 더 무거운 침묵 속으로 빠져들었다.

"시모네타가 누굽니까?"

갑자기 피코가 물었다. 일 마니피코는 대답 대신 고개를 여러 번 저었다. 그러더니 한 손으로 이마를 만졌다.

"뭐라고? 시모네타? 왜 그걸 묻나?"

"종이 밑에 그 'S', 이건 군주님이 말한 이름의 첫 글자입니다. 그리고 초상화를 그렸을 때의 그녀의 나이가 적혀 있어요. 몇 안 되는 분명한 사실 중의 하나지요. 군주님께 이게 무슨 의미가 있는 겁니까?"

피코는 잠시 로렌초가 눈물을 닦고 있는 것 같은 인상을 받았다. 하지만 눈에서 손을 치웠을 때 그의 시선은 다시 반짝였다.

"시모네타…… 시모네타 베스푸치[10], la sans pareille('유일무이한 여인'이라는 뜻)……"

"누구와도 비교할 수 없게…… 정말 그렇게 아름다웠습니까?" 피코가 호기심이 생겨서 물었다. "이 초상화들처럼요?"

로렌초가 눈을 가느스름하게 떴다.

"아름다웠다네, 친구. 신이 질투할 정도로 아름다웠어. 신의 곁에 있는 천사 같았어. 그녀를 사랑했던 남자들의 넋을 빼앗고 절망을 안겨주려고 사람들 속으로 도망 온 천사."

"그런데 그녀는 누구였습니까? 그녀를 사랑했던 남자들은 또 누구지요?"

동요하는 일 마니피코 때문에 점점 더 충격을 받은 피코가 계속 물었다.

"시모네타는 제노바 출신인 베스푸치의 아내라네. 세상에서 가장 아름다운 여인으로 불과 몇 년 동안이었지만 피렌체를 환히 밝혔다네. 그러고는 이 세상에서 말없이 사라져 피렌체를 어둠에 빠지게 했지. 그녀를 사랑했던 남자들이 어떤 사람들이었는지 알고 싶다니, 그녀를 만났던 남자라면 누구나 그녀를 사랑했다고 할 수 있을 걸세."

---

10) 시모네타 베스푸치(1453~1476) : 제노바에서 태어나 피렌체 베스푸치 가로 출가했다. "아름다운 시모네타"로 불리며 여러 문학작품과 회화의 모델이 되었다. 1475년 로렌초 데 메디치의 동생 줄리아노 데 메디치의 연인이 되었으나 그 다음 해에 요절했다. 보티첼리는 그녀를 모델로 〈시모네타의 초상〉, 〈비너스의 탄생〉, 〈마르스와 비너스〉, 〈라 프리마베라〉를 그렸다.

피코는 다시 두 그림을 대조해 보았다.

"있을 수 없는 일 같은가?" 일 마니피코가 중얼거렸다.

"자네는 너무 젊어서 아직 사랑의 고통을 모르는 걸까?" 빈정거리는 듯한 뉘앙스로 이렇게 덧붙였다.

"아닙니다, 저 역시……" 피코가 얼굴을 붉히며 격정적으로 말을 시작했다. 그러나 곧 감정을 자제했다. "사랑은 자신을 완전하게 만들려는 욕망이고 정신은 이 욕망을 위한 시도를 하게 됩니다. 플라톤이 말했듯이, 우리가 세상에 던져졌을 때 상실한 우리의 일부분을 한 여인에게서 찾으려는 시도지요. 하지만 이런 반쪽은 모든 영혼에 하나, 딱 하나밖에 있을 수 없습니다. 그 영혼을 황폐하게 하는 그런 공간이 딱 하나이듯이 말입니다. 여러 남자가 단 한 명의 여인을 사랑한다는 게 가능한 일입니까?"

"자넨 정말 철학자가 됐군, 피코?" 일 마니피코가 쓸쓸하게 웃으면서 말했다.

"나는 시모네타가 정말 어떤 사람이었는지 몰라. 살아 있는 그녀와 나눈 말이 열 마디도 채 안 될 걸세. 하지만 거리에서 그녀를 보고 그 향기를 맡은 것만으로도, 그 얼굴과 그 향기는 내 것이 되고도 남았다네. 내가 그녀의 남편이라 해도 그것들을 그렇게 내 것으로 가질 수 없었을 거야. 어떻게 그런 일이 벌어졌는지는 말할 수 없지만, 단검을 휘둘러 우리의 삶에 길을 만들고, 치유할 수 없는 상처를 남기는 삶을 사는 사람들도 있다네. 죽음의 무도회에 참석했던 사람들은 모두 그 사실을 잊지 않고 있어."

"죽음의…… 무도회요?" 피코가 당황스러운 얼굴로 물었다.

"지금부터 6년 전, 봄이 시작되면서 이 성 안에서 무도회가 열렸지. 그 해 성년을 맞은 젊은이들을 축하하기 위해서였다네. 피렌체의 귀족 아가씨들이 모두 초대되었고 무도회가 열렸지. 누구와도 비교할 수 없게 아름다운 시모네타를 선두로 해서 아름다운 여인 셋이 미의 여신으로 분장하고 둥글게 원을 그리며 춤을 추었다네. 그리고 마지막으로 아름다움이라는 넥타르(그리스 신화에 나오는 신들의 음료)로 우리 가슴을 가득 채워주었지."

"그 뒤 무슨 일이 벌어졌습니까?"

"불과 몇 달 사이에 그 세 여인들이 모두 죽었어. 그 무도회는 사랑을 찬미했지만 우리들끼리는 그 무도회를 죽음의 무도회라고 부른다네."

일 마니피코가 오열을 참으면서 대답했다.

"예상치 못한 전염병에 걸려 세 여인이 죽었는데 시모네타가 제일 먼저 세상을 떴지. 그리고 이게 그녀에게 남은 전부라네, 핏자국이 몇 개 있긴 하지만……" 그림을 다정하게 쓰다듬으며 그가 계속 말했다. "그런데 죽었다고 했지, 그 조각가도."

"죽었습니다. 하지만 여자는 살아 있습니다."

"뭐라고, 살아 있다고? 무슨 말인가?" 일 마니피코가 깜짝 놀랐다.

"초상화 속의 여인은, 그녀가 누구이든, 그녀를 목격한 사람이 있습니다. 조각가가 여관에 투숙했던 바로 그때 바로 이 여인도 여관에 나타났었다고 올리베로토가 분명히 말했습니다."

로렌초가 벌떡 일어나 그에게 달려들었다. 피코는 자신의 조끼를 움켜쥐는 로렌초의 손길을 느꼈다. 그리고 자신의 얼굴에

와 닿는 뜨거운 입김도. 입김에는 뜬눈으로 밤을 새운 데다가 긴 장감 때문에 분비되는 체액의 시큼한 악취가 담겨 있었다. 하지만 일 마니피코의 분노는 찾아올 때처럼 그렇게 재빨리 사라져 버렸고 그와 동시에 손의 힘도 풀렸다. 다시 첫 키스를 한 소녀처럼 수줍은 미소가 얼굴에 떠올랐다.

"시모네타가…… 돌아왔어…… 그들이 말을 찾았어!"

피코는 피렌체 군주의 반응에 다시 한 번 깜짝 놀랐다.

"돌아왔다니, 무슨 뜻입니까?"

"죽음으로부터 돌아왔다는 걸세, 약속했던 대로."

"진심으로 하시는 말씀이 아니겠지요."

잠시 입을 다물고 있던 피코가 조심스럽게 중얼거렸다.

그 사이 일 마니피코는 점점 더 흥분하며 방안을 성큼성큼 걷기 시작했다. 그러다가 기운이 다 빠져버린 듯 의자에 털썩 주저앉았다.

"내가 미친 게 아니라네, 친구. 자네가 모르는 일이 하나 있네." 그가 중얼거렸다. "자네에게 죽음의 무도회 이야기를 했지. 그리고 즐거웠던 그 축제의 시작과 그 뒤에 곧 찾아온 고통스러운 일도. 하지만 그 후, 장례식 횃불이 꺼져 채 식기도 전에 일어난 일은 이야기하지 않았다네. 시모네타를 사랑했던 우리는 산 마르코에 있는 내 정원에서 절망에 빠져 있었지. 우린 너무 놀란 상태여서 아마 고통조차 느끼지 못했을 걸세. 내 동생 줄리아노와 산드로 보티첼리가 왔다네. 줄리아노는 그녀의 아름다움을 즐겼을 테고, 보티첼리는 그 아름다움을 자기 예술의 토대로 삼았을 거야."

"군주님의 동생분이 시모네타의 연인이었나요?"

이야기에 깊이 빠져든 피코가 이런 질문이 너무나 통속적이라는 것도 알아차리지 못한 채 순진하게 물었다.

일 마니피코가 잠시 입술을 깨물었다. 이가 세게 부딪힐 정도로 이를 악무는 소리가 피코의 귀에 들리는 것 같았다. 하지만 로렌초의 얼굴에 분노는 나타나지 않았다. 다만 고통의 그림자가 드리워졌을 뿐이다.

"눈물을 흘리며 우리에게 도전을 제안한 것은 바로 보티첼리였네."

"도전이요?"

"그래, 도전. 우리들 각자에 대한, 그리고 어쩌면 신 자체에 대한. 보티첼리는 인간들은 이런 죽음에 절대 굴복할 수 없다고 했다네. 우리 삶의 기적이었던 그녀에게 삶을 되돌려 줄 수 있는 방법이 하나라도 존재한다면, 지상에서 우리에게 허락된 시간을 모두 바쳐서라도 그 방법을 찾아야 한다고 말했어. 우리에게 시도를 해보자고 청했다네."

"어떻게 말입니까?"

"바로 그날 밤, 하느님, 저희를 용서해주십시오. 온니산티 성당에 있는 베스푸치 예배당에 들어갔다네. 시모네타의 관이 아직 거기 놓여 있었는데 장의사들이 망치로 박은 관의 못에 그 온기가 채 가시지 않았지."

일 마니피코가 한 손으로 이마를 만지며 말을 멈추었다.

"누구였는지 모르겠네. 아마 보티첼리 본인이었을지도 모르는데, 누군가 로마 출신의 유대인을 데려왔어. 흑색 마술[11]을 부

렸다는 의심을 받아 동족에게 추방되어 그 무렵 피렌체에서 유
랑생활을 하던 의사였지. 우리들 모두 고통을 잊기 위해 습관과
일상적인 선을 넘어설 정도로 포도주를 마셨기 때문에, 악이 인
간의 눈을 가려버리는 것을 맹목적으로 용인했다네. 그리고 그
음산한 마법사가 무덤 앞에서 울부짖으며 시모네타의 그림자를
부르는 의식을 지켜보았어.”

피코는 넋을 잃고 그 이야기를 들었다.

“무슨 일이 벌어졌습니까?”

일 마니피코가 뜻밖에도 씁쓸하게 웃었다.

“아무 일도 일어나지 않았어! 그 악당은 유대인의 책에서 마
법을 끌어냈다고 말했지만 묘지에서는 악취가 나는 먼지 구름
만 일 뿐이었어. 그러자 그자가 30여 분이 넘게 이해할 수 없는
히브리어로 단조로운 주문을 웅얼거렸지. 묘지의 대리석은 천
국의 문처럼 꽉 닫혀 있었네.”

“그럼 뭔가 다른 것을 기대하셨던 겁니까?” 피코가 안도를 하
며 말했다.

로렌초는 다시 어두운 생각 속으로 빠져드는 것 같았다.

“기대? 어쩌면 아무것도 기대하지 않았을지도 몰라. 하지만
희망은 가졌지…… 그자가 우리에게서 그런 희망을 빼앗을 수
는 없었어. 내 행동을 다시 통제할 수 있게 되었을 때, 그리고 홍

---

11) 중세의 마술은 흑색 마술(black magic)과 자연적 마술(natural magic)
　　로 구분되었는데, 흑색 마술은 실제로 있을 수 없는 일로 사람을 속이
　　는 것으로 비난받고 억압당했으나 자연적 마술은 신기하기는 하지만
　　자연에서 실제로 일어날 수 있는 사실로 받아들여졌다.

분한 보티첼리 때문에 우리가 무슨 짓을 하고 있는지를 알게 되었을 때 난 그 파렴치한 이교도를 쫓아내버렸다네. 그런데 바로 그때 유대인이 다시 뭐라고 말했었지."

로렌초가 허공을 뚫어지게 보면서 계속 말했다.

"그 말이 내 기억 속에 새겨져 있다네. 그 당시에는 그저 말할 수 없이 뻔뻔스러운 유대인들이 흔히 지껄이는 말이라고 생각했었는데 지금 보니……"

"뭐라고 했습니까?"

"어둠에서 돌아오는 길은 굽잇길이라는 거야. 영혼이 그 길을 지나오는 데에는 가끔 오랜 시간이 걸리기도 한다고 했지. 어쨌든 그가 그녀를 불러냈기 때문에 그녀는 다시 나타날 거라고 말이야."

"그의 말을 믿으신 건 아니겠지요?" 피코가 자신의 회의적인 생각을 숨기지 못한 채 크게 외쳤다.

"모르겠네……" 로렌초가 두 손으로 머리를 움켜쥐며 중얼거렸다.

잠시 후 갑자기 다시 정신을 차리더니 피로 얼룩진 종이를 피코의 얼굴 앞에서 흔들면서 외쳤다.

"하지만 이 여인! 어떻게 이렇게 똑같은 여인이 살아 있을 수 있단 말인가? 그녀가 아니란 건가? 초상화에 적힌 글씨를 좀 봐! 'S, 29세 때' ! 시모네타가 죽었을 때 스물세 살밖에 되지 않았어. 하지만 지금 살아 있다면 스물아홉 살이겠지!"

일 마니피코가 괴로운 듯이 반박했다.

피코가 일 마니피코의 흥분을 가라앉히려고 애쓰며 한 손을 들었다.

"그러니까 시모네타가 아닙니다. 그냥 닮은 여인일 뿐이에요. 세상에는 이런 불가사의한 일도 많고 닮은 사람도 많습니다. 고대인들은 이미 이런 사실들을 알고 있었지요. 아마 자연이 일정 수의 형태만을 만들어 놓아서 여러 세대가 끝없이 되풀이되는 동안 그 형태는 조만간 스스로를 다시 복제하게 되는 겁니다. 사실 우리들의 삶에서 가끔 같은 일이나 상황이 되풀이되고 있지 않나요? 육신도 그러지 말라는 법이 있겠습니까?"

로렌초는 계속 고집스레 고개를 저었다.

"물론 시간이 흐르면서 모든 게 되풀이될 수 있다네. 하지만 인간 계층의 최고점에 있는 사람의 형상은 딱 하나밖에 존재할 수 없어. 그렇지 않으면 하느님 자신도 복제될 수 있을 테니. 그래, 최고의 위치에 있는 존재는 하나뿐이야. 시모네타는 미의 정점에 있었어. 그런 모습을 가진 사람이 또 있을 수는 없어. 완벽함은 두 번 되풀이되지 못해!"

피코가 부드럽게 종이를 집어 다시 내밀었다.

"그런데 그림 뒤에 적힌 글은 보셨습니까? 교정쇄인 것 같습니다. 아마 독일인이 군주님께 약속했던 책에 들어갈 페이지였을 수도 있습니다. 이게 뭔지는 누가 알겠습니까?"

"거의 읽을 수가 없군, 인쇄가 제대로 되지 않았고 잉크도 지나치게 많이 사용됐어."

로렌초가 낙담하며 말했다.

"그렇습니다, 또렷하게 인쇄가 된 것은 아니에요…… 하지만 자세히 보면 몇 줄은 읽을 수가 있어요. 여기요. '여기서 15권이 끝난다…… 세 배나 위대한 헤르메스의 이름으로…… 그의 법칙이 죽음에서 돌아올 것이다.'" 피코가 또박또박 읽었다.

"헤르메스 트리스메기스투스…… 철학자 마르실리오 피치노[12]가 번역한 이상한 작품, 헤르메스 전집Corpus Hermeticum[13]의 저자 아닙니까?"

"15권이라…… 잠깐만."

로렌초가 생각에 잠겨 중얼거리며 궤짝 쪽으로 다가갔다. 그것은 썰렁한 이 방에서 책상과 함께 유일하게 방을 장식해주는 가구였다. 그가 궤짝을 열고 재빨리 내용물을 뒤적이다가 원고를 꺼내 급히 그것을 넘겨보았다.

---

12) 마르실리오 피치노(1433~1499) : 르네상스 시대의 이탈리아 철학자. 처음에는 아리스토텔레스의 철학을 공부하였으나 후에 플라톤 철학을 연구하여, 플라톤과 그의 후계자들의 저서를 라틴어로 번역·주해하는 데 힘썼다. 이 사업을 위해 메디치가(家)의 원조를 받았으며, 1462년 이후 '피렌체 아카데미아'에서 연구와 강의를 했다.

13) 코시모 데 메디치는 피치노로 하여금 이것을 번역하게 했다. 피치노와 당시 사람들은 헤르메스 트리스메기스투스(Hermes Trismegistus)가 모세와 동시대 사람인 이집트 신부로서 실제 인물이고, 기독교의 예언자이며, 플라톤과 플라톤주의도 이 사상을 이어받은 것이라고 믿었는데, 이 역사적 실수는 르네상스 시대에 엄청난 결과를 야기했다. 르네상스인이 인간과 우주간의 새로운 관계를 인식한 것은 주로 이 문헌을 통해서였다. 인간은 더 이상 신의 창조에 경의를 표하는 관조자가 아니라 자연적인 질서로부터 힘을 얻어내는 조작자였다. 르네상스 마술가들은 수(number)를 인간이 우주의 힘을 이용하는 조작의 열쇠로 간주했는데, 이에 따라 자연에 대한 조작 가능성과 수리과학의 가능성이 열리게 되었다. 또한 이런 전통은 마술과 연금술을 학문적으로 정당화하는 데 기여했다.

"이건 마르실리오가 번역한 걸세. 조만간 읽어보겠다고 약속을 했었지…… 그런데 15권은 없어!"

로렌초가 마지막 페이지에서 실망스럽게 눈을 들며 크게 말했다.

"혹시 철학자가 자신의 번역본에 뭔가 덧붙였을지도 모릅니다. 그리고 새 인쇄기로 인쇄를 해야겠다고 생각했는지도……"

"아니야…… 마르실리오가 독일인에게 그런 일을 맡겼다면 내가 알고 있었을 걸세. 죽음에서 돌아올 것이다…… 마르실리오! 내 조부이신 코시모에게서 그리스 저작들을 받은 건 바로 마르실리오였어. 이 문제에 대한 대답을 우리에게 줄 수 있는 사람은 그 사람밖에 없네!"

로렌초가 흥분해서 이렇게 소리치며 벌떡 일어났다. 그리고 문 밖에 서 있는 호위병을 큰 소리로 불렀다.

로렌초는 여인의 초상에 빠져들어 그 뒤 30여 분을 꼼짝하지 않았다. 그는 아무 말도 하지 않고 여인의 얼굴만 쳐다보았다. 헤르메스의 작품에 대해 조심스럽게 대화를 시도해 보려던 피코는 모든 노력을 포기하고 방에서 찾아낸 베르길리우스의 『아이네이스』 복사본을 읽는 데 열중했다.

잠시 후 계단에서 들려오는 발소리가 철학자를 찾으러 갔던 호위병들이 돌아왔다는 것을 알렸다. 로렌초가 재빨리 책상 위의 종이를 뒤집어 여인의 얼굴을 감췄다.

마르실리오 피치노는 갑자기 잠에서 깬 데다가 대충 옷을 걸치고 한밤중의 거리로 끌려나왔기 때문에 아직도 정신을 차리지 못하고 어리둥절한 채였다. 서재에 들어오자마자 의자에 털썩 주저앉았는데 얼굴은 죽은 사람처럼 창백했고 희고 긴 머리카락들이 관자놀이 근처에 헝클어져 달라붙어 있었다.

죄인처럼 병사 두 명에게 붙잡힌 그가 나타나자 일 마니피코는 따뜻하게 그를 맞으러 갔고 진심으로 사과를 했다. 일 마니피코의 얼굴에 다양한 감정들이 교차했다. 어서 빨리 대답을 듣고 싶은 급한 마음과 함께 노철학자의 고통스러운 상황에 대한 염려도 담겨 있었다. 그리고 이런 감정 뒤에는 노철학자에 대한 진실한 애정도 숨어 있었다.

철학자는 정말 지친 듯했다. 책상 옆의 궤짝 위에 포도주가 가득 담긴 주전자와 주석 잔들이 놓여 있었다. 피코는 그 잔 하나에 포도주를 가득 따라 철학자에게 내밀었고 철학자가 포도주를 몇 모금 마실 때까지 그의 떨리는 손을 잡아주었다.

로렌초는 말없이 그 광경을 지켜보았다.

"나도 한 잔 따라 주게, 조반니."

로렌초가 노철학자에게서 눈을 떼지 않은 채, 피코 쪽으로 고개만 살짝 돌리며 명령했다. 포도주가 가득 담긴 잔을 받아들자 단숨에 그것을 비워버렸다. 그제야 다시 정신을 차린 마르실리오를 보고 마음이 놓여 긴장이 풀린 것 같았다. 로렌초는 손가락으로 컵을 만지작거리며, 그 안에서 반짝이는 마지막 포도주 몇 방울을 연구하고 싶은 듯, 뚫어지게 그것을 들여다보았다. 그의 얇은 입술 위에 미소가 번졌다.

"마르실리오, 당신의 지혜로운 말만큼 내게 위안을 주는 건 별로 없답니다. 특히 내 마음이 혼란스러울 때 말이오. 지금 당신의 지혜가 필요합니다."

"제가 알고 있는 것은 군주님과 군주님 가문에서 마음대로 쓰실 수 있고 제가 할 수만 있다면 어떤 일이든 하리라는 것을 잘 아실 겁니다."

마르실리오가 당혹스러움을 감추지 못한 채 중얼거렸다. 가쁘게 내쉬던 숨이 차츰 안정을 되찾아가는 중이었다.

"저걸 보니 아주 심각한 일이 틀림없군요."

마르실리오가 문 앞에서 아직도 보초를 서고 있는 호위병들을 가리키며 덧붙였다.

"선생은 헤르메스 트리스메기스투스의 작품들을 번역하라는 임무를 내 조부님에게서 위임받고 번역을 하셨습니다. 그 대화집이 몇 권이었습니까?"

로렌초가 이렇게 물으면서 거칠게 손을 저어 호위병들을 물러가게 했다.

철학자는 점점 더 당황하는 것 같았다. 지금 벌어지는 일을 이해해보기 위해 이리저리 눈을 굴렸다.

"열네 권이었는데…… 그런데 그걸 알고 싶으셔서서 한밤중에 저를 여기로 데려오신 겁니까?"

"확실합니까? 15권은 없는 건가요?"

로렌초가 책상 위의 초상화를 뒤집어 철학자 쪽으로 내밀면서 다그쳤다. 마르실리오는 혐오감을 제대로 감추지 못한 채 피에 젖은 양피지를 받아서 그림을 뚫어지게 보았다. 깜짝 놀란 그가 잠시 눈을 크게 떴다. 그가 눈을 들어 일 마니피코를 보았다. 자신이 본 것에 대한 확인을 받으려는 것처럼. 일 마니피코가 고개를 가볍게 까딱했다.

"그렇습니다. 그녀요. 우리 둘 다 그걸 알고 있소."

로렌초는 인쇄소의 화재와 여관에서 발견된 시신에 대해 간략하게 노인에게 알렸다.

"뒷면을 보세요."

마르실리오가 종이를 뒤집었다.

"헤르메스 15권……" 그가 움찔했다. "이건 있을 수 없는 일입니다. 헤르메스의 저작은 14권뿐입니다! 혹시……"

"뭔가요, 마르실리오? 뭔가 아는 게 있나요?"

"15권이…… 오르페우스 의식에 관한 거라면…… 죽음의 법칙."

피치노가 의자에 몸을 맡기면서 중얼거렸다. 하지만 곧 방금 자신이 한 말을 지워버리기라도 하려는 듯 입술을 오므렸다.

"로렌초 군주님의 할아버님은 내 목숨을 건 맹세를 받아내셨습니다……"

그의 시선이 먼 곳을 응시하는 것 같았다. 얼굴 위의 주름 자국이 더욱 선명해졌다. 마치 그때까지 그의 반짝이는 정신에게 눌려 있던 시간이 갑자기 급하게 제 갈 길을 다시 가기 시작한 것 같았다.

"말하시오, 마르실리오! 그렇지 않고 계속 입을 다물고 있으면 우리 가문이 당신에게 베풀었던 모든 편의를 이제 더 이상 누릴 수 없을 거요!"

로렌초가 한 팔을 휘두르며 소리를 질렀다. 철학자는 크게 숨을 들이마시며 한숨을 쉬었다.

"25년 전 일입니다. 위대한 코시모께서 살아 계시고 동방과 종교 회의를 하던 때였지요. 바로 그때 우리에게 고대의 지혜가 담긴 서적들이 도착했습니다. '세 배나 위대한' 헤르메스의 말이 담긴 책이었지요. 그리스인들은 이집트 토트 신을 그렇게 불렀습니다. 그의 작품에는 시간과 무자비한 인간들로 인해 서방 세계가 잃었던 지식이 담겨 있습니다. 그리고 군주님의 할아버님이신 코시모께서는 그 작품들을 손에 넣기 위해 비용과 노력을 조금도 아끼시지 않았습니다."

"헤르메스 전집, 나도 아오. 당신이 직접 모두 번역하셨지요!" 마르실리오가 고개를 저었다.

"전부라고요? 그렇습니다, 사실입니다. 하지만…… 하지만 전집의 14권이 전부가 아닙니다. 15권이 있었습니다. 코시모께서는 그것을 다른 문서들 속에 간직하셨지요. 제게 번역을 맡기셨을 때 15권은 직접 가지고 계시면서, 제게 그 이야기를 절대 아무에게도 하지 않겠다는 맹세를 받으셨습니다."

"왜요?"

"그 이유는 제게 말씀하고 싶어 하지 않으셨습니다. 다만 서재에서 반지를 이용해 15권의 페이지들을 봉인할 준비를 하시면서 몇 마디만 하셨을 뿐이지요. 그냥 15권이 사람들에게 알려지기에는 너무 위험하다고만 말씀하셨습니다. 그래서 언제까지인지 몰라도 계속 숨겨두어야 한다고요. 그리고 그 책을 이 세상에서 가장 존경받는 남자, 바티스타 알베르티[14]가 구해주었다고 말씀하셨습니다."

"건축가, 바티스타 말입니까?" 로렌초가 깜짝 놀라 소리쳤다.

"조부님과 절친했던……"

로렌초의 얼굴이 환히 빛났다. 잠시 문 쪽을 돌아보았다. 마치 누군가 말없이 이 방에 들어오기라도 한 것처럼. 마르실리오 역시 군주의 눈을 좇았다. 그리고 피코도 잠시 정말 눈에 보이지 않는 어떤 존재가 그들 곁에 나타난 것 같은 기분이 들었다.

"천재였지요. 만족을 모르는 예리한 영혼을 가진 사람이었습니다. 수학자이고 기하학자이고 천문학자였죠. 항상 역사나 자연의 비밀 속에 숨겨져 있는 것을 찾았어요." 철학자가 중얼거렸다. "아마 우리 시대의 인물들 중 가장 이상적인 형식에 가까운 사람, 플라톤이 말한 이데아의 세계에서 우리들 같은 보잘것없는 복제품을 관리하는 원형에 가장 가까이 간 사람이 아닐까 싶습니다."

---

14) 레온 바티스타 알베르티(1404~1472) : 이탈리아 초기 르네상스의 철학자이자 건축가이다. 근세 건축양식의 창시자로서 단테나 레오나르도 다 빈치와 마찬가지로 르네상스 시대 다재다능한 예술가의 한 사람으로 꼽힌다. 파도바와 볼로냐의 대학에서 공부하였고, 피렌체에 머물며 메디치가(家)에 출입하면서 많은 예술가들과 사귀었다. 1432년 이후는 로마에서 교황청의 서기관으로 일했다. 그는 성직(聖職)에 관계하였음에도 불구하고 종교보다 미술·문예·철학에 많은 저작을 남겼는데, 그 중에서 가장 유명한 것은 1450년에 저술한 『건축론』(10권)이다. 그는 이 저서 속에서 고대 건축의 연구와 예술가로서의 감각을 종합한 새 시대의 건축을 논하고 근세 건축양식의 전형을 보여주었다. 그의 이론은 옛 고전의 아름다움을 찾아내는 것을 출발점으로 하였는데, 그의 설계는 후에 바로크 건축에 큰 영향을 주었다. 그의 설계에 의해 지어진 건축물로는 밀라노의 산프란체스코 성당과 피렌체의 산타마리아 노벨라 성당 등이 있다. 저서로 『조각론』『회화론』 등이 있다.

"그래요, 천사의 목소리를 가졌고 어떤 악기든 연주할 수 있는 사람이었지요. 그리고 제일 사나운 말을 길들일 수 있었고 그와 동시에 제일 단단한 갑옷을 창으로 찌를 수도 있었습니다. 우아한 자세로 사랑의 소나타를 노래하다가 곧 그와 똑같은 동작으로 산타마리아 돔 너머로 돌을 던질 수도 있습니다."

로렌초가 꿈꾸는 것 같은 눈으로 허공을 응시하면서 말했다.

"어느 날 비트루비우스[15]가 그린 완벽한 비례의 인간 신체를 보여주었을 때 난 그 신적인 비례를 그가 어떻게 실현해냈는지를 발견하고서 깜짝 놀랐습니다. 그의 이름에 붙은 레오네(이탈리아어로 사자라는 뜻. '레온' 이라고도 한다)라는 별명이 어울릴 정도로 정말 인간들의 왕이었습니다. 그런데 선생이 말한 그 책을 그가 어떻게 갖게 되었을까요?"

"바티스타는 서자로 태어나기는 했지만 그의 학식 때문에 피렌체 공의회에 참석할 수 있었습니다. 그리고 공의회에 참석하러 동방에서 온 학자들과 친분을 맺게 되었지요. 뛰어난 학식을 갖추었고 고문서 연구를 하던 베싸리오네 추기경도 친구가 되었습니다. 아니면 아마도……"

마르실리오가 말을 멈추며 손가락 하나를 들었다.

"한 가지…… 기억나는 게 있습니다. 예전에 한 번 그가 피렌체로 다시 돌아왔을 때 저는 그와 베키오 다리에서 만나 이야기를 나누었습니다. 로마에서 고대 기념물들에 대한 연구를 했다

---

15) 마르쿠스 비트루비우스 폴리오: 로마의 건축가. 카이사르와 아우구스투스 황제 시대인 BC 1세기에 활동했다. 그가 남긴 『건축서』(10권)는 르네상스 건축 연구에 중요한 자료가 되고 있다.

고 얘기하더군요. 그 기념물들의 부조를 그리고 있다고요. 그리
고 숲 속에 숨겨진 고대 신들의 흔적을 찾아 로마 근교의 들녘을
돌아다닌다고도 했습니다."

"그렇게 말했습니까?"

"예, 팔레스트리나(이탈리아 로마 시 근처에 있는, 라치오 주의 소도
시)에 있는 고대의 성소인 포르투나 신전, 이시스의 신전들을 이
야기했습니다…… 그리고 로마 유대인에게서 많은 것을 배웠다
고도 말했습니다. 그 유대인이 자신에게 카발라의 비밀들을 열
어 보여주었다고 했지요. 동족들의 눈을 피해 테베레 강가의 한
구역에 숨어 살던 남자라고 했습니다. 그리고 그 사람으로부터
신들의 글쓰기의 비밀을 알게 되었다고 했습니다! 이 일은 군주
님의 조부님께서 돌아가시기 불과 며칠 전에 일어난 일입니다.
저는 조부님께서 그 책을 다 읽고 고통스러워하시다가 당신의
힘을 너무 빨리 소진시키신 것이라고 항상 생각했습니다."

"오르페우스의 의식…… 죽음의 법칙." 로렌초가 생각에 잠
겨 되뇌었다. "그러면 그 의식을 치르게 한 게 그 유대인일 수 있
단 말입니까? 그런데 그 책에 어떤 내용이 적혀 있었던 겁니까?"

"전설에 따르면, 헤르메스는 사막의 모래 속에서 신들을 통해
알게 된 것을 옮겨 적었다고 합니다. 하늘의 형태와 땅 속 깊은
곳에 감춰져 있는 모든 것들을 책에서 밝혔습니다. 땅 속에는 악
령들과 그들을 불러낼 언어들이 숨겨져 있다고 합니다. 하지만
그의 작품을 연구하는 사람은 공백을, 본질적으로 결핍된 요인
을 포착하게 됩니다. 바로 죽음에서 살아나기 위한 방식입니다.
그것을 모르는 채, 어떻게 하느님 앞으로 올라갈 수 있겠습니

까? 이 때문에 항상 제15권이 이야기되곤 했습니다…… 지옥으로 내려가기 위해 오르페우스가 지난 길, 죽은 자들의 도시와 신전이 묘사된 책입니다. 그리고 그 도시들의 철책문을 열고 영혼을 되살려내는 데 필요한 공식들이 적혀 있는 거지요. 아마도 조부님께서는 15권을 읽으셨을 겁니다. 군주님께서는 아직 어렸고 바티스타는 이미 노년에 접어들었을 때 그 사람을 만나신 적이 있습니다. 하지만 저는 그가 한마디 말로 두 세계를 연결하는 대화를 이끌어 갈 수 있던 시절에 그와 우정을 나눈 것을 영광스럽게 생각합니다. 딱 한 번 깜짝 놀라는 그의 모습을 본 적이 있습니다. 그때 그 원고를 손에 꽉 쥐고 있었습니다. 웃지 마십시오, 군주님. 헤르메스의 가르침에 따르면, 높이 있는 것은 아래에 있는 것과 같다고 했습니다. 그리고 아래에서, 우리가 이 세상의 바다라고 생각하는 잔잔한 파도 밑에서 흐르는 물이 괴물들을 지배한다고 말입니다.”

로렌초는 너무 놀라 아무 말도 하지 못했다.

“그 책은 어디 있습니까?” 피코의 갑작스러운 질문이 방안에 내려앉은 침묵을 깼다. “조부님께서 그 책을 보관하셨을까요?”

“그럼요, 틀림없이 그러셨을 겁니다. 잘 아시다시피, 조부님께서는 유해한 것일지라도 고대인들의 흔적이 담겨 있는 것이라면 다 귀중하게 생각하셨지요.”

“그 책이 어떻게 되었는지 아십니까?” 피코가 다시 물었다. “이 오랜 시간 동안 그 책을 누가 가지고 있었는지 궁금하지 않으셨습니까? 선생께서는 **전집**의 책임자이신데, 그걸 찾지 않았다니……”

"그 책의 운명에 대해선 나도 모르네." 마르실리오는 피코의 집요한 질문에 무척 짜증스러워하면서, 다시 같은 대답을 되풀이했다. "코시모께서는 아주 가까운 사람에게도 속내를 다 털어놓는 분이 아니라네. 그래서 내게 그 사실을 털어놓을 때 깜짝 놀랐고 그분이 동요하시는 걸 보았네. 메디치 가문과 상관없는 이방인 앞에서 이런 얘기를 해서는 안 되는데……" 이렇게 덧붙이고 일 마니피코를 보았다.

하지만 로렌초는 그런 것을 별로 중요하게 생각하지 않는 것 같았다.

"조부님께서는 가문 문서 보관소에 문서들을 보관해 두었소. 팔라초(이탈리아어로 궁전, 대저택을 가리키기도 하고 공공건물을 가리키기도 한다.) 지하에 있는 철제 금고들이지요. 선친이신 피에로께서 그것을 물려받았지만, 난 아버님이 공문서와 장부 이외에 다른 걸 손에 들고 계시는 것을 본 적이 없습니다. 아버님은 학문에 관심이 있거나 약속을 중요하게 생각하시는 분이 아니셨지요. 아마 책은 거기 있을 거요."

로렌초가 갑자기 자리에서 일어서더니 피코와 철학자에게 자신을 따라오라는 눈짓을 했다. 그리고 계단 쪽으로 걸어가자 졸고 있던 하인들이 당황해서 겁에 질린 꼭두각시들처럼 벌떡 일어섰다.

궁의 지하실은 여러 가지 물건들, 금고, 다양한 상품들이 잔뜩 들어 있는 궤짝, 그림과 석상들로 발 디딜 틈이 없었다. 하지만 무엇보다 피코의 눈에 제일 먼저 들어온 것은 무기들이었다. 벽을 따라 정리되어 있는 도끼창과 창의 숫자로 짐작하건대 그 안에는 소규모 부대 하나를 무장시킬 수 있을 만큼의 무기들이 있었다. 최신식의 다양한 총들과, 경포가 실린 작은 마차들까지 있었다. 피코는 라벤나에서 그 경포들이 베네치아 갤리선에 배치되는 것을 본 적이 있었다.

일 마니피코가 첫 번째 지하실을 성큼성큼 가로질러 가면서, 두 사람을 철문 쪽으로 안내했다. 가느다란 쇠줄에 묶인 열쇠를 꺼내더니 자물쇠를 열었다. 문이 열리면서 아주 작은, 거의 창고 같은 방이 나타났다. 귀퉁이에 쇠로 테두리를 두른 단단한 오크 재목의 궤짝 몇 개 이외에는 아무것도 없이 썰렁했다. 먼지에 뒤덮인 궤짝 뚜껑에서 붉은색의 메디치 가문 문장을 알아볼 수 있었다.

"여기요." 로렌초가 말했다.

궤짝들은 지하 납골소의 묘지들처럼 벽을 따라 놓여 있었다. 어쨌든 지하 납골소라고 할 수도 있지, 살아 있던 사람들의 유물이니까. 피코는 생각했다. 어쩌면 세월이 흐르면서, 허공으로 사라져 버릴 뼈더미보다는 이런 유물들이 고인들을 더 상기시킬지도 모른다. 글은 누구나 남길 수 있다. 그러니 흙먼지가 아니라 언어 위에 묘지를 세운 메디치 사람들이 아주 훌륭한 일을 한 것이다.

"이게 코시모 조부님의 문서요."

로렌초의 이 말에 두 사람이 상념에서 벗어났다. 로렌초가 두 번째 열쇠로 어떤 금고에 달린 맹꽁이자물쇠를 열었다. 그리고 곧바로 뚜껑을 열었고 잠시 동안 꼼짝 않고 가만히 그 금고에서 훅 풍겨져 나오는 습기와 낡은 가죽 냄새를 마셨다.

그가 조심스럽게 금고 안에 들어 있는 것을 꺼냈다. 그가 아까 말했던 문서들이었다. 대부분은 가느다란 끈에 묶여 있었고 색깔을 칠한 서판 사이에 끼워져 있거나 두꺼운 책으로 제본이 된 것도 있었다.

"계산서…… 토지 소유 문서. 관리인들의 보고서, 중요 인사들의 서신. 그리고 이건……"

그가 잠시 끈에 묶인 두꺼운 서류들을 보며 중얼거렸다.

"……아버님의 결혼을 위해서 토르나부오니 가문에 보낸 서한들……"

그가 다시 금고에서 손을 뺐는데 지금까지 꺼냈던 것들과는 다른 갈색의 작은 서류철이 손에 들려 있었다. 얇은 나무 서판으로 만든 그 서류철은 끈으로 단단히 묶여 있었다. 세월의 먼지가 묻은 채 실처럼 가느다랗게 변한 끈의 매듭마다 코시모의 검이 표시된 밀랍 인장들이 찍혀 있었다.

일 마니피코가 마르실리오를 보았다.

"이것 같습니다."

철학자가 흥분을 숨기지 못한 채 말했다. 로렌초가 손가락 끝으로 끈의 매듭을 헐겁게 만들어 안쪽의 페이지를 들여다보려고 했다. 그는 코시모 할아버지의 뜻을 거역하고 있다는 것을 이제야 알아차린 듯 당황한 것 같아 보였다. 그러나 어찌나 단단하게 묶었던지 밖에서는 내용물을 들여다볼 수가 없었다.

피코가 허리에 차고 있던 단검을 꺼내 그에게 내밀었다. 하지만 로렌초는 머뭇거렸고 마르실리오도 이런 불경스러운 일에 연루되고 싶지 않은 듯이 한 걸음 뒤로 물러섰다.

피코는 단호하게 한 손으로 서판을 잡은 뒤 끈의 한쪽 귀퉁이를 예리하게 잘라냈고 주변의 다른 매듭들도 잘라 버렸다. 인장들의 무게 때문에 끈이 바닥으로 떨어져 내렸다. 피코는 끈이 끊어져 나간 서판을 로렌초의 손바닥 위에 올려놓았다. 로렌초가 다시 잠시 주저하다가 빠른 손놀림으로 서판을 폈다.

그는 놀란 눈으로 다시 보았다. 그 안에는 코시모가 직접 쓰고 서명을 한 짧은 문장이 담긴 종이 한 장밖에 들어 있지 않았다.

"Scripta delevi, ad tutelandam stirpem meam. Atque romana secreta relinquant in Urbe." ('그가 자신의 가문을 구하기 위해 원고를 없앴다. 로마의 비밀은 로마에 남아 있게 하기 위해서' 라는 뜻의 라틴어.)

로렌초가 읽었다.

"그가 자신의 가문을 구하기 위해 원고를 없앴다. 로마의 비밀은 로마에 남아 있게 하기 위해서."

일 마니피코가 그 안에 뭔가 다른 게 숨겨져 있지나 않은지 확인해 보려고 서판을 다시 흔들었다. 하지만 아주 큰 종이에서 찢어낸 그 종잇조각 말고는 아무것도 없었다.

종이를 뒤집어 보았다. 뒤에는 간단하게 펜으로 스케치한 것 같은 게 있었다. 예술가들이 작품을 준비하기 위해 그린 스케치의 일종이었다. 나무와 한 번도 본 적이 없는 동물들, 비현실적인 건물의 벽 일부분을 그린 것 같았다. 그림 두 개만 이해할 수 있을 듯했다. 첫 번째 그림에서는 한 젊은이가 세 개의 아치문 앞에 서 있었는데 문 뒤로 세 개의 각기 다른 길이 구불구불 뻗어 있었다. 그리고 젊은이는 어떤 길로 들어서야 할지 망설이는 것 같았다. 각각의 문 입구에는 신비한 글자가 적혀 있었는데 꼭 길 뒤에 숨겨져 있는 수수께끼를 알려주는 것 같았다. 반면 또 다른 그림에는 이상한 관목 같은 것 하나만 그려져 있었는데 관목의 가지에는 이해할 수 없는 표시들로 뒤덮인 거대한 열매들이 매달려 있었다.

"이게 모두 어떤 의미가 있을 거라고 생각하십니까?" 로렌초가 피치노를 돌아보며 물었다.

"한 가지뿐입니다. 조부님의 예술에 대한 사랑이 너무나 강렬하셔서, 다른 원고는 다 없애 버리기로 하시면서도 이 부분만은 남겨 두게 되었던 거지요. 제 생각에는 이러한 그림들에 대한 사랑 말고는 다른 어떤 이유도 없었을 것 같습니다. 혹시 이 저자에 대한 존경심일 수도 있고요."

"그렇게 생각하십니까……?"

"확실합니다. 우아한 필치를 모르시겠습니까? 레온 바티스타 알베르티는 코시모께 작품만 넘겨 준 게 아니라 어떤 식으로든 그 작품이 자신의 뛰어난 기술의 결과와 조화를 이루어야만 한다고 생각했던 겁니다."

"그런데 왜?"

"오르페우스의 말, 그 의식을 그림으로 보여주고 부적으로 바꾸어야 할 필요가 있었는지도 모르지요…… 하지만 우리는 정확한 사실은 절대 알 수 없을 겁니다."

마르실리오가 낙담을 하며 이렇게 추측했다.

서재로 돌아온 일 마니피코의 얼굴은 돌로 만들어진 것같이 경직되어 있었으며 주름이 선명했다. 팔라초 위층 방에 장식된 베로키오[16]의 부조와 똑같이 얼굴을 찌푸리고 입을 꾹 다물고 있었다.

"헤르메스의 비밀은…… 사라졌다." 그가 중얼거렸다. "그래도 어느 곳엔가 아직 남아 있어! 그렇기에 모라라는 자가 그것을 갖게 되었던 거지!"

잠시 후 다시 정신을 차린 로렌초가 크게 외쳤다.

철학자가 그의 곁으로 다가와 아버지 같은 태도로 한 손을 그의 어깨 위에 얹었다.

"죽은 사람들은 죽은 사람들에게 맡겨두시지요, 로렌초. 그 여인을 잊으세요." 중얼거리듯 덧붙였다. "여관에서 진짜 무슨 일이 일어났는지 누가 알겠습니까. 저 젊은이가 제대로 들은 건지도 알 수 없고요."

피코를 눈짓으로 가리키며 덧붙였다.

"그 여인은 절대 이 세상에 살아 있지 않습니다."

"아마 그럴지도 모르지요." 피코가 화가 나서 대답했다. "전 그 그림 말고는 어떤 여인도 보지 못했습니다. 하지만 이게 바로 범죄 현장에 있었습니다."

이렇게 말을 하며 자기 가방에서 조각가의 몸 옆에서 발견했던 보석을 꺼냈다.

로렌초가 그의 손에서 보석을 낚아채서 등불에 가까이 가져갔다. 한참 동안 보석을 자세히 살펴보다가 넋이 나간 얼굴로 피

---

16) 안드레아 델 베로키오(1435~1488) : 이탈리아의 화가이자 조각가, 금세공사.

코 쪽으로 돌아섰다.

"이 성모상! 내가 시모네타에게 선물한 걸세. 이걸 보게!"

벽에 걸린 초상화를 손가락으로 가리키며 소리쳤다.

초상화에는 똑같은 모양의 보석이 그려져 있었는데 그 보석은 일 마니피코가 손에 들고 있는 것과 비슷한 끈에 고정되어 있었다.

"관에 눕혀졌을 때 이 목걸이를 목에 걸고 있었어!"

일 마니피코가 흐느낌을 참으면서 중얼거렸다.

"그냥 비슷한 것일 수도 있습니다. 그것을 세공한 장인이 복제품을 만들었을 수도 있고……"

"아니야. 감히 그렇게 하지는 못했을 걸세……"

로렌초가 대답했다. 그는 신경질적으로 입술을 깨물며 허공을 응시했다. 그의 마음 속에서 이성과 희망이 서로 싸우고 있는 중인 게 틀림없었다. 수년 전 그에게 죽음의 의식을 시도하게 했던 그 맹목적인 희망과 똑같은 희망이.

피코는 자신을 더욱 혼란스럽게 만드는 두려움을 누르며 용기를 냈다.

"보러 가시죠."

"뭘?"

일 마니피코가 몸을 떨며 대답했다.

"온니산티의 묘지요. 시모네타가 그곳에 묻혀 있지 않습니까? 묘지를 열어보도록 하지요."

젊은이가 단호하게 고집을 부렸다.

로렌초가 마르실리오 피치노의 눈을 찾았다.

"묘지에 불경스러운 짓을 한다고? 그건 신성모독일세……"

철학자도 젊은이의 제안에 적잖이 놀란 것 같았다. 하지만 피코는 고집을 꺾지 않았다.

"뭐가 불경스럽다는 겁니까? 자신이 사랑했던 여인 라우라의 유해에 대해 쓴 페트라르카의 시 기억 안 나십니까? '아무것도 느끼지 못하는 약간의 먼지일 뿐.' 두 분의 의문에 대한 대답 말고는 그 무덤에는 아무것도 없을 겁니다."

로렌초가 주저했다. 그러다가 갑자기 말했다.

"그래, 가보세. 다만 우리 세 사람만 가는 걸세. 그러니 아무도 우리를 알아보지 못하게 해야 해. 베스푸치 가문은 우리 가문에 우호적이지만 자신들의 예배당에서 불경스러운 짓을 하는 건 용납하지 않을 걸세. 그러면 어쩔 수 없이 그 분노가 내게로 향하겠지."

베스푸치 예배당

세 사람이 출입문 쪽으로 다가오는 것을 본 호위병들이 그들을 호위하기 위해 자리에서 일어났다. 하지만 로렌초가 단호하게 그것을 거부하고 어리둥절해하는 병사들을 뒤로 한 채 등을 돌렸다. 그리고 그들은 곧 라타 가에서 온니산티 주택가로 이어지는 복잡하게 뒤얽힌 거리로 들어섰다. 근처에 있는 후밀리아티(Humiliati, '가난한 사람들' 이라는 뜻으로 12세기 이탈리아에서 생긴 수도원) 수도원을 포함해서 사방이 쥐 죽은 듯 조용했다.

요새처럼 튼튼하고 육중한 석조 건물인 교회는 달빛을 받아 빛났다. 피코가 옆쪽에 난 문을 가리켰는데 정면의 큰 출입문보다는 좀 허술해 보였다. 얼마나 단단한지 시험해보기 위해 문에 어깨를 대고 힘껏 등으로 문을 밀자 안에 가로질러진 빗장이 떨어져 나갔고 피코는 다른 두 사람에게 자신을 따라오라는 신호를 보냈다.

중앙 제단에 켜놓은 굵은 밀랍 초 두 개만이 신도석을 비춰줄 뿐이었지만 넓은 창으로 스며들어오는 달빛만으로도 갈 길을 찾기에는 충분했다.

로렌초의 안내를 받아 피코와 철학자는 베스푸치 가문의 예배당에 도착했다. 피코는 작은 제단에서 초 두 개를 집어서 밀랍 촛불에 대고 불을 붙인 뒤 예배당 벽에 붙어 있는 커다란 묘비 밑에 그 초를 내려놓았다. 새로운 빛이 대리석 위를 밝히면서 어둠으로부터 대리석에 새겨진 비명을 되살려냈다.

"이 안에 있습니다."

피코가 조그맣게 말하면서 벽에 석판을 고정시킨 청동의 죔쇠를 떼어내기 위해 칼집에서 검을 꺼냈다. 하지만 곧 동작을 멈추고 검을 치우고 죔쇠를 손으로 잡았다. 별 힘을 들이지 않았는데도 죔쇠가 벽에서 떨어져 나왔다. 재빨리 다른 죔쇠들도 똑같이 빼내서 모두 바닥에 늘어놓았다.

"어떻게 된 일이지?" 일 마니피코가 물었다.

"누군가 우리보다 먼저 열어봤던 것 같습니다."

피코가 이렇게 대답하면서 대리석판과 벽 사이의 틈에 검의 끝을 집어넣고 석판을 들어올리기 시작했다. 별 어려움 없이 대리석판이 먼지들을 매단 채 앞쪽으로 기울어졌다.

"이제 조심하세요. 이 돌이 바닥에 부딪쳐 깨지지 않게 해야 합니다."

피코는 두 사람의 도움을 받아서 벽에서 떨어진 대리석의 한쪽 귀퉁이를 잡고 검을 조금씩 지렛대처럼 계속 움직여서 대리석이 제 위치에서 떨어져 나오게 했다. 그런 다음 힘을 더 보태서 대리석판을 벽을 따라 끌어내려 묘지 밑에 내려놓았다.

무덤 안에서 뭔지 모를 물건들이 얼핏 보였다. 피코가 촛불을 들고 팔을 뻗어 무덤 안을 비추었다.

음산한 죽음의 흔적들이 그의 눈앞에서 되살아났다. 텅 빈 동공의 해골 몇 개와 마지막 포옹을 나누려고 서로 꼭 껴안은 것처럼 뒤얽힌 뼈들이 쌓여 있었다. 그리고 사방에 그을음 같은 짙은 먼지가 덮여 있어서 어떤 부분들은 전혀 눈에 보이지 않았다.

피코는 일 마니피코 쪽으로 돌아섰다. 일 마니피코는 너무 놀라 그 광경에서 눈을 떼지 못했다. 죽은 사람들이 움직이는 것 같았고 최후의 심판 때에 그들을 부르는 대천사의 나팔 소리를 들은 것 같기도 했다. 피코는 검 끝으로 뼈들을 뒤적이며 혹시 먼지 속에 목걸이가 숨겨져 있는지를 알아보려 했다. 하지만 아무것도 보이지 않았다.

"이 뼈들은 몇 년 전에 세상을 떠난 여인의 것은 아닌 것 같습니다. 아무것도 없습니다. 시모네타의 시신이 불과 5년 만에 이 지경까지 훼손될 수 있겠습니까?"

로렌초가 앞으로 나왔다. 그는 맨손으로 유해들을 정신없이 뒤적였다. 그러는 동안 그의 당혹스러움은 점점 더 커져갔다. 잠시 후 뒤로 물러났다.

"없어. 시모네타는 무덤에서 나갔어." 로렌초가 정신없이 중얼거렸다. "이걸 보라고! 보석이 흔적도 없이 사라졌어. 자네가 보았던 건 여기 있었다네!"

"그럴 리가요, 군주님. 다른 이유가 있을 겁니다. 아마 시모네타의 집안에서 시신을 다른 곳으로 옮겼을 겁니다."

로렌초가 단호하게 고개를 저었다.

"아니요. 나의 도시에서는 나 모르게 그런 모욕적인 행동을 해서는 절대 안 되오. 물론 그들이 나에게 보란 듯이 그렇게 했을 수도 있겠지요. 그렇지만 그들 짓이 아니오. 그녀, 분명히 말하지만 그녀가 죽음에서 살아 돌아왔습니다!"

로렌초는 계속 피치노를 불안한 눈으로 바라보면서 신경질적으로 손을 비틀었다.

"어떻게 생각하십니까, 마르실리오, 있을 수 있는 일인가요? 선생은 의사이고 생명의 비밀들을 알고 계시지요!"

철학자가 어깨를 으쓱했다.

"제가 아는 의학은 신체를 치료해줍니다. 맞습니다. 그리고 저는 자연의 마법이 강력하다고 알고 있습니다. 그것은 행성이 우리 건강에 미치는 연구를 통해 확인되었습니다. 저는 부적이나 기도에 힘이 있다는 걸 알고 있습니다. 하느님은 귀가 밝아서 종종 우리의 애원에 응답을 해주십니다. 하지만 죽음에서 돌아온다는 것은…… 물론 누군가 오르페우스의 의식을 알고 있다면 정말 이 믿기지 않는 일을 실현시킬 수 있었을 겁니다. 마법의 힘은 강력하니까요."

"그럼 조반니 자네는 그럴 수 있을 것이라고 생각하나?" 로렌초가 다시 중얼거렸다.

"아니요." 피코는 일 마니피코의 고뇌어린 눈을 단호하게 마주보며 대답했다.

"저는 루크레티우스의 가르침을 믿습니다. 물론 플라톤 년(세차(歲差) 운동이 한 바퀴 도는 약 26,000년의 주기)이 끝나는 시점이 되면 모든 게 되돌아올 겁니다. 이를 통해 우리는 고대인들의 지혜를 배울 수 있습니다. 우리 주변의 물질을 이루는 원자들이 다시 같은 형식으로 나타나려면 무한한 시간이 필요합니다. 어떤 인간도 자신들 세대의 인간이 먼지에서 다시 태어나는 것을 볼 수 없을 겁니다."

"그렇지만 그리스도께서는 죽은 라사로를 살려내시지 않았나! 혹시 성서조차 믿지 않는 건가?" 마르실리오가 끼어들었다.

"예, 그렇게 적혀 있지요." 피코가 애매모호하게 대답했다.

그 사이 철학자는 화가 나서 눈을 돌렸다. 피코가 곧 대답을 하려고 했지만 괴로워하는 일 마니피코가 그의 눈길을 끌었다. 로렌초는 아무 말도 하지 않았는데 입가의 주름들이 양쪽으로 난 상처처럼 보였다. 갑자기 몇 년은 더 늙어 보였다. 그는 망설이듯 두어 걸음 뒤로 물러섰다. 마르실리오와 피코가 대리석판을 들어 겨우겨우 다시 제자리에 밀어넣었다. 노철학가가 힘을 쓰면서 숨을 헐떡이자 로렌초가 다시 정신을 차렸다. 철학자를 비켜서게 하고 자기가 그 자리에 섰다. 하지만 피코가 쇠로 조이려 하자 그 쇠가 마치 자기 살로 파고드는 듯 로렌초의 얼굴이 하얗게 질렸다.

마르실리오도 그런 로렌초의 모습을 보며, 그의 어깨에 한 손을 올려놓았다.

"자, 이제 가십시다. 시모네타는 잊으세요. 오르페우스도 자신이 사랑하던 여인을 죽음에서 아주 잠깐 동안밖에 벗어나게 하지 못했습니다. 그 책에 그의 의식이 적혀 있다고 해도 잠시 되살아나는 게 무슨 소용이 있겠습니까? 오늘 밤 남은 시간에 잠시 휴식을 취하세요. 저 세상과 통하는 문이 있다 해도 그리고 지나갈 수 있게 열려 있었다 해도 문은 이제 다시 닫혔을 겁니다. 그러니 이 대리석 사이로 다시 문이 열리지는 않을 겁니다."

교회 앞뜰에 나오자 로렌초가 자신을 잡고 있는 마르실리오의 손을 떼어냈다.

"가서 쉬십시오, 마르실리오. 아마 내일이면 오늘 밤 일을 그저 꿈으로만 기억할지도 모릅니다. 아니면 하느님께서 우리의 나약함을 상기시켜주신 광기의 순간쯤으로 기억할지도 모르지요. 가십시오. 조반니는 저와 함께 있을 겁니다. 지금 내게 필요한 것은 이 청년의 젊은 기운뿐입니다."

마르실리오와 헤어지면서 중얼거렸다.

피코는 낙담해서 급격히 기력을 잃은 일 마니피코가 기운을 차릴 수 있게 도와주려고 거의 부축하다시피 해서 그를 메디치 궁으로 데려다 주었다. 궁 입구에 도착했을 때 로렌초가 갑자기 고갯짓으로 피코에게 자기를 따라 안으로 들어오라고 급히 명령했다.

그들은 다시 서재로 갔다. 이제는 마르실리오 피치노가 없는데도 서재가 더 좁아 보였다.

로렌초가 초상화로 다가가 초상화를 뒤집었다. 흥분해서인지 그의 눈이 벌겋게 충혈되어 있었다. 그가 촛불의 불꽃 쪽으로 손을 올렸다. 피코는 잠깐 동안 그가 촛불의 불빛이 눈에 비치지 않게 하려는 줄 알았다. 하지만 잠시 후 로렌초가 손가락들을 주의 깊게 관찰하는 것을 발견했다. 불꽃에 의해 반투명으로 보이는 살 속을 꿰뚫어보고 싶기라도 하듯 말이다.

"이 부드러운 살갗 뒤에 뭐가 숨겨져 있는지 보게. 석고 막대보다 조금 더 단단한 뼈들이 그물처럼 뻗어 있어. 그렇지만 불과 몇 년 뒤 우리 몸에서 남는 건 이 뼈가 전부일 거야. 그리고 흐르는 시간이 이것마저도 집어삼켜 버리겠지. 먼지 속에서 아름다움의 흔적도, 힘의 흔적도 모두 사라지게 될 걸세. 우리보다 먼저 살았던 세대가 남긴 건 먼지와 재의 사막뿐이야. 그 책을 찾아봐주게, 조반니. 누군가 시모네타를 한순간만이라도 죽음에서 끌어내올 수 있다면 난 그렇게 하고 싶다네!"

"그 책을 찾으라고요? 그건 로마에 가야 한다는 뜻인데……"
피코가 대답했다.

"로마라고? 무엇 때문에?"

"생각해 보십시오. 모든 것을 종합해 볼 때 이 이야기의 출발점은 로마로 모아집니다. 로마는 어떤 면에서는 사건과 범죄에 연결되어 있습니다. 알베르티가 로마에서 생을 마쳤습니다. 그래서 책이 정말 있다면 그의 작품들 속에 있을 게 틀림없습니다. 죽은 사람을 불러내보려 처음 시도했던 유대인도 로마 출신이었습니다. 조각가 풀젠테는 로마에서 왔습니다. 그리고 어쩌면 그를 살해한 자들도 로마에서 왔을지 모릅니다. 분명 인쇄 장인 살인범들과 동일인물일 겁니다."

"그럼 자네가 로마로 가서 그 책을 찾아오게! 할 수 있다면 내가 당장 달려갔을 걸세. 하지만 난 이 빌어먹을 도시를 맡고 있어. 지금 당장은 이 도시를 떠날 수가 없다네."

"왜 그렇게 그 책에 신경을 쓰시는 겁니까? 정말 한 여자 때문입니까?"

피코가 당황스러워하며 중얼거렸다. 로렌초는 손으로 눈을 가렸다.

"한 여자가 아니야…… 그녀지. 시모네타만이 내 피 속에 들어 있는 잔인함으로부터 나를 자유롭게 해줄 수 있어. 그녀의 순수함으로 말일세. 보티첼리가 그림으로 표현하고자 했던 것과 똑같은 바로 그 순수함, 마르실리오가 플라톤의 작품에서 찾았던 그 순수함으로. 난 그녀의 품속에서 그것을 찾고 싶었다네! 내 도시는 내 동생의 핏속에서 태어났고 동생을 살해한 자들의 피로 키워졌고 내 적들의 피에서 영양분을 공급받고 있어. 내가 태어나던 날부터 죽음의 그림자가 나를 따라다니며 내게 약간의 빛이라도 주는 사람이면 누구든 사라지게 만드는 걸 즐기고 있다네. 보티첼리는 시모네타의 발밑에 묻어달라고 부탁했지. 그런데 난, 조반니? 두 번이나 그녀를 만났다가 잃어버린다면 어디에 내 뼈를 묻어야 할까?"

피코는 가슴이 뭉클했다. 하지만 힘을 냈다. 피렌체 군주가 자신의 마음을 드러내는 그 말 속에서 깊은 우정을 확인했다. 비위를 맞추는 위선적인 말로 그것에 보답할 수는 없었다.

"세르 로렌초, 여인은 없습니다." 피코가 슬픔이 담긴 목소리로 대답했다. "그리고 혹시 있다 해도 그 여인은 세르께서 붙잡고 계시는 기억 속의 여인이 아닙니다. 정말 마법이 있다면, 아니 악마적인 오르페우스의 의식이 있다면 죽음에서 무엇을 불러내실 생각이십니까? 군주님을 매료시킨 그 모습은 세월에 의해 변형되고 가루가 되었습니다. 돌아온다 해도 날아가는 새의 모습이 물 위에 비치는 것 같은 이미지일뿐입니다. 기억 말고 무엇을 품속에 안으실 수 있겠습니까? 더 심하게 말해서 악령들에 의해 움직이는 빈 껍질밖에 없을 겁니다."

로렌초가 고통스럽게 입술을 일그러뜨리며 고개를 떨구었다.

"하지만 혹시 가능하지 않겠나? 잠깐만이라도, 그녀를 다시 볼 수 있지 않겠나!"

"그 여인이 어떤 사람이든 죽음을 가지고 왔다는 것을 잊으시면 안 됩니다. 두 남자를 죽음으로 이끌었지요."

"자네 말이 맞을지도 모르지. 그렇지만 내가 결정한 대로 하게. 한 가지 방법밖에 없다면……"

피코는 고개를 끄덕이며 그 제안을 수락했다. 일 마니피코의 얼굴에 그의 흉상에서 표현된 차가운 표정이 되돌아왔다. 그가 일어나서 구석에 있는 장식장으로 다가갔다. 거기서 붉은 도장이 찍힌 종이 몇 장과 작은 가죽 가방 하나를 꺼냈다.

"이건 로마에서 우리 가문 일을 맡아주고 있는 대리인에게 보내는 신임장들일세. 대리인에게 그것을 제시하게. 그러면 내 사람은 누구든 자네 마음대로 이용할 수 있을 거야. 그리고 여기 자네가 쓸 경비가 전부 들어 있네."

그가 딸랑딸랑 소리나는 작은 가방을 흔들더니 계속 말했다.

"피렌체 금화 100냥일세. 금화 100냥이면 대장장이의 망치로 문을 여는 것보다 훨씬 쉽게 어떤 문이든 열 수 있을 걸세. 대답을 가지고 돌아오면 이만큼을 다시 받게 될 걸세. 자네가 원하는 것을 모두 다 줄 거야."

"저는 이미 제가 원하는 것을 다 가졌습니다." 젊은이가 대답했다. "바로 군주님의 우정입니다."

프란치제나 가에서

피코는 새벽에 짐꾸러미들을 담은 궤짝 하나만을 말안장에 실은 채 프란치제나 가를 따라 피렌체를 떠났다. 그의 몸이 가벼워서 그가 탄 말은 최대 속도로 빠르게 달렸다. 일 마니피코의 마구간에서 가져온 훌륭한 검은 말이었다.

말은 이 임무가 얼마나 중요한지 알아차린 것 같았다. 로마로 가는 오래된 포장도로를 따각따각 소리를 내며 달려서 느릿느릿 움직이는 상인들 행렬과 엘사 계곡의 개울들을 따라 길게 줄을 지어 올라가고 있는 순례자들을 어렵지 않게 추월했다.

말에게 물을 먹이기 위해 개울 근처에서 잠깐 한 번 쉬었을 뿐이기 때문에 해가 뉘엿뉘엿 지기 시작할 무렵, 피코는 시에나의 성문이 닫히기 바로 전에 아슬아슬하게 통과할 수 있었다.

피코가 이렇게 서두른 이유는 밤을 보낼 잠자리를 찾기 위해서만이 아니라 되도록 빨리 카사 델라 사피엔차(학문의 집)에 도착하고 싶기 때문이기도 했다. 그곳은 대학 수업을 들으러 오는 외국 학생들이 묵을 수 있게 시에서 지은 기숙사였다.

말을 타고 달리는 동안 그는 로렌초에게 들은 증명되지 않은 오르페우스 의식과 그 의식을 집행한 의사 생각만을 골똘히 했다. 시에나의 의과 대학은 아주 오래되고 유명한 의대 중의 하나였다. 그래서 이탈리아 전역에서 학생들이 모여들었다. 그 학생들 중에는 피코가 아는 학생들도 있었다. 그에게 도움을 줄 만한 학생이.

말을 마구간에 묶어 놓은 뒤 카사 델라 사피엔차의 위치를 물었다. 그 건물은 대학 근처에 있었다. 그는 입구의 계단을 올라갔다. 밤이 되어 숙소로 돌아오는 학생들로 기숙사가 붐빌 시간이었다. 넓은 방에는 소박한 침대들이 꽉 차 있었고 그 한가운데에서 많은 학생들이 무리를 지어 앉아 술을 마시거나 놀고 있었다. 류트를 연주하며 노래를 하는 학생도 있었고 자기들끼리 농담을 하며 낄낄거리는 학생들도 있었다. 볼로냐나 파도바 기숙사와 별로 다르지 않군 그래, 피코가 생각했다.

누구도 그에게 관심을 기울이지 않는 사이 그는 젊은이들의 얼굴을 자세히 살피다가 드디어 그가 찾던 얼굴을 발견하게 되었다. 그는 조용히 그 젊은이의 등 뒤로 가서 불시에 그에게 달려들어 그를 포옹하며 침대에 쓰러뜨렸다.

"마테오! 마테오 코르노! 이게 정말 몇 년 만이지!" 피코가 외쳤다.

잠시 당황하던 남자가 따뜻하게 피코를 포옹했다.

"조반니! 키도 훨씬 더 크고 멋있어졌는걸! 나처럼 말이야! 시에나 대학까지 어떻게 왔나? 자네도 혹시 대학측의 결정 때문에 이 소굴에 들어오게 된 건가?"

"아니야, 난 거기서 학업을 마쳤네."

"그래서 뭘 건졌는데?" 남자가 빈정거리듯 물었다.

"아리스토텔레스가 틀렸고 다른 철학자들의 말도 맞지 않는다는 확신을 가질 수 있을 만큼의 지식. 우리는 물질이고, 감정이 있는 먼지라는 것."

그 말을 듣자 코르노가 웃음을 터뜨리며 피코의 무릎 쪽으로 한 손을 뻗었다.

"우리들 대부분이 그렇듯이 자네도 책에서 분명한 사실들을 알게 된 게 아니라 불확실함만을 확인했군 그래. 그런데 자네, 아무 데나 가서 그런 말 하지 말게!" 그가 크게 말했다.

"안심해도 돼! 친구들이나 이해해 줄 사람들에게만 말하니까!" 피코가 눈을 찡긋하며 대답했다. "다른 사람들에게 나는 in utroque jure('법률 두 분야 모두' 라는 뜻)를 공부해서 대학을 졸업한 훌륭한 아리스토텔레스 학자니까."

"그렇다면 이 유명한 '절망의 마돈나 기숙사' 에 온 것을 환영하네!"

마테오가 손으로 주위를 한 바퀴 가리키면서 킬킬거렸다.

"루크레티우스의 생각에는 절망이 없어! 오히려 존재도 하지 않는 초월적인 존재들로 쓸데없이 위안을 받지 않고 우리들의 유한성을 담담히 받아들이지. 바로 자신의 한계 내에서 존엄을 찾는 인간의 우월함이 이러한 유한성 속에 모두 들어 있는 거지." 피코가 자랑스럽게 대답했다.

"우리의 운명을 갈망하고 그것을 크게 만들고 싶어 하는 그런 것 말이지. 플라톤 년이 끝나는 해에는 모든 게 다시 돌아오게 될 테니까. 우리가 도달할 수 있는 지점이 우리의 한계를 영원히 표시하게 될 거야!"

"자넨 여전히 현학적이군 그래!" 코르노가 다시 주먹으로 피코를 치면서 빈정거렸다. "파도바에서 자넬 참기 힘들었어. 그런데 여기서 다시 자네의 장광설을 들어야 한다니. 그건 그렇고 무슨 일로 여기까지 왔나? 이 왕궁 같은 기숙사의 요리 때문에?"

"아니야, 친구, 난 로마로 가는 길이야."

"로마라고? 교황의 입 속으로? 진실을 말할 자격이 있는 거라곤 대리석상들밖에 없는 그 도시에서 뭘 배우고 싶어서? 자네 앞에 무슨 일이 기다리고 있는지 모르잖아!"

"공부하러 가는 게 아니야. 뭔가를 찾으러 가는 거라네. 잊혀진 어떤 것을."

"조반니, 우리 인생에서 모든 건 조만간 잊혀지게 되어 있어. 그런데 찾고 싶은 게 뭔데?"

"어쩌면 자네도 아는 것일지도 몰라. 내가 자네를 찾아온 건 그것 때문이야." 피코가 갑자기 심각해지면서 대답했다. "난 자네가 왜 파도바에서 도망쳐야만 했는지 알고 있네."

코르노의 얼굴이 창백해졌다.

"내가 학장의 침대에 당나귀 머리를 숨겨놓았기 때문이었지…… 자네도 잘 알잖나."

그가 중얼거렸다. 피코가 고개를 저었다.

"그건 겉으로 알려진 사실이고. 정말 그랬다면 틀림없이 그 학과에서 가장 똑똑한 학생이었으니 교수회의에서 용서를 받았을 걸세."

"조반니 피코 다음으로…… 우수한 거겠지. 그렇지만 무엇 때문에……"

코르노가 중얼거렸다. 피코가 그의 눈을 똑바로 보면서 다시 고개를 저었다.

"난 자네 스승이신 제롤라모 스파도가 화형당하기 전부터 그분을 알았네. 그분은 인체의 신비를 벗기고 원자의 미립자들이 얼마나 다양한 형태로 우리의 내장 기관에 생명을 부여하는지를 알아내는 일에 관심이 있었지. 스파도 선생이 낮에 했던 강의를 말하는 걸세. 선생의 방에서 밤에 은밀히 진행했던 수업이 아니라. 애제자들 몇 명만 모아놓고 말이야. 어쩌면 애제자가 한 명이었을 수도 있어. 자네지."

마테오 코르노의 얼굴이 잿빛으로 변했다. 피코의 마지막 말을 들은 사람이 없다는 것을 확인하기라도 하듯이 그가 재빨리 주위를 둘러보았다. 그러나 학생들은 모두 흥겹게 떠들고 노느라 아무도 그들에게 신경조차 쓰지 않았다.

"여기선 아무도 그 일을 몰라." 코르노가 애원하듯 조그맣게 말했다.

"앞으로도 그럴 거야. 약속하지." 피코가 엄숙하게 대답했다.

"내가 자네를 찾아온 건 다른 일 때문이야. 스파도가 책에서 비밀 지식들을 습득했다고 들었는데. 그게 어떤 것이었나?"

"난…… 난 모르네. 그 점에 관해서는 내게 털어놓지 않았어. 스승님이 책들을 가지고 계셨는데 난 한 번도 본 적이 없어, 맹세하네!"

코르노가 더듬거렸는데 이런 말을 하는 동안 그의 눈빛이 어두워졌다. 그는 진지해 보였다. 피코가 그의 귀에 입술이 닿을 정도로 바짝 다가갔다.

"이거 한 가지만 말해주면 돼. 스파도 선생과 자네가 의도했던 일이 성공한 적이 있었나? 단 한 번이라도?"

코르노가 잠시 주저하다가 고개를 저었다.

"한 번도 없었어. 제롤라모 스파도가 실험을 했던 시신들 중에서 살아나는 기미를 보인 건 전혀 없었다네. 하지만 스파도는 조만간 자신의 스승에 필적할 수 있을 거라고 확신했었지."

"스승이라니? 누구 말인가? 제롤라모 스파도는 내 기억이 맞는다면 로마에서 왔어. 그리고 자네도 로마에서 공부를 시작했지. 누구를 말하는 건가?"

"로마의 유대인이야. 메나헴, 메나헴 할레비. 우리 시대의 현인 중의 한 명이라고 스파도가 말했어. 고대 유대 왕조에 대한 해박한 지식을 가지고 있어서, 자신이 믿는 유대교의 신에게 도전할 정도라고 했지. 장로 회의에서 파문을 당해 랍비 옷을 벗은 후 유대인들 속에서 떠돌아다녔어."

"파문당한…… 유대인이라고."

피코가 생각에 잠겨 혼자 중얼거렸다. 로렌초에게 들은 말과 똑같았다.

"그런데 로마에는 종교재판소가 코앞에 있는데도 그렇게 마법사가 우글거린다는 건가?"

코르노가 웃음을 터뜨렸다. 피코의 그 말이 긴장을 해소시킨 것 같았다.

"그 멍텅구리들! 먹어보기 전에는 똥인지 뭔지 분간을 못한다니까! 교회들을 세우고 향을 뿌리지. 자기 발밑에 지옥의 문이 아가리를 벌리고 있다는 것도 모르는 채 말이야."

피코는 코르노에게서 다시 파도바 시절의 그 신랄하게 비꼬는 분위기를 발견했다.

"무슨 말인가?"

"예전에 이시스의 신전이 서 있던 곳에 돌이 하나 있네. 로마의 일곱 황제 시절의 돌이지. 저승 세계의 입구를 막는 라피스 마닐리아(Lapis Manilia: '마닐리우스의 돌' 이라는 뜻. 마닐리우스는 1세기경의 로마 시인으로, 아우구스투스 황제와 티벨리우스 황제의 치세 때 『천문』이라는 책을 썼다. 책의 내용은 점성술 이론에 대한 설명이다.)야. 마법사들이 모이는 곳은 바로 그곳이야. 그리고 제롤라모 스파도가 자신의 비밀스러운 지식을 습득한 곳도 그곳이고."

"자네도 저승 세계로 가는 길이 있다고 생각하나? 있다면 어디에?"

피코가 애매하게 물었다. 코르노는 고개를 끄덕여 시인했다.

"금방 말했잖나. 시내 한가운데, 모든 신들을 모시는 둥글고 큰 신전, 판테온 옆에 있다고."

"자네가 말한 그런 사람들, 은밀한 마법의 전문가들 중 누군가를 만나고 싶으면 어떻게 해야 하나?"

"그쪽 지역에 몬토네라는 여관이 하나 있어. 스파도가 로마에 있을 때 머물던 곳으로 거기서 메나헴을 만났지. 소문에 따르면 마법사들 중 대부분이 그 여관에서 비밀리에 만난다고 하더군. 바오로 2세 시절에 종교재판소가 마구잡이로 체포를 하기 전에 말이야. 그래도 그때 여러 명이 체포를 피해 달아났다고 해. 그곳으로 가봐. 그리고 눈을 똑바로 뜨고 찾아봐. 아마 그쪽 어디엔가 아직 숨어 있을 거야. 유대인이 아직 살아 있다면 그 사람을 만날 수 있는 방법을 찾게 될지도 모르지. 여관은 산티보 수도원 근처야." 코르노가 덧붙였다. "판테온 쪽이지. 봐, 이게 아우렐리아노 성벽이야."

그가 먼지가 뽀얀 나무 바닥에 발끝으로 원을 대충 그리면서 계속 말했다. 그러더니 허리를 숙이고 손가락 끝으로 언덕의 위치와 주요 기념물들은 물론이고 주거지역을 가로지르는 거리와 구불구불한 테베레 강을 표시하면서 하나하나의 이름을 또박또박 알려주었다.

"자네가 들어가게 될 성문에서 이 길을 따라서 직진하게. 그런데 이제 이야기는 이 정도로 하지. 자네에게 했던 말은 난 다 잊어버리겠네!"

코르노가 얼굴을 찡그리며 침대 밑에서 뭔가를 찾다가 병 하나를 꺼냈다.

"제롤라모 스파도의 정신과 맞먹을 만한 독한 술이 있지."

피코는 한참 동안 술을 들이켰다. 포도주는 독하고 시큼했지만 목을 타고 내려가는 동안 기분 좋게 목이 화끈거렸고 긴 여행으로 지친 몸 속으로 그 열기가 금방 퍼져나갔다.

"훌륭해, 친구." 코르노가 이렇게 말한 뒤 술병을 자기 입에 갖다 댔다. "파도바에서 익힌 좋은 버릇을 버리지 않은 것 같군 그래! 자네가 했던 그 놀이, 아직도 할 수 있나?"

"포도주가 나를 도와줄 때 훨씬 잘할 수 있지."

피코가 포도주병을 집어 다시 입술에 가져가면서 대답했다.

그러더니 반짝반짝 빛나는 눈으로 도전하듯 친구를 보았다.

"마셔!" 마테오 코르노가 분명치 않은 어떤 지점에서 무엇인가를 찾기라도 하듯 눈을 가느스름하게 뜨더니 외쳤다.

"『연옥』 13곡 22연!"

피코는 다시 포도주 한 모금을 삼킨 후 시를 읊기 시작했다.

"우리의 의욕에 부풀어 짧은 시간에/ 이승에서 1마일 정도에 해당하는 거리를/ 그곳에서 벌써 나갔는데."

코르노가 그 정확한 대답에 깜짝 놀랄 틈도 없이 피코는 삼행의 연을 거기서부터 앞부분으로 거꾸로 낭송했다. 코르노가 그것을 들으면서 고개를 저었다.

"믿을 수가 없어! 어떻게 그걸 다 외울 수 있지?"

"몰라. 어릴 때부터 내가 관심을 갖는 것들은 저절로 외워지더군. 내 정신에 실체를 부여하기 위해 모여드는 원자의 성질과 다소 연결된 기술이지. 원자들은 부드러운 밀랍과 상당히 닮은 게 틀림없어. 이미지와 말들의 흔적이 이상한 힘으로 거기에 새겨져 있는 것으로 보아서 말이야."

"나도 그럴 수 있었으면!"

코르노가 감탄하면서 포도주로 위안을 얻으려고 다시 한 모금을 들이켰다.

"뭐에 쓰게? 인간의 제일 친한 친구는 므네모시네(그리스 신화에 나오는 기억의 여신)가 아니라 레테(그리스 신화에 나오는 망각의 강, 혹은 망각의 여신)야. 길고 긴 기억이 지식을 키우지만 지식을 보태는 사람은 바로 고통을 보태는 거니까."

피코가 받아서 말했다.

코르노가 빈정거리는 눈빛으로 그를 보았다.

"자네 우울하군, 친구."

병에 남은 마지막 몇 방울의 포도주를 바닥에 떨어뜨리면서
그가 말했다.

"그렇지만 내가 치료법을 알고 있다네. 파도바에서 자네가 우
울로 괴로워할 때 썼던 것과 똑같은 방법이야! 이리 오게, 우리
학생들의 친구인 아가씨가 있어. 여기서 멀지 않은 곳에 살아.
자네를 소개시켜 주고 싶군."

로마로 가는 길에서

피코는 새벽녘에 다시 길을 떠나 프란치제나 가로 돌아갔다. 시에나의 성벽이 눈에서 사라지자마자 하늘이 납빛으로 변했고 얼음같이 차가운 굵은 빗방울들이 이따금씩 떨어지기 시작했다. 진흙 때문에 길이 점점 더 험해졌다. 그래서 볼세나 호수가 보이자 얼굴을 때리는 빗물을 무시한 채 앞으로 돌진했다. 곧 비테르보 성벽이 나타날 거야, 피코는 마침내 따뜻한 침대와 벽난로를 만나게 될 거라고 생각하며 혼잣말을 했다.

그는 단조로운 풍경에 변화를 주는, 길게 이어지는 언덕 위로 갔다. 그의 눈 밑으로 카시아 가가 높디높은 응회암 절벽 사이에 긴 긴 뱀처럼, 계속 높아졌다 낮아지곤 하는 언덕들 사이로 구불구불 뻗어 있었다. 훨씬 아래쪽에 깊은 물웅덩이들이 넓게 자리 잡고 있었고 길 양옆으로 흙이 무너져 내린 흔적들이 보였다. 국경에서 다시 벌어진 전투로 인해 그 길이 황폐해졌다는 것을 분명히 보여주는 증거였다.

굽잇길을 지나자 갑자기 무장한 몇 명의 기사들이 길을 가로막았다. 그들이 입은 가벼운 미늘갑옷을 보고 비테르보의 기사들이라는 것을 알 수 있었다. 그 무리의 대장 같아 보이는 남자가 피코를 보자 말고삐를 잡아당겨 말머리를 돌려 다가왔다.

"어디로 가는 겁니까, 이방인? 누구시오?"

"내 이름은 조반니 피코요, 학생입니다. 회개를 하러 우르베(로마를 가리킴)로 가는 길입니다."

피코가 이들과의 만남으로 인한 위험을 속으로 조심스럽게 저울질하면서 대답했다. 굉장히 젊고 활력적으로 보이는 대장을 제외하고는 다들 중년쯤 되어 보이는 남자들로, 많은 것을 말해주는 표정에다가 물에 젖은 자루처럼 말 위에 축 늘어져 있었다. 그들은 문제를 일으키려 하는 것 같지는 않았다. 피코가 순례자라는 사실 하나만으로 교황에게 속한 그들의 도시를 자유롭게 통과할 수 있게 해주어야만 할 것이다. 하지만 그는 북쪽에서 오고 있었다. 그리고 지금 토스카나에서 온다는 것은 문제를 야기할 수 있었다. 피코는 기사들이 눈치채지 못하게 검의 손잡이를 허리춤에서 풀어놓았다. 피렌체 금화가 든 작은 자루를 망토 밑의 비밀 주머니에 잘 숨겨 놓았고 허리춤에 찬 가방에는 만일의 경우를 대비해서 은화 몇 냥을 넣어 두었다. 이런 오합지졸들을 매수하기는 그리 어려운 일이 아닐 것이다.

하지만 이 사람들은 그에게서 통행료를 받아내는 데에만 신경을 쓰는지 피코에게 별다른 주의를 기울이지 않는 것 같았다.

"이쪽에서 아무도 못 봤소?"

"못 봤습니다. 누구를 말하는 겁니까?"

"오르비에토 아래쪽 계곡을 따라 우리 도시 쪽으로 오는 사람들이 있다는 소식을 시에나와의 국경에서 받았다오."

"사람들이요? 무슨 뜻입니까? 무장한 사람들인가요?"

"아니오…… 잘 모르지만, 그 사람들이, 이상한 사람들인데 연령대가 다양하다고 하는구려. 작은 부족 같다고 하는데. 우린 확인을 하라는 명령을 받았소."

"부족이요?"

"대략 그런 것 같소. 남자와 여자들이 수레를 타고 온다는군요. 찬송가를 부르고 하느님의 은총으로 야영을 하고 동냥을 하며 겉으로 보기에는 평화롭게 내려오고 있다고 합니다."

"순례자들인가요? 무슨 봉사 단체 아닐까요?"

"마차에 십자가들을 싣고 있고 자신들이 기독교도들인데 식스토 교황님께 경의를 표하러 가는 중이라고 주장한다오. 하지만 그들이 사용하는 언어를 들어보면 절대 기독교인들이라고 할 수 없고 행동들도…… 기이하고."

"얼마나 되는데요?"

"아마 전부 200여 명은 되는 것 같소. 하지만 남자보다 여자와 아이들이 더 많다는 보고를 받았어요. 누더기를 입고 있지만 금 장신구들로 치장을 하고 있다는군요, 특히 여자들이. 말도 여러 필이고 어떤 것들은 정말 훌륭하다고 합니다."

탐욕스러운 눈빛을 감추지 않으면서 기사가 덧붙였다.

올리베로토도 풀젠테 모라가 여관에 묵었을 때 이상한 사람들이 그 여관에 들렀었다고 이야기했었다. 그들에 대해 뭔가 더 알아낼 수 있는 좋은 기회일 수 있었다. 피코가 서둘러 말했다.

"내가 피렌체에서 오는 길인데 그 사람들이 지나가고 난 길에는 좋지 않은 흔적들이 남았습니다. 도둑을 당했고 말들이 사라졌어요. 나도 여러분들과 같이 가면 안 될까요?"

그가 불안한 척하며 주위를 둘러보며 말했다.

"안 될 건 없지요." 기사가 대답했다. "우리가 상대해야 할 사람이 누구인지 몰라요. 그러니 검을 든 사람 하나라도 더 있으면 물론 나쁠 게 없겠지요. 당신 말이 사실이라면 말이오."

기사는 그들의 머리 위쪽까지 타고 올라온 관목으로 덮인 바위들을 자신 없이 가리키며 계속 말했다.

"저쪽으로 가볼 생각을 하고 있었소."

"길에서 아무도 못 봤습니다. 최근에 마차가 지나간 흔적도 없었어요. 마차들이 지나갈 수 있는 곳은 딱 한 곳이지요. 저 아래 좁은 골짜기요."

피코가 굽이진 강물이 얼핏 보이는 쪽을 가리키며 말했다.

"아마 저 강을 따라 내려오고 있을 겁니다."

피코는 이렇게 말하고 그쪽으로 말을 달렸다. 그는 자신이 이 기사들의 지휘자라도 되듯 본능적으로 앞장을 섰다. 게다가 모두들 암묵적으로 그를 자신들의 대장으로 받아들이고 따라오는 것을 보자 흡족했다. 그가 언덕 위에서 말머리를 크게 돌려 말을 세우자 기사들이 창을 세우고 그의 옆에 한 줄로 늘어섰다. 그의 아래쪽 계곡의 길이 진흙 묻은 뱀같이 구불구불 뻗어 있었다. 그리고 그 길로 여러 가지 색깔의 마차 행렬이 느릿느릿, 거의 멈춰 있는 것처럼 보일 정도로 그렇게 천천히 움직이고 있었다.

피코는 재빨리 계산을 해보았다. 200여 명이라고 기사가 말했었다. 남자들도 있었지만 대부분은 여자와 아이들이었다. 저들이 가족들로 이루어졌다면 힘을 쓸 수 있는 남자가 50여 명은 훨씬 넘을 것이다. 이 몇 명의 병사들에겐 정말 도움이 필요할지도 모르겠군, 피코는 말에 박차를 가해서 행렬의 길을 가로막을 수 있게 경사지를 따라 내려가면서 생각했다.

피코와 그 일행은 작은 강 옆의 길을 지나고 있는 행렬을 향해 달렸다. 어느 정도 거리에 이르자 벌써 이방인들이 그들을 발견한 것 같았다. 병사들이 그들이 있는 곳까지 달려가는 동안 마차에서 경보를 알리는 외침과 고함 소리가 들려왔다.

병사들이 길을 가로질러 정렬하는 동안 피코는 행렬의 선두에 있는 마차 쪽으로 갔다. 밝은 색으로 물들인 천으로 지붕을 덮은, 바퀴가 네 개 달린 큰 마차였다. 마차 지붕에 깃대가 높이 서 있었고 거기 매달린 깃발이 바람에 펄럭였다. 깃발에는 급히 대충 그린 것 같은 붉은 십자가가 그려져 있었다. 그 뒤를 따르는 마차들에서도 비슷한 깃발들이 눈에 띄었다. 수레들은 바퀴가 둘 달린 것도 있고 넷 달린 것도 있고 모두 각양각색이었다.

십자군 전쟁 때 동방으로 가는 소규모의 함대 같았다. 하지만 대개 그런 원정대에 감돌기 마련인 호전적인 분위기는 전혀 찾아볼 수 없었다. 뿐만 아니라 천에 덮인 그 마차에서 전사들이 아니라 누더기를 걸친 아이들이 나왔다. 아이들은 겁에 질려 있으면서도 넉살좋은 얼굴로 병사들 주변으로 모여들어 병사들이 탄 말 장신구를 만지고 말고삐와 등자에 매달리며 병사들을 당황스럽게 만드는 것을 보고 피코는 깜짝 놀라고 말았다. 그 아이들은 이상하게 동물들과 친한 것 같아 보였다. 그들의 이해할 수 없는 말들을 동물들은 알아듣는 것 같았다. 바벨탑이 신의 분노로 무너지기 전에 바빌로니아에서 사용하던 말처럼.

피코가 그 자리에 섰다. 학생들이 모이곤 하는 선술집에서 그는 동방에서 돌아오는 사람들 이야기를 수없이 들었었다. 그 사람들이 동방에서 어떻게 살아남았는지에 대해서도. 그들은 습관적으로 여자들이나 아이들을 적군 앞에 세워놓은 채 전투에 맞섰다. 그렇게 해서 적들의 관심을 다른 곳으로 돌리고 그들이 어리둥절해 있는 틈을 노려서 급습을 하곤 했다. 지금의 경우 우려할 만한 상황은 아니지만 피코는 조심하고 싶었다. 병사들도 정렬을 마친 뒤 이 낯선 사람들이 먼저 어떤 움직임을 보이기를 기다리는 것 같았다.

선두에 있던 마차의 덮개천이 들려지더니 키가 큰 남자가 나왔다. 남자는 가죽으로 테를 두른 망토를 입고 있었다. 남자는 잠시 발판에 서서 가만히 그들을 지켜보았다. 그러더니 땅으로 뛰어내려 기사들이 정렬해 있는 쪽으로 성큼성큼 걸어왔다.

그가 무기를 갖지 않은 것을 보고 피코도 말에서 내려 그를 향해 걸어가며 그의 길을 가로막았다. 기사들의 대장이 말에서 뛰어내려 피코 옆에 나란히 섰다. 이제 위험 요소가 별로 없다는 게 확인되었으니 대장으로서의 자신의 역할을 되찾고 싶은 것 같았다.

"당신들은 누구요?"

목소리를 들을 수 있을 정도의 거리에 오자 기사가 외쳤다.

"왜 비테르보 땅을 침범한 거요?"

남자가 망토를 들어 올리며 미소를 지었다. 망토 밑으로 피코가 한 번도 본 적이 없는 화려하게 수를 놓은, 이방인들이 입는 튜닉이 드러났다. 남자는 그런 행동으로 자신이 무기를 가지고 있지 않다는 것을 확인해 주고 싶은 듯 꽤 오랫동안 그렇게 가만히 서 있었다. 그러더니 머리에 쓴 원뿔 모양의 모자를 벗어 숱 많은 머리가 어깨 위로 흘러내리게 내버려 둔 채 경의를 표했다.

"우리들은 조용히 가고 있습니다."

그가 말했는데 피코가 듣기에는 그리스 상인들과 비슷한 억양의 말투였다. 남자는 외국어를 하는 사람처럼 천천히 또박또박 말했지만 명령을 내리는 데 익숙한 사람인 게 분명했다.

"아프리카 땅에서부터 긴 여행을 하며, 교황님께 우리들의 왕에게 은총을 베풀어달라고 청하려고 지금 기독교 세계의 수도로 가고 있습니다. 여러분들의 땅을 침범한 것은 저희가 무례해서가 아니라 지리 때문입니다. 우리의 고향과 목적지 사이에 너무나 많은 이방의 땅들이 끼어 있으니까요."

"어디서 오는 길입니까?" 기사가 다시 물었다.

"우리 조상들은 진실을 찾아 피라미드의 땅에서부터 이동을 하셨습니다."

남자가 피코를 보고 대답했다. 무슨 이유 때문인지 남자는 피코를 이 병사들의 대장이라고 생각하는 것 같았다. 기사가 짜증이 나서 창을 흔들었지만 이방인은 계속 기사를 무시했다.

"최근 몇 년 동안 우리 부족은 햇살이 눈부신 지역과 얼음과 그늘의 땅 몇 천 마일을 지나왔습니다. 나는 이집트의 공작입니다." 그가 엄숙하게 덧붙였다. "그리고 당신의 눈앞에 있는 사람들은 예전에 클레오파트라의 궁정에 앉아서 모든 것을 아는 토트 신의 지혜로운 가르침을 듣던 남자들의 후손입니다."

피코는 바로 이틀 전 마르실리오가 경외심을 담은 말투로 이야기했던 그 이름을 이 남루한 남자의 입을 통해 듣자 너무 놀라 가만히 있을 수가 없었다.

"이집트의 토트(고대 이집트 신화에 등장하는 중요한 신으로서, 지식과 과학, 언어, 서기, 시간, 달의 신이다. 주로 따오기나 비비의 머리에 사람의 몸을 한 모습으로 묘사된다. 고대 그리스에서는 헤르메스 신과 동일시되었다.) 말입니까? 우리 라틴인들이 트리스메기스투스라고 부르는 바로 그 신이요?"

"바로 그 신입니다. 우리를 지나가게 해주십시오. 생존에 꼭 필요한 것만 얻을 수 있게 말입니다. 그러면 이 자그마한 것에 대한 보상으로 우리 마술사들의 마술과 곡예사들의 곡예를 보여드리겠습니다. 그리고 앞으로 당신에게 일어날 일들의 비밀을 알려드리겠습니다."

이 행렬에서 풍기는 쇠락과 가난의 흔적과는 전혀 어울리지 않는 엄숙한 목소리로 말했다. 피코는 그의 옆에 있는 병사들을 재빨리 보았다. 그 자신도 당황스러웠고 이 남자의 말을 현인의 말로 진지하게 받아들여야 하는 건지, 이 남자를 순례자로 존중해야 하는지 아니면 사기꾼으로 벌을 줘야 하는지 결정을 할 수가 없었다. 남자의 겉모습에는 이 세 가지 요소 모두, 뭐라 표현할 수 없을 정도로 혼란스럽게 뒤섞여 피코가 지금까지 한 번도 본 적이 없는 무엇인가를 만들어 내고 있었다. 이런 남자가 헤르메스의 비밀에 대해 뭔가 알고 있을 수 있을까?

남자가 너그럽게 다시 웃는 것으로 보아 피코의 눈에 나타나는 의구심을 읽어낸 것 같았다. 그 사이 다른 수레에서 수십 명의 남녀들이 하나둘씩 내렸다. 그들의 우두머리처럼 촌스럽게 화려한 것은 아니었지만 그들 역시 다양한 색의 옷을 입고 있었다. 그들이 다가와서 남자의 뒤에 조용히 늘어섰다. 대부분의 여자들은, 나이 많은 노파들까지도 색색깔의 천으로 싼 아기를 업고 있었다. 그런 포대기에서 배가 고파 우는 아기들의 울음소리와 비명 소리가 들렸다.

"로마로 간다고 했지요? 여러분들은 기독교도입니까?"

기사가 마차 위에 달린 선명한 십자가를 가리키며 물었다.

"기독교인들입니다, 기사님, 그리고 아주 오래된 신앙을 믿고 있습니다. 팔레스타인 밖에서 처음으로 그리스도의 말을 만났던 신앙이죠. 그곳에 처음 교회가 세워졌고 그리스도의 가르침을 따르는 신전들이 세워졌습니다. 우리는 거기서 왔습니다."

"그렇지만 당신들은 다른 하느님의 영향을 받고 있다고 말했잖소." 기사가 다시 의심을 드러내며 말했다.

남자가 다시 웃었다.

"하느님이 아니라 신들의 말에 최초로 귀를 기울인 신입니다. 그분이 바로 토트지요. 혹시 여러분들은 예언자를 믿지 않습니까? 은총으로 깨달음을 얻은 가문의 시조로 모세를 존경하지 않습니까? 그런데 모세는 토트의 제자였고 토트의 가르침 덕에 유대인들의 아버지가 된 게 아니었나요? 모세의 가문이 그리스도를 받아들였듯이 우리 부족도 특정 시기에 새로운 교리를 받아들였습니다. 그리고 수 세기 동안 그 속에서 평화롭게 살았습니다. 마호메트의 언월도가 우리에게 새로운 법을 내리고 복종이나 망명을 선택하도록 강요하기 전까지 말입니다. 우리는 4세기가 넘게 떠돌아다녔습니다. 노아의 방주가 있는 아라라트 산 위를 배회했습니다. 그러다가 흑해 연안을 따라 아름다운 비잔티움에 도착했습니다. 거기서 황제의 환대를 받았지요. 하지만 그 황금의 땅으로 로마 교황께서 우리를 부른다는 소식이 전해졌습니다. 그래서 70년 전에 교황의 대성당을 향해 마차를 움직였습니다. 험난한 달마티아를 거슬러 올라오는 데 많은 시간이 걸렸습니다. 그 다음에 알프스 경계를 넘었습니다. 그리고 3년 전에 트렌토의 주교에게 경의를 표할 수 있게 되었습니다. 로마로 가는 길을 우리에게 알려준 건 바로 그분입니다."

"전부 몇 명이나 되십니까?"

피코는 그 사이 마차에서 내려와 모여 있는 사람들과 합류하는, 흥분한 듯한 남자와 여자의 수를 세어보려고 애쓰며 물었다.

"230명입니다. 남자가 70명이고 반쪽이들이 아홉 명입니다. 나머지는 여인들과 아이들입니다."

"반쪽이요? 그게 무슨 말입니까?"

"저 사람들입니다, 나리들."

모여 있는 여자들의 치마 뒤에 반쯤 몸을 숨긴 채, 약간 떨어져서 이 광경을 지켜보고 있는 작은 인물들 몇 명을 가리키며 대답했다. 다른 아이들과는 틀리군, 피코가 주목했다. 옷이나 침착한 태도, 주름진 얼굴로 봐서 그랬다. 난쟁이들이었다.

하지만 피코는 칼렌디마지오에서 열리는 큰 장날에도 난쟁이들이 이렇게 많이 모여 있는 것은 본 적이 없었다. 그리고 이들은 한 가족이라고 생각해도 좋을 만큼 서로 비슷했다. 대체 어떤 여인의 배에서 이런 괴물들이 태어난 걸까, 피코는 불안한 눈으로 여자들을 흘긋 보면서 자문해 보았다. 그리고 길을 따라 길게 늘어서서 소리 없이 기다리고 있는 나머지 마차들을 다시 더 살펴보았다.

공작은 피코의 표정이 불쾌함으로 찡그려지는 것을 놓치지 않았다.

"왜 이렇게 많은 기형인들이 우리 부족을 고통스럽게 하는지 전 모르겠습니다. 악의적인 사람은 어쩌면 옛날에 지은 죄 때문일 거라고 생각할 수도 있습니다. 하지만 맹세하건대 저들 중 몇은 우리 부족이 아닙니다. 오는 길에 만난 겁니다. 그들은 우리와 함께 하고 싶어 했습니다. 우리의 색다른 옷 속에서 자신들이 다른 사람들과 달라서 겪는 아픔을 완화시켜 줄 방법을 찾은 것인지도 모르지요."

남자가 난쟁이들 쪽으로 시선을 돌렸다. 마치 소리 없는 명령을 알아들은 것처럼 작은 사람들이 앞으로 나와서 그들 주위로 다가왔다. 그리고 다시 소리 없는 명령에 대답하듯 일사불란하게 여러 색의 모자들을 벗고 피코에게 정중하게 머리를 숙였고 코가 땅에 닿을 정도로 몸을 숙였다. 키가 저렇게 작은데도 이상하게 민첩해 보이는군, 피코는 놀라서 이렇게 생각했다. 이러한 생각은 그들의 셔츠 위로 드러나는 울룩불룩한 힘센 근육으로 더욱 굳어졌다. 근육들은 그들의 기형적인 외모에도 불구하고 조각을 한 것 같았고 단단해 보였다. 그 작은 몸들은 전혀 연약하지 않았다. 분명 그들 한 사람 한 사람이 무장한 남자들과도 충분히 맞서 싸울 수 있을 것 같았다.

지금 앞에 있는 이 독특한 남자가 난쟁이들을 자신들의 호위병으로 이용하는 것처럼, 언젠가 군대에 난쟁이들을 징병하게 될 날이 올지 누가 알겠는가. 게다가 총과 검은 화약이 전투에 사용되었으니, 커다란 덩치와 신체의 에너지가 곧 쓸모가 없게 되지 않을까? 어쩌면 난쟁이 부대가 거인 부대를 너끈히 해치울 수 있을지도 모른다. 그리고 그들이 탄환을 피하는 데 훨씬 뛰어난 곡예사라면 더욱 좋을 것이다.

피코는 믿을 수 없는 자세로 아직도 자신에게 경의를 표하고 있는 난쟁이들을 발견하고 이런 생각에서 벗어났다.

"일어나게 하시지요." 공작에게 피코가 말했다. "저러고 있다가 허리가 부러질까 걱정이 될 지경입니다."

난쟁이들이 동시에 몸을 펴는 사이 병사들의 대장이 부하 한 명을 자기 곁으로 불렀다.

"다른 병사들을 데리고 마차로 가서 수상한 게 없는지 수색하라. 그 다음에 어떻게 할지 결정하겠다."

잠시 공작의 눈이 번득였지만 곧 다시 예의바르고 태연한 본래의 모습을 되찾았다.

"우리는 도둑도 아니고 나쁜 짓을 하는 사람들도 아닙니다. 나리, 도시의 안전을 위협할 만한 게 우리에게는 전혀 없습니다. 저희는 그저 지나갈 수 있게만 해달라고 부탁드리는 겁니다."

남자의 말을 무시하고 병사들은 말을 몰아서 긴 마차 행렬로 뛰어들어 여기저기를 뒤지기 시작했다. 마차 안에 들어 있는 것들을 확인하기 위해 창으로 덮개들을 들췄다. 그때 갑자기 어떤 마차에서 비명 소리가 들리더니 이상한 형체 하나가 옆 마차의 바퀴 쪽으로 달려가서 몸을 숨겼고 한 기사가 바짝 쫓아갔다.

"괴물이다!" 기사가 외쳤다.

피코는 덮개로 몸을 가리고 정신없이 다리를 움직여 달리는, 커다란 개 같은 것을 얼핏 보았다. 병사가 그 뒤로 몸을 던졌다. 잠시 후 기사가 무엇인가를 팔로 잡아당기며 마차 밑에서 다시 나타났다. 그러는 사이 덮개가 땅에 떨어졌고 그 이상한 형체는 끔찍한 모습을 드러냈다. 팔다리와 머리들이 같이 붙어 있는 상상조차 불가능한 살덩어리였다. 마치 거인이 여러 인간의 몸을 눌러서 다시 풀 수 없게 그 몸들을 뒤엉켜 놓은 것 같았다.

"괴물이다!"

겁에 질려서 제대로 나오지도 않는 목소리로 병사가 다시 외쳤고 뒷걸음질치면서 검을 뺐다. 피코는 본능적으로 고함을 치며 그에게 그 자리에 서라고 명령했다. 자신의 감정이 동정심은 아니라는 것을 그는 알아차렸다. 그런 기이한 것을 처음으로 보고 싶은 호기심과 그것을 없애기 전에 자기 앞에 있는 게 무엇인지를 알고 싶은 바람뿐이었다.

"위험하지 않아요! 살려줘요!"

피코는 옆에서 공작이 이렇게 소리치는 것을 들었다.

기사는 대장의 명령을 기다리며 그쪽으로 돌아본 채 꼼짝도 하지 않았다. 벌써 그 괴물을 치기 위해 검을 높이 쳐든 상태였다. 그 형체가 몸부림을 쳐서 병사의 손아귀에서 벗어나더니 공작에게로 달려갔다. 추위와 공포로 몸을 떨면서 공작의 품으로 몸을 숨겼다.

"살려주세요. 그러면 당신의 미래를 알 수 있을 겁니다."

공작이 다시 외치면서 그 괴물을 자기 뒤에 숨긴 뒤 다시 피코에게 말했다.

"나의 미래라고요? 이……것이 내 미래를 안단 말입니까?"

피코가 이중의 팔다리를 가진 그 괴물을 놀란 눈으로 바라보면서 중얼거렸다. 그것은 모든 게 보통 사람의 두 배였다. 머리가 두 개, 팔이 네 개, 힘없는 다리가 모두 네 개였다.

공작이 재빨리 땅에 떨어진 덮개를 집어서 그 존재를 잘 덮어주었다. 덮개 밑으로 이제 뒤얽힌 팔다리만이 보였다.

"이 여자는 전부 다 알고 있습니다. 하느님께서 이런 혐오스러운 외모 대신 주신 재능이지요." 공작이 다시 크게 말했다. "자비를 베풀어 주십시오. 나리는 고귀한 외모를 가지셨습니다. 마음도 틀림없이 그럴 겁니다!"

또렷하지는 않지만 여성적인 생김새의 얼굴이 피코를 뚫어지게 보기 시작했다. 그러다가 모두 꼼짝하지 않고 아무 말도 하지 않는 가운데, 두 개의 입 중에서 하나가 열리더니 거기서 이해할 수 없는 말들이 놀랄 만큼 빠르게 쏟아져 나오기 시작했다. 공작이 주의 깊게 그 말을 들었다. 그리고 그 존재가 말을 멈추자 공작이 말을 했다.

"미르나 말이 당신은 지금 어떤 책을 찾으러 큰 도시로 가고 있다고 하는군요. 멀리서 온 책인데, 이 세상에 있을 수도 있고 없을 수도 있다고 하네요. 하지만 당신은 멀리서 온 누군가를 만날 텐데 그는 이 세상에 존재할 수도 있고 없을 수도 있답니다."

피코가 깜짝 놀라 멈칫했다. 공작의 말을 듣는 동안 등줄기가 오싹했다. 괴물이 그의 운명의 열쇠를 쥐고 있는 걸까? 어쩌면 자연은 이런 존재들에게 자신이 가한 모욕의 대가로 예언 능력을 선물했는지도 모른다.

그러나 피코는 곧 이런 생각을 떨쳐버렸다. 이 가엾은 존재는 존재하지 않는 그 어떤 것의 주인이 아니라 기형적으로 태어난 희생양일 뿐이다. 이런 기형의 경우, 공간 속으로 질서 있게 그리고 끝없이 하강하는 원자 입자들이 예기치 못한 형태로 응축되어 어머니의 뱃속에서 기본적인 형체가 기형이 되는 것인데, 이런 일은 종종 일어나곤 한다. 대개 자연이 예상치 못한 그런 형태들은 자연 그 자체에 의해 즉시 사라지게 된다. 고통의 무게를 견디며 살아남았다는 것은 놀라운 일이지만 그뿐이다.

피코는 병사들에게 폭력을 사용하지 말라고 소리쳤다. 그러나 그들의 눈에서 번득이는 두려움과 혐오스러움이 가득 담긴 눈빛은 그들이 서둘러 괴물을 죽이려 한다는 사실을 말해주었다. 피코는 병사들의 창 앞으로 뛰어나가 자기 몸으로 괴물을 가로막았다.

"난 미란돌라의 영주다! 피렌체의 군주이신 일 마니피코 로렌초가 맡긴 임무 때문에 로마로 가는 길이다. 너희들의 행동으로 목숨을 잃기 싫으면 당장 멈춰라!"

여전히 검을 든 채 피코와 가장 가까이에 있던 병사는 잠시 망설이며 머뭇거렸다. 그러다가 천천히 무기를 내려놓으면서 대장을 쳐다보았다. 대장은 피코의 말을 완전히 믿는 것 같지는 않았다. 하지만 피코의 귀족적인 외모와 함께 그의 말이 대장에게 깊은 인상을 남긴 게 틀림없었다. 일 마니피코 로렌초의 명성은 비테르보에까지 넓게 퍼져 있었다. 위대하고 부유하고 강력한 군주…… 만일 이 젊은이가 정말 일 마니피코에게서 임무를 부여받았다면 문제를 일으키지 않는 것이 좋다. 그는 잠시 더 머뭇거리다가 누더기에 싸인 괴물을 멸시의 눈으로 바라보았다. 그리고 어깨를 으쓱하면서 고삐를 잡아당겨 말머리를 돌렸다.

"빨리 가시오, 빌어먹을. 그리고 도시 성벽에는 가까이 갈 생각도 하지 마시오. 진정 원하는 것이 교황의 축복이라면 저쪽으로 가시오."

그가 남쪽으로 향하는 길을 가리키면서 외쳤다.

"당신들이 갚아야 할 빚은 교황님 병사들이 알아서 청산해 주겠지."

기사들이 모두 대장에게로 모였고, 드디어 그들은 이 괴물 부족으로부터 벗어나게 된 게 기뻐서 천천히 말을 달려서 그 자리를 떠났다. 피코도 자신의 말 쪽으로 걸어갔다. 두 개의 머리 중 하나가 공작의 귀 쪽으로 향해서 그 이상한 언어로 뭔가 속삭이는 것을 보았다. 얼굴같이 생긴 또 다른 덩어리 하나는 피코에게서 눈을 떼지 않았다. 그가 등자에 한 발을 이미 올려놓았을 때 공작의 목소리가 그를 잡았다.

"이방인, 당신은 내 부족에게 관대하게 대해줬소. 잠깐만 있어 보시오, 미르나가 아직 당신에게 뭔가 할 말이 있는 것 같은데. 당신은 미르나의 생명의 은인입니다. 비록 이렇게 불행한 목숨이지만."

그 괴물 같은 존재가 이상한 걸음으로 거의 땅에서 구르다시피 하며 피코에게 다가왔다. 손 하나를 젊은이 쪽으로 뻗어 뜻밖으로 힘 있게 피코의 팔을 잡았다. 피코는 벌레의 발처럼 길고 흐늘흐늘한 손가락에 잡힌 채 당황해서 그 손에서 놓여나려고 애썼다. 하지만 미르나는 고집스러웠다. 그가 미르나의 손에서 벗어나려고 애쓰는 동안 사지가 뒤얽힌 그 덩어리에서 팔 두 개가 튀어나와 피코의 다른 손을 잡았다. 그래서 피코가 자신을 향해 고개를 드는 두 개의 얼굴과 그의 얼굴에서 무엇인가를 찾으려고 하는 네 개의 눈을 보았을 때 다시 이해할 수 없는 그 소리가 계속 미르나의 입에서 울려나왔다.

"또 뭐라고 하는 겁니까?" 피코가 깜짝 놀라 꼼짝을 하지 못한 채 물었다.

"우여곡절이 많은 길이 당신을 기다리고 있습니다. 당신이 가는 길에서 한 여인을 만날 겁니다. 마지막 신전의 둥근 천장 아래에서 그녀를 보게 될 겁니다."

"무슨 뜻입니까?"

공작이 미르나에게 조그맣게 뭐라고 몇 마디 말했지만 미르나는 피코의 손을 놓고 뒤로 몇 발짝 물러나기만 했을 뿐이었다.

"미르나도 모른답니다. 그 이상을 볼 수 없답니다."

"어떤 여인을…… 만난다는 겁니까?"

피코가 설명할 수 없는 당혹감에 사로잡혀 다시 물었다. 그는 잠시 이 이중의 존재에게 정말 비상한 힘이 있다고 믿어보려고 했다.

"책이요! 내 손에 책이 들려 있는 걸 봤는지 물어봐줘요! 죽은 자들의 땅으로 갈 수 있는 문을 여는 책이요."

갑자기 희망에 부풀어서 이렇게 외쳤다. 하지만 자신의 이런 허약함을 자책하며 입술을 깨물었다. 신경질적인 몸짓으로 말고삐를 잡아당겼다.

"미르나는 이제 다시 말을 하지 않을 겁니다, 우리 부족의 친구분."

그 존재가 굴러서 자리를 뜨는 동안 공작이 확고하게 말했다.

"이것을 당신 마차에 태우고 앞으로 누구의 눈에도 띄지 않게 하십시오."

피코가 명령했다. 그는 이런 허무맹랑한 이야기에 유혹되었던 자기 자신에게 화가 났다.

"내가 병사들에게 지금 본 걸 아무에게도 이야기하지 말라고 충고할 겁니다. 그렇지만 그 사람들의 충성심은 불과 몇 시간밖에 가지 않을 겁니다. 그리고 포도주 몇 모금에 달려 있지요." 그가 멀어져가는 기사들을 가리키며 말했다. "그리고 아직 돈이 있을 때까지겠지요. 시간이 있을 때 서두르도록 하세요."

공작이 고개를 숙여 인사했다.

"나와 우리 부족은 빚을 졌습니다. 당신이 필요할 때 빚을 받으러 오십시오."

피코는 입술을 깨물며 건성으로 고개를 끄덕였다. 그는 계속 토트라는 이름만 생각했다.

피코가 병사들의 뒤를 따라 말을 달려 언덕 너머로 사라질 때까지 공작은 꼼짝 않고 그를 주시했다. 그러고 나서 깃발을 꽂은 마차 쪽으로 가서 안으로 사라졌다. 미르나가 발작적으로 몸을 움직여 그를 따랐다. 그녀 역시 가파른 계단을 힘겹게 올라가 공작의 발치에 웅크리고 앉았다.

"모두 떠났소, 나와도 돼요."

그가 마차 안쪽 커튼 뒤에 숨은 누군가에게 나지막이 말했다.

손가락이 긴 손 하나가 주름진 커튼 사이에서 나타났다. 잠시 후 한 여인이 단호한 몸짓으로 모습을 보였다. 짙은 금발머리를 길게 기른 여인이었다. 마차 천장에 걸린 램프의 불빛에 그 머리카락은 구릿빛으로 환하게 타올랐다. 완벽한 그녀의 얼굴과 아름다운 코는 파란 눈 때문에 더욱 눈부셨다. 그녀는 방금 들은 말을 확인하듯 주위를 둘러보았다. 그러더니 손에 쥐고 있던 단검을 천천히 진홍색 망토 밑으로 숨겼다. 한참 동안 꼼짝도 하지 않았다가 그제야 다시 숨을 쉴 수 있는 것처럼 깊게 한숨을 내쉬면서 공작 쪽으로 몇 발짝 움직였다.

그녀를 보자 미르나가 다시 일어나서 그녀 쪽으로 굴러갔다. 여자가 미르나의 머리 쪽으로 손을 내밀더니 다정하게 머리 하나를 쓰다듬었다. 미르나는 그 손길이 기분 좋은 듯 신음소리를 냈다. 다른 쪽 머리도 똑같은 위로를 받고 싶어 손가락 쪽으로 목을 길게 뺐다.

"아무것도 눈치채지 못했겠지요?" 여자가 물었다.

"전혀요. 저들은 내 말을 믿었습니다. 아니, 어쩌면 한시라도 빨리 우리에게서 벗어나고 싶었는지도 모르지요."

남자가 여자의 손에 계속 머리를 갖다 대는 미르나를 가리키며 대답했다.

"당신의 수행원들도 눈에 띄지 않고 통과했습니다."

"대장 같아 보이던 젊은이 말이에요, 그들 일행이 아니었죠."

공작이 고개를 저었다.

"그를 보셨습니까?"

"그 젊은이가 가까이 다가왔을 때 마차 틈으로요."

"그 젊은이도 로마에 간답니다."

"잘생겼더군요."

"예, 그리고 강합니다. 싸울 줄도 알고요. 우리에게 도움이 될 겁니다. 하지만 위험하기도 합니다. 책에 대해 뭔가 알고 있고 그것을 찾고 있어요. 그리고 어쩌면 특히 당신을 찾고 있을지도 모릅니다."

여자가 계속 미르나를 쓰다듬었다. 그리고 갑자기 무슨 생각이 떠오른 듯 돌연 몸을 숙였다.

"너도 봤지, 응? 우리가 어떻게 해야 하지?"

미르나가 그녀 쪽으로 몸을 뻗었다. 두 개의 머리가 동시에 뭐라고 소곤거렸다. 공작은 이 은밀한 대화가 끝나기를 기다리며 꼼짝하지 않았다. 그러자 미르나가 다시 공작의 발밑에 와서 웅크리고 앉았다.

"예언자가 뭐라고 했나요?"

여자는 여러 가지 생각에 잠긴 것 같았다.

"저 젊은이의 영혼도 텅 빈 공간에 의해 황폐해졌다는군요. 젊은이는 그 공간을 아름다운 모습들로 다시 채우려고 애쓰고 있어요. 당신 말이 맞아요. 위험해요. 그는 우리와 똑같은 길을 지나갈 운명이에요. 교차로에서 그를 만날 거예요. 그러면 그는 우리 편이 될지 우리가 죽여야 할 사람들 편에 설지를 선택하게 되겠죠."

로마, 교황청 알현실

식스토 4세가 약 1시간 전에 알현실로 내려왔다. 그는 이미 로마 시내 중요 성당을 관리하는 로마 신자회 위원들인 고위성직자들의 보고를 연속해서 받았다. 그래서 지금은 마지막으로 키가 크고 마른 수도원장을 멍한 눈으로 바라보고만 있었다. 수도원장은 지금 그의 교구에서 진행하고 있는 어떤 복원 작업의 세부 사항들을 정신없이 나열하는 중이었다. 바로 그때 문 앞에 누군가 나타났다.

새로 온 사람은 추기경단의 진홍색 어깨 망토를 걸치고 있었다. 그는 알현실에 있는 사람들에게 신경을 쓰지 않은 채 알현실을 가로질러 교황이 앉아 있는 옥좌로 갔다. 그는 몸을 숙이고 교황이 내민 반지에 입을 맞추었다. 그러더니 거만하게 주위를 둘러보았다. 그는 입을 열지는 않았다. 하지만 그 방안에 분명한 명령이 떨어지기라도 하듯 모두들 서둘러서 목례를 하고 문쪽으로 향했다.

"젬마 수사, 당신은 가지 마시오. 그냥 있어요."

추기경이 도미니크 수도회의 수도복을 입은 수사를 손짓으로 불러 세웠다.

수사가 되돌아왔고 추기경이 지켜보는 가운데 마지막 사제가 나가고 나자 문이 닫혔다.

"로드리고[17], 우리 추기경."

교황이 반지 낀 손가락을 위협적으로 치켜들면서 그를 나무랐다.

"우리 알현실의 문을 자네 마음대로 열고 닫고 하려거든 먼저 이 옥좌에 앉아 열쇠를 갖게 될 때까지 기다려야 하네. 아니면 혹시 로마에서는 그리스도가 명령하고 식스토가 통치하고 보르자가 준비한다는 소문이 더 널리 퍼지기를 기다리는 건가?"

교황청 비서실의 부상서국장인 로드리고 보르자가 경의의 표시로 다시 무릎을 구부렸다. 하지만 그런 자세가 그의 몸에는 부자연스러운 듯 곧 다시 일어났다. 거대하고 볼품없는 몸이었지만 내면의 놀라운 힘 때문에 활력에 넘쳤다. 그러한 힘은 그의 둔한 얼굴 윤곽과 크고 불안해 보이는 손을 통해 드러났다.

---

17) 로드리고 보르자 : 1431년 스페인·발렌시아 지방 출신으로 제214대 로마 교황(재위: 1492년 8월 11일~1503년 8월 18일) 알렉산데르 6세이다. 1456년에 추기경이 된 이후로 교황청 상서국 부국장을 역임했다. 르네상스 시대의 세속화한 교황의 대표적 존재이며, 호색과 탐욕 문제로 많은 비난을 샀다. 아들 여섯과 딸 둘을 두었는데 그 중 아들 체사레 보르자를 오른팔로 삼아 일족의 번영과 교황청의 군사적 자립에 온 힘을 기울여 이탈리아 반도를 전쟁에 휩싸이게 했다. '사상 최악의 교황'이라는 평가를 받지만, 일부에서는 '뛰어난 지도력을 갖춘 군주'라는 의견도 있다.

"이렇게 무례를 범한 것을 용서하십시오, 교황 성하. 하지만 제가 가지고 온 소식이 아마도 교황 성하의 귀를 가득 채운 일상의 사소한 일보다 훨씬 더 중요할 겁니다. 그래서 종교재판소 소장인 젬마 수사도 남아 있어 달라고 부탁한 겁니다."

"종교재판소와 관련된 일인가?"

교황이 놀라서 작게 말했다.

"암투를 벌이는 귀족들에다가 거리에서 날뛰는 도적 떼들, 국경에서 우리 땅을 위협하는 나폴리 왕국, 우리의 명령을 따르지 않으려는 뻔뻔스러운 피렌체와 로마냐만으로는 충분하지 않단 말인가? 이제 악령에 사로잡힌 혼탁한 영혼들까지 경계를 해야 한단 말인가? 여기, 우리 도시 안에서? 우리의 선임 교황이셨던 바오로께서 '신성한 축출'을 행하신 뒤 이단적이고 광기에 사로잡힌 영혼들은 독일 사제들 속에나 있는 줄 알았는데!"

"바오로 2세 성하께서는 더러운 곤충 떼들처럼 베드로의 무덤 그늘 속에 둥지를 틀고 있던 타락한 자들과 이교도 집단을 해체시키는 훌륭한 공적을 남기셨습니다. 악의 소굴에 불과한 비밀 단체를 만들어서 모였던 그 사기꾼 같은 자들을 말입니다! 그자들은 거짓 신들을 찬양하는 의식들을 시작했습니다! 하느님의 도시에서 하느님의 말씀 그 자체를 몰아낼 목적을 가지고 있는 것 같았지요. 주동자들 대부분이 투옥되는 것으로 그 오만함과 불손함의 대가를 치른 뒤로 15년도 채 지나지 않았습니다. 하지만 바오로 2세께서 너무 관대하셔서 그들의 우두머리를 살려 두셨습니다. 그자를 교수대에서 처형시켰어야 마땅했을 겁니다!"

추기경이 주먹을 쥐며 대답했다.

식스토 교황은 불쾌한 듯한 손짓으로 그런 생각을 막았다.

"잊어버리게, 로드리고. 사람들을 인도하는 목자의 임무는 먼저 잘못된 것을 고쳐주고 용서하는 걸세. 그 다음에 진압을 하는 거야. 그 악마의 씨는 특히 똑똑한 자들 때문에 더욱 커졌다네. 고대 전통과의 비교 연구를 통해 그자들은 그 씨앗에 유치하게 열광했지. 우리 교황청의 중요 관리인 서기들이 그들 중에 있었다네. 바오로 2세가 세상의 반을 없애버려야만 했단 말인가?"

"아마 그들을 완전히 없앨 수는 없었겠지요. 하지만 이미 벌어진 것처럼 그들을 용서해서도 안 되고 그들의 부서로 다시 돌아가게 해서도 안 되었습니다. 적그리스도의 목소리에 공식적인 형식을 부여할 임무를 맡은 자들입니다. 그리고 자신의 부서를 모사꾼들과 로마에서 스페인에 대항하는 음모자들의 비밀 모임장소로 바꿔 놓았습니다!"

"하지만 그 뒤로는 그들 사이에 이상한 사상의 기운이 감지되지는 않았잖나. 아니면 혹시 우리가 알지 못하는 뭔가가 있었던가? 자네, 젬마 형제! 우리 종교재판소가 혹시 악의 손이 다시 이 도시에서 음모를 꾸미는 걸 발견한 건가?"

수사가 어깨를 으쓱하며 재빨리 추기경 쪽을 보았다.

"몬시뇨르(로마 가톨릭 교회에서 성직자들에게 사용하는 칭호) 보르자께서 두려워하시는 일, 비밀스러운 음모가 되살아나는 일은 저희가 가장 신경 쓰고 있는 부분입니다. 유럽 다른 도시에서는 악령들과의 거래를 통해 자신의 광기를 위안을 받으려는 사람들이 있지만 선량한 우리 도시 사람들이 그런 도덕적 혼란에 사로잡혔다는 증거는 없습니다. 그렇기는 해도 저희는 불길이 제대로 꺼지지 않은 채 그대로 남은 잿더미에 숨겨진 어두운 뭔가를 감지하고 있습니다. 순례자로 위장하고 도시로 들어오는 낯선 자들이나 수상한 만남, 이방인들끼리의 접촉, 우리의 신성한 성당의 그늘에 숨어서 진행되는 비밀 만남들 말입니다. 종종 귀족의 팔라초들도, 주인의 명성과 부를 이용해 몸을 숨기려는 몇몇 사람들에게 안전한 피신처로 변해버렸습니다. 그리고 여행자들의 짐 속에 숨겨져 들어오는 서적들이 이상하게 활개를 친다는 겁니다. 이런 책들은 북쪽에서 널리 퍼져 가고 있는 악마 같은 발명기술 때문에 여러 권 인쇄가 되었습니다. 그리고 대부분은 통제를 완전히 벗어나 버렸습니다."

"이건 노파의 수다에 불과하네, 형제! 사실을 말하라고!" 교황이 화가 나서 소리쳤다.

수사가 다시 보르자를 한참 동안 보았다.

"교황님, 사실이라는 건 대양의 진주처럼 희귀해서, 낌새와 추측의 흙탕물 속 여기저기에 흩어져 있을 뿐입니다. 그 물이 말라야만 진주가 우리 손에 들어올 것입니다. 우리는 진주 하나를 손에 넣기 위해 수없이 물에 빠져야 했던 그 옛날의 진주 낚시꾼과 같습니다. 그렇지만 진주는 모든 노력에 대한 대가를 지불해 줄 겁니다."

"간단히 말해, 자네들, 확실한 건 아무것도 없단 말이군." 교황이 다그쳤다.

"아직은 없습니다." 추기경이 끼어들었다. "하지만 제 부하들이 추격을 하고 있습니다."

"누구를?"

"마법사들의 모임이 활동 중인 것 같습니다. 멀리서 전해진 지식을 가지고 있다고 말하는 어떤 남자의 후계자들입니다. 따끈한 기운을 여러 번 감지했지만 항상 때를 놓치곤 했습니다. 그들이 여기 로마에 숨어 있는 건 분명한 것 같습니다. 하지만 정신없는 의식과 순례자들 때문에 저희가 전혀 도움을 받지 못하고 있습니다. 축제도 마찬가지고요."

"자네는 그러니까 우리가 우리 도시에 금지령을 내려서 고결한 수많은 순례자들의 진실한 믿음을 얼어붙게 만들길 바라는 건가? 있을 수 없는 일이야!"

"아닙니다, 저는 교황님께서 죽은 자든, 산 사람이든 그들의 수많은 영혼을 구원하는 일을 얼마나 중요하게 생각하시는지 잘 알고 있습니다. 우리 금고에 들어오는 적지 않은 헌금이 여기서 나오지요." 추기경이 음흉하게 덧붙였다. "제가 부탁드리는 건 금지령이 아닙니다. 그렇지만 올해에 카니발을 공표하지 않을 수 있다면 적어도 우리를 기다리고 있는 혼란을 일부분 피할 수 있을 겁니다."

"카니발을 공표하지 말라고?" 교황이 옥좌 옆 책상 위에 놓인 서류 쪽으로 한 손을 뻗으면서 물었다.

"바로 어제 매년 오는 조합들의 청원서가 도착했네. 의원들이 연서를 한 청원서인데 올해에도 축제를 승인해달라고 내게 간청하는 내용이었지. 이러한 조처에 대해 사람들에게 적대감을 불러일으키지 않고, 자네 뜻대로 어떻게 반대를 할 수 있을까? 사람들이 이러한 조처가 필요하다는 것을 이해하지 못하고 불필요한 굴욕적인 행동으로 받아들일 수 있을 텐데."

"교황 성하의 생각이 옳다고 생각합니다." 수사가 끼어들었다. "사람들은 열흘간의 축제로 고단한 삶을 잠시 잊을 필요가 있습니다. 만일 그것을 금지한다면 아마 교황 성하께서 오래 전부터 로마 교회의 방종함을 비난하기 위해 불평을 하는 이들의 탄원을 들어주었다고 말할 겁니다. 피렌체에 있는 제롤라모 사보나롤라[18] 수사나 다른 지역에 있는 제2, 제3의 사보나롤라 수사의 말들을요. 마치 우리의 육체는 정신의 신전에 불과하다고 생각하듯이, 인간의 육신을 억압해서 하느님을 찬양할 수 있다고 믿는 광신도 집단의 자식들입니다."

교황의 얼굴이 어두워졌다.

"그 어리석은 자들이 무엇을 외치는지 잘 알고 있네. 그자들이 수도복을 입고 있기 때문에 그나마 우리가 그자들의 머리를 내리치지 않고 있는 거지! 그자들은 우리가 탐욕 때문에 부를 축적했다고 우리를 비난하지. 그러면서 그 부가 어떻게 훌륭한 성벽으로, 최고의 그림으로, 우리 선조들에게 어울리는 아치와 분수로 변해 가는지는 보려 하지 않아! 우린 피렌체와 베네치아에서 최고의 거장들을 강제로 데려 왔지. 그들의 예술로 하느님이 인간들 사이에 머무실 거처로 정한 곳을 눈부시게 완성하도록 말이야! 책을 수집하게 하고 음악가들을 교육시키고 예배당을 세우게 했어. 우리가 축적한 부가 바로 프레스코 벽화로 변할 것

---

18) 제롤라모 사보나롤라1452~1498) : 이탈리아의 도미니크회의 수도사이자 종교개혁가. 민주정치와 신재정치(神裁政治)를 혼합한 헌법으로 피렌체를 통치하려 했으나 교회 내부개혁에 과격한 방법을 취함으로써 크게 반감을 샀다.

이고 모든 기독교 세계의 자랑이 될 거야. 단순한 사람들도 그들의 눈과 귀로 하느님의 거룩하신 말씀을 들을 수 있을 거라고. 우리는 그런 자들의 무례하고 거친 행동을 견디는 데 너무 지쳐버렸어!"

"하지만 카니발은, 교황 성하……"

"카니발은 우리 양 떼들이 원하는 것일세. 우리는 그 양 떼들을 지키는 개들의 사랑이 아니라 그 양 떼들의 사랑을 원하네!"

식스토 4세가 화가 난 것처럼 몸을 움직여 펜을 집었다. 그리고 순식간에 들고 있던 서류에 서명을 했다.

"우리의 교서를 출판국으로 줘서 당장 배포하도록 하게!"

그러더니 일어서서 창가로 가서 등을 돌리며 알현이 끝났다는 것을 알렸다.

계단에서 도미니크회 수사가 걱정스러워하며 로드리고 보르자에게 다가갔다.

"죄송합니다, 추기경님. 추기경님의 요청이 관철되게 제가 도와주길 바라셨을지도 모르는데, 상황이……"

로드리고가 손짓으로 그의 말을 가로막았다. 희미한 미소가 입술에 맴돌았다.

"걱정하지 마시오, 형제. 잘했소. 이변이 있다고 해서 정해둔 목적을 이루지 못하는 것은 아니니까. 때로는 물을 다시 휘젓는 것이 먹이를 굴에서 나오게 하는 데 도움이 되기도 하지요. 그리고 깊이 생각해서 그린 그림은 그 배경이 초라하고 불분명해도 대개 눈부시게 빛나는 법이오."

플라미니아 성문에서

피코는 저녁 어스름이 도시의 웅장한 성벽에 내려앉기 시작할 때 플라미니아 성문에 도착했다. 그는 통행료를 받는 수비대의 검사를 받으려고 돌 아치를 등지고 모여 있다가 바구니와 나귀에 실은 짐을 수비대에게 보이고 있는 시골 사람들을 거슬러 올라갔다.

그는 성문 앞에서 말을 세웠다. 말에서 내리지 않은 채, 방금 한 상인에게서 통행료를 받은 병사 쪽으로 고개를 숙였다.

"나는 미란돌라의 영주이며 콘코르디아의 백작인 조반니 피코요. 내가 여기 온 것은 장사를 하거나 이익을 취하기 위해서가 아니라 대성당들을 방문하고 회개를 하기 위해서요. 통과하게 해주시오."

병사가 피코를 머리에서 발끝까지 훑어보았다.

"백작이라고요? 그런데 왜 이런 촌사람들과 같이 온 거요?"

그가 날카로운 눈으로 진흙이 여기저기 묻은 피코의 옷을 찬찬히 살펴보면서 물었다. 그러더니 피코의 말을 검사했다. 안장에 매달린 가방들을 손으로 만져보더니 끈을 풀어 그 안에 들어 있는 몇 개의 옷가지 속으로 아무렇게나 손을 집어넣어 뒤지기 시작했다. 그러더니 불만스러운 표정으로 다시 피코를 보았다.

"원하는 게 뭐요?"

"난 파도바 대학에서 최근 2년 동안 공부를 했소. 하지만 인간에게는 허약해진 육체 때문에 지친 영혼을 강하게 단련시킬 필요가 있는 시기가 찾아온다오. 내게 그런 때가 왔소. 그래서 여기 온 거요. 난 은총과 용서가 필요하오."

"당신이 대성당들을 돌아다니며 회개할 만한 일을 한량 친구들과 얼마나 저질렀는지 누가 알겠소. 게다가 요즘 회개를 하러 오는 사람들이 너무 많아요."

"많다고요? 나폴리 왕을 반격할 준비를 하고 있다는 소문이던데. 나 역시 죄를 회개한 뒤에 교황님을 위해 내 검을 바칠 생각이오."

"볼로냐에서 검술을 가르치지는 않았을 텐데요. 하지만 식스토 교황님은 항상 검을 필요로 하시니 기꺼이 그걸 받으실 거요. 영혼을 정화한 뒤 상서국에 가 봐요. 거기서 우리 군에 지원할 수 있소."

병사는 이제 피코가 새로운 군대 동료가 될 수도 있다는 것을 알게 되자 훨씬 부드러워졌다. 그는 서둘러 가방을 다시 묶어 놓고 말 엉덩이를 툭툭 쳤다.

피코는 성문 쪽으로 가는 동안, 자신을 검사했던 병사에게로 다른 병사 하나가 다가가는 것을 보았다. 처음 병사도 다시 피코를 주의 깊게 보았다. 잠시 피코는 그들이 자신을 다시 부를까봐 불안했다. 그래서 그들에게 등을 돌린 채 조금도 망설이지 않고 말을 달렸다.

문을 넘어서자 두 개의 언덕 사이에 자리 잡은 넓은 광장이 나타났다. 둘 중 훨씬 완만해 보이는 언덕이 테베레 강 쪽으로 서 있어서 강이 보이지 않았고 왼쪽의 가파르고 험난해 보이는 언덕은 핀치오 산 쪽으로 이어졌다. 냄새와 소리가 뒤섞인 바람이 그에게로 불어왔다. 꽃향기와 향냄새, 그리고 지하 납골소의 냄새를 상기시키는 시체 썩는 냄새가 그 바람에 실려 왔다.

마테오 코르노가 그려준 지도가 머리에 또렷이 새겨져 있어서 마치 눈앞에 있는 듯했다. 그는 어느 쪽으로 가야 할지를 정하기 위해 주위를 둘러보았다.

왼쪽으로 작은 성당의 문이 열려 있었다. 그리고 그의 앞쪽으로 포장도로가 시작되어 멀리 보이는 캄피돌리오 언덕으로 이어졌다. 곧게 뻗은 성문을 마주 보고 있는 작고 초라한 기와지붕 너머로 화려한 새 건물들의 윗부분이 불쑥 튀어나와 있었다. 그 길이 교황들이 '코르소'('큰 길'을 뜻하는 이탈리아어)라고 새 이름을 붙인 라타 가가 틀림없었다. 코르노가 말했던 도시의 중심축으로서 도시의 심장부로 이어지는 길이었다. 예전에는 길가에 큰 신전들이 서 있었던 게 틀림없었다. 그 잔해들이 아직도 새 건물 앞쪽에 자리 잡은 주랑에 남아 있거나 벽에 박혀 있었다.

피코는 거기서 출발해서 캄포 마르치오 쪽으로 향했다. 판테온 신전은 훨씬 앞쪽에 있는 게 분명했다. 그리고 신전 주변의 집들은 학생과 순례자들을 위한 여관으로 사용되었다. 신전이 있는 광장에 도착하자 왼쪽으로, 초라한 집 사이에 끼어 있는 작은 건물이 눈에 띄었다. 건물에는 조잡하게 그린 숫양 간판이 걸려 있었다. 역시 조잡하게 쓴 "Hospitale"('순례자를 위한 숙소'라는 뜻의 라틴어. '호텔'의 어원. 중세에는 주로 수도원이 숙박시설로 이용되었는데 병의 치료를 겸해 숙식을 제공해주기도 했다.)이라는 글씨가 간판을 꽉 채웠다. 입구 옆 또 다른 두 개의 아치 사이로 여러 마리의 말들이 묶여 있는 게 얼핏 보였다.

그가 말에서 내려 말에 손질을 열심히 하고 있는 소년에게 말을 걸었다.

"여기가 몬토네 마구간이냐?"

소년이 그렇다고 고개를 끄덕였다.

"내 말을 데려가라. 여물을 좀 주고, 말안장 조심해라. 나중에 내가 들러서 확인할 거다."

피코는 말에서 짐 두 개를 풀어 어깨에 메며 이렇게 말했다. 그러고 나서 좁은 통로를 지났다. 통로를 지나자 수많은 사람들의 발길에 닳은 돌계단이 위층으로 곧장 이어졌다. 위에 도착한 피코는 작고 뚱뚱한 남자를 피하기 위해 한쪽으로 비켜서야만 했다. 남자는 둘둘 만 짚 매트리스를 팔에 안고 옮기는 중이어서 얼굴이 거의 보이지 않았다.

"무얼 도와드릴까요, 손님?"

남자가 마치 짚 매트리스를 피코를 향한 방패로 삼으려는 듯 그것을 배 쪽에 꽉 움켜쥔 채 물었다.

"잠자리를 찾고 있소, 먹을 것도."

"때맞춰 잘 오셨습니다. 방금 침대 하나가 비었거든요. 지금 막 사람을 시켜 성령 수사회의 수사들을 부르려던 참입니다. 저 사람을 처리할 준비를 하게 말이지요."

피코가 복도에 누워 있는 넝마 덩어리 같은 것으로 눈길을 돌렸다. 그는 그게 여기저기가 누렇게 얼룩진 시트로 잘 말아놓은 사람이라는 것을 알아차렸다. 한쪽 팔과 머리 일부분이 시트에서 드러나 있었다. 시트에 싸인 몸뚱이가 힘없이 몸부림을 쳤고 애처로운 신음소리가 들려왔다.

"이 사람은 무슨 일입니까?"

"상처를 입었습니다. 특히 배 위쪽에. 우리 집 하녀들도 간호하고 싶어 하지 않아요. 게다가 숙박비도 내지 않았고. 이 사람에게는 우리보다 더 넓은 자비가 필요합니다. 그렇지만 걱정하실 것 없습니다. 제가 벌써 청소를 하도록 조처를 해놓았습니다. 그리고 이 사람과 한 방을 쓰는 이는 예의 바른 사람입니다. 편히 주무시는 데 전혀 방해가 되지 않을 겁니다."

"난 독실을 찾고 있소."

남자가 짐을 내려놓고 휘파람을 불었다. 흡족한 표정으로 피코의 머리부터 발끝까지를 훑어보았다.

"독실이요? 이렇게 독실을 찾는 손님은 흔치 않은데. 그렇지만 우리 몬토네 여관은 제후도 가난한 사람도 그들의 필요에 따라서 다 받아줄 수 있습니다. 여비는 충분하신 거지요, 나리?"

"마음 놓아도 돼요. 난 롬바르디아의 학생인데 회개를 하러 로마에 온 거요. 가족으로부터 여비는 넉넉히 챙겨 받았소."

"롬바르디아인이라고요? 가난한 이들이지요. 오만하지만 영리하기는 해요. 좋아요, 좋아요. 혼자만 쓰실 수 있는 방을 원하신다면 그렇게 해드릴 수 있습니다. 다만 이 일을 해결할 시간을 좀 주십시오.”

남자가 다시 매트리스를 집으려고 할 때 소란한 발소리가 들려와 피코의 관심을 끌었다. 수사 세 사람이 나타났다. 여관 주인은 한마디도 하지 않고, 바닥에 누워 있는 남자를 가리켰다. 수사들이 앞으로 나왔다. 그리고 여전히 한마디 말도 없이 남자의 발과 겨드랑이를 잡아 끌고 갔다.

피코는 더러운 시트에 닿지 않으려고 되도록 벽 쪽으로 물러섰다. 남자가 다시 정신을 차린 것 같았다. 아까보다 조금 더 크게 신음을 했다. 그리고 누군가 잡아주길 바라는 듯 허공에 손을 휘저었다. 하지만 그의 간절한 애원에 답하는 건 허공밖에 없었다. 수사들은 그 남자를 짐짝처럼 끌고 계단을 내려갔다.

“오, 저렇게 자비로운 수사들이 없었으면 어쩔 뻔했나!”
여관 주인은 기분이 좋아서 크게 말했다.
“그럼 이리 오시지요. 손님이 쓰실 방을 보여드리겠습니다.”
몇 발자국 떼어놓자 복도는 창문이 여러 개 난 넓고 환한 방으로 이어졌다. 받침대 위에 올려놓은 판자 침대가 이용할 수 있는 모든 공간을 차지하고 있었다. 시간이 시간인지라 초라한 침대에 거의 다 손님이 있었다. 어떤 손님들은 토기 항아리에서 음식을 퍼서 정신없이 먹고 있었고 어떤 이들은 벌써 잠을 잤다.

“보셨습니까, 나리? 모두들 예의바른 사람들입니다.”
주인이 피코를 데리고 계속 걸어가면서 말했다. 복도가 다시 좁아지기 시작하다가 두 개의 문으로 끝이 났다. 주인이 그 문 중 하나를 열고 피코에게 들어오라고 권했다.

문 너머로 짚 매트리스 침대가 있는, 수도원의 독방보다 조금 더 커 보이는 작은 공간이 나타났다. 창문 옆 바닥에는 물주전자와 물이 가득 든 대야가 놓여 있었다. 대야의 물은 벌써 누군가 여러 번 세수를 하고 난 물 같았다.

"황제의 방 못지않습니다!" 여관 주인이 매우 흡족해하며 외쳤다. "바로 제 방 옆입니다. 이곳에서 아주 편안히 지내실 수 있을 겁니다. 로마에 오래 머무실 계획이십니까?"

"회개에 필요한 만큼이오." 피코가 냉랭하게 대답했다. "나는 회개를 해야 해서 로마의 성당 40개를 돌아야 합니다."

"와, 완벽한 여정입니다! 나리께서는 정말 하느님께 완벽하게 회개하고 싶은 거군요. 기도와 봉헌에 많은 비용이 들 겁니다, 이건 명백한 사실이고요. 대개 순례자들은 손님의 계획에 훨씬 못 미치게, 네 명의 성인을 만나는 것으로 만족하고 행복하게 떠나지요."

피코는 여관 주인의 얼굴에 나타난 표정을 통해, 여관 주인이 불현듯 무슨 생각을 떠올렸다는 것을 알 수 있었다. 그는 깨끗한 시트가 흩어지지 않게 조심하며 침대에 이불을 던졌다. 그러더니 피코에게 상냥하게 말했다.

"조금만 신경을 쓰시면 됩니다. 벼룩들은 사라지고 있습니다. 맛있는 음식과 포도주 한 병 가져올까요?"

그제야 피코는 자신이 하루가 넘게 아무것도 입에 대지 않았다는 걸 깨달았다. 갑자기 심하게 배가 고팠고 그와 동시에 쌓여 있던 피로가 몰려들었다. 그는 침대에 앉아 고개를 끄덕였다.

"곧 가져오겠습니다." 여관 주인이 대답했다. "입에 맞으시게 준비를 하겠습니다."

주인이 문 쪽으로 갔다. 그러다가 문 앞에서 갑자기 무슨 생각이 난 것처럼 돌아서서 다시 피코를 보았다.

"나리는 아주 잘생기고 건장하시군요. 제 생각에는 자연이 마련해 놓은 쾌락을 즐기실 것 같은데!" 그가 킬킬 웃었다.

"아닙니까?"

피코가 깜짝 놀라자 여관 주인이 덧붙였다.

"필요하시면 제게 말씀만 하십시오."

여관 주인이 나가자마자 피코는 대야를 들어서 창문 밖으로 물을 버렸다. 물을 버리기 전 잠시 그의 얼굴이 대야의 물에 비쳤는데, 반짝이는 눈 때문에 겨우 사람의 얼굴이라고 할 정도로, 유령보다 조금 나은 몰골이었다.

그는 침대에 누워 천장을 뚫어지게 바라보았다. 천장에서 가끔씩 빠른 발소리가 들려왔는데 겨우 들릴락말락한 작은 소리였다. 누군가 아무도 모르게 움직이거나 지붕 밑에 쥐들의 소굴이 있는 것 같기도 했다.

그는 이렇게 불결한 곳에서 마법사들이 모임을 갖는다는 걸 믿기 어려웠다. 그 모임이 아주 쇠약해진 게 틀림없었다. 아니면 전설로 전해지는 베일에 싸인 그 사람들, 마르실리오 피치노 같이 학식이 뛰어난 사람들도 그 존재를 믿을 정도로 대단한 그 사람들이 지금 복도에 누워 자고 있는 저런 남자들처럼 초라하고 가난한 사람들에 불과한 것일까? 혹시 저런 초라한 모습들은 외부인들의 눈에 자신들의 사악함을 숨기기 위한 위장에 불과한 것일까?

그때 누군가 방문을 두드렸고, 대답도 기다리지 않고 방문을 열었다. 문 앞에 젊은 여자가 나타났는데 얼굴에 분을 뽀얗게 바르고 있어서 어둠 속에서 유령처럼 하얗게 빛났다. 그녀는 수프 그릇과 빵같이 생긴 것을 손에 들고 있었다. 그 뒤로 그녀보다 더 어려 보이는 처녀가 있었다. 그 어린 처녀는 앞의 처녀가 방으로 들어와서 침대 곁으로 다가가기를 기다리고 있었다.

"저녁 식사를 가져 왔습니다, 나리."

젊은 여자가 이렇게 말하며 수프 그릇을 내밀었다. 피코가 침대에서 일어나 앉으며 빵과 수프를 받았다. 그녀가 나갈 기미를 보이지 않자, 팁을 기다리고 있다고 생각했다. 하지만 그가 동전을 찾으려고 가방 쪽으로 손을 뻗는 사이 여자가 손으로 자신의 다리를 부드럽게 어루만지는 것을 느꼈다. 처녀가 유혹하듯 요염하게 웃었다. 하지만 그 부자연스러울 정도로 하얀 얼굴은 기괴한 가면 같기만 했다. 피코가 고개를 저었다.

"피곤하군, 아가씨. 다음에."

하지만 그녀는 그런 말에도 끄떡없이 이제 더 노골적으로 그의 다리를 쓰다듬으며 천천히 그의 사타구니까지 더듬는 것으로 보아 이런 거절에 익숙한 게 틀림없었다. 그 사이 다른 여자도 방에 들어왔다. 이제 갓 소녀티를 벗은 처녀로 제대 기둥의 천사상 모델에 어울릴 만한 어린 아기 얼굴이었다. 몸은 말랐는데도 이상하게 배가 불룩해서 옷이 부풀어 올라 거의 무릎까지 올라가 있었다.

"내 동생하고 저하고 아주 잘해요." 젊은 여자가 손동작을 멈추지 않고 계속 말했다. "후회하지 않으실 거예요. 1스쿠도(이탈리아 도시 국가의 제후나 국가의 문장이 새겨진 금화나 은화)만 주시면 원하시는 대로 다 해드릴게요."

피코는 더욱 단호하게 고개를 저었다.

"저녁을 먹게 그냥 놔둬라. 피곤하다."

다른 여자도 다가와서 입을 반쯤 벌려 미소를 지으며 그를 애무하기 시작했다. 아마 매혹적으로 보이기 위해 그렇게 웃었을 텐데 오히려 그녀의 어린 나이만을 더 드러낼 뿐이었다. 피코는 그녀가 갑자기 입술을 깨무는 것을 보았다. 그러더니 신음을 하며 한 손으로 배를 만졌다.

피코는 점점 더 몸서리를 쳤다. 저 아이가 임신을 했군, 피코가 이렇게 생각하며 더욱 벽 쪽으로 몸을 피했다. 언니가 동생 몸을 심하게 흔드는 것으로 보아 피코가 어떤 생각을 하는지 직감한 것 같았다.

"조용히 해, 멍텅구리야! 그리고 나리, 애 몸 상태는 신경 쓰실 것 없어요. 멍청한 제 동생이 임신을 했지만 예전과 다름없이 잘 해 드릴 거예요. 한 번 해보세요, 나리, 몸을 홀가분하게 하러 가기 전에 말이에요…… 임산부의 몸은 꿀보다 더 달콤하다는 말이 있잖아요."

"무슨 말이냐? 지금 아기를 낳으려는 거냐?"

피코가 점점 더 당황하며 이렇게 물었다.

"오, 아니에요, 나리! 걱정하지 마세요. 아기를 낳으려면 아직 많이 남았어요!"

그는 이 가엾은 두 여자로부터 해방되고 싶어서 여관 주인을 부르려고 했다. 그런데 두 여자를 이 방에 보낸 게 혹시 그 남자가 아닐지 의심이 들었다. 어쩌면 그가 이들의 아버지일지도 몰랐다. 그러다가 방금 언니가 했던 말을 다시 생각해 보았다. 몸을 홀가분하게 하다. 군대를 따라 다니던 여자들 중 어떤 여자가 임신했을 때 그의 성에 있던 병사들이 그 말을 수군거리는 것을 들었기 때문에 이게 무슨 뜻인지 잘 알았다. 그것은 임신한 여자가 외과 수술에 몸을 맡긴다는 뜻이었다. 아니면 스스로에게 자해를 해서 자신의 뱃속에 들어 있는 원치 않는 생명에게 충격을 주는 것일 수도 있었다. 그러면 거의 모든 여자들이 사람들의 무관심 속에서, 극심한 고통을 겪으며 죽었다.

반면 갑자기 사라지는 여자도 있었다. 그러다가 며칠 뒤, 얼이 빠진 채 기운 없는 모습으로 돌아왔다. 하지만 살아 있기는 했다. 마녀의 의식에 몸을 맡겼다고들 했다. 그 마녀는 신체와 약초의 비밀을 알고 있어서 죽음의 문턱에 이를 정도로 격렬한 반응을 장기에 가져오는 동시에 그녀들의 뱃속에 있는 태아를 없애주는 신비의 물약을 여자들에게 주었다. 아무도 그 물약의 정체를 알지 못했다. 그것은 마을의 노파들이 조심스럽게 숨겨오는 비밀이었다. 숲 속의 마법사들을 통해 알게 되었다고 하기도 하고 아주 먼 옛날에 사라진 오래된 지식에서 전해진 것이라고도 하는 비법이었다.

피코는 다시 가엾은 젊은 처녀를 보았다. 어쩌면 그녀가 어둠의 세계로 갈 수 있는 방법이 될 수 있었다.

"네 동생을 어디로 데려갈 생각이지? 누가 몸을 홀가분하게 해준다는 거냐? 알고 싶은데."

그가 단호하게 말했다. 애무를 하던 언니가 순식간에 동작을 멈췄다. 그리고 겁에 질린 얼굴로 뒤로 물러섰다. 재빨리 동생과 눈길을 주고받았는데 동생에게 입을 다물라고 눈짓을 한 게 분명했다. 잠시 후 그에게 다시 말했다.

"우린 아무에게도 가지 않습니다. 자식은 하늘이 주신 선물인데요……"

언니가 당황스러워하며 중얼거렸다.

"넌 마녀를 알고 있지, 맞지?"

그가 갑자기 이런 생각이 떠올라 나지막이 말했다. 어쩌면 이 불행한 두 여자를 통해서 행운이, 마르실리오가 말했던 어둠의 세계로 가는 문을 열 열쇠가 그의 손 안으로 들어오고 있는지도 몰랐다.

여자가 고개를 저었고 동생도 곧 따라했다.

"마녀라고요? 모릅니다, 맹세하지만……" 여자는 노골적으로 성호를 그으면서 외쳤다.

두 여자 모두 겁에 질려 있었다. 두 여자가 급히 뒤로 물러서는 것을 본 피코는 불시에 그녀들과 문 사이로 뛰어들어 두 여자가 달아나지 못하게 막았다. 구석에 딱 달라붙어 있는 두 여자는 쫓기는 여우 같았고 몸을 덜덜 떨었다. 동생이 다시 통증을 느끼는지 신음을 했다. 그러자 둘 다 피코의 발밑에 몸을 던지고 자비를 베풀어 달라고 애원을 했다.

"우리는 마녀를 모릅니다! 마녀를 몰라요!"

두 여자는 자기들의 머리를 쥐어뜯다가 그의 다리를 감싸안으면서 계속 같은 말을 반복했다.

피코는 몸을 숙이고 두려움으로 당황해하는 그 불쌍한 여자들의 머리를 쓰다듬으며 위로의 말 몇 마디를 조그맣게 해주었다. 서서히 그녀들이 진정되어 가고 울음을 그치는 게 보였다. 눈물 때문에 분을 바른 언니의 얼굴은 가면처럼 변해 버렸다.

피코는 계속 위로의 말을 해주며 가방에서 은화를 찾아 언니에게 내밀었다. 그녀는 갑작스레 눈을 탐욕스럽게 번득이며 그의 손에서 은화를 빼앗아 재빨리 옷 속에 숨겼다.

"종교재판관을 부르지는 않을 거다. 난 마녀를 만나고 싶다."

"나리도요?"

언니가 물었다. 그녀의 얼굴에 공범자 같은 미소가 떠올랐다.

"나리도 필요하시면……"

"아니다. 이쪽 지역 어디엔가 어둠의 신들을 모시는 사람들이 만나는 곳이 있다고 알고 있다. 혹시 너희들이 아는 마녀가 그 장소를 알고 있을지 모르겠다."

"나리도…… 그들 중의 하나인가요?"

언니가 이렇게 물었고 그 사이 동생은 몸을 떨었다.

"사바토 집회에 가실 건가요?" 겁에 질려서 물었다.

"마녀를 만나고 싶다." 피코가 태연하게 다시 말했다.

"내가 원하는 건 그거야."

여자가 다시 약하게 부정을 해보려고 하다가 피코의 단호한 태도 앞에 마침내 포기했다.

"좋습니다, 원하시는 대로 하세요. 노파는 숨어서 살아요. 노파를 찾는 건 쉬운 일이 아니에요. 낮에는 약초를 찾아 성 주위의 들판으로 돌아다니거든요. 그래도 나리께서 원하시면 오늘 밤 만나실 수 있을 거예요."

"기다리겠다."

피코가 가방에서 두 번째 동전을 꺼내 그녀에게 보여주면서 대답했다. 여자가 탐욕스럽게 손을 뻗었지만 피코는 재빨리 주먹을 쥐었다.

"다음에, 내가 원하는 일을 하고 나서."

마녀의 오두막에서

밤이 되자 처녀가 피코에게 돌아왔다. 얼굴을 깨끗이 씻고 수수한 옷을 입고 있었다. 여자와 피코는 함께 거리로 나갔다. 처녀는 피코가 일정 거리를 두고 자신을 따라오고 있는 것을 확인한 뒤 더럽고 악취가 풍기는 미로 같은 골목길로 그를 안내했다. 드디어 어느 오두막집 문 앞에 도착했다. 처녀가 문을 두드렸다. 잠시 후 문이 한 뼘 정도 열리더니 온화해 보이는 노파가 나타났다. 노파가 의심스러운 눈으로 주위를 둘러보았다.

"무슨 일이지?"

"이 기사분이 회합에 대해서, 사바토에 대해서 알고 싶어 하세요."

처녀가 피코를 가리키며 조그맣게 말했고 피코가 앞으로 나섰다. 그 말을 들은 노파가 문을 닫으려고 했지만 피코가 재빨리 문을 활짝 열고 안으로 들어가서 등 뒤로 문을 닫았다.

노파가 땅에 주저앉아 숄 가장자리로 머리를 감쌌다. 노파가 겁에 질려 이해할 수 없는 연도(連禱) 같은 것을 웅얼거리는 소리가 들렸다.

"네 악령에게 호소하는 일은 그만둬라."

피코가 낮고 날카롭게 말하며 발로 노파의 엉덩이를 걷어찼
다. 세게 찬 것은 아니었지만 노파가 아파서 비명을 지를 정도는
되었다.

"어떤 악령도 내게 해코지할 수는 없을걸. 난 성 시메온의 쇄
골로 보호를 받으니까 말이다!"

피코는 책을 읽다가 기억해 두었던 성인들 중 아무나 제일 먼
저 떠오르는 이름을 내뱉었다. 그러자 뭐라고 웅얼거리던 노파
는 깜짝 놀라며 즉시 입을 다물었다. 그리고 그를 좀더 자세히
보려고 조심스럽게 누더기 솔 밑으로 얼굴을 내밀었다.

"정말 쇄골을 가지고 있나요?" 쉰 목소리로 웅얼거렸다.

"그럼, 순교자의 피와 사탄의 침에 젖어 있지!"

"그런데 제게 원하시는 게 뭡니까, 나리? 전 빛의 궁정에서 쫓
겨난 비천한 하녀에 불과합니다."

"내가 알고 싶은 건 이 땅의 일들이 아니다. 회합이 열리는 장
소를 알고 싶다."

"'위대한 형제들'은 보름달이 뜨는 밤에 교차로에서 악령들
을 부릅니다. 교수형을 집행했거나 살인이 일어난 곳이지요."

피코가 고개를 저었다. 기독교 세계의 요람에서도 항상 똑같
은 미신이 성행했다. 로마의 모든 이야기가 피에 젖어 있었다.
어쩌면 포장된 거리의 돌 하나하나가 지난 세기의 잔인한 행동
들을 목격했는지도 모를 일이다. 악령들은 이 로마의 성 안에서
자신들의 모습을 드러낼 장소를 선택할 때 당혹스러움만을 느

겠을 것이다. 피코는 산탄젤로 성 가까이에 있는 다리와 이어지는 광장을 생각했다. 공개적으로 형이 집행되는 장소였다. 그리고 마테오 코르노가 가르쳐 준 길을 잘 생각해보니 바로 그 광장에서 세 개의 길이 교차되었다. 악마와 직접 말을 나눠보는데 어떤 곳이 가장 적합한 장소일까?

다리 난간에 악마와 함께 앉아서 다리 밑으로 흐르는 흐릿한 테베레 강물을 물끄러미 바라보면서 불쌍한 인간들에 대해, 하느님이 가진 힘의 한계와 인간들의 좌절된 희망에 대해 철학적인 대화를 나눌 수 있을 것이다. 악마와 같이 몇 가지 일을 처리할 수도 있고 그에게 도움을 청할 수도 있고 자신의 절망에 대한 동정을 얻을 수도 있을 것이다. 그래, 거기가 악령들에게 딱 맞는 곳일 수 있어, 피코가 생각했다.

그렇지만 해가 지고 나면 교황의 병사들이 시내 순찰을 돈다.

"로마 어디서 만나는 거지? 어떤 빌어먹을 교차로에서? 어떻게 종교재판소의 눈을 피할 수 있지?"

노파가 비웃었다.

"그 염병할 놈들! 우리를 쥐 잡듯 쫓아다니지요. 그래도 모든 게 큰 반지 안에서 벌어진다는 건 아무도 모른다오."

"반지라니? 무슨 말이냐?"

"사탄이 자기 신부에게 끼워주는 반지지요! 사탄은 그 반지를 가지고 신부를 기쁘게 해줄 겁니다. 우리 하느님께서 그분의 도시인 로마와 결혼할 때 끼워준 거대한 돌 반지랍니다. 남자가 자기 여인을 찾아 아내로 맞을 때처럼 말입니다!"

노파가 간교하게 피코 곁으로 다가와서 그의 뺨을 쓰다듬었다. 피코는 욕정이 번득이는 그 눈빛이 구역질이 나서 뒤로 물러섰다. 노파는 어떤 쾌락에 대한 기억이 갑자기 마음 속에 되살아나기라도 한 것처럼 대담하게 그를 보았다. 그리고 다시 그를 만지려 했다. 피코가 이번에도 혐오스러워하는 반응을 보이자 발정난 고양이처럼 숨을 내쉬며 뒤로 물러섰다.

"아하, 잘생긴 젊은이, 지금 이렇게 주름살투성이인 내가 구역질이 나겠지. 하지만 당신이 젊은 시절 나를 알았다면 세상의 그 어떤 힘으로도, 어떤 여인의 노래로도, 수도사의 기도로도 당신을 내 방문 앞에서 떼어 놓지 못했을 거요!"

노파가 음탕하게 치마를 들어 올려 푸르스름한 혈관에 뒤덮여 여윈 다리를 보이며 알아듣기 어려운 웅얼거리는 말투로 다시 말했다.

"내가 구역질나겠지." 돌림노래처럼 같은 말을 반복했다.

"그리고 바로 오늘 밤 내가 옛날의 나로 돌아갈 수 있다는 걸 모르고 있어! 당신이 지금까지 만난 그 어떤 아름다운 여자보다 더 아름다운 여자로, 세상에서 가장 아름다웠던 여자보다 더 아름다운 여자로 말이야! 당신도 찾고 있는 그 여자로!"

"세상에서 가장 아름다웠던 여자라고?"

노파의 그 말이 시모네타를 은근하게 암시하는 것 같은 생각이 잠깐 들어서 피코가 갑자기 물었다. 그렇지만 이 노파가 그녀를 어떻게 알 수 있단 말인가? 혹시……

"내가 어떤 여인을 찾는지 알고 있나?"

"죽은 여자지요." 노파가 차갑게 대답했다. "하지만 살아 돌아왔다는 소문이 도는 여자."

낮은 목소리로 노파가 덧붙였다.

"내가 그 여인을 찾는 걸 어떻게 알았지?"

대화가 흘러가는 방향 때문에 점점 더 당황스러워하며 피코가 다그쳤다.

"모두 그 여자를 찾고 있습니다." 노파가 다시 말했다. "그러나 그 여자를 찾으려면 달이 떠야 합니다."

노파가 손을 들어 보름달이 환히 빛나는 창문을 가리켰다. 달빛이 먼지 쌓인 작은 방에 무질서하게 놓여 있는 항아리와 유리병들을 비추었다. 피코는 잠시 그 항아리와 병들이 번득이는 것을 본 듯했다. 그리고 그 초라한 오두막집이 보물로 가득 찬 놀라운 동굴로 변한 것 같았다. 하지만 그건 바람에 실려 온 구름에 달빛이 흐릿해졌던 그 순간의 효과였을 뿐이고 곧 다양한 형태의 항아리와 병들은 원래의 황량한 모습으로 돌아왔다.

"오늘 밤에 회합이 열리나? 만나는 곳이 어디냐?"

노파가 다시 그에게 다가와서 속삭였다.

"커다란 반지 심장부에서 보름날 열립니다. 네로가 순교자들을 처형한 곳이지요. 콜로세움에 있어요. 바로 거기서 고대의 길들이 교차하지요."

"콜로세움은 네로 황제가 죽고 나서 한참 뒤에 세워졌어." 피코가 신랄하게 말했다. "거기서 아무도 처형되지 않은 것으로 아는데."

피코는 노파가 글을 읽을 줄 모른다고 확신했다. 말할 것도 없이 노파가 타키투스[19]나 수에토니우스[20]의 작품들과 친할 리도 없었다. 하지만 자신이 굳게 믿었던 일에 구멍이 있을지도 모른다고 생각하면서 피코는 낙담을 했다.

"책을 믿는 사람들은 그렇게 생각하지요." 노파가 교활한 눈으로 말했다. "하지만 우리는 황제가 소문처럼 죽은 게 아니라는 것을 알고 있어요. 아직 이곳에, 그가 살았던 곳에 있다오. 매년 자신이 태어난 날 자신을 사랑하는 백성들에게 축복을 내리기 위해 반지로 돌아온답니다. 네로 황제 시대에는 그곳에 호수가 있었어요. 황제는 통치를 하느라 지치게 되면 거기서 정신을 단련시키곤 했지요. 그리고 로마에 있는 마법의 길들이 바로 그 호수에서 합류했지요. 그 호수의 웅장함을 세상에 널리 알리고 불멸의 것으로 만들기 위해 그 호수 위에 돌과 대리석 산을 건설한 겁니다. 그러니까 그 돌의 반지, 네로의 반지는 오늘날에도 죽음에서 살아 돌아온 네로의 위대한 영혼을 만날 수 있는 곳이 된 거지요. 내 말이 믿어지지 않으면 가서 보세요!"

"의식이 언제 거행되는가?"

피코는 노파의 확신에 찬 어조에 놀라며 물었다.

"자정입니다."

"네가 말한 게 사실이라면 나를 그곳으로 안내해라."

노파가 고개를 거세게 저으며 뒤로 한 걸음 물러섰다. 얼굴에

---

19) 푸블리우스 코르넬리우스 타키투스(Publius Cornelius Tacitus, 56년 ~117년) : 고대 로마의 역사가.

20) 가이우스 수에토니우스 트란퀼리우스(69년~130년 이후) : 로마 제국 초창기의 역사가. 흔히 수에토니우스로 불린다. 로마 제국의 초창기 12명의 황제(율리우스 카이사르~도미티아누스)에 대하여 다룬 『황제전(De vita Caesarum)』을 썼다.

서는 모든 확신이 사라졌다. 갑자기 피코가 처음에 보았던 어리숙한 노파로 돌아온 것 같았다.

"전 그냥 불쌍한 여인일 뿐이외다. 저는 그곳에 참석할 자격이 없어요. 나리가 혼자 알아서 하시구려."

피코는 입을 다물었다. 노파의 말을 진심으로 받아들여야 하는 건지, 그냥 신경을 쓰지 않아야 하는 건지 알 수 없었다. 이성은 그에게 뜬소문을 바탕으로 한 그런 헛소리를 절대 믿어서는 안 된다고 알려주었다. 하지만 마테오 코르노도 이 도시에 죽음의 세계로 통하는 문이 있다고 알려진 장소가 존재한다는 듯한 암시를 했었다. 혹시 이 마녀가 정확히 말할 수 없는 무엇인가를 정말 알고 있는 것이라면?

피코는 처녀와 함께 몬토네 여관으로 돌아오면서 계속 자문해 보았다.

피코는 자신이 하려는 일에 대해 계속 갈등하면서 정해진 시간을 기다렸다. 그가 아는 모든 지식, 모든 확신이 반대 방향으로 가고 있었다. 그는 악령이나 그들과 접촉하려는 사람들에 대한 소문을 전혀 믿지 않았다. 그의 고향인 미란돌라에는 경이로운 사건들에 대한 이야기와 무시무시한 전설들이 넘쳐났다. 그는 재미로도 그런 것에 귀를 기울이지 않았다. 하지만 그가 공부를 하면서 고대의 위대한 현인들이 그런 것들을 믿었다는 것을 얼마나 많이 발견하게 되었던가? 아풀레이우스, 리비우스[21], 발

---

21) 티투스 리비우스 파타비누스(기원전 59년~17년) : 고대 로마 역사가. 142권의 『로마사』 저술.

레리오 마시모 등. 아리스토텔레스도 경이로운 사건들을 믿은 것처럼 보였다. 마르실리오 피치노는 진심으로 헤르메스 저작들을 믿었다.

피코는 여러 번 자신의 계획을 포기하려고 했으나 그러고 나면 곧 호기심이 의심을 다시 눌러 버렸다. 드디어 멀리서 소등을 알리는 종소리가 울려 퍼졌다. 여관에서 들리던 사람들 소리와 소음이 하나둘씩 사라지며 손님들은 잠이 들었다. 잠시 누군가의 한숨 소리가 들렸고 간간이 키득거리는 소리와 만족스러운 신음소리가 들려왔다. 자매가 어떤 방에서 일을 하고 있다는 신호였다. 잠시 후 피코는 아무도 눈치채지 못하게 계단을 내려가서 밖으로 나갔다.

미네르바 성당 앞에 있는 한적한 광장을 가로질러 코르소 가쪽으로 방향을 바꾸었다. 산 마르코 광장 주변을 감시하고 있을 게 분명한 순찰대원들과 만나지 않기만을 바랐다. 그러다가 병사들이 아니라 기괴한 동물 가면들을 쓰고 유쾌하게 웃고 있는 서민 남녀들과 부딪혔다. 그들은 유령들처럼 골목으로 사라졌다. 잠시 후 또 다른 그룹들과 마주쳤는데 그들 역시 매우 이상한 차림이었다. 도시는 음산한 흥분에 사로잡혀 있었다. 소등령마저도 이제 시작되는 카니발을 위해 정지된 것 같았다.

하지만 살아 있는 것들은 모두 일종의 눈에 보이지 않는 경계에서 멈춰선 것 같았다. 산 마르코 광장을 지나서 경사진 캄피돌리오 언덕을 등지자마자 피코는 포로[22] 가장자리에 있는 건축물들이 무너져 내려 폐허더미로 변했다는 것을 알아차렸다. 먼지가 쌓인 집 몇 채가 아직 남아 있었고 그 집들 사이로 길이 나 있

었다. 폐허들 사이로 난 좁은 오솔길보다 조금 넓어 보이는 그
길은 부러진 이빨처럼 땅에 솟아 있는 쓰러진 아치와 기둥들의
가장자리를 따라 뻗어 있었다. 서쪽을 향해 까마득하게 펼쳐진
돌의 사막이었다. 여기저기 보이는 건물들의 입구는 울타리로
막혀 있었다. 그리고 가끔 들리는 짐승의 울음소리가 밤에 그곳
에 버려진 가축들이 있음을 알려주었다. 피코는 옛 신전들의 잔
해 사이에 끼어 있는 산 로렌초 인 미란다 성당 옆을 지나갔다.
황량한 주변 풍경이 그 새로운 성당을 보호하는 것 같았다.

1킬로미터 정도 떨어진 앞쪽에 산처럼 솟은 땅 위에 시커먼
형체의 원형 경기장이 우뚝 서 있었다. 피코가 달빛이 환히 비치
는 벽 쪽으로 서서히 다가가는 사이 그 모습이 점점 더 뚜렷하게
윤곽을 드러냈다. 복잡하게 얽힌 대리석 아치와 기둥들 사이에
서 차가운 달빛에서 비치는 부드러운 섬광과 반사광들이 유희
를 벌였다. 뜻밖에 몰아치는 폭풍우를 하얀 눈으로 뒤덮은 것 같
았다.

사방이 고요했고 먹이를 쫓아 근처 언덕으로 내려온 밤새의
울음소리만이 이따금 그 침묵을 깨뜨렸다. 피코는 계속 앞으로
나갔고 마센치오 공회당의 잔해들을 지나서 예전에 네로 호수
바닥이었던 쪽으로 완만하게 이어져 내려가는 땅에 도착했다.

---

22) 포로 로마노(Foro Romano) : 고대 로마 시대의 공적 집회에 쓰이던 광
    장으로 정치, 종교와 관련된 건물들이 서 있었다. 기원 전 6세기 무렵
    부터 293년에 걸쳐 로마의 정치와 경제의 중심지였으나, 서로마 제국
    이 멸망한 뒤부터는 그대로 방치하다가 토사 아래에 묻혀 버렸다. 19
    세기부터 발굴 작업이 이루어졌다.

그 사이 고대 로마 시절에 이 장소가 어떤 모습이었을지 상상해 보려고 애쓰면서 노파가 말했던 길들을 찾기 위해 주위를 둘러 보았다. 한때 이곳에서 눈부시게 빛났던 화려하고 웅장한 건물들은 사라지고 가축들이 풀을 뜯는 곳으로 변했고 맹금류들을 위한 사냥터가 되어버렸다.

로마의 대로들이 거기서 만났다. 하지만 예전 포장도로의 흔적은 전혀 남아 있지 않았다. 피코는 예전에는 줄리아 공회당으로 이어지던 무너진 계단 밑에 도착했다. 공회당은 이제 부러진 기둥들만이 그 윤곽을 보여줄 뿐이었다. 조금 더 앞쪽으로는 콘스탄티누스 황제[23]의 큰 개선문이 서 있었고 그 옆으로는 과거에 적어도 54미터는 되었음직한 거대한 돌기둥의 잔해가 남아 있었다. 일종의 거인 같은 그 기둥의 그림자가 이제는 영원히 사라진 사람들의 영광스러웠던 시간들을 증명했다.

악마의 회합은 어디서 열리는 걸까? 그는 콜로세움 쪽으로 눈을 들었다. 수세기에 걸쳐 수세대의 사람들이 일상생활의 단순한 필요에 의해 이 건물을 이용하려고 미친 듯이 이 건축물에 손을 댔다. 그와 같은 시도 때문에 황량한 요새로 변해 버린 건축물의 외관이 환한 달빛에 드러났다. 이곳을 요새로 만들기 위해, 한때 신상과 영웅들의 석상이 놓여 있던 거대한 아치들을 거친

---

23) 콘스탄티누스(재위 306~337) : 로마의 황제. 306년부터 부황제가 되었고 324년부터 황제가 되었다. 313년에 '밀라노 칙령'을 선포, 기독교를 공인 종교로 발표, 그 자신도 차차 기독교적으로 바뀌어 갔다(세례는 임종할 때 받았다). 324년에 니케아 종교 회의를 열고 아리우스설을 이단으로 정했으며, 기독교를 정통교로 정했다.

응회암으로 막아 벽을 만들어 버렸다. 그리고 마구간으로 이용하기 위해 널빤지로 간단하게 칸막이를 만들어 막아버린 적도 여러 번 있었다.

피코는 길게 늘어선 아치들을 빙 돌아서 걷다가 첼리오 산과 마주한 곳에 도착했다. 그곳은 외벽의 대부분이 무너져서 그 돌덩이들이 바닥에 아무렇게나 쌓여 있었고 콜로세움에 삼각형 틈이 벌어져 있었다. 거대한 동물의 몸에 내장이 다 드러나 보일 정도로 심하게 난 상처처럼 콜로세움으로 이어지는 그 틈은 믿어지지 않을 정도로 커서 그것을 세운 사람들의 끈기와 천재적인 작업의 결과를 드러내 보여주었다.

차례로 질서 있게 이어지는 통로들, 그리고 그 위에 놓인 약간 경사지는 다른 층과 또 다른 통로들이 콜로세움의 핵심이었다. 놀랍게 교차되는 공간과 건축구조물이 콜로세움의 무게를 모두 지탱해 냈다.

피코는 바위에 올라서듯 그 돌 하나에 기어올라 제일 지나가기 쉬워 보이는 길을 골라가며 무너진 돌더미를 넘어갔다. 손으로 돌을 확인해보느라 살갗이 긁히고 손톱이 부러졌다. 그러는 동안 점점 더 콜로세움의 벽 안으로 들어가게 되었다.

그는 짙은 어둠에 싸인 통로에 도착했다. 계단 밑으로 길게 구부러진 통로를 지나 빛이 쏟아져 들어오는 쪽으로 갔다. 아마도 중앙으로 가는 통로인 것 같았다. 그곳에 도착하자 아치 너머에 공간이 있다는 것을 감지했다. 그는 다시 끝없이 이어질 것 같은 아래층 통로로 내려가 다시 어둠 속에 빠져들었다. 그러다가 갑자기 달빛이 비치는 야외로 나가게 되었다.

그곳은 콜로세움의 내부로 원형의 아레나(고대 로마에서, 원형 극장 한가운데에 모래를 깔아 놓은 경기장)를 완전히 감싸는 또 다른 돌벽 바로 옆이었다. 이 돌벽은 신들이 장난으로 만든 것 같았다. 피코는 눈을 들어 자신의 위쪽에 위협적으로 서 있는 계단들을 보았는데, 계단들은 현기증 날 정도로 높은 곳까지 이어졌다. 잠시 군중들의 함성이 유령이 나올 듯 으스스한 그곳을 가득 채웠다. 이곳이 영광을 누리던 당시에 울려 퍼졌던 소리가 틀림없었다. 수천 수만의 목소리가 피코의 머릿속에서 소용돌이치면서 그곳의 고요를 깨뜨렸다. 폐허를 물들이는 푸르스름한 달빛이 색색깔로 환히 빛났다. 시커먼 돌덩이들 위로 그림들과 그것들을 장식하는 대리석이 원래 모습으로 되살아났다. 하지만 곧 짙은 구름이 달을 가리자 돌덩이들은 다시 어둠 속에 빠졌다.

그는 자신을 사로잡는 현기증을 이겨내려고 애쓰며 눈을 돌려 아레나에 정신을 집중시켰다. 경기장의 바닥은 마치 거대한 쟁기가 지나간 것처럼 깊은 상처들이 고랑처럼 길게 나 있는 것 같았다. 벽과 천장에서 떨어진 돌들이 그 고랑에서 삐죽삐죽 튀어나와 땅 밑에 그물망 같은 거대한 건축물이 존재한다는 것을 보여주었다. 원형 경기장 전체가 어떤 지하의 건축물 위에 세워진 것 같았고 하늘을 향해 뻗은 아치들은 바로 대지의 심장에 숨겨져 있는 더욱 큰 무엇인가의 일부분에 불과한 것만 같았다. 마치 태양 아래에, 그리고 지하에 무엇인가를 수용하기 위해 이중의 목적으로 고안된 것처럼. 눈에 띄지 않아야만 하는 그것은 아마 눈에 보이는 것보다 훨씬 더 중요할 수도 있으리라.

이 건축물을 둘러싼 끝도 없는 소문들, 아무도 그 진위를 제대로 알 수 없는 그 많은 소문들이 다시 피코의 머리에 떠올랐다. 플라비오 비온도[24]나 포지오 브라치올리니[25] 같은 학자들이 연구를 통해 원형 대경기장의 쓰임새를 결정적으로 밝혀냈지만 대부분의 사람들은 이 경기장이 사실은 로마의 신들을 모시는 최고의 신전이었을 거라고 믿었다. 별이 뜬 하늘 아래에서 도시의 주민들은 신과 같은 황제에게 무시무시한 제물을 바치기 위해 이곳으로 불려져 나온다. 그리고 교차로에서 모든 게……

피코는 흥분해서 미처 알아차리지 못했던 것을 발견하고 생각에서 벗어났다. 오래된 건축물이 무너져 내리며 생긴 커다란 구덩이들로 인해 독특하게 긴 참호들이 만들어졌다. 하지만 아레나 한가운데의 둥근 천장들은 그대로 유지되어 있는 게 틀림없었다. 바로 그때 이상한 우연에 의해 정말 곧게 뻗은 두 개의 길이 아레나 한가운데에서 교차되는 것 같았다.

그 교차로 한가운데에 뭔가가 있었다. 사람이었다. 구름들이 빠르게 흘러가면서 명암이 교차되어 그 사람을 정확히 보기가 어려웠다. 한 남자가 두 팔로 천천히 둥글게 원을 그리고 있었다. 발까지 닿는 긴 튜닉을 입고 있었고 머리에 쓴 모자가 바람에 펄럭였다. 남자는 자신의 왕국처럼 지배하고 있는 그 공간에 혹시 침입한 사람이 없는지 확인하듯 주위를 조심스럽게 둘러보았다.

피코는 재빨리 뒤로 물러서서 방금 나온 아치의 어둠 속에 몸을 숨겼다. 그곳에서는 들키지 않고 그 정체불명의 남자의 동작

---

24) 르네상스 시대의 이탈리아 역사학자.
25) 르네상스 시대의 이탈리아 역사학자.

들을 지켜볼 수 있었다. 피코는 남자에게 모습을 드러내기 전에
조금 기다리라고 말하는 마음의 소리에 따라 본능적으로 그렇
게 행동했다. 남자가 모습을 완전히 드러냈는데 전혀 악의가 없
어 보였다. 하지만 그의 엄숙한 동작 속에는 세상에서 자신을 분
리시키면서 동시에 경외심을 불러일으키는 무엇인가가 담겨 있
었다. 피코는 남자가 간청하듯 두 손을 하늘로 들어 올리는 것을
보았다. 그 뒤 남자는 동서남북으로 여러 번 몸을 돌렸다. 그러
더니 몸을 숙여 자기 발 옆에 있는 무엇인가를 집어 들었다.

　바로 그때 바람이 불어와 달을 가렸던 구름이 흩어졌다. 피코
는 뭔가 반짝이는 것을 본 것 같았다. 금속의 작은 항아리 같기
도 했다. 남자가 그 용기를 가슴 높이까지 들어올렸다. 그러더
니 뭔가 중얼거리는 것 같았다. 뜻을 알 수 없는 기도 같은 소리
들이 바람에 실려 왔지만 정확히 알아들을 수가 없었다. 남자가
몸을 숙이고 용기의 주둥이를 땅 쪽으로 향하게 했다. 자기 앞의
공간에 물을 뿌리려는 것처럼.

　항아리에서 반짝이는 고운 가루들이 비처럼 쏟아져 내리기
시작했다. 남자가 몸을 돌리며 완벽한 원을 만들었다. 그러더니
다시 일어서서 이해할 수 없는 말들을 또 중얼거리기 시작했고
자신의 이런 이상한 행동에 대한 답을 찾기라도 하듯이 다시 땅
쪽으로 몸을 숙였다. 항아리 같은 용기에서 다시 가루가 쏟아져
나왔다. 남자는 그 가루로 원 안쪽에 아주 작은 그림들을 반복해
서 그리기 시작했다. 빼곡한 기호들과 알파벳들이었는데 멀리
떨어져 있어서 피코는 그게 어떤 글자인지를 알아볼 수가 없었
다. 움직일 때마다 그의 입에서 흘러나오던 웅얼거림이 마침내

중단되었다.

호기심에 사로잡힌 피코는 처음의 신중한 태도를 버리고 환한 달빛에 자신의 모습이 노출될 수 있다는 점에 신경을 쓰지 않은 채 아치 밖으로 나갔다. 마테오 코르소가 말했던 진짜 마법사일지도 모르는 남자를 찾게 된 지금, 알고 싶은 욕망이 너무나 컸다. 하지만 한 걸음을 떼어놓다가 다시 그 자리에서 걸음을 멈추고 말았다. 또 다른 사람이 아레나에 나타났다. 아레나의 다른 쪽에 있는 큰 문에서 나온 게 틀림없었다. 그 사람은 빠른 걸음으로 통로를 따라가서 남자에게 다가갔다. 키가 크고 날씬한 여자로 긴 망토로 몸을 감싼 채 걸어왔는데, 성난 바람이 마치 그녀와 그렇게 친밀하게 붙어 있는 망토를 질투하기라도 하듯 망토를 벗겨버릴 기세여서 망토가 정신없이 휘날렸다. 그러다가 얇은 옷감이 그녀의 몸에 거세게 휘감겼다.

그 이상한 사제는 여자가 다가오는 걸 전혀 눈치채지 못한 것 같았다. 이제 여자가 거의 그의 등 뒤에 도착을 했다. 피코는 그녀가 한 손을 높이 드는 것을 보았다. 피코는 잠시 그녀가 칼을 꺼내 그를 찌르려고 한다고 생각했다. 피코가 밖으로 뛰쳐나가려고 하는 순간 여자가 무희처럼 눈부시게 점프를 하는 게 보였다. 잠시 후 여자는 남자의 옆에, 반짝이는 가루로 그린 원 안에 살포시 뛰어내렸다.

그제야 남자는 무슨 일이 일어났는지를 알아차린 것 같았다. 깜짝 놀라서 재빨리 뒤를 돌아보았다. 방금 나타난 여자로부터 항아리를 지키고 싶은 듯, 항아리를 가슴에 끌어안더니 뜻밖에도 무릎을 꿇었다. 그러더니 이제 항아리가 더 이상 중요하지 않은 듯 그것을 바닥에 내려놓고 두 팔을 벌리더니 여자 앞에서 이마가 땅에 닿을 정도로 엎드렸다. 그리고 그 자세로 꼼짝을 하지 않았다.

피코는 깜짝 놀라 그 광경을 지켜보았다. 여자가 한 발을 들어 복종의 자세로 푹 수그린 남자의 머리에 올려놓았다. 그러더니 그에게로 몸을 숙이고 일어나라고 권하듯 그의 어깨를 잡았다.

두 사람은 이제 서로 이마를 맞대고 꼼짝도 하지 않았다. 남자는 여전히 경의의 자세를 취하고 있었지만 피코는 그들끼리 뭐라고 수군거리고 있는 것 같은 인상을 받았다. 피코는 남자가 다시 머리를 숙이고 가루로 그린 원에 손을 가까이 가져가는 것을 보았다. 그러자 마치 그가 부싯돌을 갖다 대기라도 한 듯 불꽃이 튀는 게 보였다. 그러더니 곧 바닥의 가루들이 확 타올라 둥근 불길을 만들며 번득였다.

활활 타오르는 불길이 이제 원 안에 있는 사람들을 비추었다. 섬광에 남자의 얼굴이 드러났는데 그 얼굴은 가면같이 변해 버렸다. 곧이어 여인이 쓴 모자 안도 환해지면서 얼굴의 윤곽이 드러났다. 피코가 보았던 초상화 속의 여인이었는데 믿어지지 않게도 살아 있었다.

피코의 온몸 근육이 감동으로 팽팽하게 긴장되었다. 그가 보고 있는 건 분명한 현실이었다. 그렇지만 그는 자기 눈을 믿을 수가 없었다. 환영이 틀림없어, 그는 미세한 부분도 놓치지 않으려고 눈을 가늘게 뜨면서 속으로 생각했다. 바로 이 순간 정말 죽은 사람들의 세계로 통하는 문이 열린 것일까? 이곳에서 벌인

기이한 의식으로 죽음의 굴레를 깨고 시모네타 베스푸치의 혼령을 불러낼 수 있었던 걸까?

그는 갑자기 그 불빛에 자신의 생명력이 모두 빨려들어가 버린 듯 온몸에 기운이 쫙 빠지는 것을 느꼈고 일관된 생각을 할 수도 없었다.

그는 몸을 떨면서 여러 차례 머리를 흔들었다. 유령인가? 하지만 여자의 몸은 남자와 마찬가지로 단단해 보였다. 땅에 비친 흔들리는 그림자도 단단한 육체의 그림자와 똑같았다. 섬광이 희미해지기 시작했다. 둥근 원의 불길이 후두둑 소리를 내며 꺼져 가는 동안 불빛이 잠시 반짝였다. 구름이 달을 가렸다. 불꽃의 광휘에 현혹되어 있던 그의 눈은 어둠에 익숙해지기가 쉽지 않았다. 연기를 내기 시작한 둥근 원에서 무엇인가가 혼란스럽게 흔들리는 것만을 감지할 수 있었다. 잠시 후 서서히 시력이 회복되면서 구별이 안 되던 형상들이 제 모습을 찾아갔다.

그가 다시 초점을 맞추게 되었을 때는 교차로 한가운데 혼자 서 있는 남자밖에 보이지 않았다. 여자는 땅 속으로 빨려 들어가기라도 한 것처럼 사라져 버리고 없었다. 피코는 네 갈래로 뻗은 교차로에서, 그리고 지하 참호에서 그녀를 찾아보려고 눈을 여러 번 껌뻑였지만 그녀의 흔적조차 보이지 않았다.

남자도 뭔가를 찾듯 두리번거렸다. 그러다가 여자가 나타났던 폐허 위로 난 길을 따라 급히 걸어가는 게 보였다. 피코가 어떻게 할지 결정을 내리는 동안 남자는 아레나 반대쪽으로 이어지는 길의 중간 정도를 지나고 있었다. 그제야 피코는 민첩성을 되찾아 숨어 있던 곳에서 뛰어나가 길을 따라 달렸다.

아치의 잔해들이 뒤섞인 지점에 이르렀을 때 피코는 남자가 땅에 그렸던, 불에 타고 남은 그림의 흔적을 분명하게 알아보았다. 그는 잠시 망설이다가 본능적으로 불에 탄 가루를 건드리지 않으려고 애쓰며 점프를 해서 그 그림을 뛰어넘기로 마음먹었다. 남자는 둥근 원 속에 이해할 수 없는 형상들을 빼곡하게 촘촘히 그려놓았다. 어떤 것들은 나일 강 부근의 부족들이 사용하던 고대의 기호와 비슷했다. 피코가 여행자들에 대한 책에서 보았던 그런 형상이었다. 하지만 히브리어 글자를 상기시키는 것들도 있었고 그리스 문자와 라틴 문자 같아 보이는 것들도 있었다. 그리고 마지막에 유일하게 알아볼 수 있는 것들은 기념비들에 새겨진 것과 유사했다. 필사자의 글처럼 차분하게 베껴 쓴 게 아니라 고대 로마인이 활기차게 쓴 글씨 같았다.

피코는 잠시 그 글자들을 확인해 보려 그곳에 서 있었다. 하지만 그가 다시 정신을 차렸을 때 남자는 이미 서쪽 입구의 큰 아치 밑으로 사라져가고 있었다. 그를 시야에서 놓치지 않으려고 애쓰며 다시 달려갔다. 그를 잡아서 알아내야만 했다.

그도 아치로 들어가서 천장이 있는 통로를 따라 다시 바깥에 도착했다. 무너져 내린 고대 건축물의 돌더미들과 거기서 뻗어나간 길 두 개가 눈앞에 보였다. 그는 왼쪽 길로 재빠르게 걸어가 두 개의 언덕 사이에 난 좁은 골짜기 쪽으로 가고 있는 남자의 그림자를 발견했다. 주변에는 밭들과 어둠에 잠긴 외딴 집 몇 채밖에 없었다.

포도밭과 밭 가장자리에 돌을 쌓아 만든 낮은 담을 따라서 남자를 뒤쫓기 시작했는데 혹시 남자가 알 수 없는 어떤 이유에 의해 갑자기 뒤를 돌아볼 경우에라도 들키지 않도록 충분한 거리를 계속 유지했다. 하지만 남자는 황폐한 그 지역이 자신을 보호해 줄 거라고 생각한 듯, 아무런 의심 없이 계속 앞만 보고 걸어갔다.

한참을 걷고 나서 성당과 작은 벽감을 지났다. 멀리서 거대한 산 조반니 대성당이 얼핏 보였다. 그 성당 옆에, 원형의 세례당 근처에 교황의 옛 팔라초가 있었다. 거기서 다시 몇 개의 불빛이 반짝였다. 아마도 팔라초의 문을 지키는 수비대들의 횃불일 것이다.

남자는 오던 길에서 벗어나 아우렐리아누스 성벽 쪽으로 내려가는 좁은 오솔길로 들어갔다. 피코도 눈에 띄지 않게 신경을 쓰면서 성벽 쪽으로 걸어갔다. 조금 앞쪽에 아시나리아 성문의 탑들이 보였다. 피코는 잠시 남자가 그쪽으로 가고 있다고 생각했다. 그런데 어떤 목적으로? 성문은 아마 새벽까지 닫혀 있을 것이다.

마법사가 성벽의 큰 탑 옆에서 걸음을 멈추었다. 그는 위쪽, 보초들이 오가는 성벽의 연락 통로를 주의 깊게 올려다보았다. 그러더니 위험이 전혀 없다는 것을 확인하기라도 한 듯, 서둘러 성벽을 따라 난 길로 걸어가다가 잠시 후 완전히 사라져버렸다. 그가 사라진 지점의 땅이 약간 밑으로 내려앉아 있었다. 그 아래쪽으로 작은 문이 하나 열려 있었는데 지형상 그 문은 거의 눈에 띄지 않았다. 소등을 알리는 종이 벌써 몇 시간 전에 울렸는데, 이상하게도 문은 열려 있었다.

피코도 그 좁은 길로 들어갔다. 자신들의 발밑에서 벌어지는 일을 전혀 눈치채지 못한 채, 성벽 위를 순찰하며 보초들이 외치는 소리가 선명하게 들려왔다. 백여 걸음 떨어진 곳에 뭔가가 있었다. 천막들이 모여 있었고 마차 몇 대가 대충 반원형으로 서 있었다. 여러 필의 말들이 서로 연결된 채 잠들어 있었는데 이따금 꼬리를 흔들거나 콧김을 내뿜기도 했다. 야영지가 모두 깊은 잠에 빠져 조용했다.

피코는 그 마차들이 비테르보 근방에서 만났던 부족의 것이라는 사실을 곧 알 수 있었다. 그 광경을 보고 그는 깜짝 놀랐다. 이 유랑 부족은 북쪽에서 왔는데 무슨 이유로 그들이 온 방향과는 정반대쪽에서 야영을 하고 있는 것일까? 혹시 교황이 이들에게 무슨 명령을 내린 것일까? 어둠 속에서 비치는 한 줄기 빛 때문에 그는 자신의 생각에서 벗어났다. 어떤 마차 옆에 큰 천막이 세워져 있었다. 기둥이 세워져 있었고, 동방의 부족들이 사막에 세우는 그런 대형 천막에서 볼 수 있는, 서로 이어붙인 천들로 덮개를 씌운 천막이었다. 하지만 이 천막에서 화려함은 찾아볼 수가 없었다. 덮개는 색색깔의 천조각들을 되는 대로 이어 붙여 만든 것인데 아마도 여러 지역으로 오랜 시간 여행하면서 주워 모은 것 같았다.

그렇다고는 해도 천막에서는 왠지 어떤 엄숙한 분위기가 풍겨 나오는 것 같다고 피코는 생각했다. 어쩌면 야영지 여기저기에 흩어져 서 있는 너무나 작고 불완전한 천막들과 대조가 되기 때문일 수도 있었다. 피코는 그 천막이 공작의 처소가 분명하다고 생각했다. 빛이 흘러나오는 곳도 바로 거기였다.

램프나 횃불의 불빛 같지는 않았다. 오히려 천막 안에서 누군가 박자에 맞게 부싯돌을 부딪혀서 불꽃을 만드는 것 같았다. 그리고 그 불꽃이 곧 어둠 속으로 사라졌다가 잠시 후 다시 반짝이는 것 같았다. 촛불이 바람에 흔들릴 때도 그런 현상이 나타날 수 있겠지만 가끔씩 이 평지를 훑고 지나가는 차가운 바람이 그렇게 규칙적으로 불어오지 않았다.

마법사도 그 불빛을 발견한 것 같았다. 주저 없이 그 천막으로 다가가서 천막 끝자락을 들고 안으로 사라지는 것을 보았다. 피코는 소리 없이 그의 뒤를 따라가서 천막 한쪽을 따라 살며시 걸었다. 그리고 천이 땅에 닿지 않고 들린 부분에서 몸을 숙이고 안을 몰래 훔쳐보았다.

잘 다져진 땅바닥에 여러 가지 색깔의 카펫이 깔려 있었다. 그리고 둘둘 말아놓은 다른 카펫들이 여기저기 놓여 있었는데 임시로 마련한 잠자리 같았다. 피코는 곧 마법사를 발견했고 다른 사람들도 보았다. 그들은 마법사를 기다린 것 같았다. 피코는 공작과 기형의 존재를 한눈에 알아보았다. 주홍색 망토로 얼굴을 가린 여자가 조금 떨어져 있었는데 여자는 지금 벌어지는 일에 관여하지 않고 지켜보기만 하는 것처럼 보였다. 그리고 피코는 그 원형의 공간 한가운데에, 천막을 전부 떠받치는 중앙 기둥 옆에서 빛의 샘을 발견했다.

바닥에 커다란 구리 가마솥이 놓여 있었다. 가마솥의 위쪽으로 역시 구리로 만든 반원형의 손잡이가 달려 있었다. 그리고 그 구리 손잡이에 유리병 모양의 더 작은 용기가 두 개 매달려 있었는데 그 역시 구리로 만든 것이었다. 밖에서 보았던 빛이 거기서 흘러나왔다. 매번 빛이 사라진 다음에는 이글거리는 소리가 리듬 있게 들려왔고 그 소리와 더불어 다시 불꽃이 살아나면서 빛이 발산되었다.

모여 있는 사람들에게 마법사가 다가갔고 그들에게 몇 마디 했으나 피코는 알아들을 수가 없었다. 하지만 마법사는 자기 앞에서 환히 타오르는 불빛에 완전히 빠져든 것 같았다. 그가 가마솥 쪽으로 몸을 구부리고 빛이 나오는 쪽으로 한 손을 뻗는 게 보였다. 마치 그 빛을 손으로 잡고 싶은 듯. 그는 한 손을 가마솥에 넣고 잠시 기다리더니 흠칫하며 손을 뺐다. 피코는 그가 뭔가를 요구하고 있다는 것을 직감했다. 하지만 공작은 고개를 저었고 그 사이 미르나가 갑자기 웃음이 터져 나오는 것처럼 다리를 흔들었다. 여자만 꼼짝도 하지 않고 냉랭하게 그 광경을 지켜보았다. 잠시 후 드디어 피코의 귀에 이해할 수 있는 말이 들렸다.
"유대인, 당신은 값을 알고 있소."
공작이 말했다.
마법사가 아주 작게 뭐라고 대답했다. 유대인이라는 말이 천둥처럼 피코의 머릿속에서 울렸고 그 말에 충격을 받아 가만히 귀를 기울였다. 유대인이라고! 일 마니피코가 기억하는 유대인, 시모네타를 살려내려고 시도했던 사람이 바로 이 남자일까? 시모네타가 돌아올 거라고 맹세했던 남자?
만약 그 남자라면 이 만남이 진짜 우연에 의한 것일까? 아니면 어떤 힘이 신비한 방법으로 의도에 따라 그를 인도한 것일까? 허공으로 끝없이 추락하다가 거기서 방향이 약간 바뀌는 바람에 서로 결합되는 물질의 원자들도 순전히 우연에 의해 움직이는 것처럼 보인다. 하지만 그런 우연에서 자연의 경이로운 모든 형태들이 탄생한다. 그런 우연은 의미가 있다. 어쩌면 그라는 형상으로 응집된 것도 의미가 있을 것이다.

피코는 어둠 속에 앉아 있는 여자 쪽으로 시선을 더욱 집중해 보았다. 그 거리에서는 여자의 얼굴을 정확히 구별할 수가 없었지만 빛이 그 조용한 리듬으로 폭발적으로 환히 빛났을 때 그 섬광에 그녀의 얼굴이 되살아났는데 그도 너무나 잘 알고 있는 바로 그 얼굴이었다. 콜로세움의 허공에서 나타났던 정체불명의 여인, 바로 그녀였다. 그는 너무나 흥분되어 그 감정을 주체할 수가 없었다. 그가 단호하게 천막 자락을 들어 올리고 안으로 들어가려던 찰나 새롭게 또렷이 들려오는 말에 동작을 멈췄다.

말을 한 사람은 바로 그녀였다. 억양이 전혀 없지만 강렬한 활력 때문에 밝게 느껴지는 부드러운 목소리였다. 젊음이 충만한 존재에게서 나오는 소리 같았다. 그와 동시에 가볍게 떨리면서 멀리서 들려오는 것처럼 울림이 많은 소리였다.

"당신이 무덤에서 찾던 건 발견이 되었어요. 전 그걸 알아요. 제가 바로 거기서 왔으니까요. 그리고 당신도 알고 있어요!"

"그러면 제게 그걸 보여 주십시오!"

제대로 나오지 않는 목소리로 유대인이 외쳤다.

"제가 당신을 위해 달리 해야 할 일이 있습니까?"

유대인이 여자 쪽으로 움직였다. 일순간 피코는 유대인이 여자의 팔을 꽉 잡으려고 하는 것 같은 인상을 받았다. 하지만 공작이 그의 어깨를 잡아 움직이지 못하게 했다.

"이리 오시오. 다른 것들을 당신에게 보여주고 싶소. 그자들은 대가를 모두 치를 것이오." 그가 천막 끝을 가리키며 말했다.

그 말을 듣자 미르나와 여자가 두 남자를 데리고 공작이 가리킨 방향 쪽으로 움직였다. 피코의 눈 앞에서 한 명씩 차례로 사라지는 것으로 보아 천막에 구멍이 있는 게 틀림없었다.

이제 피코 혼자 남았다. 피코는 이 기회를 이용해서 안으로 들어가야겠다고 생각하고 천막 밑으로 기어들어갔다. 그는 혼란스러웠고 방금 본 것을 어떻게 생각해야 할지 알 수가 없었다.

천막 한가운데서 계속 빛나는 불빛이 이 이상한 모임의 동기인 것 같았다. 그는 그것이 무엇인지 확인해보기로 작정하고 가까이 다가갔다. 그것은 모양이 이상하기는 했지만 일종의 램프였다. 가마솥 속에는 아무것도 없었다. 심지도 전혀 보이지 않았고 화로로 급조해서 쓴 흔적도 전혀 찾아볼 수 없었다.

손잡이에 달린 용기들은 밑을 향해 뒤집어져 있었다. 얼핏 보기에는 빈 것 같았다. 하지만 더 가까이 다가갔을 때 피코는 그 주둥이에서 뭔가 똑똑 떨어지는 것을 발견했다. 기름이군, 그가 어깨를 으쓱하며 중얼거렸다. 이 야만인들이 여행을 하는 동안 이 세상 어느 곳에선가 기름 램프를 만드는 다른 방법을 발견했던 것이다, 이게 전부였다.

하지만 뭔가 이상한 게 있었다. 기름방울들은 그가 예상했던 것처럼 가마솥에 떨어져 천천히 타오르는 게 아니었다. 아무 연기도 나지 않았다. 가마솥마저도 보통의 다른 것과는 같지 않았다. 용기 하나에서 기름이 떨어지자 바닥에서 섬광이 확 번졌다. 그러더니 다른 용기에서 다시 기름이 한 방울 떨어졌고 불길이 탁탁 소리를 내며 밖으로 번지면서 화약이 폭발하듯 불꽃이 튀었다. 그가 손가락을 뻗어 그 이상한 기름방울을 받아서 맛을 보기 위해 입에 갖다 댔다. 물이었다. 아무 맛도 나지 않는 물.

그는 실망해서 팔을 내려놓았다. 이 이상한 사람들은 물을 불태울 수 있는 방법을 발견한 걸까? 여행을 하면서 어떤 마법들을 익히게 된 걸까? 다시 한 번 물방울이 불길로 확 번져 올랐다. 아까 마법사가 한 것처럼 그도 그 불길 속에 손가락을 담가보려 했다. 얼굴에 뜨거운 기운이 확 올라와서, 자기 앞에 있는 게 환영일지도 모른다는 의심을 완전히 없애주었다.

그때 그의 등 뒤에 옷을 스치며 걷는 가벼운 발소리가 들려서 피코는 재빨리 뒤를 돌아보았다. 이집트 공작이 조용히 나타났다. 준엄한 눈으로 피코를 노려봤지만 두 손은 위협적인 행동을 하려는 기색 없이 옆구리에 늘어뜨리고 있었다.

"가혹한 밤을 피해 하루 묵을 곳을 찾았다면 내게 물어보기만 하면 되었다오, 친구. 우리는 여기 여자들의 천막에 당신을 위한 잠자리를 마련해 줄 수 있었소."

공작이 조용하게 말했다. 그러더니 몸을 숙여 카펫 끝자락을 잡았고 그것을 들어 냄비를 덮었다. 두꺼운 카펫 밑에서 지글지글 소리가 나더니 섬광이 비쳤다.

"제국의 힘이 이것의 비밀 위에 세워져 있소. 우리는 이 비밀의 주인이 아니라 수호자입니다. 비밀은 그렇게 계속 지켜질 겁니다, 친구."

공작이 단호한 목소리로 낮게 말했다.

"난 불에 대해 알고 싶은 게 아닙니다. 당신들과 함께 있는 그 여자는 누굽니까? 어디서 왔지요?"

남자의 얼굴에 미소가 떠올랐다.

"왜 그것을 알고 싶은 겁니까? 이제 이곳에 없습니다. 어쩌면 한 번도 없었는지도 모르지요."

"무슨 말입니까? 그런 수수께끼 같은 말은 집어치우시오! 어느 곳엔가 숨어 있는 게 틀림없어요!" 피코는 공작의 동양인 특유의 침착한 태도 때문에 화가 나서 말했다.

공작이 다시 웃었다. 하지만 이번에는 차디찬 미소였다.

"당신이 그녀를 만나고 싶다면 그걸 결정하는 건 그녀가 될 겁니다."

피코가 그에게 다가갔다. 수수께끼 같으면서 동시에 불손한 그 말투 때문에 피코는 마음 속에서 맹목적인 분노가 점점 커지는 것을 느꼈다. 분노에 몸을 맡겨 그의 목을 조르려는 찰나였다. 등 뒤에서 어떤 소리가 들려 피코는 깜짝 놀랐다. 그는 잽싸게 돌아섰다. 밑에서 뭔가 기어나오는 것을 보았다. 허공 속에서 난쟁이들이 나타나 부채꼴로 그를 향해 걸어왔다. 그들 모두 칼을 손에 쥐고 있었다.

위협적으로 다가오는 그 이상한 사람들이 만들어내는 광경은 정말 독특했다. 피코는 겨우 웃음을 참았다. 학생 때부터 수없이 겪은 그 어떤 결투도 비참하고 보잘것없는 이런 사람들과의 충돌에 비교할 수 없었다. 발길질 몇 번이면 이기고도 남을 것이다. 하지만 그가 서둘러 그들의 공격을 물리치려고 하자 그 난쟁이들이 갑자기 서로의 어깨 위로 차례로 뛰어올라 거의 그와 같은 키가 되었다. 그렇게 여러 명을 어깨에 업은 난쟁이들이 피코가 상상도 하지 못할 정도로 빠르게 움직였다.

"반쪽이들은 당신이 나를 해치려고 한다고 생각하고 있습니다. 하지만 그런 게 아니지요, 안 그렇습니까, 친구?"

공작이 음흉하게 말했다. 그는 허리에 끈으로 묶어 둔 긴 단검의 손잡이를 슬며시 잡았다.

피코는 뜻밖의 태도 앞에서 잠시 멈칫했다. 그는 재빨리 공작을 공격해볼 수도 있었다. 하지만 그게 무슨 도움이 될까? 그는 이 이상한 반쪽이 부대의 공격도 물리쳐야만 할 것이다. 그들의 기괴한 모습에도 불구하고 그들이 완벽하게 무기를 다룰 수 있을 거라는 생각이 들었다. 그는 전투의 규칙을 벗어난, 결과가 불확실한 결투의 중심에 있었다. 공작이 뭔가를 알고 있다면 다른 기회를 만들어서 그 이야기를 들어야만 할 것이다. 피코는 잠시, 공작이 알고 있는 것을 말해주는 대가로 옷 속에 꿰매어 숨겨둔 피렌체 금화를 그에게 주겠다고 제안해 볼까 생각했다. 하지만 공작의 표정을 보고 그게 별 도움이 되지 않는 일일 거라는 결론을 내렸다. 이 남자를 매수할 수 있을지는 모르지만 금으로 살 수는 없을 것이다.

피코가 항복의 표시로 두 손을 들었다. 공작은 피코를 어떻게 해야 할지 고민하기라도 하듯 그를 뚫어지게 보았다.

"당신에게 말했듯이, 오늘은 당신이 찾는 여인을 만날 수 없습니다. 아마 당신과 그 여인이 가는 길이 서로 만나게 될 운명이라면 만나게 될 겁니다. 하지만 지금은 가주십시오. 반쪽이들이 당신을 야영지 밖으로 안내할 겁니다."

난쟁이들의 감시를 받으며 피코는 야영지 밖까지 걸어 나왔다. 난쟁이들은 피코가 다시 위험한 상황을 만들지 않을 거라는 확신이 들자 돌아서서 천막 사이로 사라졌다.

피코는 이제 어떻게 해야 할지 알 수 없었다. 여자는 틀림없이 아직 저 안에 있었다. 그는 여자를 시야에서 놓치고 싶지 않았다. 그가 로마 시대 만들어진 길의 가장자리를 따라 난 관목과 오래된 무덤들 사이에 몸을 숨길 생각을 하고 있을 때 포장도로를 달리는 말발굽 소리가 그의 주의를 끌었다.

어둠 속에서 두 필의 말이 나타나 그가 있는 쪽으로 돌진했다. 그는 옆으로 몸을 던져 여자와 다른 기사가 탄 말을 아슬아슬하게 피했다. 두 사람은 말에 박차를 가해 성벽 쪽으로 가고 있었다. 그가 할 수 있는 일이라고는 시야에서 사라지기 전까지 그들의 모습을 눈으로 좇는 것밖에 없었다. 그들은 성문 근처에 도착하자 오른쪽으로 방향을 바꿔 성벽을 따라 난 황량한 좁은 길을 따라 가다가 산타 크로체 인 제루살렘메 쪽으로 올라가서 그 시커먼 건물 뒤로 사라졌다. 피코는 남자가 누구인지를 살펴볼 시간이 없었다. 그 유대인일지도 모른다는 생각이 얼핏 들기는 했지만 확실한 건 아무것도 없었다.

그는 혼란스러웠다. 그는 아시나리아 성문 쪽으로 한참을 걷다가 무너진 대리석 조각에 앉았다. 성문은 아직 닫혀 있었지만 동쪽이 벌써 뿌옇게 밝아 와서 동이 틀 때가 멀지 않았다는 것을 알 수 있었다. 다시 비밀 통로를 지나는 모험을 하기보다는 성문이 열리기를 기다리는 게 더 나았다.

그는 자신이 목격한 광경을 곰곰이 다시 생각하면서 거기서 이유를 찾아보려 했다. 틀림없이 이유가 있는 게 분명했기 때문이었다. 그는 돌을 주먹으로 내리치며 스스로에게 소리를 질렀다. 의식 속에 숨어 있는 강한 이미지들을 의식의 밑바닥에서 몰아낼 수가 없었다. 유대인은 이상한 의식을 거행한 후에 뭔가를 찾으러 그 사람들을 만나러 갔다. 그가 이해하기로는 보상을 원한 것 같았다. 무엇에 대한? 대체 무엇에 대한? 공작은 대가를 말했다. 무엇에 대한 대가일까? 목숨?

그는 계속 고개를 저으면서 지금까지 고집스럽게 머릿속으로 다시 밀어 넣어보려고 애썼던 생각에 빠져들고 말았다.

피코는 콜로세움에서 정말 유대인이 죽은 이들을 불러낼 수 있을 것이라는 생각을 잠깐 했다. 하지만 그 뒤에 그가 목격한 일로 인해 모든 가정들이 뒤죽박죽되어 버렸다. 여자는 유령처럼 위장한 것이 분명했다. 그런데 지금 마법사는 그 이상한 부족으로부터 무엇을 원하는 걸까? 그리고 그 대신 무엇을 줄 수 있는 걸까? 그리고 그가 정말 헤르메스 트리스메기스투스의 책을 가지고 있어서 궁극적인 비밀을 알 수 있게 된 것일까? 그리고 그가 원하는 건 더욱 무시무시한 것과 그 비밀을 교환하는 것?

그렇지 않으면…… 피렌체에서 살해당한 두 사람의 처참한 모습이 갑자기 떠올랐다. 여관 주인은 그때 범죄 현장에 이상한 부족이 있었다고 말했다. 죽어가는 풀젠테의 손에서 책을 빼앗아서 차지한 게 바로 그들 아니었을까? 그러면 이집트 공작이 의식을 거행했을 수도 있지 않을까?

정말 정체를 알 수 없는 사람들이었다. 유령 집단처럼 육지와 바다를 가로질러 왔다. 여행 중에 신비한 지식들을 얻게 되었다고 자랑했다. 피렌체에서 단순하게 도둑질을 하고 살인을 했던 것뿐일까? 피코는 머리가 빙빙 도는 것 같았다. 그는 멀리 있는 커다란 성문이 서서히 열리기 시작하고 수비병들이 나타나는 것을 보았다. 힘을 내서 일어섰고 그쪽으로 걸어갔다.

문을 지나자 다시 산 조반니 대성당이 서 있는 언덕이 눈앞에 나타났다. 성당 옆으로는 교황의 옛 거처인 파트리아르키오('교황의 거주지'라는 뜻)의 그림자가 작은 광장까지 길게 뻗었다. 거기서 조금 더 걸어가서 산토 살바토레 예배당 입구 쪽으로 걸어갔다. 이른 시간인데도 벌써 성(聖) 계단에 경의를 표하러 온 순례자들로 붐볐다.

지난 밤의 추위와 습기 때문에 온몸이 쑤셨지만 그의 정신은 맑게 깨어 있었다. 흥분 때문에 졸음이 사라져 버려 하루 종일 졸리지는 않을 것 같았다. 그는 교대를 위해 성문 쪽으로 일렬로 가고 있는 한 무리의 교황 병사들을 주의 깊게 보았다. 잠깐이지만 그는 수비대 장교를 불러 세워 성 밖에서 야영하는 유랑인들을 고발하고 싶은 생각이 들었다. 장교를 설득해서 개입하게 만들면 이집트 공작이 여자처럼 사라져 버리기 전에 체포할 수 있지 않을까? 하지만 이 멍청해 보이는 군인에게 바로 지난 밤 저승 세계에서 돌아온 사람들 이야기를 어떻게 설명한단 말인가?

이방인에다가 이제 갓 소년티를 벗은 장교는 결국 피코를 체포해서 종교재판소의 손에 넘겨주고 말 것이다. 오르페우스의 책이 지금 어느 곳엔가 존재한다 해도 영원히 잃게 될 것이다. 메디치 사람들에게 도움을 구하는 편이 훨씬 나을 것이다.

피렌체 사람의 거주지로

피코는 값나가는 것들을 여관에 무방비 상태로 놔두지 않고 모두 가방에 다시 넣었다. 그는 로렌초 일 마니피코가 로마의 대리인에게 보여주라고 주었던 신용장들이 제자리에 있는지도 확인했다. 그런 다음 대성당 앞쪽의 평지 쪽으로 걸어갔다. 그곳에는 보통 때와 마찬가지로 벌써 교회로 가는 순례자들 주위로 행상인들이 떼를 지어 모여 떠들썩했다. 피코는 길게 둘둘 만 색색깔의 천들을 수레에 잔뜩 싣고 바삐 수레를 끌고 가는 어떤 남자에게 말을 걸었다.

"피렌체 사람들 거주지가 어디 있습니까?"

남자가 의심스러운 눈으로 피코를 쳐다보았다.

"그 빌어먹을 놈들한테 뭘 사려고요? 그자들의 금화 때문에 내가 얼마나 괴로운지 모른다오. 그자들은 물건을 별로 안 사면서 팔기는 엄청 팔아대요. 그리고 우리 로마인들의 광장을 훔쳐 갔지. 직물을 구입하고 싶다면 내가 귀족 백 명과 그 수행원들까지 다 옷을 해 입을 수 있도록 당신에게 준비해 줄 수 있는데."

피코가 고개를 저었다.

"난 상인이 아니오. 뭘 사려는 게 아닙니다. 어떤 피렌체 사람을 찾고 있습니다."

"화가요?" 남자가 불쌍하다는 눈으로 피코를 보며 대답했다. "상인이 아니라면 삼류 화가가 틀림없겠지. 피렌체에서는 화가 말고 다른 사람들은 오지 않는 것 같소. 우리 성당의 벽에 그린 그림만으로는 부족한지 다른 성당들도 더럽히고 있다니까. 어쨌든 피렌체인들은 레골라 구역에 있는 로토 다리 근처에 살고 있소." 남자는 자기 앞쪽을 애매하게 가리키며 덧붙였다.

"그자들 중 아무나 그 다리에 와서 목을 매면 좋을 텐데!"

"어느 쪽으로 가야 합니까?"

남자가 망설이듯 파트리아르키오와 그 옆 예배당 사이의 아치 밑으로 사라지는 좁은 길 너머를 가리켰다.

"가깝지 않아요. 시내를 거의 다 가로질러 산탄젤로 다리까지 가야 해요. 세례당 앞에 있는 병원까지 내려가요. 거기서 성벽 근처에 있는, 클라우디오의 옛 신전으로 이어지는 길로 접어드시오. 성벽을 따라 계속 가다보면 내리막길 끝에서 카라칼라 욕장의 폐허가 눈앞에 나타날 거요. 화덕들이 있는 곳이요. 거기서 건물에 쓸 석회를 만든다오. 운이 조금 좋으면 강 쪽으로 가는 마차도 만날 수 있을 거요. 석회를 공사 현장으로 나르는 마차들이지요. 그러면 태워달라고 부탁을 해요. 매일 캄포 데이 피오리 쪽에서 상서국으로 출발하니까. 상서국에서 조금만 가면 목적지요."

피코는 목례로 감사 인사를 하고 남자가 가르쳐준 방향으로 갔다. 그 남자가 일러준 대로, 건축 자재를 싣고 시내 한복판을 달리는 마차를 어렵지 않게 얻어 탈 수 있었다. 마차는 그물 같은 골목과 이름 없는 거리들을 가로질러 달렸다. 고대의 성벽들과 격렬한 전투를 벌이고 있는 것 같은 야생의 풀들이 거리를 침범했다. 곧 이어서 서서히 눈에 익은 장소들이 나타나기 시작했다. 마지막 굽잇길을 돌고 나자 마차는 무너진 몇몇 신전의 벽돌들 위로 탑이 우뚝 솟아 있는 광장으로 들어갔다. 고대의 건물들은 폐허로 변해 버렸고 무너지지 않고 서 있는 건물들은 주거지로 변해 있었다. 그 집에서 음식 냄새와 함께 연기들이 연신 펴져 나왔고 무너진 돌들 사이에서 술래잡기를 하며 떠드는 아이들 소리도 들렸다. 피코는 마차에서 내렸다. 그리고 사람들이 일러준 대로 빼곡하게 들어선 쓰러져 가는 건물들 쪽으로 걸어갔다. 그런 건물들이 왼쪽 광장을 전부 차지하고 있었다.

이곳은 특히 가게와 작업장들이 압도적으로 많았다. 좁은 길로 수레들이 정신없이 오고가서 걸어가기가 쉽지 않았다. 그 길들은 종종 막다른 골목으로 끝나버려 오던 길을 되돌아 나와야 했다. 같은 장소를 여러 번 지난 것 같은 인상을 받기도 했다. 사람들이 건성으로 가르쳐 준 길은 아무 도움이 되지 않았다.

드디어 또렷한 토스카나(이탈리아 중부에 있는 주(州). 주도는 피렌체) 억양의 남자가 그에게 도움이 될 만한 이야기를 해주었다.

"마네토 코리날데시 씨요? 메디치가의 사람 말이지요? 저기, 길 쪽에 삽니다."

남자가 길모퉁이에 있는 낮은 건물을 가리키며 알려 주었다. 그 건물 앞면에 빗장을 지른 문들이 한 줄로 길게 나 있었다.

피코는 건물의 출입문 같아 보이는 문을 두드렸다. 한참을 기다리고 나자 안에서 빗장을 여는 소리가 들렸다.

"메디치가의 대리인, 마네토 씨이십니까?"

문을 연 남자에게 피코가 물었다.

남자는 의심스러운 표정으로 얼굴을 찡그렸다. 피코가 들어갈 수 있게 비켜 서는 대신 문 밖으로 몸을 내밀고 경계하는 눈으로 골목을 살폈다. 그리고 피코를 미행하는 사람이 아무도 없는 게 확실해 보이자 피코의 위아래를 한참 동안 훑어보았다.

"누구를 찾으시오?"

"당신이 마네토 씨 아니신가요?"

의심을 하는 남자의 태도에 짜증이 나서 피코가 다시 물었다.

"경우에 따라서는요."

"어떤 경우를 말하는 겁니까?"

"당신이 요구하거나 제공하는 것에 따라서 말이오."

남자가 냉랭하게 말했는데, 여전히 그를 들여보낼 기색은 보이지 않았다. 키가 작고 야윈 얼굴의 남자였다. 새까만 머리가 이마를 덮어서, 선명한 주름살들 속에 움푹 들어간 까맣고 영리해 보이는 눈에 거의 닿을락말락했다. 가느다란 입술 사이로 크고 누런 이가 보였다. 젊게 보이고 싶어 눈에 띄게 화려한 옷을 입기는 했지만 옷차림보다 훨씬 나이가 많은 게 틀림없었다. 검은 머리도 자연적인 게 아니라 염색을 한 것일 수도 있었다.

피코는 인내심을 잃어가는 중이었다. 허리에 찬 가방을 열어 일 마니피코가 직접 작성한 서류를 그의 코앞에서 흔들었다. 남자가 재빨리 몇 줄을 읽더니 안으로 들어오라고 눈짓하며 한 걸음 물러섰다.

"제가 지나치게 신중하게 행동한 걸 용서하십시오. 이방인은 이런 신중함을 무례하다고 잘못 받아들일 수 있을 겁니다."

그가 의무적으로 이렇게 덧붙여 말한 뒤 건물의 안쪽으로 이어지는 좁은 계단으로 피코를 안내했다. 2층으로 올라가 등 뒤로 문을 닫고 나서야 남자가 드디어 긴장을 푸는 것 같았다. 피코에게 책상 옆의 의자를 가리켰다. 그리고 자기도 의자를 하나 끌고 다가와서 옆에 앉았다. 피코가 그의 불쾌한 입냄새를 뚜렷하게 맡을 수 있을 정도로 가까운 위치였다.

"피렌체 군주께서 제게 원하는 게 뭡니까? 제가 그분을 위해 뭘 해야 합니까?"

남자가 유쾌하게 말을 시작했지만 그의 낮고 주의 깊은 목소리는 그냥 유쾌한 척하고 있을 뿐임을 보여주었다.

"보고를 원하시는 겁니까? 마지막 금화 한 닢, 마지막 비단 한 필까지 모두 정리되어 있습니다!"

"거래와는 전혀 관련이 없습니다. 일 마니피코께서는 제가 비밀스러운 임무를 수행하는 데 당신이 도움이 될 거라고 저를 당신에게 보냈습니다."

"정확히 어떤 겁니까?" 그가 놀라서 물었다. 그리고 덧붙여 말했다. "세르 로렌초의 편지가 모호해서요. 당신을 제게 보낸다는 것 말고는 별다른 이야기가 없었습니다. 그분 말씀 하나면 충분하기는 하지만 지금은 의심을 품은 채 지낼 수 있는 시기가 아니니까요."

"왜 그렇습니까?"

남자가 그 집안에서 엿듣는 사람이라도 있는 것처럼 더욱 가까이 다가왔다.

"그 빌어먹을 날, 식스토 4세가 교황이 된 뒤로, 우리 피렌체 사람들에게 힘든 시기가 되었습니다. 피렌체인 주거지에서 사는 게 힘들어졌고 특히 우리 메디치가 쪽 사람들은 더 그렇습니다. 식스토는 우리 도시를 목표로 하고 있다는 것을 숨기지 않아요. 그는 자기 조카인 리아리오에게 우리 도시를 지배하도록 맡기고 싶어 합니다. 모두 알다시피 식스토가 파치 가문을 뒤에서 조종하고 있어요. 그 때문에 세르 로렌초도 거의 저세상 사람이 될 뻔했죠. 로렌초는 음모자들의 피로 보복을 했고요."

잠시 후 그가 말했다. 그의 눈빛에 사악함이 번득였다.

"하지만 그 음모의 실패로 인한 분노가 아직도 교황에게 살아 있습니다. 꺼지지 않을 겁니다. 그리고 지금은 조만간 페라라와의 전쟁이 벌어질 거라는 소문이 로마에 파다합니다. 저도 어쩔 수 없이 활동을 줄여야만 했습니다. 언제든 도망갈 수 있게 짐을 싸놓고 살고 있습니다."

피코가 주위를 둘러보았다. 실제로 좀더 자세히 살펴보니 그가 이탈리아에서 가장 중요한 상관(商館) 대표부에서 기대했던 분주한 분위기는 전혀 찾아볼 수 없었다. 초라한 분위기에 짐꾸러미와 피륙 몇 필이 구석에 던져진 채였다.

마네토가 피코의 시선을 좇아 쳐다보더니 피코가 무슨 생각을 하는지 직감한 것 같았다.

"그렇습니다. 지금은 거래가 거의 없습니다. 지금이 호기인데도 말입니다. 교황청이 아비뇽에서 돌아온 뒤로 로마의 모든 게

변하고 있어요. 새 집, 새 도로, 새 건물, 그러니까 이 모든 것을
건축할 돈과 건물을 장식할 직물들이 엄청나게 필요하죠. 아, 할
일이 얼마나 많을지……"

"정말입니까?"

"온 로마가 건축의 전성기예요. 아무것도 없던 곳에서, 마치
가을에 버섯이 자라듯 건물들이 세워진답니다. 제일 먼저 베네
치아인들의 궁이 세워졌는데, 으리으리한 것 같더군요. 그 다음
에는 리아리오 궁 차례였고 지금은 상서국을 짓는데 무서우리
만큼 크더군요."

"왜 그렇게 크게 짓는 겁니까?"

"산더미 같은 책들을 보관할 장소가 필요하니까요. 교황이 전
세계의 법령집을 그 속에 모두 파묻어 놓고 싶어 하는 것 같더군
요. 세상이 어떻게 돌아가는지 아시죠. 처음에는 책이, 그 다음
에는 검이 등장합니다. 그리고 감옥이 만들어지지요. 종교재판
소 건물 지하에 대해 떠도는 소문으로 판단해 보건대 말입니다.
매일 땅에서 새로운 건물이 솟아나옵니다. 그 새 건물을 위해 대
부분의 기념비들이 사용되기는 하지만 말입니다. 처음엔 새로
운 성당들의 천장을 떠받치기 위해 옛 신전의 기둥들을 해체합
니다. 그리고 귀족 가문들의 오만한 팔라초를 세우기 위해 돌과
응회암을 공략합니다. 그리고 이제 석회를 만들려고 대리석과
석상들을 굽고 있지요. 카이사르 시대의 로마는 새로운 건물들
을 탄생시키기 위해서 사라져 가고 있습니다. 그리고 모든 길들
이 돼지 목을 자르는 백정의 칼로 잘라놓은 것 같습니다."

"예, 폐허로 변한 카라칼라 욕장을 보았습니다. 그렇지만 이

건 자연의 법칙입니다. 이렇게 물질이 흩어졌다가 새로운 형태로 다시 모이는 거지요. 사물은 죽으면서 다른 사물을 탄생시킵니다. 그리고 죽음은 다른 형태로 되살아나지요. 때로는 똑같은 형태로 살아나기도 하고요."

피코가 혼잣말을 하듯 덧붙였다.

"그 말이 맞을 수도 있죠. 그건 그렇고 일 마니피코가 고대 기념비의 운명에 관심이 있으신 건 아니겠지요, 안 그렇습니까?"

마네토가 이렇게 중얼거렸는데 피코의 마지막 말에 충격을 받은 것 같았다.

"그분이 원하시는 게 뭡니까?"

피코는 적당한 말을 찾느라 잠시 머뭇거렸다.

"소식입니다."

남자의 주름진 얼굴이 순간 빈정거리듯 일그러졌다.

"무슨 소식 말입니까? 세르 로렌초의 습관이 전혀 변하지 않으신 것 같군요. 제가 알기로 그분은 곳간의 생쥐보다 더 호기심이 많으시지요. 그리고 제 생각으로는 식스토 교황의 냄비에서 끓고 있는 게 뭔지 알고 싶어 하실 것 같은데요. 뭔가요, 그분의 첩자들이 교황의 궁정을 아름답게 장식하는 신성한 여인들 곁을 떠나버렸습니까? 그 많은 매춘부들 속에서 첩자들을 찾기가 쉽지 않을 겁니다. 이곳에 매춘부들이 천여 명 있다고 합니다."

남자가 계속 말하려 했지만 피코가 급히 손을 저으며 막았다.

"내가 찾아온 건 그 때문이 아닙니다. 당신과 동향인 레온 바티스타 알베르티 활동에 대해서 알고 싶습니다. 당신이 알고 계신 걸 전부 다 말해주셔야 합니다. 알베르티는 오랫동안 로마에서 살다가 로마에서 죽었지요. 일 마니피코가 원하시는 것을 남겼고 제 임무는 그것을 찾는 겁니다."

"건축가 바티스타 말씀입니까?

남자가 이렇게 다시 물었는데 그 얼굴이 환하게 밝아졌다. 아마 피코가 자신이 찾아온 게 경제적인 것이나 정치적인 목적 때문이 아니라는 것을 알게 되어서인 것 같았다. 어쩌면 건축가들은 위험한 범주에 속하지 않을지도 모른다.

"일 마니피코께서 어떤 것을 찾으라고 보내셨습니까?"

"천재적인 그의 작품들입니다."

피코가 뜸을 들였다가 이렇게 말을 시작했다. 투박해 보이는 남자의 외모를 보고 그는 너무 자세히 설명할 필요도, 시모네타 베스푸치의 이야기를 비칠 필요도 없겠다는 생각을 했다.

"바티스타…… 바티스타 알베르티. 기억하다마다요. 알고 있습니다. 이미 오래 전에 세상을 떴지요." 그가 별 관심 없는 말투로 대답했다. "천재라는 소문이 있었지만 우리 거주지에는 거의 출입을 하지 않았습니다. 그의 집안은 피렌체 출신입니다, 그건 맞아요. 하지만 그의 출신과는 별개로 그는 고대 로마에 살고 있다고 스스로 생각할 정도로 고대 로마에 강한 열정을 가지고 있었던 것 같습니다. 학자였지요…… 굉장히 은둔적인 삶을 살았습니다. 지금 생각해보니 죽기 몇 년 전은 거의 모습을 드러내지 않았던 것 같습니다. 살아 있기는 했지만 허깨비가 거리를 가로지르는 것 같았습니다. 영혼은 다른 곳에 있는 것 같았지요."

그러더니 예리한 눈으로 피코를 자세히 살펴보았다.

"그것보다 먼저 원기를 좀 회복하는 게 좋을 것 같군요. 며칠

째 아무것도 못 먹은 것 같은 얼굴이시네요."

지난 밤 벌어진 일에 완전히 정신이 팔려 있기는 했지만 피코의 젊은 위장은 다시 살아났다. 피코가 소리 없이 감사의 뜻으로 목례를 했고 피렌체인은 장식장 쪽으로 다가가서 작은 문을 열었다. 거기서 금속 접시와 작은 잔을 하나 꺼내 책상 한 귀퉁이에 올려놓았다. 그리고 문으로 가서 옆방으로 사라졌다. 장은 열린 채였다. 피코는 호기심이 생겨서 그 안에 들어 있는 것들을 보았다. 장정된 책들과 두루마리 원고들이 빼곡했다. 깔끔하게 잘 말아놓은 것들도 있었고 열심히 읽다가 급히 숨기려고 한 것처럼, 그 순서에 신경을 쓰지 않고 아무렇게 넣어둔 것들도 있었다. 피코의 관심을 끈 것은 어떤 종이였는데, 아주 넓은 양피지로 거기 적힌 글씨들이 선명하게 보였다. 그리스 알파벳이었다. 그것과 비슷한 다른 양피지들도 끈에 묶여 있었다.

피코는 재빨리 책 몇 권을 뒤적여 보았다. 첫 번째 책은 아주 작은 세밀화들로 장식된 『아이네이스』 필사본이었다. 그리고 두꺼운 라틴어 책이 한 권 있었는데 제목은 없었고 책 속에 기하학적 기호들이 여기저기 잔뜩 들어 있었다. 세 번째 책을 재빨리 펴보자 그 안에서 힘 있는 작은 글씨들이 나타났다.

피코는 속표지를 보고 깜짝 놀랐다. 『세 배나 위대한 헤르메스가 구술하고 루도비코 라차렐리가 속어로 옮긴 포이만드레스의 책』(헤르메스 전집에 속해 있는 책). 그가 처음 몇 페이지를 넘기고 있을 때 피렌체인의 발소리가 들려서 그는 재빨리 장에서 멀어졌다.

남자는 크고 둥근 빵과 큰 치즈 한 조각, 포도주 한 잔을 가지고 왔다. 피코는 의자에 앉지도 않은 채 빵에 달려들어 크게 잘라 입으로 가져갔다. 그리고 그가 치즈를 먹는 동안 피렌체인은 이해한다는 표정으로 얼굴을 찡그리며 잔에 포도주를 가득 부어주었다. 그러고 나서야 잊고 있던 일이 갑자기 생각난 것처럼 서둘러 장의 문을 닫았다.

"그리스어를 아십니까, 마네토 씨?"

피코가 다시 게걸스럽게 치즈 한 조각을 베어 물며 물었다. 그는 되도록 태연하게 물어보려고 애썼지만 남자가 흠칫하는 것을 본 듯했다.

"왜 그런 걸 묻습니까?" 남자가 의심스러운 듯 물었다. 그러더니 장식장 쪽을 돌아보았다.

"알겠습니다, 내 책들 때문이군요. 아까 말했듯이, 제 활동분야가 줄어버렸습니다. 그래서 영혼의 기쁨을 가꿔나갈 시간이 남게 되었지요. 산티보 성당 근처에 있는 대학에서 강의를 하는 학자 몇 분과 교류할 기회를 갖게 되었습니다. 그분들의 수업에서 그리스어를 배웠습니다. 그리스어를 아는 사람들이 이제는 제법 됩니다. 콘스탄티노플이 투르크에게 함락된 뒤로 그곳 사람들을 우리가 보호해 줄 수밖에 없었지요. 특히 플라톤을 연구하는 학자들 중에 폼포니오 레토의 추종자들이 있었습니다. 레온 바티스타 알베르티도 바로 그 그룹과 교류했지요."

"인문주의자, 폼포니오 레토 말입니까?"

피코가 물었다. 그는 볼로냐의 학자들에게서 그 이름을 자주 들어보았다. 피렌체에서도 로렌초가, 그 당시에는 이해할 수 없었던 빈정거리는 표정으로 그 이름을 말했었다.

"고대인의 것들을 몹시 사랑하는 사람이지요." 피렌체인이 대답했다. "고대인들처럼 신비한 면이 있습니다. 소문엔 살레르노 출신으로 산세베리노 영주의 사생아라고 합니다. 줄리우스 폼포니우스 라에투스라는 이름 말고 그의 진짜 이름도 확실히 알려지지 않았답니다. 이 이름은 로마의 학자들을 자신의 주변에 모으기 시작했을 때 그가 직접 선택해서 사용했던 이름이지요. 그리고 그 학자들과 함께 일종의 그룹을 만들었습니다."

"무얼 하는 그룹이었나요?"

"글쎄요, 말씀드렸듯이 플라톤의 사상을 찬양하는 것이지요. 다른 건 누가 알겠습니까."

마네토가 대답했다. 남자가 잠시 빈정거리듯 미소지었다. 피코가 피렌체 군주의 얼굴에서 보았던 것과 똑같은 표정이었다.

"왜 웃는 겁니까?"

피코의 물음에 마네토가 갑자기 진지해졌다.

"그 그룹에 대한 소문이 생각나서요. 폼포니오는 플라톤을 자신의 안내자로 삼았습니다. 하지만 제 생각에는 위대한 플라톤이 주려고 했던 가르침보다 더 많은 것을 배운 것 같았습니다. 그 그룹 사람들을 연결시킨 사랑은 형제애나 스승과 제자 사이에 흘러야 할 정직한 사랑이 아니라고들 합니다. 소문에 따르면, 폼포니오 레토의 명성에 대한 존경심이 없으면 그 그룹 사람들이 동성애자로 사람들의 놀림거리가 되었을 거라고 합니다. Egregio culo fata benigna favent, 그가 좋아하던 구절입니다."

"운명은 아름다운 엉덩이에 미소를 짓는다."

피코도 웃음을 참지 못하고 이렇게 해석했다.

"그런데 알베르티가 그 그룹의 남자들을 만났습니까?"

"그렇긴 하지만 일반인과는 다른 그 그룹의 성향을 따르기 위해서는 아니었던 것 같습니다. 그는 이상하게 플라톤이 작품에서 말했던 모든 동화에 많은 관심을 가졌던 것 같습니다. 그 동화만이 아니었지요. 어느 날 제게 뭐라고 했는지 아십니까?"

"뭐라고 했는데요?"

"고대인들의 작품들에는 어떤 것에든 가르침이 숨겨져 있다고요. 그렇지만 현인만이 그것을 밝혀낼 수 있다고 말입니다. 알베르티에 따르면 베르길리우스의 『아이네이스』는 영웅의 모험이라는 베일 밑에 비밀스러운 이야기를 숨기고 있답니다. 저도 그것을 찾아내보려고 했으나 아무 성과도 없었어요. 그러니까 일 마니피코께서는 알베르티에 대해 알고 싶어 하시는군요. 그런데 그 이유가 뭘까요? 저는 알베르티의 말년에 일 마니피코께서 그에 대해 신경을 별로 쓰시지 않는다고 생각했습니다."

피코는 다시 의심스러운 눈빛으로 바라보는 남자의 시선에 중압감을 느끼며 잠시 머뭇거렸다.

"알베르티에 대해서…… 그리고 그의 글에 대해서 더 알고 싶어하십니다."

"그의 글이요? 그가 쓴 글들은 모두 다 알려져 있는데요. 아직 더 찾아야 할 게 남아 있나요?"

"마지막에 쓴 글들이요…… 그가 개인적으로 보관해 둔 것 말입니다." 피코가 당황해서 대답했다. "세르 로렌초는 위대한 피렌체인의 작품들을 새로운 기계로 출판하기 위해 모두 수집하고 싶어 하십니다. 여기 로마에 아직 알려지지 않은 원고들이 있을 거라고 생각하시는 거지요. 제게 필요한 것은 바로 알베르티를 알고 있는 사람들, 특히 말년에 그와 가까이 지냈던 사람들에게서 그 흔적을 찾을 수 있게 저를 도와주시는 겁니다.”

마네토가 어깨를 으쓱했다.

“아무 흔적도 없습니다. 뭔가 있었다 해도 그와 같이 사라졌을 겁니다. 말씀드렸듯이 레온 바티스타는 은둔해서 살았던 사람입니다.”

“그렇게 절제된 생활을 했어도 누군가와는 교류를 했을 겁니다. 친구가 있었겠지요. 그를 잘 아는 사람이 있을 거예요. 그가 죽은 뒤 그의 재산은 어떻게 됐습니까? 결혼은 했나요, 자식은요? 여자는?”

“바티스타가요? 아내요, 자식이요?” 남자가 그의 말을 가로막았다. “여자들이 있었냐고요? 아니요, 그는 여자들을 곁에 두는 남자가 아니었습니다. 그리고 젊은 시절 서원을 했어요. 하늘에서 내려온 모범적인 사람이었으므로 이런 서원이 의미가 없는 것은 아니었죠. 그는 오로지 자신의 열정에 사로잡혀 있었어요. 건축을 하는 것, 그가 집착한 건 바로 이 생각이었습니다. 그는 교황청 서기이기도 했지만 한직이었던 것 같습니다. 그는 예술에 심혈을 기울였습니다. 아니 적어도 건축가 친구들과 자신의 시간을 전부 바쳤습니다. 음모가 있기 전에는요.”

“어떤 음모 말입니까?”

“서기들의 음모였지요. 혹은 플라톤주의자들의 음모라고 할 수 있지요. 아니 더 정확히 말하면 그 당시에는 모두들 마법사들의 음모라고 했지요. 바오로 2세가 통치하던 서기 1468년이었지요. 하지만 교황이 생각했듯이 이교도들과 살인자들의 음모이기도 했어요. 교황은 플라톤을 공부하는 사람들이 마법으로 자신을 살해할 거라고 굳게 믿었습니다. 그런데 그들 중 대부분이 서기였지요.”

“어떤 사람들이었습니까?”

“기독교 세계 수장의 말에 고상한 형식을 부여할 만한 능력을 가진 문화인들과 문학인들이었습니다. 그들 시간의 대부분을 바티칸의 평범한 서신을 작성하는 데에만 바치지는 않았지만 말입니다. 폐쇄적이고 수상한 집단이었습니다. 자신들의 특권을 열심히 지키기는 했지만 그와 동시에 작업 조건에 대해서는 불만이 많았습니다. 종종 교황청과 직접 접촉을 하기도 했습니다. 아마 이 때문에 교황에 대립해서 음모를 꾸민다는 의심을 받았을 겁니다. 그래서 서기단이 해체되었고 그들에 대한 의심이 쌓였습니다. 성스러운 팔라초의 어둠 속에서 이단과 악마적인 의식이 거행되었다는 소문이 있습니다. 식스토 4세는 서기단을 다시 구성했지만 그때부터 종교재판소 수사들이 매우 철저하게 서기들을 통제했습니다.”

“레온 바티스타도 그 단체에 참가했었나요?” 피코가 물었다.

“예, 1464년 해체될 때까지 서기로 일했습니다.”

“그러니까 마지막까지 그들을 만났군요. 아마 그들 중 누군가가 그와 막역한 사이였을 겁니다. 그리고 누군가 그의 원고들이 어떻게 되었는지 알고 있을 겁니다.”

“쉬운 일이 아닙니다…… 그들은 폐쇄적인 남자들이고 속내를 거의 털어놓지 않는 경향이 있어요. 그 무렵 제가 알던 서기

한 명이 있습니다. 특이한 남자였는데 그가 바로 알베르티의 이야기를 제게 해주었습니다.

"레온 바티스타의 이야기를 해주었다는 겁니까? 뭐라고 했습니까?" 피코가 흥분해서 물었다.

"별 말은 하지 않았습니다." 마네토는 피코의 반응에 놀라서 대답했다. "별거 아니었어요. 어떻게 하다가 그 사람 이야기가 우리 대화에 등장하게 되었는지는 기억이 나지 않습니다. 알베르티가 고대인들의 기록에 관심이 많고 고대 기념물의 잔해 속에서 그것들을 찾는 데 열심이라고 말했습니다. 이건 당신도 잘 아시는 사실일 겁니다. 그런데 뭔가 다른 말도 했지요."

"무슨 말이었습니까?"

"알베르티가 필사본 한 권을 항상 가지고 다니는데 아무에게도 보여주지 않는다고 하더군요. 그리고 호기심 많은 사람들의 눈길로부터 피해야 한다고 생각할 때면, 깊은 명상에 빠지듯 가끔 그 책 속에 빠져들곤 했다고요."

"그 책입니다!" 피코가 아까보다 더 흥분하며 말했다. "그 책이 어디 있는지 아십니까?"

"아니요, 전 거기에 신경을 쓰지 않았습니다. 그때는 중요해 보이지 않아서요."

피코가 입을 다물고 생각에 잠겼다.

"특이한 남자라, 왜 그렇게 말씀하셨습니까?"

"새빨간 머리 때문이지요. 튜턴 사람에게서도 보기 힘들 정도로 말입니다. 그는 지옥의 불길에서 나온 것 같았습니다. 어깨가 좁았고 얼굴을 창백했습니다. 이름이 마르코였을 겁니다. 어

떻게 서기가 되었는지 지금도 의문입니다. 여기 로마에서는 빨
간 머리에게 호의적이지 않거든요. 그리고 신앙과 미신에 관한
문제에서는 교황청도 예외가 아닙니다."

남자는 마치 과거의 일들을 직접 목격이라도 한 것처럼 말했
다. 피코는 남자가 겉으로 보이고 싶어 하는 것보다 훨씬 나이가
많다는, 처음의 인상이 틀림없다는 확신을 갖게 되었다.

"레온 바티스타는요? 그 사람도 박해에 관련되었나요?"

"아닙니다, 전혀 위험하지 않았어요. 적어도 공식적으로는 말
입니다. 그가 플라톤 사상에 대해 열정을 품었던 걸 보면 분명
음모자들과 모종의 관계가 있었을 겁니다. 하지만 예술에 깊이
빠져 있었기 때문에 어두운 의혹을 벗을 수 있었던 것 같습니다.
바오로 2세는 바티스타가 프로스페로 콜론나 추기경의 도움과
보호를 받았고 종종 그 집에 드나드는 것을 썩 마음에 들어 하지
않았지만 말입니다."

"왜 그런 말씀을 하시는 겁니까?"

"콜론나 가문이 교황청에 그다지 호의적인 적이 없었기 때문
입니다. 그들은 반항적이었고 프리드리히 2세 시대부터 황제의
최측근이었습니다. 다른 가문들과 항상 충돌을 했지요. 세력가
이지만 고분고분하지 않은 가문이었어요. 영원히 추방을 시켜
버리기에는 너무 강력했고 교황청을 차지하기에는 너무 약했지
요. 사실 딱 한 번밖에 교황을 배출하지 못했으니까요. 백성들
과 단단히 결속되어 있습니다. 시골에 있는 그들의 요새에서는
강하지만 이 성 안에서는 약합니다. 이 가문의 구성원들은 자신
들의 저택에서 지낸 시간보다 유배 생활을 하거나 감옥에서 보

낸 시간이 더 많습니다. 하지만 그들이 없으면 로마는 존재할 수 없을 겁니다. 지금도 다시 교황 때문에 곤경에 빠져 있기는 하지만 추기경단에 그들 가문 출신의 조반니 추기경이 있습니다. 그리고 조반니 추기경이 미래의 교황이 되길 바라는 사람들이 있습니다. 마찬가지로 그가 죽기를 바라는 사람도 있지요.”

피코는 혼란스러웠다.

“국가의 모든 부분이 격변하고 있고 서로가 싸우는 것 같은데 그럼 대체 어떻게 국가가 지탱이 되는 겁니까? 알베르티는 어떻게 처신을 해나간 겁니까? 당신 말로는 그가 콜론나 가문 편이었던 것 같은데요. 그러면서 동시에 교황청에서 직책을 맡았던 겁니까?”

“이게 바로 로마의 이상한 점이고 로마가 가진 힘입니다. 그 힘을 지배하는 군주가 있는 게 아니라 그저 지나가는 권력이 있을 뿐입니다. 그 힘이 지속되는 것은 하느님의 손에 달려 있습니다. 모두들 이 힘 앞에 고개를 숙이고 내일이면 운명의 바퀴가 그들 쪽으로 향할지 모른다는 희망 속에서 그 힘에 경의를 표합니다. 오늘 오르시니 가문의 손에 있는 권력은 내일은 콜론나 가문의 것이 될 수 있고 모레는 사벨리 가문이나 비텔레스키 가문의 것이 될 수도 있어요. 그걸 기다리는 동안 교황에게 무릎을 꿇고 비굴하게 굴며 그 권력을 자신들의 손에 쥘 음모를 짜는 겁니다. 이러한 암묵적인 동의 위에서 천 년의 시간이 움직인 겁니다. 정말 진정한 군주가 나타난다면 이 도시는 망치에 맞는 유리종처럼 산산조각 나버릴 겁니다.”

“그럴 리는 없을 것 같은데요.” 피코가 중얼거렸다.

"아니, 그럴 수 있습니다."

마네토가 말을 멈추고 창문으로 다가가서 밖을 내다보았다.

"거리에서 한창인 카니발처럼 말이지요. 얼굴들이 보이지 않는 가면들의 마상 시합처럼. 아무것도 보지 못했나요, 피코 씨?"

피코는 자기 생각에서 벗어났다.

"카니발이요? 도시 전체가 축제 분위기로 활기에 넘치더군요. 아마 교황의 도시라는 걸 생각해보면 이 분위기가 과도한 것일 수도 있겠어요."

마네토가 피코를 돌아보았다.

"정말 그렇습니다. 최근에는 병적인 뭔가가 있어요. 아그로 로마노의 늪지에서 번져 나오는 병균처럼 거리를 오염시키고 인간들에게 전염되는 것이지요. 매년 항상 그랬습니다."

피코가 어깨를 으쓱했다.

"아마 축제의 기원 때문일 겁니다. 가면 뒤에 숨어서 이렇게 규칙을 전복하는 건 미스터리한 이교도 의식에서 그 기원을 찾을 수 있지 않습니까? 고대 로마인들은 며칠 동안 철문을 열어 도시 안의 신들이 도시를 떠나게 했습니다. 하지만 수세기 동안 고대의 풍습들은 잊혀졌어요. 이탈리아 전역에서 이와 비슷한 축제가 거행되지요. 그러니까 이것은 불안이 아니라 기쁨의 원천입니다."

"로마는 다른 도시들과 달라요. 그렇게 생각하지 않으십니까? 로마가 세워진 뒤로 로마의 시간은 피와 함께 흘렀어요. 니네베, 트로이, 바빌론의 탄생과 연결된 신화들을 생각해 보십시오. 신들과 인간의 여인들 사이에서의 사랑, 영웅들의 무훈 같은 것들

이요. 아니면 희망을 가득 품은 채, 파괴된 자신들의 땅에서 도
주하는 사람들에 대한 구원 같은 거죠. 우리 피렌체나 베네치아
에서 신화처럼 말이지요. 하지만 형제간에 흘린 피에서 탄생한
이 로마는 오랜 역사 동안 진홍색 흔적을 가지고 있습니다.”

“그 때문에 카니발을 음산하게 만들어야 된다는 겁니까?”

피코가 믿어지지 않아서 물었다. 마네토의 말들을 듣자 로렌
초가 씁쓸하게 쏟아내던 말들이 생각났다. 어떤 위대함이든 잔
인함 위에 세워진다는 게 가능한 일일까? 로마의 위대함도 이
형벌을 피할 수 없는 것일까?

“카니발이 아닙니다, 친구.” 남자가 대답했다. “저는 코시모
시대부터 메디치 가문의 대리인으로 로마에 오래 거주했습니
다. 그래서 로마를 제대로 이해하는 법을 배웠지요. 표면적인
것이든, 그 내면에서 폭발하는 것이든 전부요. 규칙을 전복시키
려는 이런 갈망은 다양한 길로 뻗어나가게 됩니다. 아마 그 길
중 몇 개를 살펴보는 게 도움이 될 겁니다. 테스타치오 산 경주
에서 시작해서 말입니다. 바로 오늘, 오후 한 시 이후에.”

“전 놀이나 구경하고 싶은 생각은 별로 없습니다, 마네토 씨.”

“놀이라고요? 그럴 수도 있지요, 하지만 대중은 어린아이들
같습니다. 그들의 놀이를 통해 앞으로 될 어른의 모습을 볼 수
있습니다. 알에서 그 안에 숨어 있는 뱀의 모습을 볼 수 있듯이
말입니다. 포도주 한 잔 더 마셔요. 아마 이게 필요할 겁니다.”

마네토는 하인에게 재빨리 몇 가지 지시를 내린 뒤 피코를 거
리로 안내했다. 그들은 티베리나 섬 앞쪽의 테베레 강변에 도착

했다. 그 부근에는 각양각색의 배들이 잔잔한 강 위에 그득했는데 대개는 리펫타 항구로 곡물을 운반하는 큰 거룻배였다. 그리고 큰 배들을 겨우 비집고 강을 따라 오르내리는 작은 배들이 수도 없었다.

강한 북풍으로 더욱 차가워진 칼날 같은 냉기가 공기를 갈랐다. 몸이 떨리자 피코는 조금이라도 따뜻하게 하려고 망토를 여몄다. 강물은 납빛이었고 얼음조각 몇 개가 강물에 끌려와 일렁이는 강물 위에 둥둥 떠다녔다. 마네토가 강둑에서 몸을 내밀어 마침 강어귀를 향해 근처를 빠르게 지나가던 작은 배를 불렀다.

"포르투엔세 항구까지 데려다 주면 동전을 넉넉히 주겠소!"

그가 뱃사공에게 외쳤다. 잠시 후 남자가 노를 저어 자갈이 많은 강변 쪽으로 다가오는 동안 피코가 이상한 현상에 주의를 빼앗긴 것을 마네토도 알아차린 것 같았다.

"몇 년 전부터 이랬답니다. 겨울이 매번 전해보다 추워져서요. 아펜니노 전체가 눈에 뒤덮였고 테베레 수원지의 얼음이 여기까지 실려 온다고들 하더군요."

"북쪽 지방도 기온이 점점 더 혹독할 정도로 낮아지고 있습니다. 지난 해에는 베네치아 석호가 얼었답니다. 페라라를 포위 공격하러 갔던 군대들은 말과 짐수레를 타고 그 얼음 위로 지나갔다고 합니다." 피코가 말했다.

"초의 심지가 다 타버린 것처럼 온 지역의 열기가 사라져가는 것 같습니다."

"베네치아 공화국 때문이라고들 하더군요. 갤리선을 만들 나무를 구하느라 카르니아의 삼림을 다 훼손시키고 있으니까요.

그렇게 해서 독일에서 불어오는 바람이 장애물을 만나지 않고 거침없이 알프스 산을 넘어 밑으로 거세게 불어오는 것이지요.” 마네토가 대답했다.

피코가 당황해서 양미간을 찌푸렸다.

“그렇게 생각하지 않습니까?”

마네토가 이제 강변 근처에 온 뱃사공에게서 눈을 떼지 않으면서 물었다. 뱃사공이 강 바닥의 진흙 속에 노를 힘껏 박고 그들에게 배를 타라고 했다.

“그것만으로는 이렇게 거대한 현상을 설명할 수 없을 것 같습니다.” 피코가 마네토를 따라 배에 뛰어오르면서 대답했다.

그들은 나무판이 놓인 배 바닥에 앉았다.

“지구라는 큰 덩어리 속에서 열을 만들어내는 원자들이 계속 움직인다고 저는 생각합니다. 그런데 어떤 이유에서인지 이러한 부단한 움직임이, 원자가 허공으로 떨어지는 동안 어떤 진동에 영향을 받는 것이라고 생각합니다.” 피코가 다시 말했다.

마네토는 외관상으로는 흥미로워 보이는 표정으로 피코의 이론에 귀를 기울였다. 그러다가 잠시 후 고개를 저었다.

“타당하지 않은 것 같습니까?” 피코가 물었다.

“아마 그럴 수도 있겠지요. 하지만 저라면 그걸 너무 크게 말하고 다니지 않을 것 같습니다. 적어도 여기서는 말이지요.”

피렌체인이 높이 솟은 종탑을 가리키며 말했다. 종탑은 테베레 강변까지 완만하게 이어지는 언덕 위에 서 있었다.

“그리고 어쨌든 거의 다 왔습니다.”

배가 강변으로 다가갔다. 강변 양옆으로 거대한 건축물의 잔해들이 길게 늘어서 있었는데, 그곳을 지나려면 수백 걸음은 걸어야 할 정도였다. 아치들과 길의 가장자리가 다 무너져 테베레 강바닥으로 흘러내리고 있어서 강물 여기저기에 아직도 오래된 대리석 덩어리들이 삐죽삐죽 튀어나와 있었다.

"이곳은 예전에 로마의 중요한 항구였습니다. 지금은 거의 다 폐허가 되었지요. 가끔 이곳을 사용해서 오스티아(이탈리아 반도 서쪽 지중해 해역인 티레니아 해에 있는 지역)로 가는 항로를 다시 열어보려고 시도하는 교황이 있기는 하지만 말입니다."

아직 무너지지 않은 좁은 부두에는 마치 방금 어떤 배에서 내려놓기라도 한 것처럼 상자 통들이 뒤죽박죽 쌓여 있었다. 하지만 황량한 분위기가 사방에 감돌았다. 주변의 땅도 버려져 이미 아무도 돌보지 않는 덤불숲으로 변해 버렸고 먹이를 찾는 까마귀들이 그 위를 맴돌았다.

피코는 마네토를 따라 고대의 성벽들 가장자리로 난 오솔길을 걸었다. 그들이 배에서 내린 뒤로, 주변 풍경이 황량하기는 했지만 어디선가 사람들의 목소리가 들리는 것 같았다. 마치 어느 곳엔가 숨어 있는 여러 사람들이 웅성거리는 것처럼 분명하지는 않았다. 이따금씩 숨죽인 신음 소리 같은, 다양한 비명 소리가 덧붙여지기도 했다. 그들 앞으로 보이는 황량한 작은 언덕을 향해 걸어가는 동안 서서히 그 소리들이 또렷해졌다. 남자와 여자들이 지르는 함성과 노랫소리였고 이따금 관악기의 가락과 북소리가 그 소리에 곁들여졌다. 언덕 위로 이어지는 오솔길에서는 그 소리가 어디서 들리는지를 알아차리기가 불가능했지만 굽잇길을 돌자 갑자기 피코와 마네토는 작은 계곡에 들어서게 되었고 수많은 사람들에게 에워싸였다. 계곡은 언덕의 경사면까지 길게 뻗어 있었다.

"저기가 데이 코치 산입니다."

마네토가 이렇게 말하는 사이 피코는 걸음을 멈추고, 그들 주위로 몰려드는 누더기를 걸친 사람들을 자세히 보았다.

"카니발이 여러 곳에서 열린다고 말씀드렸지요. 이건 그 카니발 중의 하나입니다."

"이 사람들이 지금 카니발을 즐기고 있다는 겁니까?"

"어떤 의미에서는요. 보시면 알 겁니다. 딱 맞게 왔군요."

북소리가 계속 들렸다. 그 소리는 언덕 맨 위에서 들려왔는데 어지러이 움직이는 어두운 형체들이 눈에 들어왔다. 눈을 가느스름하게 뜨고 바라보던 피코는 교황 병사들의 군복 색깔을 발견했다. 병사들은 언덕 가장자리에 쌓아놓은 거대한 궤짝 같은 무엇인가의 주위에서 분주하게 움직이고 있었다. 다시 북소리가 들렸다. 그리고 이제 분명치 않은 함성이 그 북소리에 더해졌다. 아까 그 소리의 정체는 모르겠지만 멀리서 들었던 그 소리와 똑같았다.

"저 위에서 돼지를 잡고 있는 겁니까?" 피코가 놀라서 피렌체인에게 물었다.

"아닙니다, 돼지를 잡는 기쁨은 선한 로마인들을 위해 남겨둘 겁니다."

마네토가 빈정거리듯 웃으며 말했다. 그때 날카로운 나팔 소리가 공기를 갈랐고 그와 함께 군중들에게서 기쁨의 함성이 터져 나왔다. 위에 있던 군인들이 궤짝 위로 몸을 구부리더니 언덕 가장자리로 통을 밀었다.

궤짝들이 이리저리 흔들리면서 경사면을 따라 굴러 내려가기 시작했다. 위로 튀어오르기도 했지만 점점 더 빠르게 굴러갔다. 그것은 단순한 나무궤짝이 아니라 사실은 작은 수레였다.

그 사이 사람들은 앞으로 달려 나가서, 그 궤짝이 계곡에서 산산조각 나기 전에 그걸 멈춰 세우고 싶은 듯이 경사면으로 기어 올라가려고 애를 썼다.

작은 수레 한 대가 뒤집혀서 비탈에서 튀어오르면서 미끄러져 내려가고 있는 다른 수레를 전복시켰다. 충돌한 두 수레가 부서져버렸고 돼지들이 고통으로 끔찍하게 울부짖으며 밑으로 굴러 떨어졌다. 또 다른 수레가 비탈길에 튀어나온 바위와 거칠게 부딪힌 다음 한 바퀴를 완전히 구른 뒤 산산조각 나버렸다. 그 안에 있던 돼지는 파편들 속에 갇힌 채 돌 위에 핏자국을 길게 남기면서 추락했다.

이제 부서진 수레들의 잔해가 언덕 발치에 도착했다. 밑에서 올라가던 사람들은 위험을 무시한 채 그 잔해들로 달려들었다. 제일 먼저 도착한 사람들이 수레가 망가지지 않게 그 가장자리를 잘 잡아 형태를 유지시키려 애쓰면서 옆으로 비켜섰지만 두 번째 열의 사람들 대다수는 수레바퀴 밑에 깔렸고, 곧 이어 쏟아지던 수레의 나무들과 갈기갈기 찢긴 돼지들이 멈춰 섰다.

언덕 위에 있는 병사들은 소리를 지르고 배꼽을 잡고 웃어대며, 유혈이 낭자한 도살장으로 변하고 있는 광경을 지켜보았다.

굴러 떨어지는 동안 이미 반쯤 죽어 버린 돼지들을 겨냥하며 칼을 든 남자와 여자들이 달려들었다. 맨손인 사람들은 아직 부서진 수레에 갇혀 있는 다른 돼지들을 놓고 손톱을 세우며 서로 경쟁했다. 아직 살아 있던 돼지들이, 가축의 가장 좋은 부위를 확보하기 위해 떠들썩하게 웃으며 치르는 전쟁 속에서 산 채로 갈기갈기 찢겨졌다.

돼지들의 절망적인 비명소리가 사라지자 아직 김이 나는 그 고기가 바구니와 광주리에 담겨졌다.

"이런 야만적인 광경을 보니 당황스럽습니까?"

마네토가 겁에 질린 피코의 얼굴을 보더니 웃으면서 물었다.

"아까 알베르티에 대해 물었지요. 알베르티는 고대부터 내려오는 이런 전통적 카니발에도 관심이 있었답니다. 알고 계셨나요? 상상하기도 힘들지요? 알베르티처럼 자연과 정신의 모든 움직임에 관심이 있던 남자가 이런 피 흘리는 풍습을 아주 좋아했습니다. 하지만 로마에는 이런 남자만 있는 것은 아닙니다. 로마에는 고대 문화에 박식한 교양 있는 남자들도 살고 있습니다. 직접 보여줄 수도 있습니다."

갑자기 어떤 생각이 떠오른 것처럼 덧붙였다.

"리아리오 추기경이 카니발 때 큰 연회를 연다고 공표했습니다. 유력 가문들이 모두 초대되었습니다. 추기경을 몹시 싫어하는 가문들까지 모두 말입니다. 타 도시 거주지의 대표자들, 그리고 교황과 전쟁 중이기는 하지만 나폴리 사람들도 초대했습니다. 당신도 저와 같이 가실 수 있습니다. 당신에게 도움을 줄 만한 사람을 만날 수도 있을 테니까요."

"연회가 언제 열립니까?"

"내일, 해가 질 때입니다. 산티 아포스톨리 쪽에 있는 추기경

저택 근처에서 나를 기다리고 계십시오. 아무에게나 물어봐도 잘 가르쳐 줄 겁니다. 퀴리날레 산 쪽으로 올라가는 길, 바로 그곳이거든요. 미안하지만 그 전까지는 당신과 같이 있을 수가 없습니다. 일 마니피코는 멀리 계시기는 해도 요구가 많은 주인이시지요."

마네토가 이렇게 대답했는데 갑자기 한시라도 빨리 피코와 헤어지고 싶어 하는 것 같았다. 이따금 재빨리 언덕 아래쪽을 보기도 했다. 피코도 그 쪽을 보았다. 전리품을 가지고 그곳을 떠나는 사람들 속에 아이들도 있었다. 처음으로 아이들이 눈에 뜨인 것 같았다.

잠시 후 좀더 자세히 보던 피코는 그들이 어린아이들이 아니라 난쟁이라는 것을 알아차렸다. 그 작은 사람들은 모두 비슷해 보였지만 이번에도 그 사람들이 이집트인들을 따라다니는 그 이상한 수행원이 틀림없다는 것을 곧 확인했다. 피코가 가는 길에서 다시 이집트인들과 부딪히게 된 것이다. 이집트인들이 도시의 가장 더러운 면들을 금방 발견했군, 피렌체인과 헤어지면서 피코는 이렇게 생각했다.

보르자 추기경의 사저

"자넨 이 소식을 어디서 들었나?"

"플라미니아 성문에 우리 사람이 있습니다. 그자가 성문을 통과하는 것을 보고 즉시 달려와서 보고했습니다. 저는 추기경님께 당장 알려드려야 한다고 생각했습니다."

로드리고 보르자의 얼굴에는 아직도 정부 반노차의 품에서 보낸 지난 밤의 흔적이 역력히 남아 있었다. 눈꺼풀은 무거워 보였고 코 양쪽으로 두 개의 주름이 깊게 새겨진 데다가 입술은 뿌루퉁하게 일그러져 있었다. 분수를 장식하는 흉측한 석상의 얼굴이었다. 일이 잘 풀리지 않은 게 틀림없어, 보르자의 신임을 얻은 퀸톤 페르난데스가 속으로 생각했다. 그는 나쁜 소식을 전할 때면 보통 그렇듯이 주인이 불시에 분노를 터뜨릴지도 모르기 때문에 겁이 나서 신중하게 거리를 유지하면서 말을 했다.

하지만 추기경은 흥분을 한 게 아니라 호기심을 느끼는 것 같았다.

"조반니 피코……."

그가 침대 옆에 있는 기도대를 손가락으로 톡톡 치며 혼자 되뇌었다.

"이름을 들어본 적이 있네. 미란돌라의 영주지…… 아주 똑똑한 자야. 비상한 기억력을 가지고 있다고 하던데."

"우리 쪽 사람은 그자가 별로 중요하지 않은 풋내기라고 말했습니다만."

퀸톤은 말을 해야 할 필요를 느꼈다.

"그래…… 아마 스무 살 가량 되었을걸. 그 20여 년을 전부 자기 성의 비단이불이나 떠들썩한 학생들 속에서 보냈을 거야. 오래 전에 볼로냐에 있는 우리 대사가 내게 그자에 대해 자세히 설명해 주었지."

추기경이 경멸하듯 얼굴을 찡그리며 낮게 말했다.

"그런데…… 여기 로마에는 무슨 일일까?"

"순례나, 서원 뭐 그 비슷한 일 때문인 것 같습니다."

보르자가 콧방귀를 뀌며 고개를 저었다.

"뭐 걱정되시는 거라도 있으십니까?" 퀸톤이 다시 이렇게 물어보았다.

추기경의 눈에 번개 같은 빛이 번득이더니 잠시 그의 표정에 활기가 되살아났다.

"내가 걱정을 해? 로마 성 안에는 나를 두려워해야 할 사람들이 있지. 하지만 성 밖에는…… 아직 내 손이 닿지 않는 곳이어서 조심해야 한다네. 그리고 특히 뱀들의 소굴인 피렌체를 말이야. 그 젊은이가 그 뱀들의 머리가 될 수 있어."

"무엇 때문에 말입니까?"

"나이가 그렇게 젊은데도 로렌초 데 메디치의 총애를 받는 것 같으니까. 그래서 난 그자가 그 피렌체인을 본보기로 따르는 게 아닌지 궁금해. 피렌체의 새 군주가 예술에 대한 자부심을 가지고 있다고 해도 어쨌거나 돈 많은 상인에 불과하니까. 그 촌스러운 혈통을 빛내줄 수 있는 건 하나밖에 없어. 그래서 그가 그것을 찾고 있다고 생각하네. 바로 교황의 자리지."

"메디치가가 교황의 왕좌에 자신의 가문 사람을 앉히려고 한다는 겁니까?"

"오르시니 가문은 지는 별이고 로베레 가문은 허약해졌고 콜론나 가문은 뿔뿔이 흩어져 버린 지금 내 길을 가로막을 수 있는 가문은 하나밖에 없어. 그러니 그자의 행동을 잘 감시하게, 퀸톤. 그리고 우리가 항상 그자 뒤에 바짝 붙어 있어야 해."

상서국 광장

피코는 시장이 선 광장에 도착했다. 이른 시각이었다. 이 무렵 캄포 데이 피오리 광장은 활기가 넘쳤다. 채소 바구니를 든 남자와 여자들이 수레와 짐을 실은 나귀 행렬들 속을 뚫고 지나면서 손님들의 관심을 끌기 위해 큰 소리로 외쳤다. 모퉁이 분수 옆에 포도주 가게 문이 열려 있었는데, 아직 초록색인 나뭇가지 하나가 문설주 위에 테두리처럼 늘어져 있었다. 거기서는 눈에 띄지 않고 상서국 건물의 문을 관찰할 수 있었다. 석조 건물인 상서국의 긴 정면은 판테온 구역 쪽으로 가는 옆길을 보고 서 있었다.

피코는 포도주 가게 안으로 들어가서 주위를 둘러보고 피곤한 표정을 지었다. 술집은 겨우 오두막 티를 벗은 정도였는데 피라미드처럼 차곡차곡 쌓인 작은 포도주 통들이 벽을 다 차지했다. 그리고 안쪽에 돌로 된 계산대가 있었는데 그 계산대 위에도 다른 작은 통들과 도자기 잔들 몇 개가 놓여 있었다.

피코는 주인 쪽으로 걸어갔다. 험상궂은 얼굴의 주인은 계산대 뒤에서 입안에 남아 있는 뭔가를 씹으면서 꾸벅꾸벅 졸고 있었다. 피코를 보자 남자가 화들짝 놀랐는데 피코의 등장이 매우 기쁜 것 같았다. 피코는 주인이 자신의 옷차림을 유심히 살펴보는 걸 알아차렸다. 아마도 그가 얼마나 돈을 쓸지를 저울질해보는 것이리라. 더 환하게 웃는 것으로 보아 검사 결과가 만족스러웠던 게 틀림없었다.

"뭘 찾으십니까, 손님?"

남자가 큰 손동작으로 사방에 흩어져 있는 통들을 가리키며 휘파람 같은 소리를 냈다.

"먼 길을 걸어 세상의 끝에 오신 게 틀림없군요!"

그가 피코의 낡은 장화코를 보고 계속 말했다.

피코는 자신이 이방인이라는 것을 쉽게 짐작해 버린 것에 화가 나서 애매한 동작을 취했다.

"나는 상인이오. 하지만 신심 깊은 기독교인이기도 하지요. 그러니까 장사와 기도를 함께 한답니다." 피코가 대답했다.

남자가 크게 고개를 끄덕였다.

"맞습니다. 사실 우리 주님께서는 상인들을 신전에서 내쫓으셨지요, 물론 예루살렘 전역에서는 아니었지만요. 그런데 성지 예루살렘에서 상인들이 잘 지냈다면 선생도 로마에서 잘 지낼 수 있을 겁니다, 장담하지요. 기분 좋게 로마에 체류하실 수 있도록 제가 어떻게 도와드리면 될까요?"

피코가 건성으로 주위를 둘러보며 가게 안에 꽉 찬 통들을 감탄하는 척했는데, 사실은 멀리 바깥의 상서국 쪽을 보고 있었다. 그가 예상했던 대로 누구의 눈에도 띄지 않고 가게의 출입문을 통해서 상서국의 큰 문으로 쉴 새 없이 드나드는 수도사와 관리들의 분주한 움직임을 지켜볼 수 있었다. 상서국 문 앞의 수비대원들은 자신들의 앞으로 지나가는 그 한 사람 한 사람을 아주 자세히 관찰하는 것 같았다.

피코는 계산대에 몸을 기댄 채 상서국 문이 보이도록 비스듬히 돌아섰다.

"뭘 드릴까요?"

주인 남자가 석판으로 된 계산대 위로 몸을 내밀어서 그의 얼굴이 피코의 귀에 닿을락말락 했다. 남자의 입에서 나는 시큼한 냄새가 코를 찔렀는데, 피코는 그 냄새로 자신이 마시게 될 포도주 맛을 분명하게 알 수 있었다.

"오, 저는 이곳에 교회의 땅들이 우리에게 제공해주는 최고의 포도주들을 준비해 두었습니다. 백포도주, 적포도주, 그리고 카스텔리 로마니 지역의 로제 와인, 비테르보의 넥타르, 볼세나의 베르나차, 언덕에서 생산되는 드라이한 포도주들, 치르체오 늪지대에서 생산되는 스위트한 포도주들, 탈리아코초 산 중턱에서 생산되는 새콤한 포도주 등등. 토스카나의 귀족께서는 어떤 것이든 드실 수 있는데, 결코 고향의 포도주들을 그리워하지 않으실 겁니다. 제가 조언을 드릴 수 있다면……"

교활한 표정으로 그가 계속 말했다.

"손님처럼 여러 지역을 다녀보셨던 경험이 풍부한 분께, 게다가 손을 보아하니 정신노동에 익숙하신 것 같은 분께 조언을 드린다면, 무엇보다 이걸 한 잔 드셔 보시라고 권하고 싶습니다."

남자가 계산대 밑으로 몸을 숙이는 동안 피코는 여자 손처럼 하얗고 매끄러운 자기 손을 당황한 눈으로 얼른 보았다. 그 사이 주인이 통 하나를 엄숙하게 계산대 위에 내려놓았다.

"이겁니다. 이게 손님에게 잘 어울릴 겁니다. 베드로 성당에 쏟아놓기 위해 산탄젤로 다리 밑을 지나간 통과 똑같은 통에서 따른 겁니다. 식스토 교황께서 이 눈물의 골짜기를 떠나시기로 하셨을 때를 대비해서 말이지요. 물론 가능한 한 그런 일이 늦게 일어나야 하지만 말입니다. 뿐만 아니라 예수 그리스도와 성모 마리아와 성인들께서 장수를 보장해 주실 것이고 므두셀라(구약 성경에 나오는 인물로 969세까지 장수함)보다 더 오래 사시겠지만요! 어쨌든 그래도 어느 날 안타깝게도 우리를 떠나시기로 해서 우리 도시가 그렇게 교황님을 잃게 된 걸 안타까워하며 눈물을 흘리고 애도할 때 콘클라베를 위해 모인 추기경님들께서는 이 포도주 말고 다른 건 절대 마시지 않을 겁니다."

피코는 주인이 잔에 가득 따라준 포도주 값으로 테이블 위에 동전을 내주었다. 포도주를 입술에 대고 몇 모금을 마셨다. 포도주는 물을 섞은 것이었지만 어쨌든 맛을 음미하는 척했다.

"사람들이 이렇게 분주히 오가니 손님이 많겠습니다."

그는 상서국 쪽을 가리키며 넌지시 말했다. 그는 순간 주인의 눈에 어떤 감정이 드러나는 것 같은 느낌을 받았다.

"아, 개미집처럼 사람들이 들끓지요. 하지만 제가 저 사람들의 돈으로 살아야 한다면……" 남자가 중얼거렸다.

"왜요, 돈을 잘 지불하지 않습니까? 그런데 육체의 혼란스러운 유혹으로부터 자유로운 성직자들은 혀끝의 기쁨을 쉽게 느낀다고들 하지요. 적어도 피렌체에서는 그렇습니다."

"저건 교회가 아닙니다, 손님. 문서를 쓰고 지우는 건물이랍니다. 저기서 판결문이 작성되고 자유가 사라져버리는 경우가 자주 있지요. 수도복을 입지 않은 이상, 저기 들어가는 사람이 전부 다 저기서 나오는 것은 아니랍니다. 때로는 추기경도 저 건물 안에서는 안전하지 않은 경우가 있습니다."

"그렇게 위험한 곳인가요?"

주인이 피코 쪽으로 얼굴을 더 가까이 댔다.

"글을 쓰는 곳이면 어디든 위험합니다. 글을 쓰는 일은 위험한 일을 조장하고 종이조각들은 모두 쇠사슬을 만드는 데 이용됩니다. 우리 주님은 어떤 글이든 쓰는 것을 자제하셨지요."

피코는 마네토의 말을 다시 생각하며 미소를 지어보였다. 그러니까 교황의 문서를 경계하는 게 그 피렌체인만은 아니었다. 하지만 피코는 지나치게 많은 말을 하고 싶지는 않았다.

주인이 선동자이거나 보르자의 첩자일 수 있었다. 게다가 정보를 원하는 사람이 있을 경우, 시장 한가운데에 있는 이렇게 특별한 관찰 지점에서 장사를 하는 이 주인보다 그 정보를 더 잘 팔 수 있는 사람이 어디 있겠는가? 어쨌든 피코는 모험을 해보기로 결심했다.

"알고 있습니다. 상서국을 말씀하시는 것이지요. 피렌체에도 행정당국이 문서와 인쇄물을 검열합니다. 그것을 요리할 사람의 손을 통과하는 거지요. 여기는 그런 사람들이 아주 많은데 그들을 서기라고 부르는 것 같더군요."

"아, 그 사람들요! 그 사람들이 우리 가게에 들어오는 건 한 번도 본 적이 없습니다. 오만하고 으스대고, 누덕누덕 기운 수도복을 걸치고도 장식술을 잔뜩 달고 몇 푼 안 되는 돈을 좇으면서 돈이 되면 어떤 것이라도, 단 한 줄이라도 써줄 준비가 된 사람들이지요."

"글을 쓰는 직업으로는 절대 부자가 될 수 없다고 하지요. 장식술이라고 하셨습니까? 서기들이 특별한 옷을 입는 건가요?"

"옷에 빨간 장식술을 달고 있는데 그게 서기라는 것을 알려주지요. 그 사람들은 장식술에 굉장히 신경을 쓰는 것 같더군요."

피코는 건물 문에서 나오는 사람들을 자세히 살펴보기 시작했는데 특히 주인이 말해준 장식술을 단 사람을 주의 깊게 보았다. 갑자기 야윈 남자 하나가 눈에 띄었다. 머리를 숨기려고 눌러쓴 망토의 모자 밑으로 홍당무같이 빨간 앞머리 몇 가닥이 삐져나와 있었다. 행운이 피코의 편인지도 몰랐다! 마네토가 말했던 바로 그 남자인 것 같았다. 우연한 기회일지라도 피코는 당연히 그것을 놓칠 수 없었다.

수비대 옆을 지나갈 때 그 남자는 병사들의 눈에 뜨일까 두려워하는 사람처럼 문설주에 거의 닿을 정도로 한쪽으로 비켜섰다. 그 동작 속에 은밀한 무엇인가가, 숨겨진 곤혹스러움 같은 게 담겨 있었다. 바로 저런 불안감이 그의 비밀에 접근하는 열쇠가 될 거라고 피코는 생각했다. 피코는 사람들의 얼굴에서 그와 유사한 표정들을 여러 번 보았다. 그건 바로 두려움이었다. 두려움은 피코의 동맹군이었다.

그는 그제야 시간이 지났다는 것을 알아차리기라도 한 듯 정신을 차렸다. 그리고 갑자기 바쁜 척하면서 재빨리 가게에서 나와 남자의 뒤를 쫓았다. 남자는 근처의 아르젠티나 탑으로 가는 골목으로 접어들었다.

남자는 주위를 돌아보지도 않은 채 빠르게 걸어갔다. 그는 양쪽으로 작은 옷가게들이 늘어선 좁은 길로 접어들었다. 길이 가팔라지기 시작했다. 피코는 언덕 위쪽으로 길이 넓어지는 부근에서 서기를 따라잡을 수 있게 걸음을 재촉했다. 그곳에 도착하자 남자는 작은 광장을 막고 선 2층짜리 건물에 다가갔다.

그가 옷 속에서 열쇠를 꺼내는 사이 피코가 입구에서 그를 불러 세웠다.

"서기이신 마르코 씨입니까?"

피코가 그의 어깨에 손을 얹으며 물었다. 남자가 의심스러운 눈으로 주위를 둘러보며 동작을 멈추었다. 그러다가 피코 혼자뿐인 것을 보고 약간 안심하는 것 같았다. 여전히 조심스러운 태도이기는 했지만.

"누구시오?"

"내 이름은 조반니 피코입니다. 피렌체에서 왔습니다. 당신에게 말씀드릴 게 있어서요."

피코가 대답했는데, 과녁을 맞힌 게 분명했다.

"피렌체라고요? 나하고 할 말이 있다는 거요? 무슨? 나는 교황청 직원이어서……"

"이방인과 접촉할 수 없다는 겁니까? 걱정하지 마십시오. 당신의 비밀스러운 직무를 방해할 수 있는 질문은 절대 하지 않을 겁니다. 저는 다만 몇 년 전 당신이 알고 계셨던 남자에 대한 소식을 알고 싶을 뿐입니다."

"하지만 피렌체에서…… 당신도 알다시피……"

피코는 속삭이는 소리도 들릴 수 있게 더 가까이 다가갔다.

"지금 교황청과 피렌체와의 관계가 좋지 않다는 건 잘 알고 있습니다. 하지만 말씀드렸듯이 제가 여쭤보고 싶은 것은 권력자들 사이의 문제와 전혀 관련이 없습니다. 물론 우리 도시의 훌륭하신 군주께서 당신이 제게 알려준 일에 대해서는 아주 감사하게 생각하시겠지만요."

그 말에 남자가 재빨리 주위를 둘러보았다.

"그리고 당신의 말씀은 넉넉하게 보상을 받으실 겁니다."

피코가 허리춤에 묶은 가방을 한 손으로 툭툭 치면서 계속 말했다. 남자의 반응을 보고서 피코는 표적을 정확히 맞췄다고 확신했다.

"들어오시지요. 이렇게 밖에 있으면 안 됩니다."

그가 잠시 망설이다가 문 안쪽으로 피코를 안내하며 말했다.

그들은 남자의 거처로 올라갔다. 계단 끝의 복도를 지나자마자 나타난 작은 방이었다. 방 안에는 소박한 침대와 낡은 옷을 넣어두는 궤짝 하나밖에 없었다. 창문 옆에 놓인 걸상 하나와 아직도 더러운 물이 담긴 질그릇 세숫대야 하나가 그 방의 초라한 장식을 바라보고 있었다. 피코는 주위를 재빨리 둘러보다가 그 초라함에 깜짝 놀랐고 남자가 일을 하는 흔적이 전혀 없어서 더욱 놀랐다. 책상도 펜도 심지어 종이 한 장도 보이지 않았다.

남자가 당황하는 것으로 보아 피코의 생각을 읽은 것 같았다.

"이렇게 누추한 곳에 모셔서 죄송합니다. 당신은 아마 대단한 양반들의 저택에 익숙하겠지요. 당신 도시의 사람들이 경의를 표하는 눈부신 팔라초 같은 곳에 말입니다. 아, 그렇다고 로마에 부유한 집이 없다는 말은 아닙니다."

남자가 서둘러 덧붙였다.

"하지만 유력 가문의 사람들만, 아니면 교황의 호의를 입은 아주 가까운 사람만이 그런 곳에서 살 수 있는 특권을 갖고 있습니다. 우리같이 비천한 성직자들은, 하급 서기로 일하는 한 작은 것에 만족해야 하지요."

"저는 당신들의 임무가 아주 고귀하고 그에 대한 보상을 받는다고 생각했습니다."

서기가 쓸쓸하게 고개를 저었다.

"우리들의 작업은 교회의 세속적인 업무를 처리하는 데 아주 중요합니다. 그리고 아주 엄격하게 영혼을 교화할 수 있을 것으로 기대되는 일들을 하는 경우도 자주 있지요. 우리의 임무는 기독교 세계로 직접 보내지게 될 교황청의 메시지를 정확하고 세련된 언어로 작성하는 것입니다. 필사자의 손에 맡겨지기 전에 모든 글 한 문장 한 문장에 우리의 창의성을 담아 만들어 냅니다. 과거에는 우리 일에 대한 대우가 아주 좋아서 그 보수로 상당히 품위 있는 생활을 할 수 있었지요. 하지만 그 뒤에…… 이런 앉으시지요, 자."

그는 피코에게 침대에 앉으라고 권하고 자신은 작은 걸상에 괴로운 듯 앉았다.

"무슨 일이 있었습니까?"

"교황 바오로 2세께서 박해의 시절에 상서국을 완전히 폐쇄해 버렸습니다. 우리들 대부분이 교황에 반대하고 그의 생명 자체를 위협하는 음모를 꾸몄다고 고발을 당했습니다!"

남자가 자신도 모르게 큰 소리로 말하고는 혹시 이런 말이 다시 교황의 귀에 들릴까 겁내는 사람처럼 주위를 둘러보았다.

"예, 저도 그 이야기는 알고 있습니다. 로마의 문학자와 철학가들 대부분이 체포되었지요."

피코가 말했다.

"나는 그 당시 아주 젊었고 막 서기 생활을 시작할 무렵이어서 대서기관들과 멀었었습니다. 그러니까 우리들 모두의 수장이자 부상서국장인 추기경과 직접 접촉해서 일하는 서기들 말입니다. 하지만 저 역시 감옥에 끌려가서 여러 날 동안 심문을 받았습니다. 아마 날 살려준 건 내가 음모자들에게 동조하기에는 너무 어리고 순진했기 때문이었을 겁니다. 종교재판소에 끌려갔을 때는 결백하다는 게 별로 중요하지 않으니까요."

"종교재판소라고요? 왜 종교재판소로 끌려간 겁니까? 교황에 대한 정치적인 음모 아니었습니까?"

피코가 놀라서 말했다.

남자는 바람이 일 정도로 붉은 머리를 심하게 흔들었다.

"종교재판관들은 악마의 기술을 사용해서 고대 이교도 신앙을 부활시키려는 시도라고 확신했습니다. 이탈리아 전역의 마법사들이 로마에서 회합을 가질 거라고 말입니다. 그리고 그들의 비밀 집회에서 적그리스도에게 문을 열어주기 위해, 그들 중 대부분이 스승으로 모시는, 바로 그리스도보다 일찍 태어났고 더 위대한 그리스인 플라톤 같은 고대의 철학가들을 존경하는 척하면서 사탄과 새로운 계약을 맺을 거라고 생각한 겁니다."

피코는 정신을 집중해서 그의 말을 들었다. 마네토의 이야기를 그대로 확인할 수 있는 말들이었고, 특이하게도 코시모 메디

치의 손에 사본이 들어온 시기와 그 사건이 일치한다는 것을 알
수 있었다.

"참, 제게 물어보실 말이 뭡니까?"

서기의 말에 그의 생각이 중단되었다.

"언젠가 당신과 함께 일했던 남자에 대한 정보입니다. 레온
바티스타 알베르티라고 위대한 건축가입니다."

"바티스타라……"

서기가 한숨을 쉬며 중얼거렸다. 그 이름을 듣자 따뜻했던 옛
기억이 되살아나기라도 하는 것 같았다.

"그래요, 알지요. 알베르티도 우리 서기단에 속했어요. 나보
다 훨씬 유명하긴 했지만 말이오. 그리고 나이도 나보다 많았지
만 그가 사무실의 일원이었던 시기에 그와 우정을 나누는 영광
을 갖게 되었지요. 몹시 비사교적인 사람이었어요. 다른 사람에
게 쉽게 자기 속마음을 털어놓지 못했다오."

그가 고개를 저으면서 덧붙였다.

"그래서 아마 그가 목숨을 구했을 겁니다."

"목숨을 구했다고요?"

피코가 상대의 마지막 말을 크게 따라 했다.

"왜요? 그렇지 않았다면 그도 체포되었을 거라는 겁니까?"

서기가 걸상에서 일어났다. 그리고 피코 옆에 와서 앉았다.

"알베르티는 수천 가지 호기심과 수천 가지 관심을 가진 남자
였습니다. 그것들이 눈부신 빛으로 그의 이론들을 빛나게 해주
었지요. 하지만 모르는 게 더 나은 것의 그림자들까지 거기에 포
함되어 있었지요."

"무슨 말씀이십니까?"

"소문에는…… 잘 들으세요. 이건 그저 떠도는 소문일 뿐입니다. 그는 수상한 외출을 하는 습관이 있었다고 합니다. 간단히 말하자면 판테온 주변의 길들이라면 그가 모르는 곳이 없었을 정도로 돌아다녔다는군요, 특히 밤에."

"분명하게 말씀해 주십시오. 레온 바티스타가 마법에 관심이 있었다는 겁니까?"

서기가 잠시 망설이다가 대답했다.

"그걸 분명히 아는 사람은 아무도 없습니다. 가끔, 아주 드물게 속내를 드러낼 때에도 레온 바티스타는 제게 그 어떤 암시도 하지 않았습니다…… 그리스 철학자를 통해 알게 된 어떤 것, 공의회 시기에 피렌체에 전해졌던 그 무엇인가를 말입니다. 그리고 다른 것들도요, 북쪽의 군주가 밝혀낸 비밀스러운 것들 말입니다. 바티스타는 그 위대한 군주를 위해 일을 했지요."

피코는 깊은 생각에 잠겼다. 마르실리오의 말들을 떠올렸다. 알베르티는 피렌체 공의회 때, 베싸리오네 추기경의 수행원이었다고 했다. 공회의에서 추기경은 가톨릭교회와 그리스정교회 사이의 관계를 재정립하려고 애썼다. 그렇지만 무엇보다 플라톤의 저서들을 서방에 가져온 철학자, 제미스토 플레토네를 선두로 하는 학자들과의 만남과 토론에 참가했다. 플레토네는 아마 칼데이아와 이집트의 신비한 서적 대부분과 헤르메스 트리스메기스투스의 작품들도 가져왔을 것이다.

그런데 이 북쪽의 군주란 게 누구를 가리키는 걸까?

"혹시 시지스몬도 말라테스타를 말씀하신 겁니까?"

피코가 초조하게 물었다.

서기가 고개를 끄덕였다. 그리고 더 목소리를 낮췄다.

"그래요, 리미니의 군주, 파문당한 그 사람이요. 바오로 2세를 암살하려 했던 남자라는 소문이 있지요. 하지만 레온 바티스타는 매우 숭배하는 어조로 말하곤 했지요. 그 가문을 위해 예배당을 세우던 시절을 떠올리며 매우 흐뭇해했어요. 그 예배당을 첫 작품, 첫 신호라고 불렀죠."

"첫 신호요?"

"예, 여러 번 그렇게 말했답니다. 난 그게 무슨 의미인지 몰랐습니다. 하지만 그 군주의 이름을 자주 입에 올리곤 했습니다. 그 사람 덕분에 진실을 알았기 때문이지요."

서기가 입을 다물었다. 피코가 자신이 알게 된 새로운 사실에 깊이 빠져들었을 때 서기가 다시 입을 열었다.

"레온 바티스타는 반복되는 어떤 생각에 사로잡혀 있었습니다. 말년에는 거의 그 생각에 광적으로 사로잡혀 있었지요."

"어떤 것이었습니까?"

"그는 늘 완벽한 문자에 대해서 말했습니다."

"완벽한 문자라…… 그런데 그게 무엇인지 당신에게 말해줬습니까?"

피코가 놀라서 다시 물었다. 로렌초가 한 말과 똑같은 말. 아마 피렌체에서 벌어진 살인의 밑바탕에 있을 수도 있는 미스터리와 똑같은 미스터리.

서기가 고개를 저었다.

"전 정확히 모르겠습니다. 하지만 우리 상서국에서 준비했던

문서의 필사에 사용할 문자와 연관이 있는 것 같았습니다. 바티
스타는 필사자들이 하는 일에 불만이 많았습니다."

"완벽한 문자라…… 다른 말도 했습니까?"

"아니요. 하지만 한 번은 그 문제로 돌아가서, 고대인들은 그
들의 언어에 맞는 문자를 상상할 줄 알아서 그들의 생각을 정확
하게 옮길 수 있었다고 말했습니다. 그러니까 그들의 언어가 하
느님의 말씀 자체를 그대로 옮길 수 있는 정확한 언어가 틀림없
다고요."

"하느님의 언어요? 혹시 히브리어를 말하지 않았나요?"

"아니요…… 그렇지는 않았습니다. 레온 바티스타가 신성(神
性)에 대해 아주 개인적인 생각을 갖고 있다고 생각했습니다."

"그럼 그 문자는, 혹시 한 번이라도 보신 적이 있습니까?"

"레온 바티스타는, 가끔 작업이 없어 휴식할 때, 이상한 기호
들을 종이에 베끼느라 몇 시간씩 보내곤 했습니다. 하지만 그 종
이를 다른 사람이 보지 못하게 신경 써서 보관했고 항상 가지고
다녔습니다."

"그럼 그 종이들이 어디에 있는지 알고 계십니까?"

"말년에 레온 바티스타는 거의 은둔해서 살았습니다. 저도 그
를 한 번도 보지 못했습니다. 죽음도 쓸쓸하게 맞았지요. 십 년
전 로마에서 크리스마스가 조금 지난 뒤였습니다."

"그럼 말년에는 계속 만났던 사람이 아무도 없었다는 겁니까?
특히 친하게 지냈던 사람은요?"

서기가 어깨를 으쓱했다.

"산타고스티노 성당에 묻혔다고 알고 있습니다. 공동묘지에

묻히는 것을 막기 위해 누군가 신경을 쓴 게 틀림없습니다."

잠시 후 서기의 얼굴이 환하게 밝아졌다.

"아마 그걸 알고 있는 사람이 있을 겁니다. 바티스타의 동료였죠. 그 사람도 훌륭한 건축가입니다. 마에스트로 마닐리오 다 몬테라고, 로마에서 아주 오래 일했던 사람이지요. 특히 산탄젤로 성의 방어 시설을 보강하는 작업을 했습니다."

"어디 가면 그 사람을 만날 수 있습니까? 그 사람하고 이야기를 나눌 수 있을까요?"

피코가 초조하게 물었다. 남자가 슬픈 눈으로 그를 보았다.

"그 사람도 대박해 때 체포되었습니다. 나도 감옥에 갇혔을 때 잠깐 마주친 게 전부예요. 그 사람은 쇠사슬에 묶여 끌려갔지요. 하지만 운이 좋았던 우리들과 달리 그는 석방되지 못했어요. 아직도 토르 디 노나 감옥에 갇혀 있습니다."

위대한 건축가에 대해 피코가 가지고 있던 생각이 서서히 새로운 요소들로 인해 풍부해졌다. 그는 특히 한 가지 사실에 깊은 인상을 받았는데 바로 레온 바티스타가 글쓰기에 대해 열정적으로 연구했다는 것이다. 풀젠테는 살해되기 전에 피렌체의 독일인 인쇄공에게 활자틀을 조각해주었다. 풀젠테가 활자틀을 이유로 건축가와 접촉했을 가능성이 있을까? 혹시 이 통로를 통해서 헤르메스의 책을 소유하게 되었을까?

"풀젠테 모라라는 사람에 대해 혹시 뭐 아는 것 없으십니까?"

피코가 느닷없이 물었다.

서기는 그 이름을 기억 속에서 떠올려보려고 애쓰듯 양미간을 찌푸렸다.

"모라라, 물론 압니다…… 그 사람도 교황청에서 얼마 동안 일했습니다. 납으로 서류 인증에 쓰는 인장 모형을 만들었지요. 그가 레온 바티스타와 대화하는 걸 자주 보았습니다. 하지만 그 역시 얼마 전에 사라져 버렸지요."

형체를 알아볼 수 없게 부패해버린 조각가의 시신이 피코의 머릿속에 잠시 떠올랐다. 서기의 말을 들어보니 그는 풀젠테가 죽었을 거라고는 전혀 생각하지 않는 게 틀림없었다. 피코는 그에게 그 사실을 숨기는 게 더 좋겠다고 생각했다.

"혹시 풀젠테의 집이 어딘지 아십니까?"

서기가 놀란 눈으로 피코를 보았다.

"이제 로마에 살지 않을 걸요. 알베르티가 죽고 나서 얼마 안 지나 동방으로 가고 싶어 한 것 같았어요. 벌써 10년이 다 된 일입니다."

"풀젠테에 대해서는 더 아시는 게 없습니까?"

"없어요. 교황청에서도 본 적이 없습니다. 그가 하던 일은 다른 조각가들이 맡았습니다. 풀젠테보다는 솜씨가 없었다고 할 수 있지요."

이렇게 말하는 남자의 목소리에 애석함이 담겨 있었다.

"알겠습니다. 그런데 만일 그가 돌아왔다면 지금 어디에 있을까요?" 약간의 호기심을 가장한 목소리로 말하려고 애쓰면서 물었다. "어디에 집이 있었나요?"

"예, 그 당시에는 아벤티노 언덕 비탈에 수수한 작은 집을 한 채 가지고 있었습니다. 산타 프리스카 쪽이지요. 제 생각에는 그곳에서 제단의 비품을 만드는 일도 했을 겁니다. 그는 금속을 녹이는 기술이 뛰어나서 종종 성당 참사회에서 촛대와 성체 용기를 그에게 부탁하곤 했습니다. 하지만 그가 어떤 종말을 맞게 될지 누가 알겠습니까? 혹시 이슬람교로 개종을 하고 생을 마감할지도 모를 일입니다."

얼굴이 어두워지더니 그가 이렇게 말을 마쳤다.

하지만 풀젠테는 동방에서 돌아와 훨씬 처참하게 생을 마감하고 말았다. 서기는 더 이상 들려줄 말이 없는 것 같았다. 피코가 남자에게 금화 한 움큼을 준 후 방을 나서려고 했다. 하지만 그가 일어서자마자 남자가 다시 말했다.

"알베르티는 불행한 남자였습니다."

"불행했다고요? 왜요?"

나가려다가 깜짝 놀라 피코가 물었다.

"알베르티는 고향이 없었습니다. 불쌍하게도 가문에서 그를 항상 사생아 취급을 하고 거부해서…… 아마 정신의 왕국에서 자신의…… 어떤 영역을 찾으려고 했던 것 같습니다."

서기가 허공을 응시하며 중얼거렸다. 그런 기억을 떠올리자 울컥하는 것 같았다.

"당신이 그를 알았더라면 좋았을 텐데요."

그는 자신이 방금 한 말을 후회하듯 황급히 말을 마쳤다. 남자는 이제 이런 심문에서 해방되어 홀가분한 것 같았다. 자리에서 일어난 그는 피코를 문까지 배웅하고 피코가 계단을 내려가는 모습을 계속 지켜보았다.

피코는 거리로 나가자마자 주위를 둘러보며 방향을 가늠해보려고 했다. 아벤티노 언덕은 시내의 남쪽, 로마 공화정 너머 치르코 마씨모(대전차 경기장) 근처에 있는 게 틀림없었다. 그 산 위에 서기가 말했던 산타 프리스카 성당이 있을 것이다.

풀젠테가 그곳에서 일했다면 성직자들 중의 누군가가 그를 기억하고 있을지도 모르고 그가 살던 집을 알려줄 수도 있었다. 집이 아직 그대로 있어서 그 안에 뭔가 도움이 될 만한 흔적이 남아 있을 수도 있는 일이었다.

그는 테베레 강 쪽을 향해 성큼성큼 걸었다. 그리고 강변을 따라 늘어선 오두막집들 너머로 탑과 티베리나 섬의 건물들이 얼핏 보이기 시작하자 왼쪽 길로 들어섰다. 마르텔로 극장의 잔해들을 지나 원형의 작은 신전까지 계속 걸어갔다. 신전의 기둥들은 높은 종탑 옆에 선 앞쪽의 성당에 도전을 하는 것 같았다. 고대가 새로운 세기를 향해 던지는 일종의 경고 같았다. 로마의 땅은 예전에 다른 신들의 것이었다고, 그 신들은 아직 죽지 않았다고 소리라도 치듯이.

그 지점에서 땅이 거의 수면에 닿을 정도로 가파르게 경사가 졌다. 그는 어디로 가야 할지 정하기 위해 다시 주위를 둘러보았다. 건축물들은 거의 사라져 버리고 아무것도 보이지 않았다. 조금 앞쪽, 넓은 저수지 옆에 웅장한 사각형 아치문이 외로이 서 있었다. 주변 언덕에서 흘러내려 그곳에 고인 빗물에 흥건히 젖은 땅은 축축하고 미끄러웠다. 넓은 포도밭과 밭들만이 사방으로 뻗어나갔다. 낮은 돌담들이 그 밭들을 나누고 있었는데 그 돌담들은 모두 귀족 저택의 일부분이었다. 여기저기 땅에서 튀어 나온 부러진 기둥들은 마치 돌로 만든 거대한 배가 좌초되어 그 잔해만 남은 것 같았다. 왼쪽으로 치르코 마씨모 계곡이 자리 잡고 있었는데 과거에는 관중석이었던 계단을 지탱해주었던 아치들이 무너져 내려 그 잔해들이 길고 긴 경주로를 에워쌌다. 그 옆에 서 있는, 가파른 성벽의 고대 황제의 궁전은 무성한 풀에 뒤덮여 과거의 화려했던 정원은 이제 아무도 들어갈 수 없는 숲으로 변해버렸다.

이와 같은 몇몇 장소에서, 인간이 만들어내려고 시도한 형식들과 그 형식들에 퇴락을 강요하는 시간 사이의 싸움이 더욱 뚜렷하게 드러난다고 피코는 생각했다. 그 건물들에게 바쳤던 모든 노력들과 고통은 이제 그곳에 남은, 형체 없는 덩어리 같은 굴들에 의해 물거품이 되어 버린 것 같았다. 그 굴들은 이제 새로운 로마의 주인인 야생동물들을 위한 둥지로 유용했다. 그는 이런 파괴된 외형 밑에서 도시의 옛 얼굴을 되살려내려 했던 레온 바티스타 알베르티의 연구와 노력을 다시 생각했다. 그리고 초라한 현재와 영광스러웠던 과거를 비교하는 동안 잠시 아픔을 느꼈는데 건축가 역시 이런 아픔을 느꼈을 게 틀림없을 것이라고 생각했다.

하지만 피코는 알베르티의 정신이 포효하는 소리도 들은 것 같았고 비범한 힘을 느낄 수 있었다. 그와 같은 힘이 알베르티의 손을 강철처럼 만들어 주었고 그의 마음 속에 부드러운 분노, 고대의 미를 어떤 식으로든 되살려 내고자 하는 꺾이지 않는 바람을 불어넣어주었던 것이다. 아니, 그 힘은 레오네라는 별명을 가진 학자로서의 자존심이 아니라 그의 마음속에 자리 잡은 진짜 야수에게서 나온 것이었다. 레온 바티스타는 부드러운 모래사막에서 나와 돌로 뒤덮인 사막에서 숨을 거둔 사자처럼, 유랑의 고통을 경험했던 게 틀림없었다.

피코는 자신의 생각에서 벗어났다. 왼쪽, 치르코와 정반대쪽으로 서 있는 언덕이 계곡의 남쪽을 가로막았다. 하지만 그쪽으로는 사람이 사는 흔적들 대신 밭과 숲만이 눈길이 닿는 곳까지 펼쳐져 있었다. 가파르게 굽이진 길 하나만이 언덕 위쪽을 향해 올라갔다. 그 언덕이 아벤티노가 틀림없었다. 언덕 위에 지붕들 몇 개와 종탑 하나가 보였다. 거의 나무와 풀들이 그것을 집어삼켜버린 것 같기는 했어도 그곳에 성당이 있다는 것을 알 수 있었다. 어쩌면 수도원일 수도 있었다. 그곳이 서기가 말했던 산타 프리스카 성당이 분명했다.

피코는 오솔길을 거의 뒤덮어 길을 막아 버릴 정도로 무성하게 자란 가시덤불들을 겨우 겨우 헤치면서 어렵게 올라가기 시작했다. 그래도 아직 이 길을 사용하는 게 틀림없군, 그는 오솔길 여기저기에 흩어진, 아직 굳지 않은 당나귀 똥을 보면서 이렇게 생각했다.

언덕 위에 도착하자 갑자기 풍경이 바뀌었다. 관목들은 사라져 버렸고, 그의 앞에 갑자기 허공에서 나타난 듯 반쯤 무너진 거대한 건물이 나타났다. 그는 폐허로 남은 건물 벽의 잔해들에 스칠 정도로 가까이 다가갔다. 그것들은 서로 높낮이가 다른 땅에서 밖으로 솟아나와 있었다. 한 곳에는 시간을 견뎌내고 고스란히 서 있는 벽이 있었다. 벽은 위쪽에서 아름답게 구부러져 넓은 지붕이 되었다. 아마 예전에 수영장 지붕이었던 게 틀림없었다. 지금은 그 수영장의 관람석만 겨우 그 형체를 알아볼 수 있었다. 조금 떨어진 곳에 작은 마을이 자리 잡고 있었는데 가파른 계단 끝에 서 있는 성당을 둘러싸고 몇 채의 집들이 모여 있었다. 성당이나 집이나 모두 새로운 형태의 삶을 계속하기 위해 고대의 잔해에서 떨어져 나와 옹기종기 모였지만 서로 조화를 이루지 못한 풍경이었다.

계단을 올라가 성당 문 앞에 도착했다. 문이 닫혀진 것을 의아해하며 문을 두드렸다. 아마 외진 곳이어서 근처 수도원의 수도사들이 신중을 기하는 것이리라고 생각했다. 피코가 좀더 세게 문을 두드리려고 했을 때 삐이익 소리와 함께 문이 열렸다. 그리고 젊은 수사가 문에 나타났다.

"뭘 도와드릴까요, 형제님?"

수사는 갑자기 낯선 사람을 보게 되어 놀란 얼굴을 겨우 가린 천사 같은 표정으로 물었다.

"안녕하십니까, 수사님." 피코가 정중하게 대답했다. "저는 몇 년 전 이 성당에서 일했던 남자에 대한 소식을 좀 알고 싶어서 피렌체에서 왔습니다. 조각가 풀젠테입니다. 그 사람에 대해 아시는 게 있는지요?"

수사는 피코가 안으로 들어올 수 있게 옆으로 비켜섰다.

"예배당 일을 했지요…… 예. 하지만 그 일은 수도원의 관리자인 귀도 형제가 맡았습니다. 들어오시지요. 귀도 형제가 방금 묵상을 끝마쳤습니다. 저기서 만나실 수 있을 겁니다."

그가 중앙 제대 옆의 작은 예배당을 가리키면서 덧붙였다.

피코가 예배당으로 다가갔다. 나이 많은 수사가 무릎을 꿇고 작은 제대 위에 걸린 천의 그림을 향해 뭐라고 중얼거리며 기도에 몰두해 있었다. 베일을 쓰고 고대 의상을 입은 여인의 그림이었다. 노수사가 성호를 그었다. 자기 곁에 젊은이가 서 있는 것을 알아차린 것 같았다. 잠시 피코를 자세히 살펴보더니 다시 성화를 향해 돌아섰다.

"이 성녀처럼 교회에 많은 것을 준 이는 드물지요. 그녀의 부모 같은 사람들도 없었고요." 노수사가 점잖게 말했다.

"프리스카 성녀 말씀이군요. 제 기억이 맞는다면 초기 순교자들 중의 한 분이지요." 피코가 말했다.

수사가 고개를 끄덕였다.

"그렇지만 성녀의 희생은 그녀의 가족이 베드로 성인과 한 약속을 확실히 한 것일 뿐입니다. 이 교회 터는 프리스카의 부모인 아퀼라와 프리쉴라의 집이 있던 곳입니다. 로마에서 최초로 예배가 시작된 곳이 이곳이지요. 베드로께서 이곳에 오셨고 순교를 하시기 전에 이곳에 머무셨습니다." 그가 나지막이 말했다.

"이곳에서 로마교회가 탄생한 것입니다. 그래서 어쩌면 바티칸이 아니라 이곳에 성당을 세웠어야 할지도 모릅니다. 이건 예전에 훌륭한 분이 제게 한 말입니다. 그런데 선생이 찾으시는 게 뭡니까?" 노수사가 물었다.

"조각가 풀젠테에 대한 소식입니다. 여기서 일했던 남자입니다. 그리고 이쪽에서 살았고요. 어디 살았는지 아십니까?"

"풀젠테라…… 물론이지요. 그의 친구가 종종 그를 만나러 와서 이 성녀 이야기를 제게 들려주었습니다. 그리고 숨겨진 신전을 찾은 것도 그 친구였지요."

"어떤 신전이었습니까?" 피코가 호기심이 생겨서 물었다.

"이 밑에 있는 신전입니다. 보시겠습니까?"

피코가 고개를 끄덕였다. 수사가 그에게 제대 쪽으로 따라오라고 눈짓을 했다. 벽 한쪽 구석에 작은 문이 있었다. 수도사가 벽감에 놓아둔 초를 하나 집어서 제대 앞에서 환히 타고 있는 촛불에 대어 불을 붙였다. 그리고 작은 문을 열었다. 낮은 문 너머에서 응회암을 조잡하게 파서 만든 좁은 계단이 시작되었다. 가끔씩 계단이 무너져서 피코는 미끄러지지 않게 거친 벽을 잡아야 했으며 희미한 촛불을 따라 방향을 잃지 않으려고 애썼다.

드디어 계단이 끝난 것 같았다. 그들 발밑의 땅은 그리 기복이 심하지 않았다. 그리고 아치가 나타났다. 그 너머로 돌에 파놓은 일종의 웅덩이 같은 게 있었는데 웅덩이 안쪽에 빙 둘러 작은 계단들이 있어서 마치 작은 극장 같은 모습이었다. 뒤쪽으로 서 있는 대리석 석상들은 어둠에 가려져 잘 보이지 않았다.

수도사가 돌덩이들에 다가가서 촛불로 석상을 비춘 뒤 어둠 속에서 황소와 맞서 싸우는 젊은 영웅을 조각한 대리석상을 보여주었다. 그것은 그리스도처럼 부활한 이교도의 신, 미트라[26]였다. 호기심을 이기지 못한 피코는 수도사의 손에서 촛불을 뺏

---

26) 고대 아리아인의 남신으로 빛, 진실, 맹약을 지배한다고 하였다. 기원 전 15세기로까지 거슬러 올라간다고 생각되는 『리그베다』는 미트라의 이름을 전하는 가장 오래된 문헌인데, 거기에서는 태양신이라고 하며, 또한 수소를 둘러싼 신화와 관계가 있다. 로마제국에서는 민간의 밀의의 신 미트라스(Mithras, 미트라교)가 되었다.

아 들었다. 그리고 환희에 넘치는 아름다운 모습으로 조각된, 꽃처럼 젊은 신상의 얼굴에 촛불을 가까이 가져갔다.

"조각가를 찾아온 친구도 당신과 똑같이 열광했었지요."

등 뒤에서 수도사가 말했다.

"이 안에 며칠씩 틀어박혀서 이 신상을 종이에 옮겼습니다."

"조각가를 찾아온 친구라고요. 혹시 그분 이름을 아십니까?"

"레온 바티스타라고 하더군요."

피코가 깜짝 놀랐다.

"그가 어떤 것을 연구하는지 보셨습니까? 왜 그렇게 미트라의 신전에 관심을 가지고 있었던 걸까요?"

피코가 초조하게 물었다.

노수도사가 고개를 저었다.

"그 남자는 이교도들의 유물 속에 빠져 있었습니다. 한번은 그가 완벽한 형식에 도달한 것은 이교도들의 이론뿐이라고 말하는 것을 들었습니다. 그들의 작품 속에 완벽한 기하학이 있어서 이 기하학으로만 이 땅에 신들을 끌어내려올 수 있다고 말입니다. 그가 그렇게 할 것이라고 말했습니다. 그렇게 똑똑한 사람이⋯⋯" 그가 슬픈 목소리로 계속 말했다. "그런데 그렇게 죽었으니⋯⋯"

"그런데 다른 남자, 풀젠테는요. 이쪽에 살지 않았습니까?"

"살았습니다. 마을 끝쪽의 작은 집에서 살았지요. 큰 굴뚝이 있는, 마구간보다 약간 나은 정도의 집이지요. 하지만 그를 못 본 지 한참 되었습니다."

수사가 길 끝에 있는 작은 건물을 하나 가리켰다. 집은 버려진 것 같았다. 벽을 뒤덮은 야생담쟁이넝쿨이 그 팔로 완전히 집을 에워싸서 차지해버리고 싶어 하는 것 같았다. 피코가 다가가자 산비둘기 한 쌍이 둥지를 만들었던 굴뚝을 버리고 날개를 퍼덕이며 날아갔다.

문은 닫혀 있었고 정면에 난 창문 두 개도 마찬가지였다. 하지만 그가 문을 밀자 문은 별 저항 없이 경첩 위에서 움직였다. 주인이 문을 잠그는 데 신경을 쓰지 않고 그대로 놔둔 것 같았다. 좀더 자세히 살펴보던 피코는 빗장이 떨어져나간 것을 발견했다. 그는 어둑어둑한 집안에 대한 두려움을 이겨보려 애쓰며 안으로 들어갔다.

그가 생각했던 대로 아무도 없었다. 하지만 앞서 빗장을 부수고 문을 강제로 연 사람이 안으로 얌전히 들어가기만 한 것은 아니었다. 하나밖에 없는 방은 완전히 난장판이었다. 바닥에 아무렇게나 뒤섞여 있는 물건 중에 그림 도구와 여러 가지 물감통들이 있었는데, 그 통들이 깨지면서 흘러나온 물감들이 서로 뒤섞여 어지러운 얼룩으로 마룻바닥을 물들였다. 수많은 종이가 사방에 흩어져 있었는데 대부분은 갈가리 찢겨져 있었다. 누군지 모를 사람들이 자신들의 분노를 그 종이에 쏟아냈다는 표시였다. 피코는 찢겨진 종이 몇 장을 집어 들고 그것이 원래 있었던 곳을 찾아내보려 했다. 여기저기 기하학적 그림이 그려져 있는 두꺼운 필사본에 포함되어 있던 게 틀림없었다. 대개의 그림들은 건축설계도와 그가 본 기억이 없는 건물의 정면 그림으로 원과 타원들이 그 위에 표시되어 있었다. 마치 누군가 정성스레 그것의 넓이를 계산하거나 표면적인 외관 밑에 숨겨진 원래 크기를 강조하는 데 몰두한 것 같았다. 어떤 종이조각에서 제목을 읽을 수 있었다. Descriptio urbis Roame, opus Báptistae Alberti('로마 시에 대한 묘사, 바티스타 알베르티 작품'이라는 뜻의 라틴어).

이것을 발견하고 흥분한 피코는 다른 것들을 더 찾아보려 했다. 하지만 그의 눈에 보이는 것은 전부 파괴되어 있었다. 구석에 있는 작은 나무 궤짝은 활짝 열려 있었는데 뚜껑은 박살이 났고 그 안의 내용물들은 사방에 흩어져 있었다. 금속으로 만든 작은 물건들이었다. 피코는 그 중의 하나를 집어서 반쯤 열린 문으로 들어오는 빛에 비춰보았다. 손가락 사이에 그 조각을 이리저리 돌려보았는데 표면에 돋을새김된 알파벳 글자가 나타났다.

피렌체의 불타버린 인쇄소에서 사용했던 글자 형태와 똑같다는 것을 확인하고 그는 흠칫했다. 그 글자의 독특한 형태는 그의 머릿속에 새겨져 있었다. 그것들은 납으로 만든 독창적인 모형이 틀림없었다! 이 모형들을 만든 사람은 바로 풀젠테였던 것이다. 아마 그 정체불명의 살인자는 피렌체에서 뭔가를 찾고 있었지만 그것을 찾지 못한 게 분명했다. 그래서 그는 조각가의 목숨뿐만 아니라 자신이 찾는 물건도 사라지게 하려고 로마까지 자신의 먹이를 추격해왔을 것이다.

피코는 사방에 흩어진 필사본의 잔해들을 미친 듯이 찾았다. 하지만 찾아낸 것이라고는 이해할 수 없는 조각들뿐이었다. 그러다가 드디어 한 귀퉁이에서 거의 완전한 한 페이지를 찾아냈다. 훌륭하게 재현해 낸 개선문 그림으로, 기하학 도형 속에 그것을 집어넣은 것처럼 여러 개의 선들이 그 위에 가로질러져 있었다. 피코는 이 그림이 무엇을 의미하는지 곰곰이 생각해 보았지만 이해할 수가 없었다. 그가 막 포기하려는 순간 그 페이지 위에 빛이 잠깐 비추었는데 마치 그림이 살아 움직이는 것 같았다. 벽 위의 얼룩을 아무 생각 없이 바라보던 중 갑자기 그 얼룩들 속에서 동물이나 사람의 얼굴을 발견하는 것과 비슷했다. 아치 위에 그려진 선들이 이어져 M자를 만들어냈다.

피코는 서둘러 다른 종이조각들을 주워서 그것들을 조사해 보았다. 이제 그림 해독하는 방법을 알게 된 그는 이상한 건물 형태로 만들어진 다른 알파벳 글자들을 알아볼 수 있게 되었다. 레온 바티스타 알베르티는 자신의 작품 속에 로마의 고대 건축물들만을 되살려낸 것이 아니었다. 그는 그 돌들에서 완벽한 글자의 비밀까지 찾아낼 수 있었던 것이다.

풀젠테가 그 모형들을 만든 게 분명했다. 작업대에는 아직도 작업 도구들, 끌과 작은 조각칼들이 놓여 있었다.

하지만 적들은 그곳까지도 손을 대서 작업 도구들이 여기저기 흩어져 있었다. 작은 쇠막대들로 만들어진 이상한 도구가 피코의 주의를 끌었다. 그 막대들은 경첩으로 연결되어 일종의 평행사변형 모양을 만들어낼 수 있었고 다양하게 변할 수 있었다. 피코는 이게 무엇에 쓰일 수 있을지 자문해 보았다. 작은 막대기들 중 하나의 끝은 뾰족했다. 아마도 종이에 도구를 고정시키는 데 이용될 것 같았다. 반대쪽에 작은 펜치가 달려 있었는데 거기에는 목탄이 아직도 조금 끼워져 있었다. 한가운데에 있는 한 줄의 새김눈이 이동축을 움직여야 할 곳을 가리켰다. 그림을 그리는 도구일 수도 있었고 어쩌면 이미 존재하는 어떤 것을 다시 만들어내기 위한 도구일 수도 있었다.

그는 흥분해서 다시 작은 납덩이들을 응시했다. 몸을 숙여 바닥에 흩어진 것들을 뒤적였고 그러다가 그림 속의 글자와 비슷한 "M"자를 찾아냈다. 계속해서 그는 바닥에 엎드려 다른 모형들을 미친 듯이 찾았다.

지치지 않고 그 방의 구석구석을 뒤져서 44개의 모형들을 모을 수 있었다. 풀젠테는 알파벳 글자의 모형을 전부 만들었던 것이다. 그는 납덩이들을 천조각에 정성껏 쌌다. 그러는 동안 공격자들이 알베르티의 작품을 파괴하면서 왜 그 작품을 보고 만든 조각가의 모형은 간과했는지 그 이유가 궁금해졌다.

한 가지로밖에 설명할 수 없었다. 그들의 분노는 글자가 아니라 로마 기념물들에 대한 건축가의 연구로 향해 있었다. 그랬기 때문에 피렌체에서도 그들은 인쇄기나 조각가의 활자가 아니라 인쇄되고 있던 문서를 파괴했다. 그런데 대체 누가 오르페우스의 의식이 그렇게까지 비밀로 남아 있길 바라는 걸까? 코시모 데 메디치가 주장했던 것처럼 정말 그 의식이 그렇게 위험한 것일까? 아니면 너무나 특이한 비밀을 자신들만이 수호하고 싶기 때문일까? 그런데 정말 그런 비밀이 존재하는 것일까?

일순간 피코는 자신이 가지고 있는 모든 확신이 흔들리는 것 같았다. 하지만 잠시 후 신경질적으로 재빨리 움직이기 시작했다. 틀림없이 다른 설명을 찾을 수 있을 거야. 그는 집 밖으로 나와서도, 그리고 시내로 이어지는 길을 따라 걸으면서도 계속 같은 생각을 되풀이했다.

피코는 몬토네 여관으로 돌아와서 누구의 눈에도 띄지 않게 조용히 자기 방으로 올라갔다. 문을 닫고 아무도 자신을 훔쳐보는 사람이 없는 것을 확인한 뒤 물건 숨길 곳을 찾아서 짚 매트리스를 뒤집었다. 그러자 수상한 검은 점들이 후두둑 위로 올라왔는데 그것들은 피코 때문에 휴식을 방해받은 것 같았다. 피코는 그것을 보자 마음이 차분해졌다. 그건 여관 주인이 정한 규칙이 지켜지고 있다는 표시로 아무도 침대를 건드리지 않았다는 것을 의미하기도 했다. 매트리스를 건드린 지 몇 년은 된 게 틀림없었다. 그는 마른 짚 속에 작은 구멍을 파고 그곳에 천에 싼 귀중한 물건을 숨겼다. 그리고 벼룩들이 그날 밤 그의 피가 너무나 쓰다고 느끼기를 바라면서 짚 매트리스를 제자리에 다시 놓았다.

바티칸

공기 중에 아직도 연기와 나무 탄 냄새가 고여 있었다. 추기경이 재빨리 창 밖을 내다보며 불을 다 껐는지 확인했다. 많은 사람들이 양동이와 삽을 들고 아직도 대성당 벽 주변에서 정신없이 움직이고 있었지만 소용돌이치는 연기 말고는 화재의 흔적은 전혀 남아 있지 않았다.

그때 문이 활짝 열리더니 식스토 4세가 들어왔고 얼굴에 깊은 주름이 파인 나이 든 남자가 그 뒤에 조금 떨어져서 따라왔다. 듬성듬성한 회색 머리카락이 남자의 넓은 이마를 둥글게 에워쌌고 이마를 덮은 앞머리는 헝클어져 뒤얽혀 있었다. 한때는 확신에 차고 생기가 있었을 두 눈에는 뿌연 물기가 베일처럼 드리워져 있었다.

교황청 건축 감독의 백내장이 점점 더 심해지고 있군, 로드리고 보르자가 불쾌한 기색을 드러내며 생각했다. 서투르게 월계관을 흉내낸 이 우스꽝스러운 머리 모양은 아마 그의 노쇠함을 숨기기 위한 유일한 방법일 수도 있었다. 아벤치오 스피나. 걸음조차 똑바로 걸을 수 없는 남자인데 우르베 건물의 열쇠를 모두 손에 쥐고 있다니!

교황의 화난 목소리에 그의 생각이 끊어졌다.

"그런데 로드리고! 이번 일에 대해서 자네 수하의 사람들이 뭐라고 하던가? 어떻게 여기 성내에서, 바로 우리와 몇 발짝 떨어지지 않은 곳에서 이런 위험한 일이 일어날 수 있는 건가? 이런 부주의에 대해서 누군가 책임을 져야 해!"

로드리고 보르자는 몸을 숙여 교황이 내민 손에 공손하게 입을 맞추고 난 뒤 어깨를 으쓱했다.

"화재는 교활한 적과 같습니다, 교황 성하. 아무리 튼튼한 성벽도 늘 불길을 멈추게 할 수는 없습니다. 그리고 그런 악마적인 사악함에 인간의 부주의가 결합되면……"

"무슨 말인가, 로드리고?" 교황이 깜짝 놀라서 물었다. "이게 사고가 아니라는 건가? 누가 감히 베드로의 왕좌를 공격하는 불경스러운 짓을 할 수 있단 말인가? 아니 우리에게 직접 모욕을 가하는 그런 미치광이, 그런 무례한 자가 있다는 건가? 나폴리 왕의 수작인가? 아니면 피렌체의 그 독버섯 같은 자, 메디치?"

보르자는 마치 건축가를 끌어들이고 싶은 듯 재빨리 건축가 쪽을 보았다. 그러다가 고개를 저었다.

"범죄행위라는 증거는 없습니다. 왼쪽 신도석 램프의 줄이 끊어져 불길이 대들보에 닿은 것 같습니다. 진짜 사고인지도……"

"내 성당이야! 지금 상태가 어떤가? 교황의 권위를 손상시키지 않고, 모여드는 순례자들을 안전하게 맞을 수 있겠나?"

건축가가 목청을 가다듬었다.

"교황 성하, 제 선임자들과 저는 오래 전부터 대성당의 복구 작업을 시작해야 한다고 주장했습니다. 콘스탄티누스 대제가 로마의 주교에게 대성당을 선물한 뒤로 천 년이 훌쩍 지났습니다. 그동안 이 성당이 지진, 태풍, 화재, 그리고 시간과 인간의 손이 가장 완벽한 작품에까지 가한 수많은 다른 파괴적인 행동을 버텨낼 수 있었던 것은 오로지 하느님의 은총 때문입니다. 베드로 성당은 훌륭한 건축 규정을 따른 완벽함과는 거리가 있습니다. 성하께서 보셨다시피 이런 작은 사고도 그 결과가 너무나 파괴적일 수 있습니다."

"무슨 말인가, 아벤치오! 대제가 하느님의 첫 번째 집을 최고의 건물로 건축해 교회에 준 게 아니라는 건가?"

노건축가가 차분하게 다시 말했다.

"그 시대에 이용할 수 있었던 기술과 노동력으로 건설되었습니다. 물론 하느님의 크나큰 영광으로 이용할 수 있는 모든 지식을 사용했지요. 하지만 그 사람들은 암흑의 시대의 사람들이어서 그 건물의 토대 밑에 무엇이 숨겨져 있는지 알지 못했습니다. 대지가 약해서 건물이 무너질 수 있다는 것을 몰랐던 겁니다. 게다가 이렇게 말해도 된다면, 그들은 신도석 기둥들을 만들 때 실수를 했습니다. 기둥들이 너무 높고 약합니다. 그리고 옹벽들의 두께는 지붕의 무게에 비해 너무나 얇습니다. 벽에 난 금들이 점점 선명해지고 있습니다. 그래서 제가 오래 전부터 여러 번 성당이 붕괴될 수 있다는 우려를 알려드렸던 겁니다. 축일이 되어 수많은 순례객들이 성당에 모여들 때, 오로지 성령의 자비 덕으로 그것이 무너져 내리는 참극이 발생하지 않은 겁니다. 수많은 발길 아래서 건물 구조가 계속 흔들리고 있습니다. 만일 혹시라도 이 군중들이 동시에 움직이게 된다면, 이동 중인 군대처럼 절도 있게 비슷한 박자로 걷는다면 그것만으로도 이 건물 전체가 무너지고도 남을 겁니다.”

“확실한가?”

“그렇습니다.”

“그러면 어떻게 해야 하나? 이미 선대에, 니콜라우스 5세 시대에 복구를 생각하셨지. 그러나 그 시대의 학자들 때문에 작업이 중단되었다네. 내 기억이 틀리지 않다면 니콜라우스 5세의 계획을 단념하게 만든 사람은 서기였던 레온 바티스타 알베르티였어. 두 사람 사이에 어떤 대화가 오갔는지는 몰라. 피렌체인이 교황에게 어떻게 반박을 해서 계획을 중단시켰는지 궁금하다네. 그 계획이 성공했다면 지금 우리가 처한 위험을 피할 수 있었을 텐데. 하지만 이미 30년이 넘게 시간을 보냈으니!”

“혹시 피렌체인 거주지에 그 답이 있을지도 모르겠습니다, 교황 성하.” 추기경이 조심스럽게 끼어들었다.

“무슨 말인가?”

“바로 레온 바티스타 알베르티가 피렌체인이니까요. 성하께서는 피렌체인들이 얼마나 오만하고 사악하고 교활한지 잘 알고 계실 겁니다. 브루넬레스키[27]가 피렌체 대성당에 거대한 돔

____

27) 필립포 브루넬레스키 : 이탈리아의 건축가로서 르네상스 건축양식의 창시자 중 하나이다. 피렌체의 산타마리아 델 피오레 대성당의 커다란 돔 건축으로 유명하다. 또한 공간의 깊이를 표현하는 미술 원근법을 발견한 것으로 알려져 있다.

을 완성시킨 지 불과 몇 년밖에 지나지 않았을 때였습니다. 그들
은 동방과 서방 사이의 분열을 치유할 공의회를 피렌체에서 열
어야 한다고 주장할 정도로 그것을 자랑하고 다니지 않았습니
까? 아마 피렌체인 알베르티는 기독교 세계에서 가장 크고 웅장
한 교회가 로마에 다시 세워질까 노심초사하고 그 사업이 실현
될까봐 질투하면서 그 시의 시민으로서의 자존심 때문에 교황
을 설득했을 겁니다."

교황이 얼굴을 찡그리는 바람에 잠시 표정이 바뀌었다.

"어쩌면 자네 말이 맞을지도 몰라, 로드리고. 그때 설계도를
다시 사용하는 건 어떤가?" 아벤치오를 돌아보면서 물었다.

건축가가 고개를 저었다.

"전 그 건축 계획을 알고 있습니다. 그것은 고대의 대성당을
확장시킬 목적만으로 고안되었습니다. 보강 작업을 통해 원래
의 성당을 더욱 웅장하고 장엄하게 만들 수 있게 말입니다. 그래
서 더욱 많은 신자들을 맞이할 수 있길 바랐습니다. 하지만 그
작업은 성당을 보강하는 데에는 전혀 도움이 되지 않는 것이었
습니다. 뿐만 아니라 새로운 거대한 돌벽을 세움으로써 성당의
붕괴를 가속화시킬 수도 있었습니다. 이 때문에 알베르티가 반
대를 한 것이지 피렌체 시의 질투 때문이 아닙니다. 그렇습니다,
만일 교황 성하께서 대성당을 살리고 싶으시다면 토대부터 다
시 지어야 합니다. 피렌체에서 그런 것처럼 말입니다."

"그래, 피렌체." 식스토가 어두운 표정으로 대답했다. "피렌
체가 팔레스타인처럼 좁았다면 지금 거기처럼 가루가 되었을
텐데. 그 도시가 광대하게 생각되는 건 팔라초와 탑들 때문이지,

우리의 뜻을 거스르는 그 오만함 때문은 아니야.”

로드리고 보르자는 건성으로 듣고 있는 것 같았다.

“새로운 베드로 성당이라! 그런데 누가 이 계획을 실행에 옮길 수 있겠나? 그리고 어떤 형태가 되겠나?”

건축가가 그를 곁눈으로 슬쩍 보았다. 그러더니 종이들이 잔뜩 쌓여 있는 긴 탁자로 다가갔다. 그 중 하얀 종이 한 장을 집더니 가방에서 막대 목탄을 꺼냈다.

“교황 성하께서 제게 명령을 하시면 세계에서 가장 뛰어난 건축가들을 불러서 성당을 세울 수 있습니다!”

“그리고 아마도 당신이 그들의 공작이 되겠지.”

추기경이 얼굴을 찡그리며 날카롭게 말했다.

건축가가 고개를 저었다.

“제가 아닙니다. 이 사업은 수십 년이 걸릴 겁니다. 어쩌면 수백 년일 수도 있어요. 우리 시대의 위대한 지성들은 선조 로마인들이 이뤄낸 형식에서 길을 찾을 수 있도록 가르쳐주지 않았습니다. 하지만 젊은 지성들이 이미 그 길을 성공적으로 밝혀내고 있는 중입니다.”

“뛰어난 재능을 지닌 젊은이라고? 재물이나 손에 넣으려는 현학자들, 석수, 목수들이겠지.” 추기경이 콧방귀를 뀌었다.

“누구와도 비길 수 없는 사람들이 많습니다. 이미 이탈리아의 다른 도시들에서 그들은 눈부신 명성을 얻었지요. 보십시오, 이게 설계도입니다.”

건축가가 종이에 그려진 그림에 여러 개의 선들을 재빨리 추가하면서 말했다. 그는 양미간을 찡그리고 종이에 초점을 맞추었다. 그의 손은 자신 있게 움직였는데, 마치 오랫동안 연구한 설계도를 별 어려움 없이 기억 속에서 끄집어내는 것 같았다. 곧 하나의 건축물 도면이 만들어졌다.

"그런데 이건 동방의 교회 분리론자들이 좋아하는 그리스식 십자가 형태의 설계도인데. 존경받는 가톨릭교도인 베드로 성인의 무덤을 왜 이런 식으로 만들어야 하는 건가?"

식스토 4세가 재빨리 설계도를 보고 나서 물었다.

"이 건물은 성인만이 아니라 하느님의 권능 자체를 찬미해야 하기 때문입니다. 그리고 하느님의 빛이 완벽한 원의 형태로 널리 퍼져나가게 하기 위해서입니다."

건축가가 세부 사항들을 계속해서 그려넣으며 대답했다.

"여기 한가운데에, 웅장한 기둥들이 끝나는 부분에 기하학적인 완벽함을 보여주는 돔이 세워지게 될 것입니다. 피렌체인들이 만든 것보다 훨씬 큰 돔, 지금까지 아무도 본 적이 없는 큰 돔이 될 겁니다. 앞으로도 이보다 큰 돔은 절대 보지 못하겠지요."

"하지만 그렇게 되면 신도들이 자격에 따라, 공정하게 신도석에 질서정연하게 앉는 게 아니라 미사를 거행하는 제대 근방에 모여들게 됩니다."

보르자가 퉁명스럽게 반박했다. 그는 자신의 의지와는 반대로 설계도에 다가가고 싶은 충동을 누를 수가 없었다.

"이런 형태의 하느님의 집은 사회 모든 계층 사이의 혼란을 불러오게 될 겁니다. 계급의 계승을 통해서 그것을 공고히 하는 게 아니라! 교황 성하의 교회는 전복의 모체가 될 겁니다. 그곳에서는 성직자와 속인 사이의 경계를 더 이상 확고히 할 수조차 없게 되겠지요. 그리고 벽을 따라 원을 그리듯 자리 잡은 예배당들은 의식을 방해하거나 거만한 유력 가문의 소굴로 변하는 것 말고 어디에 필요하겠습니까? 그러한 가문들은 자신들의 형편없는 신앙을 위해 예배당을 개인적인 사원으로 이용하고 그렇게 바꿔놓고 싶어 할 겁니다. 리미니에서 말라테스타가 그 끔찍한 예배당에서 이미 그렇게 했듯이 말입니다."

보르자가 둘째손가락으로 설계도를 톡톡 치면서 말했다.

"사실이네, 마에스트로 아벤치오. 자네가 내게 보여준 건 대성당이 아니라 큰 방들을 특이하게 모아놓은 것 같군."

식스토 4세가 중얼거렸다.

"산탄젤로 다리를 건넌 우리 신도들 눈앞에 어떤 게 보이겠나? 새 교회의 정면이 어떻게 보이겠나?"

건축가가 종이에 몸을 구부리고 재빨리 다른 그림을 그렸다. 교황이 입술을 깨물며 호기심 어린 눈으로 그 손놀림을 지켜보았다. 서서히 설계도가 윤곽을 드러내자 일그러졌던 교황의 얼굴이 펴졌다.

"그렇군…… 이 종탑들은? 그리고 이 작은 돔들은……"

그는 자신의 눈앞에 보이는 것에 사로잡혀서 중얼거렸다.

"이 웅장한 대성당이 바티칸 언덕 앞에서 정상을 다 가릴 정도로 우뚝 서게 될 때 얼마나 눈부실지 상상해 보십시오, 교황 성하. 그렇게 되면 지금은 순례자들이 변두리 오두막들 사이에서 얼핏 보고 마는 베드로 사도의 무덤이 밀비오 다리를 건너기도 전에 플라미니아 거리에서부터 그 눈부신 위용을 드러내게 될 것입니다. 그리고 이곳이 카이사르들의 시대 이후 두 번째로 세상의 중심이 되었노라고 온 세상을 향해 크게 외치게 될 겁니다. 그리고 그 성당의 박공벽에는 이런 일을 가능하게 한 사람, 식스토 4세, 최고의 교황님의 이름이 새겨지게 될 것입니다!"

건축가가 종이에서 목탄을 떼어내고 뿌연 눈을 들어 교황을 보면서 말했다.

로드리고 보르자도 주의 깊게 설계도를 보았다. 교황과는 반대로 그는 여전히 믿지 못하겠다는 태도였다.

"교황청 복도뿐만 아니라 선술집에서도, 또 목수와 3류 화가들의 비밀 모임에서까지 베드로 성당을 재건축해야 한다는 말이 떠돈 지 여러 해가 되었습니다."

보르자가 거만하게 어깨를 으쓱하며 끼어들었다.

"형편없는 목수들도 자신들에게 돌아올 돈을 계산하며 그 계획에 열광하는 사람들 뒤에 숨어 있습니다. 거기에 사용될 산더미 같은 금이 그런 건물을 세우는 데 들어가는 돌들 못지않게 많기 때문입니다. 그런데 그 금은 어디서 나올까요? 이미 전 기독교 세계가 교황청 유지를 위해 자신들에게 부과하는 세금 때문에 불안해하고 있습니다. 앵글족들은 어리석은 장미 전쟁을 핑계로 오래 전부터 세금을 내지 않고, 프랑스는 우리의 요구를 비웃고 있습니다. 그리고 독일에서는 지금이 성직자와의 끈을 끊어버릴 때라는 것을 외치기 위해, 설교자와 반역자들이 성서와 카발라[28]를 혼합해서 목소리를 점점 크게 내고 있습니다. 나폴리 왕은 벌써 우리의 국경을 넘었고 북쪽에서는 황제의 위협이

---

28) 유대교의 신비주의적 교파. 또는 그 가르침을 적은 책. 중세부터 근세에 걸쳐서 퍼졌으며, 13세기의 문헌 『조하르』가 널리 알려져 있다.

점점 거세지고 있습니다. 하느님의 목소리를 널리 퍼지게 하려면 새로 만든 청동 종이 아니라 대포가 필요합니다."

식스토 4세의 얼굴이 갑자기 어두워졌다.

"자네 말이 맞네. 그런데 우리의 가장 큰 걱정은 독일 숲에 똬리를 틀고 있는 그 마법사 일당만이 아니라네. 그곳에서는 제후들도 그들과 결탁을 한 것 같으니까. 그리고 바로 우리 주교들이 이단자들을 옹호하고 그들을 빼내주면서 종교재판소의 성스러운 일을 방해하고 있네. 악과의 투쟁에 온힘을 다 바칠 신앙심 깊은 사람들의 활동에 힘을 실어줄 수 있는 중요한 교서를 생각하고 있다네. 우리 종교재판관인 슈프렝어와 인스티토리스[29)가 오래 전부터 그 교서를 요청했었는데 이제 그 때가 된 것일세."

"슈프렝어와 인스티토리스라고요? 그들 이야기를 들은 적이 있습니다. 드디어 두 도미니크회 수사들이 그들의 종단에 영광을 가져다주는군요. 우리 쪽에도 그와 같은 사람들이 필요할 겁니다. 하지만 불쌍한 늙은 노파 몇 명을 화형시키거나 미치광이의 뼈를 부러뜨리는 것만으로 세속에 대한 교회의 지배권을 강화시킬 수 없습니다. 그 지배를 위태롭게 하는 것은 악령의 불경스러운 목소리가 아니라 그보다 더 유해한 군주들의 목소리입니다. 군주들과 함께 게임이 시작되는 겁니다. 교황청이 유럽의 권력들과 대립하고 그것을 극복할 수 있을 때 우리는 하느님의

---

29) 야콥 슈프렝어와 하인리히 인스티토리스 : 독일 출신의 이 종교재판관들은 1487년 마녀라는 개념과 그 존재에 대한 다양한 견해들을 집대성한 책을 편찬함으로써 마녀 박해에서 중요한 역할을 했다. 이 책으로 인해 마녀 개념과 마녀 박해의 시스템이 완벽하게 만들어졌다.

뜻을 널리 펼칠 수 있을 겁니다." 로드리고 보르자가 말했다.

"믿음이 더 필요하다고 생각하지 않나, 로드리고?"

"저는 왕국이 필요하다고 생각합니다."

"'나의 왕국은 이 세상에 있지 않다' 고 우리의 메시아께서 말씀하셨지 않나!"

교황은 제멋대로인 소년을 부드럽게 꾸짖는 선생처럼 경고하듯 둘째손가락을 세우며 말했다. 곧 그의 눈에 의심의 빛이 스치고 지나갔다.

"아니면 혹시 자네…… 자네 아들들 중 누군가를 위한 왕국을 생각하고 있는 건가, 로드리고?"

로드리고 보르자가 항복의 표시로 두 손을 들었다.

"저는 만일의 경우 교황님의…… 조카분들을 생각하고 있었습니다, 교황 성하. 전 이탈리아를 한 사람의 손 밑에 둘 수 있는 왕국, 그러니까 신성한 로마 교회에 충실한 손 아래……"

그러다가 한쪽에 떨어져 설계도에 푹 빠져 있는 건축가를 흘깃 보며 갑자기 입을 다물었다.

"마에스트로 아벤치오, 자네 제안을 다시 생각해 보겠네. 하지만 지금 긴급하게 처리해야 할 세속의 일이 있어. 물러가게."

아벤치오 스피나가 고개를 숙이고 두루마리들을 모은 뒤 교황이 내민 반지에 입을 맞추고 방에서 나갔다.

로드리고는 말없이 건축가를 지켜보았다.

"저는 저 남자에게 신뢰가 가지 않습니다. 너무 많은 것을 알고 있어요. 너무 많은 사람들을 알고 있습니다. 교황청 건축현장을 감독하는 책임을 맡았기 때문에 성직자들, 대학의 선생들,

심지어 주교들까지 참여하는 로마 형제회를 연결하는 그물망을 만들어 놓았습니다. 복구를 위한 토대 보수 작업을 감독하는데 그의 손을 거치는 게 돌로 된 작업만은 아닙니다. 그리고 플라톤 추종자들과의 설명할 수 없는, 친교가 있었지요."

"저 사람에게 지나친 무게를 부여하지 말게. 다른 예술가들처럼 상상력이 풍부할 뿐이야. 그가 건축하는 성당도 마찬가지고. 물론 가능성이야 있겠지만…… 지금 우리가 걱정해야 할 사람은 다른 사람일세."

교황이 잘라 말했다.

"내 조카가 어떤 계획을 세웠는지 알고 있나?"

"새 팔라초에서 대연회를 여는 것 말씀이십니까? 예, 들었습니다."

"그 애는 자기 식대로 카니발을 즐기고 싶어 해. 무엇보다 그 애가 직접 의식을 거행할까봐 걱정되는군. 이런 의식을 축복해야 하는 건지 금지해야 하는 건지 알 수가 없어. 귀족, 곡예사, 매춘부들을 자기 집으로 잔뜩 불러놓고 그걸 연회라고 부르겠지. 백성들의 행복을 위해, 그리고 백성들이 인내심을 기를 수 있게 하려고 카니발을 허락했지. 그런데 나는 이 카니발이 결국 미치광이들과 호색가들의 잔치로 변해 버려 문제만 발생하게 될까봐 걱정일세."

추기경이 차갑게 미소를 지었다.

"내버려 두십시오. 조카님이 앞으로 가문에 영광을 가져오려면 적들을 다루는 법을 몸에 익혀야 합니다. 그리고 적들에 대해서 말하자면, 여우들이 한자리에 모이는 건 아주 좋습니다. 그물 하나로 쉽게 모두 잡을 수 있을 테니까요."

아벤치오 스피나는 방금 수레에서 내려놓은 거대한 돌덩이들을 돌아서 담에 난 문 밖으로 나갔다. 마지막 돌덩이 주변에서 일꾼 몇 명이 밧줄과 지렛대로 돌을 움직이고 있었다. 좀더 앞에, 뜰 한가운데에서는 석공 장인들이 기둥과 기둥머리 형체의 돌덩이 주변에서 일을 하고 있었다. 사방에 떠도는 뿌연 연기구름 같은 것에는 신경을 쓰지 않은 채, 그들은 망치로 모양을 다듬는 데 열중하고 있었다.

건축가는 공터 끝 쪽에 있는 가게를 향해서 빠르게 걸어갔다. 가게 입구에 도착하자 주먹으로 여러 번 문을 두드렸다. 재빨리 네 번을 연속으로 두드렸다. 약속된 신호에 답하기라도 하듯 사람 하나가 들어갈 수 있을 정도로 문이 열렸고 건축가는 안으로 들어갔다.

어둑어둑한 넓은 가게 안에는 만든 지 오래된 석공예품들이 빼곡했다. 남자들 몇 명이 앞으로 나와 그를 에워쌌다. 남자들은 작업복을 입고 있었는데 못이 박힌 튼튼한 손은 그들이 어떤 일을 하는 사람인지를 여지없이 보여주었다. 하지만 주의 깊게 그들을 살펴본 사람이라면 그들의 얼굴에는, 밖에서 일하는 단순한 직공들보다 훨씬 날카로운 지적인 흔적이 담겨 있다는 것을 알아차렸을 것이다.

"어떻게 됐습니까, 아벤치오? 공사는 어떻게 진행될 것 같습니까?"

남자들 중 한 사람이 물었다. 뺨이 홀쭉한 노인으로 아직도 손에 끝을 쥐고 있었다. 노인의 옆에 있던 다른 남자가 건축 감독에게 보여주려는 듯 가슴 부근으로 쇠자를 들어올렸다.

"친구들, 내가 교황에게 계획을 간략하게 이야기했소. 식스토는 기분 좋게 받아들였는데, 악당 보르자 추기경이 우리가 가는 길에서 교황을 끌어내려고 했소. 어쨌든 씨앗은 뿌려졌소이다. 그리고 오늘 밤 화재가 내 목소리에 힘을 실어줄 거요."

아벤치오가 의미심장한 눈으로 조그맣게 말했다.

"이제 우리는 준비를 해야 하오. 여러분에게 이미 알렸듯이 아주 긴 작업이 될 겁니다. 그리고 이 일을 완성하기 위해서는 우리 모두의 힘이 필요합니다."

건축가는 어깨에 멘 가방에서 두꺼운 두루마리를 꺼내서 그것을 다른 사람들의 눈앞에 펼쳤다.

"이걸 교황에게 보여주었단 겁니까? 보르자에게도?"

제일 먼저 건축가에게 말을 걸었던 노인이 불안한 듯 종이 위로 몸을 구부리며 크게 말했다.

"날 믿어요, 마에스트로 모로." 건축 감독이 그를 안심시켰다.

"식스토는 진짜 성당의 흐릿한 그림자밖에 볼 수 없었소. 그의 마음 속에 새로운 성당에 대한 욕망을 불러일으킬 수 있을 정도만 말이오. 우리 비밀은 안전하오. 여러분들이 알고 있는 것은, 그것이 마에스트로의 손에서 만들어지기 전까지는, 불경한 자들의 눈에는 절대 보이지 않습니다. 그것은 그 위대한 완벽함을 고스란히 간직한 채 우리 마음 이외의 단 한 곳에 잘 보관되어 있습니다. 이것은 전체를 다 파악하고 있지 않으면 아무도 이해할 수 없는 일부분에 불과합니다. 보겠소?"

다른 남자들이 몸을 숙이고 복잡한 설계도에서, 건축가가 둘째손가락으로 가리키고 있는 특정 부분들을 살펴보았다.

"그렇군요. 십자형의 기둥들이군요." 모로가 중얼거렸다. "무게를 전부 지탱해야 할 지점이지요."

"아름다움이 다시 드러날 지점입니다." 건축가가 알쏭달쏭한 어조로 대답했다.

"그런데 그 하중을 누가 계산할 수 있을까요?" 다른 남자가 의심스러운 얼굴로 말했다. "마에스트로 아벤치오 당신이?"

건축 감독이 고개를 저었다.

"내 머리는 이 작업에 맞지 않네. 나는 그저 이것의 광휘만을 얼핏 볼 수 있을 뿐이지. 나보다 훨씬 큰 힘이 필요해. 큰 건물들을 세운 경험이 있는 활력 있는 젊은 지성이. 마에스트로 브루넬레스키가 살아 있었다면 그의 손이 가장 적합했겠지. 그래도 밀라노에 브루넬레스키를 훌륭하게 좇는 친구가 있다네. 뛰어난 재능을 지닌 그가 이 임무에 적합할 걸세. 그를 불러오려고 사람을 보냈네."

"올까요?"

"그럼. 도나토 브라만테는 벌써 로마 쪽으로 출발했어. 화가와 조각가로서 임무를 맡게 될 걸세. 뛰어난 능력으로 첫 임무들을 서둘러 진행하게 될 거야. 설계를 하고 대리석으로 만들고 곧 교황들처럼 유명해지겠지. 그리고 마침내 이렇게 만들 걸세."

그가 한 손가락으로 설계도를 짚으며 낮게 말했다.

팔라초 리아리오, 연회장

팔라초의 가장 넓고 화려한 2층에 자리한 연회장 한가운데에 U자 형태의 큰 테이블이 놓여 있었다. 가운데 쪽으로는 리아리오의 옆에 앉도록 결정된 아주 중요한 손님들을 위한 화려한 의자들이 일렬로 놓여 있었다. 반면 옆쪽으로는 다른 사람들이 중요한 순서대로 앉을 수 있게 긴 의자들이 준비되어 있었다.

각자의 위치를 알려주는 표시는 전혀 되어 있지 않았지만 문에서 손님들을 기다리고 있다가 큰 소리로 손님들의 도착을 알린 뒤 자리까지 안내하는 연회 진행자들은 엄격한 자리 순서를 정확히 알고 있는 게 분명했다. 실제로 짧게 손님을 소개하는 의식을 진행하고 나면 곧바로 테이블의 정확한 한 지점으로 걸어가서 자신을 따르는 손님들에게 자리에 앉으라고 권했다.

피코는 출입문에 있는 호위병에게 짧지만 아주 꼼꼼한 검사를 받은 뒤 메디치 가문의 대리인과 함께 대리석 계단을 올라갔다. 피코는 몇 계단 앞서서 소박한 교황청 관리 복장을 한 남자 몇 명이 낮은 목소리로 이야기를 나누며 올라가는 걸 보았다.

"누굽니까?" 피코가 호기심이 생겨서 물었다.

마네토는 겨우 웃음을 참으며 대답했다.

"제일 뚱뚱한 남자가 폼포니오 레토라고 제가 말했던 고대를 연구하는 유명한 학자입니다. 그리고 다른 사람들은 우리 대학인 사피엔차에서 가르치는 학자들로 그의 그룹입니다."

피코가 고개를 끄덕였다. 그 사이 그들 차례가 되어 문으로 들어갔다. 연회 진행자가 친절하게 다가왔고 그들의 이름을 확인하자 그 이름을 크게 외쳤다. 그런 다음 테이블 한쪽 날개 끝쪽 자리로 그들을 안내했다.

"추기경이 메디치 가문에 대한 자신의 적의를 강조할 기회를 놓치지 않았군요."

의자에 앉으면서 마네토가 낮게 말했다.

"한 걸음만 더 물러났다가는 우린 하인들 속에 있게 될 것 같군요. 하지만 이런 건 중요하지 않습니다. 한 세기는 길고 식스토 교황의 시대는 짧으니까요. 모든 게 잘 되길 바랍시다. 웃어요, 추기경이 우리를 유심히 보고 있어요. 웃어요, pro tempore ('일시적으로'라는 뜻의 라틴어) 힘을 지닌 권력자에게 보내는 미소는 로마에서 누구나 할 것 없이 치러야 하는 대가입니다."

술을 따르는 시종들이 테이블을 따라 조용히 움직이며 연회에 참가한 사람들에게 하얀 스파클링 와인을 따라주었다. 리아리오 가문의 문장이 새겨진 커다란 도자기 항아리에서 퍼온 것이었다. 술이 입에 들어가자 분위기는 활기를 띠었고 사람들의 목소리가 점점 커져 갔다. 그때 연회 진행자의 신호에 따라 홀 한쪽에서 시종들이 한 줄로 입장을 했다.

시종들 모두 커다란 고기가 담긴 쟁반을 들고 있었다. 그들은 머리에 깃털 달린 모자를 쓰고 귀족 복장을 우아하게 차려 입은 남자 앞에 정렬했다. 남자는 검을 쥐고 앉은 원탁의 기사처럼 거만하게 은으로 만든 긴 포크와 날카로운 나이프를 쥐고 있었다. 남자는 시종들의 인사를 받고, 지금 자신이 하고 있는 일을 위해 다들 조용히 해주길 바라기라도 하는 것 같은 표정으로 마지막으로 다시 한 번 주위를 거만하게 재빨리 둘러보더니 결연하게 양의 넓적다리 고기를 포크로 찍어 공중으로 들어올렸다. 그러더니 재빠른 손놀림으로 고기들을 자르기 시작했고 얇게 자른 고기들이 쟁반에 정확하게 떨어졌다. 잠시 후 그의 예술의 결과물이 손님들에게 제공되는 동안 남자는 능숙하게 다음 쟁반으로 넘어갔다.

"메니쿠치오라고 리아리오의 고기 써는 시종인데 로마에서 최고로 쳐줍니다." 마네토가 피코의 귀에 대고 속삭였다. "추기경이 돈으로 유혹하고 협박해서 오르시니 가문에서 빼내온 것 같습니다. 프랑스 왕도 자기 궁정에 저 사람을 데려가고 싶어 목록에 올려놓고 싶어 했을 겁니다."

"그렇군요."

메니쿠치오의 화려한 기교에 별 감흥을 받지 못한 피코가 짧게 대답했다. 그의 관심은 자신들의 접시에 쏟아지는 고기를 정신없이 맛있게 먹고 있는 남자와 여자들에게로 전부 향해 있었다. 특히 그들의 옷차림이 그의 호기심을 자극했다. 모두 최고급 연회복을 입고 있었지만 약간의 차이로 그들이 서로 다른 그

룸들이라는 것을 분명히 알 수 있었다.

마네토가 피코의 시선을 따라 눈을 돌렸다.

"까마귀처럼 새까만 옷을 입은 저 사람들은 빌어먹을 보르자 가문이 스페인에서 데리고 온 사람들입니다. 이 도시를 뼛속까지 파먹으려고 시내에 진을 치고 있지요."

피코의 궁금증을 직감한 그가 낮은 목소리로 말했다.

"둔한 야만인들이랍니다. 저 화려한 옷을 벗기면 아직도 가이세리크[30]의 피에 젖은, 짐승가죽 같은 반달족의 살이 드러날 겁니다."

피코는 그들을 유심히 살펴보았다. 그들 중 몇몇은 외모로 보아 전혀 귀족 같지 않았다. 귀족이라기보다는 군인 같았는데, 아마 주인들을 조용히 호위하기 위해 그곳에 온 모양이었다. 그들 중 특히 한 사람이 피코의 주의를 끌었다. 그 사람은 피코와 마네토에게 몹시 흥미가 있는 듯 두 사람을 유심히 보았다.

"로마에 저런 사람이 많습니까?"

피코도 그 스페인 남자를 뚫어지게 보며 물었다. 스페인 남자가 눈길을 돌렸지만 피코는 그가 곁눈질로 자신들을 계속 감시하는 듯한 인상을 받았다.

"굉장히 많습니다. 보르자 가문 사람이 처음 교황이 된 뒤부터지요(교황 갈리토스 3세를 가리킴). 그리고 지금은 로드리고 보르자 추기경이 교황이 되길 기다리며 추기경과 그의 자식들 주변

---

30) 반달족의 왕(?~477). 에스파냐에서 북아프리카로 이주하여 카르타고에 도읍을 정하고 왕국을 세웠다. 해군력으로 지중해의 여러 섬을 복속시키고 로마 시와 동로마 연안을 침략하였다.

에 모여 있습니다."

"이탈리아인들이 똑같은 실수를 두 번 저지르지는 않아야 할 텐데요. 프랑스인들을 제거하고 난 뒤 추기경단은 이미 보르자 가문의 손에 들어가 버렸습니다."

피코가 다시 스페인인들을 살피며 말했다. 이제 남자는 동료들과 대화를 나누느라 주의가 산만해진 것 같았다.

"조만간 또 그런 실수를 할 겁니다. 이탈리아가 미친 것 같습니다, 조반니. 이름에 걸맞는 특출한 군주들을 중심으로 결속을 하는 대신 뼈 하나를 노리고 있는 개들처럼 분열되어 있습니다. 그리고 결국 고기 써는 사람의 손에 들린 고기 꼴이 나는 거지요. 그래서 우리 모두 파멸에 이르고 말 겁니다."

"특출한 군주란 로렌초 데 메디치를 말씀하시는 겁니까? 당신 주인이신?"

마네토는 대답을 하지 않았다.

"아니면 밀라노의 일 모로입니까?"

피코는 그의 침묵을 깨기 위해 재촉했다. 마네토는 자기가 한 말을 후회하듯 고집스럽게 입을 꼭 다물고 있었다. 그러더니 이를 꼭 악문 채 나지막이 말했다.

"이탈리아의 군주가 될 자질을 모두 가지신 분은 우리 시대에 딱 한 분 계셨지요. 단 한 가지 운이 없었지만요. 시지스몬도 말라테스타이십니다."

"리미니의 폭군 말입니까?"

피코가 깜짝 놀라 크게 외쳤다. 그러나 어쨌든…… 그가 죽은 지 15년이나 되었는데도 파도바와 볼로냐의 학생들은 아직도 존경심을 가지고 그의 이야기를 하곤 했다. 그와 같은 소수의 인물들은 거의 무모함에 가까울 정도로 대담하게 시대의 상상력에 큰 충격을 주었다. 그들은 인습에 대한 경멸, 새로운 사상에 대한 열정, 신성모독에 가까울 정도로 편견 없이 자유로운 영혼 같은 것들을 지니고 있었다. 전 이탈리아의 군주. 물론, 그는 그렇게 될 수 있었을 것이다.

"폭군이라, 그렇습니다. 그렇지만 제일 먼저 알베르티의 천재성을 알아차리고 자신의 개인 건축가로 선택한 분이기도 하지요." 마네토가 피코의 눈을 똑바로 보면서 정정했다. "그리고 레온 바티스타는 아마 후원과 일거리 그 이상의 것을 그분에게 얻었을 겁니다."

"그 이상의 것이라고요?" 피코가 호기심이 생겨 물었다. 서기도 건축가와 리미니의 군주가 친밀한 관계였다고 암시했었다.

"레온 바티스타가 말라테스타의 가족 예배당을 건축한 뒤에…… 교황 비오 2세가 그 예배당을 장식한 마법의 표시들을 보고 격분해서 고함쳤던 그 이상한 신전 말입니다…… 그 후 시지스몬도가 다른 모험에 뛰어들었습니다. 터키로부터 그리스를 구하기 위해 동방으로 원정대를 보내는 일이었지요."

"알고 있습니다. 그의 마지막 모험이었지요. 승리의 화관을 얻지 못한."

"그의 병영에 페스트가 번졌습니다. 그리고 악천후와 재난들이 진군에 장애물이 되었지요. 하지만 포위를 당하기는 했어도 노지휘관은 검을 휘둘러, 표면적으로는 그 이유를 설명할 수 없는 목적지, 미스트라의 요새 수도원을 향해 길을 열었습니다. 모레아 산맥의 외진 곳에 있었지요."

"왜 그랬던 겁니까?" 피코가 당황스러워하며 물었다.

마네토가 눈을 가느스름하게 떴다.

"모두들 그 때문에 깜짝 놀랐습니다. 말라테스타를 잘 아는 사람들을 빼고는 말이지요. 그곳에 그의 스승 게미스토스 플레톤[31]의 뼈가 묻혀 있었습니다. 그 수도원을 함락시키고 철학자의 유해를 고향으로 가지고 왔지요. 자신의 예배당에 묻기 위해서 말입니다."

"아마 자신이 매우 존경하던 누군가에게 경의를 표하고 싶었겠지요." 피코가 말했다.

"맞습니다, 그래서 그렇게 했지요. 그런데 어떤 소문이 있는지 아십니까? 시지스몬도가 동방에서 가져온 것은 한 줌의 뼈만이 아니라는 겁니다. 무덤에 시신과 함께 마지막 필사본들이 숨겨져 있었던 것 같습니다. 플레톤이 동방에서 찾아낸 책들이지요. 플레톤은 그것들을 피렌체 공의회에 가지고 갔었고 물론 코시모 데 메디치에게도 보여주었습니다. 시지스몬도가 그 필사본들을 누구에게 맡겼을 것이라고 생각하십니까?"

---

31) 게오르기오스 게미스토스 플레톤(1355년~1452년) : 비잔티움의 플라톤 학자·철학자이다. 콘스탄티노플에서 태어났다. 미스트라의 참주에 봉공하고 동로마제국 개혁의 의견서를 제출하였다. 피렌체 공의회에 그리스 정교회를 대표하여 참석하였다. 그의 감화에 의해 코시모 데 메디치는 플라톤 아카데미아를 창설했다. 플레톤은 로마 교회의 신학이 주요 근거로 삼고 있는 아리스토텔레스 철학에 대해 플라톤적 신학이 우월함을 역설하여 격렬한 논쟁을 불러일으켰다. 그리스도교의 삼위일체나 기적 등의 교의를 부정했다.

"레온 바티스타요?"

피코가 추측을 해보았다. 그의 호기심은 점점 더 커져갔다. 그는 자신이 거의 소리를 지르다시피 해서 주변 식탁에 앉아 있던 손님들이 갑자기 그를 쳐다본다는 것을 알아차렸다. 그는 다시 목소리를 낮추었다.

"정말 바티스타입니까?"

"아마도. 그렇지만 그게 전설이 아니라고 누가 분명히 말할 수 있겠습니까?"

마네토가 말을 잘랐다. 그는 대화에 흥미를 잃은 것처럼 보통 때의 심드렁한 표정으로 돌아왔다. 피코는 지금 이렇게 마네토가 넌지시 던지는 말이 정말 우연인지를 가늠해보려고 애쓰면서 그의 속내를 읽어보고자 했다. 피코는 마네토가 계속 말하기를 기다렸지만 피렌체인은 갑자기 딴 데 정신이 팔린 것 같았다. 그는 주위를 둘러보며 사람들 속에서 누군가를 찾았다.

"저 남자는 누굽니까?"

피코가 그의 시선을 따라가다가 계단에서 보았던 그 그룹 한 가운데에 앉아 있는 키가 큰 인물을 조심스레 가리키며 물었다. 나이가 많아서 하얗게 센 머리를 길게 기른, 귀족적인 얼굴의 남자였다. 어깨까지 내려온 머리카락 때문에 많은 화가들이 그려온 철학자처럼 보였다. 그 남자는 폼포니오 레토와 열심히 대화를 나누고 있었다.

"저 사람요? 안토니오 페르페티입니다. 나폴리 출신 인문학자지요. 훌륭한 법학자이고 나폴리 왕국의 대학에서 고문서들을 연구하고 있습니다. 그리고 다른 사람들도 모두 페르페티처럼 고대에 대한 열정을 가지고 있는 사람들이지요. 페르페티는 이시스의 신전 폐허에서 대부분의 시간을 보낸다고 합니다. 숙소도 아예 그 근처에 잡고 말이지요."

마네토가 대답했다. 하지만 그 사람들의 실제 관계에 대해서는 자신이 없는 듯, 왠지 그의 목소리에 당황한 기색이 담겨 있는 것 같았다. 피코가 막 다시 입을 열려고 했지만 바로 그때 음악 소리가 요란하게 울려 퍼져 그들의 목소리를 지워 버렸다.

컵을 나르는 시종들이 은제 주전자를 들고 다니며 연회에 참석한 사람들의 잔을 가득 채웠고 연회의 진행자가 연회장을 점잖게 가로질러서 리아리오 추기경 앞에 가서 걸음을 멈췄다.

피코는 연회 진행자가 추기경의 귀에 대고 뭐라고 소곤거리고 추기경이 고개를 끄덕이는 것을 보았다. 연회 진행자가 다시 몇 걸음 뒤로 물러서서 엄숙한 목소리로 알렸다.

"손님 여러분, 오늘 밤 연회에서 여러분들을 기쁘게 해줄 일이 있습니다. 나폴리 왕국의 기사분들께서 준비한 알레고리 무언극입니다."

화려한 옷을 입은 귀족신사들을 가리키며 덧붙였다. 그 신사들이 동시에 일어나서 추기경에게 공손히 인사하고 홀 쪽을 향해 인사를 했다.

안토니오 페르페티도 인사를 같이 했다. 그는 겸손하게 고개를 숙이며 예의 바르게 경의를 표했다. 하지만 피코는 그가 사실은 그 신사들 중 가장 중요한 인물이라는 인상을 받았다. 바로 그에게 보내는 듯 가볍게 박수를 치는 추기경의 답례로 그것을 알 수 있었다.

그 사이 시종들이 재빨리 뛰어다니며 촛대의 촛불들을 끄기
시작했다. 방안이 갑자기 어두워졌고 여기저기서 놀라서 웅성
거리는 소리가 들렸다. 어둠 속에서 짧은 감탄사들과 이야기, 여
자들의 웃음소리가 테이블의 끝에서 끝으로 오고 갔다. 마치 모
두들 어떤 식으로든 어둠이 연회 참가자들에게 열어놓은 공간
을 메워 주기를 바라는 듯했다.

갑자기 희미한 섬광이 어둠을 갈랐다. 허디거디(손잡이를 돌려
현을 타는 현악기) 가락과 함께 가면을 쓴 남자와 여자들이 긴 횃
불을 손에 들고 연회장 안으로 달려 들어왔다. 달리는 동안 횃불
들이 그들의 머리 위에서 일렁였고 거기서 나온 구름 같은 불티
들이 연회자들에게까지 날아와 접시와 잔 속에서 꺼져갔다.
그때까지 계속 강렬하게 고조되면서 육체들의 어지러운 움직
임에 반주를 해주던 악기들의 소리가 탬버린 박자에 맞춰 느린
가락으로 변해갔다.
그들이 입은 옷은 고대 부족들의 의상을 연상시켰는데 피코
는 그와 똑같은 디자인이 로마 유물들의 장식 띠와 돋을새김에
새겨진 것을 여러 번 보았었다. 그가 의상의 색깔들을 유심히 보
고 있을 때 끝 쪽에서 하늘하늘한 빨간 옷을 입은 새로운 인물이
입장했다. 움직일 때마다 몸에 감긴 옷이 파동을 치며 아름다운
몸매를 드러냈다.
가면을 쓰고 있었는데 그 가면은 크고 곧은 코에 큰 입으로 변
함없는 미소를 짓고 있는 그리스 여인의 얼굴이었다. 이삭과 나
뭇잎으로 정성스럽게 만든 머리 장식이 목을 덮었고 그 때문에

머리카락들이 보이지 않았다.

새 인물은 원의 한가운데에서 한 발 끝으로 빙글빙글 돌면서 재빨리 스텝을 엇갈리게 바꾸어서 원을 그리며 서 있는 사람들을 모두 스쳐 지나갔다. 갑자기 그들 중 한 사람이 원에서 떨어져 나와 그녀의 동작을 따르며 그녀에게 다가가기 시작했다.

그는 여자의 등 뒤에서 움직였고 점점 더 여자에게 다가가서 그녀에게 보이지 않게 그녀의 동작에 맞춰 움직여나갔다.

그러다가 여자가 거의 땅에 쓰러질 정도로 앞으로 몸을 던지는 바로 그 순간 피코는 남자도 앞으로 돌진해서 마치 그녀의 손을 깨물듯 그녀의 손을 향해 입을 내미는 것을 보았다.

여자가 자신의 공포를 완전히 보여주기 위해 깜짝 놀라며 뒤로 물러나는 사이 음악이 점점 더 고조되었다. 그녀는 춤을 추고 있는 사람들의 원 안쪽에서 숨을 헐떡이며 달려나가려 했다. 마치 점점 더 그녀를 압박해오는 가면들로부터 도망치기라도 하듯이. 그러다가 끝내는 몸부림을 치다가 땅에 힘없이 쓰러졌다.

그제야 그녀를 에워쌌던 원에서 네 명의 남자가 떨어져 나왔다. 그들은 힘없이 쓰러진 여자의 몸 주위에 나란히 서더니 여자의 몸을 잡아 격정적으로 그들 머리 위로 들어올렸다. 그러더니 박자를 맞춰서 천천히 행진을 하며 입구 밖으로 사라져 갔다.

횃불을 든 사람들이 차례로 밖으로 나가면서 홀 안은 다시 어둠 속에 가라앉았다. 하지만 곧 새로운 빛이 나타났고 그와 함께 새로운 인물이 등장했다. 긴 튜닉 위에 금빛으로 빛나는 흉갑을 화려하게 입은 남자였다. 가슴 한가운데서 빛을 발산하는 태양 그림이 눈부시게 빛났으며 머리에는 초들이 빙 둘러 서 있는 투구를 쓰고 있었는데 촛불에서 새로운 빛들이 퍼져 나왔다. 전사 복장을 한 남자가 부드럽게 리라[32]를 연주하며 앞으로 나왔다.

그 남자는 추기경의 의자 앞에 이르러 다시 조화로운 가락을 연주했고 곧이어 다른 음악가들의 반주에 맞춰 노래를 부르기 시작했다. 사랑하는 여인의 죽음을 슬퍼하며 지옥의 권력자들에게 다시 한 번만 자신의 여인을 만나게 해달라고 애원하는 노래였다.

피코는 홀 끝에서 어떤 움직임을 간파했다. 방금 전 죽음을 연기했던 여인이 조용히 남자의 등 뒤로 돌아왔다. 그와 몇 발짝 떨어지지 않은 지점에 도착하자 그녀 역시 노래를 부르며 더할 나위 없이 부드러운 목소리로 남자의 기도에 대답했다.

남자는 여전히 뒤를 돌아보지 않은 채 한 손만 뒤로 내밀어 아무렇게나 여자의 손을 찾았다. 그녀의 손가락에 손이 닿자 그는 기쁨의 탄성을 지르며 뜨겁게 그 손을 꽉 움켜쥐고 그녀를 자기 등 뒤로 끌어당겼다.

그렇게 몇 걸음을 걸어가다가 남자가 감정을 이기지 못하고 그녀를 향해 돌아섰다. 그의 입에서 절망의 비명 소리가 터져 나왔다. 그리고 갑자기 잡고 있던 그녀의 손이 거칠게 빠져나가가 버렸다. 남자가 너무 놀라 꼼짝도 못하고 서 있는 사이 여자가 뒤로 미끄러져 가면서 남자를 향해 손을 뻗었지만 아무런 소용도 없이 문 밖으로 사라졌다.

---

32) 고대 그리스의 작은 현악기. 하프와 비슷하며, 'U' 자나 'V' 자 모양의 울림판에 넷이나 일곱 또는 열 줄을 매고 손가락으로 뜯어서 연주하는 악기.

남자는 리라를 땅에 떨어뜨렸다. 그가 한 팔로 눈을 가리는 동안 음악가들이 장중한 가락을 연주했다. 남자는 눈먼 사람처럼 여전히 비틀거리며 몇 발짝 앞으로 걸어 나갔다. 춤을 추던 사람들이 빙빙 돌며 점점 더 가까이에서 그를 에워싸더니 결국 시야에서 사라지게 만들었다. 사람들의 원이 다시 넓어지기 시작했을 때 그는 흐트러진 자세로 바닥에 누워 있었다. 눈부신 왕관이 바닥에 떨어져 있었다. 홀 안에 다시 어둠이 내리기 전에 피코가 마지막으로 얼핏 본 것은 춤추는 사람들의 발이었는데 그들은 불꽃을 발로 밟아 꺼버렸다.

곧 촛불들이 다시 켜져 그 화려하고 눈부신 빛으로 연회장을 빛냈다.

"지금 보신 것 어떻게 생각하십니까?" 마네토가 물었다.

"오르페우스와 에우리디케에 대한 알레고리군요. 고대 신화와 비교해 보면 약간 더 자유롭게 표현되었을 수도 있겠지요. 물론 암시적이지만요."

피코가 건성으로 대답했다. 그는 이 무언극과 사라진 책 때문에 떠올리게 된 사건과의 일치점에 대해 생각하는 중이었다. 마치 그 판토마임을 계획한 사람이 어떤 식으로든 그 사실에 대해 알고 있어서 이해하기 어려운 메시지를 전하고 싶어 하기라도 한 듯이.

그는 화가 나서 그런 생각들을 밀어내며 정신을 가다듬었다. 단순한 우연에 의미와 동기를 부여하는 것이 모든 미신의 첫 번째 원인이다. 신의 분노 때문에 번개가 쳤다는 믿음에서 미신으로 옮겨가는 길은 짧다. 하지만 그는 그렇게 할 생각이 없었다. 그때 안토니오 페르페티가 폼포니오 레토와 함께 두 사람 옆으로 지나갔다. 걸음을 멈춘 것으로 보아 마지막 말을 들은 게 틀림없었다. 피코는 그가 마네토를 잘 아는 것처럼 그에게 다정하게 인사하는 것을 보았다.

마네토는 두 사람에게 답례를 한 뒤 피코를 가리켰다.

"선생님들, 훌륭한 젊은이 한 분을 소개시켜 드리고 싶습니다. 미란돌라의 영주인 조반니 피코이십니다. 로마의 아름다움을 즐기고 신성한 장소들을 방문해 영혼을 정화시키기 위해 로마를 방문했습니다."

"성함을 익히 알고 있었습니다."

페르페티가 뜻밖에도 공손히 고개를 숙여 인사하며 말했다.

"이탈리아의 중요 대학에 비상한 기억력을 지닌 학생이 있다는 이야기를 들었습니다. 물론 전반적인 지식에 대한 학식은 말할 것도 없고 말입니다."

"제 기억력은 별 가치가 없는 선물입니다."

피코가 얼굴을 붉히며 대답했다.

"개념들을 나열하는 게 아니라 그것을 해석하는 것이 진정한 지식이라 할 수 있겠지요. 해석을 위해서는 다른 능력들이 필요합니다. 저는 끈기 있는 연구를 통해 이런 능력들을 단련시키려고 애쓰고 있습니다."

"칭찬할 만한 계획이군요."

폼포니오가 더 가까이 다가와 피코를 한참동안 쳐다보며 말했다. 폼포니오는 60대의 남자로 머리카락이 아직 까맣기는 했지만 중후한 분위기였다. 눈에서 발산되는 지적인 분위기 때문에 눈빛이 생기가 있고 광채가 났지만 거기에는 미묘하게 속임수의 빛이 섞여 있었다. 그는 피코에게 특히 깊은 인상을 받은 것처럼 피코를 위아래로 계속 훑어보았다.

"그러니까 당신은 우리 도시에 즐기러 온 것이군요. 그런데 당신이 말한 신성한 장소들이라는 게 어디입니까? 긴 역사를 가진 위대한 로마는 신들에 대해 아주 많은 것을 알게 되었습니다. 정말 전 세계가 로마가 세워진 4월 21일을 세상이 시작된 날로 받아들여야 할 겁니다."

"친애하는 줄리오, 고대에 대한 찬탄으로 이 젊은 친구의 지식을 혼란스럽게 하려는 것은 아니겠지요? 나는 이 친구가 새로운 기독교 신앙의 근원지로 갈 것 같소만. 최신의 신앙이고 모두를 다시 아우르는."

페르페티가 위험한 비탈길로 미끄러질지도 모를 화제를 다른 곳으로 돌리고 싶은 듯 그의 말을 가로막았다. 피코는 그의 뜻을 따르기로 했다.

"어쨌든 방금 공연된 아름다운 알레고리 극은 고대인들의 신앙에 적당한 경의를 표한 것이지요. 저 극을 만든 게 선생이라는 것을 알고 있습니다." 피코가 나폴리인에게 말했다.

페르페티는 우아하게 목례하며 피코의 칭찬을 받아들였다.

"오르페우스의 가슴 아픈 이야기에 난 항상 마음이 뭉클했습니다. 여러 세기에 걸쳐 전해져 내려오는 그 주제 때문이지요. 너무나 사랑해서 사랑을 잃게 된다는 주제 말입니다. 이렇게 마음에 와 닿는 이야기가 또 있을까요?"

"맞습니다. 그렇지만 다른 요소도 거기서 효과적으로 보여진
것 같던데요. 신들이 지지를 해준다 해도 죽음을 피할 수는 없다
는 것 말입니다. 그리고 이게 어쩌면 자연이 우리에게 부여한 법
칙 중 가장 비극적인 게 아닐까요?"

"죽음에서 돌아올 수 있는 것은 아무것도 없다고 확신하십니
까?"

폼포니오가 피코의 눈을 똑바로 보면서 물었다.

"그렇지만 당신이 여기서 찬양하는 종교는 죽음의 패배를 신
앙의 토대로 만들었습니다. 당신은 기독교 교리를 나처럼 생각
하시지 않나요?"

그는 아무것도 두렵지 않은 듯, 친구들과 함께 있어서 안전하
다고 생각한 듯 대담하게 덧붙였다.

그는 동료가 조심하라는 메시지를 보냈음에도 그 주제에 피
코를 끌어들이고 싶어 하는 것 같았다. 피코는 불안하게 주위를
둘러보았다. 사람들은 떠들썩하게 잡담들을 나누느라 정신이
없었다. 끊임없이 제공되는 음식과 포도주로 마음이 느긋해진
사람들이 몇몇씩 무리를 지어 홀에 모여 있었다. 아무도 그들에
게 신경을 쓰지 않는 것 같았다. 피코는 마네토를 눈으로 찾았
다. 마네토는 피코에게 이야기를 하라고 격려하는 것 같았다.

"루크레티우스를 읽으면서 고대인들의 지혜에 대해 깊이 신
뢰하게 되었습니다. 사물의 본성에 대한 그의 깊이 있는 지식을
통해서 말입니다. 그래서 결국 세상과 우리 자신도 죽음에서 돌
아올 수 있다고 생각합니다. 하지만 그건 플라톤 년(세차(歲差) 운
동이 한 바퀴 도는 약 26,000년의 주기)이 끝날 때만 일어날 수 있습니

다. 우리 존재를 구성하는 원자들의 길고 긴 조합의 사이클이 끝나고 처음부터 자신들의 길을 다시 가기 시작할 때지요."

폼포니오가 이해할 수 없다는 표정으로 그를 계속 뚫어지게 보았다. 그러다가 고개를 저었다.

"나는 루크레티우스의 사상과 그가 영향을 받은 그리스인 에피쿠로스의 사상을 알고 있소. 하지만 그가 생각했던 것, 그리고 당신이 믿는 것 같은, 죽음에서 돌아올 수 있다는 그 생각은 엄격한 법칙으로 규정된 동일성의 원칙을 다시 제시하는 것일 뿐입니다. 매일 똑같은 연극을 재공연하는 극단의 무대에 배우들이 다시 등장하는 것뿐입니다. 이미 고대인들은 이런 이론의 결함과 절망을 감지했습니다. 플라톤도, 그 이전의 위대한 사람들도 그와 같은 생각을 받아들이지 않았지요. 뿐만 아니라 말과 노래를 통해 죽음의 사슬을 끊을 수 있는 방법을 찾았습니다."

"성공하지 못한 것 같은데요." 피코가 반박했다.

안토니오 페르페티는 두 사람을 번갈아 쳐다보며 대화에 귀를 기울였다.

"그렇지만 폼포니오, 조금 전에 보았던 오르페우스의 신화는 이 젊은이가 적절히 지적했듯이 이런 가능성을 부정하는 것 같습니다. 그리고 오르페우스는 당신이 플라톤의 선조들이라고 말하면서 암시했던 그 위대한 사람들 중 최고였습니다."

"우리가 본 것과 알레고리의 기원이 된 이야기를 좀더 생각을 해보셔야 할 것 같구려. 내가 말한 것은 모든 요소들의 사정을 충분히 고려한 이야기입니다. 우리들 대부분은 분명 이 이야기들이 단순한 신화가 아니라 실제라고 생각하고 있소. 마법사 오르페우스가 자신이 사랑하는 여인을 납치해간 죽음으로부터 그녀를 끌어내오는 모험을 성공할 수 없었기 때문입니다. 그런데 왜 실패했던 걸까요? 그의 마법이 완벽하지 않았기 때문에 그런 것은 절대 아닙니다. 오히려 그는 아케론 강을 지나고 머리 셋 달린 케르베로스의 이빨을 피할 수 있을 정도로 강력한 힘을 가지고 있었소. 그의 걸음을 멈추게 한 것은 위험한 지하의 길도 죽음의 왕국의 절벽과 늪도 아니었소. 그는 다친 데 하나 없이 플루토[33]의 왕좌 앞에 도착했습니다. 어디 한 군데 해를 입지 않고 말이오." 인문주의자가 과장되게 계속 말했다. "그를 고통스러운 실패로 이끈 것은 여인에 대한 과도한 욕망이었소. 그 자신도 잘 알고 있는 죽음의 법칙을 지키지 못한 것입니다. 이 때문에 그는 실패한 거요. 이 때문에 지식으로 무장을 했으나 확신 없이 마법의 길 위로 뛰어든 사람들이 모두 실패하는 거라오."

"만일 그가 죽음에서 돌아오는 의식을 모두 존중했다면 에우리디케는 햇빛을 다시 볼 수 있었을까요? 그리고 정말 자연의 법칙을 이길 수 있는 주문이나 노래가 있다고 생각하십니까?" 피코가 별로 납득을 하지 못한 채 물었다.

"당신이 말하는 자연이라는 게 뭡니까, 젊은 친구 양반?" 폼포니오가 호의적인 얼굴로 웃으면서 물었다.

피코가 어깨를 으쓱했다.

"어떻게 말씀드려야 할지 모르겠습니다. 인간들은 수세기에 걸쳐 아주 다양한 힘들을 이런 이름으로 이해했지요."

---

33) 명부의 왕 하데스의 별명.

"인간들이요. 그럼 당신은?"

인문주의자가 계속 말했다. 마네토와 안토니오 페르페티는 조용히 지켜보고 있었는데 그들 역시 대답을 기다리고 있었다. 피코는 숨을 들이마시고 말을 시작했다.

"저는 자연이란 바로 원자가 허공에서 수직으로 끝없이 떨어지고 있을 때, 원자가 그 길을 이탈하게 만들고 그 원자들의 만남과 결합에 생명을 부여해 모든 사물의 외면을 만드는 맹목적인 힘을 가리키는 이름이라고 생각합니다. 에피쿠로스는 이것을 클리나멘(clinamen)[34]이라고 불렀고 다른 이들은 정신이라고 불렀습니다. 제가 생각하는 건 바로 이런 겁니다."

폼포니오가 그의 동료 쪽을 흘깃 쳐다본 뒤 쓸쓸하게 고개를 저었다.

"친구, 당신은 지금 인간을 맹목적인 절망의 자식으로 만들고 있어요. 이유도, 의미도, 희망도 없는."

그는 정말 슬퍼보였다. 그에게 아버지 같은 어떤 분위기가 풍겨 나왔는데 그것은 약간 흐릿해 보이는 그의 시선과 뒤섞였다.

"그리고 당신은 우리를 자유롭게 해줄 거라고 믿고서 우리를 그 어떤 폭군보다 끔찍한 운명이라는 폭군의 노예로 만든 남자의 추종자가 되었소. 그렇지만 당신은 그의 가장 뛰어난 제자, 루크레티우스에게서 어떤 교훈을 얻었어야만 하오. 이런 생각을 상기시키는 시를 지으면서 미쳐 버린 사람 말이오."

---

34) 클리나멘 : 에피쿠로스는 세계는 원자들과 허공으로만 구성되어 있다고 말하며, 위에서 아래로 떨어지는 원자들이 조금씩 수직에서 비껴나는 이탈 운동을 하는데 이것을 클리나멘이라고 했다.

"루크레티우스는 응답 없는 사랑 때문에 미친 것뿐입니다. 그리고 아마 바로 그 사랑을 극복하고 싶어 했던 여과장치가 사라져 버렸기 때문일지도 모르지요."

"그래요…… 여자에 대한 사랑 때문이라고. 그렇게들 말하지요. 하지만 그때 그는 스승의 어리석은 이론들을 포기하고 철학가들의 진짜 제후, 신과 같은 플라톤의 가르침 앞에서 겸허한 모습을 보여주었어야 했소! 플라톤은 우리를 맹목적인 우연의 자식들이 아니라 질서 있는 신의 의도로 태어난 자식으로 만들었으니까. 우리는 신의 생각들을 보여주는 이미지라오. 그러니까 눈멀고 귀먼 물질의 우연적인 집합이 아니라 완벽함으로 조물주의 영광을 불꽃처럼 빛내는 존재들이지요."

"그 영광은 고대인들의 말 속에 찾아볼 수 있소. 뿐만 아니라 말 그 자체는 신의 힘을 보여주는 최초의 이미지라오." 페르페티가 끼어들었다. "신은 말을 하면서 세상을 창조했고 최초의 철학자들은 이 말들을 그들의 저서에 담았소. 그것을 아는 것은 창조의 언어를 아는 것이고 그것을 입 밖에 내는 것은 창조를 되풀이하는 거라오. 오르페우스는 자신의 노래로 그렇게 했소. 그래서 그가 지나갈 때 맹수들이 비켜섰고 죽은 자들이 살아서 돌아오게 된 겁니다!"

마네토는 피코의 반응을 계속 주시하면서 대화를 들었다.

"안토니오 페르페티와 폼포니오 레토는 하느님의 말씀을 들은 이들의 저서 연구에 평생을 바쳤습니다." 마네토가 피코에게 말했다.

"하느님은 어떤 언어로 말했나요?" 피코가 물었다.

"하느님의 말은 소리와 빛입니다. 세 배나 위대한 헤르메스로도 알려진 토스가 그 말을 들었지요. 그는 모든 인간들이 그 말을 함께 들을 수 있기를 바랐고 그래서 하나의 형식으로 그 소리를 고정시킬 수 있는 방법을 찾았습니다. 이것이 바로 최초의 언어, 우리가 상형문자라고 부르는 기호로 된 언어입니다. 그래서 이집트 말이 원래의 말에 가장 가까운 언어이지요."

피코는 입술을 깨물며 인문주의자의 말을 주의 깊게 들었다.

"그렇지만 우리는 그 기호를 이해하는 능력을 잃어버렸지요." 그가 말했다.

안토니오 페르페티가 동의했다.

"그렇습니다. 하지만 그 울림은 알고 있습니다. 그 소리는 칼데아인들의 언어로 그리고 유대인들의 언어로 옮겨졌습니다. 그래서 유대인들은 그것을 자신들 신전의 비밀스러운 장소에 감춰두었습니다. 보잘것없는 백성들이 그것의 광휘에 현혹되지 않게 하기 위해서지요. 그리고 마지막으로 그리스인들의 언어로 옮겨졌습니다. 각 세대마다 필사자들은 또 다른 형식으로 그 위대한 교훈을 되살려낼 수 있는 새로운 글자들을 찾아냈습니다. 하지만 지금 북쪽에서는 더 이상 인간이 개입하지 않고도 단어를 재생산해낼 수 있는 기계가 널리 퍼지고 있어서 그 언어는 영원히 사라져 버릴 위기에 있습니다."

"한없이 너그러우신 하느님께서 누군가에게 새로운 문자에 대한 영감을 주지 않는다면 말입니다. 그 기계가 가진 맹목적인 어리석음을 떨쳐버릴 수 있게 해줄 문자지요."

폼포니오가 낮게 말했다.

“완벽한 언어 말씀입니까?” 피코가 다시 서기와 로렌초의 말들을 떠올리며 화들짝 놀랐다.

“그렇소, 친구. 힘으로 보면 그 이전의 문자들과 비슷할 겁니다. 앞으로 수천 년 동안 다음 세대가 고대의 언어를 정확하게 베껴 쓸 수 있게 보장해 줄 그런 언어지요.”

“음악가들이 다시 연주할 준비가 된 것 같습니다.”

마네토가 화제를 바꾸고 싶은 것처럼 그의 말을 가로막았다.

그들과의 대화에 정신이 팔려 있던 피코는 음악의 톤이 얼마나 높아졌는지 눈치채지 못했다. 박자도 훨씬 빠르고 규칙적이었다. 그는 그게 몇 년 전부터 모든 연회에서 사용되어 온 춤곡이라는 것을 알아차렸다. 원래 그 춤이 유래한 파도바의 이름이 잘못 발음되어 “파바나”라고들 했다.

그 음악 소리에 불려 나온 것처럼 무언극 배우들이 다시 등장해서 에우리디케 가면을 쓴 배우 주위에 모여들었다. 연회 진행자가 춤의 시작을 알리기 위해 손뼉을 쳤지만 모두의 눈은 하데스에게 납치된 처녀 역을 연기했던 그 인물에게 고정되어 있었고 그녀의 첫 동작을 기다렸다.

여자는 춤을 추는 사람들 수를 파악하려는 듯 주위를 둘러보았다. 피코는 그녀의 시선이 자신을 관통하는 것을 거의 몸으로 직감했다. 잠깐이지만 그는 그 여자가 사람들 사이에서 찾는 사람이 자신이라는 착각을 했다. 그러나 곧 그녀는 오르페우스 가면을 쓴 무희에게로 돌아섰다. 그에게 팔을 뻗으며 자기를 잡으라고 유혹했다. 그녀가 우아하게 한 발을 들어올리자 맨발의 아름다운 발목이 드러났다. 곧 남자도 그녀를 따라 했다.

그들의 등 뒤에 두 번째 커플, 세 번째 커플이 나타났다. 음악 소리에 따라 다른 커플들도 길게 줄을 섰다.

그때 어떤 여자가 망설임 없이 피코에게 다가와 춤추는 사람들과 합류하자고 권했다. 피코는 그 뚱뚱한 여자의 손가락을 살짝 잡았다. 그는 다른 사람들과 박자를 맞추려 애쓰며 어정쩡하게 스텝을 밟기 시작했다. 미란돌라의 궁정인들이 그에게 가르쳐 보려고 어지간히 애를 쓰기는 했지만 춤 동작들은 정말 구별이 되지 않았다. 무희들을 조각한 고대의 대리석을 보아도 우아함을 전혀 느낄 수가 없었다. 정말 딱 한 번, 전투지 근처에서 용병대가 버리고 간 무기를 가지고 병사들이 추는 의식적이고 호전적인 춤을 성벽 위에서 보고 감동을 한 적이 있었다. 연회에서 연주하는 부드러운 악기 대신 검으로 방패를 두드리고 북을 둥둥 울리며 추는 춤이었다.

춤을 추는 사람들이 줄을 지어 다시 앞으로 나가 거의 홀 끝의 벽에 닿으려 했다. 연회 진행자가 다시 짧게 신호를 하자 양쪽에 있던 사람들이 하나씩 반대쪽으로 움직여서 홀을 가로질렀고 서로 엇갈리는 순간에 손을 잡았다.

피코도 자기 차례가 되자 여자들의 줄 쪽으로 움직였다. 그는 반대쪽에서 그와 엇갈릴 차례가 된 여자보다 먼저 에우리디케가 재빨리 스텝을 밟아 자신을 향해 오는 것을 발견하고는 흠칫 놀랐다. 그녀는 가면에 난 두 개의 구멍으로 그를 뚫어지게 보았다. 피코는 자신의 손을 잡는 따뜻한 손가락을 느끼기 전 파란 호수 같은 눈이 잠시 반짝이는 것을 놓치지 않았다.

음악에 따라 스텝을 밟아야 했지만 순간 너무 당황해서 피코
는 박자를 놓치고 말았다. 그녀는 그것을 눈치채지 못한 듯, 그
의 손을 꼭 잡고 우아하게 한 바퀴를 빙그르 돈 뒤 손을 놓았다.
피코는 그녀의 손이 천천히 빠져나가는 것을 느꼈다. 그리고 그
녀가 어떻게 해서든 마지막 순간까지 그의 손을 놓고 싶어 하지
않는 것 같다는 느낌을 받았다.

그 순간 여자가 다시 뒤로 살짝 뛰었다. 나뭇잎과 꽃으로 장식
된 머리의 모자가 옆으로 살짝 미끄러질 때 가면도 같이 끌려가
서 붉은 빛이 도는 긴 금발 머리가 살짝 드러났다. 그가 콜로세
움에서 본 정체불명의 여인이 쓴 모자 속에서 반짝이던 것과 똑
같은 색이었다.

그는 여자가 가면을 제대로 쓰기 위해 재빨리 손을 얼굴로 가
져가는 것을 보았다. 그러면서 여자는 피코의 시선을 피하기 위
해 벽 쪽으로 돌아섰다. 순식간에 다시 가면으로 얼굴을 가렸지
만 그 짧은 순간만으로도 피 묻은 초상화에서처럼 눈부시게 빛
나는 그녀의 얼굴을 충분히 알아볼 수 있었다.

피코는 조금 전 잠깐이기는 했지만 시모네타의 손을 잡았다
고 확신하며, 당황한 채로 다시 사람들 속으로 돌아왔다. 여자는
홀의 다른 쪽에서 벌써 다른 파트너를 만나고 있었다. 피코는 그
녀가 잠시 그 남자의 머리 쪽으로 얼굴을 가까이 가져가는 것을
보았다. 마치 남자에게 뭐라고 말하고 있는 듯했다. 피코는 다
시 그녀에게 다가가기로 결심했다. 무도의 규칙들을 다 무시한
채 그녀를 뒤쫓으려 시도해 보다가 반대 방향으로 움직이는 다
른 커플들에게 가로막히고 말았다. 거우 그들을 벗어났을 때 그

녀는 이미 사라지고 없었다. 문 너머에서 잠깐 반짝이는 진홍색 섬광 같은 것만을 얼핏 본 것 같은 기분이 들었다.

떠들썩한 연회장에서 누구도 이 일을 눈여겨보지 않았다. 그 순간 수많은 연회 참가자들은 다음 춤으로 넘어가기 위해, 연회 진행자의 신호를 기다리며 연주자들 쪽으로 돌아서 있었다.

유일하게 피코 곁에 있던 마네토만이 그걸 본 게 틀림없었다. 피코가 그를 유심히 보았다. 그의 얼굴에는 몹시 놀란 흔적이 뚜렷하게 남아 있었다. 그 역시 불안한 걸음으로 홀의 다른 쪽 끝으로 멀어져 간 여인의 모습을 보고 놀란 게 틀림없었다.

"당신도 보셨지요, 네?"

피코가 단호하게 물었다. 마네토가 시선을 피했다. 그러다가 무관심한 표정을 지으려 애쓰며 피코를 다시 쳐다보았다.

"그럼요, 아름다운 여인이었죠, 안 그렇습니까? 누군지 궁금한데요."

"거짓말하지 마세요, 마네토!" 피코가 날카롭게 말했다. "분명 당신이 모르는 여자가 아닐 겁니다! 가면이 벗겨졌을 때 당신의 반응을 분명히 봤습니다."

마네토가 불안하게 고개를 저었다. 그러더니 천천히 고개를 끄덕였다.

"맞습니다. 아주 오래 전에 알던 어떤 여자가 떠올랐습니다. 그 여자는 틀림없이 죽었습니다."

그가 생각에 잠긴 어투로 다시 말을 이었다.

"그런데……"

"그런데 뭐가요?"

마네토가 다시 잠시 망설였다. 그러다 체념을 한 듯 말했다.

"저는 이미 떠도는 소문을 들었습니다. 얼마 전부터 로마에 빼어난 미모의 여인이 허공에서 나온 것처럼 갑자기 나타났다는 소문이 돌고 있습니다. 그런데 이상하게도 그 여자가……"

마네토가 다시 말을 멈추었다. 말을 계속하기가 몹시 힘든 것처럼.

"시모네타 베스푸치, la sans pareille('유일무이한 여인'이라는 뜻)와 똑같다는 겁니다. 당신이 하고 싶었던 말이 이거지요?"

"예, 그렇습니다. 특히 우리 피렌체 거주지에 사는 사람들 중 예전에 직접 시모네타를 보았던 많은 사람들이 그녀를 다시 보았다고 믿고 있습니다. 처음에 저는 그녀를 잃은 안타까움에서 만들어진 전설 같은 거라고 생각했지요. 그리고 어딘지 닮은 여인이 있어서 생긴 소문일 거라고 말입니다. 그런데 지금……"

그 순간 피코는 마네토로부터 좀더 상세한 이야기를 듣고 싶어서 피렌체에서 벌어진 일들을 들려주려고 했다. 하지만 꽤 떨어진 거리에서 어떤 남자가 마네토에게 인사를 하는 바람에 대화가 중단되었다. 아까 여자와 재빨리 몇 마디 주고받던 바로 그 남자였다. 피코는 갑자기 관심을 보이며 지켜보았다. 마네토가 그에게 답례를 하다가 피코가 눈에 띄게 호기심을 보이고 있다는 것을 알아차렸다.

"당신이 알아둬야 할 사람입니다."

남자가 그들 쪽으로 다가오는 동안 이렇게 말했다.

"리아리오의 연회에서 당연히 만날 만한 그런 사람이지요."

곧 그가 덧붙였다.

서른이 조금 넘어 보이는 잘생긴 외모의 남자로 밝은 장밋빛 피부에 검은 머리가 부드럽게 목까지 흘러내려와 있었다. 보티첼리가 보았다면 귀족 초상화 모델로 좋아하겠는걸, 하고 피코는 생각했다. 열에 들뜬 것처럼 얼굴에 새겨진 저런 불안한 표정만 아니라면 말이야, 잠시 후 이렇게 생각했다. 남자는 느긋한 분위기로 홀을 이리저리 돌아다니고 있었는데도 먹이를 찾는 늑대와 비슷해 보였다.

바로 그때 남자가 벽 앞에서 걸음을 멈추고 벽을 장식한 태피스트리를 유심히 바라보았다. 그의 시선은 인물들로 화려하게 장식된 천을 따라 위로 올라갔다. 그리고 점점 더 위쪽으로 올라가더니 가늘고 긴 나무조각들을 화려하게 이어붙인 천장의 대들보 쪽을 바라보았다.

하늘이 금방 무너지기라도 할 듯 그의 표정은 점점 더 어두워졌다. 피코는 호기심이 생겨 그의 움직임을 눈으로 좇았다.

"프란체스코 콜론나입니다."

그의 귀에 대고 속삭이는 마네토의 목소리가 들렸다.

"생각해 보십시오, 콜론나 가문 사람이 여기에 오다니요!"

"추기경은 정말 자기 식탁에 아름다운 여인들과 이교도들이 앉아도 전혀 당황하지 않는 것 같습니다. 그리고 결론적으로 말하자면 메디치 가문의 대리인인 당신도 초대해주지 않았습니까. 그가 끝장을 내려고 했던 가문인데요."

피코가 깊은 생각에 잠긴 채, 여전히 남자에게서 눈을 떼지 않고 말했다. 남자는 그 사이 천장에 대한 연구를 끝내고 겉으로 보기에는 심드렁한 태도로 다시 주위를 둘러보았다.

마네토가 그때를 이용해서 그에게 다가갔다.

"메세르 프란체스코 나리, 여기서 뵙다니 정말 반갑습니다!"

피렌체인이 이렇게 말을 시작하며 인사의 표시로 고개를 숙였다.

"너그러우신 추기경님이 나까지 초대를 해주었지요, 세르 마네토."

그가 억지로 웃음을 지어 보이려 애쓰며 대답했다.

"어쩌면 카니발이 전도(轉倒)의 축제이기 때문일 수도 있지요. 수사들은 수녀복으로 변장을 하고 늑대는 양으로 변장하잖습니까. 하지만 저는 이 기회를 이용해서 우리 가문 사람들이 예전에 살았던 방들을 구경했습니다."

"지금 있는 이 팔라초는 예전에 콜론나 가문 것이었지요……가문이 몰락하기 전에는요."

마네토가 설명해 주었다.

"당신이 분명 관심이 있을 만한 이 도시 역사의 일부분입니다. 조반니 피코 델라 미란돌라, 내 젊은 친구분이신데 고상한 고대에 아주 관심이 많답니다."

마네토가 이렇게 덧붙이며 그를 소개했다.

"그렇습니다. 우리가 이 전 지역을 지배하고 있을 때 이 건물은 우리 재산의 핵심 그 자체였지요. 내기를 해도 좋은데, 이 태피스트리를 들어 올리면 이 밑에 분명 아직도 콜론나의 문장이 있을 겁니다. 조각칼의 흔적이 있기는 하겠지만요."

남자가 대답했는데 목소리가 왠지 씁쓸한 것 같았다. 하지만 곧 그의 얼굴에 미소가 다시 번졌다.

"아, 먼저 이 가문이 몰락을 해야 하는데. 망나니의 칼로부터 우리 언덕을 구하기 위해서이지요. 게다가 sic transit gloria mundi('그렇게 세상의 영광은 지나간다' 라는 뜻의 이탈리아어)라고 하지 않습니까?"

"맞습니다, 그렇게 말하고들 있습니다."

피코가 정중하게 대답했다. 그는 방금 온 이 남자에게 본능적으로 호감을 느꼈다. 하지만 그와 동시에 이 남자가 여기 나타난 이유가 왠지 그 신비한 여인과 관련이 있을 것이라는 느낌을 떨쳐버릴 수가 없었다. 그가 막 그쪽으로 화제를 바꾸려 할 때 마네토가 그의 말을 앞질렀다.

"우리 조반니 씨는 도시의 역사적 자취를 추적하고 있습니다. 그것들을 연구했던 사람들에 대한 기억들까지 말입니다. 특히 로마에서 오랫동안 살았던 위대한 건축가 알베르티에 대한 정보를 찾고 있습니다. 물론 당신도 잘 알고 있는 사람이지요."

피렌체인이 특히 마지막 말에 힘을 주어 말했다.

"레온 바티스타 말씀입니까?"

프란체스코 콜론나가 조그맣게 중얼거렸다.

"그럼요, 알고 있습니다. 아주 오래 전, 제 아버지 집에서 만났지요." 그가 모호한 어조로 덧붙였다.

"메세르 콜론나의 아버님은 팔레스트리나의 영주이셨던 스테파노이십니다. 예술을 사랑하신 분으로 유명하지요. 살아생전에 학문 연구에서 두각을 나타낸 사람들을 높이 평가해주셨던 것으로도 유명합니다." 마네토가 정확히 알려주었다.

"제 보잘것없는 학식도 아버지 덕에 쌓았습니다. 그리고 그분

덕에 유명하신 분들을 여럿 만날 기회를 갖게 되었지요."

콜론나가 갑자기 피코에게 흥미를 느끼게 된 듯 피코를 다시 뚫어지게 보았다.

"피렌체에서 오셨습니까?" 콜론나가 이렇게 물었다.

"그렇습니다. 어떻게 그걸 아셨지요?"

"당신 옷차림 때문이오. 그리고 마네토 씨가 당신에게 호의를 보이는 것 같아서요. 로마에는 무슨 일로 오신 겁니까? 레온 바티스타 알베르티 이야기를 하셨지요. 당신도 그 사람과 친분이 있었습니까?"

피코가 마네토 쪽으로 돌아보았다. 콜론나에게 속내 이야기를 해도 되는지, 어느 수준까지 그의 목적을 얘기해도 되는지 전혀 알 수가 없었다.

"프란체스코는 메디치 데 로렌초의 정책을 매우 염려하는 교황청의 입장과 다른 입장을 취하고 있습니다. 이분에게는 솔직하셔도 됩니다. 이 도시에서 그렇게 할 수 있는 분은 몇 분 안 되지요."

피코가 다시 프란체스코를 돌아보았다. 몇 년을 대학에서 보내면서 피코는 얼굴을 통해 사람의 본성을 읽어내는 것이 중요하다는 것을 금방 알게 되었다. sic와 non('yes' 와 'no' 를 뜻하는 라틴어)이 승패를 결정하는 치열한 이론 논쟁에서, 그리고 그보다 더 자주 있는 일인데, 선술집의 구석진 방에서 주사위 게임을 할 때 얼굴 뒤에 숨겨져 있던 비수가 튀어나오는 일이 종종 있었다. 승리와 패배만이 아니라, 자신의 목숨 자체가 각자의 민첩한 행동에 달려 있게 되는 그런 상황에서 다른 사람의 속내를 꿰뚫어

볼 수 있다는 것은 공격을 할 때 팔의 힘만큼이나 중요했다. 피코가 지금 자기 앞에 있는 남자의 얼굴에서 찾고 있는 것은 어떤 표식이나 자신과의 유사성이었다.

정확한 판단을 내리기가 쉽지 않았다. 부드러운 곡선으로 어린 소녀의 얼굴을 연상시키는 그 얼굴의 윤곽은 얼핏 보기에는 우유부단한 성격임을 드러냈다. 하지만 두 개의 검처럼 곧은 눈썹 밑에서 강렬한 빛을 발산하는 검은 눈이 그런 첫 인상을 불식시켰다. 날씬한 코는 그가 사려 깊은 성격이라는 것을 암시했지만 그와는 달리 통통하고 선명한 입술은 재 속에 숨겨진 불씨 같은 열정을 드러내주었다. 저 남자는 무슨 일이든 할 수 있겠군, 피코가 결론을 내렸다.

"알베르티는 로렌초와 아주 친한 사이였다고 하더군요. 당신을 이곳으로 보낸 게 로렌초입니까?"

콜론나의 이런 질문에 피코는 자기 생각에서 벗어났다.

"건축가들 중의 건축가인 알베르티에 대한 정보를 피렌체의 군주보다 더 잘 아는 사람이 어디 있을까요?"

"말년에 알베르티는 은둔 생활을 했습니다. 세상과 전혀 접촉을 하지 않을 정도로 말입니다. 심지어 그를 너무나 사랑하고 존경했던 친구들과도 말입니다."

감탄의 눈으로 바라보던 피코가 두루뭉술하게 이야기를 덧붙였다.

"로렌초 데 메디치께서는, 친구의 작품들과 그가 쓴 글들이 어떻게 되었는지 알고 싶어 하십니다. 다른 많은 위대한 예술가들의 작품들이 종종 그랬듯이 그것들이 사라져버리는 것을 막기 위해서 꼭 보호해야 하기 때문입니다."

"알겠습니다. 알베르티와 작업을 함께 한 동료들이 좀더 많은 것을 알고 있을 수도 있겠지요……" 콜론나가 중얼거렸다.

그가 막 다른 말을 하려는 순간 무엇인가가 그를 막았다. 리아리오 추기경을 필두로 몇몇 연회 참가자들이 무리를 지어 그에게 다가오고 있었다. 추기경은 큰 소리로 이 팔라초와 장식품들의 탁월함을 자랑했다. 피코는 추기경이 자신들 옆으로 지나갈 때 차가운 시선을 보내며 콜론나를 투명인간 취급하는 것을 알아차렸다. 콜론나 역시 더욱 창백해져서 그 자리에서 꼼짝하지 않았다.

일순간 두 사람이 마치 대결이라도 할 것처럼 보였다. 하지만 추기경은 그 곁을 지나 문 쪽으로 걸어갔고 음악소리는 더욱 크게 울려 퍼졌다. 연회가 끝났다는 신호였다. 손님들은 추기경 뒤로 길게 줄을 섰고 홀 반대쪽 끝에서는 리아리오 가문의 문장이 새겨진 갑옷을 입은 병사 몇 명이 나타났다.

"가야 할 시간이군요."

마네토가 추기경의 호위병들을 조심스럽게 가리키며 말했다.

"우리가 접대의 규칙으로 보호를 받은 건 여기까지입니다. 연회가 끝나면……"

그가 밖으로 나가는 사람들 속으로 두 사람을 안내하면서 암시적으로 말했다.

계단에서 피코는 다시 프란체스코 콜론나에게 말했다.

"알베르티의 작업 동료 이야기를 하셨지요. 로마의 예술가들 말입니까? 아니면 다른 누구?"

"지금 가장 큰 공사를 하고 있는 사람들이지요. 바티칸에 새로운 예배당을 건축하고 장식하는 이들입니다. 예배당은 식스토 이름이 붙게 될 겁니다. 그곳에 알베르티를 아는 사람들이 아주 많습니다. 피렌체의 거장, 보티첼리도 있을 겁니다."

"보티첼리요?"

피코는 그 이름을 듣자 너무 놀라 흠칫하며 물었다. 어쩌면 그가 그렇게 놀라는 게 이상할 수도 있었다. 이탈리아 최고의 예술가 두 사람이 서로 알고 지냈다는 게 뭐 이상할 게 있겠는가? 그렇지만 보티첼리는, 실패한 첫 번째 시도에 참가했었다. 로렌초의 말을 따르면, 사랑했던 여인을 어둠에서 되살려내기 위해 누구보다 애썼던 사람이 보티첼리였다. 그리고 그는 다시 시도를 하겠다고 맹세했다. 그가 정말 알베르티와 교제했다면, 헤르메스 책 필사본을 바로 알베르티에게 받은 게 아니었을까? 그리고 조각가 풀젠테와 그렇게 오래 접촉했다면…….

피코는 혼란스러웠다. 정말 화가가 헤르메스의 책을 가지고 있다면, 의식을 혼자만 간직하고 싶은 유혹에 빠지지 않을 수 있었겠는가? 여인에 대한 광적인 사랑에 압도되어, 혼자만 그 의식을 알고 싶어 살인을 할 정도에까지 이를 수 있을까?

"연회에 나왔던 무희가 누구인지 아십니까?"

피코가 느닷없이 물었다. 프란체스코 콜론나는 지금까지 그들이 나누던 이야기와 이 질문 사이에 무슨 관련이 있는지 이해하지 못한 듯 당황한 눈치였다.

"무희요? 제가 보기엔 아주 훌륭하더군요…… 하지만 전 무슨 말씀을 하시려는 건지 모르겠는데요……"

“그녀와 이야기를 나누시는 걸 보았습니다.”

피코가 계속 말했다. 프란체스코가 머뭇거렸다.

“아니요. 누군지 전혀 모릅니다. 아마 많은 사람들 때문에 저라고 착각하신 거겠지요.”

잠시 후 그가 딱 부러지게 대답했다.

그 사이 그들은 포장이 잘된 산티 아포스톨리라는 이름의 넓은 광장에 도착했다. 프란체스코 콜론나는 단 한마디도 더 하지 않고 서둘러 그들과 헤어졌다. 조금 떨어진 곳에 있는 교회의 문은 굳게 닫혀 있었는데 아마도 고래고래 노래를 부르고 욕을 해대며 근방에서 배회하는 취객 무리들로부터 성스러운 장소를 보호하기 위해서인 듯했다.

“화가는 어디 가면 만날 수 있을까요?”

피코가 갑자기 마네토에게 물었다.

“우리처럼 피렌체인 거주지에 살지 않습니다. 고향 사람들과 어울리기를 싫어하는 것 같습니다. 예술가들 구역에서 찾아보세요. 틀림없이 만날 수 있을 겁니다.”

그가 인사의 제스처를 하며 말했다. 그들이 헤어질 때, 피코는 멀리서 검은 머리의 스페인인의 형체를 발견했다. 광장 끝에서 그들을 감시하는 것 같았다. 피코는 잠깐 동안이지만 그 남자가 자기 뒤를 밟을까봐 두려웠다. 하지만 곧 그가 옆길로 접어들어 사라지는 것이 보였다.

보티첼리의 집에서

로마에서 일하는 화가들은 대개 캄포 데이 피오리 근방에서 살았다. 피코는 지나가는 행인들에게 보티첼리에 대해 물었다. 그 이름은 모두 알고 있었지만, 화가가 그의 동료들의 공동체와 어떤 접촉을 하며 사는 것 같지는 않았다. 물감을 파는 상인들도 그에게서 아무런 주문도 받지 않는다고 했다. 마침내 피코는 보티첼리가 그곳에서 멀리 떨어진 산을 지나서 테베레 강의 굽이진 곳, 산탄젤로 다리 못미처에 살고 있다는 것을 알아냈다.

피코는 캄포 광장에서 강 쪽으로 휘어져, 넓은 교황 거리와 나란히 난 좁은 골목으로 들어갔다.

차가운 바람이 휩쓸고 지나간 하늘을 올려다보았다. 하늘에 뜬 별들이 환하게 빛나고 있었다. 마치 강한 바람이 그 높이까지 올라가서 별들의 불꽃을 더욱 환하게 되살려 놓은 것만 같았다. 이미 한참 전에 자정이 지난 게 틀림없었지만, 거리에는 축제의 흔적을 떨쳐버리지 못한 채 비틀거리며 집으로 돌아가고 있는 사람들이 아직도 보였다. 피코는 여러 번 화가의 집을 물어보았지만 아무도 그 집을 모르는 것 같았다.

"피렌체인 말이지요. 마돈나를 그린? 저 아래쪽에 삽니다."

드디어 대답을 들을 수 있었다. 피코는 감사의 인사를 하고 남자가 알려준 곳으로 갔다. 막다른 골목에, 2층으로 이어지는 가파른 벽돌 계단이 있는 작은 건물이었다. 아래층에 있는 마구간 문이 열려 있어서, 구석에 놓인 수레를 끄는 말들이 발로 땅을 긁는 소리와 숨을 몰아쉬는 소리가 들렸다.

그는 계단을 올라가서 문을 두드렸다. 처음에는 아무 대답도 없었다. 칠이 벗겨진 문을 다시 여러 차례 두드렸다. 그러면서 이렇게 늦은 시간에, 이렇게 무례하게 방문하게 된 이유를 화가에게 어떻게 변명해야 할지를 혼자 속으로 생각했다. 하지만 한편으로 화가들은 독특한 방식으로 생활을 하기 때문에 어쩌면 보티첼리는 자신의 이런 무례한 행동에 별다른 신경을 쓰지 않을지도 모른다고 속으로 생각했다.

안에서 발을 끌며 걷는 소리와 빗장을 푸는 소리가 들렸다. 문이 한 뼘쯤 열렸고 그 사이로 검은 머리 청년의 얼굴이 얼핏 보였다. 청년은 의심의 눈초리로 피코를 보았다.

"화가인 산드로 보티첼리가 여기 사십니까?" 피코가 물었다.

"누구십니까?" 청년이 로마 악센트가 강한 묵직한 목소리로 대답했다.

"같은 고향 사람입니다. 피렌체 군주이신 로렌초를 대신해서 이야기할 게 있습니다."

청년은 그 이름을 듣자 놀라는 것 같았다. 아직도 잠에 취해 흐릿한 눈에서 졸음의 그림자를 쫓기라도 하듯 두 손으로 눈을 문질렀다. 그는 잠시 망설이며 문가에 서 있었다. 그러더니 다시 문을 한 뼘쯤 더 열었다.

"마에스트로 산드로는 안 계십니다."

피코는 실망감을 숨겼다. 게다가 놀랄 일도 아니지 않은가? 축제 때에는 화가들도 평상시보다 늦게 집으로 향할 테니까. 피코가 언제쯤 찾아오면 만날 수 있을지를 물어보려고 할 때, 청년이 공범자 같은 분위기로 피코 쪽으로 몸을 내밀었다.

"마에스트로는 항상 밤에 일하시거든요."

"밤에요? 어디서요?"

"강 건너, 교황의 새 성당에서지요."

피코는 갑자기 강한 호기심을 느꼈다. 식스토 4세가 바티칸의 팔라초들을 장식하기 위해 주문한 작품들이 있다고 막연하게 알고 있었다. 그림들과 정원에 세울 조각, 그리고 무엇보다 거대한 프레스코 벽화가 있었다. 그런데 화가는 왜 가장 귀중한 회화의 재료인 빛이 있을 때가 아니라 어둠 속에서 작업하는 걸 좋아하는 걸까? 특히 눈부신 색채를 자신의 특징으로 만든 산드로 보티첼리 같은 화가가? 그 역시 인공의 불빛이 캔버스에 남기는 효과들을 실험해 보고자 하는 유혹을 받지 않았다면 말이다.

"그분의 작업을 보고 싶군요. 그럴 수 있을까요?"

청년이 흠칫했다.

"안 됩니다, 나리, 주인님께서 아무도 보지 못하게 하십니다. 물감을 준비하는 조수인 우리들도 주인님이 일하시는 곳에 접근도 할 수 없는 걸요!"

피코가 고개를 끄덕였다. 그가 막 돌아서서 되돌아가려던 찰나에 또 다른 목소리가 들렸다. 문 너머로 교활해 보이는 두 번째 청년이 나타났다.

"그런데 그 여자가 온 뒤로 주인님이 더 이상해졌어."

피코는 그 청년의 말투가 도발적이라고 생각했다. 앞의 청년이 급히 그의 입을 막으려고 하자 이 청년이 그를 밀어 버렸다.

"왜, 아니라고 말하고 싶은 거야? 이제 아무 일에도 흥미가 없고 심지어 정오에 식사를 해야 한다는 것까지 잊어버리고 사는데 사실이 아니라는 거야? 몇 주 전부터 우리에게 급료도 주지 않는데 말이야?"

아까보다 더 적대감이 담긴 어조로 말했다.

친구가 그의 입을 다물게 하려고 했지만 화가 난 청년은 문을 잡고 활짝 밀어젖히면서 피코에게 방 안을 전부 보여주었다.

"내 말이 거짓말인지, 우리 주인이 미친 게 진짜인지 아닌지 와서 보십시오. 그리고 내가 독일인을 위해 물감들을 섞으러 가지 않겠다고 하자 악담을 퍼부었어요."

두 청년은 들고양이들처럼 서로 뒤얽혀 싸우며 바닥에 나뒹굴었다. 이 혼란을 틈타 피코는 방으로 들어갔다. 화가의 집 전체가 큰 방 하나로 이루어져 있었는데 두 조수들이 자는 초라한 짚 매트리스 두 개와 조금 나아보이는, 아무도 잔 흔적이 없는 침대가 하나 있었다. 벽 옆에는 두 개의 이젤이 세워져 있었고 그 위에 여러 개의 캔버스들이 쌓여 있었다.

피코는 등 뒤에서 벌어지는 격투에 신경을 쓰지 않은 채 호기심을 가지고 그림 위로 몸을 숙였다. 모두 다양한 포즈를 취하고 있는 여자의 나체 그림으로 놀랄 만큼 아름답고 우아했다. 보다 복잡한 작품을 위한 습작인 것 같았다. 다 똑같은 사람이군, 여러 장의 스케치에서 동일하게 되풀이되는 비율 좋은 길쭉한 팔다리를 보며 말했다. 하지만 이상하게 모두 머리가 없었다. 꼭화가가 육체의 움직임에 대한 연구에 집착한 것처럼, 그래서 모델의 얼굴에는 전혀 관심을 기울이지 않은 것처럼, 아니면 의도적으로 그런 것처럼. 여자의 얼굴을 드러내고 싶지 않기라도 한 것처럼 말이다.

피코는 자신의 가방에서 풀젠테의 시신에서 찾아낸 초상화를 꺼내 그림 하나 위에 올려놓아 보았다. 단순한 우연의 일치일 수도 있었지만 그는 그 얼굴이 머리가 없는 그림에 완벽하게 들어맞는 것 같았다. 동일한 사람이 한 인물을 그린 다음 어떤 이해할 수 없는 이유 때문에 그 둘을 나눈 것 같았다.

그때 주먹을 휘두르는 둔탁한 소리와 고통의 비명 소리가 격투가 끝났음을 알렸다. 피코는 재빨리 그림을 제자리에 집어넣은 후 뒤를 돌아보았다. 피 묻은 얼굴을 두 손으로 가린 채 울면서 문 밖으로 도망가는 검은 머리 청년을 볼 수 있었다.

"저 바보 같은 놈은 이런 꼴을 당해도 싸다니까요. 내가 오래전부터 저 놈 얼굴을 손 좀 봐주고 싶었어요. 이제 예전처럼 잘생긴 얼굴을 되살려 줄 수 있는 건 화가밖에 없을 겁니다."

"이제 어떻게 할 생각입니까?" 피코가 물었다.

"떠날 겁니다. 이 미치광이를 위해서 이제 일할 만큼 했으니까요!"

"당신이 말했던 여자 말이오. 그녀를 직접 본 적 있습니까?"

청년이 빈정거리듯 피식 웃었다.

"마에스트로 산드로는 그의 물감들처럼 그 여자를 특별하게
다뤘습니다. 아무도 그녀를 본 적이 없어요. 하지만 난 그녀가
있다는 건 알고 있습니다."

"어떻게 그렇게 말할 수 있습니까?"

청년이 옷을 주섬주섬 집어 가방을 꾸리기 시작했다.

"내가 예배당으로 물감을 가져다 주러 갈 때마다 그녀의 향기
를 맡았어요. 틀림없다니까요. 그건 여자 냄새였어요. 주인이
데리고 다니는 못생긴 여자의 악취가 아니었어요!"

청년이 노련한 분위기로 말했다.

피코가 골똘히 생각을 했다. 청년은 이제 피코의 존재에 별 신
경을 쓰지 않은 채 출입문 쪽으로 걸어갔다. 피코가 그의 팔을
잡아 세웠다.

"작업하고 있는 당신 주인을 만나고 싶소!"

"그럴 수 없다고 말씀드리지 않았습니까!"

청년이 피코에게서 벗어나려고 몸을 뒤틀며 대답했다. 피코
가 손을 놓지 않는 것을 보고 잡히지 않은 다른 손으로 피코를
공격하려고 해보았다. 하지만 피코가 잡은 손을 등 뒤로 비틀자
청년은 고통의 비명을 질렀다.

"누군지 모르는 사람에게 주먹을 휘두르면 절대 안 된다네."

다시 손을 비틀며 피코가 말했다. 청년은 갑자기 진정이 된 것
같았다. 그리고 비굴한 눈으로 피코를 보았다.

"할 수 없습니다." 그가 기운 없는 목소리로 반복해서 말했다.
"예배당에 아무도 접근할 수 없습니다. 교황의 수비대가 지키고
있거든요!"

피코가 짤랑거리는 소리가 나게 자신의 옆구리에 찬 가방을 흔들었다.

"잘 생각해보면 가능할 수도 있어. 주인에게 자네가 물감을 가져다준다고 하지 않았나?"

"그렇습니다. 하지만……"

"나를 들어갈 수 있게 해주면 자네에게 은화 한 냥을 주겠네."

청년의 얼굴에 강한 탐욕의 표정이 떠올랐다. 그가 잠시 생각에 잠겼다. 그러더니 어깨를 으쓱했다.

"좋습니다. 제가 예배당 문 앞까지 데려다 줄 수 있습니다. 하지만 그 다음부터는 나리가 알아서 하셔야 합니다."

청년이 손을 내밀며 이렇게 말했다.

피코는 물감 얼룩이 여기저기 있는 청년의 작업복을 재빨리 입었다. 등에 진 무거운 바구니 무게에 허리를 펴지도 못한 채 아직 반 정도밖에 완성되지 않은 층을 지나 홀까지 연결된 계단을 올라갔다. 대예배당의 오래된 건물은, 새로운 알현실과 자신의 개인 성소를 만들라는 교황 식스토의 명령에 따라 대공사를 진행하기 위해 아직 가설물들에 둘러싸여 있었다.

밖에서 보면 거대한 벽돌 건물은 성당 건물이기보다는 요새를 상기시켰다. 마치 누군가 하느님과 아주 사적인 대화를 할 수 있는 안전한 방어용 요새를 생각해낸 것처럼. 외부의 간섭을 전혀 받지 않은 채 하늘까지 올라갈 수 있는 곳. 그러나 외부에서는 아무도 그것을 함께 할 수 없는 곳이었다.

그들은 무장한 호위병 두 사람 앞을 지나갔다. 두 병사는 건성으로 그들을 흘깃 보았을 뿐이었다. 일꾼들이 드나드는 데 익숙해진 게 틀림없었다. 청년을 알고 있는지도 몰랐다. 두 병사는 도박과 여자 얘기에 정신이 팔린 것 같았다. 피코는 성묘(聖墓)교회를 수비하는 용병들은 이들과 매우 다를 거라고 생각했다.

출입문을 지나 알현실이 될 넓은 방으로 들어갔다. 여기서 청년은 걸음을 멈추고 바구니를 땅에 내려놓았다.

"더 이상 갈 수 없습니다. 내가 나리를 여기까지 데려온 줄 알면 주인님이 절 죽여 버릴 겁니다. 약속하신 은화를 주십시오."

피코가 가방에서 은화를 찾았다. 하지만 은화를 청년의 손에 건네주기 전에, 홀 맨 안쪽으로 돌아섰다. 거기 반쯤 열린 문에서 한 줄기 빛이 새어나왔다.

"저기 있는 게 틀림없겠지?" 그가 의심스러운 듯 물었다.

"그럼요." 청년이 은화를 피코의 손에서 낚아채며 대답했다.

"주인님은 화가들이 모두 떠난 게 확인되면 매일 밤 이곳에 옵니다. 새로운 형식을 실험하고 싶은데 누군가 미완의 작품을 보는 게 싫다고 하더군요."

청년이 재빨리 돌아서서 오던 길로 가버렸다. 혼자 남은 피코 역시 짐을 그대로 놔둔 채 조심스럽게, 완전히 깜깜한 그 홀에서 유일하게 빛이 흘러나오는 곳으로 다가갔다. 강렬한 햇살이 대성당의 스테인드글라스를 통해 스며들듯 이상한 색깔의 빛이 그 문 너머에서 1미터 이상 퍼져갔다.

피코는 재빨리 문 너머를 보았다. 그의 눈은 쏟아지는 빛과 새로운 방을 뒤덮은 어지러운 색깔들 때문에 잠깐 아무것도 보이지 않았다. 잠시 후 그가 문 안으로 들어갔다.

시스티나 예배당

그의 머리 위로, 적어도 24미터는 되어 보이는 높은 천장이 있었다. 금빛의 수많은 별들이 수놓인 푸른색의 거대한 둥근 천장이 두 개의 긴 벽 사이의 공간 위로 뻗어가며, 그 공간을 감싸듯 덮었다. 색색깔의 다양한 인물들이 당당하게 벽을 수놓고 있었다. 수십 명의 육체들, 고대 건축물들, 바람에 흔들리는 옷과 휘장들이 서로의 뒤를 좇듯 그려져서 특별한 힘을 가진 성서의 사실들을 묘사한 거대한 그림들이 되었다.

인간의 손으로 만든 드라마, 항상 하느님의 말씀에 형태를 부여하려고 시도하는 드라마가 이렇게 선명하게 펼쳐지는 이런 곳을 피코는 거의 보지 못했다. 하지만 그런 하느님 말씀은 눈부신 색깔로도 표현하지 못하는 닿을 수 없는 깊고 깊은 곳에 남아 있었다. 그러한 인물조차도 모든 대답을 거부하는 듯이 보이는 침묵을 이길 수 없었다.

수백 개의 촛불들이 긴 신도석을 환히 밝혀 주었다. 나선형의 거대한 모자이크로 장식된 바닥에, 귀퉁이에, 성가대석의 난간

에, 이젤과 가설물 위에 촛불들이 켜져 있어 이 방안을 거의 완
벽할 정도로 환히 비춰주었다. 다만 이 성스러운 장소에서도 물
리칠 수 없는 악이 존재한다는 것을 상기시키기라도 하듯, 몇몇
군데에는 어둠이 고집스레 버티고 있었다. 하지만 그 이외의 곳
에서는 모든 이미지들을 사라지게 할 정도로 빛이 강렬했다. 이
미지들은 그것들을 필요로 하지 않는 호수 속으로 사라진 듯, 색
깔이 눈부신 백색의 빛 속에서 거의 용해되어 버린 듯했다. 피코
는 손차양을 만들어 빛을 피하며 성당 한가운데를 향해 몇 발짝
떼어놓았다. 거기, 성직자만의 구역을 표시하는 난간 근처에서,
둥글게 놓인 촛불들이 다른 곳보다 훨씬 강렬한 빛을 주변으로
발산했다. 그리고 그 빛의 한가운데에서, 쏟아지는 새하얀 뜨거
운 빛 속에서, 검은 그림자 하나가 위로 솟구치는 거대한 검은
불꽃처럼 흔들리는 것 같았다.

　남자와 여자의 형체였다. 물감으로 얼룩진 초라한 옷을 입은
남자가 항아리들과 병들과 붓과 아트나이프가 잔뜩 놓인 작은
테이블 옆에 서 있었다. 남자는 두 개의 이젤에 걸어 둔 커다란
캔버스 쪽으로 한 손을 들어 올린 채, 붓질을 해야 할 한 지점을
뚫어지게 쳐다보며 꼼짝하지 않았다. 현기증이 나서 눈앞이 빙
빙 돌아, 눈앞의 어떤 한 지점이 완벽한 위치에서 멈추길 기다리
고 있기라도 한 것처럼.

　하지만 피코가 입을 다물지 못하고 쳐다본 건 그가 아니었다.
캔버스 바로 너머에서, 환하게 켜놓은 촛불에 에워싸여 받침대
위에 서 있는 여인이 실오라기 하나 걸치지 않은 알몸으로 공간
을 가득 메우고 있었다. 불빛이 순백의 피부와 구불구불한 금빛

머리 위에서 반사되었다. 머리카락들은 어깨 위로 흘러내려 관능적으로 목 주변을 감싸다가 등을 따라 흘러내렸고 여인은 한 손을 부드럽게 가슴에 올려놓았는데 가슴을 보호하려는 듯이 한 손을 구부리고 있었다. 다른 팔은 옆구리 쪽으로 떨어뜨렸는데 그 긴 손가락으로, 두려움 없이, 혹은 화가의 시선에 전혀 부끄러움을 느끼지 않고 노출한 음부의 금빛 음모와 뒤섞인 머리카락의 끝을 잡고 있었다.

그녀는 초상화 속의 여인이었다. 피코는 잠시 앞으로 뛰어나가 그들에게 가고 싶은 충동을 느꼈다. 하지만 그보다 더 큰 본능이 그를 막았고 겨우 한 걸음을 떼어놓았다가, 어쩔 수 없이 걸음을 멈추어야만 했다. 두 사람의 얼굴에서 무엇인가를 읽을 수 있었다. 그들끼리 주고받는 일종의 무언의 대화, 그것을 중단시키면 신성모독이 될 수도 있을 것 같은 대화였다. 화가가 마치 보다 높은 힘에 의해 멈춘 제스처를 완성하기 위해 그녀의 신호를 기다리기라도 하듯, 넋을 잃은 듯 모델의 얼굴을 바라보는 동안 붓은 캔버스 위에서 계속 무엇인가를 찾았다.

피코는 본능적으로 주변에 있는 텅 빈 공간에서 몸을 숨길 수 있는 곳을 찾았다. 오른쪽으로 어둠이 드리워진 곳에, 프레스코 벽화의 인물들 사이에 난 공간 쪽에 위치한 성가대석으로 올라가는 나선형의 좁은 계단이 있었다. 피코는 그쪽으로 가서 첫 번째 계단 몇 개를 올라갔다. 모자이크되어 있는 다양한 색상의 대리석 조각들을 살짝 스치며 조용히 올라갔다. 하지만 그의 신발에서 쉿소리가 난다 해도 그 순간 자신들의 의식에 깊이 빠져 있는 두 사람의 주의를 빼앗을 수 없을 것 같았다.

성가대석에 도착한 피코는 성가대석 난간의 기둥 뒤에 웅크리고 앉아서 다시 그 두 사람을 훔쳐보기 시작했다. 그는 여자의 몸에서 눈을 뗄 수가 없었다. 불안정한 불빛 속에 드러난 그녀의 몸, 그것을 본 사람들의 말 속에서 환상으로만 존재했던 그녀의 몸은 정말 이 세상 모든 여성의 아름다움을 집약시킨 것 같았다. 처음에는 그림에 묻은 피 때문에 흐릿해진 윤곽을 통해서만 상상했던 얼굴, 그 후 연회장에서 얼핏 보았던 얼굴이 이제 그 완벽함으로 그의 눈을 아프게 할 지경이었다.

그때 얼마 전 읽었던 아름다움에 대해 쓴 알베르티의 글이 떠올랐다. 최악의 경우가 아니라면, 덧붙일 수도 뺄 수도 혹은 다른 어떤 것하고도 바꿀 수 없는 것에 대한 것이었다. 바로 그의 눈앞에 있는 여인의 나체 속에 집약된 것 같은 신적인 비율을 말한 것이었다.

가슴이 빠르게 뛰기 시작했고 호흡은 점점 가빠졌다. 그는 창자에서 갑자기 열기가 올라오는 것 같았다. 그가 살던 성의 젊은 하녀들이나 밤에 학생들의 방에 몰래 숨어 들어오던 처녀들을 품에 안았을 때도 느껴 보지 못한 것이었다. 피코는 그 여인들을 위해 시를 써주기도 했고 종종 그녀들에게 거절을 당하면 괴로워하기도 했다.

하지만 그 역시 자기도 모르는 사이에 시모네타를 흠모하는 연인들의 비밀 명부에 이름을 올리고 있는 지금, 그 여자들은 바람과 먼지에 불과했다. 그녀들은 아무것도 아닌 것 같았다.

그는 앞으로 절대 이 순간을 잊지 못할 것이다. 하지만 곧 낮은 신음소리가 그의 주의를 빼앗았다. 남자가 마침내 캔버스에 붓질을 하면서 한숨을 쉬었다. 그 소리에 피코는 여인을 바라보던 눈길을 거두었다. 화가가 재빠르게 손을 놀려 붓끝으로 테이블 위의 무엇인가를 건드렸고 다시 캔버스에 붓질을 했다. 이제 그의 손놀림은 점점 더 빨라졌다. 마치 생각과 행동 사이에, 그가 상상했던 형식과 그것들을 표현해 낸 표식 사이의 경계가, 방금 전까지는 넘을 수 없을 것 같던 경계가 완전히 무너져 버리기라도 한 것 같았다. 그가 보고 있는 위치에서는 캔버스에 그려진 인물을 부분적으로밖에 볼 수가 없었다. 다시 그의 시선이 여인의 몸으로, 그녀의 허리로, 골반을 따라 움직였다. 골반에서 근육들이 몸통을 지탱하기 위해 단단해지다가 그와 동시에 동그스름한 엉덩이에서는 부드러워졌다. 부끄러움 없이 그녀가 드러낸 복부는 모든 남자들이 갈망하는 보물 상자일 게 틀림없었다. 하지만 그 욕망은 어떤 식으로든 자신의 형식을 표현하고 싶어 하지 않는 것 같았다. 뿐만 아니라 그것을 우아한 상태로 재창조해냈다.

예배당에 들어온 뒤 그 모든 광경이 완전히 터무니없다는 것을 처음 알아차린 것은 바로 그 순간이었다. 그래서 잠시 그는 자신이 꿈을 꾸고 있는 것일지도 모른다는 의심에 사로잡혔다. 지금 그의 눈앞에서 벌어지는 일이 어떻게 현실일 수 있단 말인가? 한밤중에, 교황청 한가운데에서. 수비병 중 누군가, 아니면 팔라초에 수없이 오고가는 사제들 중 누군가가 우연히 들어오기만 하면 모든 게 발각될 수 있었다. 교황 식스토도 작업이 진전되는 상황을 눈으로 직접 보고 싶은 호기심에, 그의 방과 직접 연결되는 긴 복도들 쪽으로 난 작은 뒷문으로 갑자기 들이닥칠 수도 있었다. 보티첼리는 무슨 이유로 그의 파멸을 의미할 수도 있는 그런 위험에 자신을 노출하는 걸까? 왜 여인이 그것을 돕게 만든 것일까?

피코는 넓은 홀에서 그 대답을 찾기 위해 주위를 둘러보았다. 하지만 아무것도 없었다. 그는 음산한 쾌감으로 이루어진 신성모독을 생각했다. 이 여자가 정말 죽음에서 돌아온 여인이 맞다면, 화려했던 시신에서 되살려낸 귀신이라면 그를 위해 포즈를 취해주면서 자신의 영원한 사랑에게 요구한 대가가 바로 신성모독이라고 할 수 있을까? 도전, 그를 시험에 들게 하는 것?

예배당 문은 반쯤 열려 있었고 옆의 알현실에 누구든 있으면 들어오라고 무언의 유혹을 했다. 그 두 사람은 이런 상황을 만들어 놓을 정도로 제정신이 아닌 게 틀림없었다. 피코는 수비병들이 현장을 급습하기 위해 성당 안에서 벌어지는 일을 모르는 척하고 있을 뿐인지도 모른다는 생각을 했다. 음모, 정체불명의 여인과 공모를 해서 화가를 체포하기 위한 어떤 위험한 계획일 수도 있었다. 자신도 발각되어 함정에 빠질 수 있다는 공포가 엄습했다. 하지만 다시 눈앞의 장면에 압도되어 그는 자리에서 꼼짝하지 못했다.

보티첼리는 이제 격렬한 에너지가 샘솟는 듯했다. 붓이 힘 있게 캔버스 위를 달렸다. 화가의 손은 그저 그 붓이 움직이는 대로 따라가기만 하는 것 같았다. 화가의 신음소리와 몇 마디씩 웅얼거리는 소리가 들렸다. "시모네타"라는 이름을 뜨겁게 부르는 소리가 여러 번 뚜렷하게 들려왔다. 보티첼리는 실제의 여인에게 한없이 주고 싶었던 자신의 사랑을 그림에 모두 쏟아 붓는 것 같았다. 그리고 여인은 냉랭하고 무관심하게 그 사랑을 받아들이는 것 같았다. 그녀의 입술에는 보일락말락 한 미소가 맴돌았다. 하지만 관조를 하는 성녀의 미소는 아니었다. 그것은 그저 우연히 어떤 곳에 와 있는 사람, 자신을 먼 곳으로 데려다 줄 머릿속의 오솔길을 따라가는 사람의 미소였다.

화가의 물감과 눈물이 그림의 인물을 만들어냈다. 피코는 작업의 결과를 정확히 볼 수 없었다. 작품이 완성된 것 같지는 않았다. 붓을 대는 캔버스가 마치 실제 애무를 받는 육체처럼 떨리기만 했을 뿐, 그림의 모양에는 표면적으로 아무런 변화도 없었다. 보티첼리가 이미 그려놓은 그림 위에 덧칠만 하고 수정만 하는 것일지도 몰랐다.

그때 초의 어떤 부분에 문제가 있어서인지 이젤 옆에 세워둔 한 무리의 촛불에서 더욱 강렬한 빛이 쏟아져 나왔다. 피코가 그때까지 알아차리지 못했던 특이한 점을 발견한 것은 바로 그 순간이었다. 정신없이 손을 놀리는 보티첼리는 탁자에 잔뜩 놓인 물감들을 이용하지 않았다. 그는 기계적으로 물감 통의 입구로 붓을 가져갔지만, 붓에 물감을 적시기 전에 붓을 꺼냈다. 화가는 물감을 묻히는 척만 했다.

피코는 자기도 모르게 터져 나오는 탄성을 누르기 위해 입술을 깨물었지만 성공할 수 없었다. 잠시 동요하는 소리가 붓에서 나오는 소리를 누르며 마법의 침묵을 깼다. 늑대 울음소리에 잠에서 깬 두 마리 개처럼 화가와 여자의 머리가 동시에 움직이며 재빨리 주위를 둘러보았다. 피코는 숨어 있는 곳에서 더 몸을 웅크렸지만 작은 기둥을 통해 그의 눈을 바라보는 여자의 눈길을 피할 수가 없었다. 피코는 호수 같은 그녀의 눈 속에 빠져 헤어 나올 수 없을 것만 같았다. 잠시 후 그녀가 눈을 돌리고 받침대 밑으로 뛰어내려 재빨리 바닥에 놓여 있던 망토로 몸을 감쌌다. 그러더니 한마디 말도 없이 영양처럼 민첩하게 작은 문 쪽으로 달려가서 문을 지나 어둠 속으로 사라졌다.

어떤 반응을 할 시간도 없었다. 피코가 일어서서, 여전히 붓을 허공에 든 채 꼼짝하지 않고 있는 화가에게 자신의 모습을 보였 을 때 여인은 벌써 사라지고 없었다.

"당신, 누구요?"

불안에 짓눌려 제대로 나오지도 않는 목소리로 외치는 소리 가 들렸다.

"빌어먹을, 당신 때문에 달아나 버렸잖아!"

"친구입니다. 피렌체 군주이신 로렌초께서 보내셨습니다."

"로렌초라고요? 메디치?"

화가가 갑자기 작은 목소리로 중얼거렸다. 그 이름을 듣자 그 의 분노가 순식간에 사라지는 것 같았다.

피코가 재빨리 계단을 내려가서 이젤 앞을 지나 그에게로 갔 다. 보티첼리는 그 사이 그림에 천을 덮어씌워 감추려고 했다. 하지만 피코가 천을 잡아당겼다. 이제야 드디어 그림을 제대로 볼 수 있었다. 거대한 조개에서 나온 것 같은 날씬한 육체와, 그 옆으로는 이제 막 그리려고 하는 다른 형상들이 보였다. 공중에 떠 있는 천사나 신들 같았다. 보티첼리가 그의 눈길을 좇았다.

"굉장하지요, 안 그렇소? 그녀보다 더 비너스 여신에 가까운 사람이 누가 있겠습니까?"

피코가 그림을 자세히 보며 잠시 기다리는 동안 정신을 아득하게 하는 향기가 여전히 캔버스 주위에서 밀랍의 냄새와 뒤섞여 맴돌았다. 피코는 방금 전까지 그의 눈앞에 있던 모델과 화가의 작품을 비교해보려 애썼다. 거울 앞에 서 있는 것이라고 잠시 착각할 정도로 모델과 그림이 똑같았다. 하지만 그 거울은 물의 표면 같아 보이기도 했다. 이미지들이 실제 살아 있는 것처럼 보이게 만드는 진동으로 그 이미지들을 흔드는 물의 표면. 그것을 보자 전설 속의 나르시스, 자기 얼굴에 정신을 잃은 그가 떠올랐다. 이것이다, 비밀은 바로 이것이었다. 물. 나르시스가 거울로 자신을 보았다면, 그러면 자신의 완벽한 모습이 그의 환상을 자극하지 않았을 것이다. 불확실한 것에서 탄생한 것일 뿐인 진실에 대한 환영으로 그를 정신 잃게 만든 것은 바로 강이었다. 그 날씬한 신체가 마치 샘물에서 솟아난 것처럼 보인 것은 보티첼리가 그 신체에 선물한 그 떨림이었다.

목 근처의 딱 한 지점의 색깔이 상아색 몸을 갈라놓았다. 그 목 부분에서 날씬한 목을 더욱 부각시키듯이 귀중한 보석이 반짝였다. 세세히 정확히 그려진 그것은, 바로 로렌초가 시모네타에게 선물했었고 풀젠테의 시신 옆에서 다시 나타났던 그 목걸이었다.

"일 마니피코가 내게 원하시는 게 뭡니까?"

화가가 그의 옆으로 다가와 이렇게 묻는 바람에 그는 생각에서 벗어났다.

"저 여인이 누군지 알고 싶어 하십니다."

화가가 망설였다. 그러더니 피코 쪽으로 몸을 숙이고, 갑자기 무엇인가 때문에 정신이 아득해지기라도 한 듯 거의 속삭이듯 작은 목소리로 웅얼거리듯 말했다.

"그녀요! 돌아왔어요! 그렇지만 일 마니피코에게 말하면 안 됩니다. 또다시 그녀를 내게서 데려가 버릴 테니까!"

"어떻게 그걸 그렇게 확신하십니까? 그녀를 불러낸 게 바로 당신이십니까? 의식이 담긴 책을 찾았습니까?"

피코는 자기가 무슨 말을 하는지도 알아차리지 못한 채 계속 물었다.

"아니…… 죽음에서 돌아왔어요……"

화가가 더듬거렸다. 피코는 그가 자신의 질문을 제대로 이해하지 못한 것 같은 인상을 받았다.

"그런데 정말 그녀가 확실한 겁니까? 만져 보셨습니까?"

피코는 계속 질문을 했는데 그 역시 잠시 동안 꿈 속에 빠져든 것 같았다.

"그건 있을 수 없는 일이오. 신성모독이니까요! 누구도 그녀에게 손댈 수 없소!"

광기가 그의 눈에 번득였다. 하지만 그에게 반박할 시간을 주지 않고 보티첼리가 다시 말했다.

"귀신인지 아닌지는 내게 중요하지 않소. 그저 다시 한 번만 그녀를 볼 수 있으면 그만이오! 어느 날 밤 나타나서 비밀을 지킨다는 조건으로 모델을 서 주었소. 그런데 이제 당신이 그녀를 보았으니, 다시 돌아오지 않을 거요!"

보티첼리가 절망적으로 다시 소리쳤다.

"당신은 그냥 그림을 그리는 척만 했습니다! 내가 봤어요. 왜 그런 겁니까?"

피코가 흥분한 그를 진정시키려 애쓰며 물었다. 흥분 상태가 좀더 지속되기는 했지만 자제력을 되찾았다.

하지만 화가는 더욱더 혼란스러워 보였다.

"모릅니다. 갑자기 내 작품을 완성시킬 수 없다는 것을 알게 되었소. 그녀의 외모가 지닌 비밀, 그 신체의 황금비율을 끝까지 파고들면 그녀가 다시 어둠 속으로 사라져버릴 거라는 생각이 들었소. 그런데 이제 사라져 버렸고, 내게 남은 건 부질없는 몇 개의 그림뿐이군요……"

화가가 흐느껴 울며 더듬거렸다.

피코가 그의 어깨를 잡아 흔들었다.

"정신 차리세요. 당신이 말한 건 있을 수 없는 일입니다. 그것보다, 초상화를 장식한 저 목걸이 말입니다. 저게 정말 죽음에서 돌아온 것 같군요. 아무도 저 목걸이의 존재를 모릅니다! 저 목걸이를 어떻게 갖게 되셨습니까?"

보티첼리는 그 질문을 피하려는 듯이 한 걸음 물러섰다.

하지만 피코는 계속 그를 다그쳤다.

"저것은 일 마니피코의 선물로 그녀와 함께 무덤에 묻혔었습니다!"

화가가 부들부들 몸을 떨었다. 갑자기 온몸의 힘이 빠져 버린 듯 바닥에 털썩 주저앉으며 울음을 터뜨렸다.

"그녀를 다시 만나야만 했소." 그가 흐느끼며 말했다. "내가 무덤을 열었을 때 거기, 여전히 아름다운 시신에 저 목걸이가 걸려 있었습니다…… 그것을 떼어냈습니다……”

“그리고 어떻게 했습니까?” 피코가 집요하게 물었다.

“그녀가 돌아왔을 때…… 그녀에게 돌려주었습니다. 내 사랑의 징표로! 그것을 목에 걸 만한 사람은 그녀밖에 없었기 때문입니다!”

피코가 화가의 어깨를 놓아주었다. 그러니까 목걸이가 그렇게 사라졌던 것이다. 그리고 어찌된 일인지 모르지만 범죄 현장에 그걸 다시 가져온 사람은 바로 그 미스터리한 여인이었다. 그것을 잃어버린 것일까, 아니면 누군가에게 보내는 신호로 남겨둔 것일까? 아니면 그저 누군가 진짜 존재하는 사람이 일부러 일을 복잡하게 만들려고 그렇게 했을 수도 있었다.

“그녀를 그린 다른 그림들도 있습니까?” 피코가 갑자기 어떤 생각이 떠올라서 물었다.

“하나, 딱 하나 있소만……” 화가가 눈물을 글썽이며 중얼거렸다.

“어디 있습니까?”

“그 빌어먹을 놈이…… 훔쳐 갔소.”

“누구 말입니까? 풀젠테 모라 말씀입니까?”

피코가 이렇게 외치며 그의 어깨를 붙잡았다.

“그래요!” 화가가 증오에 차서 외쳤다.

“그 천벌 받을 놈이 질투심으로 나를 다시 괴롭히려고 지옥에서 돌아왔지!”

“왜 그런 짓을 했지요? 그 사람도 그 여인을 사랑했습니까?”

“누가? 그자가요?” 보티첼리가 경멸의 어조로 대답했다. “풀젠테는 어떤 여인에게도 감정을 느껴본 적이 없습니다!"

"그런데 왜 그런 짓을 한 걸까요?"

"또다시 내걸 훔쳐간 겁니다!" 보티첼리가 이를 악물며 말했다. "그자는 내가 그린 여인이 폴리아라고 말하면서 자기 작업을 위해 판화를 만들 거라고 했습니다."

"폴리아? 그게 무슨 뜻입니까?"

"몰라. 내 목에 칼을 대고 날 위협했소…… 도둑놈이지! 그런데 이제…… 시모네타도 사라졌으니!"

그가 절망적으로 바닥에 털썩 주저앉으며 중얼거렸다.

피코는 그에게 계속 질문을 할 수도 있었지만, 보티첼리의 멍한 눈이 무슨 질문을 해도 도움이 될 만한 답을 얻을 수 없으리라는 것을 알려 주었다. 피코는 그가 자신만의 꿈에 빠진 채 현실과 환상을 분명하게 구별할 수 없는 게 분명하다고 생각했다. 그들 주위에 있는 모든 형상들처럼, 피코는 생각에 잠겨 성당의 벽을 장식한 환상적인 이야기들 쪽으로 눈을 들었다.

거기서 빨리 떠나고 싶다는 맹목적인 충동이 그를 사로잡았다. 그의 주변에 있는 모든 것들, 화려한 색깔 밑의 모든 게 밀랍냄새와 아직 마르지 않은 물감냄새와 뒤섞인, 존재하지 않는 것에 대한 떠들썩한 의식을 거행하는 거대한 무덤일 뿐이었다. 어쩌면 그 미스터리한 여인이, 다시 모습을 드러낼 장소로 이곳을 선택한 게 우연이 아닐지도 몰랐다.

피코는 그곳에서 나와 물감 바구니를 집어 들고 문 쪽으로 걸어갔다. 바깥 계단 쪽으로 난 문에는 아무도 없었다. 아마 수비병들이 순찰을 돌고 있는지도 모른다. 아니면 이 텅 빈 건물은 특별한 감시의 대상이 아닐 수도 있었다. 피코는 자신의 행운에 감사하며 산 피에트로의 주랑을 따라 난 복잡한 미로 같은 좁은 골목으로 재빨리 걸음을 옮겨, 물감이 묻은 작업복 가운을 벗고 물감 바구니를 버렸다.

피코는 대성당 앞에 있는 큰 광장에 도착했다. 광장에서 수많은 사람들 속으로 우연히 들어가게 되었다. 인산인해를 이룬 사람들이 줄지어 성당 문이 열리기를 기다리고 있었다. 또 다른 무리들은, 음식을 파는 상인들의 가판대에 밀집해 있었다. 상인들은 자기들이 파는 음식이 얼마나 맛있는지 큰 소리로 자랑하며 손님을 불러 모았다. 생선튀김과 케이크를 파는 작은 수레들과 성상들과 순례 기념품을 파는 수레가 성과 속이 혼란스럽게 뒤섞인 채 늘어서 있었다. 그곳에 있는 사람들의 의상에도 그러한 혼란이 반영되었다. 회개하는 사람들의 수도복과 축제를 위해 그곳에 온 사람들의 화려한 옷들이 뒤섞여 있었다.

피코는 방향을 잡기 위해 걸음을 멈추었다. 광장에서 여러 개의 길들이 시작되었는데 모두 강 쪽으로 뻗어 있었다. 그가 산탄젤로 다리 쪽으로 가장 곧게 뻗은 길이 어떤 길인지를 찾아보려고 할 때 모자가 달린 진홍색의 망토로 몸을 감싼 키가 크고 날씬한 인물이 그의 시선을 사로잡았다. 망토로 완전히 몸을 가렸고 얼굴도 이마까지 눌러 쓴 모자에 덮여 보이지 않았다. 하지만 시스티나 예배당의 그녀가 분명했다. 망토의 색깔로 봐서, 그리고 무엇보다도 민첩하고 우아한 그녀의 걸음걸이로 봐서 틀림없었다. 광장을 장식한 두 개의 분수 중 하나의 분수 쪽으로 곧장 갔는데, 보폭을 넓게 해서 포장도로를 살짝 스치며 미끄러지듯 걸어가는 것 같았다.

앞으로 걸어 나가 그녀에게 가고 싶었다. 하지만 다시 한 번 무엇인가가 그를 제지했다. 여자는 벌써 분수대 근처에 도착해 있었다. 그리고 흘러내리는 분수대의 물 속에 한 손을 담갔다. 물을 한 모금 마시기라도 할 듯이. 하지만 그 자세로 가만히, 이상하게 게으르게, 차가운 물을 빨아들이고 싶은 듯 천천히 손가락을 움직였다.

그러더니 갑자기 피코 쪽으로 고개를 돌렸다. 이제 서른 발짝 정도 떨어진 지점에서 여자의 얼굴이 정면으로 보였다. 달빛과 번득이는 횃불의 불빛이 충분히 그녀의 얼굴을 환하게 비춰주어, 모자 밑으로도 부드러운 곡선의 이마를 볼 수 있었다. 그녀가 그를 보고 웃기라도 한 것처럼, 하얀 이를 얼핏 본 것 같기도 했다. 하지만 그가 어떤 반응을 보이기 전에 여인은 벌써 고개를 돌리고, 어떤 골목길의 입구 쪽으로 다시 걸어가기 시작했다.

피코는 여자도 자기를 알아본 것 같은 느낌을 받았다. 그리고 어떤 불가사의한 이유인지는 알 수 없지만, 이 만남은 우연이 아니고 그녀가 자신을 기다리고 있었던 것 같은 인상을 받았다. 그리고 지금은 자신을 따라오라고 유혹하는 것 같았다.

온갖 망설임을 떨쳐 버리고 그녀를 쫓아가기 시작했다. 그 사이에 머릿속으로는 미친 듯이 납득할 만한 설명을 찾았다. 어쩌면 여자는 그가 생각했던 것처럼 예배당에서 급히 달아난 게 아닐 수도 있었다. 그저 옆방으로 살짝 몸을 피했다가 그 안에 숨어서 보티첼리와 그의 대화를 엿듣고 있었던 게 아닐까?

이런 생각을 하는 동안 그는 다시 이 특이한 상황 때문에 깜짝 놀랐다. 그는 광장 쪽을 향해 밀려가는 사람들을 거슬러서, 사람들을 뚫고 어렵게 앞으로 걸어 나갔다. 앞쪽에서 걸어가는 여자를 시야에서 놓치지 않기 위해 계속 목을 길게 빼서 겨우 거리를 유지하며 걸어갈 수 있었다. 그와는 달리 그녀는 겉으로 보기에 별다른 어려움 없이 걸어가는 것 같았다. 마치 바닷물이 뱃머리 앞에서 갈라지듯, 그녀가 지나갈 때면 사람들이 조용히 길을 비켜주었다. 건물들이 서로 닿을 듯이 가까이 서 있는 어느 지점에 이르렀을 때 가면을 쓴 한 무리의 사람들이 그녀가 지나갈 길을 만들어 주기 위해 가면 쓴 얼굴을 벽에 밀착시키는 것을 분명히 보았다. 그런데 아무도 그녀에게 말을 걸지는 않았다. 심지어 조금 전까지 지나가는 온갖 여자들을 쫓아가 천박하게 추근대던 지저분한 남자들까지도 그녀에겐 아는 체도 하지 않았다.

여자가 보이지 않는 모양이야, 피코는 이런 생각을 하며 몸을 떨었다. 이런 이상한 현상에 대해 의문을 갖는 사이 그녀가 다시 고개를 돌려 피코 쪽을 돌아보았다. 그는 그녀의 얼굴이 모자의 그늘 속으로 사라지기 전 반짝이는 미소를 본 것 같은 인상을 받았다.

피코는 여자를 볼 수 있는 건 자신밖에 없다고 생각하기 시작했다. 어쩌면 정말 죽은 자들의 왕국에서 돌아온 그림자에 불과할 수 있었다. 그리고 길을 비켜주는 군중들의 그 독특한 태도는 존경심 때문이 아니라 보이지 않는 존재 앞에서 생겨난다고들 하는, 자신들도 감지하지 못하는 공포에서 나온 것일 수도 있었다. 독을 지닌 생물을 피하는 동물들의 본능 같은 것. 혹은 칼 같은 차가운 바람이 죽음이 지나가고 있음을 알릴 때 인간들을 침묵시키는 본능 같은 것일 수도 있었다.

피코는 단호하게 고개를 저었다. 그가 그토록 경멸하던 마법사들의 어리석은 생각에 굴복하고 있는 중일지도 모를 일이었다. 물론 이건 단순한 우연이 틀림없었다. 그가 예배당에서 본, 포즈를 취하고 있던 여인은 눈부시게 아름다운 살아 있는 여인이었다. 살아 있는 육체, 손으로 만질 수 있는 물질, 시모네타 베스푸치의 몸이 먼지로 사라지기 전 물질로 이뤄졌던 것과 같이 말이다. 그들의 상황만이 다를 뿐이었다. 지금 그의 앞에서 걷는 존재에게서 원자를 결속시키는 힘은 아직은 매우 강했고 그녀의 젊음 때문에 그 힘이 승리를 거두고 있었다. 반면 다른 한쪽은 그것을 뒤덮은 흙의 올가미 속에서 흩어져 버렸다.

이것뿐이야, 그가 분노로 입술을 깨물며 외쳤다. 이것뿐이야, 믿기 어려울 정도로 닮은 것뿐이야.

그 사이 그들은 거의 강가에 도착했다. 거기서 골목길은 작은 건물 주변에서 구부러져 다리 난간 쪽으로 올라갔다. 높낮이가 다른 땅을 이어주는 가파른 돌계단이 있었다. 바로 그 순간 사람들이 흩어져서 그는 계단 발치에 있는 붉은 형체를 분명하게 볼 수 있었다. 그는 그녀가 계단을 오르기 위해 망토 자락을 잡아 모으는 것을 보았다. 그렇게 망토를 들어올리자 다리 한쪽이 거의 무릎까지 드러났다. 달빛 아래에서 그녀의 맨살이 반짝였다. 그리고 눈앞의 광경에 흥분해서인지 피코는 망토가 여자의 몸매를 더 이상 가려줄 수 없을 정도로 얇아진 것 같은 기분이 들었다. 그렇게 드러난 눈부신 육체를 보자 피코는 시스티나 예배당에서 바로 코앞에서 보았던 그 놀라운 나체를 다시 선명하게 떠올리지 않을 수 없었다.

여자가 다시 그가 있는 쪽으로 돌아보았을 때 그는 가슴이 쿵 내려앉는 것 같았다. 여자는 곧 다시 걸음을 옮겨놓았고 고양이처럼 날렵하게 계단으로 올라갔다. 망토가 다시 그녀의 몸을 덮자, 마치 사랑에 빠진 예술가의 손이 그녀의 몸에 조각을 해놓은 것처럼 몸에 딱 달라붙었다.

여자가 산탄젤로 다리로 들어가서 재빨리 강을 건넜다.

피코는 다리를 차지하고 있는 사람들 사이를 뚫고 가면서 시야에서 그녀를 놓치지 않으려고 애썼다. 다리 건너의 작은 광장에서 빼곡히 둥근 원을 그리며 수많은 사람들이 모여 있는 것을 발견했다. 피코는 그녀가 그 속으로 들어가 사라지는 것을 보았다. 걸음을 재촉해서 그도 사람들 곁으로 다가갔다.

그들은 한 무리의 곡예사들로 점프와 어지러운 공중제비돌기 같은 곡예 연습에 열중하고 있었다. 낯선 얼굴들 속에서 그녀를 찾으려고 애쓰는 동안, 광대들이 마지막으로 익살을 부리며 옆으로 물러났고 상체를 벗은 남자가 그들의 자리를 차지했다. 남자는 밝은 색 옷을 입은 흑인 처녀의 팔을 잡아당겼다.

"사라센 여인의 게임이야!"

피코 옆에 있던 누군가 이렇게 외치는 소리가 들렸다. 남자가 땅에 박아놓은 말뚝에 처녀를 급히 묶는 동안 처녀는 겁에 질린 표정을 지었다. 잠시 후 남자는 열 발자국 정도 물러서서 빙 둘러선 구경꾼들 근처까지 가더니, 땅에서 가죽자루를 집어들어 거기서 긴 칼을 꺼냈다.

피코는 호기심어린 눈으로 남자의 동작을 좇았다. 바로 그때 남자의 등 뒤에서 그녀가 다시 나타났다. 검객은 마치 정확한 표적을 찾으려는 듯 머리 위에서 팔을 흔들었다. 하지만 피코는 여자가 그의 귀에 대고 뭐라고 속삭이는 듯한 느낌을 받았다. 그리고 남자는 목표물을 좀더 잘 맞추기 위해 망설이는 척하기만 했는데 사실은 그녀의 말에 주의를 기울이고 있었다.

그러더니 남자는 칼을 던지고 앞으로 두어 번 점프를 했다. 표적을 향해 날아가는 칼을 온몸으로 같이 따라가고 싶기라도 한 듯. 칼이 둔탁한 소리와 함께 겁에 질려 비명을 지르는 처녀의 머리에서 몇 센티미터 떨어지지 않은 말뚝에 박혔다.

구경꾼들이 그 놀라운 솜씨에 감탄을 하며 수군거리는 동안 남자는 다시 뒤로 물러서 다른 단검을 꺼내 팔을 높이 들었다. 그러더니 피코가 보기에는 조금 전과 똑같은 자세로, 다시 꼼짝하지 않고 여자의 간단한 메시지를 듣기 위해 가만히 서 있는 것 같았다. 남자의 등 뒤에 있는 구경꾼들 사이에서 진홍색 망토의 모자 밑에 숨겨진 여자의 얼굴이 나타났다. 검객이 다시 칼을 던졌다. 두 번째 칼이 표적물을 아슬아슬하게 스치며 말뚝에 박히자 구경꾼들이 귀가 먹먹할 정도로 탄성을 질렀다. 피코는 여자를 시야에서 놓치지 않으려고 애썼다. 그녀가 모여 있는 사람들 속으로 물러나서 사라지는 것을 보았다. 그도 뒤로 슬그머니 물러나서 그녀가 파팔레 가로 들어가 나보나 광장 쪽으로 걸어가는 걸 겨우 놓치지 않을 수 있었다.

이제 여자는 한 번도 돌아보지 않고 빠르게 걸어갔다. 하지만 이번에도 피코는 여자가 자신의 존재를 확실하게 알고 있으며, 왠지 자신을 따라오라고 계속 격려하는 것 같았다. 그들은 거리를 거슬러 올라갔다. 그 거리는 교황좌에 오른 뒤 교황들이 산 조반니 대성당에서 화려한 행진을 하며 바티칸의 팔라초들을 차지하러 갈 때 지나는 곳이었다. 그들은 치르코 디 디오클레치아노 모퉁이에 도착했다. 다시 피코는 여자가 판테온을 둘러싼 골목길로 들어가 점점 더 앞으로 걸어가는 것을 보았다. 그들은 이제 몸체가 사라져버린 거대한 대리석 석상의 발부분 옆을 지나서 다시 짧은 골목길을 지났다.

한적한 작은 광장 주변에 몇 개의 건물들이 오래된 성벽에 기대어 서 있었다. 건물의 대부분은 성벽의 잔해 위에 세워져 있었다. 여자는 그들 앞쪽의 건물 장벽들 너머, 코르소 쪽으로 곧장 가는 것 같았다. 그러더니 뜻밖에도 여자가 광장에 우뚝 선, 문설주에 조각이 된 큰 문 앞에서 걸음을 멈추는 것이 보였다. 예전에 귀족의 집이었던 게 틀림없지만 건물은 버려져 폐허가 된 것 같았다. 창문에는 빗장이 질러져 있었고 낡은 지붕 가장자리는 여러 군데가 무너져 내린 채였다. 근처에 있는 몇 안 되는 가게의 문들도 빗장이 질러져 있었다. 이상한 저주가 내려져 폐허로 변한 것 같은 느낌이, 떠들썩한 축제 분위기와 멀리 떨어져 있는 광장을 짓눌렀다.

여자는 마치 누군가 안에서 그녀가 들어올 수 있게 문을 열어주길 기다리기라도 하듯 문 앞에서 꼼짝도 하지 않았다. 피코도 걸음을 멈추고 길모퉁이에 몸을 숨겼다.

그는 어떻게 해야 할지 알 수 없었다. 마침내 답을 얻어내기 위해 그녀와 대면하고 싶은 바람이 마음 속에서 점점 더 커져만 갔다. 하지만 여자의 침착한, 거의 신성해 보이는 태도 때문에 그는 어떤 행동도 선뜻 할 수가 없었다. 피코는 잠시 망설이다가 뜻밖의 광경을 보고 놀라움을 금치 못했다.

여자가 닫혀 있는 문 쪽으로 한 걸음 다가갔다. 그러더니 문 앞에 무릎을 꿇었다. 조용한 광장에서 그녀가 중얼거리는 소리가, 그리고 잠시 후에는 숨죽여 우는 소리가 또렷하게 들렸다.

피코는 앞으로 나가려고 했다. 하지만 더 강한 충동이 다시 한 번 그를 제지했다. 마치 그녀를 보호해주는 뛰어넘을 수 없는 장벽이 그녀가 나약해져 고통스러워하는 그 순간 더욱 단단해진 것 같았다. 그녀가 한 손을 망토 밑으로 가져가더니 문지방에 뭔가를 내려놓았다.

그리고 그녀는 부드럽게 일어나 원래의 우아한 모습으로 왼쪽으로 뻗어 있는 좁은 길을 향해, 뒤도 돌아보지 않은 채 다시 걸어갔다. 잠시 후 피코는 여인이 이상한 의식을 거행한 그 지점을 지나 그녀의 뒤를 쫓았다. 믿기 어려웠지만 포장된 돌 위에서 꽃 한 송이가 선명하게 모습을 보였다. 소박한 들꽃으로 매서운 추위에도, 이상하게 때 이르게 핀 개양귀비였다.

피코는 눈에 띄지 않으려고 조심하면서 걸어갔다. 하지만 모퉁이를 돌고 나자 한 번에 한 사람이 겨우 지나갈 수 있을 정도의 미로 같은 좁은 골목들이 나타났다. 지금은 폐허가 된 건물들의 내부에 나 있던 통로였던 게 틀림없었다.

이제 그녀의 모습을 찾을 수가 없었다. 멀리 지붕들 너머로 거대한 돌기둥 끝이 보였다. 그리고 거기서 얼마 떨어지지 않은 지점에 총안이 있는 탑이 보였다. 피코는 미로 속에서 방향을 잃지 않으려 애쓰며 본능적으로 그 쪽으로 발길을 옮겼다.

그녀가 그렇게 멀리 있는 건 아닌 게 틀림없었다. 굽이진 골목 길 바로 뒤쪽에서 포장도로를 가볍게 스치는 발소리를 들은 것 같았다. 그가 걷고 있던 길이 갑자기 넓어지더니 멀리 보였던 탑이 바로 눈앞에 나타났다. 탑의 문 앞에 네 명의 남자가 있었지만 여자는 흔적조차 찾을 수 없었다.

그 남자들 중 하나는 피코가 아는 사람이었다. 피코는 뜻밖의 만남에 흥미를 느끼며 그를 향해 걸어갔다. 피코가 나타나자 다른 남자들은 재빨리 사라져버리고 그 남자만 홀로 남아 피코를 기다렸다.

"조반니, 여기서 뭘 하는 겁니까?"

프란체스코 콜론나가 다정하게 손을 내밀며 물었다.

"당신을 이렇게 빨리 다시 만나게 될 줄 몰랐습니다."

"미행을 하고 있었는데…… 혹시 이쪽으로 어떤 여인이 지나가는 것을 못 보셨습니까?"

다시 주위를 살펴보며 조그맣게 말했다.

"여인이라고요? 아니요, 아무도 못 봤는데요?"

콜론나가 관심이 없는 체하며 대답했다. 피코는 그를 믿을 수가 없었다. 아직도 공기 중에 맴도는 그 이상한 향기, 시스티나 예배당에서 여자의 몸에 밴 밀랍 냄새와 뒤섞인 냄새가 떠돌았다. 무관심을 가장한 남자의 얼굴 밑에서 어떤 표정이 나타났다. 등 뒤에서 초조하게 주먹을 쥐었다 폈다 반복하는 동작을 통해 긴장감과 불안감을 억지로 누르고 있다는 게 드러났다.

"틀림없이 지나갔습니다…… 그런데 당신은 여기서 뭘 하시는 겁니까?"

"나요? 내 집에 있는 겁니다."

그가 등 뒤의 탑을 가리키며 대답했다.

"아니 좀더 정확히 말하면 내 집의 남은 부분이지요. 한때는 이 지역이 전부 우리 가문 것이었습니다. 이 탑은 유일하게 남은 내 소유입니다. 우리 집에 들어가시렵니까? 이 지역은 새벽엔 춥고 그리 안전하지 않습니다."

그가 탑의 열쇠를 돌려 문을 활짝 열면서 덧붙였다.

콜론나 가문의 탑

그들은 좁은 계단을 올라가서, 탑의 2층, 돌벽으로 된 하나밖에 없는 방으로 들어갔다. 콜론나는 피코가 앉을 수 있게 등받이가 없는 걸상을 밀어주었다. 하지만 피코는 고개를 젓고 결연하게 콜론나 앞에 섰다. 그는 콜론나가 그 여자에 대해 뭔가를 알고 있는 게 틀림없다고 생각했다. 그는 연회에서 콜론나가 그녀와 이야기하는 것을 보았고 그녀는 이쪽 부근에서 사라졌다. 콜론나의 눈에서 읽을 수 있는 불안감은 당황하고 있다는 증거였다. 어쩌면 그녀의 실체에 대해 알고 있을 수도 있었다. 어쩌면 바로 이 탑에 숨어 있는지도 모르지. 피코는 갑자기 흥분에 사로잡혀 이런 생각을 하며, 자기도 모르게 주위를 둘러보았다. 하지만 그가 뭐라고 말을 꺼내기도 전에 콜론나가 그를 앞질렀다.

"당신은 왜 레온 바티스타에 대해 알고 싶어 하시는 겁니까? 제 얘기는 진짜 이유 말입니다."

피코는 뜻밖의 질문에 깜짝 놀랐다. 그 순간까지 그의 모든 감각과 감정은 여전히 여자에게 집중되어 있었다. 하지만 그런 뜻밖의 질문을 받자 그는 자기 생각에서 벗어나 갑자기 건축가에게로, 그리고 그 건축가를 둘러싼 전설의 후광으로 관심을 되돌리게 되었다.

콜론나는 대답을 기다리며 피코를 계속 뚫어지게 보았다.

"바티스타는 우리 가문의 오래된 친구입니다. 왜 그에게 관심을 갖는 거죠?" 콜론나가 다시 물었다.

"레온 바티스타 알베르티가 당신의 친구라고요?"

피코는 갑자기 친밀해진 말투에 놀라서 이렇게 중얼거렸다.

"저는 그냥 알고만 계신 정도라고 생각했습니다."

"그 당시 저는 어린아이였습니다. 그 매력적인 남자의 이야기들, 나는 상상밖에 할 수 없는 경이로움으로 가득 찬 이야기들을 몰래 엿들으면서 제가 이해할 수 있는 것만 조금 이해했습니다. 하지만 나는 다른 사람들이 그를 존경하는 분위기를 감지했지요. 그 후에야 나는 그와 우리 가문이, 그리고 특히 제 조부이신 프로스페로 콜론나 추기경과 어떤 관계로 밀접하게 연결되어 있는지를 보다 정확히 알게 되었습니다."

"그 위대하신 인문주의자 말씀이십니까? 그분의 명성은 이탈리아 전역에 자자하지요. 저도 종종 그분을 칭송하며 애석해하는 이야기를 들었습니다. 파도바 대학에서도 감탄이 섞인 그분 이야기를 들었습니다."

"그렇습니다. 프로스페로 콜론나는 지식을 찾는 사람 누구에게나 희망의 빛이었습니다. 레온 바티스타가 처음 로마에 머무르는 동안 건축가를 보호해주고 그가 온 힘을 바친 일을 지원해주었습니다. 아카데미아지요."

"아카데미아요? 어떤?"

피코가 당황해서 물었다. 고대 플라톤 학파의 이름을 상기시키는 다양한 그룹들이 이탈리아 전역에 흩어져 있었다. 가장 유명한 것은 마르실리오 피치노가 이끄는 피렌체 아카데미아였다. 하지만 그 아카데미아가 특별히 건축 연구에 몰두했었는지는 기억이 나지 않았다.

"레온 바티스타는 그 아카데미아에 로마 건축가들의 제왕이며 그의 스승인 비트루비우스라는 이름을 붙이고 싶어 했지요."

"그 아카데미아에는 어떤 사람들이 참가했나요? 다른 건축가들이었습니까?"

"비트루비우스 아카데미아는 단순히 같은 직업을 가진 사람들의 모임이 아닙니다. 화가와 사상가들, 미의 기준을 찾는 모든 이들을 결속시켰지요. 저는 같은 이름들을 여러 번 듣곤 했습니다. 의사나 약제사들의 이름이었습니다. 그들 중에는 점성술사도 있었지요. 특히 문학가와 고대 학문을 연구하는 학자들이 많았습니다. 하지만 건축술에 몰두한 사람들이, 마에스트로들에서부터 대장장이까지, 가장 비천한 석수까지 그 아카데미아의 중추 역할을 했습니다. 그리고 알베르티는 그들 각자와 이야기를 나누며 그들의 직업에 대한 사랑과 열정을 시험해 보았습니다. 나중에 그들 중 가장 열성적인 사람들을 골라 그가 계획한 일에 합류시키기 위해서지요. 전 이런 이야기를 제 아버지에게 들었습니다. 아버지는 바티스타의 친구이자 동료셨지요."

"어떤 계획 말인가요?"

"그는 남아 있는 로마의 유물들에 고대의 영광을 되돌려 주고 싶어 했습니다. 바로 여기서 아카데미아의 회합을 가졌지요."

콜론나가 이렇게 말하고 얼굴을 찡그리며 천장 쪽을 올려다 보았다.

"할아버지도 거기에 매료되셨습니다. 할아버지는 그들에게 팔라초를 열어주셨습니다. 그리고 살아 계시는 동안 의혹의 눈 길과 계략으로부터 그들을 지켜준 가장 용기 있는 보호자셨습 니다."

"의혹의 눈길이라니요?"

"그 아카데미아 안에서, 이교도들과 히브리 신비주의자들도 피난처를 찾았습니다. 고대에 대한 사랑이라는 외피 밑에서, 기 독교와는 거리가 먼 신앙들을 부활시키려 애쓰거나, 바로 악령 과 거래를 하기도 한다는 의심을 받았지요. 알베르티도 그런 수 군거림에서 완전히 자유로웠다고는 할 수 없었습니다. 아마 그 가 팔레스트리나에 있는 포르투나 신전의 잔해에 관심을 가졌 기 때문일 겁니다. 그곳을 찾을 때마다 거기서 몇 시간씩 보내면 서 잔해들을 정확히 측정하고 그림을 그리는 데 몰두했습니다. 그리고 밤이면 그 그림들을 더 자세히 손봤지요."

"포르투나 신전은 죽은 사람들과 의사소통을 할 수 있는 곳이 지요. 레온 바티스타는……혹시 죽은 이들과 대화할 수 있다고 생각했습니까?"

피코는 가장 중요하게 생각하는 주제로 대화를 이끌어 가고 싶은 초초한 마음에 이렇게 물었다. 콜론나는 머뭇거리다가 어 깨를 으쓱했다.

"제 아버지는 그 문제에 관해서는 이야기하고 싶어 하지 않았습니다. 어쨌든 비트루비우스 아카데미아가 고심해서 완성했던 작품들이 모두 프로스페로 추기경님이 사망하시면서 사라져버 렸습니다. 그 뒤 레온 바티스타는 딱 한 번 더 우리 아버지를 방 문했지요. 그 후에 그가 죽었다고 알고 있습니다."

"그러면 그의 재산, 그의 그림들은요! 대체 다 어디로 사라진 겁니까?"

"그것들이 어떻게 되었는지 저는 모릅니다. 그렇긴 한데 여기 레온 바티스타가 남긴 게 있습니다. 보시겠습니까?"

콜론나가 이렇게 권할 때, 눈에 잠시 교활한 빛이 번득였다.

"따라오십시오."

두 사람은 3층으로, 2층과 마찬가지로 아무것도 없이 썰렁한 방으로 올라갔다. 하지만 이 방은 아래층과 달리 알록달록한 천 들과 큰 종이들이 부분적으로 돌벽을 덮고 있었는데, 그 종이들 은 서로 나란히 붙어 아주 거대한 그림을 만들어냈다.

피코가 전투장면을 묘사한, 세월의 흔적으로 빛이 바래고 먼 지가 뽀얀 판화에 다가갔다.

"그 판화들이 마음에 드십니까, 피코?" 콜론나가 물었다.

"우리 가문의 번성을 보여주는 초라한 유산입니다. 제 조상들 께서는 플랑드르에서 직조공들이 만든 작품 중 가장 아름다운 것들을 주문하셨지요. 지금 이탈리아에서는 메디치 가문이 그 렇게 번성하다고 하더군요. 수세기 동안 콜론나 가문은 위대한 로마를 지키는 요새였습니다. 하지만 우리는 상업의 기술을 제 때에 이해하지 못했던 것 같습니다."

콜론나가 고개를 숙이며 계속 말했다. 그러더니 거만하게 재빨리 고개를 휙 들었다.

"그러나 한편으로는 로마의 위대함은 항상 검의 끝에 놓여 있었습니다. 저울 위가 아니라요. 우린 사육자들이고 농부였습니다. 쟁기의 날로 팔라티노 언덕에 이랑를 팠습니다. 우린 피로 땅을 차지했습니다. 그런데 땅은 돈을 만들어내지는 않지요."

피코는 상대방의 우울한 말들을 건성으로 들었다. 그는 판화와, 거대한 건물들과 길이 아주 독특한 방법으로 빼곡하게 그려진 지도를 살펴보았다. 화가가 위에서, 인간에게는 불가능한 각도에서 그 광경을 내려다본 것 같았다. 프란체스코 콜론나가 다가와서 그 역시 판화를 물끄러미 바라보았다.

"이 그림에 관심 있으십니까?"

"대규모 복합 건물 지도이군요…… 이 지도를 그린 사람은 믿기 어려울 정도로 놀라운 능력을 가지고 있었어요…… 어떻게 이렇게 그릴 수 있었는지 궁금합니다."

"레온 바티스타 알베르티가 그린 겁니다. 포로 로마노35)의 옛 모습을 재구성한 겁니다. 포로36)의 일부분이지요. 트라야누스 황제가 세운 그 기둥의 맨 꼭대기에서 본 광경입니다."

피코의 관심은 즉시 커졌다. 위대한 거장의 작품이 눈앞에 있다는 게 그를 몹시 흥분시켰다.

"판화를 조각한 사람은 누굽니까? 레온 바티스타였습니까?"

---

35) 포로 로마노 : 로마의 콜로세움 옆 고대 로마의 모든 중요 기관들이 모여 있던 곳. 지금은 다 부서져 역사의 유물로 남아 있다.

36) 포로(foro) : 고대 로마의 공공장소. 그리스의 아고라와 같이 집회장이나 시장으로 사용되었다. 라틴어로 포룸(forum)이라 한다.

"같이 일하는 사람이었습니다. 레온 바티스타가 그린 그림 대부분을 판화로 만들었지요. 풀젠테라는 사람이었어요. 보시겠습니까?"

콜론나가 주랑에 에워싸인 종이 위의 한 지점을 피코에게 가리키며 계속 말했다.

"이게 가장 큰 콜론나(이탈리아어로 '기둥'을 뜻함)입니다. 이 창문들에서 볼 수 있는 기둥이지요. 우리 가문은 그 기둥에서 이름을 따왔어요. 한때는 퀴리날레 언덕까지 이 주위에 있는 땅과 집과 성채들이 모두 우리 것이었습니다."

"이…… 기둥은…… 그러니까 우리가 대략 이 부분에 있는 거군요." 피코가 지도의 한 지점을 가리키면서 말했다.

"예전에는 바로 우리 발 밑에 거대한 신전이 있었군요……"

"그렇습니다. 지금 우리가 있는 탑은 몇 세기 전에, 황제의 이름을 딴 포로의 동쪽 끝에 있는 트라야누스 신전의 폐허 위에 세워졌습니다. 가끔 저는 그 위대했던 황제의 정신 한 부분이 아직도 이곳에 맴돌며 어떤 식으로든 우리 가문을 지켜주고 있는 것은 아닌지 자문을 해보곤 합니다. 적어도 그 이름으로 황제를 계속 영광스럽게 하고 있는 우리 가문을 말입니다. 아십니까, 예전에는 트라야누스 황제가 부활할 수 있는 유일한 이교도였을 거라는 말들이 있었습니다. 그의 공평무사함이 하늘에서 좋은 평가를 얻었기 때문에 말입니다. 그럴 수 있다고 생각하십니까?"

그러더니 느닷없이 덧붙였다.

"누군가 죽은 자들의 왕국에서 돌아올 수 있을까요?"

피코가 잠시 망설이다가 그의 눈을 뚫어지게 보았다.

“그 여자는 누굽니까?” 피코가 불쑥 이렇게 물었다.

“어떤 여자요? 누구를 말씀하시는 겁니까?”

피코가 좀더 가까이 다가갔다.

“리아리오 추기경의 연회에서 에우리디케 역을 연기한 여자 말입니다. 춤을 추는 동안 잠깐 당신하고 같이 이야기를 나누었던 여자인데, 당신이 모른다고 부인했던 여자 말입니다.”

“내가요? 무희라고요?”

프란체스코 콜론나가 잠시 망설였다.

“압니다, 내가 거짓말을 했습니다.”

콜론나가 당황스러워하면서 시인했다.

“나는 당황스러웠습니다. 그 여자가 가면을 쓰고 있었지만 그 밑에 놀랄 만큼 아름다운 여인이 있다는 것을 알아차렸으니까요. 그런데 왜 그걸 알고 싶어 하시는 겁니까?”

“그 여자가 뭐라고 했는데 그렇게 당황하신 겁니까?”

“내 이름을 부르며 내게 인사를 했습니다. 마치 나를 잘 아는 것처럼 말입니다.”

콜론나가 대답했는데 그 목소리에서 아직도 놀라움을 읽을 수 있었다.

“그러더니 뭐라고 속삭였는데 무슨 소리인지 이해할 수가 없었습니다. 곧 아버지와 딸이 다시 만날 거라고 했습니다.”

“그런 말을 했단 말입니까? 다른 말은요? 그리고 다른 말은 더 안 했나요?” 피코가 콜론나를 다그쳤다.

“그 말뿐이었지요. 그런데 당신은 그녀를 다시 보았습니까?”

콜론나가 무관심을 가장한 목소리로 물었다. 하지만 피코는 이 남자가 본인이 생각하는 것보다 훨씬 더 여자에게 흥미를 가지고 있을지도 모른다는 의심이 생겼다.

"예, 길에서 만났습니다."

피코가 실제 일어난 일은 언급하지 않은 채 이렇게 대답했다.

"그 여자 뒤를 미행했는데 신기루처럼 사라져버렸습니다. 저도 제가 납득할 수 없는 뭔가를 보았습니다."

그는 콜론나에게 로마의 한적한 구석에서 보았던 이상한 의식을 간단히 설명했다. 프란체스코 콜론나는 주의 깊게 피코의 이야기를 들었다. 마치 그 장소들을 머릿속에서 지도로 그리는 데 열중한 것처럼. 한적한 작은 광장 한귀퉁이 땅에 박힌 커다란 대리석상의 발 이야기를 듣자 프란체스코가 흠칫 놀랐다.

"스테파노의 집입니다……" 그는 낮게 중얼거렸다.

"스테파노?"

콜론나가 다시 설계도를 뚫어지게 보았다. 피코를 돌아보지 않은 채 다시 말했다.

"스테파노 포르카리[37]라고, 위대한 그 로마인을 모릅니까?"

피코가 당황스러워하며 고개를 들었다. 그 순간은 그 이름이 그의 머리에 아무런 울림도 남기지 않았다. 하지만 곧 아주 뛰어난 그의 기억력 속에서 생생한 이미지 하나가 떠오르기 시작했다. 미란돌라 성의 광장에서 늙은 펜싱 사범이 날카로운 눈으로

---

37) 스테파노 포르카리 : 교황 지배 자체를 무너뜨리려는 의도를 갖고, 1453년 모반을 일으켰다. 당시 교황인 니콜라우스 5세는 로마에 평화를 가져오고 건축, 출판, 문화 전반에 걸쳐 가장 많은 일을 한 교황으로 평가된다.

지켜보는 가운데 훈련에 몰두해 있던 수비병들 모습이었다. 모여 있던 용병들 중에 넘치는 활력과 위풍당당한 체격으로 다른 병사들과 구별되는 병사가 하나 있었다. 훈련을 쉬는 동안 사범이 그에게 다가가서 자세히 살펴보는 것을 피코는 보았다.

"로마인인가?" 사범이 이렇게 묻는 소리가 들렸다.

"몇 살이지?" 그리고 그 남자가 대답을 하자 노장이 잠시 생각에 잠겼다가 말을 했다.

"스테파노 포르카리가 산탄젤로 성벽 위에서 악령들과 춤을 추던 해에 태어났군. 자네에게 그 영혼의 불빛이 들어갔다면 자네는 무술로 영광을 얻을 걸세."

피코는 그에 대해 좀더 알아보기 위해 주위에 물어보았었다. 그의 이름을 듣자 어떤 사람들은 그가 반역자라고 말하기도 했지만 그다지 특별한 것은 없었다. 그 일화가 있은 뒤, 무술 사범조차도 절대 그 이야기를 하려 하지 않았다. 그러다가 피코가 볼로냐에 있을 때 다시 그 이름을 들었다. 교황 식스토가 자신의 뜻을 따르지 않는 도시에 성무(聖務) 정지령을 내렸을 때였다.

"아, 스테파노 포르카리가 그 일만 성공했어도!"

피코는 이렇게 외치는 소리를 들은 기억이 났다. 그런데 지금 그 이름이 다시 등장했다.

"별로 아는 게 없습니다. 단지 카틸리나 가문 출신의 니콜라우스 5세 시절에 교황의 지배에 반대해서 반란을 시도한 반역자라고 알고 있습니다."

피코의 말에 콜론나가 고개를 저었다.

"반역자라고요? 아마 그 말은 다른 사람들에게 더 어울릴 겁니다. 단순함에 취해 있던 콜라 디 리엔조[38] 같은 사람이지요. 아니면 당신네 도시 출신의 사제, 피렌체에서 지옥과 천국을 약속하면서 설교대들을 불태웠던 그 사보나롤라[39] 같은 사람에게 말입니다. 하지만 이 말은 우리가 하늘 아래에서 그 빛을 보았던 고귀한 사람들 중의 하나에게는 적합한 말이 아닙니다. 그 혈관에 포르키우스 카토[40]의 피가 흐르는 위대한 스테파노에게 적당한 말이 아니지요!"

콜론나의 목소리가 갈라졌다.

"그의 이야기를 해 준 건 바로 제 할아버지 프로스페로였습니다. 저를 무릎에 앉혀 놓고 우리 고대 영웅들의 이야기를 바람 속에서 들을 수 있다고 말씀하셨습니다. '그 소리가 들리느냐? 할아버지가 말씀하셨지요. '무치오 쉐볼라[41], 친치나토[42], 파피오 마시모[43]의 목소리가? 들리지 않느냐? 그러더니 제게 스테

---

38) 콜라 디 리엔조(1313~1354) : 1347년 귀족정치에 반대성명을 발표 후 대중의 전폭적인 지지를 얻었다. 그러나 콜론나 가문을 비롯한 로마 귀족들의 대항으로 그의 세력은 쇠약해졌다.

39) 지롤라모 사보나롤라(1452~1498) : 이탈리아 도미니크 회의 수도사이자 종교개혁가. 민주정치와 신재정치를 혼합한 헌법으로 피렌체를 통치하려 했으나 교회 내부 개혁에 과격한 방법을 취함으로써 크게 반감을 샀다.

40) 마르쿠스 포르키우스 카토(기원전 234년~149년) : 로마의 정치인.

41) 기원전 6세기의 인물로 로마의 전설에 등장하는 영웅.

42) 루치오 퀸치오 친치나토 : 기원전 520년경에 태어나 활약한 로마의 정치가.

43) 퀸토 파비오 마시모 베루스코소(기원전 275~203년) : 로마의 정치가이자 장군.

파노의 이야기를 해주셨습니다. 젊은 시절부터 과거 로마의 위대함을 하나씩 발견해 가게 되었고, 그러다가 교황의 폭정이 얼마나 우리 로마 시민들의 자유를 모욕했는지에 대해 서서히 알아가면서 그의 영혼 속에서 로마에 대한 사랑이 어떻게 끓어올랐는지를요."

"그가 어떻게 했습니까?"

"세기 중반 무렵, 니콜라우스 5세가 막 교황의 자리에 올랐을 때입니다. 니콜라우스 5세 역시 초기에는 고대에 대해 열광하는 것 같았습니다. 이런 상황에서 당연히 알베르티의 보고가 교황에게 영향을 미쳤지요. 알베르티는 분수의 수로를 따라 밑으로 내려가 고대 신전을 측정하면서, 파괴된 포로를 돌아다니다가 고대 로마의 형태를 재발견하게 되었고 그걸 보고한 거지요. 피렌체인이 발견한 유물에 대한 이야기를 들으며 교황은 점점 더 열광하게 되었습니다. 그때 스테파노는 자신이 행동해야 할 때가 되었다고 생각했지요. 자신을 지지하는 사람들과 협의를 한 뒤, 그의 연설을 듣는 사람이면 누구라도 저항할 수 없는 웅변으로 하루가 다르게 반란의 불씨를 로마 사람들의 마음속에 불어넣기 시작했습니다."

"그를 말리려고 한 사람은 아무도 없었나요?"

"그의 행동에 관한 소문이 교황의 귀에까지 들어갔습니다. 그래서 교황은 스테파노를 볼로냐로 유배를 보냈지요. 하지만 스테파노는 얼어붙은 아펜니노 산과 로마의 아그로 늪지를 쉬지도 않고 미친 사람처럼 나흘 동안 말을 달려 로마의 자기 집으로 돌아왔습니다. 당신이 그 여자를 보았던 바로 그곳으로 말입니다. 그리고 거기서 최후의 모의를 하고 검을 준비했습니다."

"무슨 일이 일어났던 겁니까?"

피코가 물었다. 그는 콜론나의 말을 한마디도 놓치지 않았다.

프란체스코 콜론나의 눈길이 차가워졌다.

"스테파노는 외부에서 온 병사 300명을 거느리고 있었습니다. 그리고 시민들 중에 충성스러운 400명의 병사가 숨어 있었지요. 약속된 신호에 따라 그들이 시내에 방화를 하기로 했고, 그 불길을 이용해서, 그리고 숨어 있는 공모자들의 도움으로 산탄젤로 성과 바티칸의 팔라초들을 손에 넣으려고 했습니다. 교황과 그의 충성스러운 추기경들에게 족쇄를 채우고 교황의 군대를 해산시키고 교황 추종자들을 제거하려 했지요. 캄피돌리오 정상에서 로마 원로원 의원의 복장을 한 스테파노가 우리 로마의 부활을 선포할 계획이었습니다. 하지만 그는 배신을 당해 산탄젤로 성의 성벽에서 처형당했습니다. 그의 충성스러운 부하들 중 몇 명만 겨우 피신할 수 있었지요."

피코는 콜론나가 옛날에 일어난 그 사건을 열렬하게 찬양하는 것 같은 인상을 받아 깜짝 놀랐다. 어쩌면 그 사건 속에서 어떤 식으로든 자기 선조들의 위대함의 흔적을 재발견하고 있는지도 모를 일이었다. 하지만 낯선 여인의 문제는 그대로 남아 있었다. 그녀와 그 사건을 연결지을 수 있는 것은 무엇일까, 무엇인가 있는 것일까?

"그 당시 알베르티도 로마에 있었습니다."

갑자기 프란체스코 콜론나가 다시 입을 열었다.

"그 처형 장면을 지켜보았습니다, 보십시오!"

그가 궤짝 쪽으로 돌아서더니 거기서 종이 한 장을 꺼내면서 외쳤다. 흥분해서 떨리는 손으로 그 종이를 피코에게 내밀었다.

"보십시오!"

그것은 붉은 크레용으로 그린 작은 그림이었다. 간단한 스케치였지만 오랫동안 그림 교육을 받은 사람의 노련함을 쉽게 읽을 수 있었다. 성벽의 큰 탑 모퉁이에 서 있는 교수대가 눈에 띄었다. 그 교수대에 시신이 하나 매달려 있었고 까마귀 떼들이 시신 주위를 맴돌았다. 그런데 그 새 떼들보다 훨씬 높은 곳에서 독수리 한 마리가 그 새들을 처참하게 학살하기 위해 앞발을 내밀고 밑으로 쏜살같이 날아 내려올 준비를 하는 것 같았다.

그리고 아래쪽에, 거의 성벽과 혼동이 될 정도로 어렴풋이 사람의 형체가 하나 그려져 있었다. 베일을 쓰고 하늘을 향해 주먹을 쳐든 모습이었다.

피코가 다시 정신을 차렸다.

"당신이 들려주신 얘기는 매우 흥미롭습니다. 하지만 그 여자의 이상한 행동이 설명되지 않습니다. 여자는……"

피코가 생각에 잠겨 덧붙였다. 그는 아직도 손에 쥐고 있는 종이와 알베르티가 그 종이 위에 그려 놓은 핏빛의 광경을 다시 뚫어지게 보았다. 성벽 한 귀퉁이에 보일 듯 말 듯 그려진 베일 쓴 형상을.

"알베르티의 다른 그림을 가지고 계시지 않습니까?" 피코가 그림을 돌려주며 물었다.

프란체스코 콜론나가 어깨를 으쓱했다.

"다른 그림이 있다면 아마 그의 교황청 서기 동료들 중 누군

가의 손에 있을 겁니다. 알베르티가 죽기 전에 교류한 사람들은
그 사람들뿐이니까요. 그 사람들 말고는 메나헴이라는 유대인
이 있습니다."

"메나헴…… 메나헴 할레비…… 말씀이십니까?"

피코가 그 이름을 따라 했다.

"그렇습니다. 아마 그랬던 것 같습니다. 그런데 서기들은, 박
해를 받은 뒤 종적을 감춰버렸습니다. 그들의 신뢰를 얻는 게 쉬
운 일이 아닙니다. 그들의 카테고리 밖에 있는 누군가와 이야기
할 만한 사람이 한 사람이라도 있을지 모르겠군요."

"하지만 전 그들 중 어떤 사람에게서 몇 가지 사실을 알게 되
었습니다."

피코가 이렇게 말하면서 상서국 앞에서 일어났던 일을 들려
주었다.

"알베르티의 동료였던 다른 건축가의 이야기를 했다는 말입
니까?"

"그 서기의 말에 따르면 아주 친밀했다고 합니다. 그 사람과
이야기를 나눠볼 수만 있다면 좋을 텐데요! 그런데 지금 감옥에
갇혀 있답니다."

"감옥에요? 무엇 때문에?"

"1468년 대박해 때 로마 인문주의자들 대부분과 함께 체포되
었다는 것만 알고 있습니다. 그런데 다른 사람들과는 달리 그는
석방이 되지 못했답니다. 그 뒤에 재판조차도 받지 않았습니다.
그는 비밀리에 처리되었습니다. 처음에는 교황 바오로의 은총
을 입었다더군요. 교황 본인이 산탄젤로 성의 보강 작업을 그에

게 맡겼던 것 같습니다."

"그 남자 말이군요!"

프란체스코 콜론나가 뜻밖에도 이렇게 외쳤다.

"그 남자 이름이 혹시 마닐리오, 마닐리오 다 몬테 아닙니까?"

"예…… 그 이름이었습니다. 그에 대해 뭐 아시는 게 있으신가요?"

"로마 건축장인 중의 한 사람이지요. 선친께 그 사람 이야기를 여러 번 들었습니다. 뛰어난 성채 건축 전문가입니다. 로마에서 대포의 포격에도 견딜 수 있는 새로운 요새의 형태를 연구한 최초의 건축가이지요. 그러다가 완전히 종적을 감춰버렸습니다. 모두 그가 죽었다고 생각했습니다. 그 이유가 바로……"

콜론나가 거의 혼잣말하듯 대답했다.

피코에게 신경을 쓰지 않은 채 방안을 성큼성큼 왔다 갔다 하더니 벽 앞에서 걸음을 멈추었다. 마치 균열된 벽에서 자신이 그렇게 갑작스레 불안감을 느끼게 된 이유를 찾기라도 하듯이.

"마닐리오 다 몬테! 그가 분명 알고 있을 겁니다…… 가능하기만 하다면……"

잠시 후 다시 정신을 차리고 피코에게 돌아섰다.

"마닐리오가 틀림없이 레온 바티스타에 관한 것을 알고 있을 겁니다. 그를 만날 방법을 찾아보도록 하십시오. 가끔, 간수들을 적절히 매수하면 죄수들과 접촉을 할 수도 있으니까요. 그가 어디 투옥되어 있다고 하던가요?"

"토르 디 노나라고 했습니다."

콜론나가 주먹을 불끈 쥐었다.

"빌어먹을 간수놈들! 뛰어난 기술을 지닌 노인이라 특별한 대우를 해줬기를 바랐는데. 어떤 수도원에 가두었거나 시골 교회에 유배시켰을 거라 생각했는데…… 토르 디 노나라니!"

콜론나가 절망한 듯 중얼거렸다.

"최악의 장소예요……"

"토르 디 노나가 어떤 곳입니까?"

"교황청 궁무처의 감옥이 있습니다. 종교나 신앙에 관련되는 범죄를 저지른 죄수들을 가둬두는 곳이지요. 산탄젤로 성의 독방과 더불어 로마에서 가장 끔찍한 감옥입니다. 사형을 당한 뒤 죄수들은 그 성벽에 걸려 있게 됩니다. 호위병 부대는 산탄젤로 성 총독 직속입니다. 그리고 수비병들이 자주 순찰을 돕니다. 접근이 불가능하지요."

"정말 그 안에 들어갈 방법이 없을까요? 혹시 무력으로라도?"
피코가 다그치듯 물었다.

콜론나가 갑자기 신경질적으로 반응했다.

"탑의 문은 볼로냐 대학 학장 집의 문이 아닙니다. 이건 다른 학생들과 어울려 학장 집 지하실에 포도주를 훔치러 가는 게 아니라는 겁니다. 늙은이와 결혼한 아름다운 여인에게 가기 위해, 한밤중에 류트 소리로 그녀를 유혹하기 위해 뛰어넘을 발코니도 없습니다."

콜론나가 어깨를 으쓱하며 결론을 내렸다.

"감옥은 요새와 반대로 만들어졌을 뿐입니다."

콜론나의 신랄한 말에 상처를 입은 피코가 대답했다.

"들어가지 못하도록 만들어진 게 아니라 거기서 나올 수 없게 고안된 거지요. 아마 약간의 행운만 따라주고 목표물을 잘 연구하고 나면 가능할 겁니다. 항상 용기를 잃지 말아야 하지요.”

피코가 도전적인 눈으로 콜론나를 노려보았다.

콜론나가 그의 눈길을 고스란히 받았다. 피코를 저울질해보고 싶어 하는 것 같았다.

“도움이 필요할 겁니다.” 그가 잠시 망설인 뒤에 말했다.

“혹시 제게 도움을 주실 의향이 있으십니까?”

콜론나의 갑작스런 태도 변화에 놀란 피코가 물었다.

“무기를 가진 사람들과 위험하게 충돌할 생각인 겁니까? 다시 말하지만 이건 학생들끼리의 싸움이 아닙니다.”

“저를 시험해 보십시오! 미란돌라에 있는 우리 성의 도서관은 아마 그 지역에서 가장 클 겁니다. 그런데 그 성에는 시설이 잘 갖춰진 무예 훈련실도 있었습니다. 난 어린 시절 그 두 곳에서 대부분의 시간을 보냈지요.”

피코가 대답했다. 그러더니 고개를 돌려 벽에 걸린 포로의 지도에 정신을 집중하며, 한 손으로는 허리에 찬 단검을 만졌다. 잠시 손 위에 단검을 올려놓고 그 무게를 재더니 번개처럼 빠르게 팔을 움직여 단검을 벽 쪽으로 던졌다. 단검이 벽을 가로질러 종이에 깊숙하게 박혔다. 알베르티가 큰 기둥을 그린 바로 그곳이었다.

프란체스코가 그 광경을 보고 놀라움을 감추지 못하는 것 같았다. 그가 벽에 다가가서 단검을 빼서 피코에게 돌려주었다. 그리고 정확하게 표적을 맞춘 그 검이 남긴 자국을 잠시 동안 자세히 보더니 웃음을 터뜨렸다.

"그렇습니다. 마닐리오 노인을 빼내오는 게 우리 가문에 대한 교황들의 무례함을 되갚아 줄 수 있는 가장 적당한 조롱 방법이 될 겁니다." 그가 갑자기 이상하게 흥분하며 크게 외쳤다. "그뿐만이 아닙니다. 그래요. 시도해 볼 필요가 있습니다, 당장."

피코는 조금 전까지만 해도 사실상 불가능한 일이라고 못박았던 모험에 갑자기 열정적으로 뛰어들려고 하는 콜론나를 당황스러운 눈으로 보았다. 처음에 그는 자신의 무예를 보고 콜론나의 기분이 갑자기 변했다고 착각했다. 하지만 어쩌면 그것은 지난 여러 세기 동안 콜론나 가문 사람들을 유명하게 만들었던 변덕스러움이 다시 한 번 나타난 것일 수도 있었다. 아니면 수없이 그들을 파멸로 이끌었던 그 경솔함일 수도 있었다.

혹시 아니면 이 남자가 감추고 있는 다른 이유가 있는 게 아닐까? 아무튼 이건 놓칠 수 없는 너무나 귀중한 기회였다.

"궁지에 몰렸을 때 검을 쓸 수 있는 사람의 도움이 필요할 겁니다."

"나에게 믿을 만한 하인 세 명이 있습니다. 내게 충성을 다하는 하인들입니다. 나와 내 가문을 위해서라면 무슨 일이든 할 겁니다."

"마구간지기 정도로는 부족해요, 콜론나. 수비대를 해치우려면 무술을 할 줄 아는 사람들이 필요합니다." 피코가 반박했다.

"날 믿어요, 친구. 우리 가문은 살아남기 위해서 항상 무기를 들고 싸웠다고 하지 않았습니까. 그리고 우리 가문 사람들은 로마인들입니다. 쟁기만이 아니라 검도 잘 다룰 줄 압니다. 자기가 맡은 일을 할 줄 아는 사람들입니다. 내가 그들을 위해 피를 흘릴 준비가 된 것처럼 그들도 나를 위해 피를 흘릴 준비가 되어 있습니다."

피코는 확신이 서지 않았지만 의심은 마음 속에 담아두기로 했다. 콜론나는 자기가 한 말에 확신을 가지고 있는 것 같았지만 그들이 어느 정도의 힘을 낼 수 있을지는 심사숙고하지 않았다. 어쩌면 서로 잘 알지도 못하고 위기상황에서 제대로 대처해 본 적도 없는 남자 다섯이 싸워야 할지도 몰랐다.

"우리가 몇 명이나 상대해야 할까요?"

프란체스코 콜론나는 잠시 자신 없는 표정을 지었다가 곧 얼굴을 찡그리며 말했다.

"정확히는 모르겠습니다. 토르 디 노나를 지켜주는 건, 창이 아니라 그 악명과 난공불락의 성벽입니다. 이 숫자면 충분할 겁니다."

"예, 어쩌면 그럴지도 모르지요. 그렇지만 제겐 탑의 정확한 설계도가 필요합니다. 그 성의 특징, 그 장소의 특징을 알아야 합니다. 그곳에 있는 사람들도. 그에 대해 아십니까?"

"탑은 테베레 강 옆에, 거의 강물에 닿을 정도로 가까이에 있습니다. 캄포 마르초의 제일 아래쪽에 있는 폰테 광장에서 얼마 떨어지지 않았습니다. 아주 오래된 탑입니다. 그 탑 자체는 로마시대의 건물이 아니지만, 수세기 전 로마 시대 건물의 벽 위에 세워진 겁니다. 아마 탑은 수비 체계의 일부분이었을 겁니다. 강 쪽에 있는 부두가 지금은 폐허가 됐지만, 예전에는 테베레 강을 거슬러 올라가는 배들을 정박시키는 데 이용되었습니다. 감옥으로 쓰이기 전에 탑은 곡물 창고로 사용되었지요. 그러다가

한동안 그 탑에 인접한 교회의 사제들이 수도원으로 이용했습
니다. 니콜라우스 5세 시절에 교황이 감옥을 필요로 하자 탑을
수사들에게서 빼앗아 수사들의 독방을 감옥으로 사용하게 된
겁니다.”

“그러니까 한때는 수도원이었다는 말씀이지요……” 피코가
생각에 잠겼다.

“그렇습니다. 그런데 창고로 쓰이기도 했었지요. 곡식을 싣기
위해, 강 쪽에 틀림없이 문이 있을 겁니다. 그쪽으로 들어가 보
도록 합시다.”

피코가 고개를 저었다.

“탑이 성벽의 일부분이었다면 그곳은 최악의 지점일 겁니다.
반대쪽에, 시내 쪽으로는 뭐가 있습니까?”

“트리니타 가로 향하는 작은 광장이 있습니다. 트리니타 가는
길고 좁은 도로인데 캄포 마르초를 직선으로 가로지르다가 치
타토리오 산 위쪽에 있는 코르소로 이어집니다.”

“건물 내부를 보다 더 정확하게 파악하려면 그곳에 투옥되어
본 적이 있는 사람과 이야기를 나눠봐야 할 것 같습니다.”

“쉽지 않을 겁니다. 많은 사람들이 그 안에 투옥되었지만, 거
의 모두 사형을 당하지 않으면 반신불수가 돼서 나오니까요.”

“그 쪽 지역에 사는 사람은 혹시 없을까요?”

콜론나가 고개를 저었다.

“오두막 몇 채와 마구간뿐입니다. 수도원이 있고요. 그리고
선술집……”

“선술집이라고요?”

피코가 그 말을 놓치지 않고 물었다.

"그렇습니다. 광장 한 모퉁이에 있습니다. 포도주 때문에 유명하다고들 합니다. 사형 집행을 지켜보는 사람들에게 포도주를 팔아서 재산을 모았습니다."

"선술집이라…… 예, 이곳이 아마 도움이 될지 모르겠습니다. 그 선술집 주인이 세상의 다른 술집 주인과 똑같다면 자기 가게 주변에서 벌어지는 일들을 추기경단보다 훨씬 더 많이 알고 있을 겁니다. 그가 입을 열게 해야 합니다. 오늘 밤 소등령이 내리기 바로 전에 하인들을 데리고 그곳에 가 계십시오. 하인들에게 여행자 차림을 하고 망토 속에 검을 잘 숨기라고 하십시오."

몬토네 여관

피코는 밤이 될 때까지 남은 시간 동안 휴식을 취했다. 지난 밤의 여러 가지 사건들 때문에 몹시 피곤했다. 잠이 들 수 있길 바라며 침대에 누웠다. 하지만 흥분했던 머릿속으로 여러 가지 모습들이 모여들어 잠을 이룰 수 없게 만들었다. 시간이 흐르면서 의심들이 점점 더 커졌다. 프란체스코를 설득해 이런 위험한 모험에 뛰어들게 한 것이 과연 잘한 일일까? 어쩌면 여관에서 이렇게 꼼짝 못하고 있다는 초조감 때문에 그런 생각이 들 수도 있었다. 그는 갑자기 밖으로 나가기로 결심했다. 서기 마르코를 다시 찾아가서 그를 기다리고 있을 모험에 대한 다른 정보를 얻어야겠다는 생각이 들었다.

그와 처음 만났을 때 그가 왠지 사실을 전부 털어놓지 않은 것 같은 기분이 들었다. 그때는 그에 대해 정확히 알 수 없었다. 하지만 이제 그의 말들을 다시 생각해보니 의혹을 떨칠 수가 없었다. 특히 그의 개인적인 사건에 관한 문제가 그랬다. 남자는 온갖 방법을 써서, 자신이 교황청이라는 거대한 기계에서, 중요할

것 전혀 없는, 보잘것없는 장기의 졸에 불과하다고 말하려고 애
썼다. 그가 감옥에 갇혀 있던 일과 석방된 일마저도 그의 이야기
대로라면 우연일 뿐이었다. 그는 자신이 레온 바티스타 알베르
티를 알기는 하지만 가깝지는 않으며, 아랫사람으로서 아는 것
이라고, 존경하는 관계일 뿐이라고 했다. 하지만 알베르티의 생
에 대해, 특히 그의 작품에 대해 자세히 아는 것 같아 보였다.

피코는 시골의 악령 같은 그 붉은 머리의 남자를 생각하면 생
각할수록 의구심이 커져만 갔다. 그리고 혹시 그가 살아남을 수
있었던 게 부차적인 인물이서가 아니라 그 반대로 대서기관들
의 비밀들에 깊숙이 관여했기 때문이라면? 재판소에 귀중한 정
보를 넘긴 대가로 목숨을 거래한 것이 아닐까? 그의 머리는 점
점 더 급박하게 추론을 계속해 나갔다. 만일 마르코가 배신자였
다면 그때 그에게 알려준 이야기에 2차적인 목적이 담겨 있을
수 있지 않을까? 어쩌면 바로 이 순간 서기는 종교재판소와 면
담을 하고 있을 수도 있었다. 피코와의 만남을 보고하고 마닐리
오 다 몬테와 토르 디 노나 이야기를 하고 있을지도……

모험에 맹목적으로 뛰어들기 전에 확인을 해야 했다. 그는 기
억을 더듬어 지난 번 지났던 길을 빠른 걸음으로 지나, 그의 집
이 있는 작은 광장에 도착했다.

혹시 누군가 광장을 감시하고 있지나 않은지 보려고 주위를
조심스레 둘러보았다. 하지만 이상한 점은 전혀 눈에 띄지 않았
다. 초저녁의 그림자가 광장에 드리워지기 시작했지만 주변에
서는 하루 일과를 끝낸 후 지친 몸을 이끌고 집으로 돌아가는 작
업복 차림의 남자들밖에 보이지 않았다. 병사나 수상한 얼굴들

은 그림자도 보이지 않았다. 피코는 계단을 올라갔다.

계단 끝에 문이 열려 있었다. 그는 걸음을 멈추고 할 수 있는 한 귀를 기울이며, 안에 누가 있는지 알려줄 수 있는 작은 소리 하나라도 들어보려 주의를 기울였다. 하지만 아무 소리도 들리지 않아 모험을 하기로 했다.

안쪽의 작은 공간은 혼돈 그 자체였다. 누군가 방안의 집기나 주인의 비밀을 전혀 염두에 두지 않은 채 방안을 뒤진 것처럼. 종이와 책들이 사방에 흩어지거나 바닥에 버려져 있었고, 아무렇게나 짓밟은 흔적들도 역력했다. 한쪽 구석에서, 다른 물건들과 뒤섞인 옷이 보였다. 그들이 만난 날 마르코가 입고 있던 옷이었다는 기억이 떠올랐다.

피코는 서기의 신분을 알려주는 휘장도 없이, 이 남자가 대체 어디로 간 것인지 의아해하며 주위를 계속 둘러보았다. 바닥에 불그레한 자국들이 나 있었는데 발에 밟혀 흙과 먼지가 뒤섞인 끈적한 흔적으로 변해 있었다. 피였다. 많지는 않았지만, 그 장소에서 폭력적인 어떤 사건이 벌어진 게 틀림없었다. 그 혼돈 이외에는 다른 흔적들이 전혀 없는 것 같긴 했지만. 서기 방에 그냥 도둑이 든 건지도 몰라, 조금 뒤 서기가 멀쩡한 얼굴로 생기 있게 방에 나타날 수도 있어, 피코가 되뇌었다.

하지만 거기서 더 이상 기다릴 상황은 아닌 것 같았다. 그의 본능이 서기를 다시 만나지 못할 거라고 외쳤다. 그러니 이 집에서 한시라도 더 지체하면 함정에 빠질 수도 있다고. 그는 종교재판소를 생각했다가 곧 그 생각을 떨쳐버렸다. 마르코가 교황의 사람들에게 피를 흘리며 끌려갔다면 이웃 사람들의 눈에 띄지 않을 수가 없었을 것이다. 아직도 피가 다 마르지 않은 것으로 보아 바로 얼마 전에 공격이 있었던 것 같았다. 그렇다면 분명 사람들이 이 주변에 몰려들었을 것이고 피코는 그 사건에 호기심을 가지고 이러쿵저러쿵 하는 사람들을 만날 수 있었을 것이다. 무슨 일이 벌어졌든 그 일은 아무의 눈에도 띄지 않게 조용히 진행된 게 틀림없었다.

리아리오의 연회에서 자신을 감시하는 것 같았던 검은 머리 남자의 음울한 형체가 불현듯 생각이 났다. 보르자 가문의 사람들, 스페인 사람들이 이 실종 사건의 장본인일까? 혹시 그들이 적수인 콜론나 가문 사람들을 감시하고 있었고 그래서 그와 프란체스코 콜론나가 토르 디 노나로 잠입할 준비를 한다는 것을 알게 된 것일까? 이런 생각을 하자 불안이 몰려들었다. 혹시 그가 지금 함정에 빠지고 있는 것은 아닐까?

하지만 그는 다시 한 번 고개를 저었다. 그는 이 피 뒤에는 다른 손이 숨어 있을 거라고 생각했다. 피렌체에서부터 그를 쫓고 있는 것 같은 바로 그 손이었다. 그는 식스토 4세의 창이 아니라 그림자들과 결투를 해야만 했다. 그는 마음 속에 떠오르는 이런 등골 오싹한 두려움을 떨쳐 버렸다. 그리고 등을 꼿꼿이 펴고 힘껏 숨을 들이쉬었다. 조반니 피코 디 미란돌라 에 로코르디아는 그 어느 것 앞에서도 굴복하지 않을 것이다!

그들이 계획한 모험이 아직은 위태롭지 않을 수도 있었다. 하지만 누군가 그를 기다리고 있다면 그를 만나는 게 좋을 것이다. 그는 등 뒤로 조심스레 문을 닫고 서둘러 밖으로 나왔다.

어둠이 사방에 퍼져 있었다. 곧 약속한 시간이 될 것이다.

토르 디 노나 앞에서

두꺼운 나무판으로 만든 선술집 간판에는 보기 흉한 글씨로 '알라 그라쉬아' 라고 적혀 있었다. 이 지역이 곡물 창고로 쓰이던 오래 전의 기억을 상기시키는 이름인 듯했다. 피코는 주위를 돌아보며 그곳을 샅샅이 관찰했다. 프란체스코 콜론나가 그에게 묘사해주었던 것과 정확히 일치했다. 한때 강쪽을 수비하던 성벽의 일부분이었을 높은 성벽의 잔해들로 가로막힌 작은 광장이었다. 탑이 음울하게 조용히 광장의 한쪽 면을 거의 다 차지하고 서 있었다. 탑은 여기저기가 부서져 있어서 통풍구 역할을 했다. 하지만 그 틈을 이용해서 탑으로 들어가기에는 너무 높았다. 광장의 한쪽에 성당이 서 있었는데 수도원의 예배당으로, 문이 나지 않은 본 건물의 벽과 연결되어 있었다. 다른 쪽에 뭔가, 아마 수도원의 회랑 같은 게 있는 것이 틀림없었다.

피코는 길모퉁이에서 어떤 움직임 같은 것을 감지했다. 콜론나가 혈기 왕성해 보이는 세 남자와 함께 있는 것을 발견했다. 키가 크고, 옷 위로도 튼튼한 근육을 짐작할 수 있는 세 젊은이가 힘과 자신감을 보이며 걸어왔다. 특히 그들 중 아주 밝은 금발머리의 청년은 로마인 같지가 않았다. 왠지 독일인이라고 해도 될 것 같았다.

"실망하지 않을 거라고 말씀드렸지요."

콜론나가 말했다. 다른 젊은이들도 다가와서 간단하게 목례를 하고 주먹을 가슴으로 가져갔다.

피코는 놀라움을 감추며 고개를 끄덕였다. 그는 농부들이 나타날 거라고 예상했는데, 그의 예상과는 달리 그 세 명의 남자들은 잘 훈련된 용병 같은 분위기였다.

"자네들은 어디서 일했나?"

그는 그들의 인사법이 전투를 직업으로 삼았던 사람들 특유의 인사라는 것을 알고 있었기 때문에 이렇게 물었다. 미란돌라 성의 아버지 병사들에게서 수없이 보았던 동작이었다.

"제 동료들과 함께 말라테스타의 용병으로 일했습니다."

독일어 억양이 강한 목소리로 금발머리가 대답했다.

"판돌포 부대가 해산된 뒤, 나폴리의 알폰소에 대항해서 교황부대에 들어갈 생각들이었습니다."

프란체스코 콜론나가 끼어들었다.

"하지만 팔레스트리나를 위해 잠시 우리 가문에 지원하게 되었지요. 그때부터 이곳에 우리와 함께 있게 된 겁니다."

피코는 콜론나 가문의 토지를 관리하기 위해 왜 용병을 필요로 하는 것인지 의아했다. 그리고 다시 불안감이 엄습했다. 계속 그의 손에 잡히지 않는 무엇인가가 있었다.

"서기 말입니다. 그가 사라졌습니다." 피코는 콜론나를 한쪽

으로 불러 말했다. "전 불안합니다. 혹시 계획을 연기해야 하는
게 아닌지 모르겠습니다."

"왜요? 그 일이 뭐 그리 중요합니까?" 콜론나가 물었다.

그는 이 소식에 별 관심이 없는 듯했다. 피코는 혹시 콜론나가
두려움 때문에 과장을 하는 게 아닌지 자문했다. 그가 계속 말을
하려 했지만 프란체스코는 탑을 관찰하는 일에 모든 신경을 쏟
고 있는 것 같았다.

"좋습니다, 그럼. 제가 앞장서겠습니다."

마지막 망설임을 떨쳐버린 뒤 피코가 말했다.

"여러분은 잠시 후에 저를 따라오십시오. 여러분들은 나처럼
장사꾼 행세를 해야 합니다. 우연히 만나 알게 된 척해야 해요."

그러더니 술집 주변을 재빨리 살폈다. 수상한 점이 전혀 없는
것을 확인하고는 안으로 들어갔다. 긴 탁자의 한쪽 모퉁이가 비
어 있었다. 피코는 그곳에 앉아 주인에게 포도주를 가져오라고
고갯짓을 했다. 그리고 몹시 피곤한 척하며 난로의 불 쪽으로 다
리를 뻗었다. 그의 뒤쪽으로는 프란체스코 콜론나와 세 명의 하
인들이 조용히 들어와서 선술집 안에 흩어져 앉았다.

"카니발 때문에 오셨습니까?" 여행복 차림과 이방인 같은 외
모를 놓치지 않고 주인이 물었다.

"베르베르 경주를 위해 여기 오신 거죠?"

"그게 뭡니까?"

"카니발 마지막 밤에 벌어지는 세상에서 가장 멋진 경주지요!
기사들이 타지 않은 말들을 포폴로 광장에 풀어놓고 베네치아
인들의 광장까지 달리게 하는 겁니다. 교황에게 경의를 표하도

록 말입니다. 교황은 자신의 궁에서 말들이 달려오는 광경을 즐기지요. 그리고 교황이 지켜보는 가운데 가장 용감한 우리의 젊은이들이 경주에서 승리한 말에 재갈을 채우는 경쟁을 하게 됩니다. 미친 듯이 날뛰는 말의 발밑으로 뛰어들어 말들을 다시 온순하게 만드는 겁니다. 그것에 성공한 사람은 상을 받게 되는데 서민들에게는 십자군에서 빼앗은 이교도의 전리품 같은 가치를 지닌답니다. 당신도 경주에 돈을 좀 거실 겁니까?"

"아니요."

피코가 하품을 하며 대답하고 술잔을 입에 가져갔다.

"난 페사로에서 왔습니다. 카피타니타(나폴리 왕국의 옛 구역)로 양모를 사러 가는 길입니다. 그렇지만 카니발에서 젊은이들을 만나보는 것도 나쁘지 않겠는걸요. 유쾌한 분위기와 아름다운 여인들도 만나겠지요. 거리에서 주먹질을 하거나 싸우기도 할 텐데요. 걱정하지 않아도 될까요?" 그가 건성으로 물었다.

주인이 술잔을 탁자에 내려놓고 흡족한 듯 피코 옆에 앉았다. 이방인의 말을 듣자 주인은 그에게 특별한 인상을 남긴 사건을 새롭게 떠올렸다.

"손님 스스로 단도리를 잘 하면 걱정 없습니다. 하지만 절제를 하지 못하는 사람은 싸움에 쉽게 휘말리게 되지요. 올해에는 사람들이 다른 때보다 훨씬 더 뜨겁게 달아오르는 것 같습니다, 메세르! 얼마나 오랜만에 보는 모습인지 모른답니다. 세 사람이 벌써 저세상으로 갔지요. 조만간 한 사람이 더 죽을 겁니다. 먼저 간 세 사람은 검으로 죽었지만 마지막 한 사람은 교수형을 당할 겁니다. 모두들 폰테 광장에서 있을 처형을 구경하려고 시내에서 기다리고 있습니다.”

“세 명이 죽었다고요? 대체 무슨 일이 있었던 겁니까?”

피코가 다시 포도주 한 잔을 더 들이켜며 그가 말을 하도록 부추겼다. 하지만 주인은 그런 부추김이 전혀 필요 없어 보였다. 이야기하고 싶어 안달인 게 분명했다.

“사랑 때문이지요, 메세르! 조반니라는 난봉꾼이 우리 구역장의 아내를 납치하려 했습니다. 그들은 대낮에 무장을 하고 산에서 왔습니다. 하지만 우리 구역 사람들이 수비를 잘했고 그들을 추격했습니다. 그래서 그들과 납치자들의 패거리인 악당들 사이에 전투가 벌어졌어요. 결국 양쪽을 통틀어 세 사람이 사망을 하게 되었습니다. 난봉꾼은 체포되어 끌려갔고 이제 판결과 보복을 기다리고 있습니다.”

피코는 슬며시 웃었다.

“이게 전부 한 여자 때문이라는 겁니까? 세 사람이 죽지만 않았다면, 정말 웃기는 일이었을 텐데요. 대개 불륜 문제는 아주 조용히 끝나게 되지요. 그런데 여자는 납치되었나요, 아니면 도망쳤나요?”

피코가 공범자 같은 분위기로 주인의 팔꿈치를 슬쩍 건드리며 말했다. 주인이 킬킬 웃으며 뭔가를 암시하듯 눈을 들었다.

“아, 제가 뭐라고 부인의 정절을 의심하겠습니까? 사람들이 납치되었다니, 납치된 것이겠지요. 어쨌든 그녀의 정부는 이제 교수대에 한 발을 디디고 최후를 맞게 되었습니다.”

“흠, 당신이 말한 네 번째 남자군요. 짧은 사랑 때문에 불행한 최후를 맞다니. 우리 남자들은 좀더 절제를 할 필요가 있어요.

아니 좀더 신중해질 필요가 있지요. 솔직히 그건 그렇고, 저도 우리 고향에서 벌어졌던 그런 비슷한 사건을 이야기해 드릴 수 있을 것 같습니다…… 그런데 제 생각엔 남자가 산탄젤로 성의 지하 감옥에 던져졌을 것 같군요……"

술집 주인이 음흉한 표정으로 그의 귀에 얼굴을 가까이 댔다.

"대개 배신자와 살인자들이 그곳에 투옥되지요. 그런데 이번엔 교황의 병사들이 남자를 토르 디 노나 수도원에 가두었죠."

그가 엄지손가락으로 자신의 등 뒤를 가리키며 계속 말했다.

"아시지요. 바로 이 뒤에 있답니다. 아마 병사들은 아름다운 신부가 감옥에 갇힌 정부의 신음소리를 들을 수 있게 하고 싶었나 봅니다."

"아니면 남자가 신부의 신음소리를 들을 수도 있지요."

피코가 이렇게 반박하자 여관 주인이 다시 한 번 킬킬 웃었다.

"그러니까 수도원에 가뒀다는 겁니까? 우리 고향에도, 이름이 똑같은 수도원이 있습니다. 우르술라 회의 수녀원이지요. 로마에서는 수녀들의 찬송가를 들으며 처형을 합니까?"

"아, 아닙니다. 이 수도원은 프란치스코 수도원입니다. 잘생기고 건장한 수사들이 항상 탁발을 하러 돌아다니지요. 또 비옥하고 수비가 잘된 밭이 있습니다. 수사들은 많지 않아요. 마지막 페스트가 돌고 난 뒤 수도원에는 빈 독방이 여러 개 생겨났지요. 난봉꾼은 그곳으로 끌려갔습니다."

"수사들에게로요? 정말 우리 교황께서는 신의 섭리를 믿으시는 게 틀림없군요."

"교황께서는 신심이 아주 깊으십니다. 하지만 수비대에 관해서는 기도보다는 창에 더 의지하십니다. 아시다시피 하늘에 계신 아버지가 영혼을 치료해주지만 행실을 바로잡는 건 몽둥이라고 하지 않습니까. 저곳에는 수도원이 있지만, 벽 뒤에는 튼튼한 감옥이 있습니다. 완전무장을 한 여덟 명의 병사가 죄수들을 지키고 있고 한시도 그들에게서 눈을 떼지 않는답니다. 수도원 밭과 경계 지역에 사는 내 처남이 가끔 그 병사들이 미사에 참석하러 수도원으로 갈 때 그들을 본다고 합니다.”

“그들은 수사들과 식사를 할 것 같군요. 세상에서 가장 멋진 식탁일 겁니다.”

“정정하셔야 할 것 같은데요, 메세르. 내 식탁 다음으로 멋진 식탁이라고요. 뭘 좀 준비해 드릴까요?” 여관 주인이 벽난로에서 굽고 있는, 꼬챙이에 꿴 닭 두 마리를 가리키며 대답했다. “사실 저건 내가 먹으려고 준비했는데 당신 말고도 다른 이방인들이 오는 걸 보니 이걸 대접하고 싶군요.”

흩어져 앉은 세 남자와 콜론나를 가리키며 주인이 말했다.

“오늘 밤엔 손님들이 많군요. 닭 몇 조각 때문에 경쟁을 하셔야 할지도 모르겠습니다.”

“저 닭을 먹기 위해서라면요.” 피코가 대답했다.

“당장 가져다주십시오.”

피코는 주인의 주의를 다른 데로 돌려볼 수 있기를 바라면서 덧붙였다. 하지만 주인은 의심스러운 눈으로 찬찬히 콜론나와 다른 일행을 살펴보기 시작했다. 그래서 피코가 일어나서 콜론나에게 다가가서, 그를 알아보고 흥분한 체했다.

“당신도 여기 왔소, 부르노?”

주인이 자신의 말을 분명히 들을 수 있게 큰소리로 물었다.

"이번에는 피사에서처럼 터무니없는 가격으로 내게 타격을 주지 마시오!"

콜론나는 즉시 이 연기에 맞장구를 쳤다.

"아니, 이게 무슨 말인가요. 각자 손해 보지 않고 자기 일을 하는 거죠. 저 제노바인들도 그렇고요. 내가 알기론 정말 정직한 사람들이어서 구매할 때 우리 발을 잡지는 않을 겁니다."

콜론나가 조금 떨어져 있는 남자들을 가리키며 즉시 덧붙였다. 자신들을 가리키며 말하는 소리를 들은 남자들이 목례로 대답했다.

"메세르들, 제 테이블로 오시지요."

피코가 이렇게 말하며 주인에게 모두 먹을 수 있게 음식을 준비해달라는 눈짓을 했다.

"어디 갇혀 있는지 알아냈습니다." 자기들끼리만 남게 되자 피코가 다른 사람들에게 이렇게 소곤거렸다. "그리고 수도원 예배당과 탑에 있는 오래된 독방 사이에 통로가 있습니다."

피코는 꼬챙이에서 닭을 빼내느라 정신이 없는 주인을 가리키며 덧붙였다. 그들은 초조하게 평가를 기다리는 주인에게 닭 요리가 맛있다는 찬사를 늘어놓으며 급히 닭을 먹었다.

"묵어 가실 겁니까?"

그들이 음식을 다 먹고 나자 주인이 물었다.

"마침 위층에 크고 깨끗한 침대 두 개가 비어 있습니다. 필요하시면 쓰셔도 됩니다. 침대가 아주 넓어서 다섯 명도 충분히 주무실 수 있습니다."

피코가 재빨리 다른 사람들과 눈길을 주고받았다.

"물론입니다. 하루 종일 여행을 한 뒤라 제 온몸이 휴식을 필요로 하는군요. 그리고 이분들 몸도 마찬가지일 것 같군요. 여기서 술을 조금 더 마시고 몸도 녹인 뒤 주인장이 말한 곳으로 올라가겠습니다."

"편하신 대로 하십시오. 침대는 계단 끝에 올라가면 처음 나오는 침대 두 개입니다." 주인이 손님이 하나 둘 사라져가고 있는 홀을 재빨리 둘러본 뒤 말했다. "전 이제 그만 제 가족들하고 잠자리에 들어야겠습니다. 그래도 뭐 필요한 것들이 있으면 주저하지 마시고 저를 불러주십시오."

피코가 의자에 등을 펴고 앉았고 다른 사람들도 그를 따라했다. 그들은 태연하게 피코와 전혀 상관없는 대화에 빠져들었다. 장사에 대한 가벼운 이야기들과, 시장의 생활에 대해 꾸며낸 일화가 뒤섞여 있었다. 그들은 잠시 후 주인이 계단을 올라가는 것을 보았다. 주인은 화로에 숯을 가득 담은 뒤, 벽난로의 장작불을 재로 덮어 버렸다.

"수비병이 여덟이고, 거기다 수도원의 수사들이 있습니다."

"힘들 것 같군요……"

불그레한 긴 수염을 기른 용병 하나가 말했다.

"왜 그러나, 페데리코? 우린 셋이야. 언제부터 여덟 명의 검객과 싸우는 걸 두려워하게 됐나?"

금발머리가 대답했다.

"세르 콜론나와 친구분께서 수사들을 맡아 준다면 수비병들은 우리가 충분히 처리할 수 있어."

"내가 걱정하는 건 수사들도 수비병도 아니요, 오히려 성벽이지. 여러분의 이탈리아에 꽉 찬 수도원들은 어느 요새보다 더 튼튼합니다. 그런 높은 성벽에 좋은 목재로 만든 문들은 튼튼하게 보강이 되어 있지요. 여러분들의 수사들은 자기 성에 있는 남작보다 훨씬 더 뛰어나게 구석구석을 파악하고 있을 겁니다. 아마 그들이 만족할 줄 모르는 암탉들처럼 사방을 헤집으며 쌓아놓은 그 모든 것을 보호하기 위해서겠지요. 이 때문에 우리 독일에서는 그 수사들을 모두 묶어서 교황의 집으로 다시 돌려보낼 때가 되었을 거라고 합니다. 그러면 아주 우아한 선물이 되겠지요." 페데리코가 고기를 씹었다.

"좋아, 페데리코, 어쨌든 독일의 군주들이 이 탁발에서 자신들이 맡은 부분을 거부하길 기다려 보자고. 나 역시 약간의 정보를 수집했다네."

콜론나가 다시 재빨리 주위를 살피더니 소곤거렸다. 이제는 그들 일행뿐이어서 한쪽 귀퉁이에 아직 커놓은 촛불이 희미하게 비치는 선술집은 고요했다. 위층에서 들려오는 규칙적인 코고는 소리만이 그 고요를 깨뜨렸다.

"오래 전 팔레스트리나에 있는 우리 궁에서 일하던 석공 장인이 있었어요. 어느 날 그에게서 탑의 기반을 보강하는 일을 했었다는 말을 들었던 기억이 났습니다. 오후에 대리석공 조합으로 그를 만나러 갔습니다. 그리고 그와 이야기를 나눴지요. 보십시오, 우리를 기다리는 건 바로 이겁니다." 그가 한 손가락을 포도주 잔에 담갔다가 재빨리 탁자에 선들을 그렸다.

"이건 수도원의 교회입니다. 그리고 뒤로 수사들의 독방이 있어요. 한쪽으로 좁은 공간이 있는데, 수사들이 약초를 재배하는 곳입니다. 탑과 경계 지역이지요. 여기에 문이 있는 게 분명합니다.”

손가락으로 가리키며 말했다.

“교회에 갈 때 수비병들이 밖으로 나갈 필요 없이 이 문을 통해 이동하는 겁니다. 아마 바깥쪽 문처럼 그렇게 튼튼하게 만들어지지는 않았을 겁니다. 우리는 이곳으로 들어가도록 시도해 보아야 합니다.”

“확인을 해보는 게 더 좋을 것 같은데요……” 독일인이 반박했다.

“우린 시간이 없어. 당장 시도해야 해.”

프란체스코 콜론나가 단호하게 대답했다. 피코는 재빨리 그를 보았다. 콜론나의 흥분 속에 말하지 않은 무엇인가가 담겨 있다는 것을 직감했다. 그리고 이렇게 상세한 탑 내부 구조는…… 혹시 이 탑을 그가 소유했던 것은 아닐까? 아니면 어떤 식으로든 이 작전을 오래 전부터 준비해 왔었는데 콜론나가 그냥 피코를 기쁘게 해주려고 갑자기 이 일을 시작하게 된 척하는 걸까?

피코는 또다시 자신이 아주 커다란 그림 속의 보잘것없는 병사가 된 기분이 들었다.

“게다가 오늘 밤, 우린 술집 주인에게 술을 먹이는 데 성공했지만 내일이면 벌써 술집 주인은 세관 장부에 우리 이름을 적으러 갈 걸세. 수비병들이 우리를 주시할 수도 있어.” 프란체스코가 계속 말했다. “그래, 오늘 밤 해야 해.”

피코가 다시 내부 구조에 정신을 집중했다. 포도주가 이미 테이블의 나무에 스며들어 버렸지만 그 자국은 아직 눈으로 볼 수 있었다.

"이게 수도원의 내부라고 확신하시는 겁니까?"

콜론나가 고개를 끄덕였다.

"좋습니다. 그럼 당장 시도합시다."

피코가 이렇게 말하며 조용히 움직였다.

수도원의 문은 예상보다 훨씬 튼튼했다. 피코 일행이 되도록 소리를 내지 않으려 애쓰며 문을 밀어보았지만 꿈쩍도 하지 않았다. 독일인의 가늘고 긴 양날검을 지렛대로 이용한 뒤 여러 번 어깨로 문을 밀고 나자 녹슨 경첩이 마침내 움직였다.

그들은 작은 방으로 들어갔다. 그 방은 복도 쪽으로 나 있었고, 수사들의 독방 문들이 있는 건물 깊숙한 곳으로 이어졌다. 피코가 조심스레 안쪽으로 움직였다. 그리고 한 발로 첫 번째 방 문을 밀고 안을 슬쩍 들여다보았다. 방에 놓인 짚매트리스 침대는 비어 있었다. 다음 방들도 마찬가지였다.

"얼마 전에 자정이 지났습니다. 수사들은 아침 기도를 위해 예배당에 모여 있는 게 틀림없습니다."

피코가 소곤거렸다.

"상황이 아주 좋습니다. 수비병들은 틀림없이 아직 자고 있을 겁니다."

그들은 복도를 따라 걷다가 안쪽의 회랑으로 나갔다. 밭 건너편의 탑과 경계를 이룬 벽에 난 문에서 반짝이는 촛불의 불빛이 새어나왔다. 그 너머로 수도원의 예배당이 서 있었다. 그들은 살금살금 예배당 입구로 가서 문 양쪽에 늘어섰다. 안에서 기도를 하는 여러 수사들의 낮은 중얼거림이 들려왔다.

"지금 기도를 하고 있어요. 이제 주여, 내 입술을 열어 주소서 Domine labia mea를 부를 겁니다."

예배당 안에서 웅얼거림이 멎었다. 그러더니 응답송가(성무일과에서 찬송가의 절 사이에 후렴구로 부르는 성가) 합창이 그 뒤를 이었다. 첫 번째 목소리가 다른 사람들의 목소리를 압도했다. 프란체스코 콜론나의 남자들은 콜론나의 명령을 기다리는 것 같았다. 하지만 콜론나는 갑자기 자신이 하려는 일에 의심이 생긴 듯 망설이고 있었다. 피코가 그의 소매를 잡아 끌었다.

"고개를 숙이고 손을 맞잡고 일렬로 들어갑시다. 안은 어둑어둑해요. 누군가 우릴 발견해도 아마 영혼을 정화하러 온 수비병들이라고 생각할 겁니다. 저들을 등 뒤에서 공격하는 겁니다."

"만일 소리를 지르면요?"

음울하게 번득이는 눈으로 금발머리가 물었다.

"그렇게 하지는 않을 거라고 생각하네. 기도에 몰두해 있으니까. 급습에 대처할 준비가 된 사람들 같지는 않아. 혹시 비명이 새어나와서 누군가 깨어 있다가 듣는다 해도 합창소리와 혼동할 걸세."

안에서 들려오는 합창소리는 음조의 변화가 전혀 없었다. 피코는 일행을 이끌고 조심스럽게 문지방을 넘어 줄줄이 놓여 있는 의자들을 지나 둥글게 서 있는 수사들의 등 뒤에 도착했다.

열두어 명의 수사들 중에서, 단 두 명만이 별 생각 없이 고개를 들었다가 곧 성무일과서(聖務日課書) 쪽으로 고개를 숙였다.

"같이 노래를 하세요."

피코가 이를 악물며 조그맣게 말했다. 그는 응답송가가 시작되길 기다렸고 자신도 성가를 부르기 시작했다. 옆에 있던 독일인이 떨리는 목소리로 또렷하지 않게 뭔가를 웅얼거리듯 노래했다. 그러다가 모두 함께 망토 속에서 검을 꺼내 제일 가까이에 있는 수사들의 목을 잡고 검으로 위협했다.

모자를 푹 눌러쓴 다른 수사들은 아무것도 눈치채지 못했다. 불안한 목소리를 처음 듣게 되자 그제야 누군가 눈을 들었고 너무 놀라 말을 잃었다.

피코는 힘없이 신음하는 자신의 인질을 끌고 수사들 속으로 뛰어들었다. 제단에 켜놓은 단 하나의 촛불이 그를 비추었다. 수사들은 깜짝 놀란 것 같았다. 그들 중의 한 사람, 멀리 서 있던 가장 나이 많은 수사 한 사람만이, 다시 두어 구절을 더 노래하다가 겁에 질려 입을 다물었다.

"노래하시오!"

피코가 검을 휘둘러 수사들을 다시 위협하면서 명령했다.

"무릎 꿇어요, 당신들 모두!"

수사들이 몸을 부들부들 떨며 명령에 복종했다. 그들 뒤에서 용병들이 기억도 까마득한, 라틴어 몇 개를 떠올리고 선술집에서 떠들던 말을 뒤섞어 웅얼거리며, 하느님이 아침빛을 찬양하는 찬송가를 대강 부르기 시작했다.

"옷을 벗어요!"

피코가 더 겁을 주기 위해 수사들 사이로 빠르게 걸어가며 다시 명령했다. 위협적인 칼 앞에서 수도복을 벗어놓고 알몸이 되어 덜덜 떠는 수사들을 보자 피코가 일행들에게 노래를 그만하라고 신호를 보냈다. 노랫소리가 딸꾹질과 함께 사라졌다.

"밧줄로 수사들을 묶고 각자 이 옷을 입어요."

일행이 그 말을 따르는 동안 피코는 등 뒤로 손이 묶인 채, 추위와 공포로 덜덜 떨며 예배당 바닥에 무릎을 꿇고 있는 몸뚱이들을 계속 감시했다.

"수도원장이 누구냐?" 피코는 더 위협적으로 보이려고 애쓰며 물었다.

수사 하나가 마치 망나니의 칼에 목을 내놓은 사람처럼 하얗게 질린 얼굴로 고개를 겨우 돌렸다.

"누군가 풀어주러 올 때까지 찍소리도 하지 말라고 수사들에게 명령하시오. 침묵의 규정을 준수하면서 가만히 소리 없이 있으면, 현세의 삶도 영원의 삶도 살 수 있을 거요. 소리를 질렀다가는, 그 즉시 영원의 삶만을 살게 될 거요."

남자가 너무 놀라 대답도 하지 못한 채 고개만 미친 듯이 끄덕였다. 그 사이 피코는 재빨리 변장한 동료들의 옷차림을 점검했다. 우스꽝스럽게 변장한 모습을 보고 웃음이 터져 나오는 걸 애써 눌렀다. 그들은 모두 동화 속에 등장하는 왕을 흉내내기 위해 혼응지(펄프에 아교를 섞어 만든 종이 재질. 습기에 무르고 마르면 아주 단단함)로 만든 망토를 두르고 왕관을 쓴 광대처럼 보였다. 그들 역시 웃음을 겨우 참는 것 같았다. 하지만 옷 밖으로 삐져나온 검이 이런 유쾌한 분위기를 모두 지워버렸고, 그들을 기다리는 현실의 위험을 다시 생각하게 만들었다.

피코는 마지막으로 다시 한 번 수사들을 보았고 그들 중 누구도 감히 어떻게 해 볼 생각조차 하지 못한다는 것을 확인했다. 수사들이 이를 덜덜 떠는 소리만 들려왔다.

"갑시다."

그가 이렇게 속삭이며 그 자리에서 발길을 돌렸다.

콜론나가 그렸던 구조가 맞는다면 예배당 너머에 탑의 독방들이 있는 게 틀림없었다. 제대 옆에 문이 하나 있었는데 담장 너머로 이어지는 것 같았다. 닫힌 문에는 허술한 자물쇠가 걸려 있었는데 자물쇠는 아무런 저항 없이 떨어졌다.

문을 넘자 돌벽 사이로 새로운 좁은 복도가 나 있었다. 돌벽은 아주 높은 둥근 천장에 닿아 있었다. 이 복도의 벽에도 문들이 나 있었지만, 수사들의 방문과는 달리 문은 모두 튼튼한 떡갈나무로 되어 있었고, 쇠사슬들이 여러 개 달려 있었다. 벽에 걸린 두 개의 횃불에서 빛이 흘러나왔는데, 떠들썩한 목소리와 터져 나오는 웃음소리가 침묵을 깼다. 피코가 조심스레 첫 번째 문에 다가갔다. 병사 셋이 포도주를 마셔 벌게진 얼굴로 깊은 잠에 빠져 무겁게 코를 골았다. 피코가 독일인과 다른 남자들에게 눈짓으로 누워 있는 병사들을 가리켰다. 순식간에 남자들이 자고 있는 병사들에게 뛰어들어 이불을 그들의 머리에 뒤집어씌우고 칼 손잡이로 머리를 쳤다.

억눌린 신음소리가 몇 번 들려왔다.

"이제 조금 더 오래 잘 수 있을 거다."

독일인이 이불을 들어 올려 자신들이 한 일의 결과를 흡족하게 내려다보며 낮게 말했다.

"선술집 주인 말이 맞는다면 아직 다섯 명이 더 있네."

피코가 불빛과 목소리들이 계속 새어나오는 다음 방문을 가리키며 속삭였다.

피코는 소리 없이 그 문까지 가서 안을 살짝 들여다보았다. 수비병들이 방 한가운데의 바닥에 등을 구부리고 앉아 있었다. 그들 중 한 사람이 막 주사위를 던졌고, 기뻐서 소리치며 자신이 던진 주사위에 대한 평을 했다. 창들은 하나로 묶여 벽에 기대 세워져 있었다. 어쨌든 이렇게 좁은 공간에서 실제로 검은 무용지물일 테니까, 피코가 이렇게 판단했다. 하지만 검들은 병사들의 허리춤에 걸려 있었다. 뿐만 아니라 그들 중 몇몇은 검을 꽉 쥐고 있어서, 마치 게임 중에 자신의 입장을 유리하게 하기 위해 언제라도 그것을 뺄 것만 같았다.

피코는 수비병들을 공격해서 그들을 제압할지 말지 재빨리 가늠했다. 무술 사범이 자기 앞에 있듯, 그가 한 말이 생생하게 머릿속에 다시 울려 퍼졌다. '항상 상대가 예상하지 못했을 때 공격하십시오. 누군가 도련님을 공격할 때를 항상 기다리세요.'

그의 편에서 급습을 할 수도 있었다. 상대와 수적으로는 비슷했고, 게다가 용병들은 노련한 경험이 있었다. 그들을 제압하기가 어렵지는 않을 것이다. 하지만 병사들 중 누군가 대항할 틈을 가질 수 있었다. 그러면 그를 죽여야 할 것이다. 하지만 그래서는 안 된다. 그는 일 마니피코에게 신중하게 행동하겠다고 약속했다. 일이 잘못된다 해도 피를 흘려서는 안 되었다.

그는 재빨리 다른 남자들에게 안 된다고 손으로 신호를 하고 모자를 눌러썼다. 그리고 일행에게 자기를 따르라는 눈짓을 하고 허리를 숙여 순종의 자세를 취하면서 문으로 다가갔다.

"수도원장께서 당신들이 영혼을 정화하고 싶은지 알아보라고 나와 내 형제들을 보내셨소, 형제들."

피코는 그때 막 자기를 올려다보는, 가장 가까이에 있는 병사에게 친절하게 말했다. 남자는 계속 손에 든 주사위를 만지작거렸다. 그러더니 비웃음과 함께 주사위를 바닥에 던졌다.

"조금만 기다리시오, 수사님. 내가 원하는 게 나오지 않으면, 욕을 퍼부어 줄 거요. 그런 욕을 하는 내 영혼을 정화하기 위해 정말 당신 동료들의 합창이 필요할 정도로 말이오."

다른 병사들이 주사위에 온 신경을 집중시킨 채, 자신들의 등 뒤에 나타난 다른 수사들은 거들떠보지도 않으며 그와 함께 웃었다.

"6이야! 빌어먹을!"

주사위를 던졌던 병사가 벌떡 일어나서, 분노한 눈으로 동료들을 보면서 소리쳤다. 그가 즉시 빈정거리며 자기 생각을 정신없이 쏟아내는 동안 다른 병사가 허리를 숙여 주사위들을 주웠다. 그 사이 수사들이 조용히 각자의 등 뒤에 가서 섰다. 주사위를 던졌던 병사가 그제야 수사들에게 주의를 집중했다. 피코 쪽으로 한 손을 뻗으며 화난 얼굴로 피코에게 말했다.

"꺼져, 수사! 당신 수사복 모자 때문에 내가 재수가 없잖아!"

"그만두시오, 형제." 피코가 침착하게 대답했다. "당신은 지금 하느님의 집에 있소. 그런데 이런 도박으로 이 집을 더럽히고 있소. 그리스도께서 자신의 사원에 있던 상인들을 어떻게 다뤘는지 기억하시오. 고개를 숙이고 정신을 집중하시오. 그러면 내가 당신의 입술에서 회개의 목소리를 읽을 수 있을 거요."

"빨리 해, 야코포네!"

병사 하나가 주사위를 던졌던 병사의 엉덩이를 차서 피코의 가슴 쪽으로 그를 밀어붙이며 소리쳤다.

"수사님께서 고개를 숙이라고 하시잖아. 수사님 말을 들어. 죄 많은 네 인생을 회개하라고!"

병사가 성난 얼굴로 발길질한 동료를 돌아보며 검을 손에 쥐고, 그걸 빼서 복수를 해주겠다고 위협을 했다. 피코는 그 틈을 이용해 한 팔로는 그 병사의 목을 조르며 다른 팔로는 검을 뽑아 그의 옆구리를 겨누었다.

"진정하게, 형제! 화를 가라앉히고, 우리들에게 모두 맡기게!"

다른 동료들도 모두 피코를 따라 해서 수비병들을 꼼짝하지 못하게 만들었다.

"젠장……" 야코포네가 숨이 막혀 더듬거렸다. "당신들이 대체 무슨 수사인지……"

"우리는 편안한 죽음을 도와주는 사람들이다, 형제! 죄수는 어디 있지?"

"누구 말이오?"

"노인, 건축가 마에스트로 마닐리오 말이다."

남자는 못 알아들은 것 같았다.

"누구요?" 다시 묻더니 드디어 그의 눈이 빛났다.

"미치광이 늙은이? 그 늙은이 때문에 여기 온 거요? 아무도 찾아오는 사람이 없었는데. 아직 살아 있는지도 난 모르겠소!"

"어디 있나?"

병사가 복도의 중간 정도에 있는 작은 방을 가리켰다. 피코는 입고 있던 수사복의 끈으로 그의 손을 묶은 뒤, 자신의 일행에게 의미심장한 눈짓을 하며 그를 맡겼다. 그리고 빗장을 잡았다. 쇠빗장은 오래 전부터 한 번도 움직여 본 적이 없는 것처럼, 처음에는 꿈쩍을 하지 않았다. 그래서 피코는 강제로 그것을 벗겨 내야만 했다. 그는 방에 고여 있는 고약한 냄새 때문에 잠시 숨을 쉴 수가 없었다. 그러고 나서 벽에서 횃불을 하나 떼어, 앞으로 걸어갔다.

방안에는 엉덩이 부근만 누더기로 겨우 가린 반라의 남자가, 상상도 할 수 없을 정도로 더러운 오물들 속에 앉아 있었다. 손에 뭔가 쥐고 있었는데 그것으로 돌벽에 뭔가를 열심히 새겼다. 피코는 너무 놀라 터져나오려는 비명을 겨우 누르며, 좀더 자세히 보기 위해 횃불을 들었다.

작은 방안의 구석구석마다 뭔가가 새겨져 있거나 의미를 알 수 없는 거대하고 복잡한 프레스코 벽화가 그려져 있었다. 그 그림들은 왠지 거리와 건물들이 복잡하게 서 있는 일종의 지도 같은 것을 상기시켰다.

남자는 피코가 들어온 걸 눈치채지 못하는 것 같았다. 계속 끈기 있게 흔적을 벽에 새겼다. 피코의 손이 그의 어깨에 닿았을 때에야 흠칫 몸을 떨었다. 멍한 눈으로 피코를 보더니 다시 자기가 하던 일을 계속했다.

"마에스트로 마닐리오." 피코가 부드럽게 말했다. "당신을 이 곳에서 나가게 해 드리려고 왔습니다. 가시지요."

노인은 계속 아무 반응도 보이지 않았다. 입술에는 피가 말라 붙어 있었고 호흡이 가빠서 헉헉거리며 짧게 숨을 내쉬었다. 체력이 거의 고갈된 게 틀림없었다. 아직 살아 있다는 게 기적일 뿐인 것 같았다.

"아직 안 끝났소." 그가 이렇게 더듬거리며 떨리는 손으로 좀 더 깊이 선을 새겨보려 했다. "아직 안 끝났소."

육체와 더불어 정신도 힘을 잃은 모양이군, 피코가 이렇게 생각했다. 하지만 시간이 없었다. 노인이 힘없이 저항을 했지만 거기에 신경을 쓰지 않은 채, 그의 팔을 단호하게 잡았다.

"누가 수도복을 벗게." 피코가 명령했다.

"그 옷으로 노인을 적당히 덮어주게. 이 상태로는 밖으로 데려갈 수가 없어."

일행 중 한 사람이 명령을 따르는 동안, 피코는 검으로 수비병들을 독방 안으로 밀어넣고 문을 닫아버렸다. 빗장이 확실히 채워진 것을 확인한 뒤, 노인의 손을 잡고 복도로 걸어갔다.

"병사들이 저 방에서 나오려면 시간이 꽤 걸릴 거요…… 그래도 우린 서두르는 게 좋겠습니다."

그들의 등 뒤로 감방 안에서는 욕설과 문을 두드리는 소리가 들렸다.

마닐리오는 당황한 눈으로 주위를 돌아보며 힘겹게 그들을 따라왔다. 무슨 일이 벌어지고 있는지 전혀 알아차리지 못한 것 같았고, 희망보다는 공포에 사로잡힌 듯했다. 계속 비틀거리더니 갑자기 무릎을 꿇고 주저앉아 버렸다. 피코가 그를 일으켜 세워 등에 업은 뒤 걸음을 옮겼다.

등에 업은 노인의 몸이 시체처럼 무겁게 느껴졌다. 그래서 노인이 기절했을지도 모른다고 생각했다. 그런데 심하게 기침을 하는 소리를 들었고, 미지근한 피가 방울방울 그의 손을 뒤덮은 것을 알아차렸다.

"노인이 정신을 차리도록 잠깐 쉬었다 가야 할 것 같습니다."

그가 콜론나에게 말했다. 그들은 다시 수도원 예배당에 도착했다. 겁에 질린 수사들은 예배당에서 벌어지고 있는 일에 눈을 돌리지 않으려고 애쓰며 여전히 무릎을 꿇고 기도를 했다.

피코가 제단 앞쪽의 바닥에 노인을 내려놓았다. 노인은 눈을 감은 채 숨을 헐떡였다. 몸을 구부린 채 발작적으로 무겁게 기침을 해댔는데 그러는 동안 시커먼 피가 사방으로 튀었다.

콜론나의 하인들은 병이 옮을지도 모른다는 생각에 겁에 질려 재빨리 옆으로 몸을 피했다. 하지만 프란체스코는 계속 기침을 하는 노인 곁으로 다가갔다.

"시간을 허비할 수 없습니다. 감방 문이 곧 열릴 겁니다. 어쨌든 우리가 여기서 떠나면 수사들이 두려움을 이겨내고 병사들을 풀어주러 갈 거요. 보르자가 사냥을 시작하기 전까지 한 시간 정도밖에 시간이 없을지도 몰라요."

콜론나가 불안해하며 말했다. 그리고 독일인을 돌아보았다.

"노인이 정신을 차리게 해보게. 그리고 빨리 가자고!"

두려움을 누른 용병이 허리춤에 매달린 물병을 집어 억지로 노인의 입에 물병을 밀어 넣었다. 노인은 물을 몇 모금 삼키지도 못해서, 물이 입 주위로 흘러넘쳤다.

"그렇게 하다간 노인을 죽일 수도 있어요. 우리들의 모든 노력이 물거품이 될 수 있단 말입니다! 그런데 저들은 이 가엾은 노인을 왜 그렇게 중요하게 생각한 걸까요?"

피코가 독일인에게서 물병을 빼앗아 멀리 던져 버렸다.

마닐리오가 고통스럽게 숨을 헐떡였다.

그가 겨우 눈을 뜨고 멍하니 허공을 보았다. 프란체스코가 잠시 망설였다.

"식스토의 명성은 교리와 믿음 위에 세워진 게 아니라 사형집행인의 도끼와 튼튼한 감옥 위에 세워졌소. 그들은 이 사건을 감추려 할 겁니다. 하지만 우리가 그들을 추격하고 있다는 걸 분명히 알 거요. 우린 이 노인을 숨겨야만 합니다. 다시 체포된다면, 고문을 이겨낼 수 없을 거고 우리를 배신할 겁니다."

"하지만 이 노인은 우리가 누군지 전혀 모릅니다."

피코가 반박했다. 그리고 노인은 정신이 나간 것처럼 보인다고, 고통스러운 감옥 생활로 제정신이 아닌 것 같다고 덧붙이려 했다. 하지만 프란체스코가 계속 말했다.

"이 노인에 대한 우리의 관심만으로 의심을 받을 수 있습니다. 그리고 이 때문에 우리가 패배할 수 있어요."

피코는 콜론나의 말을 이해할 수 없었다. 하지만 노인이 갑작스레 움직였기 때문에 다른 질문을 더 할 수 없었다. 마닐리오는 갑자기 정신을 차린 것 같았다. 팔꿈치를 짚고 일어서서 자기 앞쪽 제대에 켜진 촛불을 뚫어지게 보면서 그 빛 때문에 눈이 시린 듯 눈을 힘겹게 반쯤 감았다.

피코가 그의 손목을 잡고, 멍한 상태에 있는 노인이 정신을 차리게 해보려고 했다. 피코는 노인이 지금 간수들의 손에 있지 않다는 것조차 알아차리지 못하고 있으며 그 긴 세월 동안 간수들의 학대를 견뎌 온 것과 똑같이 수동적인 태도로 반응하고 있다는 느낌을 받았다.

"마에스트로 마닐리오! 이제 자유의 몸이 됐소!"

콜론나가 활기차게 말했다.

"프로스페로 추기경의 손자, 프란체스코 콜론나요! 추기경님을 기억하시오? 우리가 당신을 구했어요!"

"프로스페로…… 추기경……"

그가 갑자기 반짝이는 눈으로 콜론나를 보면서 더듬거렸다.

"추기경님은…… 어디 있습니까? 왜 나를 버린 겁니까?"

"당신의 친구들 모두 당신을 잊지 않았습니다. 그런데 친구들을 다 기억하십니까?"

피코가 초조하게 끼어들었다.

"레온 바티스타 알베르티를 기억하십니까?"

"바티스타…… 예…… 건축가들의 제왕은 어디 있습니까?"

피코는 실망을 하며 고개를 저었다. 이미 수많은 고통으로 혼미해진 사람에게 바티스타의 죽음을 알려주어 더 혼란스럽게 만들 필요는 없었다. 어쩌면 이 모든 모험이 의미가 없을 수도 있었다. 그들은 고통과 병마로 지쳐 있는 보잘것없는 가엾은 인간을 감옥에서 꺼내온 것뿐이었다.

"만났었소…… 그와 이야기했었소……" 느닷없이 노인이 다시 말했다.

"언제 말입니까?" 피코가 믿어지지 않아서 물었다.

"언제냐면…… 지금으로부터 1년 전…… 며칠 전. 내게 그림을 보여주었소."

"어떤 그림 말입니까?"

하지만 노인은 다시 무력해지는 것 같았다. 계속 촛불에서 눈을 피하면서 그들 앞의 제대를 자세히 살펴보았다. 뭔가 손에 잡히지 않는 것을 찾으려 애를 쓰듯이.

"그런데 원래 이렇지가 않았는데…… 이런 모양이 아니었는데……"

그가 잠시 후 떨리는 손으로 자기 앞쪽을 가리키며 더듬거렸다. 피코는 그의 동작을 눈으로 좇으며 이해를 해보려 애썼다. 그는 노인이 뭔가를 전하려 하고 있으나 성공하지 못했다는 인상을 받았다. 노인은 당황하고 있는 듯했다. 오래된 예배당의 제대 위에는 현대적인 장식이 덧붙여져 있었다. 로마 시내 여기저기에 흩어진 수많은 폐허들 중 어떤 것에 영향을 받은, 반원형 기둥들과 벽창호로 이루어진 일종의 박공면이었다.

"이렇지 않았는데……" 그가 다시 말했다. "책은……"

한마디도 놓치지 않으려고 애쓰던 피코가 깜짝 놀랐다. 책?

"비밀의 책, 일종의 의식서…… 아주 먼 곳에서 온 뭔가에 대해 혹시 아십니까?"

그가 초조하게 물었지만 곧 대답 듣기를 포기했다.

노인은 차가운 바람이라도 불어오듯, 어깨를 움츠리고 고개를 숙였다.

"그의 책…… 물론 봤소. 하지만 아무도 그 책을 읽을 수 없소. 서적의 신이 그 열쇠를 가지고 있으니."

"그 책을 봤단 말입니까? 어디서요?"

뜻하지 않은 사실을 알게 되어, 동요하며 피코가 물었다. 하지만 노인은 다시 제대를 보고 있었다. 그러면서 손바닥으로 피가 묻은 입술을 닦아 보려고 애썼다.

"이렇지 않았어. 원형은 이게 아니야."

그가 고개를 가로저으며 같은 말을 반복했다.

피코가 다시 그를 흔들었다.

"그 책을 봤소? 어디 있는지 아십니까?" 피코가 더욱 초조해져서 다시 물었다.

"그럼요…… 항상 있던 곳에, 아카데미아의 제일 귀중한 보물들 속에 숨겨 놓았소. 우린 모두 다 그걸 알고 있소."

"우리 모두? 아카데미아가 해체되기 전에 어떤 사람들이 참가했었습니까? 옛날의 그 회원들 중에 누군가 아직 이 로마에 있습니까?"

"마씨모 코르시, 바르톨로메오 사키…… 도메니코 아르젠티, 모르간테 풀치. 그리고 누구보다 중요한 프로스페로 추기경님……"

"모두 죽은 사람들입니다." 프란체스코 콜론나가 피코의 귀에 대고 속삭였다.

"제 조부께서 돌아가신 뒤 아카데미아가 해체되었다고 말씀드리지 않았습니까!"

노인이 마지막 말을 들은 게 틀림없었다.

"뭐라고요, 모두 죽었어요?" 노인이 흠칫 놀랐다.

"조합에 있는 내 형제 아벤치오도 말이오? 안토니오 페르페티도? 그도 이 세상을 떠났단 말입니까? 아카데미아가…… 해체됐어요? 누가 그럽니까? 아카데미아는 해체되지 않았소. 살아 있소!" 노건축가가 외쳤다.

"살아 있소!" 다시 기침을 하며 말했다.

피코가 다시 재빨리 프란체스코 콜론나와 눈길을 주고받았다. 콜론나는 어깨를 으쓱했다. 그러더니 실망한 표정으로 노인의 상태를 알리듯, 한 손가락을 관자놀이께로 가져갔다.

"아카데미아는 그것을 비호하던 콜론나 추기경의 사망으로 끝난 것 아닙니까?"

피코가 집요하게 말했다. 노인이 길게 나열한 낯선 이름들의 목록에서, 그에게 뭔가를 암시해 준 건 안토니오 페르페티라는 이름뿐이었다.

"아니요, 아카데미아는 지금도 살아 있습니다. 오래 전부터 살아 있었어요…… 감옥에서 어떤 남자가 내게 말해줬다오." 노인이 펄쩍 뛰었다.

"그게 누굽니까?"

마닐리오는 다시 정신을 잃은 것 같았으나 잠시 후 그의 눈빛이 새롭게 살아났다.

"어떤 남자였소. 음모의 시기에 체포되었소. 나보다 먼저 아카데미아에 있었지…… 15년 동안 쇠사슬에 묶여 있었소. 난 그가 죽는 것을 보았소……"

"누굴 말하는 겁니까?" 피코가 콜론나에게 물었다. "무슨 말인지 아시겠습니까?"

"스테파노 포르카리의 음모를 말하는 것 같습니다. 틀림없어요. 시간 감각을 잃은 것 같습니다."

"그런데 아카데미아가 아직 살아 있다면 어떻게 거기 들어갈 수 있나요? 나도 가입할 수 있습니까?"

피코가 갑자기 뭔가를 직감하며 이렇게 노인에게 물었다.

노인이 조심스럽게 손가락을 입술에 가져갔다. 그의 두 뺨이 갑자기 불그레하게 빛났다. 마치 병든 몸에 있는 그의 피가 다시 빠르게 돌기 시작한 것 같았다.

"비밀이오! Ingredieris per Columnam, 신입회원들은 이런 말을 듣지요. 그렇게 해서 비트루비우스 아카데미아에 들어가게 되는 거요."

"당신은 콜론나를 통해서 들어오게 될 것이다." 피코가 뜻을 해석했다. "이건 추기경이 아카데미아의 회원들을 선발했다는 뜻입니까? 아니면 추기경의 승인을 받아야만 했던 겁니까?"

"Ingredieris per Columnam."

노인이 성서의 한 구절을 읽듯이 엄숙하게 다시 말했다.

"끝난 것은 아무것도 없소!"

이렇게 덧붙였는데 곧 발작적인 기침 때문에 숨도 제대로 쉬지 못했다.

피코가 절망적인 얼굴로 프란체스코를 돌아보았다.

"안타깝지만 우리들의 노력이 허사로 돌아간 것 같습니다. 이 노인은 최근 15년 동안 일어난 일에 대해 아무것도 몰라요. 정신이 완전히 혼미한 상태입니다."

프란체스코 콜론나가 생각에 깊이 빠져 고개를 끄덕였다.

"산탄젤로 성에서 일했지요, 맞죠?"

잠시 후 콜론나가 태연한 체하며 물었다.

"기억납니까?" 곧 이렇게 덧붙였다.

노인이 어깨를 심하게 떨었다. 겁에 질린 것 같았다. 기계적으

로 고개를 저으면서, 그의 머릿속에 새겨져 있는 것 같은 단조로
운 말을 똑같이 웅얼거리기 시작했다.

"아닙니다, 나리, 전 성에 대해 아무것도 몰라요. 성에 대해서
아무것도 몰라요. 아무것도 몰라요……"

프란체스코가 노인에게 좀더 다가갔다. 그리고 겁에 질린 어
린아이에게 하듯 노인의 손을 쓰다듬었다.

"진정해요. 지금 당신 옆에 있는 사람들은 친구들입니다. 아
무도 당신을 해치지 않을 거요. 말을 해도 괜찮습니다. 오래 전,
당신이 아카데미아에 있었을 때의 기억을 떠올려 봐요…… 산
탄젤로 성의 작업을 감독하라는 임무를 맡았지요?"

노인의 얼굴이 환해졌다. 젊은 시절의 기억을 떠올리는 것만
으로도 모든 공포가 사라진 듯했다.

"그래요, 내가 그런 커다란 영광을 누렸지요…… 그렇지만 그
임무를 내게 맡으라고 부탁한 건 레온 바티스타입니다. 내가 그
렇게 한 건 바티스타 때문이에요……"

피코가 콜론나의 얼굴을 슬쩍 보았다. 왜 갑자기 성 이야기가
이렇게 중요해진 걸까? 노인은 기억을 하지 못했고 아직도 실제
사건들과 시대를 혼동하고 있었다. 하지만 웅얼거리는 말에서
그 노인이 어떤 일을 했는지가 서서히 드러나기 시작했다. 바로
성의 방어체제를 구축하는 새로운 작업이었다. 그 성에도 레온
바티스타가 직접 손을 대지 않았을지 피코는 궁금했다. 건축가
는 성의 보강 작업에 몰두해 있었다. 바티스타는 대포의 공격도
막아낼 수 있게 설계된 새로운 성벽 작업을 최초로 제안한 몇 사
람 중 하나였다. 성에서 노인이 맡았던 일도 그것이었을까?

하지만 프란체스코의 질문은 요새에 관련된 게 아니었다.

"대포들이 있는 층으로 올라가는 내부 계단이 그 안에서 수정이 됐어요, 기억하십니까?"

피코는 콜론나가 느닷없이 이렇게 묻는 소리를 들었다.

"계단이요…… 그렇습니다. 안으로 이어지는 넓은 복도지요…… 제가 바로 거기서 일했습니다."

노인이 정신을 차렸다.

"조심해요! 조심해요!"

잠시 후 그가 목이 터져라고 외쳤는데 피가 솟구쳐 나와 이 외침은 중단되었다. 피 때문에 그는 다시 숨을 헐떡이며 몸을 구부려야만 했다. 수사 몇 명이 놀란 얼굴로 그들 쪽을 돌아보았다.

피코는 그를 진정시켜 보려고 했지만 프란체스코 콜론나는 고집스레 질문을 계속했다.

"뭘 조심해야 하는 겁니까?"

피코는 콜론나가 흥분해서 이렇게 묻는 소리를 들었다.

"계단의 세 번째 칸이오. 거기서 첫 번째 깊은 틈이 열리게 되오. 오른쪽 탑과 연결되는 쇠사슬들로 그 틈을 열 수 있소. 그 함정을 모르고 그곳을 지나가면 누구든 수십 미터 밑으로 빠지게 된다오."

노인의 목소리는 훨씬 힘이 있었고 눈빛도 날카로웠다. 마치 갑자기 기억이 완전히 돌아와 자신이 작업 설계도를 눈앞에서 보고 있는 것처럼.

"그리고 다시 3미터 정도 지나고 나서 잘 단련된 쇠로 덧문 네 개를 연속적으로 만들었소. 덧문이 위에서 내려와 닫히면서 공격자들을 한가운데에 가둘 수 있게 말이오. 그리고 갇힌 사람을 참살할 수 있는 가느다란 구멍들의 망이 있소."

피코는 콜론나의 반응을 보며 더욱 당황했다. 콜론나는 생각에 잠긴 표정으로 입을 꽉 다물고, 완전히 정신을 집중해서 이야기를 듣고 있었다. 마닐리오가 하는 말 한마디 한마디를 열심히 기억 속에 새기는 것처럼.

"또 다른 게 있소?"

노인이 망설이더니 교활한 눈으로 콜론나를 보았다. 그 눈빛은 그의 지친 얼굴과 무시무시하게 대조가 되었다.

"아, 있습니다. 만일 외부인이 모든 장애물을 통과했을 경우 뜰로 들어가기 바로 전에 이것을 만납니다. 검은 호수입니다."

"검은 호수라고요? 그게 뭡니까?"

마닐리오가 웃어보려 했지만, 피로 물든 그의 입술은 일그러지기만 했을 뿐이었다.

"아무도 예측할 수 없는 것입니다. 첫 번째 뜰로 들어가기 바로 전에 나무다리를 지나게 됩니다. 단순한 다리 같아 보이지만 사실은 그 밑에 여러 개의 화약덩이들이 숨겨져 있는데, 그것들은 부싯돌들과 연결되어 있습니다. 누구든 거기까지 도착하면 재가 되어 버립니다."

피코는 걱정스러워하는 콜론나의 태도를 보고 충격을 받았다. 콜론나는 입술을 깨물며 주의 깊게 생각을 하는 것 같았다.

"그럼 누벽들과 연결된 층은? 입구 통로에, 교황궁과 성이 연결되는 연락 참호에는 다른 함정이 없소?"

다시 이렇게 묻는 소리가 들렸다.

마닐리오는 다시 생각의 안개 속에서 길을 잃은 것 같았다.

"그쪽에서 교황궁까지 가는 데 어떤 장애물이 있소?" 콜론나
가 다시 다그쳤다. "이런 방어물이 있다는 걸 누가 알고 있소?"

"요새의 총독 말고는 아무도 없습니다."

건축가가 언뜻 보기에 맑은 의식을 되찾은 듯 덧붙였다.

"그 작업에 참여했던 사람들 중 이런 걸 전부 다 아는 사람은
아무도 없습니다. 그들은 몇 명씩 무리를 지어서, 매일 다른 지
점에서 일을 했으니까요."

"수비대원들도 전혀 모른단 말이요?"

노인이 흐뭇한 미소를 지었다. 그의 두 눈이 다시 새로운 광기
로 번득였다.

"아무도 없소!"

"확실합니까? 총독만 그 비밀을 알고 있다는 게? 혹시 총독이
공격을 받아 싸우다 죽으면, 아무도 그 방어 체계를 작동할 수
없는 겁니까?"

"나만 그 설계도를 알고 있소. 나만!"

노인이 다시 목소리를 높여 음울하게 호통을 쳤다. 이제는 희
미한 촛불을 받아 또렷이 보이는 나무 십자가를 뚫어지게 보고
있는 것 같았다.

그가 한 손을 들어 십자가 윗부분을 가리켰다.

"맞지 않아…… 맞지 않아……"

그가 계속 한 손가락으로 가리키며 중얼거렸다. 그리스도의
머리 위에 못 박힌 카르투시(소용돌이 무늬장식)를 가리키는 것 같
았다. 거기에는 핏빛 글씨로 "INRI"라는 문구가 새겨져 있었다.

"저건 아니야. 저건 불필요해……" 그가 다시 중얼거렸다. "레온 바티스타가 말했지…… 올바른 문자로 적혀 있었다면 십자가에서 내려왔을 거라고!"

"알베르티가 뭐라고 했다고요? 어떤 문자요?" 피코가 소스라치게 놀랐다. "어떤 문구 말입니까? 레온 바티스타는 고대의 건물에서 새 문자를 찾아냈소! 그게 어디에 쓰이는지 당신에게 말했습니까?"

"말에 힘을 주는 데 사용된다고 내 위대한 친구가 말했소."

노인이 그의 육체가 견디지 못할 정도로 동요하면서 겨우 이렇게 대답했다.

"하느님께서 다시 말씀을 하실 거고 우리는 그 발치에 앉아 새로운 가르침을 듣게 될 거요! 고대의 형식들이 되살아난 것이고, 먼지는 형상을 갖게 될 것이며, 다시……"

질척한 노인의 눈에 갑자기 눈물이 가득 고였다. 그가 눈물을 펑펑 흘렸고, 그 흐느낌 때문에 마지막 말은 들리지 않았다. 그리고 격렬한 기침이 다시 한 번 그의 말을 가로막았다.

"뭐라고요?"

피코가 이해를 해보려고 애쓰며 물었다. 하지만 콜론나가 끼어들었다.

"이 노인은 제정신이 아닙니다. 이 사람의 말에서 의미를 찾으려는 건 부질없는 짓이오!"

"제정신이 아닌 게 아니라 그보다 더 상황이 안 좋아요. 지금 죽어가고 있어요."

피코가 다시 노인의 입술에서 흘러내리는 진한 피를 가리키며 중얼거렸다.

"우리가 너무 늦게 왔소."

이제 노인은 숨도 제대로 쉬지 못하는 것 같았다. 다시 기침을 했지만 아까보다 훨씬 약했다. 힘이 다 빠진 듯했다. 숨을 헐떡이며 초점 없는 눈으로 허공을 응시하며 쓰러졌다.

피코가 그의 이마에 손을 얹어보았다. 노인을 업고 올 때, 그가 당황스러울 정도로 뜨거운 불덩이처럼 열에 들떠 있다는 것을 알 수 있었다. 하지만 이제 노인의 피부는 축축하고 차가웠다. 벌써 그의 몸이 해체되어 가기라도 하듯이.

"일으켜 세워서 어떻게든 데리고 나가 봅시다!"

콜론나가 하인들을 찾으며 조그맣게 말했다.

"소용없다고 말씀드리지 않았습니까! 곧 죽을 겁니다. 한 시간도 채 남지 않았어요. 자연이 그에게 가하는 모욕에 우리까지 가세하지 맙시다. 운명이 그의 마지막 가는 길을 교회로 인도했습니다. 그의 영혼이 다른 곳으로 가고 싶겠습니까? 여기 그냥 놔두도록 합시다."

콜론나가 다시 잠시 동안, 바닥에 쓰러져 있는 노인을 보았다. 노인은 힘없이 몸을 떨고 있었고, 가슴 위의 두 손은 허공을 힘없이 휘젓다가 뻣뻣하게 굳어 있었다.

"당신 말이 맞을 것 같소."

콜론나가 한 발 물러서며 말했다.

"우린 아무 흔적도 남기지 말고 가야 하오."

피코는 이미 의식이 없어 보이는 노인 옆에 무릎을 꿇고 조금 전 노인을 덮었던 옷자락으로 노인의 얼굴을 가렸다. 그리고 다시 일어서서, 여전히 둥글게 서서 기도에 몰두해 있는 수사들에게 다가갔다.

"이 사람을 위해 기도하시오. 이 사람이 마지막 가는 길을 찬송으로 함께 해 주시오."

피코가 수도원장을 향해 위협적으로 말했다.

"우리가 나가기 전에는 기도를 멈추지 마시오. 수비병들은 그 뒤에 알아서 하시오. 그렇지 않으면 당신들 모두 이 노인의 뒤를 따라 죽음의 길로 가게 될 테니!"

피코는 마지막으로 십자가 위의 카르투시를 재빨리 보았다. 그리고 이미 광장 쪽으로 난 문에 도착한 다른 일행의 뒤를 따랐다. 밖으로 나간 그들에게 다가갔을 때, 그들이 주고받던 대화의 뒷부분을 엿듣게 되었다. 콜론나가 그들에게 뭐라고 했는지, 독일인이 이렇게 대답하는 게 들렸다.

"마음 놓으십시오, 나리. 저희는 모두 준비됐습니다. 마돈나(이탈리아어에서 성모 마리아를 가리키기도 하고 귀부인에 대한 존칭이 되기도 함)께서도 기다리시는 걸 모두 갖게 되실 겁니다."

피코는 콜론나가 고개를 끄덕이는 것을 보았다. 하지만 그가 독일인에게 재빨리 입을 다물라고 눈짓을 하는 것도 놓치지 않았다.

"이제 헤어지도록 합시다. 흩어지는 게 훨씬 안전할 테니."

콜론나가 이렇게 말했고 그 사이 그의 하인들은 어둠 속으로 사라졌다.

피코가 콜론나의 옆으로 가서 그들의 대화에 아무 관심도 없는 체하며 몇 발짝 그를 따라 걸었다. 그러다가 좁은 골목길에 도착했을 때, 날쌔게 콜론나의 앞으로 가 길을 가로막았다.

"당신 하인, 그 남자가 마돈나 얘기를 했습니다. 누구를 말한 겁니까?"

"마돈나라고요? 모릅니다. 한마디로 하면 단단한 외피 밑에 깊은 신앙심을 감춘 사람이 있지요. 아마 건축가의 영혼이 성모 마리아의 중재에 맡겨졌다는 뜻이었을 겁니다……"

피코가 재빨리 한 팔을 들어 프란체스코의 목을 잡아 온몸으로 프란체스코를 벽으로 밀어붙였다. 그 사이 다른 한 손으로는 단검을 꺼냈다. 단검을 콜론나의 목에 댔다. 살에 누른 칼 끝부분에서 선홍빛 핏방울이 새어나와 칼날을 물들였다.

"잘 들어요, 콜론나!"

피코가 화가 나서 낮게 말했다.

"난 당신 밑에 있는 촌뜨기가 아니오. 이제 그런 알쏭달쏭한 말에 지쳤소. 그 남자는 어떤 여자 이야기를 했소. 그리고 그 여자는 며칠 전부터 내 길과 당신 길을 가로질러 가던 바로 그 여자요. 그 여자가 누군지 알고 있다면 내게 말해야 할 거요. 아니면 내가 당신을 이 자리에서 죽여 버릴 테니."

그가 칼끝으로 목을 누르면서 계속 말했다.

가까이에 있었기 때문에, 놀라 벌어진 콜론나의 눈에 나타나는 아주 부드러운 빛을 하나도 놓치지 않을 수 있었다. 피코는 검은 눈동자 속에 비친, 분노로 일그러진 자기 얼굴이 보이는 것 같았다. 공포의 그림자를 발견하기는 했지만 그와 동시에 그 공포보다 훨씬 강렬한 열정의 흔적들도 볼 수 있었다.

칼이 살 속으로 파고들도록 더 깊이 찔렀을 때, 피코는 콜론나

가 그 여자에 대한 비밀을 털어놓는 것보다는 죽음을 택하리라
는 것을 알아차렸다. 그러니 그를 죽여 봤자 아무 소용도 없고
미스터리는 그와 함께 영원히 사라질 것이다.

그는 다른 방법을 선택해야 했다고 생각했다.

"당신들과 함께 하고 싶소."

갑자기 피코가 새로운 시도를 해보기 위해 생각나는 대로 말
했다. 콜론나가 이 말을 듣고 깜짝 놀랐다. 잠시 생각에 잠기는
것 같아 보였고 칼을 떼는 동안 피코는 자신의 손에 잡힌 근육의
긴장이 풀리는 게 느껴졌다.

"우리와 함께 하다니요? 무엇을 위해서?"

그의 억양에서 피코는 자신이 정곡을 찔렀다는 것을 알아차
렸다. 물론 아직도 복잡한 어둠 속에서 암중모색을 하고 있긴 했
지만.

"당신들이 생각하는 어떤 일이라도. 하지만 그 대가로 여자를
만나게 해주시오. 그리고 알려 주시오."

"대가는 당신이 생각하는 것보다 훨씬 비쌀 수 있어요. 돌아
올 수 없는 길이오."

콜론나가 다시 망설이며 대답했다. 그러더니 드디어 고개를
끄덕여 승낙을 했다.

"좋습니다. 하지만 여기서는 안 됩니다. 해질녘에 내 탑으로
오시오. 그녀를 만나게 될 겁니다. 그리고 알게 될 겁니다. 이제
날 놔주시오."

피코가 검을 밑으로 내리며 한 걸음 물러섰다.

상서국 궁

추기경이 잔뜩 어깨를 움츠린 채 창가로 다가갔다. 새로운 건물을 짓기 위해 땅을 팔 때면 아직도 이따금 발견되곤 하는 고대 황제들의 카메오처럼 붉은 커튼 위에 그의 커다란 몸집이 또렷이 새겨졌다.

창문 밑으로 보이는, 캄포 데이 피오리를 가로지르는 거리에는 바구니를 든 남자와 여자들이 북적였다. 그들은 채소와 로마 근교 들판에서 갓 도착한 다른 물건들을 시장으로 나르느라 분주했다. 추기경은 창턱에 팔꿈치를 대고 좀더 자세히 살펴보려고 몸을 내밀었다. 교황청 수비대 복장을 한 남자가 궁금한 얼굴로 그의 등 뒤로 다가와 그렇게 관심을 기울이는 이유가 뭔지 물어보았다. 보르자가 중얼거렸다.

"평온해 보이는군. 하지만 해질녘이면 가면들이 나타날 거야. 그리고 칼도. 평상시처럼 죽은 자들을 수습하도록 자네 부하들을 대기시키게. 특히 작은 촛불 경주 때 말이야."

수비대원이 어깨를 으쓱했다.

"올해는 사람들이 보통 때보다 흥분을 좀 덜 했으면 좋겠습니다, 추기경 각하. 벌써 세 명이 죽었지만 말입니다. 어쨌든 제일 난폭한 자들을 감시하라고 명령해 놓았습니다. 그리고 선술집과 여관마다 제 부하들이 방문해서 경고를 해 두었습니다."

하지만 추기경은 그의 말을 듣고 있는 것 같지 않았다.

"포도주 가게 근방에서 칼부림이 나는 걸 걱정하는 게 아닐세. 이 가면 축제를 이용해서 원한을 갚으려는 배신당한 남편들을 걱정하는 것도 아니야. 뭔가 있어……"

"뭘 걱정하시는 겁니까, 각하?"

로드리고 보르자가 다시 열린 창문 쪽으로 몸을 내밀었다. 코를 벌름거리며, 차갑고 축축한 바깥의 공기를 들이마셨다. 공기 중에 불쾌한 악취가 흐릿하게 뒤섞여 있었다.

"잘 모르겠어. 그렇지만 뭔가 있어. 바다의 파도 밑에서 요동치는 검은 형상들처럼 우리의 육감으로 감지할 수 있는 뭔가가 표면 밑에서 요동치고 있어. 그들의 이 도시는 바다야, 퀸톤."

"그들의 도시라고 하셨습니까, 추기경님?"

"그래, 내 도시라고 말하게 되겠지. 조만간 그렇게 될 걸세, 정말로." 보르자가 자기 자신에게 말하듯 덧붙였다.

"저도 그렇게 생각합니다…… 로마는 모든 기독교인들의 도시입니다. 이곳에 사는 시민들은 단지 로마의 파수꾼일 뿐입니다. 바로 이 때문에 로마가 위대한 것이고 하느님이 보시기에 가장 마음에 드는 도시가 된 거지요."

"그런데 저 밑에 있는 사람들, 로마인들을 보게! 저자들은 질투에 불타는 파수꾼들일세, 퀸톤. 잘 알고 있지. 난 예전에 벌써 한밤중에 도둑처럼 저들을 피해 달아났던 적이 있어. 음모자들의 손에서 내 동생을 구하기 위해 그 애를 끌고 말이지. 난 잊지 않았어! 난, 스페인 추기경이야!"

퀸톤이 고분고분한 태도로 어깨를 한 번 으쓱했다. 보르자가 다시 한 번 재빨리 그를 흘깃 보았다. 그러더니 진정이 되는 것 같았다.

"그렇지만 사회 밑바닥에 흘러넘치는, 그리고 그 부패한 씨앗의 뿌리를 카이사르 시대에서 찾을 수 있는 하층민들 이외에 도시에는 모두 이방인들뿐이지 않나? 심지어 교황조차도 해적들의 도시인 제노바에서 내려오지 않았나? 그런데 왜 스페인인들에게는 그렇게 가혹하게 구는 거지? 이런 면에서 오입쟁이 프랑스인들이나 교황청 세금에 제동을 걸고 온갖 독설로 교회와 대립하는 속을 알 수 없는 독일인들보다 우리가 더 나쁜 건가? 우리가 그들보다 더 나빠?"

"아마 그저 더 가깝기 때문일 겁니다……"

퀸톤이 이렇게 말을 해보았다가 곧 후회를 했다. 하지만 추기경은 반박하는 것 같지 않았다. 아니 오히려 마지막 말을 깊이 생각해보는 듯했다.

"그래. 예전에 벌써 우리 고국 사람들이 로마 제국을 구하고 몇 명을 왕위에 앉혀서 그들을 로마 제국 최고의 황제가 되게 했지. 지금은 왕좌가 없으니……"

"왕좌가 없다니요? 각하, 베드로의 왕좌가……"

퀸톤이 깜짝 놀라는 척하며 말했다. 보르자가 그의 얼굴을 꿰뚫을 듯 차가운 시선으로 뚫어지게 보았다. 눈으로 그의 몸 너머, 벽 위에서 무엇인가를 찾고 있는 것 같았다. 아니 어쩌면 다른 시대에서, 미래에서 무엇인가를 찾는 것일 수도 있었다.

"왕좌가 있겠지……" 이렇게만 낮게 말했다.

"난 내 자식들을 위한 왕국을 원하네. 하지만 이건 때가 되면 그렇게 되겠지. 지금 내가 걱정하는 건 좀더 가까이에 있는 무엇인가야. 질서를 견디지 못하는 사악한 식물이 바티칸의 화단에서 계속 고개를 내밀고 있다네. 파벌이 너무 많고, 비밀 회합도 너무 많아. 사상도, 인쇄되는 책들도 마찬가지야. 말들의 소용돌이 속에 혼돈이 예고되어 있어. 타락한 사람들이 바벨탑의 붕괴를 예고했듯이 말이야."

퀸톤이 보르자 쪽으로 고개를 숙이고 속삭였다.

"추기경 각하, 만일 왕국을 찾고 계시다면, 지금 베드로의 붕괴를 원하는 사람이면 누구라도 각하를 위해 일할 것입니다. 걱정만 하지 마시고 그들을 후원해 주시는 게 어떻겠습니까?"

보르자가 벽 쪽으로 돌아보았다.

"주님은 지진 가운데에서도 계시지 않아Non in commotione Dominus!(열왕기 상권 19장 11절) 난 내 자식들의 왕국이 황량한 밭에 불안정한 뿌리를 내리게 하고 싶지 않네! 왕관 앞에 머리를 조아려야 할 사람들이 오만하게 굴고, 과거의 자유를 기억 속에 떠올리며 역사와 책에 기록된 내용들을 근거로 자기 주장을 펼친다면, 내 어린 아들 후안의 머리에 이탈리아 왕관을 씌워주는 게 무슨 소용이 있겠는가? 그자들이 바로 그런 악마의 불빛을 향해 가고 있는데!"

"그자들이요? 그자들이 누굽니까, 각하? 이름을 말해 주십시오. 그러면 이 세상에서 흔적 없이 사라지게 될 겁니다!”

“그자들이 누구인지 알기라도 했으면! 자네 정보원들은 뭐라고 하던가?”

퀸톤은 책상 위에 놓아 둔 작은 종이 뭉치를 재빨리 보았다.

“늘 같은 말입니다. 서기들이 동요하고 있답니다. 아카데미아 회원들은 자기들끼리 쑥덕거리고 서적상들은 필사본 원고들을 뒤지고 있답니다. 익명의 고발함에 들어 있던 것은 우리 관리들의 착복, 타락한 여인들, 유력가문들의 음모에 관련된 것들뿐인 것 같았습니다. 화가들은 여인들의 나체를 그리고 싶어 합니다. 그래서 불평을 하지요. 그리고…… 이걸 좀 보십시오.”

퀸톤이 추기경에게 쪽지를 내밀고 미소를 지으며 덧붙였다.

“식스토 4세가 그의 신자들의 상상력에 큰 영향을 준 것 같고 지금 외설적인 글귀들을 그에게 바치고 석상에 그것들을 걸어놓는답니다. 하지만 결국은 이런 건 늘 있던 일입니다. 한 가지만 빼놓고……”

“한 가지가 뭔가?” 보르자가 갑자기 주의를 집중했다.

“얼마 전부터 떠도는 소문이 있습니다. 어떤 여자와 그 애인들에 관련된 겁니다. 죽은 여자입니다.”

“죽은 여자라고? 그런데 그 여자 애인들은 누군가? 누굴 말하는 건가?”

“모릅니다. 소문만 돌고 있고, 시모네타라는 여자 이름만 알려졌습니다. 처음에 저는 흔하디흔한 술꾼들 무리에 불과하다고 생각했습니다. 선술집에 모여 아름다운 서민 여자를 찬양하고 그 여자를 사랑의 여왕으로 선포하고 그녀에게 외설스럽고 조잡한 시들을 바치면서, 이런 시로 여자에게 잘 보여 여자를 침대로 데려가고 싶어 하는 그런 남자들 말입니다. 제가 로마에 있는 매춘부들을 모두 찾아보았지만 성내에는 이런 이름을 가진 여자는 한 명도 없었습니다. 어쨌든 술집에 있는 여자는 아닌 것 같았습니다. 소문은 시스티나 예배당의 프레스코 벽화를 그리러 온 화가들 사이에서 돌기 시작했습니다.”

“선술집과 하나 다를 것 없는 그 물감 장사들! 그자들이 온 뒤로 조폐국에 쏟아 붓는 금이 얼만지! 비열한 피렌체 떼거리들! 모두 메디치가에 매수되어 있어. 메디치가가 그들에게 돈을 대고, 촌스런 졸부의 허식으로 그들을 유혹하지! 이탈리아 전역에서 손에 붓을 쥐고 휘두르는 자들은 피렌체인들밖에 없는 것 같아! 그 미장이들은 그들이 만들어내는 신성한 이미지들로 자신들을 위장하고 있기 때문에 우리가 발길로 차서 내쫓아버릴 수가 없어. 성모 마리아를 그리면서도 머릿속에는 매춘부들 생각만 잔뜩 들어 있지. 하지만 그 그림들을 주문한 명망 있는 수도원장들과 주교들의 예민한 감정을 건드릴 수도 있어, 그럴 수 있어! 조만간 역사가 그들의 오만함을 응징할 걸세! 그런데 그 창녀의 애인들이 바로 이 화가들이지 않겠나? 그런데 그자들에게 어떤 위험 요소가 있을까?”

“모르겠습니다……”

퀸톤이 생각에 잠겨 입술을 깨물며 중얼거렸다.

“하지만 저는 그 여자가…… 적어도 진짜 살아 있는 여자일 거라고는 생각하지 않습니다.”

“그럼 감추어진 알레고리란 건가? 상징? 이 쓰레기 같은 인간들이 어떤 알레고리를 만들어 낼 수 있는 건가!"

추기경이 한 손을 뻗어, 창문 밑으로 계속 지나가는 눈에 보이지 않는 사람들을 가리키며 소리쳤다.

"상당한 귀족들과 그들보다 신분이 훨씬 높은 누군가도 그 그룹의 일원인 것 같은 인상을 받았습니다."

"여기 교황청까지 올 수 있을 정도로 높다는 건가?"

"아마 그럴 겁니다. 이름 말고는 그 사람에 대해 아는 게 별로 없습니다. 알려진 건 딱 한 가지입니다. 제 정보원이 수집해온 소문입니다. 기이한 일인데, 제 정보원이 제대로 이해한 것 같지는 않습니다. 그들은 죽어 있지만 전혀 훼손되지 않은 채 되살아나길 기다리는 어떤 것을 다시 살려내고…… 싶어 한답니다."

추기경이 분노를 이기지 못하고 주먹으로 자신의 다른 손바닥을 쳤다.

"마법사들인가? 그러면 종교재판소에서 그들을 추적해야 해! 마법사들! 기적을 필사적으로 뒤쫓는 자들, 로마에서 저세상 문을 열 수 있는 건 우리밖에 없다는 걸 모르는 자들이라고! 어떻게 감히 우리들의 길을 지나려고 하는 거지? 하층민들은 아니라고 했나?"

"그렇습니다, 추기경님.. 많은 학자들이 그 그룹에 속해 있는 것 같습니다."

"학자들이라……"

추기경은 미신에 사로잡혀 등줄기가 오싹해졌지만 곧 새로운 분노가 몰아닥쳐 그 오싹함을 지워버렸다.

"오래 전부터, 내가 발렌시아에서 숙부와 이곳에 왔을 때부터 로마의 빈민가에 숨겨져 있는 것에 관한 전설과 소문들을 들었다. 우리 스페인의 그 많은 산에도, 이곳 포로의 폐허 속을 떠도는 것만큼 많은 마법사가 숨어 있지는 않아. 점성술사들, 치료사들, 생명의 샘을 수호하는 자들, 바포메트(염소머리를 한 악마)의 하인들, 마술사들, 이단자들, 묘약을 만드는 자들, 독살자들이 말일세. 그리고 새로운 세계, 새로운 법에 따른 잔인한 인간들과의 믿을 수 없는 공존을 꿈꾸는 몽상가들. 밧줄에 잠깐 매달아 두기만 하면 항상 현실로 데려올 수 있는 악당들. 어떤 심연인지 모를 곳에 눈길을 둘 수 있다고 믿으며 거기서 자신들의 광기가 만들어낸 혼란스러운 그림자들만을 끌어내는 멍텅구리들이 말이야! 어쨌든 그 수많은 자들 중에 죽음의 베일 너머로 들어가서 미래의 사건들을 알아낼 수 있는 사람이 있는 게 틀림없어. 하느님께서 다가올 세기들을 관조하고 계시는 그 산 정상으로 올라갈 수 있는 사람이 말이야! 그자들이 죽은 자들과 대화를 한다면 나는 그들이 죽은 자들로부터 어떤 비밀들을 밝혀냈는지를 알아야만 하네! 퀸톤, 로마 거리 구석구석으로 자네 부하들을 모두 풀도록 하게. 모든 저택의 문을 넘어서 가장 은밀한 침실에까지라도 들어가게 하게. 그게 식스토의 방이라고 해도 말이야. 그자들을 찾아."

"카니발이 다가와 어수선한 분위기여서 쉽지 않을 겁니다. 하지만 요 며칠 내로 회합을 한다면 어느 귀퉁이에서 모이든 제 부하들의 눈길을 피할 수는 없을 겁니다. 그리고 벌써 오늘 밤 그들 중 하나를 해치울 준비를 하고 있습니다."

유리 세공사, 마에스트로 콜라의 가게에서

마에스트로 콜라가 막대를 도가니에 담가 백열광을 내는 작고 둥근 덩어리를 집었다. 그리고 막대를 입으로 가져가 입술 위에서 굴리면서 있는 힘을 다해서 그 막대를 불었다. 그의 일꾼들이 감탄의 눈으로 바라보는 가운데 불그스름한 둥근 덩어리가 살아 있는 생물처럼 길어지고 파동을 치면서 형태를 만들어 나갔다. 마에스트로가 막대를 몇 번 쳐서 형태를 수정해 나가면서 그것으로 긴 유리잔을 만들었다. 그러다가 칼로 날카롭게 내리쳐서 몸체의 일부분을 잘라내 버린 뒤 유리잔을 용광로 앞의 작업대에 올려놓았다.

유리에서 다시 몇 개의 불꽃이 튀어나오면서 재빨리 냉각이 되었다. 그 사이 마에스트로는 유리잔이 균일하게 냉각되도록 막대를 이리저리 계속 굴렸다. 만족스러운 결과를 얻게 되자 그의 등 뒤에 모여 있던 청년들에게 그 결과물을 자랑스럽게 보여 주었다.

"이 잔을 봐라, 식스토 교황 성하의 식탁에 오를 만하지! 베네치아에서도 이보다 더 섬세하게 만들 수는 없을 거다. 우리 작업장에서 일할 수 있게 너희들을 이 땅에 보내신 하느님께 매일 감사드려라! 너희들이 할 줄 아는 그 솜씨로는 모두 갤리선에서 노나 저어야 마땅하니까!"

젊은이들은 부끄러워 고개를 숙였다. 하지만 문 앞에 나타난 사람에게 이끌려 곧 눈을 다시 들었다. 키가 크고 날씬한 여자로 진홍색 망토를 두르고 있었는데 망토는 거리를 휩쓸고 가는 돌풍에 아직도 부풀어올라 있었다. 베일로 얼굴을 가려 강렬한 빛을 내뿜는 파란 눈만 겨우 보였다.

마에스트로 콜라도 그녀를 보았다. 몇 번 고함을 쳐서 일꾼들을 쫓았다. 일꾼들은 서둘러 작업장 뒷방으로 흩어졌다. 그 사이 마에스트로는 그녀에게 들어오라고 권하면서 공손하게 한 걸음 앞으로 나갔다.

여자는 그의 권유를 무시한 채 꼼짝하지 않고 가만히 서서 용광로의 불이 꺼지기를 기다렸다. 잠시 후 한 발 앞으로 나오면서, 베일 속에서 의문의 눈길을 마에스트로에게 던졌다.

"원하시는 것은 주문하신 대로 준비되었습니다."

유리 세공사가 이렇게 말하며 다시 목례를 하고 벽에 기대놓은 선반 쪽으로 자신을 따라오라고 여자에게 손짓을 했다.

"말씀하신 것과 똑같이 만들었습니다."

여자는 아무 말 없이 선반으로 다가가서 그 위에 나란히 놓여 있는 여섯 개의 물건들 중 첫 번째 것을 잡았다. 우윳빛이 나는 이상한 모양의 유리병이었다. 원통형으로 높이는 60센티미터 정도 될 것 같았지만 넓이는 불과 몇 센티미터 되지 않을 것 같았고 위쪽의 주둥이는 아주 좁았다. 이 주둥이는 병의 주둥이와 흡사했지만 병에 있어야 할 목 부위가 없었다. 마에스트로 콜라는 여자가 손바닥 위에 그것을 올려놓고 무게를 달아보는 것을 보았다. 잠시 후 여인은 희뿌연 유리 표면을 손톱으로 몇 번 두들겨 보았다. 얼마나 단단한지 시험해 보기라도 하듯이. 장인이 초조하게 지켜보는 가운데 여자는 다른 물건들에도 같은 동작을 되풀이 했다. 그러고 나서야 마침내 만족하는 것 같았다.

바닥에 놓여 있는 버들고리 바구니를 가리켰다.

"훌륭하게 작업하셨군요, 마에스트로 콜라. 당신의 명성이 거품이 아니었어요."

아름답지만 이상하게 차가운 목소리로 여자가 말했다.

"짚으로 잘 싸주세요. 제가 가지고 갈 거예요."

칭찬을 받아 기분이 좋아진 유리 세공사가 다시 고개를 숙여 인사를 했다. 그리고 바구니에 물건들을 차례로 담았다. 그리고 자신에게서 눈을 떼지 않고 지지하는 듯한 분위기를 보이고 있는 여자 때문에 용기를 얻어 조그맣게 말했다.

"주의를 기울여서 만들었습니다. 그런데 이것들이 어디에 쓰이는 건지 이해할 수가 없군요. 이렇게 길고 좁은 희한한 모양을 요구하셨지요. 만일 포도주를 담아야 한다면 언제든 뒤집어질 위험이 있습니다……"

여자가 대답을 하지 않고 바구니 손잡이를 잡았다. 그리고 문 쪽으로 갔다.

"물건 값은 잘 받으셨지요."

여전히 등을 돌린 채 문 앞에서 그녀가 말했다.

"그 액수는 모든 호기심에 대한 대가예요. 느긋하게 생각하세요. 아마 곧 다른 일도 하게 될 거예요. 초조해하시면 당신 용광로의 장작처럼 타버리고 말 겁니다. 당신이 받을 유일한 대가는 죽음일 거예요."

마에스트로 콜라는 충격을 받을 정도로 놀랐다. 한참 동안 머뭇거리며 여자의 말뜻을 이해해보려 애썼다. 그러다가 아직도 자신의 작업장에 무겁게 내려앉은 위협의 그림자를 지워버리려 애쓰며 여자가 어느 쪽으로 갔는지 알아보기 위해 그 역시 출입문 쪽으로 갔다. 하지만 거리에는 사람이 지나간 흔적조차 보이지 않았다. 길 건너쪽 모퉁이로 달려간 것일까, 아니면 근처의 어느 집에 숨은 것일까? 아니면 마차가 여자를 기다리고 있었던 것일까? 당국에 이런 협박을 받았다고 알려야 하는 게 아닐지 고심을 했다. 그런데 뭐라고 알릴 수 있단 말인가?

그는 그제야 자신이 여자의 얼굴을 본 적이 없다는 것을 깨달았다. 베일을 통해서 목소리만 들었고 그 푸른빛을 발산하는 눈만 보았을 뿐이다. 용광로에서 녹이는 구리의 산화물보다 훨씬 더 강렬한 그 색의 비밀을 알아낼 수만 있다면 그는 로마 유리 세공사들의 제왕이 될 것이다.

왕, 그러고 보면 그 여자는 여왕이 틀림없었다.

콜론나의 탑

피코는 탑의 문 옆에 난 구멍에 매달린 쇠사슬을 힘껏 흔들었다. 멀리서 종소리가 들렸다. 잠시 기다리자 빗장을 여는 소리가 나더니 문이 열렸다.

문 앞에 프란체스코 콜론나가 나타났다. 그는 손에 초가 두 개 달린 촛대를 들고 있었다.

"혼자십니까?" 하인이 아니라 콜론나가 직접 나타나서 깜짝 놀란 피코가 물었다.

"따라오십시오." 콜론나가 계단을 향해 앞장을 서면서 대답했다.

"하인들을 모두 물러가게 했습니다. 고요함은 계약의 일부분이지요." 그가 알쏭달쏭하게 덧붙였다.

그들이 위층에 도착했을 때 적막감이 더 뚜렷해졌다. 콜론나는 피코가 익히 알고 있는 방으로 그를 데려갔다. 그리고 아무 말 없이 길 쪽으로 난, 작은 첨두아치 창문으로 다가가서 창틀에 촛대를 내려놓았다.

어떤 신호가 틀림없었다. 지금 여자가 근처에 숨어 있는지도 몰라, 피코는 이런 생각을 하자 몸이 떨렸다. 잠시 후면 드디어 그녀를 만나게 될 것이다. 본의 아닌 분노가 담긴 눈으로 눈치채지 못하게 재빨리 주인을 보았다. 아무 이유도 없는데 그는 자신을 사로잡고 있는 맹목적인 질투심을 누를 수가 없었다. 여자는 왜 이 집에 나타난 것일까? 비범하게 아름다운 그 여인과 콜론나가 어떻게 연결될 수 있었던 것일까? 시스티나 예배당에서 여자의 나체를 보고 그의 마음 속에 일어났던 욕정, 그 이후 사건들로 인해 지금까지 그의 영혼 깊은 곳까지 파고든 그 욕망이 지금 정신없이 다시 되살아나는 것 같았다. 그녀의 부재가 더욱 그녀를 갈망하게 하는 것 같았다.

그는 로렌초, 보티첼리, 그리고 그녀를 알았던 모든 남자들이 마음 속으로 아직도 불태우고 있는 그런 열정이 자신에게도 있다는 것을 인정했다. 사랑하는 대상물의 부재로 인해 사라지는 게 아니라 자꾸만 커지는 그런 열정이. 허공은 눈부시게 빛난다. 죽음은 영원의 시간으로 확장되는 그런 부재의 승리에 불과할 뿐이다.

그렇게 긴 순간이 지났다. 프란체스코 콜론나는 입술을 깨물고 계속 아래쪽을 흘깃흘깃 보면서 말없이 서 있었다. 짜증이 난 피코가 방 한가운데로 옮겨갔다. 지난 번 그가 미처 보지 못했던 그림 하나가 벽에 걸려 있는 것을 발견한 것은 바로 그때였다. 알베르티의 또 다른 작품 중의 하나라고 생각했다. 이 그림 역시 거대한 건물, 복합 구조의 원형 건축물이었다. 중앙의 큰 건물은 네 개의 작은 구조물들에게 둘러싸여 있었는데 그 작은 건물들 역시 원형이었다.

하지만 거기서 뛰어난 건축술을 발견할 수는 없었다. 선들은 대충 그려져 있었고 막 스쳐 지나가는 영상이나 기억을 종이 위에 간략하게 스케치한 것이었다. 여러 지점에 원, 십자, 마름모꼴 같은 표시들이 그려져 있었다. 건물에 있는 어떤 특별한 요소를 표시하기 위한 것이 분명했다.

"산탄젤로 성의 지도입니까?" 갑자기 어떤 직감이 떠올라 이렇게 물었다.

프란체스코 콜론나는 대답 대신, 벽 쪽으로 다가와서 피코를 거칠게 밀쳐버렸다. 지도를 벽에서 떼어내더니 재빨리 접었다.

마닐리오 다 몬테가 알려준 것들을 표시해 놓고 싶었나 보군, 피코가 생각했다. 그리고 콜론나가 성에 그런 관심을 보이는 게 불쾌했다. 하지만 콜론나가 어떤 이유에서 그런 관심을 보이든지 피코는 그 때문에 이곳에 온 건 아니었다.

"그러니까 그 여자를 아신다면, 그 여자를 어디서 만난 겁니까? 말씀하세요."

기다리는 시간이 점점 길어져 초조해진 피코가 화난 목소리로 물었다.

콜론나는 상반되는 생각들 사이에서 싸우고 있는 것 같았다.

"그 여자는, 당신이 알고 싶어 하는 바로 그 사람이오. 그래요, 난 그 여자와 안면이 있어요. 안면이 있지만, 그녀에 대해서는 아무것도 모릅니다."

마침내 콜론나가 침묵에서 벗어나서 대답했다.

피코는 손을 신경질적으로 움직여 바람을 일으켰다.

"말장난하지 마십시오!"

"그 여자가 나를 찾아왔습니다. 어느 날 밤 내 집 문을 두드렸지요. 탑 꼭대기로 올라가게 해달라고 부탁했어요. 더 이상 다른 말도 없이. 설명도 없이. 어떤 대응을 할 수도 없을 정도로 넋이 빠진 내 하인들을 지나쳐 올라갔지요."

"탑 꼭대기로요? 왜요?"

"맨 위층까지 올라갔고 한밤중인데 거기 가만히 서서 총안 사이로 앞을 뚫어지게 보았습니다."

"뭘 본 것입니까?"

피코가 대답을 재촉했다.

"포로 로마노의 폐허들과 산 마르코 광장 너머로, 멀리서 보이는 베네치아인들의 저택이었습니다. 그 건물의 구조를 자세히 살펴보는 것 같았어요. 계속 단 한마디도 없이 말입니다. 그러더니 나를 향해 돌아섰습니다. '아무것도 묻지 마세요.' 나에게 이렇게 말했답니다."

"그래서 아무것도 묻지 않으셨단 말입니까?"

피코가 그 이야기를 믿어보려 애쓰면서 고집스레 물었다.

"그녀의 비밀에 대해 묻지 않는다는 게 우리끼리의 약속입니다. 그리고 나자 베일을 벗었습니다. 당신도 그 비범한 미모를 보셨지요. 당신 같으면 비밀을 알기 위해, 그 아름다움을 즐길 수 있는 유일한 기회를 위태롭게 만드시겠습니까?"

콜론나가 흥분해서 다시 말했다.

"나를 찾아온 건 바로 그녀였어요. 그리고 나는 그녀를 다시 만날 수 있게 내게 허락된 그 순간들만을 위해 살았습니다."

피코가 콜론나의 얼굴을 뚫어지게 보았다. 콜론나의 눈에도 보티첼리의 눈에서 보았던 것과 똑같은 광기의 빛이 담겨 있었다. 피코는 다시 자신은 배제된 듯한 그러한 열정에 대한 질투심에 사로잡혔다. 그리고 여기서 포기하고 자신도 그에게 자연이 베풀어주는 그 기적적인 아름다움을 아무런 질문 없이 즐겨 보고 싶었다. 그녀를 다시 본다는 생각만 해보려 했다. 마치 플라톤 년의 주기가 기적처럼 짧아진 것 같기도 했고, 먼지에서 놀라운 형상이 다시 나타난 것 같기도 했다.

하지만 또다시 그런 무의미한 생각에 빠졌다는 것 때문에 자신에게 화가 나서 곧 그런 생각을 떨쳤다. 깊은 생각에 잠겨 창문 옆으로 다가가서, 거리에서 자신이 보이지 않게 하려고 애쓰며 거리 쪽을 내려다보았다. 그는 콜론나에게 어린아이 같은 유치한 경쟁심을 느끼며 자신이 먼저 그녀를 발견하길 바랐다.

피코는 재빨리 뒤로 물러섰다.

"저 밑에 무장한 병사들이 잔뜩 있습니다!"

그가 프란체스코 콜론나에게 소리쳤다. 프란체스코가 얼굴이 창백해져서 창문으로 다가와 그 역시 아래를 내려다보았다. 그의 얼굴에 잠시 걱정의 빛이 스치더니 곧 분노로 바뀌었다.

"보르자의 깃발입니다…… 그 빌어먹을 놈이 대체 어떻게 알아낸 걸까요! 그자 쪽에 악마가 있는 게 틀림없습니다. 아니 악마만으로는 충분하지 않을 겁니다!"

그가 지도를 상의 속으로 밀어 넣으면서 낮게 말했다.

귀를 먹먹하게 하는 소음이 계단에서 올라왔다. 밑에서 물리적으로, 아마도 성문을 부수는 대형 망치로 문을 부수고 있는 것 같았다. 공격을 받은 참나무 나무판들이 살아 있는 육체처럼 신음소리를 냈는데, 곧 굴복할 것 같았다.

"교황 병사들이 당신 집에서 뭘 찾는 겁니까? 제게 솔직히 말해보세요!" 피코가 콜론나의 윗옷 칼라를 잡고 미친 듯이 그를 흔들며 소리쳤다. "여자요! 대체 그 여자가 누굽니까? 지금이 내 최후의 시간이라면 그걸 알고 싶소!"

콜론나는 있는 힘껏 몸부림을 치며 피코의 손아귀에서 벗어나려고 했다.

"지금은 그걸 말할 때가 아니오. 그리고 이게 우리의 마지막 시간도 아니오. 오래 전부터 이럴 때를 대비해서 준비해 왔소!"

우지끈 소리와 함께 문이 떨어져 나갔고 계단 저편에서 흥분한 고함 소리들이 점점 커졌다.

"날 놔줘요!" 프란체스코가 외쳤다. "나하고 같이 갑시다."

피코는 프란체스코가 몸을 자유롭게 움직일 수 있도록 잡았던 손의 힘을 풀었다. 그러면서 초조하게 주위를 둘러보았다. 잠시 후면 교황의 병사들이 들이닥쳐 그들을 손쉽게 제압해 버릴 것이다. 그는 한쪽 구석에 놓여 있는 커다란 갑옷 상자로 달려가서 그것을 끌어다가 문을 막았다. 그가 하는 것을 보고 프란체스코 콜론나도 벽에 기대놓은 커다란 장식용 의자들을 가져왔다. 잠시 후 폭풍 같은 발소리가 이미 적들이 문 앞까지 다가왔음을 알렸다.

"지붕으로 달아날 방법은 없습니까?"

피코가 온몸으로 바리케이드를 누르며 초조하게 물었다.

"위가 아니라 밑으로 도주로가 있습니다."

콜론나가 쌓아놓은 바리케이드에 다시 작은 테이블을 갖다 놓으면서 대답했다. 바리케이드는 벌써 공격을 받아 위태롭게 흔들렸다. 그러자 콜론나가 피코의 팔을 잡고 그를 방의 반대쪽으로 데려갔다.

피코는 그 동작의 의미를 이해할 수 없었다. 커다란 응회암 마름돌로 쌓은 벽은 견고해 보였고 도주를 시도해볼 만한 창문 하나 없었다. 낮고 좁은 통로만 하나 있을 뿐이었다. 콜론나가 번개처럼 그곳으로 몸을 던졌고 피코에게 자기를 따라오라는 신호를 보냈다. 통로 끝에 새로 나타난 방은 탑의 내력벽에 난 벽감보다 조금 넓을까말까 해서 그들 두 사람이 겨우 들어갈 수 있을 정도였다. 바닥에 뚜껑문이 있었다. 프란체스코가 문의 쇠고리를 잡아 문을 들어올렸다.

어둠 속으로 사라지는 좁은 사다리의 윗부분이 나타났다.

"옛날에 수조로 쓰던 웅덩이가 있습니다. 내려가시는 동안 내가 교황의 병사들을 맡지요!"

피코가 사다리를 내려가다가 뚜껑문 밖으로 머리만 내민 채 멈춰섰다. 프란체스코 콜론나는 벽에 튀어나와 있는 쇠사슬을 만지고 있었다. 그가 쇠사슬을 세게 잡아당기고 재빨리 한 발 뒤로 물러서는 것을 보았다. 귀청을 찢을 듯한 굉음과 함께 위에서 돌들이 무너져 내려 통로를 막아 버렸다.

"서둘러요! 붕괴가 오래 지속되지는 않을 겁니다."

작은 공간으로 밀려들어서 숨을 쉴 수 없게 만드는 짙은 먼지 속에서 이렇게 외치는 소리가 들렸다. 그 사이 벽의 다른 쪽에서는 문이 떨어져 박살이 나는 소리가 들렸다.

피코는 먼지 때문에 제대로 숨을 쉴 수 없어 헉헉거리면서 다시 사다리를 내려갔다. 그는 끝없이 밑으로 내려가는 자신을 따라오고 있는 콜론나의 움직임을 머리 위쪽에서 막연하게 감지할 수 있었다. 그는 자신들이 가야 할 까마득히 깊은 아래쪽이 어디인지 생각해보려고 애를 썼지만 칠흑 같은 어둠 속에서 모든 기준점을 잃어버리고 말았다. 호흡이 점점 가빠온다는 것밖에 느낄 수 없었다. 이따금 내려가는 길이 너무 좁아져서 온몸을 사다리에 밀착시켜야만 했다. 그 통로에 몸이 끼어 오도 가도 못할지도 모른다는 두려움을 여러 번 느끼면서 필사적인 힘으로 겨우 그 통로에서 벗어나서 계속 밑으로 내려갈 수 있었다. 돌벽에 부딪혀 손과 온몸의 살갗이 까져서 피가 줄줄 흘렀다.

드디어 통로가 서서히 넓어지기 시작했다. 마지막 사다리를 내려가자 발밑에 단단한 표면이 느껴졌다. 주위는 여전히 깜깜했다. 콜론나가 바닥으로 내려와서 그에게 다음 동작을 지시해주길 기다리며 조심조심 사다리에서 몇 발짝 물러섰다. 조금 떨어진 곳에서 콜론나의 발소리가 들려서, 그는 어둠 속에서 손으로 더듬어 콜론나가 어디 있는지 알아내려 애썼다. 잠시 후 희미한 불빛 하나가 번개처럼 깜깜한 어둠을 가르더니 곧 이어 강렬한 불빛과 더욱 생기 있는 불꽃이 반짝였다. 프란체스코 콜론나가 부싯돌로 불을 켜서 횃불의 윗부분에 불을 붙이고 있었다.

후두둑 소리와 함께 불길이 확 번지면서 주변에 빛이 쏟아졌다. 그 빛에 두 사람이 있는 방의 모습이 드러났다. 탑의 기반만큼이나 넓은 방으로 벽은 모두 석회암으로 뒤덮여 있었다. 벽감에는 오래된 것 같지만 아직 쓸 만한 다른 횃불들이 놓여 있었다. 프란체스코 콜론나는 거기서 횃불 하나를 집어 불을 붙여 머리 위로 높이 들고 있었다.

"이 탑을 건설했을 때 우리 조상들이 물을 받아두기 위해 지하에 이런 수조를 준비했습니다. 수 세기 동안 효과적으로 유지되어 왔습니다. 그리고 이 비밀은 대대로 전해졌지요." 프란체스코가 말했다.

"그러니까 여기서 나갈 방법이 있다는 말씀이십니까?"

"예, 쉽지는 않지만요. 건물의 기반이 만들어졌을 때 발견되었습니다."

횃불들을 집어서 피코에게 몇 개를 건넨 뒤 대답했다.

"이쪽으로." 콜론나가 피코를 데리고 수조에서 제일 멀리 떨어진 모퉁이 쪽으로 움직였다. 피코도 콜론나의 횃불에 자기 횃불을 대서 불을 붙였다.

한쪽 벽에 대리석 조각들로 만든 아치가 있었는데, 그것은 터널로 이어졌다. 그들은 터널로 들어서서 재빨리 밑으로 내려가기 시작했다. 피코는 발밑의 바닥이 점점 더 미끄러워지고 진흙이 많아지는 것을 느꼈다. 거칠게 만든 벽과 그의 머리 위 천장의 벌어진 틈에서 물방울들이 똑똑 떨어졌다. 곧 발밑에서도 물이 느껴졌다. 몇 발짝을 떼어놓자 그 물은 곧 복숭아뼈 근처에 닿았고 곧 무릎에 이르렀다.

그들은 점점 더 높아지는 차가운 물 속으로 걸어 나갔다. 이제 물이 허리 부근까지 차올랐고 그들 머리 위의 천장은 점점 더 낮아졌다. 그때 그들 앞에 새로운 아치가 갑자기 나타났다. 그 너머를 비치던 횃불의 불빛이 깜깜한 벽에 부딪혀 부서졌다.

"지금 어디로 가고 있는 겁니까?"

피코가 추위 때문에 이를 덜덜 떨면서 걱정이 돼서 물었다.

"거의 다 왔습니다. 걱정하지 마십시오. 이제 지금까지보다 쉽게 갈 수 있을 겁니다. 몸은 더 젖을지 몰라도 말입니다."

콜론나가 횃불을 더 높이 들면서 말했다.

"여기가 대체 어딥니까?"

"클로아카 마씨마 안입니다. 포로를 모두 관통해 테베레 강으로 흘러가는 로마에서 제일 오래된 하수도지요. 여기서부터 강 기슭까지는 아무 장애물도 없을 겁니다."

"이 통로가 막혀 있지 않다는 걸 어떻게 아십니까?"

점점 높아지는 물 높이 때문에 걱정이 된 피코가 물었다. 이제 물은 가슴 부근에 이르러서 앞으로 걸어 나가기조차 힘들었다.

"제 조부님 시대 때, 레온 바티스타 알베르티가 고대 유적지 연구에 몰두했을 때 발견이 되었습니다. 수 세기 동안 잊혀져 있던 이 하수도에 제일 먼저, 직접 물에 몸을 담근 사람이 바로 알베르티였습니다. 그는 이 하수관에 대한 정확한 정보를 얻어서 제 조부님께 전했습니다."

콜론나가 설명했는데 추위에 아랑곳하지 않는 것 같았다.

"계속 갑시다."

피코가 다시 걷기 시작했다. 그 사이 그들이 있는 곳이 어디쯤인지 생각을 해보려고 했다. 하수관과 직각으로 교차하는 짧은 연결지점이 나타나서 이제 그들은 강 쪽으로, 그러니까 남쪽으로 가게 되었다. 터널의 벽은 고르게 계속 이어졌는데, 커다란 사각형 벽돌들이 벽을 덮었다. 벽은 적어도 3미터 높이는 되어 보이는 둥근 천장과 맞닿았다.

터널의 오른쪽 한 지점에서 벽의 일부분이 무너져 내려 있었다. 길을 가로막은 돌더미들을 힘들게 넘어가려고 하다가 피코는 벽 너머에서 갈라진 틈 하나가 땅 속으로 뻗으면서 넓게 우묵 파인 것을 알아차렸다. 호기심에 피코는 팔을 뻗어 그 갈라진 틈 쪽으로 횃불을 비춰보았다. 정확히 알 수 없는 뭔가가, 잔해들로 가득 찬 넓은 공간이 불빛을 받아 환히 빛났다.

"저게 뭡니까?" 그가 콜론나에게 물었다.

"시간이 없소. 지금 우린 트라야누스 포로 밑에 와 있습니다. 이 지점에서 하수관은 포로의 대성당 토대 옆으로 흐릅니다."

피코는 다른 것을 좀더 찾아보려고 갈라진 틈 너머를 다시 쳐다보았지만 콜론나는 벌써 그 자리에서 멀어지고 있었다. 혼자 뒤처져 그가 전혀 모르는 그 통로에서 길을 잃을지도 모른다는 공포가 그를 사로잡았다. 그는 이제 그들을 떠밀어버리기라도 할 듯이 밀려와 자신의 움직임에 더욱 거세게 저항하는 물길을 가슴으로 가르면서 숨을 헐떡이며 다시 걷기 시작했다. 콜론나는 이 길을 다니는 데 익숙한 듯 아주 날렵하게 걸었고 그보다 적어도 서른 발자국 정도 앞서 나갔다. 좀더 앞으로 나가자 공터 같은 곳이 나타나더니 두 개의 아치 길이 펼쳐졌다. 거기서 터널은 두 갈래로 갈라졌는데 각각의 길이 다른 방향으로 사라졌다.

프란체스코 콜론나가 걸음을 멈추며 피코에게 오른쪽 갈림길을 가리켰다.

"이 길이 강까지 쭉 이어집니다. 이 길을 따라가시면 무사히 밖으로 나가게 될 겁니다."

피코에게 소리쳤다.

그러더니 피코가 뭐라고 반대할 틈도 주지 않은 채 횃불을 물에 담가버렸다. 불꽃들이 지지직 소리를 내며 꺼졌고, 콜론나는 갑자기 희미한 형체로 변하면서 어둠 속으로 빨려들어갔다. 피코는 막 사라지려고 하는 그 그림자 쪽으로 될 수 있는 한 빠르게 움직였다. 하지만 물의 저항력 때문에 콜론나를 잡을 수 있을 정도로 민첩하게 움직일 수는 없었다. 겨우 두 개의 아치 길에 도착했지만 프란체스코 콜론나는 자취도 없이 사라지고 말았다. 아마 다른 터널로 갔거나 그만 알고 있는 새로운 통로로 들어갔을 수도 있었다.

피코는 잠시 정신이 아득해졌다. 불안감에 사로잡혀서 콜론나가 일부러 자신을 함정에 끌어들인 게 아닌지 자문해 보았다. 그를 보르자의 병사들에게서 빼낸 것은 그를 살리기 위해서가 아니라 증인이 될 수도 있을 사람을 남겨놓지 않기 위해서일지도 모른다. 그러니까 지금 콜론나는 피코가 알고 있는 것을 폭로하지 못하게 하기 위해 도시의 지하에서 잔인한 죽음을 맞게 만들었을 수도 있었다.

그런데 뭘 폭로할 수 있단 말인가, 피코는 곧 이렇게 자문했다. 자신이 그렇게 위험한 사실을 알고 있단 말인가? 아니, 보르자가 모르는 것을 그가 알고 있는 게 하나도 없었다. 아니면 자신도 모르는 사이에, 알아서는 안 되는 정보들을 갖고 있는 게 아닐까? 인쇄공과 풀젠테 모라를 죽음으로 이미 이끌었던 뭔가를? 그게 무엇일까?

여자? 누구든 그 여자를 추적하는 사람은 죽게 되어 있는 걸까? 그도 살생부에 올라가 있는 걸까? 혼란스러운 생각들이 폭풍처럼 몰아닥쳐서, 그가 사로잡혀 있는 당혹스러움을 더욱 가중시켰다. 그는 자신의 정신이 격렬한 소용돌이에 빨려들어가는 것 같은 기분이었다. 흔히 말하는, 광기의 전조증상 같았다. 이런 무모한 모험인 줄 알면서 일 마니피코를 위해 일하기로 수락했기 때문에 함정에 빠진 것일까? 그런데 혹시 프란체스코 콜론나가 그의 재산을 다시 되돌려 받는 대가로 로드리고 보르자와 자신의 죽음을 협상한 것은 아닐까? 피렌체 제후의 측근인 남자, 이탈리아를 피로 물들였던 열강들 사이의 충돌에서 단순한 졸에 불과한 남자를 제거하는 대가로? 그는 그 충돌의 규모들을 겨우 이해할 수 있었을 뿐이다. 피렌체에서 벌어지는 살인 사건들을 일 마니피코가 전혀 중요하게 생각하지 않는 듯이 보이는 것처럼, 그런 충돌에서 개개인의 운명은 조금도 중요하지 않았다.

법이 검으로 만들어질 수 있는 시대에, 풀젠테와 인쇄공의 얼굴에 엉겨 붙어 있던 피를 누가 그리 대수롭게 생각하겠는가? 어둠 속에서 비명을 지르는 자신의 목소리조차 그의 귀에 들리지 않았다. 이 안에서 죽을 수는 없다고 입술을 깨물며 속으로 생각했다. 자신의 존재가 이런 식으로 갇혀서, 자연이 그의 존재를 다시 재구성하려 할 때마다, 영원히 치욕스러움을 느낄 그런 종말을 되풀이하는 형벌을 받을 수는 없었다.

그의 몸을 이루는 물질은 아직 단단했고 탁하고 짙은 공기가 그의 폐에 가득 찼지만 심장은 계속 뛰었다. 그는 점점 더 거세지는 차가운 물살을 몸으로 느꼈다. 서서히 힘이 빠져나가기 시작했지만 근육은 사투를 벌였고 소름이 돋은 피부는 갑옷처럼 저항을 했다. 마음 속에 떠오르는 질문들에 대한 답을 찾을 시간이 없었다. 그는 자신의 두려움이 근거가 없기를, 프란체스코 콜론나가 진실했기를 바랐다.

그는 오른쪽 갈림길로 접어들어 흐르는 물 속으로 다시 걸어가기 시작했다. 이제 위치를 파악해 보려는 시도는 완전히 포기했다. 통로는 몇 번인가 오른쪽 혹은 왼쪽으로 구부러졌다가 다시 금방 원래의 방향으로 돌아왔을 뿐, 직선으로 곧게 뻗어 있었다. 딱 한 번 아주 좁은 굽잇길에 들어서게 되었는데 그 길은 그를 완전히 다른 방향으로 이끌었다. 다시 그의 의심이 격렬하게 되살아났다. 그런데 바로 그때 이마 위로 깨끗한 공기가 가볍게 불어오는 게 느껴졌다. 그의 앞쪽에 있는 어둠에서 불어오는 바람이었다.

그는 자신의 느낌을 확신하지 못했다. 팔다리가 마비되기 시작해서 움직임이 불안해졌다. 그의 정신도 혼미해져 갔다. 처음에 그는 자신이 대략 어느 정도를 걸어왔는지를 계산해보려고 했다. 이미 1킬로미터 정도는 걸은 게 틀림없었다. 그런데 아직 출구는 흔적도 보이지 않았다. 하지만 이마에 계속 시원한 바람이 느껴졌고 그것은 이제 아주 뚜렷해졌다.

갑자기 그는 터널 밖으로 나오게 되었는데, 그와 동시에 그가 밟고 있던 땅이 사라져 버려 거의 목까지 물에 잠겼다. 그는 본능적으로 팔을 뻗으며 자신에게 몰려드는 물결 속에서 숨을 헐떡였다. 그러다가 손가락 사이로 진흙에서 자라는 날카로운 갈대들이 느껴졌다. 그는 강기슭에 도착한 것이었다. 이런 생각을 하며 다시 기운을 차리고 마지막 남은 힘으로 갈대들을 움켜쥐며 위로 올라가 보려고 했다. 강가의 진흙이 그의 발 아래 펼쳐져 있었는데 걸음을 옮길 때마다 그를 빨아들일 듯했다.

강둑의 3분의 1도 채 올라가지 못했을 때 그의 발밑의 땅이 무너져 내려 다시 물에 떨어지고 말았다. 진흙이 뒤섞인 물이 입과 코로 몰려드는 사이 그는 젖은 옷의 무게 때문에 자신이 밑으로 가라앉고 있다는 것을 느꼈다. 거의 아무런 대응도 할 수 없었고, 팔다리는 추위로 완전히 무감각해진 상태였다. 그는 숨을 쉬어보려 했지만 악취가 나는 물만 한 입 들이켰다. 그는 완전히 방향감각을 상실했다.

그는 자꾸만 밑으로 내려가서 끝도 없이 추락하는 것 같았다. 눈앞에서 불꽃들이 번득이며 회오리치듯 빙빙 돌았다. 정신을 잃기 전, 마지막으로 남아 있는 희미한 의식 속에서, 그는 자연이 죽음의 순간에 그가 수없이 상상했던 원자의 실체를 확인시켜주며 자신을 조롱하고 있다고 생각했다. 그리고 곧 어둠 속으로 빠져들었다.

목에 와 닿는 심한 충격에 그가 정신을 차렸다. 피코는 자신이 아직은 수면 바로 밑에 있다는 것을 깨달았다. 뭔가 그의 한쪽 팔을 잡고 밖으로 잡아끌어 당겼다. 필사적인 노력으로 고개를 드는 데 성공했고 드디어 차가운 공기를 가득 들이마셔서, 호흡이 정지되어 산소가 전혀 없는 폐를 공기로 가득 채웠다. 그는 옆에서 어떤 목소리를 들었고, 잠시 후 나룻배의 옆면에 몸이 닿는 것을 느꼈다. 누군가 그의 팔에 밧줄을 묶은 게 틀림없었다. 팔이 위쪽으로 잡아당겨져 심한 통증이 느껴졌기 때문이다. 그의 몸이 배 바닥에 둔탁하게 떨어질 때까지 여러 개의 손들이 그를 잡았다.

"이제 됐네. '훌륭한 죽음' 수사들에게 보내면 딱 맞겠는걸."

피코 옆에서 누군가 이렇게 외쳤다.

"당연하지. 그리고 금화를 받는 거지. 조금만 늦었다면 아마 죽은 물고기처럼 강기슭에 떠밀려 갔을 거야. 그러면 수사들이 시신을 가져다 줄 때마다 주는 보상금은 물 건너가는 거지. 그런데 먼저 이 녀석 몸부터 뒤져보자고. 수사들은 영혼을 구원하기 위해 시신을 원하지만 혹시 돈푼이라도 가지고 있으면, 그 시신은 우리 '카푸친회' 차지야!"

두 번째 목소리가 대답을 하며 낄낄거렸다. 피코는 다시 그들이 자기 몸에 손을 대고 열심히 옷 속을 뒤지는 것을 느꼈다. 그는 눈을 뜨고 고개를 들 수 있었다. 거칠고 두꺼운 진홍색 수도복을 입은 두 남자가 그의 몸을 위에서 제압하면서 여기저기 뒤지느라 정신이 없었다.

"익사한 게 아니야!"

피코가 움직이는 것을 보고 한 남자가 외쳤다.

"살아 있어!"

"돈지갑을 가지고 있어!"

다른 남자는 동료의 말에 신경도 쓰지 않은 채 외쳤다. 그러면서 피코의 허리춤에 묶인 끈을 손가락으로 풀어보려고 했다. 피코는 로렌초에게서 받은 피렌체 금화 지갑을 끈으로 묶어두었다. 남자의 손에서 칼이 번득였다. 금화에 정신을 팔고 있던 남자가 드디어 동료가 한 말에 주목을 하는 것 같았다.

“젠장, 아직 살아 있잖아!”

칼을 든 손의 동작을 공중에서 멈추면서 소리쳤다.

“어떻게 하지?”

“모르겠네……”

카푸친회 수사가 이렇게 대답하면서, 찢어진 옷 사이로 드러난 지갑을 탐욕스럽게 뒤져보았다.

“어떻게 해야 하는지 내가 잘 알아!”

첫 번째 남자가 피코의 목에 칼을 가져가며 물었다.

“지옥에서 이자를 원치 않았던 것 같으니 우리가 알아서 하세. 수사들은 오늘 밤, 자신들이 기도를 올려줄 시신을 갖게 될 거야!”

“멈춰!”

다른 남자가 그의 손을 잡아 피코의 목에서 칼을 치우게 했다.

“우리가 목에 칼자국이 있는 시신을 넘기면 조사를 받게 될 거야. 수사들은 강에서 죽은 사람들의 시신이 훼손되지 않고 깔끔하고 윤이 나는지 신경을 쓴다고. 다시 강물에 던졌다가 테베레가 마지막 일을 하도록 기다리세!”

이런 말들은 멀리서 천둥이 치듯, 혼란스러운 피코의 머릿속에서 울려퍼졌다. 하지만 이제 규칙적으로 폐에 공기를 공급하게 된 지금, 그의 머릿속에 있는 무엇인가가 깨어나기 시작했다. 삶에 대한 맹목적인 욕망이 활활 타오르는 불길처럼 그의 온몸으로 번져나가면서, 차가운 물 속에 던져져 팔다리가 마비되며 휘감겼던 온몸의 무력감을 쓸어가 버렸다. 그는 자신의 몸 위에 허리를 구부리고 있는 남자의 수도복을 필사적인 힘으로 움켜

잡고 그를 밀쳐버렸다.

예기치 않은 반격에 당황한 남자의 몸이 균형을 잃고 뱃전을 향해 뒤로 나뒹굴더니 물 속에 빠졌다. 그는 미친 듯이 두 팔을 저으며 물 위로 나타났지만 다시 소용돌이 속으로 사라졌다. 남자의 동료는 당혹감을 이겨내고, 뭔가를 열심히 찾았다. 단검을 든 그의 손이 옷 밑에서 불쑥 나타났다. 그는 아직 배 바닥에 누워 있는 피코 쪽으로 위협적으로 달려들었다.

피코는 손 밑에서 단단한 곡선형의 노가 만져지는 것을 느꼈다. 그는 온힘을 다해 순식간에 공격자를 향해 노를 들어 올릴 수 있었다. 돌진해오던 남자는 노의 모서리에 세게 부딪혔다. 노가 그의 눈과 눈 사이를 쳐서 그는 숨이 넘어갈 듯 고통스럽게 비명을 질렀다. 그 충격으로 앞이 보이지 않아 그는 균형을 유지하려 애쓰며 비틀거렸다. 이 기회를 이용해 피코는 얼마 남지 않은 힘을 모아 다시 노를 들어 그의 머리를 내리쳐서, 배 바닥에 쓰러뜨려 버렸다.

남자는 쓰러지면서 칼을 손에서 떨어뜨렸다. 피코는 칼을 주워, 다시 공격할 태세를 갖추었다. 하지만 남자는 자신에게 해를 입힐 상태가 아닌 것 같았다. 이마가 피범벅이었고 숨을 겨우 쉬며 힘없이 신음을 했다.

그제야 피코는 죽음의 경계를 넘나들던 자신의 여행이 자갈이 많은 강가에서 그리 멀리 떨어지지 않은 곳에서 펼쳐졌었다는 것을 알게 되었다. 노를 젓지 않아 제멋대로 떠내려가던 배는 그때, 물 밖으로 뻗어 나온 갈대 덤불 옆을 지나는 중이었다. 피코는 몸을 내밀어 갈대 몇 개를 움켜쥐며 움직이는 배를 세워보려 애썼다. 고통스러운 노력 끝에 강가에 다가갈 수 있었고, 마침내 용골이 진흙 속에 박히는 게 느껴졌다. 물에 흠뻑 젖은 옷이 몸에 딱 달라붙어 있었는데, 쇠로 만든 것처럼 단단하고 차가웠다. 그는 진저리를 치며 몸을 떨었다. 마지막 노력으로 무력감을 이겨내며, 옷을 벗어던졌다. 그리고 그의 곁에 누워 여전히 신음하고 있는 남자의 수도복을 난폭하게 벗겨내서 겨우겨우 옷을 입었다.

마른 옷이 주는 쾌적함에 그는 다시 기운을 차렸다. 강가에 뛰어내려 배를 발로 차서 멀리 보내버렸다. 그리고 이를 악문 채 마을로 가는 길을 찾아, 강가를 따라 서 있는 성벽 쪽으로 거슬러 올라가기 시작했다. 그는 자신이 있는 곳이 어디인지를 파악해보려 했다. 거기서 멀지 않은 곳에서, 거센 강물에 밀려 물레방아가 돌아가고 있었다. 그는 비틀거리며 진흙탕에 다시 빠지면서도 그쪽으로 다가갔다. 그는 잠시 미끄러져 또 강에 빠지는 게 아닐지 두려웠다. 물레방아의 가장자리를 지나면서 위쪽으로 구불구불 뻗어있는 오솔길을 발견하고, 힘겹게 그쪽으로 걸어 올라가기 시작했다. 그러다 보니 테베레 강가 초입에 서 있는 집들의 한가운데에 도착했다.

피코는 몬토네 여관으로 가서 쉬고 싶었다. 하지만 그는 자신이 완전히 방향감각을 상실했다는 것을 알게 되었다. 앞쪽으로는 고대 사원의 잔해들과, 아치들로 이루어진 거대한 건물의 곡선형 받침대가 보였다. 그는 잠시 자신이 콜로세움 근처에 와 있다고 생각했다. 하지만 곧 그 생각을 떨쳐 버렸다. 건물은 그 모양으로 보면 원형극장과 유사했지만, 극장이라고 하기에는 너무 작았고 성 모양의 구조물이 위에 얹혀져 있었다. 피코는 이런 것을 본 기억이 전혀 없었다.

그는 강가에서부터 시작되는 좁은 길로 접어들었다. 한밤중의 어둠을 누그러뜨려주는 것은 보름달밖에 없었다. 쓰러져 가는 건물들이 달빛을 받아 그 그림자들을 주변에 선명하게 그려냈다. 로마에서 가장 가난한 지역 중의 하나가 틀림없었다. 닫힌 덧창 사이로 희미한 불빛 몇 개가 새어나왔고 부엌에서는 고약한 향신료 냄새가 강하게 흘러나왔다.

이 지역은 카니발과는 무관한 것 같았다. 그는 앞으로 더 걸어나가 길고 좁은 골목길로 들어갔다. 길은 조금 앞쪽에서 대리석 박공의 큰 신전 잔해늘을 스치며 뻗어 있었다.

강가를 등지고 서서히 마을로 들어서면서 피코는 주변 분위기의 변화를 감지할 수 있었다. 쥐 죽은 듯 조용하던 주변에서 웅성거림이 들려오기 시작했는데 그 소리는 멀리서 들려오는 것 같았다. 그가 걸음을 떼어 놓을 때마다 그 소리는 더욱 커졌다. 신전의 폐허들은 일종의 바리케이드 역할을 했다. 그 너머에서 점점 커지는 소리들은 수많은 사람들이 움직이고 있다는 것을 알려주었다. 그는 아치 문을 지나 다른 쪽으로 뻗어 있는 길로 나갔다. 분주해 보이는 남자, 여자들이 무리를 지어 거리를 지났다. 그들은 바쁜 걸음으로 여러 가지 바구니와 짐들을 옮기고 있었다.

로마의 거리에서

피코는 계속 이를 덜덜 떨면서, 누군가에게 자신의 여관이 있는 로톤다 광장으로 가는 길을 물어보기로 결심했다. 그가 길 한가운데에 도착하자 비릿한 냄새는 더욱 강렬해졌다. 길 양옆으로 나무나 대리석으로 만든 가판대들이 늘어서 있었는데, 엄청난 양의 생선들이 그 위에 수북이 쌓여 있었다. 동이 트려면 아직 멀었는데도, 이미 각 연령대의 남녀 수십여 명이 물건들을 고르느라 정신이 없었다. 상인들이 외치는 소리와 손님들이 주문하는 소리들이 뒤섞였다.

그는 첫 번째 가판대로 갔다. 하지만 생선장수 주변에 너무 많은 사람들이 모여 있어 그의 관심을 끌 수가 없었다. 그를 도와줄 만한 좀 한가한 사람을 찾아 주위를 두리번거렸다. 혼란과 흥분이 분위기를 압도했다. 목을 길게 빼고 살펴보던 피코는 줄의 맨 마지막에 있는 가판대가 이상하게 한산한 것을 발견했다. 가판대의 위치도 특이했는데, 옆의 가판대와 동떨어져 있는 것으로 보아 어떤 차별성을 나타내고 싶어 하는 것 같았다. 피코가

서 있는 곳에서는 진열된 상품이 겨우 보였는데 물건도 거의 없는 게 틀림없었다. 가판대가 텅 비어 있는 듯했다.

그는 가판대의 주인인 듯한 남자에게 다가갔다. 주인은 피코에게 등을 돌린 채 한 명밖에 없는 손님에게 한 움큼 정도 되는 작은 생선들을 열심히 보여주고 있었다.

손님이 고개를 저으며 자리를 떠나는 바로 그 순간 피코가 주인에게 다가가서 그의 관심을 끌기 위해 한 손을 뻗었다. 누군가 자기 등을 치는 것을 느낀 주인이 돌아보았다.

피코는 흠칫했다. 그 순간까지 그의 몸을 마비시켰던 한기가 갑자기 밀려드는 흥분으로 지워지고 사라져 버렸다. 그가 콜로세움에서 보았던 그 이상한 사제였다. 피코는 그가 몰래 의식을 거행하는 걸 훔쳐보았고, 이집트인들의 야영지까지 미행했었다. 지금은 이상한 의식을 거행할 때 입었던, 격식을 차린 예복 차림이 아니라 생선장사들 중에서도 가장 초라한 행색이었는데, 옷에는 유대인들을 나타내는 노란 흔적이 새겨져 있었다. 하지만 피코를 보는 동굴처럼 움푹 들어간 그 눈은 의심의 여지없이 그때 그 남자의 눈이었다.

그가 피코의 고통스러운 상황을 발견한 게 틀림없었다. 하지만 그는 어떤 말도 하지 않았다. 그저 가만히 기다리기만 했다. 그러다가 피코가 계속 당황해하는 것을 보고 침묵을 깼다.

"제가 뭘 도와드릴까요, 메세르? 물건을 사시려는 겁니까?"

그가 장사를 하고 싶은 생각이 전혀 없는 사람처럼 심드렁한 어투로 물었다.

"아니면 뭐 다른 걸 찾으시나요?"

눈을 가느스름하게 뜨며 다른 대답을 기다리고 있는 것처럼, 곧 이렇게 덧붙였다.

"복장이 이상해서 말입니다. 나리 인상하고 전혀 어울리지 않거든요. 꼭 가장을 한 것 같습니다. 그렇지만 카니발 때문에 여기까지 왔다면 우리 유대인들은 이 축제에 참가가 금지되었다는 걸 아셔야 합니다."

뼛속의 냉기가 사라졌다. 이제 여관으로 돌아가 쉬고 싶은 생각이 눈곱만큼도 들지 않았으며, 피곤한 육체도 신경 쓰이지 않았다. 육체와 영혼의 연결점이 이상하게 끊어져 버린 것처럼. 그의 모든 능력은 단 하나의 목표, 이해라는 목표에 집중되는 듯했다.

"당신이군요!" 아직 혼란스러운 상태에서 피코가 말했다. "지난 번 한밤중에 콜로세움에 있던 그 사람이군요!"

상인은 피코의 말에 즉시 반응을 보이지 않았다. 아무 말도 못 들은 사람처럼 한동안 피코를 쳐다보기만 했다. 피코가 다시 입을 열었지만 그가 같은 말을 반복하기 전에 남자가 재빨리 한 손을 들어 둘째손가락을 입에 댔다.

"알고 계시는 게 뭡니까?"

"내 눈이 본 것이오."

"나리가 본 것을 폭로하는 날에는 목숨을 잃을 수 있습니다. 내 목숨만이 아니라 당신 목숨도."

"난 말할 생각 없소. 대신 원하는 게 있소." 피코가 대답했다.

"뭘 원하시는 겁니까? 난 보다시피 부자가 아닙니다."

유대인이 가판대 위의 얼마 되지 않는 물건을 가리키며 대답했다.

"내가 원하는 건 당신의 재산이 아니오. 난 당신이 의식을 거행하는 동안 당신을 찾아왔던 여인에 대해서 알고 싶소. 산 조반니 밖의 야영지로 당신이 따라갔던 그 여자 말이오. 그 여자는 당신의 명령에 따르듯 나타났었소. 그리고 죽은 이들의 왕국에서 온 사람이 있다는 소문이 있소." 피코가 조그맣게 말했다.

유대인이 재빨리 손을 들어 피코의 입을 막았다. 피코가 그 손을 떼어내고 계속 말했다.

"당신네 부족의 한 남자가 이미 그 여자를 불러내려 시도한 적이 있었소. 어쩌면 성공을 했는지도 모르오. 그 사람의 이름은 메나헴 할레비요."

피코는 그 이름을 또박또박 말하면서 상인의 눈을 뚫어지게 보았다.

"그 사람을 찾을 수 있도록 당신이 나를 도와주길 바라오."

"메나헴?"

유대인이 감지하기 어려울 정도로 살짝 전율하며 대답했다.

"내가 당신을 도와줘서 그 사람을 찾는다면, 그 사람에게 어떻게 하시려고요?"

"알고 싶은 게 있습니다. 그리고 주고 싶은 것도 있습니다."

유대인이 피코의 말을 저울질이라도 하듯 고개를 저었다. 그러더니 피코의 팔을 잡아 자기 쪽으로 끌어당겼다.

"대답해 드리지요. 그런데 여기서는 안 됩니다. 나를 따라오시오." 이렇게 말하며 시장의 한쪽 길로 접어들었다.

피코는 길을 메운 사람들 사이를 뚫고 그의 뒤를 따랐다. 그러면서 낯선 사람에게 자신의 목적을 털어놓는 게 잘하는 일인지 자문했다. 남자는 피코가 자신을 계속 잘 따라오고 있는지 확인하기 위해 가끔 뒤를 돌아보면서 빠른 걸음으로 걸어갔다.

피코는 이상한 현상에 주목했다. 길이 좁고 믿어지지 않을 정도로 사람이 많았는데도, 사람들은 이 유대인이 지나갈 때면 모세 앞의 홍해 바닷물처럼 갈라졌다. 피코는 처음에는 우연이라고 생각했고, 유대인 상인들이 그들과 같은 종교를 믿고, 공동체에서 권위 있는 노인에게 보이는 존경심 때문에 이런 태도를 보인다고 생각했다.

하지만 곧 자신의 생각이 틀렸다는 것을 알게 되었다. 군중들은 남자를 쳐다보지도 않는 것 같았다. 아니, 그와 길에서 마주친 사람들은 그에게서 눈을 돌렸다. 그리고 혹시라도 누군가 멀리서 그를 발견하게 되면 그가 다가갈 때 갑자기 방향을 바꿔 버렸다. 전염병이 옮을까봐 피하는 것처럼. 불행한 나병 환자들 중 누군가 도시의 주택가에 접근하려 했을 때 사람들이 보이는 바로 그런 태도와 똑같았다.

시장을 거슬러 올라가서 대리석 신전을 지난 뒤 남자는 옆쪽 골목으로 들어갔다. 서로 다닥다닥 붙어 어지럽게 뒤얽혀 있는 낡은 오두막들 사이로 뱀처럼 스르르 걸어갔다.

피코는 이상한 건물들을 보고 충격을 받았다. 무엇보다 그것들은 수백 년 동안 폐허로 변한 고대의 건물들 위에 완성된 조잡한 건물들이었다. 옛 벽 위에 인간이 지치지 않고 계속 작업을 해서 무수한 수의 새로운 문과 창문들을 낸 것 같았는데, 창문과 문이 통풍구보다 조금 더 큰 경우도 많았다. 그 안에 담을 수 없는 삶이 내부에서 폭발을 하기라도 할 듯이, 그래서 그러한 삶을 위한 새로운 배출구를 계속 만들어야만 하는 것처럼.

건물의 층들은 서로 엇갈리게 배치된 것 같았는데, 건물 안에 있는 다락방이 철거되고 건물에 새로운 층들이 만들어졌다는 표시였다. 두 층간 사이가 너무 낮아서 거기에 서 있기도 힘들 것 같았다.

마침내 골목길이 오물들로 뒤덮인 채 울퉁불퉁한 오솔길로 좁아지고, 높은 벽 앞에 있는 마지막 집에 도착하자 남자가 걸음을 멈추고 기름에 찌들은 외투에서 열쇠 하나를 꺼냈다.

"다 왔습니다. 여기가 제 집입니다. 케렘의 손가락(유대교에서 파문당한 사람을 나타내는 표시)이 표시되어 있지요."

그가 불가사의한 말을 했다.

"이곳에서는 아무도 우릴 방해하지 않을 겁니다."

피코가 고개를 숙이고 낮은 처마 밑으로 들어갔다.

방안은 어둠에 잠겨 있었다. 등 뒤에서 문이 닫히면서 희미한 달빛마저 사라지기 전, 피코는 아주 좁고 물건들이 빼곡한 공간에 들어와 있는 것 같은 기분이 들었다.

부싯돌을 부딪치는 소리가 들리더니 불꽃 몇 개가 번득였고 곧이어 불길이 보였다. 남자가 램프에 불을 붙여서 방안이 환해졌다.

피코가 직감한 대로 좁은 방안은 물건들로 빈틈이 없었다. 하지만 이 집 주인의 직업을 드러내줄 만한 물건은 하나도 없었다. 반대로 낮은 사면의 벽에 있는, 책과 필사본들이 잔뜩 꽂힌 책꽂

이들이 눈에 띄었다. 방 한가운데에는 공간을 거의 다 차지할 정도로 큰 탁자가 놓여 있었고 특이한 형태의 도자기 항아리와 유리병들이 그 탁자 위에 빼곡했다. 어떤 항아리와 유리병에는 긴 부리를 가진 늪지의 새 모습이 새겨진 뚜껑이 덮여 있었다.

그는 약재상들의 가게에서 그와 비슷한 것들을 본 적이 있었다. 물감을 만드는 사람들도 이와 똑같은 모양의 막자사발과 분쇄기를 가게에 가지고 있었다. 하지만 다른 물건들은 완전히 낯선 것들이었다. 이상한 나선형의 유리가 화로 위에 놓인 구리통에서 위로 올라와서 메두사의 머리처럼 공중에서 뒤얽혔는데, 물이 끓는 동안 유리관에는 물방울이 방울방울 맺혀 있었다.

유대인이 피코에게 등받이가 없는 긴 의자를 가리켰다. 그리고 자신도 램프 옆에 앉았다.

"내가 바로 메나헴 할레비요."

유대인이 피코의 눈을 뚫어지게 보며 조그맣게 말했다.

"당신이 메나헴 할레비."

피코가 그 말을 따라했다. 하지만 놀라움은 잠시뿐이었다. 이제 피코는 시장에서 만난 사람들의 그 이상한 태도와 남자 주변에서 맴돌던 비난이 담긴 소외의 이유를 이해할 수 있게 되었다. 파문당한 할레비. 신과 겨루려는 갈망에 물들어 있던 학자. 마테오 코르노가 그를 그렇게 묘사했다. 그리고 주변에는 그의 작업도구들, 어둠 속에서만 실행할 수 있는 신비학의 흔적들이 있었다.

피코는 유대인의 반응에 신경 쓰지 않고, 단도직입적으로 물었다.

"그 여자에 대해 아는 걸 말해 주시오! 시모네타 베스푸치처럼 보이는 그 여자 말이오!"

"그녀입니다." 뜻밖에도 유대인이 이렇게 대답했다.

"그녀라고요? 당신도 그렇게 생각한다는 겁니까……"

"죽음에서 돌아왔습니다. 6년 전 그녀 무덤의 돌은 단단했습니다. 그 돌을 움직이지 못하게 만든 족쇄들이 내 노력들을 굴욕스럽게 만들었지요."

유대인이 침착하게 말했다. 그의 목소리에는 억눌린 슬픔의 메아리가 담겨 있었다. 예전의 패배의 기억 때문에 아직도 가슴이 아픈 것처럼. 그러고는 갑자기 자랑스레 말했다.

"하지만 그날 밤 콜로세움에서 드디어 빛의 정령들이 그들에게 명령하는 말에 굴복하고 말았습니다. 시모네타 베스푸치가 다시 태양 아래로 걸어 나왔습니다!"

피코가 깜짝 놀랐다. 그는 수증기가 고인 그 작은 방에 떠도는 지식의 흔적들에 강한 인상을 받아 유대인 이야기를 주의 깊게 들었다. 그러다가 그의 마음 속에 있던 무엇인가 때문에 분노하며 반발하게 되었다.

그가 왜 이런 수많은 미신에 굴복해야 한단 말인가? 그 역시 많은 사람들이 빠진 함정에 빠져, 별것 아닌 어떤 기이한 마법사를 강력한 능력을 지닌 사람, 더 정확히 말하면 최초의 마법사, 모세와 똑같다고 믿게 되는 것이다!

"어떻게 그걸 믿을 수 있습니까!"

피코가 소리쳤다.

"학자인 당신이! 당신은 해체된 물질에 불과한 죽은 자들을 가지고 거래하는 겁니다! 정말 당신의 속임수로 죽은 사람을 살려낼 수 있다고 생각합니까?”

유대인은 조금 전과 같이 슬픔이 담긴 눈으로 한참 동안 피코를 보았다.

“그렇게 생각합니다. 제 영혼의 모든 신경섬유가 천둥소리를 들었습니다. 삐거덕거리며 지옥문이 열리는 소리를 제 귀로 들었습니다. 내 말이 길을 열었고 그녀는 그 길을 지나왔습니다!”

“그런데 그녀가 콜로세움에 나타났을 때 당신에게 뭘 원했습니까? 왜 그녀를 따라 이집트인들의 야영지로 갔나요?”

“그러니까 거기까지 나를 미행했군요…… 그녀가 나에게 맡길 임무가 있다고 말했습니다. 그리고 그 대신 내게 비밀을 털어놓겠다고 했지요. 내가 오랫동안 찾아왔던 것이었습니다.”

유대인이 방안에 흩어진 도구들을 가리키며 대답했다.

“그리스의 불(비잔티움 제국에서 사용하던 화기. 물로 잘 꺼지지 않고 수면 위에서 계속 불타오르는 성질을 가지고 있다)의 비밀입니다.”

피코가 고개를 끄덕였다.

“저도 공작의 천막에서 그 이상한 것을 봤습니다.”

“이상한 것을요?”

유대인이 깜짝 놀라며 대답했다.

“불에 대한 비밀은 동방제국에서 가장 훌륭하게 보관된 보물이었습니다. 술탄의 부대가 비잔틴 성벽 안으로 난입했을 때 영원히 사라졌습니다. 그리고 그것을 만들기 위해 일했던 사람들은 불길 속에서 희생되었습니다. 이교도들의 손에 그것을 넘기지 않기 위해서였지요. 그런데 무기고가 파괴되기는 했지만 이집트 사람들은 그 비밀을 손에 넣게 되었습니다. 그리고 가장 특별한 비밀을 가지고 이탈리아로 오게 되었지요."

"그럼 그 여자가 비밀을 알려주었습니까?"

"아직은 아닙니다."

유대인이 이렇게 대답했는데, 얼굴이 어두워졌다.

최근에 화상을 입은 흔적이 있는 한 손을 피코 쪽으로 뻗었다.

"난 환각이 아니라는 것을 확인하기 위해 내 손가락을 불 속에 넣었습니다. 그리고 당신에게 맹세하는데 내 살을 태우는 고통에 감사했습니다. 그리고 그 비밀을 알기 위해서라면 내 뼈가 다 타도록 내버려 두었을 겁니다. 하지만…… 그녀가 원한 것은 내가 줄 수 없는 것이었습니다."

그가 중얼거렸고 몸을 떨며 흐느껴 울었다.

"그건 우리 유대민족의 도움이었습니다. 영광과 자유를 가져올 모험을 위해서 말입니다. 시대가 뒤바뀔 겁니다. 그녀가 내게 말했습니다. '내가 죽음 속에서 살아 왔기 때문이에요. 앞으로 일어날 일을 보았기 때문이죠! 내가 그녀를 도와준다면 이스라엘의 깃발들이 곧 시온의 성스러운 언덕에서 휘날리게 될 겁니다! 하지만 유대인들은 더 이상 내 말을 듣지 않아요!'

그가 절망적으로 고개를 저으며 말을 마쳤다.

"그러면 당신은 그녀를 믿습니까?"

"그녀는 자신을 부르는 내 목소리에 대답을 했습니다. 다시 돌아올 거예요. 아니면 내가……" 주먹을 쥐면서 중얼거렸다.

"당신이 모른다고 해서 그것을 무시하지 마십시오." 그가 퉁명스레 말을 마쳤다.

“난 당신의 신비학을 모릅니다.” 피코가 즉시 받아쳤다.

“하지만 당신이 그걸 누구에게서 전수받았는지는 압니다. 위대한 레온 바티스타 알베르티죠. 당신이 가지고 있는 책, 오르페우스의 의식서를 그에게서 받았습니까?”

유대인이 양미간을 찌푸렸다.

“의식서? 누구에게서요?” 젊은이의 말을 이해하지 못한 듯 중얼거렸다.

“알베르티. 위대한 사람이라고 방금 말했지요. 그 사람을 제대로 평가했습니다.” 유대인이 다시 말했다. 그의 경계심이 누그러지는 것 같았고, 그 이름이 특별히 따뜻한 기억을 다시 되살아나게 하는 것 같았다.

“우리 세대에 알베르티만한 명성을 누릴 사람은 얼마 되지 않소. 그리고 그는 감추어져 있는 것을 찾아내는 일을 가볍게 생각하지 않았소. 뿐만 아니라 마지막 순간까지 그의 정신력을 모두 동원해 그것을 찾았다오.”

“비밀을 그에게서 전달받았습니까? 헤르메스 트리스메기스투스의 책을?”

피코가 집요하게 다시 물었다.

유대인이 놀란 눈으로 피코를 보았다.

“레온 바티스타 알베르티는 내게 줄 게 아무것도 없었소. 오히려 반대로 내게서 카발라의 비밀을 알고 싶어 했소이다. 내 목소리에 힘을 주는 것들이지요. 우리 유대인만이 알고 있는 비밀을요.”

“그런데 왜 유대인들은 다른 종족의 신의 비밀 속으로 그렇게 깊이 들어가야 하는 겁니까?"

"아마 신의 뜻을 들을 수 있었던 최초의 민족이었기 때문일 겁니다."

"신의 뜻을 모욕한 최초의 사람들이기도 했지요. 이 때문에 수세기 동안 저주를 받았고요."

"저주받은 사람은 정의의 재판관과 아주 가깝습니다. 그는 자기 몸에 판결을 가지고 다니며, 그것의 증인이 됩니다."

피코가 웃음을 터뜨렸다.

"제 말이 우습게 들립니까?" 유대인이 깜짝 놀랐다.

"하느님의 목소리에 대해 확신하듯 말씀하시는군요. 사막에서 장로들이 들은 건 그냥 바람소리였을 거라는 의심은 들지 않습니까?"

"어쩌면 그 바람이 진짜 음절이었을지도 모릅니다. 아이온 (Eone)이 자신의 존재를 우리에게 확신시키는 방법이지요."

"그럴 수도 있겠지요……"

피코가 인정을 했다. 그의 관심은 아직도 유대인의 마지막 말에 집중되어 있었다.

"그런데 레온 바티스타가 알고 싶어 했던 게 정확히 뭡니까?"

"하느님의 힘을 가진 열 개의 빛들에 관한 겁니다. 최초의 아이온이 어떻게 사물에 생명을 주었고, 어떻게 자신의 바람 같은 말들을 통해 이 세상이 탄생했는지에 대한 것입니다. 아인 소프 (Ayn Soph), 즉 말로 표현할 수 없는 이가 어떻게 스스로의 말을 통해 세상을 창조했는지에 대한 것이었습니다. 그리고 그의 이름 열 개의 사파이어들을, 그러니까 우주에서 그의 영광을 노래하는 세피로트(Sephirot, 카발라에서 신이 세상을 창조할 때 이용한 10개의 속성)들을 소리로 어떻게 표현하는지에 대해서도요.”

세피로트. 피코는 이미 이 말을 들어본 적이 있었다. 파도바에서는 신비학과 연결된 금지어처럼, 경외심을 가지고 말하는 단어였다. 유대인이 피코의 생각을 읽은 것 같았다.

“그렇습니다, 무시무시한 힘이지요! 보십시오!”

그가 말했다. 책꽂이에서 낡은 커버 속에 들어 있는 필사본 하나를 꺼냈다. 그리고 작은 히브리어로 빼곡하게 반 정도가 덮인 페이지를 피코의 눈앞에서 펼쳤다.

종이의 나머지에는 그림이 하나 있었다. 이상한 관목 같은 것으로 그 위에 규칙적인 체계에 따라 다양한 구들이 배치되어 있었는데, 그것들은 각기 여러 가지 색깔의 선이 연결되어 있었다.

피코가 책 쪽으로 몸을 숙였다. 그 책의 그림이 레온 바티스타 알베르티가 직접 쓴, 코시모 데 메디치의 원고들에서 보았던 것과 똑같다는 것을 발견했다.

“이것들입니까? 이게 세피로트인가요? 이게 뭡니까?”

피코가 당황해서 중얼거렸다.

“그것은 보잘것없는 물질의 세계에 신이 모습을 보이게 되는 내림차순의 등급들입니다. 신의 무한한 권능으로 보면 이 세상은 모순되고 혐오스럽습니다. 그래서 신은 열 개의 천사의 빛에게 완벽한 존재를 만드는 임무를 맡겼습니다. 그러나 창조자의 눈에 아무것도 아닌 이런 빛들은 인간에게는 그와 반대로 신의 존재를 가장 눈부시게 증명하는 게 됩니다. 우주의 광휘가 그 불꽃으로 우리를 불태우지 않은 것은 이러한 빛들의 끈기 있는 중

재 덕입니다. 그들 본질의 일부분을 이해하는 것만으로도 우리는 신을 향한 길로 겸손하게 지나갈 수 있습니다. 제가 말했듯이 그 빛은 열 개입니다. 왕관을 뜻하는 케테르(Keter)는 신성한 무(無)입니다. 호크마(Hokmah)는 지혜이고 비나(Binah)는 호크마와 같이 오는데, 지성입니다. 그리고 사랑과 정의인 헤세드(Hesed)와 게부라(Geburrah)가 있습니다. 그리고 눈부신 티페렛(Tipheret)은 모든 것을 굴복시킵니다. 그 다음으로 영원인 네자흐(Netzah)와 영광인 호드(Hod)가 있습니다. 예소드(Yesod)는 토대입니다. 그리고 마지막으로 말쿠트(Malkut)는 세상의 경계를 엽니다. 그리고 그 입구를 지키고 있지요."

유대인이 영감을 받은 것 같은 목소리로 엄숙하게 나열했다.

피코는 그 현란한 묘사에서 질서정연한 체계를 끌어내보려 애쓰며 유대인의 말을 한마디도 놓치지 않았다. 하지만 분명하지 않은 점들이 너무 많이 남아 있었다. 그는 건축가가 무엇 때문에 미신에 물든 사람들이 만들어낸 이런 혼란스러운 전통에 관심을 가졌는지 이해할 수가 없었다. 사물의 형식 속에 있는 비밀들을 관찰하고 거기서 가능성의 법칙을 끌어냈던 인간의 눈부신 지성과 이런 체계가 어떻게 양립이 될 수 있었던 것일까? 그는 자신의 작품 속에서, 활력적인 지성과 불확실한 것들의 그림자를 뒤섞는 대신 그 지성에게 규칙을 항상 제공하려 했었다. 혹시 그가 로마 들녘에서 고대 신전들의 비밀을 탐색하면서 발견한 것과 이 일이 어떤 관련이 있는 걸까? 아니면…… 아니면 정말 오르페우스의 신비한 의식과 관련이 있는 걸까? 그래서 건축가는 고대의 책에서 드러난 어떤 것에 대한 증거를 필사적으로 찾았던 것일까?

"레온 바티스타가 이걸 믿었습니까?"

유대인이 한숨을 쉬었다.

"그걸 믿었는지 난 확실히 모릅니다. 그렇지만 그는 이것이 최초의 신을 표현하는 데 가장 가까운 모델이라고, 우리 선조들의 신보다 훨씬 오래된 것이라고 생각했습니다. 나는 아인 소프는 최초의 모델이 될 수 없다고 그에게 반박했습니다. 아인 소프가 가진 상상 불가능한 성질 자체가 바로, 아주 미약할지라도 그의 뒤를 잇는 신들이 있을 거라는 가능성을 배제하기 때문입니다. 하지만 레온 바티스타는 이 점에 대해 자신의 믿음을 굽히지 않았습니다. 아인 소프의 뒤를 잇는 신들은 바로 첫 번째 신, 그러니까 헤르메스 트리스메기투스에게 말을 했고 그에게 자신의 이름의 비밀을 알려준 그 신이 반복되어 나타난 것일 뿐이라는 것이지요. 그리고 마지막 세피로트, 즉 말쿠트는 물질의 왕국이어서 신전에서 배제되었을 거라고 말했습니다."

"신전에서 배제된다는 게…… 무슨 뜻이었습니까?"

"저도 무슨 말인지 이해하지 못했습니다. 하지만 아홉 개의 발산체만이 신전의 영광을 알고 있을 거라고 했던 것만은 확실합니다."

"그런데 대체 어떤 신전을 말하는 겁니까?"

"어떤 글 속에 밝혀져 있다고 제게 고백을 했습니다. 하지만 완벽한 문자만이 그 책에 진실의 힘을 부여해줄 거라고 했습니다. 그는 히브리어의 기호들을 비웃었습니다. 그리고 우리 시대에는 작은 납들이 고대의 영광을 노래할 것이라고 말했지요.”

피코가 유대인의 관심을 끌기 위해 한 손을 들었다. 그러니까 풀젠테의 집에서 발견했던 활자틀들과 로마의 건축 형식에 대한 알베르티의 탐색들은 고대의 조화를 재발견한다는 단순한 이유가 아니라 좀더 의미심장한 무엇인가를 겨냥한 것이었다.

“그 문자가 왜 그렇게 중요한 겁니까? 신의 목소리가 세상에 다시 울려 퍼지려면 아름다움을 필요로 하는 것입니까?”

유대인이 자신의 환상에 빠져 다시 잠시 망설였다. 그러다가 마침내 피코가 물어보는 말의 뜻을 알아차린 듯했다.

“아니오! 눈부신 광휘를 가진 신은 아무것도 필요로 하지 않습니다! 플레로마(Pleroma, ‘완벽함, 충만함’ 을 나타내는 그리스어로 신의 권능의 총체를 나타내기도 한다)는 완벽하고 그 자체로 완성되어 있습니다! 레온 바티스타는 다른 것을 생각했습니다. 고대인들의 말이 산들을 움직였다고는 생각해 보지 않았습니까? 피라미드들이 어떻게 세워졌다고 생각하십니까? 바위들이 절벽에서 자비롭게 땅으로 굴러내려와서 완벽한 사면체의 모양 속으로 저절로 다시 올라가 쌓인 겁니다. 그럼 바빌론의 탑과 백 개의 아치가 있는 콜로세움은 어떨까요? 모세의 외침에 갈라진 홍해의 물은요? 왜 우리 유대 민족이 성경에 존경을 표하고 거기서 그 신을 모시는 사제들을 위한 예언을, 그 왕들을 위한 힘을 끌어내야 하는 겁니까? 말은 바다 위와 땅 위로 흐를 뿐입니다. 그것은 세계에 있는 성령의 발산물입니다. 하지만 그 말이 멈춰 설 때, 돌이 되거나, 종이가 되거나, 부적이 됩니다. 완벽한 기호 속에서만 말은 자신 속에 봉인되어 있는 마법의 힘을 실현시킬 수 있습니다. 그리고 필사자의 손은 힘을 전달하는 도구지요."

"그러니까 알베르티는 생각을 정확하게 필사하는 게 진실의 완벽한 가치를 보장해 준다고 믿었던 겁니까? 그런 식으로 말들이 실현된다고? 부적이라…… 특별한 문자를 사용해서 쓰인 글이 마법의 힘을 갖게 되고, 이 세상에서 그 문자가 신이 말하는 것을 모을 수 있다는 겁니까?"

"그렇습니다. 그래서 새로운 기계 때문에 고대에 들렸던 천둥같이 울리던 그 말소리들이 줄어들어 마침내 더 이상 소리가 들리지 않고 환기력도 없는 기호들의 늪 속으로 사라져 버릴까봐 두려워했습니다. 말에 숨겨진 의미를 다시 완벽한 형태로 울려 퍼지게 할 수 있는 문자를 찾아야만, 우리 의식이 그렇게 무시무시하게 고갈되는 것을 피할 수 있다고 생각했습니다. 그는 꿈을 꾸었지요."

그가 갑자기 슬픈 얼굴이 되면서 이렇게 덧붙였다.

피코는 자기 생각에 빠져 있었다. 지금까지 그는 알베르티가 새로운 문자에 그렇게 집착했던 이유가 미에 대한 탐색과 고대의 작품들에 대한 깊은 존경심 때문이었다고 생각했다. 그래서 자신의 세기에 그것들에게 경의를 표하고 싶어 했다고.

그런데 정말 그의 목적이 다른 것이었을까? 죽음의 법칙이 그렇게 필사될 수 있는 것이라면 이것이 그 법칙들에 무시무시한 힘을 충분히 부여할 수 있지 않을까? 혹시 코시모 데 메디치를 공포에 사로잡히게 만든 비밀이 바로 이것이 아니었을까?

"꿈이 아니었습니다." 입을 다물고 있던 피코가 조그맣게 말했다. "그림들을 보았습니다. 알베르티의 손에서 나온 게 확실했습니다. 그리고 그것을 바탕으로 만들어낸 활자틀을 보았습니다."

"그것들을 봤단 말입니까?" 유대인이 피코의 팔을 거세게 잡으며 외쳤다. "어떻게 생겼습니까? 말을 해 봐요!"

피코가 팔을 뺐다.

"레온 바티스타는 그의 건축물과 똑같이 문자들을 그렸습니다. 로마인들의 건축물에 숨겨진 기하학적인 비례에서 그것들의 형태를 끌어냈지요."

"그렇군요…… 이게 그의 길이었어요."

유대인이 피코가 말하고 있는 그 형태를 자신의 주변에서 찾아보기라도 하듯 허공을 뚫어지게 보면서 중얼거렸다.

잠시 후 그가 고개를 저었다.

"내 가르침이 별 도움이 안 되었군요. 레온 바티스타는 책의 진실보다는 알렉산드리아 신비주의자들이 꾸며낸 이야기에 더 빠져들었어요. 소경이 다른 소경을 안내하는 꼴이지요."

유대인이 화가 나서 외쳤다.

피코는 그로부터 다른 것을 더 알아낼 수 없다는 것을 느꼈다. 유대인은 자신이 간파했다고 믿고 있는 빛에 현혹된 남자였다. 그리고 다른 모든 사람들처럼 암중모색을 하고 있었다. 홀로 버려진 채, 난파된 배의 잔해에 매달린 조난자처럼 책에 매달려 있었다. 그게 이 남자의 힘, 모든 유대사상의 힘이었다. 사막에 울려 퍼졌던 그 말들 속에 빠져, 전 유대 민족이 패배보다는 천벌을 선택함으로써 자신들의 주변에 사막을 만들었지, 피코는 씁쓸하게 이런 생각을 했다. 바로 그 유대 공동체가 그에게서 등을 돌린 지금, 아마 유대인들 중 가장 지혜로운 사람일 메나헴 역시 어느 때보다 절망에 빠져 있었다.

침묵이 계속되는 동안 피코는 훔쳐 입은 수도복이 굴레처럼 몸을 조이는 걸 느꼈다. 지난밤의 피로가 몸을 옥죄어 오는 통증과 함께 생생하게 되살아났다. 그가 몸을 떨었다. 정신력으로 지금까지 버텨왔지만 이제 온몸에 열이 나면서, 사지가 마비되어 꼼짝을 하지 못했다.

여기서 일어나서, 힘이 남아 있을 때 몬토네 여관으로 가야 한다고 생각했다. 그의 등 뒤에서 갑자기 바람이 한줄기 불어와 촛불의 불꽃이 살아나서 주변의 어둠들이 조금 더 사라졌다. 메나헴이 뭐라고 덧붙여 말하려는 듯 입을 열었다. 하지만 피코는 너무나 지쳐서 그에게 주의를 기울일 수 없었다. 누군가 다른 촛불을 더 켠 것처럼, 방안이 밝아지기 시작하더니, 잠시 후 그의 머릿속에서 번개 같은 빛이 폭발했고 눈부신 빛 속에서 그를 무의식 속으로 끌고 갔다. 그에게 소리를 지르는 유대인의 목소리가 혼란스럽게 들렸고 그의 말들은 너무나 아득했다.

보르자 추기경의 사저

보르자의 남자는 잠시 기다렸다가 안으로 들어가야 했다.

"어떻게 됐나, 퀸톤? 이제 그자는 신경을 안 써도 되나?"

추기경이 초조하게 물었다.

남자가 애석한 표정으로 고개를 저었다.

"아닙니다, 추기경님. 악마처럼 저희들의 손에서 빠져나갔습니다!"

보르자가 주먹을 쥐었다.

"뭐라고? 있을 수 없는 일이야! 내 명령을 이따위로 수행했단 말인가? 자넬 지나치게 신뢰한 게 내 실수인지도 몰라!"

남자가 굴욕스럽게 고개를 숙였다.

"그 상황을 어떻게 설명드려야 할지 모르겠습니다."

여전히 바닥만 뚫어지게 내려다보며 다시 더듬더듬 말을 시작했다.

"탑을 지키고 있던 부하들이 콜론나가 탑으로 들어가는 것을 보았고 다른 병사들에게 신호를 보냈습니다. 그 순간부터 병사들은 한 발짝도 움직이지 않았습니다. 그래서 문을 공격했을 때 저는 성공할 거라고 확신했습니다. 아무 저항도 없었습니다. 우리는 여우굴 같은 그 소굴로 들어갔습니다. 하지만 안에는 아무도 없었습니다. 맹세코 아무도 없었어요! 우리는 건물 구석구석을 뒤지고 벽을 다 부수고 기왓장도 모두 부쉈습니다. 분명히 말씀드리지만 그자는 나갈 수가 없었습니다. 우리 병사들이 계속탑을 완전히 포위하고 있었으니까요. 하지만 정말 연기처럼 사라졌습니다. 악령이 그자의 편인 게 틀림없습니다!"

"무슨 소릴 지껄이는 건가, 퀸톤? 로마에는 악령이 살 곳이 없어! 그리고 살고 있다면 나를 위해 일해야 할걸!"

추기경이 분노로 일그러진 얼굴로 다시 소리쳤다.

"자넨 여우 소굴에 들어갔던 거야! 그리고 그 모든 소굴에는 비밀 출입문이 있다는 걸 몰랐던 거지. 내 땅에서 그렇게 오랫동안 밀렵을 해놓고 아무것도 배운 게 없단 말인가? 술주정뱅이들에게 감시를 맡겼기 때문에 눈앞에서 그자를 놓친 거야! 하지만 이번 일에 대한 대가는 치러야 할 걸세!"

이제 남자는 나뭇잎처럼 떨었다. 추기경 앞에 무릎을 꿇고, 그의 신발 끝에 이마가 닿을 정도로 고개를 숙였다.

"맹세합니다. 최정예 부대원들만 동원했습니다! 명령을 수행할 때 술을 마신 병사는 아무도 없었습니다. 맹세합니다! 정말 유령처럼 사라졌습니다. 그자와 그의 친구가요!"

추기경이 번개처럼 남자에게 몸을 숙이며 거칠게 그의 어깨를 잡아 강제로 일으켜 세웠다.

"그자의 친구라니?"

"다른 사람이 있었습니다. 콜론나와 함께 계단을 올라가는 것을 보았습니다. 그런데 그자의 흔적도 찾을 수 없었습니다…… 그자는…… 그자는 그 피렌체인, 조반니 피코였습니다……"

퀸톤이 하얗게 질려서 대답했다.

"그러니까 네 녀석이 두 마리 여우를 놓쳤군 그래!"

보르자가 손을 들어 힘껏 퀸톤의 뺨을 때리며 소리쳤다.

"메디치의 친구 조반니 피코! 바로 그자를 네가 빈틈없이 감시했어야 한다고!"

퀸톤은 경외심을 지닌 채 뺨을 맞았고 마치 두 번째 공격을 기다리듯 눈을 감았다. 추기경이 다시 팔을 들었지만 짜증난다는 표정으로 팔을 내렸다.

"네 실책 목록에 이것도 추가하겠다. 내가 책을 손에 넣게 되면 합산을 할 것이다. 그리고 그걸로 네 목숨을 결정할 거다. 하지만 지금은 아직 네가 필요하다. 두 사람 뒤를 밟아라. 그리고 다시 달아나려고 하면 차라리 죽어버려라!"

보르자가 자신의 생각을 다시 정리해보려는 듯 허공을 뚫어지게 응시하며 말했다.

퀸톤이 추기경의 손에 입을 맞춰보려 했지만 보르자가 거칠게 손을 뺐다.

"꺼져라! 내 인내심이 바닥나기 전에."

하지만 퀸톤이 망설였다.

"또 한 사람이 있습니다…… 알아두시는 게 좋을 것 같아서요." 그가 조그맣게 말했다.

"산탄젤로 성의 수비대가 나폴리인을 한 명 체포했습니다. 그리고 종교재판소에 그를 넘겼습니다."

"종교재판소에? 왜?" 추기경이 깜짝 놀라며 관심을 보였다.

퀸톤이 어깨를 으쓱했다.

"저희는 모릅니다. 성에 있는 우리 병사들이 그 이상은 알아내지 못했습니다. 음모가 있다는 소문입니다."

"나폴리인이라…… 나폴리 왕국의 사람들에게 신중하라고 내가 명령했었는데…… 옷을 입게 도와주게. 내가 직접 알아봐야겠군. 상서국에 사람을 보내서 내가 갈 거라고 알리게. 나 모르게 무슨 일이 벌어지는 건 원치 않아."

30분도 채 지나지 않아 추기경은 퀸톤을 호위병으로 데리고 근처에 우뚝 솟은 교회 옆쪽의, 지붕이 있는 통로를 통해 상서국으로 들어갔다. 위층으로 이어지는 계단에서 제1조사관이 그를 기다리고 있었다.

"추기경 각하께서 오실 거라고 알고 있었습니다."

조사관이 경의의 표시로 목례를 하며 말문을 열었다.

"아마 추기경 각하께서 계시면 조사가 훨씬 빨라질 겁니다."

"그자를 어디로 데려갔나?" 추기경이 짧게 말했다.

"지하, 납 봉인실 밑입니다. 비밀 심리를 위해 종교재판관들이 모이는 곳입니다."

"음모에 관련되었다고 확신하는 건가?"

"남자는 어떤 종파의 일원이 분명합니다. 하지만 저희는 아직 그들이 어떤 계획을 추진 중인지 파악하지 못했습니다. 우리가 그자를 체포했을 때 그자는 성의 도개교를 지탱해주는, 쇠사슬을 감는 바퀴 옆에 숨어 있었습니다. 그자는 망치와 끌을 가지고 있었는데, 쇠사슬 하나를 벌리고 있었습니다. 만약 그자의 뜻대로 됐다면 단 한 방으로 도개교를 붕괴시킬 수 있었을 겁니다. 무게에 이끌려 다리가 무너져 버리면 그것을 다시 세울 방법이 전혀 없었을 겁니다. 요새의 문은 무방비 상태가 될 것이고 이빨 빠진 늙은이의 입처럼 딱 벌어질 겁니다."

"사석포를 맡은 병사 중 하나로군, 그렇지?" 추기경이 물었다.

"그렇습니다, 추기경님. 그 병사들은 가장 신뢰할 만한 사람들이어야만 합니다. 그러나 여기 로마에서 현대적인 그 마법의 기술을 아는 사람은 몇 명 되지 않습니다. 그래서 총독은 어쩔 수 없이 국경 밖에서 이 임무를 맡을 병사를 징병했습니다. 체포된 남자는 나폴리 왕국 출신이지만 오래 전부터 로마에 살았고 그래서 그를 총독이 믿을 만한 사람이라고 생각했던 것 같습니다……" 조사관이 대답했다.

"경솔하기는! 멍청하게! 내가 임명권을 가지고만 있다면 그런 멍텅구리들을 선발하지 않았을 텐데!" 추기경이 경멸스러운 표정으로 얼굴을 찡그리며 나지막이 말했다.

"그런데 그자를 수사하다가 이걸 찾아냈습니다." 조사관이 피로 얼룩진, 구겨진 종이 한 장을 그에게 내밀면서 말했다.

"저희가 그자를 꼼짝 못하게 만들기 전에 이 종이를 없애버리려고 했습니다. 하지만 남은 부분만으로도 그자가 여기 로마에 있는 음모자들의 일원이라는 걸 확실히 증명하고도 남습니다."

로드리고 보르자는 핏자국에 손가락 끝이 닿지 않게 조심하면서 조사관이 내민 종이를 받았다. 아직 읽을 수 있는 몇 줄을 재빨리 훑어본 뒤 다시 조사관 수사를 뚫어지게 보았다.

"이 이름들로는 아무것도 알 수가 없습니다…… 어떤 것들은 약자이기도 하고요. 별로 중요하지 않은 귀족 몇 사람과 장인 몇 사람입니다. 별볼일 없는 사람들이지요."

"한 사람만 빼고." 추기경이 한 손가락으로 어떤 이름 쪽을 가리키며 조그맣게 말했다.

조사관이 고개를 끄덕였다.

"안토니오 페르페티. 유명한 학자지요. 그리고 칼라브리아 공작의 추종자입니다."

로드리고 보르자가 얼굴을 찡그리며 어깨를 으쓱했다.

"우리가 걱정할 건 개가 아니라 그 주인이다. 아라곤의 알폰소 말이야! 만족을 모르는 그 악마! 아버지의 왕좌에 오르길 기다리는 동안 혹시 로마의 기념비들 사이에 개인 왕국을 만들고 싶어 하는 게 아닐까? 나폴리 출신 페르페티만이 아닐 걸세. 피렌체에서 온 피코…… 죄수가 뭐 다른 건 고백하지 않았나?"

"용기 있고, 제 주인에게 충성스러운 자입니다. 그자의 입을 열기가 쉽지 않을 겁니다. 그래서 진실의 방에 가두었습니다."

뜰을 가로질러 지나고 주랑 밑으로 다시 들어간 뒤 보르자가 보일락 말락 하게 미소를 지었다.

"진실의 방이라! 그 방에서 한 조각 진실도 들어본 적이 없는 것 같은데!"

조사관이 그를 놀란 눈으로 재빨리 보았다.

"왜 그런 말씀을 하시는 겁니까, 추기경님? 완전히 자백을 하지 않고는 누구도 그 방에서 나올 수 없습니다. 교황 성하께서도 이 점을 자주 칭찬하셨는데……”

하지만 추기경은 거칠게 손을 저어 그의 말을 잘랐다. 그들 앞의 계단이 건물 지하로 이어졌다. 퀸톤을 데리고 보르자와 조사관이 급히 계단을 내려가 좁은 방에서 걸음을 멈췄다. 가죽 앞치마를 입은 남자 하나가 그 방에서 기다리고 있었다.

“어떻게 했나? 이자가 말을 했나?” 보르자가 그 남자에게 물었다.

“완전히 고분고분해지도록 의식의 첫 번째 단계를 진행했습니다.” 취조 담당자가 신경질적으로 앞치마에 두 손을 문지르며 대답했다. “하지만 저희는 좀더 센 의식인, ‘진실을 위하여pro veritate’ 를 진행하기 위해 추기경님을 기다리고 있었습니다.”

추기경이 거만하게 그를 밀치고 다음 방 쪽으로 걸음을 옮겼다. 여섯 개 정도 되는 계단을 더 내려가야 그 방으로 들어갈 수 있었다. 자극적인 악취가 공기 중에 고여 있었고 벽에 꽂힌 채 이글이글 타는 횃불의 연기 때문에 공기는 더욱 무거웠다. 맨 끝에 있는, 재판관들을 위한 긴 테이블은 비어 있었다. 조잡한 취조대에 밧줄로 묶인 피투성이의 육체 하나를 제외하고는 아무것도 없이 썰렁했다.

남자가 힘없이 신음을 했는데, 그 신음소리는 고문으로 상처가 난 입술에서 들릴락 말락 하게 흘러나왔다. 구타를 당해 보랏빛이 된 입술은 두 줄의 흔적만 남아 있었다.

보르자가 그때 곁으로 온 조사관 쪽으로 차갑게 돌아섰다.

“이렇게 하면 우리가 알고 싶은 것을 자백하기도 전에 이자를 죽여 버릴 수도 있어!”

조사관이 확신에 차서 고개를 저었다.

"종교재판소는 첫 번째 작업인 가장 가벼운 작업만 겨우 했습니다. 위험은 전혀 없습니다. 우린 독일의 도미니크 수도사들처럼 야만인들이 아닙니다. 어떤 의식을 시행하든 매순간 교황청 의사가 곁에 서서 생명과 관련된 장기에 손상을 입히지 않았다는 것을 확인해 줍니다. 저자의 목숨을 걱정하신다면 염려하지 않으셔도 됩니다."

"저자에게 뭘 물어보았나?"

"아무것도 묻지 않았습니다."

"아무것도?" 추기경이 깜짝 놀라서 외쳤다.

"아무것도요. 이건 진실을 확인하기 위해 오래된 지혜와 관습에 의해 정해진 규칙입니다. 심문관 각자가 의도하는 방향을 따르지도 않고, 또 그 심문관에 의해 좌지우지되지도 않은 완벽하고 자유로운 자백만이 죄인이 실수에 빠지기 전 누렸던 완벽하게 순수한 정신 상태를 되찾을 수 있게 해줄 겁니다. 그리고 그와 함께, 취조 담당자가 취조를 하다가 비밀을 알게 되었을 때 그것을 자신이 이용하려는 사악한 욕망에 물들지 않을 수 있습니다. 아무것도 묻지 않습니다. 이러한 침묵 속에 진실의 첫 번째 뿌리가 있습니다."

"그렇지만 그에게 질문을 하지 않는다면 이 빌어먹을 자가 뭐라고 대답을 할 수 있단 말인가?"

"사악한 사람은 자신의 비밀을 내장 깊숙한 곳에 숨겨 놓고 심장과 폐와 간을 방패로 그것을 보호합니다. 그의 진실은 가장 밑바닥에 있는 체액들과 뒤섞여 있습니다. 피와 담즙과 하나가 된 겁니다. 이런 방어막이 굴복을 하면 그의 입에서 오염되지 않은 맑은 물이 봇물처럼 힘차게 터져나올 겁니다. 그저 기다리기만 하면 됩니다……"

"자네들의 그 과정을 기다릴 시간이 없네, 형제. 이자와 단둘이 있게 해주게."

조사관이 깜짝 놀라 몸을 떨었다. 마치 그의 죄수의 몸에서 싸우고 있는 이단이 밖으로 터져 나와 교황에게까지 흘러들어가기라도 한 것처럼.

"추기경 각하, 규정이 있어서……"

"규정이 상황에 복종할 수밖에 없는 때가 있네, 형제. 교회가 규칙이고 내가 바로 교회야! 다시 한 번 말하는데 죄수와 단둘이 있게 해주게."

추기경이 자신을 호위하는 퀸톤을 재빨리 쳐다보며 낮게 말했다. 퀸톤이 마치 소리 없는 명령을 따르기라도 하는 것처럼 한 손을 검의 손잡이에 올려놓은 뒤 한 발 앞으로 나왔다.

조사관이 얼굴을 찌푸리며 턱을 꽉 잡았다. 그리고 잠시 후 복종의 뜻으로 고개를 숙였다. 천천히 돌아서서 아무 말도 하지 않고 취조 담당자에게 자기를 따르라고 고갯짓을 한 뒤 문 쪽으로 갔다.

퀸톤과 단둘이 남자, 로드리고 보르자가 취조대에 묶인 남자에게로 다가갔다. 남자는 계속 약하게 신음을 했다. 그의 머리카락을 잡아 고개를 쳐들게 하고 그를 보았다.

"어디서 왔느냐?"

남자가 부은 한쪽 눈을 천천히 떴다. 눈꺼풀 밑으로 실핏줄이

터진 눈이 번득였다. 아무것도 보지 못하는 것 같았지만 추기경
의 목소리는 들은 게 틀림없었다. 그 소리가 들려오는 곳을 찾듯
머리를 움직였기 때문이다. 꽉 다문 입에서는 고통스러운 신음
소리밖에 새어나오지 않았다.

"나폴리에서 왔다는 걸 알고 있다. 왜 성문을 파괴하려고 했
던 거냐? 누구를 만나야 했던 거며, 누구에게 네 편지를 전해야
했던 거냐? 나폴리 왕국에서 무슨 음모가 진행 중인 거냐? 말을
하라. 그러면 내가 널 살려줄 수 있다. 약속하마. 임종시에 하는
말처럼 진실하다."

반쯤 뜬 남자의 눈 속에서 생기 있는 빛이 희미하게 반짝이는
것 같았다. 추기경은 자신이 한 약속이 절망에 빠진 그에게 돌파
구를 연 게 틀림없다는 것을 직감했다.

"…… 죽어야…… 죽어야……"

추기경은 상처로 찢어진 그의 입에서 꾸르륵거리는 소리처럼
나오는 이런 소리를 들었다.

"죽어? 누가? 말하라. 그러면 넌 자유의 몸이 될 수 있다!"

"…… 총독은…… 죽어야 합니다……"

남자가 다시 더듬거렸다. 이 말을 마치자마자 추기경은 남자
의 머리가 자신의 손 밑으로 힘없이 축 늘어지는 것을 느꼈다.
보르자는 남자가 다시 정신을 차리도록 머리를 잡아당겼지만,
남자의 머리는 힘없이 축 늘어져 아무 저항 없이 보르자의 손이
움직이는 대로 움직였다. 보르자가 다시 그의 머리를 잡아챘으
나 여전히 결과는 마찬가지였다.

"퀸톤, 물을 가져오게! 이 멍텅구리들이 아무것도 알아내지

못한 채 이자를 죽여 버렸어!"

퀸톤이 구석에 놓인 항아리로 급히 달려가 물을 떠왔다. 보르자는 손가락으로 남자의 입을 벌려서 목 안으로 강제로 물을 넣어보려고 했다. 하지만 남자는 물을 삼켜볼 시늉도 못 하였고, 물은 그의 목 위로 흘러내렸다. 그 사이 퀸톤이 벽에서 횃불을 떼어내서 보르자에게로 달려와 불행한 남자의 얼굴에 횃불을 가까이 가져갔다. 하지만 핏줄이 터진 남자의 눈은 움직이지 않았고 동공도 전혀 수축이 되지 않는 것 같았다.

"죽었습니다, 추기경 각하."

퀸톤이 조그맣게 말했다.

보르자가 분통을 터뜨리며, 계속 쥐고 있던 남자의 머리카락을 놓았다.

"내가 걱정하는 건 이자의 이 죽음이 아니다. 다른 죽음, 이자가 말한 그 죽음이지."

"성의 총독 말입니까? 나폴리인들이 정말 그렇게까지 할 수 있을 것이라고 생각하십니까?"

퀸톤이 다시 물었다. 추기경은 대답을 하지 않았다. 이해를 해보기 위해 허공을 뚫어지게 응시했다. 어떤 음모가 진행 중이라면 간단히 말해서 전혀 중요하지 않은 관리를 제거하기로 한 것일까? 그것이 무엇에 도움이 되는 걸까?

"아니…… 그럴 리가 없어. 그들의 목표는 훨씬 더 높은 데에 있을 거야……"

그가 혼자 중얼거렸다.

"식스토 교황에게 위험을 알려야 합니까? 성을 폐쇄하라고 조언을 드려야 합니까?"

퀸톤이 다시 물었다. "우리 병사들을 소집할까요?"

보르자는 대답을 하지 않았다. 땅을 내려다보았다. 퀸톤이 여전히 방안에 단둘뿐이라는 것을 확인하기 위해 재빨리 주위를 둘러본 뒤 보르자에게 더 가까이 다가왔다.

"만약 정말 식스토가 제거된다면…… 추기경님의 시대가 오지 않겠습니까, 각하?"

보르자가 재빨리 한 손을 들어 그가 더 이상 말을 하지 못하게 막았다. 그는 입술을 깨물며 손가락을 허공에서 살짝 움직였다. 급히 계산을 하는 것처럼. 그러더니 얼굴이 어두워져서 고개를 저었다.

"너무 빨라, 퀸톤. 오늘 밤 투표를 한다면 추기경 회의의 3분의 1만이 내게 투표를 할 걸세. 아마 몇 표를 더 살 수 있을지 모르고 몇 명 정도를 겁줄 수 있겠지. 하지만 콘클라베(가톨릭 교회에서 교황을 선출하는 추기경단의 선거회)가 열린다면 메디치가 손에 열쇠들을 쥐고 나갈 거야, 틀림없어! 아직은 너무 빨라!"

분노로 이를 악물며 그가 다시 말했다.

"빌어먹을 페란테. 몇 달만 기다려 줬어도!"

그가 축 늘어진 시신을 발로 차며 소리쳤다.

"나폴리 왕이 우리와 반대로 움직인다고 해도, 시도를 해볼 수 있지 않습니까?" 퀸톤이 다시 소곤거렸다. "각하는 교황 다음으로 로마에서 높은 위치인 부상서국장이십니다. 만일 교황이 서거하면 위기 상황을 선포하고 안전을 문제로 콘클라베를 연기하실 수 있습니다. 대부분의 추기경들이 교황청 밖에, 멀리 자신들의 관저에 있습니다. 영국 추기경들은 요크와 랭커스터 전쟁에 휩싸여 있어서 여행을 떠나려면 몇 주가 걸릴 겁니다. 프랑스 추기경들은 볼로냐에 주둔한 우리 병사들이 로마냐에서 제지할 수 있습니다. 스페인 추기경들은 무엇보다 나폴리 왕국에 대한 증오심 때문에 각하의 편에 설 겁니다. 그리고 피렌체에는 각하에게 충성을 보이는 가문들이 있습니다. 바로 스트로치와 파치 가문입니다. 그들은 메디치가에 대항하기 위해 각하의 신호만을 기다리고 있습니다……"

추기경은 양미간을 찡그린 채 이런 이야기를 들었다. 그가 한 손을 들어 아버지 같은 태도로 퀸톤의 어깨에 올려놓았다.

"퀸톤, 이 젊은 친구야. 자네는 이탈리아에 온 지 얼마 되지 않아서 열정을 세상의 지혜로 조절하는 법을 배우지 못했어. 그리스도께서 말씀하셨지. '나는 이제 양들을 이리 떼 가운데로 보내는 것처럼 너희를 보낸다(누가 복음, 10:3).' 하지만 그리스도께서 이 땅을 아셨더라면 이렇게 말씀하셨을 걸세. '너희들은 늑대다. 그러니 양들을 갈기갈기 찢어 죽여라.' 생각을 해봐야겠어. 시간이 필요해. 그림이 그려지는 동안 우리는 틀을 생각하자고. 골동품상. 그자에서부터 시작하지."

"안토니오 페르페티 말씀이십니까? 여기 로마에 그 사람의 지인들이 많습니다. 그리고 교황께서도 이따금 그와 대화하는 것을 거부하지 않습니다."

보르자가 무시하듯 어깨를 으쓱했다.

"나폴리 왕은 우리 집에서 자신의 장기 말들을 움직일 수 있을 거라고 생각하지. 페르페티는 그가 떠들고 다니는 것처럼 연구를 위해 로마에 온 게 당연히 아니야. 바오로 2세에 대항해서 이미 음모를 꾸민 적이 있던 그 악당들하고 다시 접촉을 하려는 거지. 교황이 멍청하게 그자들을 사면해서 자유를 줬지. 하지만 그자들은 방법만 바꿨을 뿐 생각은 전혀 고쳐먹지 않았어. 그자들은 몸을 숨기고 비밀 모임을 가지며 살고 있어. 자연과 대립되는 그들의 영감에 따라 그때와 똑같이 혼돈과 오만이 뒤섞인 더러운 덩어리를 그 속에 품고 있다고."

"각하께서 그렇게 생각하신다면 다시 그자들을 모두 체포할 수 있습니다."

추기경이 고개를 저었다.

"아니, 그자들은 자만심에 빠져 있는 어리석은 영혼들에 불과하다. 자신들이 고대 로마인들의 후예라고 생각하지. 그러나 로마인들이 이제 먼지에 불과하듯 그들의 집회 역시 바람 속에 흩어지는 외침일 뿐이다. 그렇지만 안토니오 페르페티는 환영에 사로잡혀 있는 인물이 아니다. 그가 여기 와 있다면 그것은 돈 페란테의 아들인 칼라브리아 공작의 뜻에 의해서일 뿐이다. 그자를 제지해야 해."

"제 부하들에게 잡아오라고 명령할까요?"

"안 된다! 그자는 너무 유명해. 그를 체포해 끌고 온다면 큰 물의를 일으키게 될 것이고 그자의 자유를 찾아주기 위해 이탈리아 전역에 울릴 정도로 큰 소음을 내며 행동할 구실을 나폴리인들에게 줄 수 있지. 카니발에서 죽은 사람이 몇 명인가?"

"익사자들과 어제 죽은 세 명을 합하면 오늘까지 꼭 열한 명입니다."

퀸톤이 보르자의 눈을 보고 직감적으로 생각을 알아차려 즉시 대답했다.

"돈 안토니오가 한 다스를 채우길 원하시는 겁니까?"

로드리고 보르자가 갑자기 둘째손가락을 입술로 가져갔다.

"이 이교도 축제 기간에는 훌륭한 로마인들의 본능이 폭발하기가 쉽다. 그들의 증오심이 예측 불가능한 방향으로 흘러가는 일이 자주 발생하지. 그러니까 혼란스러운 대로에서 나폴리의 훌륭한 시민 하나에게 운명의 맹목적인 손길이 닿았다는 것을 나폴리 왕에게 알려야 한다면, 교황청 상서국은 정말 유감스러울 거다."

"튼튼한 손이 그 운명의 손을 도울 겁니다."

"운명이 우리를 위해 준비한 게 어떤 것인지 우리는 전혀 알지 못한다. 우리는 신의 뜻이라는 회오리바람 속에 날리는 나뭇잎이다."

추기경이 이렇게 대답하고 재빨리 성호를 그으며 퀸톤을 보냈다.

"그런데 피코는 어떻게 할까요?"

퀸톤이 문 앞에서 물었다.

"기다려라. 한 번에 한 명씩. 그자의 차례도 올 것이다."

하얀 길을 따라서

그는 끝도 없어 보이는 구불구불한 오솔길을 따라 계속 걸어 나갔다. 그가 걷고 있는 길에는 흰빛이 도는 넓은 돌들이 깔려 있었는데, 돌들은 뱀의 비늘처럼 서로 나란히 붙어 있었다. 돌과 돌 사이의 틈으로 언젠지 모를 정도로 오래 전 뿌리를 내린 강인한 풀이 사랑하는 여인의 무수한 손가락처럼 그의 발목을 잡아 걸음을 늦추게 만들었다.

이따금 밑에서 소곤거리는 소리, 숨어 있는 존재들의 숨죽인 대화 소리가 들려오는 것 같았다. 누군가 그에게 말을 걸려고 했지만, 그런 말들의 의미는 사라져 버렸다. 마치 그의 정신이 가는 체로 변해 버려 더 이상 어떠한 말의 의미도 담아 둘 수 없는 것 같았다. 그들의 말은 그저 이해할 수 없는 소리에 불과했다. 황무지를 지배하는 신들의 잔인함에 대항하기 위해 지르는 비명 같은, 원시적인 상태로 돌아간 언어에 불과할지도 몰랐다.

이 황무지가 죽은 자들의 땅이기 때문이었다. 모든 것이 사라지는 곳.

그는 아주 오래 전부터 걸어온 것처럼 피곤했고 이 여행이 언제 시작되었는지조차 알 수 없었다. 하지만 누군가 그보다 먼저 이 길을 가고 있는 것은 확실했다. 굽잇길에서 가끔씩 어떤 그림자가 나타났다가 금방 사라지곤 했다. 있는 힘을 다 끌어 모아서 그 그림자를 따라잡기 위해 걸음을 재촉해보긴 했지만 그림자는 그의 눈앞에서 계속 사라져 버려서 둘을 갈라놓는 거리는 메워질 수 없을 것만 같았다.

마지막 굽잇길을 지나고 나자 길이 곧게 펼쳐졌고 청동으로 만든 양문이 달린, 거대한 피라미드 앞까지 이어졌다. 마침내 여기까지 오는 동안 그보다 앞에 걸어갔던 인물을 또렷하게 볼 수 있었다. 귀족적인 외모의 남자가 커다란 용이 지키고 있는 피라미드의 문에 두려움 없이 다가가고 있었다.

남자는 엄숙한 제스처로 용 앞에서 한 손을 들었다. 남자의 입이 열리는 것이 보였고 그의 입에서 천둥 소리 같은 말들이 터져 나왔다. 피코는 자기 발밑의 땅이 격렬하게 흔들리는 것을 느꼈다. 그와 동시에 전대미문의 목소리가 훑고 지나간 피라미드도 똑같이 진동했다. 문이 떨리기 시작했고 청동의 양문이 우지끈 소리와 함께 바닥으로 떨어져버렸다. 그러자 남자가 피코 쪽을 돌아보며 그를 불렀다.

피코가 겨우 눈을 떴다가 심한 통증 때문에 신음하며 다시 눈을 감아버렸다. 바닥의 나무판들을 손으로 짚어 방안에 휘몰아치는 소용돌이에 저항하면서 그를 압도하는 현기증과도 싸워보려고 했다.

그는 자신이 바닥에 누워 있다는 것을 알아차렸다. 그리고 서서히 주변 사물들의 움직임이 멈춰질 즈음 목 주변에 날카로운 통증이 느껴졌다. 뭔가가 그를 공격한 게 틀림없었다. 그는 비틀거리면서도 일어나 보려고 애썼다. 이를 악물며 테이블 모서리를 움켜쥐었다. 그 사이 그의 머릿속에 떠오르는 마지막 말, 메나헴의 혼란스러운 목소리를 떠올려 보려고 애썼다…… 그런데 유대인은 어디로 갔을까?

창문으로 대낮의 햇살이 들어왔다. 그가 의식을 잃은 뒤로 몇 시간이 흘렀다는 표시였다. 작은 방안에 있는 피코가 자신의 위치를 확인하기에 충분한 빛이었다. 또한 그가 힘들게 정신을 차린 그 지점에서 멀지 않은 방바닥에 쓰러져 있는 다른 육체도 선명하게 비춰 주었다.

메나헴 할레비는 자신의 목소리로 자랑스레 불러내려고 애썼던 그 혼령들 속으로 내려간 것이다. 풀젠테와 인쇄공을 그곳으로 끌고 갔을 때와 똑같은 잔인함에 의해 그 역시 그 속으로 떠밀렸던 거야, 피코가 메나헴의 시신 위로 몸을 숙이며 씁쓸하게 생각했다. 유대인의 겉옷은 가느다란 칼자국에 찢겨져 있었고 피가 살짝 묻은 옷 가장자리에 그의 심장을 찢어 놓은 칼날이 튀어나와 있었다. 단 한 번의 날쌘 공격을 받은 유대인은 자신의 정신이 무너지기 전 비명 한마디 지르지 못한 게 틀림없었다.

피코는 혹시 살인자의 흔적이 남아 있지 않은지 주위를 둘러보았다. 하지만 아무것도 보이지 않았다. 메나헴을 살해한 사람은 방안에 있는 어떤 물건도 건드리지 않을 정도로 침착했다. 깨지기 쉬운 유리병들도 선반 위에 질서정연하게 놓여 있었고 문서와 책들은 조금의 흐트러짐도 없이 여전히 주인의 손길을 기다리고 있는 것 같았다. 없어진 게 전혀 없다고 확신할 수 있었다. 유대인의 목숨 말고는. 그러니까 살인범이 가져가고 싶었던 것은 바로 유대인의 목숨이었다. 피코가 살아 있는 것으로 보아선 이것뿐이었다.

다시 현기증이 몰려왔다. 시체 옆의 바닥에 앉았다. 죽은 유대인의 또렷한 옆모습이 대리석 같았다. 대체 왜 살해된 것일까, 피코는 구역질을 참으려고 애쓰며 자문했다. 살해되는 사람들은 뭔가를 가지고 있기 때문에 혹은 무엇인가를 알고 있기 때문에 목숨을 잃는다. 살인자가 가져간 게 아무것도 없는 것을 보면 유대인이 죽임을 당한 이유는 그가 알고 있는 비밀 때문일까? 메나헴이 알고 있고 누구에게도 발설해서는 안 되는 어떤 것?

빙빙 돌던 방안이 다시 제자리를 찾았다. 그제야 피코는 자신이 얼마나 위태로운 상황에 처했는지를 알게 되었다. 그는 살해된 남자의 집에 혼자 있었다. 곧 누군가 이 집의 문을 두드릴 수 있었고 그를 의심할 수 있었다. 당장 이곳을 떠나야만 했다.

그는 불쾌감을 이겨내며 문 옆으로 가서 누군가 잠복하고 있는지 확인하기 위해 문에 난 좁은 틈으로 밖을 슬쩍 내다본 뒤 조심스럽게 문을 열었다. 사람의 모습은 보이지 않았다. 지난밤 떠들썩했던 시장의 흥분된 분위기도 자취를 감추었다. 피코는 살며시 밖으로 나가 좁은 골목길을 걸어갔다.

피코는 테베레 강에 빠져 더러워진 수도복을 누군가 눈여겨보지 않길 바라며 어깨를 움츠리고 힘들게 걸어갔다. 기절할 것 같았지만 다행히 조금 걸어서 가자 그가 알고 있는 신전의 잔해들이 자리 잡은 광장으로 길이 이어졌다. 판테온이 그 근처에 있었다. 그리고 판테온 옆에 그가 지금 가장 원하는 피신처인 여관이 있었다.

그는 걷잡을 수 없이 몸을 떨며 남아 있는 길을 걸어 여관에 도착했다. 이를 덜덜 떨었다. 가끔씩 온몸이 불덩이처럼 확 뜨거워지는 것을 느꼈고 옷은 딱딱해져서 차디찬 또 다른 피부처럼 몸에 붙어 있었다. 그는 마지막 계단을 겨우 올라가서 비틀거리며 자신의 침대가 있는 곳으로 갔다. 그러고는 기진맥진하여 침대에 몸을 던졌다.

요동치는 물 위에서 흔들리는 것 같은 느낌에 온몸을 맡긴 채 눈을 감았다. 그 사이 그의 귀로 밀려들어오는 윙윙 소리가 최근 들었던 말들과 이미지들에 뒤섞였다. 침대 옆에 있는 이불을 집어서 적어도 이 순간만은 세상에서 몸을 피해볼 수 있길 바라면서 머리까지 끌어올렸다.

온기가 온몸으로 흘러들면서 안도감도 함께 전해지는 것을 서서히 느꼈다. 하지만 회오리같이 몰려드는 생각은 서서히 사라지기는 커녕 더욱 격렬하게 요동치기만 했다. 마치 무의식의 문턱에서 그의 내면에 있는 무엇인가가 있는 힘껏 저항을 하며 꿈과 현실 사이에서 균형을 유지하려고 애쓰고 있는 것 같았다. 탑이 공격당하던 광경, 지하로 도주하던 광경, 죽음으로 굳어버린 메나헴의 시신이 환상 속에서 더욱 강렬한 다른 이미지들과 뒤섞였다. 눈부신 이미지들이었다.

시스티나 예배당에 숨어 있던, 그가 본 완벽한 자태의 여인의 모습을 아무리 떨쳐 버리려고 해도 계속 또 다른 단편적인 사건들과 뒤섞였다. 그가 온힘을 다해 거부했지만, 믿어지지 않는 아름다운 모습이 기억 속에 생생하게 되살아나자 그녀가 정말로 시모네타가 환생한 것일 수도 있다는 의심이 다시 그를 사로잡기 시작했다.

그때 문을 두드리는 소리가 들렸다. 그가 대답을 하기도 전에, 지저분한 얼굴의 젊은 여자가 보였다. 여자는 김이 나는 수프 그릇을 손에 들고 있었다.

"아버지께서 손님이 기운을 차리시게 뭐든 갖다드려야 한다고 말씀하셨어요. 아버지는 손님이 이 집에서 편히 지내시길 원하세요. 손님 여행이 만족스러우시도록요."

피코의 말을 기다릴 것도 없이 처녀가 앞으로 나왔고 어둠 속에 숨어 있던 동생이 뒤따라 들어왔다. 어린 처녀는 소리 없이 걸었는데, 더욱 불룩해 보이는 배의 무게 때문에 살짝 뒤로 몸을 젖혔다.

피코가 처녀의 배에 살짝 손을 댔다. 따뜻한 배 안에서 지금 형체가 만들어지고 있는 새 생명의 긴장과 움직임이 느껴졌다. 이제, 이 가엾은 두 여자 앞에서, 플라톤이 강조했던 비너스의 위대한 두 기능의 충돌이 잔인할 정도로 분명하게 드러났다. 에로스의 힘이 뚜렷하게 펼쳐졌다. 자연은 종의 생존에 필수적인 무한한 결합을 위해서 체액과 욕망들이 가하는 폭력과 혼돈을 선택했다. 도달하기 어려운 이데아들의 세계는 질서와 불모 속에 숨겨져 있었고, 상아의 장벽과 같은 신비한 여인의 닿을 수 없는 아름다움으로 가로막혀 있었다.

“정말 아무것도 원치 않으세요?”

언니가 그의 손을 잡아 자신의 가슴으로 당기며 말했다.

피코가 고개를 저었다.

“마녀에게 손님의 욕정이 되돌아오게 하는 약초를 달라고 했어야 해요.”

그녀가 이렇게 투덜거려 피코는 웃음을 터뜨리고 말았다. 그러자 언니는 실망한 듯 어깨를 으쓱하며 동생을 끌고 밖으로 나갔다.

식사를 하면서 피코는 다시 생각에 빠졌다. 알베르티가 정말 헤르메스의 책을 가지고 있었다면 그가 죽고 난 뒤 누가 그 책을 갖게 되었을까? 수많은 사람들이 그 책 이야기를 들은 것 같지만 실제로 그 책이 어디 있는지 아는 사람은 아무도 없는 듯했다. 코시모가 소유하게 된 필사본이 단 한 권일 리는 없었다. 적어도 다른 한 권이 더 있었고, 그것은 인쇄소에서 사라졌다. 어쩌면 세 번째 필사본이 한 권 더 있어서 다른 사람이 의식을 거행하는데 이용했을 수도…… 피코는 고개를 절레절레 저었다. 그의 몸을 차지하려고 싸우던 열이 승리를 거두어 갈 즈음 그는 세 번째 필사본이 있을 가능성에 대해 생각하기 시작했다. 마르실리오가 보았다던, 코시모가 가지고 있던 책이 바로 오르페우스 의식서라는 것은 가정일 뿐이었다. 어쨌든 아무도 그것을 가지고 있는 것 같지는 않았다.

건축가가 어떤 종말을 맞았는지를 아는 사람은 아무도 없는 듯했다. 서기가 했던 말, 산타고스티노 성당에 묻혔다고 했던 말이 생각났다. 여전히 몸에서 열이 나기는 했지만 음식과 잠깐 동안의 휴식으로 그의 몸은 기운을 되찾았다. 피코는 새로운 생각에 사로잡힌 채 벌떡 일어나 여관 주인을 찾아 밖으로 나갔다.

여관 주인은 짐 마차꾼과 실랑이를 하고 있었다. 짐 마차꾼은 여관 주인에게 뭔가를 전달해야 하는 것 같았는데, 지금 한창 그 가격을 놓고 열띤 입씨름을 하는 중이었다. 피코가 다가오는 것을 보자 여관 주인이 갑자기 목소리 톤을 낮췄고 짐 마차꾼은 자기 모습을 보이고 싶지 않은 듯 벽 쪽으로 돌아섰다. 피코는 일부러 그 광경을 못 본 체하고 여관 주인에게 산타고스티노 성당이 어디 있는지 물었다.

"산타고스티노 성당요? 멀지 않습니다. 영혼의 힘을 되찾고 신앙심의 불씨를 키울 수 있는 훌륭한 곳이지요. 구원을 찾는 순례를 하신다면 빼놓지 않도록 신경 쓰셔야 합니다. 그런데 지금은 그리 좋은 때가 아닌 것 같습니다."

"왜요?"

"그 성당을 운영하는 수사들이 성당을 좀더 확장하기로 결정했습니다."

여관 주인이 한쪽 눈을 찡긋하며 대답했다.

"대리석으로 성당을 확장하고 재건축하느라 성당을 수탉 배 가르듯 다 파헤쳐놓았습니다요. 필요할 경우 콜로세움에서 석회암을 좀 떼어다 쓸 수 있게 식스토 교황의 허락도 얻었다고들 하던데요. 그곳에 가시고 싶습니까? 나보나 광장을 따라가십시오. 광장 끝에서 오른쪽으로, 토르 산귀냐 가 쪽으로 가십시오. 금방 성당을 찾으실 수 있을 겁니다. 수사들보다 석수들이 더 많으니까요."

산타고스티노 성당

피코는 밖으로 나와 여관 주인이 알려준 방향으로 갔다. 그 시간의 판테온 광장에는 보통 때처럼 다양한 물건들을 사고파는 사람들로 활기를 띠었다. 두 개의 기둥에서 주랑 안쪽의 신전 입구 양쪽으로, 축제를 알리는 색색의 천으로 된 긴 띠들이 걸려 있었다. 그리고 로마 시대 신전 옆으로 문을 연 가게들에서는 행인들에게 팔려고 내놓은 튀긴 고기들과 약초들의 강렬한 냄새가 코를 찌를 듯 흘러나왔다.

다시 차갑고 메마른 북풍이 불어왔다. 거센 돌풍에 땅에서 흙먼지가 올라와서 작은 회오리를 일으키며 빙글빙글 돌다가 문과 부식된 벽에 부딪혀 흩어졌다. 하늘에서는 구름이 빠르게 흘러갔는데, 비를 머금은 시커먼 긴 구름들로 석양녘의 해를 둥글게 에워쌌다.

이따금 바람이 거리의 냄새마저 없애버릴 정도로 강하게 불어왔다. 그럴 때면 인간의 흔적이 전혀 없는 돌과 대리석이 로마의 주인으로 되돌아온 것 같았다.

하지만 이런 좋지 않은 상황에서도 사방이 축제 분위기였다. 판테온 모퉁이에 세워진 화려한 색으로 칠한 마차를 에워싸고 모여 있는 한 무리의 사람들이 피코의 관심을 끌었다. 펄럭이는 천이 마차의 발판을 덮고 있었다. 그리고 마차의 가장자리 한쪽이 뒤집혀져 즉석에서 만든 일종의 무대 같은 것으로 변해 있었다. 몇몇 곡예사가 모여 있는 사람들에게 열심히 공연을 보여주는 중이었다. 피코는 그 쪽으로 몇 발짝 움직였다. 이집트인들의 마차라는 것을 금방 알 수 있었다. 미네르바 성당의 정면이 멀리, 판테온 근처 포도밭을 따라 둘러쳐진 담 너머로 나타났고 더 앞쪽으로는 여관 주인이 말했던 로마 시대의 유적지가 언뜻 보였다.

그 순간 배우들이 무슨 공연을 하는지 보고 싶은 호기심이 원래의 목적보다 훨씬 더 커졌다. 그는 모여 있는 사람들에게로 다가가서, 사람들의 항의를 무시한 채 팔꿈치로 사람들을 밀치고 맨 앞줄로 갔다. 피코가 알고 있는 이국적인 화려한 옷을 입은 키 큰 남자가 작은 무대 위에서 이상한 언어로 사람들에게 열변을 토하는 중이었다. 이해할 수 없는 말들 투성이인 그의 연설은 바람 속으로 흩어졌다. 남자 옆에 가냘픈 청년이 꼼짝하지 않고 서 있었다. 알파벳 글자와 비슷한 검고 작은, 알 수 없는 기호들이 얼굴에 표시되어 있었고 마치 잠을 자고 있는 것처럼 눈을 감고 있었다.

공작이 잠자고 있는 청년에 대해 뭔가 말을 하고 있었는데, 그의 연설을 사실상 알아들을 수 없었는데도 공연을 기다리고 있는 사람들은 크게 당황하는 것 같지 않았다. 피코는 우연히 옆에 있는 두 남자의 이야기를 들을 수 있게 되었다. 두 남자는 이 공연을 이미 본 적이 있는 게 틀림없었다. 한 남자가 "이집트 마법"을 칭찬하자 다른 남자가 고개를 끄덕이며 대꾸하더니 마차에서 내려올 수도 있을 무엇인가로부터 몸을 보호하기라도 하듯 성호를 그었다. 하지만 그 후 폭포같이 쏟아지는 말들 이외에는 아무것도 마차에서 나타나지 않았다. 피코가 다시 가던 길을 계속 가려고 할 때 무대에 있던 남자가 금색의 장식술이 달린 초록색의 큰 천을 집어 그것을 청년에게 던지자 청년이 시야에서 완전히 사라져 버렸다.

공작이 하늘에 자비로운 힘을 내려달라고 기도하듯 두 팔을 벌렸다. 그러더니 두 손으로 천을 훑기 시작하면서 천 밑으로 청년의 몸을 살짝 어루만졌다. 청년의 몸은 바람이 불 때마다 그 윤곽이 드러났다. 한참 동안 손으로 계속 천 위를 매만지다가 단호한 동작으로 천의 끝자락을 들추더니 그것을 찢어버렸다. 청년은 사라지고 없었고 군중들은 한 목소리로, 감탄과 공포가 뒤섞인 탄성을 질렀다.

예상치 못한 그런 행동에 피코도 깜짝 놀라 움직일 수가 없었다. 주변에 모인 누더기를 걸친 사람들보다 더 어수룩하게 입을 벌린 채 꼼짝을 하지 못했다. 무대 한가운데 혼자 서 있는 공작이, 방금 자신이 보여준 마술의 효과를 의식하고 개선장군처럼 주위를 둘러보았다. 군중들을 한쪽 끝에서 반대쪽으로 쭉 훑어보았다. 그러다가 잠시 그의 시선이 피코의 눈과 마주쳤다. 피코는 공작의 눈에서 어떤 빛이 번개처럼 번득이는 것을 본 것 같았다. 공작의 눈길이 곧 피코를 지나갔다. 하지만 공작이 군중들 속에서 자신을 찾고 있는 것 같은 느낌을 잠깐 받았다. 공연은 어떤 의미에서 보면 피코를 위해 준비된 것일 수도 있었다.

공작이 사람들에게 만족스레 고개를 숙여 인사를 한 뒤 한 걸음 물러섰다. 그리고 마차 위에 덮여 있던 천막이 밑으로 내려와서 그도 시야에서 사라졌다.

주위의 사람들이 공연에 대해 각자 이야기를 하며 흩어지는 사이, 피코는 잠시 더 그 자리에 꼼짝 않고 서서 방금 자신이 본 것에 대해 생각했다. 그는 그 사건을 설명해 줄 수 있는 여러 가지 가정들에 골몰해 있었다. 청년은 어떻게 사라진 것일까? 어스름한 초저녁의 그림자들이 주변에 길게 드리워지고 있었지만 무대는 길모퉁이들에 켜놓은 몇몇 횃불들 덕택에 상당히 밝아서 단순한 환각일 수도 있었다는 가능성은 배제해야 했다. 환각이 아니었다. 청년은 정말 천에 덮여 있었고 천에 드러나는 그 윤곽을 또렷이 보았다.

피코는 청년이 이집트인들이 정통했다고 알려진 어떤 마법에 의해 정말 사라졌을 가능성을 잠시 생각해 보았다. 하지만 화가 나서 그런 생각을 곧 지워버렸다. 그의 스승 루크레티우스가 성난 눈을 하고, 자신의 시에서 언급을 피했던 신들과 그들의 기적을 가리키며 고개를 젓는 것을 본 것 같은 기분이 들었다. 틀림없이 논리적으로 설명할 수 있을 것이다. 그리고 유일한 설명은 청년이 아직 그곳에 있는데 마법이 아니라 속임수에 의해 눈에 보이지 않았으리라는 것뿐일 것이다. 그의 몸 위에 천이 덮였을 때, 가려진 구멍을 통해 마차 안으로 미끄러져 들어간 게 틀림없었다. 그리고 무엇인가가 천이 내려앉지 않게 지탱해주고, 그가 사라지는 동안 천 속에 사람의 몸이 있는 것처럼 눈속임을 할 수 있게 모양을 만들어 주었을 것이다.

그런데 무엇으로 그렇게 했을까? 공작은 급히 천을 한 아름 끌어안아서 마차 안에 그것을 던졌다. 눈앞에 나타날 수 있는 모든 장애물들을 피해 현장을 빨리 정리하고 싶어 하는 것처럼.

피코는 잠시 마차에 뛰어올라 공작과 대면해 보고 싶은 유혹을 느꼈다. 하지만 갑작스러운 수치심이 그를 제지했다. 그것은 공작의 목표가 어떤 것이든, 그의 도전을 받아들인다는 의미일 수 있었다. 피코는 자신의 목적지를 향해 가던 길을 계속 가기로 결정했다.

주변에 세워둔 짐수레들과 쌓아둔 건축자재들을 지나서 마침내 성당에 도착했다. 성당 안에 들어서자마자 성스러운 장소의 어슴푸레함 속에 빠지는 대신 성당 끝에서 비치는 환한 빛에 눈을 뜰 수가 없었다. 성당의 후진(성당의 동쪽에 반원형으로 내민 부분)이 완전히 제거되어 있었고 그 빈 공간으로 옆 수도원의 담벼락이 보였다. 수도원은 뜰에서 자라는 나무들과 과수원의 나무들 속에 파묻혀 있었다. 피코는 자신의 주변에 있는 모든 것들에서 현재 진행 중인 재건축의 흔적들을 발견할 수 있었다. 들보로 만든 발판들이 트러스 천장이 있던 곳까지 닿아 있었고 돌과 벽돌들이 사방에 뒤죽박죽으로 놓여 있었다. 본당의 양쪽 통로들도 지나갈 수가 없었다. 딱 한 지점만이 원래 상태로 보존되어 있었는데, 그곳은 작은 예배당으로 석관이 높이 자리 잡고 있었다.

그가 어느 쪽으로 가야 할지 몰라 하며 주위를 둘러보고 있을 때 수도원 회랑으로 통하는 작은 틈으로 일상 수도복을 입은 남자가 들어왔다. 피코는 그 남자 쪽으로 걸어갔다.

"여기가 산타고스티노 성당 맞습니까?"

피코가 물었다. 수사가 걸음을 멈추고 고개를 끄덕였다.

"얼마 후면 로마 시내에서 가장 웅장한 대성당이 될 겁니다."

수사가 자랑스럽게 대답했다.

"다음 성년(聖年, 가톨릭에서 특별한 대사(大赦)를 베푸는 해. 1470년부터 25년마다 성탄절에 교황이 성 베드로 대성당의 문을 열고 특별한 대사를 베푼다)까지는 작업이 끝날 겁니다. 위대한 성인의 어머니를 경배하고 싶으십니까?"

홀로 있는 석관을 가리키며 덧붙였다.

"물론입니다. 그런데 이곳에 누워 있는 인간의 무덤에도 경의를 표하고 싶습니다. 이 성당에 건축가 레온 바티스타 알베르티의 유해가 안치되어 있다는 말을 들었습니다."

"레온 바티스타 알베르티라…… 그의 무덤을 찾으시는 겁니까? 그렇습니다. 당신 발밑에 있습니다."

수사가 잠시 생각을 해본 뒤 대답했다. 피코가 아래를 내려다보았다. 그리고 자신이 밟고 있는 사각형을 보았다. 그것은 남아 있는 마름모꼴 무늬의 바닥에서 겨우 구별이 되었다. 먼지와 파편들로 인해 그것은 특징 없는 돌조각으로 변해 버려, 좁은 변에 새겨진 비문의 흔적만 겨우 알아볼 수 있었다. 피코는 자기가 밟고 있는 그 비석이 불에 달구어지기라도 한 듯, 본능적으로 옆으로 한 발 비켜섰다. 초라하고 잊혀진 그 보잘것없는 무덤에 대한 죄의식이 그를 사로잡았다. 살아서 명성을 누렸고, 이탈리아 전역에 있는 뛰어난 지성들의 존경을 한몸에 받았던 남자가 꽃 한 송이 없이, 아니 지상에 그가 다녀간 흔적을 기억해 줄 촛불 하나 없이 거기 누워 있었다. 그리고 얼마 후엔 돌에 새겨진 이 글자마저도 아무것도 모르는 순례자들의 발길에 지워지고 말 것이고 어쩌면 그의 이름도 이 세상에 존재하지 않았던 것처럼 사라져 버릴지도 모른다. 물론 그에 대한 기억은 그의 작품 속에 살아남아 수세기에 걸쳐 오랫동안 찬양될 것이다. 하지만 그가 겪은 말년의 고통과 고독은 조금도 기억되지 않을 것이다.

"무례한 행동을 한 게 아닌지 염려하지 않아도 됩니다."

피코의 동작을 본 수사가 말했다.

"이 밑에는 아무것도 없습니다."

"아무것도 없다니요? 시신이 없다는 말씀입니까? 하지만 비문이 있는데요?"

피코가 단호하게 대답했다. 몸을 숙이고 돌에 새겨진 글씨를 읽을 수 있도록 손가락으로 파편들을 쓸어냈다. 건축가의 이름이 나타났고 바로 옆에 출생과 사망년도가 간단히 새겨져 있었다. 그가 파인 홈을 둘째손가락으로 훑었다. 마치 수사에게 자신의 말을 다시 확인시키려는 듯이.

노수사가 고개를 저었다.

"내 말을 믿으세요. 아무것도 없습니다. 작업을 시작하기로 결정했을 때, 본당의 무덤들은 이장을 하기 위해 모두 열려졌어요. 그런데 이 무덤은 비어 있었습니다. 그러자 내 선임으로 관리 업무를 맡았던 미르토 수사가 망자의 바람을 존중해서 시신이 이장되었을 거라고 말했어요. 그러면서 매장을 할 때 알베르티라는 사람이 파도바의 델 산토 대성당에 묻히고 싶어 했다는 말을 들었다고 했어요. 그리고 아마 그렇게 되었을 겁니다."

수사가 어깨를 으쓱하면서 결론을 내렸다.

"친척이십니까? 비석을 가져가고 싶으십니까?"

피코가 일어났다.

"아닙니다. 저는 모르는 사람입니다. 그런데 이 유해를 매장할 때 누가 그 일을 했습니까?"

"지금부터 10년 전이었나?" 수사가 대리석에 새겨진 글자를 보며 중얼거렸다.

"아까 말했지만, 다른 관리 수사가 있었습니다."

"그 미르토 수사라는 분은 아직 살아 계십니까?"

피코가 긍정적인 대답을 기대하지 않으면서 물었다. 하지만 그의 예상과는 달리 노수사가 고개를 끄덕였다.

"예, 90세에 접어들어서 하느님께 돌아가실 날이 얼마 남지 않았지만요."

"그분과 이야기를 좀 해 볼 수 있을까요?"

피코가 기운이 나서 물었다. 수사가 애매모호한 눈으로 피코를 보았다.

"그분은 기운이 너무 없고 이미 정신도 온전치 않습니다. 당신에게 무슨 도움이 될 만한 말을 할 수 있을까요?"

"부탁입니다, 수사님! 이건 정말 중요한 일입니다! 저는 이 남자에게 경의를 표하러 피렌체에서 여기까지 왔습니다."

"그러시죠. 당신에게 아주 중요한 일 같아 보이니까. 산타고스티노 수사들이 찾아온 순례자를 교회 문 앞에서 돌려보낼 수는 없는 일이니까요. 오시지요. 미르토 수사는 이제 하루 종일 자신의 방 침대에 누워 운신을 못하십니다."

수사가 무너진 후진 쪽으로 피코를 안내했다. 그리고 거기서 회랑을 통해 성당 옆의 수도원 문까지 갔다. 좁은 계단을 올라가 2층 복도를 지나 작은 방문 앞에 도착했다. 수사가 가볍게 노크를 하고 문을 열었다.

피코는 수사가 노인과 몇 마디 주고받는 것을 들었다. 잠시 뒤 수사가 피코에게 들어오라고 권했다. 방은 복도보다 조금 더 컸는데 벽에 붙여 놓은 침대가 방을 거의 다 차지하고 있었고 그 위 벽에는 소박한 나무 십자고상이 걸려 있었다. 반대쪽의 좁은 창문으로 빛이 스며들어왔는데, 짚 매트리스 침대 위에 누워 있는 노인의 유리 같은 얼굴 윤곽이 겨우 드러날 정도로 희미했다. 얼굴을 감싼 흰 수염이 길게 시트까지 내려와서 하얀 시트와 수염이 구별이 되지 않았다.

"형제님, 이 젊은이가 형제님과 이야기를 하고 싶답니다."

여기까지 피코를 데려온 수사가 말했다. 노인이 문 쪽으로 돌아누우며 백내장으로 뿌옇게 흐려진, 물기 많은 눈을 피코에게 돌렸다. 주름에 뒤덮인 얼굴에 의아한 표정이 떠올랐다.

"10년 전, 수사님께서 수도원 관리 임무를 맡고 계실 때 레온 바티스타 알베르티라는 사람이 교회에 묻혔습니다. 기억이 나십니까?"

피코가 물었다.

노인이 눈을 돌렸고 다시 멍한 표정으로 돌아갔다. 하지만 곧 뜻밖에도 얼굴이 환해지는 것 같았다.

"레온 바티스타…… 피렌체 사람……"

"기억나십니까?" 피코가 초조하게 물었다.

"그럼…… 기억하오. 자주 왔었지요…… 하지만 기도를 하러 온 건 아니오."

그가 슬픔이 묻어나는 목소리로 중얼거렸다.

"그는 이 주변에 있는 고대 성벽들과 네로가 건설한 욕장을 연구했소."

"그가 죽었을 때 누가 매장을 했습니까?"

"한 사람뿐이었소. 연구를 같이 하던 동료라고 했소. 나폴리에서 온 학자였지요."

"이름은 말하지 않았습니까?" 피코가 재촉했다.

"아마 말했겠지만 기억이 나지 않는구려. 키가 크고 머리를 어깨까지 길게 기른 남자였는데……"

페르페티의 모습이 머리에 떠올라 피코는 움찔했다. 그 옛날 아카데미아 회원들 중에 살아 있는 마지막 회원이 그인 게 확실했다. 피코가 다시 질문을 하려고 했지만 노인의 얼굴에 극도로 피로한 흔적이 다시 나타났다. 노인이 눈을 감았고 머리를 다시 침대에 댔다. 잠이 든 것 같았다. 자신이 보는 눈앞에서 숨을 거두는 게 아닌지 피코가 잠시 겁을 먹을 정도로 그렇게 깊이 잠든 것 같았다. 가느다란 숨소리만이 노인이 아직 살아 있다는 것을 증명해 주었다.

조용히 그 광경을 지켜보던 다른 수사가 급히 피코의 어깨에 손을 올려놓았다.

“가시지요. 미르토 수사님은 이제 아무 대답도 해 줄 수 없을
겁니다.”

피코가 문 쪽으로 걸어갔다. 그런데 문 앞에 이르렀을 때 침대
에서 다시 노수사의 가느다란 목소리가 들려왔다.

“한참 뒤에 그 사람을 다시 봤소. 무덤에서 시신을 다시 꺼낸
건 바로 그 사람이오.”

“그 사람이요?”

피코가 놀라서 외쳤다.

“언제 말입니까?”

하지만 노수사는 다시 침묵 속에 빠져들었다.

이시스 신전 근처에서

그러니까 레온 바티스타 알베르티의 장례식을 맡은 게 바로 페르페티였다. 그리고 그 시신을 사라지게 한 사람 역시 페르페티가 확실했다. 그런데 대체 왜? 터무니없는 생각이 떠올랐다. 혹시 광기에 사로잡힌 건축가의 추종자들이 사랑의 꿈에 계속 젖어 아름다운 시모네타만을 죽음에서 불러내려는 시도를 한 것이 아닐 수도 있지 않을까? 혹시 그들의 스승에게도 그것을 시도해보지는 않았을까?

잠시 그의 신념 체계가 흔들리기 시작했다. 아니야, 자연은 규칙을 따르며 특정한 시기를 위해 생명을 창조하지, 그가 속으로 생각했다. 그때를 위해 형식은 모든 존재의 논리에 따라 진보를 하며 바로 자신의 완성을 향해 가게 된다. 돌은 더욱 단단해지고, 그 무게는 다른 무게 있는 것을 유혹하게 된다. 살아 있는 육체는 성장하고 세월 속에서, 사물에서 발산되는 미세한 원자들의 묶음을 흡수하게 된다. 그리고 이 묶음들은 그 육체의 영혼에서 발산되는 더 미세한 띠들과 뒤섞여 그것을 보완해서, 영혼을 성숙하게 만들고 더욱 지혜롭게 만든다. 그런 다음 긴 포물선의 정점에서 연결된 힘이 서서히 약해지기 시작해서 허공 속으로 수직으로 떨어지면서 전체적으로 추락하는 다른 모든 사물들과 정렬하려는 경향이 있다. 그리고 원자들은 우리 기억의 가장 예민한 것에서부터 서로 멀어지기 시작하고 처음에는 짧은 시간 우리의 뇌리에 새겨졌던 이미지들부터 흩어진다. 개별적인 존재를 탄생시켰던 거대한 자연의 노력은 현기증 나는 추락에 압도당하게 되고 그러다가 마지막으로 갈기갈기 찢기며 우리 존재는 무로 되돌아가게 된다. 그렇게 우리들 각자는 너무 늦게 찾아온 죽음을 비웃으며 사라지게 된다.

그렇지만 그런 인간들 중 누군가의 꿈이 이 지구 위에서 실현되기 시작했다. 피코는 정말 그들이 고대의 마법을 이용해서 모험에서 성공을 했는지, 알베르티 본인이 삶의 길을 다시 찾았을지를 자문해 보면서 전율했다. 그가 만났던 남자들의 모습들을 초조하게 머릿속에 떠올려보았다. 그 남자들 중에 혹시 위대한 건축가가 있었던 것은 아닐까? 이제야 피코는 자신이 건축가의 얼굴을 한 번도 본 적이 없다는 것을 알아차렸다. 그런데 혹시 그가 이미 건축가를 만났던 것은 아닐까? 그가 만난 사람들 중의 한 사람이었을까?

그는 이런 생각을 몰아내려 애썼다. 하지만 위험한 나무좀벌레처럼 그 생각이 자신의 마음 속에 이미 어떤 식으로든 똬리를 틀고 있다는 것을 느낄 수 있었다.

아마 이런 생각에서 자유로워질 수 있는 유일한 방법은 직접 페르페티와 대면해서 그가 어떤 목적으로 그런 이상한 행동을 했는지 그의 입을 통해 직접 듣는 것일 것이다. 페르페티는 미네르바 위쪽 산타 마리아 성당에 인접한 수도원에 묵고 있었다. 인문주의자가 평소의 습관대로 이시스 신전의 유적지들 연구에 몰두하며 자신의 여가 시간을 보내고 있다면 아마 그를 만날 수 있을 것이다.

거리에 북적이는 서민들 중에서 그래도 교양이 있어 보이는 행인에게 길을 물었다. 운이 좋았다.

"미네르바요? 알죠. 고대 신전이 있는 곳이지요. 여기서 그렇게 멀지 않습니다. 판테온을 따라 골목길로 다시 올라가서 왼쪽으로 구부러지십시오. 고대 신전의 잔해들과 피라미드들을 볼 수 있을 겁니다, 예전에는 거기에 문이 있었지요. 그곳을 지나자마자 미네르바 성당과 수도원이 있습니다."

다시 무엇인가가 그를 판테온 쪽으로 인도했다. 시에나에서 마테오 코르노가 그에게 말했듯이, 정말 그 고대의 신전 주변에서 로마에 있는 지하의 길들이 모두 만나는 것처럼 말이다.

하늘이 어두워지고 있었다. 잠시 후 저녁의 어둠이 내려 거리는 텅 비게 될 것이다. 아마 수도원 방에서 페르페티를 만나게 되겠군, 피코는 이렇게 생각하면서 캄포 마르치오를 향해, 조금 전 지났던 길을 성큼성큼 다시 걸어가기 시작했다. 나보나 광장을 지나면서 이집트인들이 그 총천연색 마차와 함께 사라져 버린 것을 발견했다. 할 일 없는 사람들이 몇몇씩 무리를 지어 남아 있었고 여인 둘이 분수에서 열심히 큰 항아리에 물을 긷고 있었다. 축제 분위기는 차가운 바람에 쓸려 완전히 사라져 버렸고 성난 바람에 작은 흙먼지 회오리가 일었다.

"곡예사들은 어디 있습니까?"

피코가 분수가에 게으르게 기대서서 물 긷는 한 여자와 농담을 나누고 있는 남자에게 물었다.

"떠났소. 곡예사들은 한 곳에 오래 머무르는 법이 없잖소."

남자가 거드름을 피우며 대답했다.

피코는 판테온 쪽으로 계속 걸어갔다. 상인들의 가판대와 조그만 상점들 사이로 난 길을 따라 골목길을 올라가 광장으로 갔다. 광장에는 정면을 벽돌로 만든 큰 성당이 우뚝 서 있었다. 광장 앞쪽의 땅에서 고대 건물들의 잔해들이 나타났다. 성당 자체도 그 이전에 서 있던 어떤 건물을 이용해서 만든 것이었다. 바닥에는 오벨리스크가 박혀 있었다. 그리고 수 세기 전에 부서진 스핑크스의 잔해들도 보였다.

마네토가 말했던 그 신전이 예전에 이곳에 서 있었던 게 틀림없었다. 분명 동방의 어떤 여신을, 어쩌면 신비한 이시스 여신을 위해 세웠던 신전이었을 것이다. 골목길을 돌아가는 키 큰 남자의 형체를 발견했을 때 피코는 이런 폐허들 속에서 페르페티가 뭘 찾으려는 건지 궁금했다. 피코는 페르페티의 관심을 끌어보기로 결심하고 그가 있는 쪽으로 걸어갔다. 그가 막 페르페티의 이름을 부르려고 하는 순간, 나폴리인의 등 뒤쪽에 있는 길에서 나온 가면을 쓴 한 무리의 사람들이 피코와 페르페티 사이로 끼어들었다.

그들의 농담과 웃음소리에 끌린 페르페티는 그 쪽으로 슬쩍 고개를 돌렸다. 피코가 인사의 뜻으로 한 손을 들었지만 페르페티는 피코를 알아보지 못한 것 같았다. 페르페티는 다시 고개를 돌리고 자기 등 뒤에서 벌어지는 일에 더 이상 신경을 쓰지 않고 가던 길을 계속 갔다.

가면을 쓴 사람들도 피코가 있다는 걸 알아차리지 못했다. 그들은 골목길에서 자기들보다 몇 발짝 앞서 걷고 있는 페르페티에게만 관심을 집중했다. 그런데 남자들의 행동에 이상한 점이 있었다. 그들은 모두 넷이었는데 계속 웃고 떠들어댔지만 조금 전까지의 흐트러진 자세는 더 이상 찾아볼 수 없었다. 이제 그들은 나란히 정렬해서 두 팔을 옆구리에 늘어뜨리고 있었다. 조금 전 웃고 떠들며 흐트러진 모습을 한 것은 학자에게 일부러 보이기 위한 것으로 학자가 자신들에게 등을 돌리고 있는 지금은 더 이상 필요하지 않은 듯했다.

피코는 본능적으로 걸음을 멈추고 가장 가까운 집의 벽에, 그 늘진 문에 몸을 붙였다. 그 사이 추격자들은 페르페티와 열 발자국 정도 사이를 두고 뒤를 따르다가 아무것도 눈치채지 못한 페르페티가 기둥몸체 앞에서 걸음을 멈추자 능숙하게 속도를 늦추었다.

피코는 그들의 눈에 띄지 않으려고 문 안으로 좀더 들어갔다. 문 안이 어둑어둑해서 저쪽에서 그를 볼 수 없을 게 틀림없었다. 바로 그때 피코는 그들 중 한 사람의 신호에 따라 남자들이 흩어지는 것을 발견했다. 세 사람은 옆쪽 길로 방향을 틀어 사라졌고 그들에게 명령을 내린 남자는 말없이 페르페티의 뒤를 따라 걸음을 재촉했다.

피코는 소리를 내지 않으려고 조심하면서 벽에서 떨어져 나와 앞으로 살며시 걸어 나갔다. 추격자는 상당히 떨어져 있던 나폴리인을 따라잡아서, 이제 그와의 거리가 불과 몇 발짝밖에 되지 않았다. 피코는 남자가 망토 속으로 한 손을 집어넣었다가 번득이는 뭔가를 꽉 쥐어 그것을 꺼내는 것을 보았다.

남자는 다른 한 손으로 가면을 잡더니, 성가신 것으로부터 해방되고 싶은 듯, 얼굴에서 떼어내 버렸다. 아니 어쩌면 희생자를 죽이기 바로 전에 자신의 얼굴을 드러내서 희생자에게 더 심한 모욕감을 주기 위한 것일 수도 있었다.

순간 피코는 그 남자가 연회에서 보았던 검은 머리의 스페인인이라는 것을 알게 되었다.

피코는 순간적으로 소리를 질러 위험을 알리면서 앞으로 뛰쳐나갔고 재빨리 손으로 단검을 찾았다.

피코는 어떤 계획을 생각할 시간도 없었다. 그는 본능에 몸을 맡겼는데 아마도 마음 깊은 곳에서는 무술 스승의 가르침을 떠올렸는지도 몰랐다. 하지만 믿을 수 없을 정도로 정신이 맑았다. 그의 눈은 그곳의 모든 것들을 하나도 놓치지 않았다. 그가 뛰어가고 있는 거리의 돌 하나까지도. 그리고 그가 돌진해 가고 있는 두 남자의 각기 다른 반응도 놓치지 않았다. 페르페티는 그의 고함소리에 뒤를 돌아보았고, 단검을 치켜들고 그의 쪽으로 달려오는 피코를 보고 공포에 질린 것 같았다. 그는 피코가 자신을 공격하려는 것으로 생각하는 게 틀림없었다. 피코는 페르페티가 뜻밖에도 뒤로 물러서서 낯선 남자에게 다가가는 것을 보았다. 아마 그 남자가 자신을 보호해주길 바라는 것 같았다.

단검을 든 남자는 반대로 당황한 눈으로 피코를 보았다. 피코는 순간 그의 눈에 스치는 불안감을 읽어냈다. 남자의 목표물은 바로 단검을 찌를 수 있는 위치에 완벽하게 들어와 있었다. 팔을 뻗어 페르페티의 목 쪽으로 칼끝을 대기만 하면 손쉽게 제거할 수 있을 것이다. 그러나 잠깐 망설이는 그 순간에 피코는 남자를 찌를 태세로 칼을 앞으로 곧게 내민 채, 길게 두 번 점프를 해서 그들이 있는 곳에 도착할 수 있었다.

스페인인이 지금 제일 급히 해결해야 할 문제는 바로 피코라고 결정한 것 같았다. 번개처럼 단검을 왼손으로 옮겨 쥐고 오른손으로는 망토 밑에 숨겨 두었던 장검을 뽑았다.

머리 위로 높이 들어 밑으로 내려칠 준비가 된 검이 달빛 아래에서 번득였다. 피코는 온 신경세포들이 다 떨리는 것 같은 기분이 들었다. 그와 동시에, 위험을 피하기 위해서는 누구라도 그렇게 하듯 뒤로 물러서는 게 아니라, 오히려 계속 달려들어야 한다는 맹목적인 충동을 느꼈다.

그것은 페르페티를 구해야 한다는 본능 때문이었다. 피코의 급습을 받은 남자는 너무 놀라 장검을 내리칠 시간조차 없어 단검을 겨우 가슴 부근까지 끌어올렸을 뿐이다. 그는 두 개의 검 속에 공격자를 꼼짝 못하게 가두고 위에서 내리칠 생각이었다. 하지만 피코는 자신의 격정에 끌려 단검을 든 손을 앞으로 쭉 뻗은 채 그에게 달려들었다. 남자의 단검 손잡이 부근에서 피코의 단검이 부딪치는 순간 남자의 단검이 바로 얼굴 옆으로 스쳐 지나갔다.

피코가 온 힘을 다해 그를 공격하는 동안 남자의 단검이 피코의 뺨을 스치는 것을 느꼈는데 곧 그 단검은 땅에 떨어졌다. 피코에게 제압당한 남자는 피코의 단검을 피하려고 미친 듯이 버둥거렸다. 남자는 땅에 짓눌려 움직이지 못하고 있는 다른 손에 쥔 장검으로 피코의 옆구리를 공격해보려 했다.

남자는 힘이 셌고 피코보다 몸집도 더 좋았다. 성난 말처럼 피코의 몸 밑에서 발길질을 해댔다. 곧 피코를 몸에서 흔들어 떼어내 버릴 수 있을 것 같았다. 그러면 그가 가진 무기로 싸움을 끝장낼 수 있을 것이다. 그의 옆에 앉아 이 결투의 결과를 저울로 재고 있을 게 분명한 죽음의 눈길을 자신에게 유리하게 돌리기 위해서 피코가 이용할 수 있는 시간은 몇 초에 불과했다. 그는 번개처럼 옆으로 몸을 틀어, 그의 얼굴 쪽으로 박치기를 하려고 달려드는 남자의 머리를 아슬아슬하게 피했다. 스페인인의 이마가 그의 광대뼈에 부딪힌 뒤 그로테스크한 사랑의 동작처럼 그의 얼굴을 따라 밑으로 미끄러졌다. 예리한 통증이 피코의 민첩함을 더욱 자극했다. 스페인인의 귀가 입술에 닿는 게 느껴지자 맹수처럼 날쌔게 있는 힘을 다해 그것을 물어 부드러운 귓바퀴 살을 찢어 버렸다.

남자의 비명소리와 비릿하고 미지근한 피맛이 뒤섞였다. 찢어진 살점이 이에 씹히는 게 느껴졌는데, 그 사이 스페인인은 자신을 문 피코에게서 벗어나려고 필사적으로 고개를 흔들었다. 상처 때문에 남자는 자제력을 잃고 발작하듯 움직였다.

피코는 그 기회를 놓치지 않고 단검으로 남자의 옆구리를 깊숙이 찔렀다. 고통으로 정신이 혼미해진 스페인인은 단검이 자신의 심장을 찾고 있다는 걸 눈치조차 채지 못하는 것 같았다. 두 번째로 칼을 찌르자 숨이 넘어갈 듯 신음하며 남자는 두 사람

의 머리 위쪽으로 장검을 흔들었다. 그러면서 아무렇게나 발을
버둥거렸다. 피코는 자기 밑에 있는 남자의 몸이 힘없이 축 늘어
지는 것을 느꼈고 격렬한 기침을 하는 남자의 입에서 피가 솟구
쳐 나왔다. 남자는 피코의 몸을 찌르기 위해 다시 검을 들었다.
남자는 땅바닥에 누워 있었는데, 다시 일어나 보려 애쓰며 두 손
을 포장도로 위로 뻗었다. 몸을 떨더니 잠시 후 한 팔이 힘을 잃
었고 남자가 둔탁한 소리를 내며 다시 쓰러지자 피가 흐르는 입
이 포장도로의 돌에 부딪혔다.

피코가 허리를 재빨리 움직여 일어섰다. 그는 어깨를 구부린
채, 혹시 공격자의 다른 공범들이 있는지 찾아보며 단검을 앞으
로 겨눈 채 분노해서 몸을 돌렸다.

하지만 아무도 보이지 않았다. 페르페티의 형체만 보였는데
그는 거의 기운을 잃고 벽에 몸을 기댄 채 얼굴을 가리려는 것처
럼 주먹 쥔 한 손을 올리고, 공포에 질려 눈을 부릅뜨고 있었다.
피코가 멀찌감치 침을 뱉었다. 아직도 귀의 살점이 입 안에 있는
것 같은 기분이 들었다. 한 손으로 입을 쓱 문지르며, 끔찍한 피
의 맛을 지워버리기 위해 될 수 있는 한 입술을 깨끗이 닦아 보
려 했다. 그리고 허리를 숙여 두 손으로 무릎을 짚었고, 드디어
호흡을 가다듬을 수 있었다.

페르페티는 온몸이 마비된 것 같았다. 가까이에 있는 집 벽에
등을 대고 몸을 맡겼다가 힘없이 스르르 땅에 주저앉았다. 여전
히 눈이 휘둥그레진 채 아무 말 없이 그 자리에 앉아 있었다.

피코가 숨을 헐떡이며 다시 똑바로 섰고 페르페티를 향해 몇
발짝 움직였다. 손에 쥐고 있는 단검의 날 전체가 피로 물들어

있었다. 페르페티가 그 검에서 공포어린 시선을 떼지 못한다는 것을 알아차리고는 서둘러 단검을 망토 속에 다시 집어넣었다. 그러면서 무기를 지니지 않은 다른 손을 보여주며 그를 안심시켜 보려고 했다.

그는 페르페티를 흔들어 보았다. 하지만 여전히 넋이 나가 있는 페르페티는 어린아이 같은 동작으로 나머지 한 손도 얼굴로 가져갔고, 벽 속으로 사라지고 싶기라도 한 듯, 더욱더 몸을 웅크렸다.

"메세르 안토니오, 두려워하지 마십시오!" 피코가 단호하게 그의 손목을 잡아 주의를 끌어보려 애쓰며 외쳤다. "접니다. 조반니 피코예요! 당신은 무사하세요. 적어도 지금은!"

마침내 노인이 공포를 이겨낸 것처럼 보였다. 여전히 심하게 몸을 떨며, 다리를 후들후들 떨며 다시 일어섰다. 잠시 후 한 팔로 피코의 어깨를 꽉 잡아 감사의 표시를 했다. 그가 시체 쪽을 흘깃 보았다가 즉시 눈길을 돌리며 중얼거렸다.

"이렇게 살려준 것 정말 고맙소. 내 군주님께서도 감사하게 생각할 겁니다." 그가 덧붙였다.

"칼라브리아의 공작, 알폰소 말씀이십니까? 정말 알폰소 공작을 위해 일하시는 겁니까?" 피코가 물었다.

페르페티는 대답을 하지 않았다.

"원하는 것을 말해 보시오. 우리 군주님은 감사의 표시에 인색하지 않으시다오."

그는 이렇게만 대답했다.

"제가 원하는 건 돈이 아닙니다."

"아니라고요?" 페르페티가 놀라서 물었다.

"저는 알고 싶습니다."

페르페티의 얼굴이 굳어졌다.

"알고 싶다고요?" 그가 피코의 말을 따라했다. 그리고 갑자기 신중하게 물었다. "무엇을 말이요?"

"당신은 비트루비우스 아카데미아 회원이셨습니다. 레온 바티스타 알베르티의 동료로 그와 같이 일하셨지요. 마에스트로 마닐리오 다 몬테가 제게 말해주었습니다. 당신은 지금 생존해 있는 유일한 회원입니다. 전 그 아카데미아의 진짜 목적을 알고 싶습니다. 그리고 무엇보다 레온 바티스타가 자신의 원고들을 누구에게 맡겼으며, 그게 어디 있는지 알고 싶습니다."

"아카데미아라……"

그가 중얼거렸다. 피코의 말을 듣자 그의 마음 속에 아득한 기억이 되살아나는 것 같았다. 피코는 그가 잠시 시체가 있는 쪽의 허공을 응시하는 것을 보았다. 하지만 이제 죽은 자의 시신은 어떤 감정도 불러일으키지 않는 것 같았다. 그러고는 다시 피코를 보며 말했다.

"그렇소. 난 레온 바티스타와 알고 지냈소. 연구와 조사의 위대한 작업을 할 때 그와 함께 했소. 하지만 그건 아주 오래 전의 일이오. 당신이 말했듯이, 그 일을 함께 했던 사람들은 모두 죽었소."

"하지만 당신은 죽지 않았습니다! 그리고 그건 제 덕입니다. 그 사람들 중 아직 누군가 살아 있는 게 틀림없습니다. 풀젠테 모라는 레온 바티스타가 작업한 것을 하나 가지고 있었습니다.

그걸 누구에게서 받았을까요? 당신에게?"

"아닙니다. 난 당신에게 해줄 말이 전혀 없소." 페르페티가 싸늘하게 대답했다.

피코가 그의 옷을 잡았고 그들의 발밑에 쓰러져 있는 자객 쪽으로 한 손가락을 겨누었다.

"저 길바닥에 누워 있는 게 당신이었을 수도 있습니다. 그리고 저 남자는 당신의 피의 대가로 받은 돈을 선술집에서 쓰고 있겠지요. 당신은 내게 보상을 해줘야 합니다. 그리고 내가 대가로 받고 싶은 것은 진실을 아는 겁니다."

피코가 나지막이 말했다.

페르페티가 다시 고집스레 고개를 저었다. 피코는 위험을 감수해보기로 결심했다. 다시 검을 꺼내, 노인의 목 쪽으로 겨눈 채 노인을 등 뒤의 벽으로 거칠게 밀어 그가 꼼짝할 수 없게 짓눌렀다. 그리고 칼끝을 노인의 눈에 가까이 가져다 댔다.

"이 도시에서 당신은 이미 죽은 사람입니다. 당신을 공격했던 자가 이미 당신보다 먼저 지옥의 길을 가고 있긴 하지만 이건 당신과 나 둘만이 아는 사실이지요. 그리고 잠시 후면 나만 아는 사실이 되겠지요. 나는 다른 사람들이 준비해 놓은 계획을 중단시켰어요. 하지만 다시 그 음모를 제자리로 돌려놓을 거요. 당신은 죽었어야만 했는데, 곧 그렇게 될 거요."

피코가 노인의 눈에 칼을 더 가까이 가져가며 낮게 말했다.

그에게 잡힌 노인이 떨고 있는 게 느껴졌다. 하지만 두려움으로 인한 것은 아니었다. 처음 순간의 당황스러움을 극복하자 노인은 피코가 리아리오 연회에서 처음 만났을 때와 똑같은 근엄함을 되찾은 것 같아 보였다. 노인이 눈을 감았다.

"나를 죽인다면 보잘것없는 인간 하나를 죽이는 것일 뿐이오. 난 삶의 기쁨은 별로 누리지 못하고 수많은 괴로움을 겪으며 오래 살았소. 내가 잠시 허약한 육체에 압도당하기는 했지만 이제 정말 내 영혼은, 너무 오래 전에 떠나온 하늘로 돌아갈 준비가 되어 있다오. 그렇기는 하지만 운명은 내 어깨에 마지막 임무를 얹어 주었소. 그러니까 우리 믿는 사람들이 화해를 하는 것은 죽음이 두려워서가 아니라 오로지 그 임무를 다하지 못했기 때문이오, 당신에게 대답해주겠소."

피코는 혼란스러웠다. 자신도 모르는 사이에 노인을 잡은 손에 힘이 풀렸고 단검을 밑으로 내렸다. 페르페티는 피코의 마음을 읽으려는 듯 계속 피코를 뚫어지게 보았다.

"그렇소, 당신에게 말해주겠소. 당신이 나를 해칠 수 없다는 건 분명하지만 말이오."

"무슨 이유 때문에?"

이런 갑작스러운 태도 변화에 놀라서 피코가 물었다.

"당신 마음 속에 있는 공허함을, 아무것도 믿지 않는 사람의 차디찬 절망을 읽었소. 그런 의미에서 내 말은 당신에게 아무런 흔적도 남기지 않을 거요. 당신이 알고 싶어 하는 아카데미아는 사라지지 않았소."

피코가 한 발짝 물러서자 노인은 한 손을 목으로 가져가서 피코가 팔로 눌렀던 부분을 문질렀다.

"당신이 말했던 이름들은…… 아카데미아 회원들 중 일부에 불과하오. 다른 사람들이 더 많이 있소. 훨씬 젊은 사람들이지요. 아카데미아의 지도자였던 프로스페로 콜론나 추기경이 사망한 뒤, 레온 바티스타는 그동안 아카데미아에 허용되었던 모든 관용이 곧 사라질 것이라는 사실을 알았소. 곧, 위대한 고대인들의 형식에서 미래의 형식들을 예견하고 그것을 이끌어내는 모든 이들에게 교황청의 잔인함이 퍼부어질 게 분명했소. 그리고 1468년 인문주의자들에 대한 대박해가 시작되었을 때 레온 바티스타는 눈으로 볼 수 있는 자신의 작품들의 흔적을 모두 없애 버렸소. 아카데미아는 사라졌소. 마치 로마의 지하 속으로 가라앉아 버린 것처럼.”

“그럼 그 회원들은? 어디로 갔습니까?”

“그 당시에 가능한 가장 효과적인 방법으로 몸을 숨겼습니다. 위장을 했지요. 담비가 눈 속에서는 그 털을 하얗게 바꾸듯이 말입니다. 그리고 주의 깊게 주시하는 교황의 눈에 가장 결백해 보일 수 있는 다른 그룹들 속으로 들어갔소. 바로 레온 바티스타가 그랬듯이 교황청 서기들이 되기도 했어요. 로마 건축 작업에 고용된 노동자들 속에 몸을 숨긴 사람들도 있습니다. 또 바티칸 도서관의 필사자들이 되기도 했고, 사피엔차의 교수가 되기도 했습니다. 어느 곳에서든 위대한 플라톤과, 플라톤 이전의 위대한 다른 현인들의 말과 기억을 자랑스럽게 생각했소. 그리고 레온 바티스타가 죽었을 때 그들은 이런 식으로 그의 작업을 계속했소이다.”

“그의 작업이라고요? 어떤 것 말씀입니까?”

피코가 초조하게 물었다.

“당신은 그걸 알고 계셨습니까? 고대 신전의 잔해들 속에서 레온 바티스타가 뭘 찾으려 했는지?”

“고대인들의 그림자였지요.”

페르페티가 수수께끼 같은 말로 대답했다.

“그림자들이요?”

“그렇소. 존재했던 것들을 되살아나게 하기 위해서지요. 그리
고 영원히 살게 하기 위해서.”

노인은 계속 수수께끼 같은 말투로 대답했다.

피코는 당황스러웠다. 자기도 모르는 사이에 두 팔을 축 늘어
뜨리고 있었고 단검은 무용지물이 되어 땅 쪽을 향해 있었다.

“레온 바티스타가 시지스몬도 말라테스타에게서 받았던 게
정말 그 일에 쓰인 것입니까? 말라테스타가 그리스 원정 중에
제미스토 플레토네의 무덤에서 찾아낸, 그곳에 숨겨져 있던 비
밀 아닙니까? 죽은 사람을 다시 삶으로 불러내는 것?”

“죽음에서 불러내 새로운 삶을 살게 하는 것, 그렇소. 인간과
사물들은 같은 강물에 끌려가지요.”

노인이 생각에 잠긴 표정으로 대답했다.

피코는 머릿속에서 회오리치는 복잡한 생각들을 정리해 보려
애썼다.

“하지만 그건 불가능한 일인데……”

계속 그를 뚫어지게 보고 있는 노인에게라기보다는 자기 자
신에게 말하듯 중얼거렸다.

“왜 불가능하다고 생각하오? 당신의 신념 속에도, 모든 아이
온(아이온은 그리스 시대에 절대적인 시간을 가리키는 것으로 사용되었으
며, 신비주의 종교에서는 신으로 간주됨)이 끝날 때 끝없이 황량한 텅

빈 공간으로부터 형식들이 나타나고, 최하위의 분자들이 새롭고 영원한 원리에 의해 다시 만날 거라는 확신은 없습니까?”

피코가 화들짝 놀랐다.

“그러면 레온 바티스타는 그런 과정을 가속화시킬 수 있다고 생각한 겁니까? 무로 사라진 죽은 이들을 거기서 끌어내서?”

“그 사람들을 다시 태어나게 해서, 그렇소. 신들이 그들에게 선물했던 완벽한 형태를 돌려주면서.”

노인이 계속 알쏭달쏭한 말투로 대답했다.

“지금은 아카데미아의 생존자들이 어디서 회합을 합니까? 당신은 틀림없이 알고 있을 겁니다.”

“말하지 않았소. 그들은 모두 플라톤 추종자들 속에 숨었소.”

“폼포니오 레토가 이끄는 학자들 말입니까?”

페르페티가 잠시 망설이다가 고개를 끄덕였다.

“그렇소, 그들 중 몇 명이라오.”

“그들을 만나고 싶습니다! 어떻게 하면 되는지 말해 주세요!”

노인이 다시 머뭇거렸다.

“당신이 요구하는 것은 불가능한 일이오. 그들의 교리를 받아들이고 입회하지 않는 한 아무도 그 모임에 참가할 수 없소.”

“왜 그런 겁니까? 그 모임에서 거행하는 악마의 비밀 집회 때문인가요?”

피코가 이렇게 다그치며 빈정거리듯 웃음을 터뜨렸다.

“전 그런 집회의 망상을 믿지 않습니다. 그리고 제가 어떤 것을 보든 아무것도 보지 않은 것처럼 머리에서 지워버릴 수 있습니다, 약속드립니다.”

노인이 계속 대답을 하지 않고 버텼지만 확고한 생각이 흔들리는 것 같았다. 그가 검붉은 피가 한 줄기 흘러 굳은 젊은이의 얼굴을 눈으로 훑었다.

"그런데 그게 당신에게 무슨 도움이 되겠소?"

다시 반대를 해보려 했다. 그러다가 꿈쩍을 하지 않는 피코를 보자 그의 마음 속의 무엇인가가 체념을 하는 것 같았다. 눈을 내리깔았다.

"정말 비밀을 지키겠다고 맹세할 수 있습니까? 그들이 어떤 행동을 하든, 그 행동을 가로막지 않겠다고 맹세할 수 있소?"

피코가 고개를 끄덕였다.

"그럼 내일 자정에 베네치아인들의 궁 근처에 있는 코르소 가 모퉁이에서 만납시다. 보르자의 수비대들을 조심하고 거기서 기다려요. 누군가 당신을 그들에게로 갈 수 있는 문 앞으로 데려다 줄 거요. 그 안으로 들어가려면 이렇게 말해야 하오. '건축가 와 그의 설계에 경의를 표합니다.' 내 말 잘 알아들었소? 잊으면 안 되오. 단 한 번만 실수해도 문을 지키는 사람들이 그 자리에서 당신을 죽일 거요."

젊은이는 암호를 두 번 되풀이했다. 다시 무엇인가를 더 묻고 싶었지만 노인은 그의 질문을 피한 채 그에게 등을 돌리고 재빨리 골목으로 접어들어 뾰족 튀어나온 벽 너머로 사라졌다. 피코는 주위를 둘러보았다. 길에는 아무도 없었지만 근처에서 사람들의 목소리와 다가오는 발자국 소리가 들렸다. 순찰병들이라면 그에게 벌어질 수 있는 일이라고는 발밑에 있는 시체와 함께 발견이 되는 것이었다. 방금 벌어진 일의 증인과 피의자가 되지 않으려면 이 자리를 빨리 벗어나는 수밖에 없었다.

피코가 겨우 몇 발짝 움직였을 때 건물 모퉁이의 허공에서 손 하나가 나오더니 그의 팔을 잡아 어두운 골목으로 끌어당겼다. 피코는 자객의 공범들에게 잡혔다는 생각에 온 힘을 다해 그 팔을 뿌리치려 발버둥쳤다. 하지만 강하게 움켜쥔 손이 계속 그를 꼼짝 못하게 만들면서 그의 등 뒤에 있는 벽 쪽으로 그를 밀어붙였다.

"당신은!"

거대한 형체의 남자가 이집트인 공작이라는 것을 알아차린 피코가 믿을 수 없어 외쳤다. 남자가 손의 힘을 약간 빼며 희미하게 미소를 지었다.

"여기서 더 이상 앞으로 나아가지 않는 게 좋을 거요."

그가 눈으로 길을 가리키며 속삭였다.

"이 시간이면 로마의 거리들은 안전하지가 않소."

피코가 공작의 눈길을 따라 길 끝을 보았다. 그곳에서 난쟁이들이 뭔가를 포장도로 위로 열심히 끌고 있었다. 난쟁이들이 곧 소름끼치는 짐을 가지고 건물들의 모퉁이 너머로 사라졌기 때문에 피코는 겨우 그들을 잠깐 보았을 뿐이었다.

"당신은 적을 잘 물리쳤소."

공작이 칭찬하는 투로 말했다.

"하지만 다른 세 명은 피할 수 없었을 거요. 내가 비테르보에서 신세진 것을 갚았소."

공작이 그를 떠나며 이렇게 덧붙였다.

"이제 당신 갈 길을 가시오."

"내 길은 계속 당신 길과 만나는 것 같군요!"

"인간들의 길은 무한한 게 아닙니다."

공작이 한 발짝 뒤로 물러서며 말했다.

"당신도 안토니오 페르페티의 뒤를 따라온 겁니까?"

피코가 고집스레 물었다.

"그런데 당신이 여기 있었으면서 왜 그를 도와주지 않았습니까?"

"아마 당신을 믿었기 때문일 거요."

공작이 웃으면서 대답했다.

"그런데 왜 페르페티를 뒤쫓는 겁니까? 당신과 그가 무슨 관련이 있습니까?"

피코가 다시 외쳤다. 대답을 기다렸지만 소용이 없었다. 공작은 입을 꽉 다물고 있기만 했다. 그러더니 다시 웃었고 그 사이 난쟁이들이 골목 모퉁이 나타났다. 공작이 손짓으로 그들을 불렀고 미로 같은 골목길로 함께 사라졌다.

상서국 궁

"죽었다고?"

분노한 추기경이 자기 앞에 무릎을 꿇은 남자 앞에서 걸음을 멈추며 소리쳤다.

"그럼 안토니오 페르페티는?"

"저희는 아무것도 모릅니다…… 하지만 시체들 가운데에는 없었습니다……"

다른 남자가 더듬거렸다.

"대체 무슨 일이 벌어진 건가? 우리가 아는 게 뭐야?"

남자가 몸을 떨며 겨우 눈을 들었다가 즉시 바닥을 내려다보았다.

"우리 병사들이 판테온 쪽 골목에서 살해당한 퀸톤을 찾아냈습니다. 다른 세 사람의 시체는 옛 신전의 폐허들 속에 숨겨져 있었습니다…… 나폴리인의 흔적은 어디에도 없었습니다."

"퀸톤, 그 빌어먹을 멍텅구리! 고고학자에게 그렇게 당하다니! 게다가 그놈을 돕던 세 사람까지! 있을 수 없는 일이야! 내게 보고할 게 이게 다인가?”

보르자가 남자의 허리를 발로 차며 고함을 쳤다.

“그래서 너희들은 손놓고 있었던 거냐?”

“추기경 각하, 저희가 손쓸 수 있는 거리의 주민들 모두에게 물어보았습니다.”

남자가 신음을 참으며 대답했다.

“그렇지만 그들을 몽둥이로 때려 죽였는지 어땠는지도 전혀 알아내지 못했습니다. 누군가 골목길에서 싸우는 소리를 들었겠지만 카니발 때문에 그 소리에 크게 신경 쓴 사람이 없었습니다. 다만 어떤 여자가……”

“어떤 여자가 뭐?”

“어떤 노파가 비명이 들린 뒤 거리에서 누군가 외치는 소리를 들었다고 합니다. 그 소리는……”

“뭐라고 했다더냐, 멍텅구리야!”

“어떤 이름을 외쳤다고 합니다. 조반니 피키인지 피코인지 뭐 그런 이름인데……”

“피코, 빌어먹을 놈, 피코라고!”

추기경이 고래고래 소리치며 다시 남자를 발길질해댔다.

“조반니 피코라고, 노파가 들은 이름이 이거란 말이지! 그런데 어떻게 혼자 네 사람을 죽일 수 있지? 누군가…… 누군가 도와주지 않았다면 말이지……”

“다시 나폴리인을 처치하도록 할까요?”

남자가 용기를 내서 말해보았다.

“아니다, 멍청아! 페르페티는 이제 경계를 할 거야. 그리고 벌써 나폴리 공사의 보호를 받으러 달려갔을 게 분명해. 우린 아직 나폴리 왕과의 관계를 깰 수 없다. 다른 자, 그 피코라는 자를 잡아! 지금 어디 있나?"

"퀸톤이 그자가 묵는 곳을 찾아냈습니다. 판테온 쪽에 있는 몬토네 여관에 묵고 있습니다!"

"그럼 서둘러라! 이번에는 콜론나의 탑에서처럼 달아나게 내버려 둬서는 안 돼! 그자의 이런 행동 뒤에 뭐가 숨겨져 있는지 알아야겠다. 그리고 누구와 결탁하고 있는지도!"

남자가 나가자 추기경은 다시 신경질적으로 방안을 서성이다가 입술을 깨물며 의자에 털썩 주저앉았다. 손가락으로 책상을 몇 번 두드리다가 종이와 펜을 집었다.

"안토니오 페르페티…… 나폴리. 마네토 코리날데시와 조반니 피코…… 일 메디치."

그가 혼자 중얼거리며 쓰기 시작했다.

"프란체스코 콜론나…… 그리고 그자의 조부 프로스페로와 연결된 교황청의 그의 친구들. 폼포니오와 동성애자들, 불손한 서기들…… 이단자들, 마법사들. 죽었다가 살아난 여인…… 이들을 연결하는 뭔가가 있어. 대체 뭐지? 뭘까?"

몬토네 여관

피코는 몹시 초조해하며 하루 종일 자기 방에 틀어박혀 있었다. 지금까지 벌어진 사건을 모두 다시 떠올려 보았다. 그것을 종이 위에 옮겨 적어 하나의 이야기로 만들어 보려 했다. 하지만 그의 머릿속에 그 사건은 너무도 생생해서 글로 옮기는 게 불필요해 보였다. 어쩌면 앞으로 어느 날엔가 그렇게 할지도 몰랐다. 그리고 그걸 인쇄할 수 있다면, 알베르티의 활자로 하고 싶었다. 그는 그 활자들을 다시 보고 싶었다. 침대 밑에 숨겨놓은 활자들을 싼 꾸러미를 꺼냈다. 그는 조각가의 집에서 보았던 것보다 훨씬 주의 깊게 그것들을 다시 살펴보았다.

그는 풀젠테가 조각칼로 꼼꼼하고 끈기 있게 새겨 비범한 무엇인가로 만들어낸 44개의 작은 금속체들을 조심스레 늘어놓았다. 그 중 하나를 집어 자세한 모양새를 하나도 놓치지 않기 위해 눈에 가까이 댔다. 이게 정말 신의 목소리를 본딴 형상일까? 그 목소리의 울림을 지우기 위해, 살인을 할 수 있을까?

피코는 잠시 활자틀들을 하나씩 살펴보며 그것들을 만지작거렸다. 그리고 그것들이 작은 부대의 병사들이라도 되는 것처럼 혹은 신비한 대화를 나누는, 상상 속의 체스판의 졸이라도 되듯 여러 가지 형태로 무리를 지어 늘어놓아 보았다. 그러다가 신경질적인 동작으로 그것들을 손으로 모아 숨기려던 순간 갑작스러운 충동에 동작을 멈추었다. 흩어진 문자들에서 마치 어떤 목소리가 튀어나와 그에게 자신들을 그의 몸에서 떼어놓지 말라고 부탁하는 것 같았다. 그래서 천으로 활자들을 싸서 주머니에 밀어 넣었다.

피코가 창 밖을 흘깃 보았다. 어둠이 도시에 내려 습기와 악취가 감도는 그물 같은 거리와 골목들이 그 어둠에 잠겨 버렸다. 밤은 신선한 새날을 준비하는 대신, 악취 나는 하수구의 뚜껑을 여는 것 같았다. 강이 진흙과 함께 로마에서 멀어지는 게 아니라, 그 흐름을 바꿔 지하도와 지하 하수관을 통해 도시의 내부로 돌진하고 있는 것 같았다.

피코는 촛불이 조금 더 타들어가기를 기다렸다. 이제 자정이 가까워진 게 틀림없었다. 작은 창문을 통해 밖에 아무도 없다는 것을 확인하고 난 뒤, 망토를 걸치고 가파른 계단을 내려가서 작은 광장에 면한 문에 도착했다. 문 앞에서 모자로 얼굴을 가리고 조심스레 약속장소를 향해 움직였다. 그러나 불과 몇 발자국 떼어놓지 않았을 때 어떤 소리가 들려 그는 긴장을 했다. 가벼운 발소리로, 남자들이 아주 조심스레 움직이는 것 같았지만 그 수가 너무 많아 한밤의 정적을 깨지 않을 수 없는 듯했다.

그 부근에 기둥 하나가 땅에서 툭 튀어나와 있었다. 그는 재빨리 기둥 뒤에 몸을 숨겨 아슬아슬하게, 무장한 열두어 명의 남자

들의 눈에 띄지 않을 수 있었다. 남자들은 골목에서 몬토네 여관
으로 직진해 걸어가고 있었다.

피코는 기둥 뒤에 더욱 몸을 웅크렸다. 남자들의 옷에는 신분
을 알리는 아무런 표시도 없었지만 달빛에 비친 그들의 외모로
볼 때, 왠지 로마에서 맹위를 떨치고 있는, 수많은 불량배 떼거
리들 중의 하나는 아닌 것 같았다.

남자들은 여관 문 앞에 도착하자, 질서정연하게 흩어졌는데
그런 작전을 오랫동안 훈련해온 사람들이라는 것을 알 수 있었
다. 그들 중 일부가 강제로 문을 열기 위해 단호하게 문을 밀어
대는 사이 다른 남자들은 반대편 출입문을 찾아 건물 뒤쪽으로
돌아갔다.

그 남자들이 자신을 찾아왔다고 생각하자 피코는 몸이 떨렸
다. 잠시 기절을 할 것 같기도 했지만 곧 냉정을 되찾았다. 운명
은 그의 편인 것 같았다. 그는 아직 자유롭게 조사를 계속 할 수
있었다. 눈에 띄지 않게 살며시 그 자리를 빠져나오면서 자신이
해야 할 일만 생각해야 한다고 혼잣말을 했다.

그는 풀을 뜯으러 온 가축 떼들의 발길에 반쯤 사라져 버린 옛
도로의 흔적을 따르면서, 유적지들 옆을 지나, 멀리 캄피돌리오
가 보일 때까지 걸어갔다. 절벽 위에 우뚝 선 웅장한 원로원 건
물의 윤곽이 구름을 배경으로 뚜렷하게 드러났다. 큰 창문에서
새어나오는 횃불의 불빛이 그 시커먼 건물의 어둠을 여기저기
에서 쫓아주었다. 누가 아직까지 자기 방에서 일을 하고 있는 모
양이라고 피코는 생각했다. 혹은 그저 지나간 시절의 위대함을
기리기 위해, 과거 권력 중심지를 밤에도 환히 밝혀주던 그 습관

을 지키고 있는 것인지도 몰랐다. 아직도 로마에 시민의 힘이 존재하며 이 힘이 시민들을 지키고 있다고 믿게 하려는 필사적인 시도일 수 있었다. 테베레 강 건너편의 성 베드로 성당에서는 성직자들이 이미 오래 전에 큰 초의 불을 꺼서 진짜 권력은 어둠 속에 몸을 숨기고 있었다.

피코는 베네치아인들 궁의 정면과 반대쪽, 다닥다닥 붙어 있는 오두막들 사이에 자리 잡은 작은 광장을 가로질렀다. 빗장이 질러진 큰 문과 궁을 지키는 수비대원들에게서 최대한 거리를 지키려 조심하면서. 그렇게 계곡처럼, 도시의 북쪽 끝까지 주거지를 가로지르는 코르소 가에 도착했다. 코르소 가에는 사람 하나 없이 한적해 보였지만 그가 첫 번째 건물의 벽돌담에 도착했을 때, 벽의 움푹 들어간 곳에서 어떤 그림자 하나가 나와서 그의 팔을 건드렸다.

"누구를 만나러 오신 분 맞습니까?" 숨죽인 목소리가 물었다.

"당신이? 저 때문에 오신 겁니까?"

낯선 남자는 아무 대답도 하지 않고 자기를 따라오라는 신호를 보낸 뒤, 급히 길로 접어들었다. 몇 걸음 가지 않아서 재빨리 좁은 골목으로 꺾어졌고 침묵에 잠긴 낮은 집들의 담을 따라 걸었다. 피코는 낯선 남자가 짧게 던지는 몇 마디 말에 의지하여 이따금 칠흑같이 어두워지는 그 길을 힘들게 걸었다. 그러다가 길이 훨씬 앞쪽의 언덕을 향해 올라가기 시작하는 것을 느꼈다. 그의 기억이 맞는다면 퀴리날레 언덕이었다.

밭과 포도밭을 에워싼 돌담 사이로 난 좁은 길을 수없이 돌아서, 고대의 거대한 복합 건물이 서 있는 공터에 도착했다. 건물은 신전이었거나 욕장 건물 같았다. 그곳은 경사가 훨씬 완만했고 새로운 길이 작은 숲들과 다른 건물들에 에워싸여, 멀리 디오클레티아누스 욕장 옆쪽으로 뻗어 있었다. 남자는 어둠 속에 혹시 누군가 잠복해 있지 않은지를 확인하기 위해 좌우를 슬며시 살피면서 빠른 걸음으로 앞장서서 걸었다.

그들이 다른 담들보다 훨씬 높은 담을 따라 걷고 있을 때 남자가 걸음을 멈추고 벽에 난 좁은 문을 가리켰다. 그러더니 아무 말 없이 돌아서서 피코만 남겨둔 채 오던 길을 되돌아갔다.

피코는 확신이 서지 않아 닫힌 문 앞에서 잠시 망설이며 서 있었다. 벽 너머 어느 곳에선가, 누군가 소곤소곤 속삭이듯 알아듣기 힘든 웅얼거림이 들려오는 것 같았다. 잠시 후에는 그냥 분수에서 떨어지는 물소리일 수도 있다는 생각이 들었다. 그는 문에 다가갔다. 합판을 큰 못으로 박아 만든, 보잘것없는 문이었다. 그러나 조잡해 보이는 겉모습과는 달리 문은 단단했는데, 그 문이 지켜주는 포도밭과 비교해보면 균형이 맞지 않을 정도로 튼튼했다. 대리석 문틀에는 이해하기 어려운 형상들이 조각되어 있었다. 어떤 것들은 그가 점성학 책에서 본 적이 있는 천체의 상징을 상기시키기도 했다. 하지만 다른 상징들은 그에게는 낯선 것으로 시간 속에 사라진 신의 이미지들이거나, 언젠가 사라진 부족들이 사용했던 언어의 문자들 같았다. 피코는 되돌아가고 싶은 본능을 누르고 주먹으로 나무문을 두드렸다.

잠시 후 문이 날카로운 소리를 내며 무겁게 움직이더니 한 사람이 겨우 들어갈 수 있을 정도의 틈이 벌어졌다. 그 안에 검은 옷을 입은 남자 둘이 있었다. 그들은 어떤 반응도 보이지 않고 가만히 피코를 보며 기다렸다.

피코는 그가 알게 된 문장을 또박또박 말했다. 두 남자가 재빨리 눈길을 주고받았다. 그러더니 그들 중 한 사람이 뒤로 물러서서 시야에서 사라졌다. 피코는 자물쇠가 끼이익 하고 쇳소리를 내며 작동하는 소리를 들었다. 그러더니 다른 한 남자가 옆으로 물러서며, 피코에게 들어오라고 권했다. 피코는 일종의 입구 같은 곳으로 들어섰고, 넓은 정원으로 통하는 두 번째 문과 마주하게 되었다. 피코가 앞으로 걸어 나가는 중에 끝이 뾰족한 쇠 방패 같은 것에 살짝 어깨가 닿았다. 방패는 벽에 박힌 접이식 들보에 걸려 있었다. 어떤 기계의 동작에 의해 그 들보가 고정되지 않는다면 누구든 문에 접근하기만 하면, 다량의 평형추들이 방패들을 발사시켜 그 사람에게 꽂힐 게 분명했다. 피코는 암호를 제대로 말하지 못했을 경우 자신에게 닥쳤을 운명을 생각하자 등줄기가 오싹해졌다.

그는 정원 쪽으로 갔다. 정원은 끝도 없을 정도로 넓어 보였는데 사람 키보다 높은 울타리들이 마치 일종의 안내도로처럼 그 공간을 가로질렀다. 빽빽한 나뭇가지들 사이로 빛이 스며들어 오는 것처럼 오른쪽에서, 나무들 사이의 한 지점이 반짝였다. 그러더니 횃불이 하나 나타났는데, 하얀색의 긴 옷을 입은 남자가 그 횃불을 들고 있었다. 그리고 잠시 후 다른 남자들도 모습을 나타냈는데 첫 번째 남자처럼 그들도 횃불을 들고 있었다.

작은 행렬이 울타리 사이로 난 길로 들어가 한 줄로 중앙의 오솔길을 따라 걸어갔다. 금속성의 악기에서 나는 종소리와 비슷한 아름다운 소리가 그 행렬을 함께 했다. 유령 같은 사람들이 손으로 악기를 딸랑딸랑 소리 나게 하는 것이었다.

피코는 가만히 행렬이 지나가기를 기다렸다. 마지막 사람들의 뒤를 따라, 정원 끝에서 얼핏 보이는 벽 쪽으로 걸어갔다. 그는 좁은 문을 지나 하얀 대리석 기둥들로 이루어진 주랑에 둘러싸인 건물의 중앙 홀로 들어가게 되었다. 그 너머에 두 번째 문이 활짝 열려 있었는데 그 문은 진짜 건물로 이어졌다. 피코는 위를, 달빛이 환히 쏟아지는 천장 쪽을 올려다보았다.

저택은 세월의 흔적을 고스란히 간직하고 있었다. 고대 로마 시대에 지어진 집이 틀림없었다. 물론 오랜 세월 동안 계속 사람이 살았던 귀족 저택의 남은 일부분들이었다. 수 세대에 걸친 작업의 흔적들은 수없이 개조된 본래의 구조물 곳곳에서 찾아볼 수 있었다. 다른 건물에서 구해온 재료들로 여러 군데가 재정비되어 있었다. 예전에는 세련된 모자이크로 장식이 되었을 중앙 홀의 바닥도 어디서 떼어온 것인지 모를 대리석판으로 여기저기 메워져 있었는데, 장식들과 이제는 거의 읽을 수 없게 된 글자들을 그 판들이 뒤덮어 버렸다.

속삭임과 금속음들이 주변의 공간에 울려 퍼졌다. 마치 그가 꽁무니를 뒤쫓아왔던 그 작은 그룹보다 훨씬 더 많은 사람들이, 어두운 주랑에 숨어 있는 것 같았다. 피코는 가만히 서서 소리가 어디서 들려오는지를 알아내려 애썼다.

목소리들이 다가왔다. 여러 사람들이 단조로운 노래에 푹 빠진 것처럼 웅성거림에 박자가 생겼다. 소리도 점점 조화로운 가락이 되어갔다. 심벌즈의 금속성 소리에, 이제 피리 소리가 더해졌는데 피리는 그 감미로운 가락으로 박자를 맞추었다.

주랑 한쪽 귀퉁이에서 사람들이 길게 한 줄로 물결치듯 걸어 나왔다. 피코는 기둥 뒤로 재빨리 물러섰다. 그 낯선 사람들은 누구일까라는 생각을 미처 해보기도 전에 어둠 속에서 두 번째 행렬이 나왔는데, 선두에는 짧은 튜닉에 맨다리를 드러낸 여자들이 무리를 지어 있었다. 어떤 여자들은 시스트럼(고대 이집트 제례에서 쓰던 악기. 탬버린과 비슷함)을 흔들며 걸어 나왔다.

그가 들었던 금속성의 울림은 바로 여기서 시작된 것이었다. 다른 여자들은 색색의 리본으로 손가락에 묶은 작은 심벌즈를 흔들었다. 또 다른 여자들은 이중 피리 같은 것을 불어 화음을 만들어 냈다. 그 소리가 그들의 전진을 알렸다. 그 뒤로 고대 로마인들의 화려한 옷을 입은 새로운 인물들이 나타났다.

많은 사람들이 이마를 드러낸 채, 리본에 묶인 곱슬곱슬한 긴 가발을 자랑스럽게 쓰고 있었다. 월계관을 머리에 쓰고 작은 조각품을 높이 든 사람도 있었다. 인간과 동물 조각상이었는데, 어떤 것은 피코가 한 번도 본 적이 없는 형상이었다. 남자들 대부분은 고대 연극에 등장하는 기괴한 형상의 가면으로 얼굴을 가리고 있어서 그들의 본모습을 알아볼 수가 없었다.

무리를 지은 사람들이 더 가까이 다가왔다. 악기를 든 젊은 여자들이 더욱 크게 악기를 연주했는데 그 움직임도 훨씬 유연해지고 육감적이 되었다. 피코는 그 부드러운 모습에 넋을 잃었다. 하지만 첫 번째 열의 사람들이 그가 숨어 있는 곳에 가까이 다가왔을 때 그들의 모습에서 뭔가를 발견하고는 온몸이 얼어붙어 버렸다.

맨 앞에 있는 사람들은 젊은 처녀가 아니라 어린 청년들로, 눈과 얼굴에 진한 화장을 해서 자신의 성을 숨긴 것이었다. 가면을 쓰고 그 뒤를 따르는 남자들도 그들이 흉내내려고 한 반신반인 들과는 다른 모습이었다. 피코는 주랑의 어둠 속으로 몸을 더 숨 기며 입을 다물지 못한 채, 노래를 부르며 그로테스크한 냇물처 럼 그의 앞으로 지나가는 사람들을 뚫어지게 쳐다보았다. 그는 남자들의 연령이 다양하다는 것을 알아차렸다. 대부분의 몸에 서 이미 세월의 무게를 느낄 수 있었다. 하지만 그들은 변장으로 모든 수치심을 가린 채 노래를 부르며 남창들처럼 몸을 움직이 며 행진을 했다.

마지막 열에, 주름이 깊게 팬 야윈 뺨을 가진 검은 머리의 남 자가 하나 있었다. 가면으로 얼굴을 가리지 않은 몇 안 되는 사 람 중의 하나였다. 피코는 그 무리가 지나가길 기다렸다가 숨어 있던 곳에서 소리 없이 나와 검은 머리 남자의 등 뒤로 갔다.

"메세르 마네토."

피코가 남자의 귀에 대고 속삭였다.

"말씀하셨던 로마의 지혜가 이걸 뜻하는 거라고는 생각하지 않았습니다."

남자는 피코 쪽으로 잠깐 돌아섰다가 걸음을 멈추지 않은 채 다시 자기 앞쪽을 바라보았다. 그는 제정신이 아닌 것 같았고 눈 도 멍했다.

"원하는 게 뭡니까, 조반니?" 그가 중얼거렸다. "이곳엔 당신 이 원하는 게 아무것도 없습니다."

"저 사람들은 누굽니까? 뭘 하는 겁니까?"

"내 옆에 서요. 그리고 입 다물고 있어요. 내가 당신 보증인이 되겠소. 하지만 꼼짝하지 말아요. 눈에 띄지 않게 가도록 해요."

피코는 피렌체인의 옆에서 노래를 부르는 군중들 뒤를 따랐다. 중앙 홀을 지나자, 그들은 건물의 돌출부위를 다 차지하는 아주 넓은 새로운 방으로 들어갔다. 벽에 꽂힌 수많은 촛대의 촛불과 방 끝쪽의 연단 앞에 있는 거대한 두 개의 화로 때문에 방 안은 환하게 밝았다. 행렬은 바로 그 연단 앞에서 멈췄다. 변장한 연주자들이 계속 연주를 하면서 바닥에 웅크리고 앉는 사이 나머지 남자들은 부채꼴로 넓게 늘어섰다. 잠시 후 그들 중 한 사람이 다른 사람들로부터 떨어져 힘들게 연단으로 올라갔다.

남자 역시 비극에 등장하는 인물의 가면을 쓰고 있었고 로마 원로원 의원의 화려한 의상으로 변장하고 있었다. 순백의 튜닉이 거구의 몸을 가려주었고 어깨에 걸친 진홍색 망토가 넓게 물결치며 왼쪽 팔 위로 게으르게 늘어졌다.

남자는 한 걸음 앞으로 움직여 연단 가장자리 쪽으로 갔다. 그러더니 영감의 원천을 찾듯 천장을 올려다보았다. 연주자들 쪽으로 한 손을 들어 조용히 하라고 부탁했다. 음악이 중단되었고 주변에 메아리치던 금속성의 시스트럼 소리도 사라졌다.

"동료 여러분, 작업의 형제들." 그가 말을 시작했다.

"내 동업자들, 내 아들들이여!"

피코는 가면의 벌어진 구멍에서 나오는 그 목소리를 듣고 흠칫했다. 변장을 해서 변조가 되기는 했지만 그 목소리가 누구의 것인지 알 것 같았다.

"지금은 축하의 순간입니다. 위대했던 우리의 조상들이 영원의 도시 우르베의 거리에 쏟아냈던 위대함, 희열, 아름다움을 큰 소리로 찬양할 때입니다. 하지만 빈곤한 시대와 우리 주위에서 악용되는 어두운 권력 때문에 우리는 적들의 눈을 피해 이 건물 안에서만 모일 수밖에 없습니다. 하지만 여러분은 마음을 고양시키십시오. 비록 별들의 정확한 결합에 의해 위안을 받지는 못하지만 로마의 고귀한 정신을 위한 우리의 기도가 헛되지는 않을 겁니다! 과거에 이미 우리는 우리 도시에서 엄숙한 크리스마스 축제를 거행해 보려는 부질없는 시도를 했었습니다. 하지만 교황들의 맹목적인 고집 때문에 좌절되었습니다. 고대 종교의 숭고한 사제들에게서 삼중관을 빼앗아가서 훌륭한 이름을 더럽힌 그 찬탈자들 말입니다. 곡예사의 우두머리를 알려주는 상징과 별로 다르지 않습니다."

청중들이 이 말에 동의해 웅성거리며 술렁였고 청년들이 다시 시스트럼을 흔들자 딸랑딸랑 소리가 웅성거림과 뒤섞였다.

남자가 한 팔을 흔들며 다시 조용히 하라고 명령했다.

"하지만 또 다른 축제, 이 역시 우리에게 금지되었는데, 이 축제를 다른 형태로 위장해서 거행할 수 있습니다. 식스토 교황은 외설스러운 카니발을 허락했습니다. 우리 조상들이 사투르날리아(농신제, 고대 로마에서 12월 17일경에 추수를 기념하던 축제)라고 부르던, 감각에 대한 그 특별한 열광을 음란하게 패러디한 겁니다. 자아, 이게 바로 우리의 축제입니다. 새로운 선지자들의 등장으로 치욕적으로 다시 어둠 속으로 쫓겨난 고대의 사투르누스(로마 신화의 농업의 신)에게 경의를 표하며, 그러니까 우리의 사투르날리아를 시작하는 겁니다. 이 축제가 우리의 영혼을 다시 따뜻하게 해줄 겁니다! 그러면 아름다움이 다시 우리 삶의 버팀목이 될 겁니다. 신성(神性) 플라톤이 최초의 이데아의 친구라고 했던, 아니 이데아 그 자체의 성질이라고 했던 그 아름다움 말입니다! 그 아름다움이 우리들 사이에서 단순한 메아리로 울리는 경우는 드물지만 이따금 눈부신 말〔言〕에 의해 위안을 얻은 현인의 노력과 이론으로 잠깐 동안이나마 우리들 사이로 불러낼 수 있습니다. 그러니 여러분들 모두 이 아름다움을 즐기고 그 아름다움에서 발산되는 빛으로 영혼을 살찌우십시오!"

남자가 주름져 늘어진 망토를 과장된 동작으로 벗어던지자 망토가 공중에서 펄럭였다. 그는 망토가 천천히 바닥에 떨어지게 내버려 두었다. 망토는 바닥에서 커다란 붉은 화관 모양으로 펼쳐졌다.

연주자들이 피리로 뭔가를 불러내기라도 하듯 곡조가 격렬해졌다. 피리가 마지막 고음을 연주하는 바로 그 순간 망토가 진짜 살아 있기라도 한 것처럼 갑자기 움직이기 시작했다.

피코는 조심해야 한다는 것도 잊은 채 앞으로 뛰쳐나갔다. 망토가 파동치며 부풀어 오르기 시작했다. 그러더니 서서히 그 안에 숨어 있던 육체의 형상이 망토 위로 드러나기 시작했다. 가면을 쓴 남자가 한 걸음 물러났다. 그 사이 진홍색 덩어리는 계속 위로 부풀어지며 남자의 키와 거의 비슷한 정도가 되었다. 곧 미친 듯이 울려대는 심벌즈 소리와, 청중들이 믿을 수 없어 한 목소리로 지르는 탄성 속에서 망토가 바닥으로 미끄러져 내렸다.

여신 같은 신비하고 눈부신 여인이, 피코가 시스티나 예배당에서 보았던 그 날과 똑같이 아름다운 나체로 나타났고, 사람들이 믿어지지 않아 한 목소리로 탄성을 지르는 가운데 가만히 서 있었다. 이제 눈부신 그녀의 형상은 부드러운 붉은 빛으로 물들다가 그 빛과 뒤섞였다. 황금빛 머리와 아직 발목에 걸쳐 있는 진홍의 망토가 화로의 불빛과 뒤섞였다. 완벽한 생명력을 가지고 무(無)에서 나타난 살아 있는 불꽃이었다.

욕망이 담긴 탄식이 방안을 휩쓸었다. 발가벗은 여자의 몸은 그 자리에 있는 사람들을 걷잡을 수 없게 흥분시킨 것 같았다. 원초적인 광기에 휩싸여, 어떤 육체에게로라도 달려들 준비가 된 것 같았다. 마치 여인의 놀라운 몸매가 지닌 관능성이 마법에 의해, 변장한 젊은이들에게로 옮겨진 것 같았다.

피코는 마네토의 차가운 손이 더 가까이 다가가려는 자신을 잡아당기는 것을 느꼈다.

"저 여자는!" 피코가 외쳤다. "그녀예요! 난……"

"멈춰요! 그녀를 만질 수 없어요. 그러면 꿈처럼 사라져버릴 테니까요."

"무슨 말입니까? 저 여자가 누군지 알아야 합니다!"

피코가 그의 손아귀에서 벗어나려고 애쓰면서 다시 소리쳤다. 하지만 마네토는 계속 그를 잡아 세웠다.

"그녀의 출현을 방해하지 마십시오! 우리가 오랫동안 찾았던 기적입니다."

피코가 당황해서 그를 돌아보았다. 마네토가 둘째손가락을 입으로 가져가며 그에게 알렸다.

"드디어 그녀가 부활한 겁니다!"

피코가 격렬하게 그를 흔들었다. "그렇지만 저게 속임수라는 것을 모르십니까? 저 여자는 그냥 여러분들이 꿈꾸는 여인과 닮아 있을 뿐이오."

마네토가 고개를 저었다. "아니오. 저 여자는 말의 힘 때문에 돌아왔소. 육체와 외형 모두요. 봐요!"

그가 다시 연단 쪽으로 돌아서며 소곤거렸다. 거기서 여인이 두 팔을 들었다. 그리고 그녀 옆에 선 연사가 몸을 숙이고 그녀 발치에 있는 망토를 주워 다시 그것을 그녀의 머리로 던졌다. 그러자 진홍색 망토가 그녀의 몸을 덮어버려 그녀는 사람들의 시야에서 사라졌다. 남자가 천장을 향해 이해할 수 없는 말을 뭐라고 외치자 마법에 걸린 것처럼 망토가 흐늘흐늘해지더니 다시 연단 위에서 화관처럼 펼쳐졌다.

몹시 흥분한 연사가 청중들을 향해 말했다.

"여러분들 눈으로 이데아의 세계에서 우리의 의식에 참가하기 위해 내려온 천상의 아름다움을 직접 보셨습니다. 우리의 스승님이 책에서 밝힌 것은 확실한 진실이었습니다! 우리의 감각 너머에 또 다른 세계가 존재합니다. 그 세계에서 의미 없는 외형들은 사물의 원형으로 향하는 신의 생각 속에서 새롭게 나타납니다. 여러분들이 지금 본 아름다운 여인은 최초의 원형입니다. 그리고 그 아름다움에 항상 따라다니는 것은 사랑입니다. 그러니 여러분은 여러분의 사랑을 자유롭게 즐기십시오. 그렇게 오래 기다려 왔으니! 곧, 아마 짧은 시간 내에 우리는 승리를 하고 자유로워질 겁니다!"

몇몇 사람들이 누군가 열어놓은 게 틀림없는 옆문으로 들어가기 시작했다. 문 너머로 넓은 정원이 펼쳐지기라도 하듯 커다란 나무의 시커먼 그림자들이 얼핏 보였다. 피코는 연단으로 가까이 다가가서 혹시 그 조각된 연단 밑에 뭔가 숨겨져 있는 게 아닌지 살펴보려 했다. 하지만 피렌체인이 다시 그를 잡았다.

"그 밑에는 아무것도 없습니다. 그녀를 우리에게 다시 데려다준 건 바로 말의 힘입니다!"

"모르시겠습니까? 난 광장 한가운데서 곡예사들이 이런 속임수를 쓰는 것을 벌써 보았습니다."

"마법의 힘을 믿지 않습니까, 친구?" 갑자기 피코의 등 뒤에서 묵직한 목소리가 들려왔다.

피코가 돌아보았다. 그의 등 뒤에 로마 원로원 의원의 옷을 입은 남자가 가만히 서 있었다. 그가 가면을 벗자 피코가 리아리오 연회에서 토론을 벌였던 폼포니오 레토의 진지한 얼굴이 드러났다. 그를 훑어보는 레토의 축축한 두 눈은 그때처럼 끈적끈적한 욕망으로 번득였다.

"조반니 피코를 우리들에게로 초대한 게 당신입니까?"

인문주의자가 계속 부드러운 눈길로 피코를 바라보면서 마네토에게 물었다.

"모든 일에서 물질을 믿는 젊은이를! 그런데 입문자들만 우리 모임에 참가할 수 있다는 건 알고 있겠지요." 그가 부드럽지만 비난이 담긴 말투로 덧붙였다. "그리고 이미 우리가 두 번이나 해체되기 직전까지 갔었기 때문에 비밀을 지켜야 한다는 것도 알 거요."

"이분은 메디치의 신임을 얻고 있습니다. 로렌초처럼 피코는 우리들의 친구도 적도 아닙니다. 하지만 우리와 똑같이 알고자 하는 열망을 가지고 있습니다. 이러한 열망 때문에 이분은 우리의 동료가 될 수 있습니다. 우리 그룹에 입회시키지 않는다고 해도 말입니다.”

마네토가 질문의 답을 피하면서 말했다.

“이분은 위대한 레온 바티스타 알베르티가 로마에서 지낼 때, 그의 인생의 많은 시간을 함께 보냈던 사람들이 누구인지 알고 싶어 합니다. 이분은 알베르티 작품을 매우 좋아해요.”

“레온 바티스타요?” 폼포니오가 중얼거렸다.

“바티스타는 아마 고대 로마인들과만 비교할 수 있는, 내가 알고 있는 사람 가운데 가장 위대한 사람일 겁니다. 튼튼하고 아름다운 신체와 명석한 두뇌를 가졌으니까요. 그의 영혼은 우리들과는 달리, 땅으로 내려오면서도 신들의 세계에 대한 기억을 잃지 않은 것 같다고 생각할 정도로 말입니다. 그가 스스로에게 붙인 ‘레온’ (이탈리아어로 사자라는 뜻)이라는 별명에 걸맞게 말이지요.” 큰 소리로 이름을 강조하며 말했다.

하지만 피코가 그 말이 암시하는 바를 알아차리지 못한 것을 보자 이렇게 덧붙였다.

“그는 아이온입니다! 감각의 왕국에 나타난 이데아예요! 우리가 신비학 서적들을 연구하면서 힘들게 기억하려 애쓰는 그 세계가 그의 눈앞에서는 마치 산 정상에서 바라보는 풍경처럼 펼쳐졌기 때문이오. 이 때문에 그는 직접 그 이름을 사용했소. 많은 것을 사랑했던 사람이오. 많은 사람들을 사랑했던.”

그리고는 애석해하는 듯한 뉘앙스로 다시 말했다.

"그런데 바티스타를 그렇게 찬탄한다면 어떻게 그가 믿은 것을 믿지 않을 수 있습니까. 어떻게 우리들처럼 플라톤의 추종자가 되지 않을 수 있소?"

피코가 망설였다. 그가 지금 알고 싶은 것은 그 여자였고 그 연출의 의미였다. 그와 함께 토론을 시작하고 싶지는 않았다.

"저는 다른 것을 믿습니다." 피코는 애매하게 이렇게만 대답했다. 상대는 이 말을 듣고 당황하는 것 같았다.

"앞으로 다가올 새로운 시대들이, 최초의 신의 힘찬 목소리에 의해 축복을 받아야 한다고 생각하지 않습니까, 친구? 영원불멸의 현시(顯示)인 아름다운 그 여인이 하늘에 크게 소리쳐 알려야 한다고 생각지 않습니까?"

피코가 고개를 저었다.

"금방 말씀드렸듯이 저는 다른 믿음을 가지고 있습니다. 그리고 루크레티우스는 잊혀진 신들의 애매모한 말들이 아니라 인간의 빈약하고 고통스러운 말에 의미를 두고 있습니다. 저는 루크레티우스처럼 자연의 비밀을 볼 수 있는 법을 아는 사람이 아무도 없을 거라고 생각합니다. 그리고 그가 본 건, 그래요, 아름다움이었습니다. 하지만 태어나고 죽는 것의 차가운 아름다움이었지요. 그러는 동안 그는 자기 자신의 내부에서 진정한 삶의 의미만을 찾았습니다. 태초에 그랬듯이 오늘날 신은 없습니다. 당신들이 들었다고 생각하는 것은 근거 없는 희망의 메아리에 불과합니다."

폼포니오가 슬픈 표정을 지었다. 그는 대답을 하고 싶지 않은 듯, 방금 들은 말 때문에 몸서리를 치며 잠시 입을 꼭 다물었다.

그러나 곧 여유를 되찾았다. 그리고 한숨을 쉬며, 인내심 있게 다시 말을 시작했다.

"당신의 생각이 당신을 어떤 지옥으로 인도한 건지 모르겠군요! 메마른 돌에 파인 의미 없는 세계로 이끈 게 틀림없습니다. 물질에 대한 맹목적인 믿음의 결과지요! 그리고 당신 자신이 물질이 되어 영의 입김에서 달아나고 있습니다! 당신은 이데아의 왕국을 향해 올라가는 게 아니라 혼란스러운 물질들 속으로 내려가 결국 그 속에 잠겨 버리게 될 겁니다."

"나는 하나의 물질입니다, 폼포니오. 우리 모두 그렇습니다."

"아니오! 우리들이 모두 물질이기는 하지만 우리는 영원한 빛의 광채를 가지고 있소! 이것이 신성 플라톤이 우리에게 가르쳐 준 것이오! 사실이오. 우리는 유한한 세계에 살고 있어요. 그러나 우리를 둘러싸고 우리에게 굴욕을 주는 이러한 경계는 신의 순수함을 희미하게 반사하는 것일 뿐이오. 세계는 그런 순수함에서 시작되었소. 물론 이 세계는 그런 순수함을 어둡게 반영할 뿐이기는 하지만 그 속에서 반영되는 이미지는 당신의 루크레티우스가 꿈꾸는 이미지보다 훨씬 더 눈부시게 빛납니다. 모든 존재가 단지 우연에 의해서만 다시 기어 올라올 수 있는 절벽의 그 허공보다 말입니다. 당신의 선택이 얼마나 초라한지 모르겠습니까? 난 당신의 존재가 시작된 별이 뜬 하늘을 말하고 있는데 당신은 음울한 늪지를 내게 보여주고 있습니다! 썩은 거품들만이 이따금 끓어오르는!"

인문주의자가 과장되게 말했지만 피코는 그의 말 속에서 깊은 불안의 메아리를 감지한 것 같은 기분이 들었다. 그의 목소리는 그 혼자 고독하게 살고 있는 동굴의 벽에 부딪혀 반사되듯 공허하게 울려 퍼졌다. 피코는 그 목소리를 받아들이는 대신, 꿈과 대비를 시켜보려 했다.

피코가 고개를 저었다. 폼포니오가 다시 그를 다그쳤다.

"이건 신의 목소리가 우리에게 했던 말입니다. 그 목소리를 들은 이는 헤르메스였습니다. 그리고 그 가르침은 헤르메스에게서 플라톤에게까지 전달되었소. 그것을 다시 노래하는 언어는 헤르메스의 언어이고, 처음으로 필사한 손은 헤르메스의 것이었소."

"몽상가들이 만들어낸 죽음에 대한 부질없는 말일 뿐이죠."

"신성을 모독하는 말이오!"

피코가 웃음을 터뜨렸다. 그러더니 갑자기 심각한 얼굴로 폼포니오의 손목을 잡았다.

"신성모독이라고요? 그걸 당신 입으로 말하는 건 좀 이상하지요. 만일 우리 둘이 교황청 종교재판소에 섰을 때 나는 회오리치는 원자들의 세계에 대한 믿음을 말하고, 당신은 무한한 세대를 거쳐 윤회하는 고대 학설들을 말한다면 누가 먼저 화형을 당할까요?"

피코는 자신에게 잡힌 폼포니오의 손목이 마치 젊은 처녀의 손처럼 부드러워지는 것을 느끼며 전율했다.

폼포니오는 잠깐이지만 피코의 그런 행동을 고마워하는 것 같았다. 힘센 손가락에서 거의 쾌감이라도 느낀 듯이 말이다. 하지만 곧 얼굴이 어두워졌다.

"아마 내가 먼저 화형대에 오르겠지요. 그렇다고 해도 이건 아무것도 증명하지 못합니다. 그 어떤 불길도 진실의 관을 태울 수는 없으니까요."

"내가 알고 싶은 건 이게 아닙니다." 피코가 손에 힘을 약간 빼면서 대답했다. "아까 나타났던 여자, 당신들이 시모네타 베스푸치라고 믿고 있는 그 여자 말입니다! 어디서 온 겁니까? 진짜 누굽니까? 왜 이런 장난으로 회원들을 속이는 겁니까?"

폼포니오의 몸이 갑자기 굳었다.

"당신이 본 것은 있는 그대로의 것입니다. 아름다운 여인은 말의 힘에 의해 불려나온 겁니다. 그 누구도 그 이상 알 수는 없습니다."

"집어치워요! 당신이 어떻게 한 건지는 모르지만 난 당신 추종자들처럼 속지 않을 거요!"

폼포니오가 입을 꽉 다물었다.

"당신이 보았던 것은 고대 의식을 엄숙하게 되풀이한 것일 뿐이오. 수천 년 전 동방의 넓은 강의실들에서 행해졌던 것과 완전히 똑같소. 마법의 의식이오. 이 마법을 가지고 이집트의 현인들은 그들이 믿는 신들의 장엄함을 통해 파라오에 대한 믿음을 강화시켰습니다. 통치로 피로한 파라오의 정신이 궁극적인 진리를 눈으로 봄으로써 위안을 얻을 수 있게 말입니다."

"속임수입니까?"

"말의 힘이 까마득히 먼 과거의 힘들을 되살려내서 마법의 부적 속에서 진실로 밝혀지게 되듯이, 똑같은 방식으로 샘 속에 있는 단 하나의 이미지는 그 샘에 비친 대상의 모든 장점을 자신 속에 감추고 있습니다. 나르시스도 물에 비친 자신의 모습에 매혹되어 깊은 물에 빠져 죽었지요. 그에게 그 이미지는 확실한 것이었소.”

인문주의자가 모호하게 대답했다.

피코가 마네토 쪽을 돌아보았다. 격렬한 분노가 마음 속에서 치밀어오르는 것을 느꼈다. 폼포니오는 곡예사들의 공연으로 자신의 추종자들을 현혹시켜야 할 이유가 분명 있었다. 피코는 이 작은 그룹을 밀착시키는 것이 꿈과 놀라운 기대감이라는 것을 분명히 알게 되었다. 그들의 지도자가 매우 환상적인 방법으로 키워놓은 꿈이었다. 고대 이집트의 신관들이 해가 뜰 때 그들의 석상들에게 말을 하게 만들었던 것처럼 말이다. 혹은 손을 댈 수 없는 신전에 무(無)를 가득 채운 상자를 숨겨 놓을 수밖에 없던 유대인들처럼.

그런데 마네토는! 그는 아까 일어난 일을 받아들일 수 없었다.

“정말 그 여자가 무덤에서 나온 시모네타 베스푸치라고 생각하십니까?”

“그녀가 아니에요. 하지만 말의 비밀을 아는 사람이 불러낸 그녀의 비물질적인 이미지지요. 이건 믿습니다.” 피렌체인이 피코의 눈을 보며 뜻밖의 대답을 했다.

“대체 무슨 말인지……” 피코가 깜짝 놀라 당황스러워했다.

이제 마네토는, 마치 설명해야 할 말을 멀리서 찾기라도 하듯 허공을 보고 있었다.

“난 그녀를 직접 보았습니다, 피코. 그녀가 죽던 날 나도 피렌체에 있었지요. 그때, 무덤 속에 들어간 그녀의 몸의 온기가 식기 전, 그녀를 되살려내려고 애썼던 사람들 속에 있었습니다.”

"당신이요? 당신이 그들 중 하나였단 말입니까? 피렌체에서 그녀를 불러내기 위한 최초의 의식을 거행하던 유대인과 함께 했다는 겁니까?"

"예, 거기 있었죠. 그리고 이제 그녀를 다시 본 겁니다. 그녀입니다. 나는 어떤 사람의 기술로 그녀를 무덤에서 불러낼 수 있었는지, 혹은 그녀의 영혼이 다른 몸으로 들어가서 그 몸에 자신의 완벽한 형상을 준 건지는 모릅니다. 플라톤의 가르침에 따르면 영혼들은 무한한 세대를 거쳐 다시 돌아오게 되지만 그 영혼들 중 하나가 천상의 아름다움을 가지고 내려오도록 신이 직접 표시를 한다면, 그 영혼의 껍질에, 최고의 조화를 눈으로 볼 수 있게 만들어 줄 외형을 부여할 힘도 가지고 있지 않겠습니까?"

피코가 뭔가 반박을 해보려 했지만 폼포니오가 끼어들었다.

"그렇소. 여성의 몸으로 나타난 아름다움이 이데아의 완벽성을 더 훌륭하게 반영하는 절대적인 미가 아닐 수도 있기는 하지만 말이오."

폼포니오가 중얼거렸다. 그가 한 손을 들더니 부드럽게 피코의 뺨을 어루만졌다. 그 사이 그의 두 눈에는 피코가 조금 전 보았던 슬픔 어린 관능의 불꽃이 되살아났다.

"삶의 경험이 농축되어 있고 아름다움의 존재를 느낄 수 있는 성숙한 남자의 사랑이, 방금 동일한 광경을 보았던 한 젊은이를 향해 표현될 수 있다는 중요한 사실을 어떻게 놓칠 수 있겠소? 그 젊은이에게 그 장면들은 고통의 근원이 될 거라는 중요한 사실을? 그 고통은 바로 그보다 나이 많은 남자에 대한 사랑에 의해 줄어들게 되고 행복한 발견으로 바뀌게 될 거요. 당신에게 매료당한 남자의 품에서 에로스의 존재를 느껴본 적 있소?"

그가 낮게 말했다.

피코는 잡았던 손의 힘을 풀면서 눈에 띄지 않게 물러났다. 하지만 인문주의자는 눈을 반짝이며 피코의 얼굴에서 손을 떼지 않으려고 한 발짝 앞으로 나왔다.

"우리와 같이 하지 않겠소? 내 집의 가장 은밀한 곳에서 벌어지는 의식에 참가하지 않겠소? 오늘은 커다란 사건들을 예고하는 엄숙한 날이오."

"어떤 사건들 말입니까? 당신은 아까 짧은 시간 내에 승리하고 자유로워질 거라고 말했어요!"

폼포니오가 잠시 마네토의 눈을 찾았다. 피렌체인이 고개를 저었다.

"그러니까 당신은 모르고 있군요. 우리와 함께 합시다." 그가 계속 피코를 쓰다듬으며 말했다. "우리 그룹이 되면 모두 다 알게 될 거요!"

피코는 망설였다. 이 남자의 뜨겁고 열정적인 성욕은 자연에 대한 혼란스러운 잘못된 해석에서 생긴다기보다는 그리스인들의 우화에 중독된, 흥분한 정신에서 탄생하는 것 같았다. 어쩌면 육체에 접근하는 그런 방식이 이 남자에게는, 꿈으로밖에 꿀 수 없는 숭고함을 향해 올라가려는 힘겨운 시도, 자신의 육체가 갈가리 찢어지는 것을 느끼면서, 양성성의 완성을 찾으려는 필사적인 노력일 수도 있었다.

피코는 잠시, 그의 욕망에 굴복하는 척하면서, 그의 진짜 생각들을 털어놓도록 그를 몰아 갈 수 없을지를 속으로 생각해보았다. 하지만 곧 불쾌한 생각이 들어 그런 가정을 밀어내 버렸다.

"제가 온 건 이것 때문이 아닙니다." 이렇게만 대답했다.

철학자가 생각에 잠겨서 고개를 끄덕였다.

"그러면 우리들의 대화는 여기서 끝이군요."

이렇게 말하면서 뭔가를 물어보는 듯한 눈으로 마네토를 다시 보았다.

"우리를 신고하지는 않을 겁니다." 피렌체인이 조그맣게 말했다.

폼포니오가 마지막으로, 아무 말 없이 피코를 오래 바라보았다. 그러다가 고개를 끄덕였다.

"그러니까 갈림길에 선 길동무처럼 이제 각자의 길로 헤어져야겠군요. 두 사람 모두에게 그게 최선입니다. 마네토, 정원 너머로 날 따라오시오. 내 동료들이 우리를 기다리고 있습니다. 하지만 먼저 당신 친구가 확실히 나가는 문을 찾게 하고, 그가 본 것을 잊게 만들어야 합니다."

마네토가 정원으로 난 문으로 멀어져가는 폼포니오에게서 한참 동안 눈을 떼지 못했다. 그러더니 갑자기 격렬한 감정에 사로잡힌 사람처럼 피코의 팔을 잡았다.

"당신은 비트루비우스 아카데미아의 남은 회원들이 어디에 숨었는지 알고 싶어 했지요. 이제 그걸 알게 되었소." 그가 흥분해서 말했다. "그렇지만 그 사실을 잊어야 합니다, 친구."

"왜요? 그들에게는 알베르티 사상의 흔적이 없습니다. 그의 위대함에 대해서만 희미하게 기억하는데, 그것마저도 안개처럼 혼미한 성도착증 속에 흩어져 버렸어요. 그러니까 이게 비트루

비우스 아카데미아가 틀림없습니까? 페르페티가 나를 놀렸어
요. 당신에게도 마찬가지예요! 아무것도 없습니다. 아카데미아
는 꿈일 뿐입니다! 내가 본 것은 전부 육욕으로 소모된 의식에
다시 활력을 불어넣기 위한 환각 게임일 뿐입니다. 당신도 협력
했던 게임이요!"

마네토가 다시 피코의 몸을 거세게 흔들었다.

"당신은 이해를 못하고 있소. 이해할 수가 없어요!" 마네토가
격정적으로 외쳤다. "그래요. 바티스타의 친구들은 거의 모두
사망했어요. 하지만 그의 계획은 새로운 세대 속에 아직 살아 있
습니다. 이 사람들은 그 중 일부지만, 건축가의 계획을 완성시키
기 위해 일하는 또 다른 사람들도 있어요. 그것은 필요한 때가
되면 빛을 보게 될 겁니다."

"뭐라고요? 어떤 계획 말씀입니까?"

"들어본 적이 있을 겁니다. 묘지에 묻힌 사람들이 죽음에서
돌아오는 겁니다."

"그럴 리가요! 레온 바티스타 알베르티는 그걸 상상할 수 없
었습니다!"

"그가 한 일이 바로 그겁니다. 여자가 벌써 돌아왔습니다. 나
머지도 모두 돌아올 겁니다. 가세요. 이제 가세요. 당신의 아름
다운 외모 때문에 목숨을 건진 겁니다. 하지만 폼포니오의 호감
이 그리 오래 당신을 지켜주지는 못할 거요."

피렌체인이 급히 정원 쪽으로 걸어가면서 대답했다.

사투르날리아 홀에서

홀에 피코 혼자 남게 되었다. 그는 혼란스러운 마음으로 주위를 둘러보았다. 문 쪽에서 음악소리, 속삭임, 작은 웃음소리, 신음소리들이 소용돌이치듯 흘러나왔다. 마치 거대한 사랑의 숲이 잠에서 깨어나고 육체 결합의 노래가 자신이 가진 원초적인 힘을 모두 펼쳐놓는 것 같았다. 에덴이 아마 이랬을 거야, 바빌론의 정원들에서 이런 소리들이 울려 퍼졌겠지. 피코가 속으로 생각했다.

절망적으로 도착(倒錯)된 형태이기는 하지만, 폭풍 같은 육욕은 그를 혼란스럽게 만들기도 했다. 그는 당장 그곳을 떠나고 싶었다. 하지만 그가 보았던 모습들 때문에 그는 아직도 그 공간에서 꼼짝을 하지 못했다. 홍수같이 밀려들어 모든 이성을 전도시키는 육욕에 끌려들어가기 전, 여인의 등장과 갑작스레 사라진 그 상황을 설명해줄 답을 틀림없이 찾을 수 있을 것이다.

피코는 나무로 된 연단에 다가갔다. 그는 나보나 광장의 마차에서 발견한 속임수를 분명히 기억하고 있었다. 거기서 청년은 뚜껑 문을 통해 사라져, 이중으로 된 마차 바닥 밑으로 들어간 게 틀림없었다. 그러니 이 연단에도 똑같은 해답이 있을 게 틀림없었다.

그는 연단으로 뛰어올라가서, 숨겨진 통로의 흔적들을 쉽게 찾을 수 있을 것이라고 확신하면서 망토가 들어올려지며 기적적인 효과를 드러냈던 지점을 찾았다. 그렇지만 아무리 자세히 살펴봐도 나무판자들은 치밀하고 단단해서 속임수를 알려줄 만한 가느다란 틈 하나 없었다. 진짜 장인이 이 장치를 만든 게 틀림없군, 피코는 이렇게 인정할 수밖에 없었다. 화가 난 그가 단검을 꺼내서 손잡이로 나무판을 두드리기 시작했다. 그러면서 나무판자의 구성이 어딘가 다르다는 것을 알려줄 소리의 변화를 감지할 수 있기를 바랐다. 하지만 나무 바닥은 어느 곳에서나 똑같은 소리를 냈다.

그는 자신이 없어져서 걸음을 멈췄다. 그가 잘못 생각한 걸까? 그는 실패를 받아들이지 않기로 결심하고 벽에서 아직 타고 있는 횃불을 하나 떼서 다시 연단으로 돌아왔다. 만일 조그만 틈이 있다면 아무리 조심스레 숨겨 놓았다고 해도 가느다란 바람 한 줄기는 통할 거야, 그는 불길이 흔들리는 것을 볼 수 있으리라는 기대를 품고, 횃불을 연단 바닥에 가까이 가져갔다.

횃불을 바닥 위로 움직이며 아주 작은 불길의 변화도 놓치지 않으려 주의했다. 하지만 전혀 변화가 없었다. 그의 확신의 성이 완전히 흔들리기 시작했을 때 바로 앞쪽, 안쪽의 벽을 덮은 떡갈나무 판자들 사이의 한 지점에서 번득이는 빛이 그의 주의를 끌었다. 그는 그 빛이 흘러나오는 곳을 찾아보려고 횃불을 높이 들었다. 잠시 후 그가 움직이자 그 빛이 다시 나타났는데 이 번에는 더욱 선명했다. 그는 나무로 덮은 벽 쪽으로 다가갔다. 벽을 덮은 판자들 사이의 연결에 작은 문제가 있는 것처럼 그 사이에 가느다란 틈이 하나 있었다. 그리고 피코가 좀더 자세히 살펴보기 위해 벽에 가져간 횃불의 불빛에 답하듯 그 틈 너머에서 불빛이 반짝였다.

피코는 지지직 소리를 내며 꺼져가고 있던 횃불을 내려놓았다. 그리고 그 틈에 손가락을 집어넣고 판자를 있는 힘껏 잡아당겨 보았다. 판자가 서서히 떨어져 나와 옆으로 기울어지면서 약 60센티미터 가량의 틈이 벌어졌다. 손을 뻗어보던 피고는 손끝에 단단하고 차가운 뭔가가 닿는 것이 느껴졌다. 그 무엇인가 위에서 또 다른 손들이 그를 향해 움직이고 있었는데, 마치 그 안에 갇힌 어떤 죄수가 거기서 벗어나기 위해 그를 붙잡으려고 하는 것 같았다.

거울이었다. 거울은 앞쪽에 있는 것, 그러니까 저택의 홀을 비출 수 있게 비스듬히 기울어져 있었다. 그렇기는 하지만 옆 벽의, 정확히 한 지점 쪽으로 방향이 맞추어져 있었다. 피코는 돌아서서 그쪽을 자세히 살펴보았다. 하지만 아무것도 없었다. 떡갈나무 판자 장식은 겉으로 보기에는 끊어진 부분 없이 고르게 이어졌다.

그 벽에 다가갔다. 그리고 다시 각각의 연결부분들을 정확하게 검사했다. 자신이 본 게 이해가 되기 시작했다. 그리고 그런 발견으로 인한 흥분과, 그가 처음에 생각했던 것보다 속임수에 훨씬 더 공을 들이기는 했지만, 어쨌든 자신의 생각이 맞았다는 만족감이 뒤섞였다. 그가 손가락으로 두 번째 나무판을 밀어냈을 때 그는 이게 속임수라는 걸 확신했다. 이번에는 미닫이문 뒤로 넓은 공간이, 진짜 방이 나타났다. 방안에는 최근의 흔적들이 그대로 남아 있었다. 바닥에는 타다 남은 초들이 여러 개 있었고 램프 두 개는 아직도 온기가 있었다. 여기에도 거울이 하나 있었는데, 이 거울 역시 다른 거울의 이미지를 정확히 반사할 수 있는 각도로 기울어져 있었다.

이제 모든 게 분명해져서 한 종파의 우두머리가 너무나 단순하면서 동시에 천재적인 방법으로 그 신도들을 놀렸다고 생각하자 그는 웃음을 참을 수가 없었다. 참을 수 없을 정도로 격렬히 웃어대서 가슴이 울렸다.

빨간 망토가 바로 속임수의 출발점이었다. 그것은 그 광경을 지켜보는 사람들의 주의를 다른 곳으로 끄는 데 사용되었다. 위로 올려진 망토는 그 밑에서 육체가 일어서고 있다는 것을 암시할 목적이었기 때문이다. 그 역시 연단 밑에 뚜껑문이 있다고 생각하며 그렇게 믿었다. 사실 폼포니오는 분명 천장에 매달려 있을 가느다란 줄을 눈에 보이지 않게 연결하고 망토를 땅에 떨어뜨리는 일밖에 하지 않았다. 바로 그때 공범자가 자신의 비밀 은신처에서 실을 잡아당겼고 그래서 모든 사람들의 눈에는 망토가 저절로 일어서는 것처럼 보였던 것이다. 그렇게 움직일 때 망토에 주름이 생겨 마치 그 밑에 살아 있는 육체가 있는 것 같은 인상을 주었는데, 모든 이들이 머릿속으로 정말 그 밑에 사람이 있을 것이라고 확신했기 때문에 속이는 일은 아주 간단했다. 그리고 망토가 원하는 높이에 이르렀을 때, 진홍색 망토에 가려 보이지 않는 상태에서, 연단 뒤에 있는 나무판이 옆으로 밀려나면서 첫 번째 거울이 나타나게 된다.

바로 그 순간, 연단에서 벌어진 일을 넋을 놓고 바라보는 사람들 등 뒤에서 두 번째 나무판이 열리는데 아주 간단히 사람들의 눈에 띄지 않을 수 있다. 바로 그때 연단에서 눈을 떼고 뒤돌아볼 사람은 아무도 없기 때문이다. 그러면 숨어 있던 방에서 촛불의 강렬한 불빛을 받아 환히 빛나는 알몸의 여자는, 여전히 진홍색 망토에 가려진 채 이중 반사를 통해 거울에 비치게 된다.

그때 폼포니오의 명령에 따라 공범자가 다시 실을 풀어놓아 망토가 바닥에 떨어지고 여자의 몸이 드러나게 만들었다. 그러면 거울 앞바닥에 구겨진 채 놓인 망토는 거울에 비친 여자의 아랫부분을 가려주었고 그렇게 해서 연단 한가운데에 발을 디디지 않았는데도 사람들은 모두 그녀가 연단에 있다고 생각을 하게 되었던 것이다. 잠시 후 남자가 다시 망토를 들어올리고 신호를 보내자 나무판자들이 다시 닫혔고 여자의 모습은 신비 속으로 사라져 버린 것이다.

그런데 무엇 때문에? 폼포니오 레토가 이끄는 학자들의 아카데미아가 곡예사들의 속임수를 이용할 필요가 있었던 것일까? 오로지 이데아의 세계가 실제로 존재한다는 것을 감각적인 방법으로 회원들에게 증명하고, 미의 원형을 보았다는 착각을 하게 만들어 회원들이 플라톤의 말을 신뢰하게 만들기 위한 목적 때문만일까? 아니면 다른 뭔가가 있는 걸까? 혹시 여자에게 신성을 부여하기 위한 방법은 아닐까? 혹시 마테오같이, 그녀를 사랑하는 남자들에게 그녀가 정말 환생할 수 있다는 생각을 더욱 굳게 믿게 만들려는 것일까? 대체 왜? 그리고 무엇보다 이 모든 일은 누구의 머리에서 나온 것일까?

여자가 등장했다 사라지는 게임이 표면적인 면에서는 이집트인들의 마차에서 보았던 광경을 상기시켰지만 시각적 효과에 대한 연구와 지능적인 면에서는 그것보다 훨씬 훌륭했다. 숨겨 놓은 단순한 문을 통해 몸을 피하는, 곡예사들의 조잡함을 찾아볼 수 없었다. 이 속임수를 계획한 사람은 훨씬 정교했다. 그리고 곡예사들이 이걸 만들었다면, 전설로 떠도는 대로 사막에 있는 고대 무덤에서 빼냈다는 비밀의 흔적이 전혀 없어야 할 것이다. 명석한 두뇌를 가진 사람이 교묘하게 만들어낸 속임수였다.

폼포니오 레토가 그 천재와 친분이 있는 게 틀림없지만…… 철학적 신념에 힘을 싣기 위해서 자신이 직접 곡예사로 변신할 정도로 그에게 매료되어 있는 것일까?

아니면 그 역시 이 속임수의 희생자인가? 누군가 그의 육체의 약점을 이용해서 그의 주위를 맴돌다가 바로 그의 집에, 주인도 모르게 그 놀라운 장치를 숨긴 것일까?

어쨌든 여자는 어디로 간 것일까? 나무 바닥을 통해 도망치지 않았다면 아직 어딘가에 숨어 있는 게 틀림없었다. 그는 벽감 속에 숨겨진 두 번째 거울을 다시 살펴보았다. 거울의 틀을 흔들어 보자 그것은 그의 손의 압력에 굴복해서, 일반 문처럼 20여 센티미터 정도 밀려나갔다. 사람이 지나갈 수 있을 정도의 틈이 벌어지도록 손에 힘을 더 주었다.

거울 뒤쪽에 작은 방이 있었다. 흔들리는 불빛이 보였고 누군가가 있었다. 피코는 안으로 들어갔다.

　여자가 진홍색 망토로만 몸을 가린 채 가만히 서 있었다. 발 옆에 놓아둔 램프의 빛이 그녀를 희미하게 비춰주었다. 피코를 알아보고는 몸에 늘어진 망토 사이로 보일 수 있는 알몸을 감추기라도 하려는 듯이 두 손으로 망토를 꼭 여몄다. 하지만 곧 고개를 흔들며 손의 힘을 빼서 망토가 가슴 부근에서 벌어지게 내버려 두었다. 피코의 시야에 자신의 몸이 다시 노출되는 것에 별 신경 쓰지 않는 것처럼.

　얼굴을 찡그리고 입술을 벌려 일순간 하얀 이가 반짝이도록 드러내더니 야생동물처럼 재빨리 목을 움츠렸다.

　피코는 홀린 듯이 그녀를 보았다. 바로 조금 전에 열광하는 신자들 앞에서 환영처럼 나타났던 만질 수 없던 그 여신이 바로 이 여인이란 말인가? 시스티나 예배당에서 그가 몰래 훔쳐보았던 눈부신 나체의 여인이 바로 이 여인이란 말인가? 피코는 좀더 자세히 보기 위해 두 발짝 앞으로 다가갔다. 희미한 불빛이 그녀 얼굴에 닿아 어둠 속의 벽에 그녀의 옆모습을 뚜렷이 새겨 놓았다. 피코는 로렌초의 초상화와 그가 보았던 다른 시모네타 그림과 여자를 비교해 보았다. 여전히 믿을 수 없을 정도로 둘이 닮았지만 완벽한 얼굴 생김새에서 뭔가가 변한 것 같았다. 의심할 바 없는 시모네타 그녀였다. 하지만 그와 동시에 다른 사람 같기도 했다. 오늘 밤의 멋진 속임수에서 실제 얼굴이 드러난 것 같기도 하고 고대 비극에 등장하는 여신의 의상을 입은 여배우 같기도 했다. 이제 그 여배우는 무대에서 나왔다. 여자 혼자만 텅 빈 극장에 홀로 남아 있었다.

그녀는 피코의 예상과는 달리 전혀 놀라지 않았다. 길모퉁이에서 만난 낯선 남자를 바라보듯 전혀 동요하지 않고 그를 주의 깊게 살펴보기만 할 뿐이었다.

갑자기 뭔가 움직였다. 그때까지 어둠과 구별이 되지 않았던 넝마꾸러미 같은 것이었다. 피코는 여러 개의 팔과 다리들이 움직이는 것을 얼핏 보았다. 잠시 후 미르나가 벽을 따라 재빨리 미끄러지듯 움직여 문 뒤로 사라졌다. 그리고 그 순간, 극과 극인 두 개의 성질, 즉 완벽한 형태의 눈부심과 기형의 사지가 주는 공포가 다시 하나가 되어, 서로 정반대되는 성질이 딱 한 번 우연히 일치되면서, 우연의 힘이라는 게 전 우주의 진정한 여왕이라는 것을 증명해주었다.

여자가 재빨리 달아나는 미르나에게 눈길을 돌렸다가 다시 피코를 돌아보았다.

"내게 원하는 게 뭔가요?"

여자가 쌀쌀맞게 물었다. 피코는 그녀를 아는 사람들 중 누구에게서도 그녀의 목소리에 대해서는 들어보지 못했다는 생각이 떠올랐다. 인간이 자신을 표현할 때 제일 먼저 사용하는 목소리를. 그녀의 목소리를 들은 사람이 아무도 없는 것처럼. 아니면 그 목소리를 들은 개개인들이 사실은 소리치는 자신의 감정들이 외치는 것만을 들어 실제의 목소리를 지워버리고 상상력이 만들어낸 것만을 듣기라도 한 것처럼 말이다. 조개껍질을 귀에 대고 파도 소리를 들으며 감탄을 해보려고 하던 어린아이가 자신의 맥박 소리만 듣는 것처럼.

어쩌면 피코 자신도 그런 게 아닐까? 그가 들은 목소리는 약간 귀에 거슬렸고 서민 계층 여인네의 목소리에 가까웠다. 그 억양에서는 멀리 떨어진 이데아 세계가 아니라 고된 노동의 하루를 보낸 피로가 느껴졌다. 그러면 이 여자의 목소리는 그의 습관의 결과에서 나온, 그가 모든 여자들에게서 항상 들어왔던 목소리가 투영된 것이라고 할 수 있을까?

"나도 홀에 있었습니다. 당신을 보았어요."

그녀가 마치 성가신 벌레를 떼어내기라도 하려는 듯, 숱이 많은 금발 머리를 살짝 흔들었다.

"알아요. 나도 당신을 봤어요. 당신을 기다리고 있었어요."

피코가 깜짝 놀랐다.

"나를 안단 말입니까?"

그녀 쪽으로 다시 한 발짝 다가서며 조그맣게 말했다. 하지만 여자가 그를 멈춰 세우기 위해 손가락을 편 채 재빨리 한 손을 뻗었다.

"애인들 중 누구도 날 만질 수 없어요. 이건 계약이에요."

피코가 동작을 멈췄다.

"애인들요? 난 애인이 아닙니다. 나는……"

"모두 시모네타를 사랑해요. 당신도."

"뭘 두려워하는 겁니까? 누군가 당신을 알아봤습니까?"

"나를 알아본다고요? 예전에 낯익었던 사람이 아니면 아무도 나를 알아볼 수 없어요. 누가 나를 알아볼 수 있겠어요? 모두들 나에 대해서는 아무것도 몰라요."

"아무것도요? 당신을 선택한 그 사람들도 당신에 대해 아무것도 모른단 말입니까?"

"아무도 몰라요. 그들은 내 외모를 선택했어요. 내 외모에서 그들의 욕망의 그림자를 보았기 때문이지요. 그렇지만 이 외모 밑에는 아무것도 없어요. 아무것도. 이 때문에 나를 선택한 것이지요."

"나, 난 이해할 수가 없습니다." 피코가 혼란스러워서 말을 더듬었다. "그 사람들은 아름다운 시모네타의 영혼이 당신에게서 나타난다고 말했어요…… 그런데 어떻게 당신의 그 외형 밑에 아무것도 없을 수가 있습니까?"

"분명히 말하지만 아무것도 없어요. 바로 이 점이 그들을 매혹시킨 거예요. 당신네 남자들이 모든 여자에게서 찾는 게 바로 이런 거잖아요. 당신들의 꿈으로 다시 채워 넣을 수 있는 힘 없는 공간 말이에요. 그리고 여자는 이렇게 해야만 하죠. 당신들의 꿈을 옷으로 입어야 하는 거예요. 당신들 각자가 당신들이 잃어버렸던 것을 거기서 찾아야 하니까요. 남자들은 내가 아니라 그들을 위해 내가 입은 꿈의 옷을 흠모하는 거예요. 난 시모네타 베스푸치 이야기를 들었어요. 수많은 사람들이 그녀를 보았지만 그 사람들은 그녀가 그저 거울에 불과하다는 것을 알아차리지 못했지요. 거울이요, 이것하고 같은."

그녀가 비웃듯이 웃으면서 작은 탁자에서 청동의 틀을 집어 피코 쪽으로 그것을 내밀었다.

피코는 거기에 비친 자신의 얼굴을 보았다. 하지만 잠시 자신이 본 것에 확신이 없었다. 거울이 변색이 되었거나 표면이 고르지 않아서 그의 얼굴이 약간 일그러진 것일 수도 있었다. 그의 얼굴이었지만 그와 동시에, 그의 놀란 눈을 바라보는 또 다른 얼굴이 하나 있었다. 그러니까 여자가 손목을 움직여 둥글고 작은 거울 속에 자기 얼굴도 들어오게 한 것이었다. 여자가 그를 뚫어지게 보았다.

피코가 당황스러워 눈을 돌렸다. 그 순간 그의 마음속에 있는 무엇인가가, 그 여자를 끌어안고 그녀 몸에 두른 망토를 벗기고 싶은 참을 수 없는 욕망이 뜨겁게 불타올랐다. 그가 그녀의 머리를 향해 한 손을 뻗었는데, 여러 마리가 모여 있는 뱀을 잡으려 하는 것처럼 손이 덜덜 떨렸다. 그는 그녀의 입술을 찾으며 그녀를 자기 쪽으로 끌어당겼다. 하지만 그녀는 힘껏 그를 밀치고 양손목으로 그의 가슴을 막아냈다.

"안 돼요." 무미건조한 그녀의 목소리가 들렸다. 분노도, 욕망도, 감정도 없는 목소리였다. "당신에게 나는 실재하는 여자예요. 그래서 당신은 날 가질 수 없어요."

어쩌면 그 여자가 한 말이 맞을 수도 있었다. 세미라미스(앗시리아의 전설상의 여왕. 바빌론의 창건자로 전해지며 아름다움과 지혜로 유명하다), 디도(카르타고의 여왕), 클레오파트라는 수많은 남자들을 사로잡았다. 카이사르와 안토니우스, 그리고 다른 수많은 남자들의 공통점은 무엇일까? 여러 남자들을 꼼짝 못하게 했던 바로 그 여인에게서 무성(無性)을 발견했던 것일까? 눈이 부신 애첩의 몸일지라도 그 몸을 가질 수 있는 시간은 사랑을 나누는 겨우 그 한 시간조차 넘지 못하는 것 아닐까? 그 여자에게서 자기 자신 이외에 무엇을 보았을까?

피코는 지금 옷을 벗고 눈부신 모습을 드러낸 그 완벽한 몸에서 눈을 뗄 수 없었다. 그 완벽한 비율과 부드러운 곡선은 이미 그가 시스티나 예배당에서 보았던 것이었다. 그리고 여기서 식이 진행되는 동안 기적적으로 등장했을 때도. 하지만 지금 그 몸은 일종의 내적인 빛으로, 육감으로 환히 밝혀진 듯했다. 조각상과 비슷하다고 생각했던 그녀가 이제야 인간의 모습을 지니는 것처럼.

온몸이 뜨겁게 달아오르는 동안 피코는 이제 입을 벌린 채, 멀리 있는 모습만 보았기 때문에 지금까지 놓쳤던 작은 흔적들을 발견했다. 눈가의 잔주름들과 양쪽 뺨 위를 장식한 주근깨들이었다. 약간 볼록한 배꼽 옆에 있는 검은 사마귀가 피코의 관심을 끌었다. 이제 그를 쓰다듬기 시작한 손가락 관절은 소녀의 것보다 살짝 굵을 뿐이었다. 그 육체는 위대한 거장이 만들어 낸 것으로, 거장은 자신의 놀라운 솜씨로 그 육체를 이상적인 미에 완벽하게 접근시킨 것 같았다. 하지만 거의 완성 단계에 이르렀을 때 질투심 많은 신들에게 도전하는 것 같은 공포를 갑자기 느끼게 되어 마무리를 포기한 것 같았다.

예전에 도공과 이야기를 나누다가 중국 도공들이 작품을 다 만들고 나서 마지막에 도자기에 다양한 색을 입힌다는 것을 알게 되었다. 인간의 손에서 나온 작품은 그 어느 것이든 완벽할 수 없기 때문이라고 했다. 딱 한 번이라도 하늘의 세상과 땅의 세상이 똑같은 적이 있었다면 세상의 구조 자체가 무(無) 속으로 추락하지 않았을까? 자연이 우리에게 내린 형벌은 바로 이 때문일까? 힘겹게 오르기만 하게, 우리 머리 위, 완벽의 왕국에서 떠도는 것을 결코 잡을 수 없게 한 것이 아닐까? 그 자연은 마지막 결합, 그의 작업을 마지막으로 확인해 줄 그 결합을 싫어했다. 만약 그렇게만 된다면 세상은 그 의미를 상실하게 될 것이고, 우리들의 꿈 속에서만 존재하는 모델을 뒤쫓으며 추락할 것이다.

루크레티우스가 생각했던 클리나멘(Clinamen), 허공으로의 무의미한 추락에 대항하고 사물에 생명을 주는 힘, 이 힘은 무한한 접근을 만들어내기 위해서만 존재하는 것일까? 이 힘은 마지막 목표에는 결코 도달할 수 없는 형벌을 받은 걸까? 그 힘의 움직임들이 무한하고 각 부분에서의 결합이 셀 수 없기는 하지만, 결코 도달할 수 없는 마지막 힘이 하나 있었다. 시간이 종말을 맞았을 때 거대한 사이클은 다시 시작되고 사물들은 다시 그들의 영원한 결함을 지닌 채 다시 절망적인 무한한 움직임을 다시 시작하게 될까?

그 육체 앞에서, 그를 어루만져 흥분이라는 환각을 불러일으키는 그 손가락 앞에서 피코는 진실의 경계들이 활짝 열리는 것을 보았다. 그의 스승이 발견했으나 절대 입을 열지 않기 위해 죽음을 선택하며 침묵했던 그 진실을. 인간이 알 수 있는 유일한 진실은 사랑으로 인한 고통이다. 무와 같은 물질에서 우리를 해방시켜주는 마지막 감정. 아무것도, 예술마저도 그 무를 이길 수는 없었다.

사납게 그녀에게 달려들어 그녀의 두 팔을 꽉 쥐고 바닥 쪽으로 그녀를 눕혔다. 그녀는 계속 저항을 하며 표범 같은 힘으로, 그의 손아귀에서 벗어나려 했다. 피코가 자신의 배를 밀어내는, 바위처럼 단단한 여자의 무릎 사이로 몸을 들이밀려고 애쓰는 동안, 그녀가 손톱으로 자신의 얼굴을 할퀴는 것을 느꼈다.

그녀는 아무 말 없이, 신음소리도 내지 않고 싸웠다. 이따금 그의 입에서 거친 숨소리만 새어나올 뿐이었다. 그 숨소리가 이 싸움의 유일한 소리였다. 그녀는 자신의 외형을 구하기 위해 싸웠다. 피코가 지금 지워버리고 싶어 하는 바로 그 외형을 위해.

그러다가 갑자기 그녀가 저항을 멈추었다. 여자의 동공이 확대되어서 파란 호수 같은 그 눈 속에 빠져 버릴 것만 같았다. 저항하던 힘은 성벽을 부수는 파성추의 공격에 가루가 되어버린 성벽처럼 힘없이 무너져, 미온적이고 개방적이며 유연한 상태로 모습을 바꾸었다. 이 힘은 또 다른 저항할 수 없는 힘에 압도되었다. 그 힘은 고통과 완전함이 비극적으로 혼합된 것이고, 플라톤이 글로 썼고 루크레티우스가 노래했던 세계의 토대였다. 여자의 팔다리가 그를 휘감아 꼭 조였고 그가 활짝 열린 문으로 들어가듯 그녀 속으로 들어갔다.

"당신은 이제 내 거예요."

그가 희열의 파도 속에 빠져드는 동안 그녀가 이렇게 속삭이는 소리가 들렸다.

"다른 남자들처럼."

피코는 서서히, 깊이 빠져 있던 무감각한 상태에서 다시 빠져나오기 시작했다. 조금 전까지 사로잡혀 있던 강렬한 쾌감이 사라졌고, 아직도 떨리고 있는 근육에 그 메아리만이 남아 있을 뿐이었는데, 그 메아리는 멀리 사라지는 소리처럼 점점 더 약해졌다. 갑자기 바닥의 냉기가 느껴졌고, 그의 몸에 흐른 땀이 차갑게 식어가고 있음을 알게 되었다. 그가 여자를 찾기 위해 주위를 둘러봤지만 여자는 보이지 않았다. 지금 모든 것을 지배하는 바로 그 무 속에 가라앉아 버린 것처럼, 그녀는 완전히 사라져 버리고 없었다. 어둠 속에서 와서 어둠 속으로 돌아가 버려서, 이제 피코가 가지고 있는 것은 그림자뿐이었다.

아직도 무감각한 그의 몸을 겨우 움직이는 동안 머리가 빙글빙글 돌기 시작했다. 육체보다는 그의 정신이, 정욕의 어두운 바닥에서 다시 위로 올라갈 준비가 된 것처럼.

그는 일어나서 옷을 찾아 되는 대로 걸쳐 입고 그 작은 방에서 나왔다. 홀에도 사람이 없었다. 누군가를 찾아 벽에 난 문들을 모두 열고 급히 방안을 살펴보았다. 끝 쪽에 있는, 정원으로 향하는 통로만 검사해보면 되었다. 그가 막 그쪽으로 걸어가려 할 때 남자 몇 명이 자기들끼리 이야기를 하며 오고 있는 게 얼핏 보였다.

피코는 재빨리 열린 문틈으로 들어가서 오고 있는 사람들을 몰래 훔쳐보았다. 모두 네 사람이었는데, 앞으로 걸어 나오고 있었지만 피코를 발견한 것 같지는 않았다. 피코가 있는 곳에서 그리 떨어지지 않은 곳까지 그들이 다가왔을 때, 그들 중 한 사람이 피코의 관심을 끌었다. 그 남자는 다른 사람들과 똑같이 옷을 입고 발까지 닿는 긴 외투를 걸친 채, 그로테스크한 파우니(로마 신화에 등장하는 반인반양의 숲, 들, 목축의 신) 가면으로 얼굴을 가리고 있었다. 남자는 이야기에 열중해 있었고 다른 세 사람은 그의 말을 놓치지 않으려 애쓰며 가만히 듣고 있었다. 그 외모와 동작에서 피코는 자신이 알고 있는 어떤 사람이 떠올랐다. 그러다가 피코가 숨어 있는 문을 지나려던 바로 그 순간 남자가 피코 쪽으로 눈을 돌렸고, 두 사람의 눈이 마주쳤다. 이집트 공작의 눈이 틀림없었다.

여기서 뭘 하는 걸까? 아까 여자와 함께 있던, 이중의 팔다리를 가진 그 존재와 공작의 모습이 연결되었다. 미르나가 마법사들보다 먼저 나타난다고 하는 악몽처럼 그들과 걸으면서 그들의 앞에서 자신의 침으로 그들이 갈 길을 표시하는 걸까? 동방의 비밀을 가지고 있다고 메나헴이 생각했던 남자가 바로 공작일까?

피코는 분노로 주먹을 꽉 쥐며 고개를 흔들었다. 아니다, 그가 여기 나타난 것은 그가 처음 직감했던 사실을 확인해주는 증거일 뿐이었다. 여자가 출현하는 속임수를 계획한 게 바로 공작이었던 것이다. 어쩌면 정말 비밀스러운, 속임수로 이루어진 지식을 참고로 했을지도 모른다. 고대 이집트 신관들이 불가사의한 피라미드들을 목소리들과 환영의 출현으로 가득 채우며 자신의 신도들을 겁에 질리게 했던 바로 그 지식으로. 그리고 그 추방당한 민족이, 사막의 모래에서 훔쳐낸 뒤, 목적지도 없이 도망을 다니며 세계 구석구석으로 끌고 다니는 그 지식으로 말이다.

피코는 잠시 망설였다. 어떻게 해야 할까? 프란체스코 콜론나는 알베르티의 죽음과 함께 아카데미아가 해체되었다고 믿고 있는 척하며 그를 속였다. 아니면 페르페티가 거짓말쟁이여서 자신의 비밀스러운 계획을 위해, 피코가 팬터마임의 흔적을 좇게 만든 것일까? 레온 바티스타 알베르티의 작품을 계승해서 완성하는 사람들이 아직 있다는 것을 그가 믿게 만들려는 걸까?

공작이 곧 눈을 돌렸다. 그는 겉으로는 아무런 반응도 보이지 않은 채, 가던 길을 계속 걸으며 일행을 문 너머로 인도했다. 하지만 일순간 그의 눈에서 어떤 빛이 번득였다. 이런 비밀 집회에서 그를 발견했으므로 의당 보여야 할 놀라움의 눈빛은 아니었다. 왠지 그곳에서 피코를 만날 거라 예상하기라도 한 것처럼 다소 공모자 같은 눈빛이었다.

집은 여전히 텅 빈 것처럼 보였다. 피코는 감시하는 남자들을 피하려고 조심하면서 문 쪽으로 살금살금 걸어갔다. 그런데 문을 지키던 남자들도 사라진 것 같았다. 그는 다시 어둠에 잠긴 거리로 나갔다. 한밤의 매서운 추위로부터 몸을 보호하기 위해 망토를 꼭 여민 채 고대 로마 도로의 가장자리를 따라 시내를 향해 걸어갔다.

폐허가 된 욕장 근처에 도착했을 때 그는 등 뒤에서 포장도로 위를 달리는 말발굽 소리를 들었다. 그는 겨우 길 가장자리에 있는 구덩이에 뛰어들어 말들을 피할 수 있었다. 달리는 말들 때문에 일어난 먼지 구름이 그를 스치더니 잠시 후 퀴리날레의 비탈길 쪽으로 사라져 갔다.

어두워서 그들이 누구인지 알아볼 수는 없었다.

트라야누스 원주에서

기사들의 말 달리는 소리가 욕장의 폐허 너머로 사라진 뒤, 사방은 더욱 고요해졌고 그런 적막감에 휩싸인 채 피코는 계속 같은 방향으로 걸어갔다. 그는 자신이 목격한 것에서 아무 의미도 찾을 수가 없어서 괴로웠다.

그는 꿈을 꾸는 일이 드물었다. 그는 놀라운 광경이나 여인들, 격렬한 감정, 멀리 떨어진 장소, 불안감과 관련된 꿈을 꾸었다는 다른 사람들의 이야기를 자주 들었다. 그 중에는 낮에 경험했던 사건들이 기괴하게 변형되어 신비한 예언의 목소리로 잘못 받아들여진 꿈들도 있었다. 그런데 아주 드물기는 하지만 피코의 머릿속에 어떤 형상들로 가득 차는 일이 벌어질 때가 있었다. 그가 그들의 목소리를 전혀 듣지 못하듯, 그것들은 소리 없는 이미지들일 뿐이어서 꿈은 죽음의 공간에 적응하기 위한 일상의 훈련에 불과한 것 같았다.

하지만 지금은 그가 정말 꿈 속에 살고 있는 것 같은 느낌이 들었다. 많은 사람들이 열망하던 꿈 속에. 시모네타가 죽음에서 되돌아왔다는 생각에 사로잡혀 있는 로렌초 일 마니피코와 보티첼리. 세상에서 불가능한 미(美)를 혼교 속에서 찾는 폼포니오. 야만인들의 공격을 당한 도시 속에 갇혀 있듯, 플라톤이라는 요새에 갇혀 있는 페르페티. 신에게 새로운 목소리를 부여하려던 레온 바티스타의 투쟁. 로마에 고대의 영광을 되돌려주려던 스테파노 포르카리의 투쟁. 각자가 자기 식으로 꿈을 꾸었다. 죽음 너머에는 아무것도 없다는 것을, 우리는 아무것도 아니라는 것을 받아들이고 싶어 하지 않는 광기가 만들어 낸 게임.

그러면 풀젠테 모라, 인쇄공, 메나헴, 서기 마르코는? 그들은 이 꿈을 가로질러 갔기 때문에 죽은 것이었다. 최근에 피코는 그들 생각을 거의 하지 않았다. 그들은 이미 먼지가 되어버렸기 때문이다. 얼마 지나지 않으면 그들에 대한 기억은 무 속으로 사라져 버릴 것이다. 그 누구도 처벌할 수 없을 것이다. 정의라는 것이 존재하지 않기 때문이기도 했다.

하지만 지금은 갈기갈기 찢긴 그들 시신의 모습이 떠올라 극복할 수 없는 무력감과 뒤섞였다. 피코는 갑자기 여인의 육체에 대한 그리움으로 온몸이 뜨겁게 불타오르는 것을 느끼며 전율했다. 느닷없이 고통스럽게 찾아온 흥분이었다. 폭풍처럼 찾아와 그의 모든 확신을 뒤흔들어 놓았다. 그의 영혼에, 사라지지 않을 흔적을 남겨 놓은 것은 그 여자뿐이기 때문이었다. 그녀만이 진실하기 때문이었다.

흥분된 감각에서 벗어난 그의 정신은 본래의 의지를 되찾은 듯, 다시 생각을 시작했다. 그리고 이미지들과 환영들로 이루어진, 예측 불가능한 고리들이 그의 머릿속에서 형체를 갖추며 연결되기 시작했다. 그리고 누를 수 없는 욕망이 그 모든 것을 지배했다. 그녀의 몸 속에서 자신을 잊기 위해 그녀를 다시 만나야만 했다.

그는 부근의 주거지 입구를 감시하는 것 같은 거대한 디오스쿠리 조각상들을 지나서 카피톨리노 언덕을 둘러싼 미로 같은 좁은 골목길에 도착했다. 이번 카니발에서 마지막이 될 오늘 밤의 축제 진행을 감독하기 위해 순찰을 돌고 있는 교황청 순찰병들과 마주치지 않으려고 조심하면서, 고대 로마의 건물에 세워진 집들 사이로 빠르게 걸어갔다.

하지만 그가 걱정하는 건 순찰병들이 아니었다. 몬토네 여관을 공격하던, 그가 우연히 피할 수 있었던 그 남자들을 다시 생각하자 불안해졌다.

그 남자들은 어떻게 이 죽음의 음모에 가담하게 되었을까? 어쩌면 그는 이 좋은 기회를 이용해서, 일 마니피코가 그에게 맡긴 임무를 포기한 채 당장 달아나야 하는지도 몰랐다.

하지만 다시 한 번 그녀를 만나기 전에는 그렇게 할 수가 없었다! 뚜렷한 계획도 없이 본능에 끌려, 그녀를 다시 만날 수 있다는 희망을 조금이라도 품을 수 있는 장소는 콜론나 가문의 탑밖에 없다고 생각했다.

피코는 아라 코엘리 대성당으로 이어지는 긴 계단 밑에 도착했다. 그는 위로 올라갈 준비를 하고 있는 순례자들과 뒤섞여 밑의 계단에 무릎을 꿇었다. 카니발인데도 신심 깊은 수많은 사람들이 주변 계단을 가득 메웠다. 무릎을 꿇고 계단을 올라갈 준비를 하는 사람도 있었고 기도에 열중해 있는 사람, 그저 잠시 휴식을 취하려고 가파른 계단에 몸을 맡긴 사람도 있었다.

피코는 곁눈질로 자기 뒤쪽의 광장과 베네치아인들의 궁을 흘깃 보았다. 축하의 표시로 건물에 빙 둘러 꽂아 놓은 횃불들로 궁이 눈부시게 빛이 났다. 뒤쪽으로는 굵은 말뚝들이 여러 개 박혀 있었고 말뚝들 사이에 긴 그물들이 팽팽하게 묶여 있었다.

피코는 왜 그런 이상한 장치를 해놓았는지 궁금했지만 곧 그 이유를 알게 되었다. 오늘이 카니발 마지막 날 밤이었다. 잠시 후면 아치형 입구 위에 자리 잡은 발코니에 교황이 나타나서 경주에 참가한 말들이 바로 그 발코니 밑에 도착하는 모습을 관람하게 될 것이다. 발코니 밑에는 벌써 자신의 용기를 증명할 준비가 된 수많은 젊은이들이 모여들고 있었다.

피코는 이런 혼란을 이용해서 움직였는데, 계단에서 일어나 언덕 아래쪽으로, 반원형의 트라야누스 시장(트라야누스 황제가 서기 100년에 퀴리날레 언덕을 깎아 만든 것으로 150여 개의 상점과 사무실이 밀집해 있는 시장)의 웅장한 건물이 서 있는 곳으로 가야 한다고 판단했다. 그렇게 움직이다가 어떤 순례자가 그곳에 놔두고 간 램프에 발이 부딪혔다. 피코는 망설일 것도 없이 램프를 손에 들었다. 믿음의 빛을 가진 사람보다는 절망에 빠진 자신에게 램프가 훨씬 더 필요할 것이라고 생각하면서.

멀리, 여러 가지 형상으로 장식된 원주가 대리석으로 만든 창처럼 솟아 있었다. 과거에 황제의 영광을 기리기 위해 하늘을 향해 높이 세운 것으로, 맨 위에 있는 트라야누스 석상을 떠받치고 있었다. 거기서 멀지 않은 곳에 콜론나 가문의 탑도 어둠 속에서 그 윤곽을 드러냈다. 탑의 작은 창문들에서는 불빛이 전혀 비치지 않았고 사람의 흔적도 없었다.

그는 실망감으로 가슴이 찢어질 듯 아팠다. 하지만 바로 그때, 그의 기억을 지배하는 불가사의한 마법의 힘 때문에 노건축가가 했던 말이 떠올랐다. 아카데미아에 들어가려면 콜론나를 통해서(per Columnam)라고 말했다(콜론나는 이탈리아어로 '원주'를 뜻하기도 함). 이것은 레온 바티스타 알베르티가 아카데미아의 창시자이자 지도자이기는 했지만 그 아카데미아에 들어가는 것은 추기경의 호의에 달려 있을 뿐이었다는 뜻일까? 그러니까 알베르티 작품을 진정으로 평가한 사람은 추기경이었던 것일까, 열쇠를 쥔 사람이 그였던 것일까? 신분을 숨긴, 건축가들의 진정한 스승이 바로 그였던 것일까?

노래를 부르기도 하고 포도주 병을 흔들기도 하며 비미날레 언덕에서 내려오고 있는 사람들을 가로질러 피코는 좀더 가까이 다가갔다. 이제 멀리 서 있는 우뚝 솟은 탑의 형체가 뚜렷이 보였다. 그는 바로 그 탑에서 프란체스코 콜론나와 함께 달아났었다. 그는 반대쪽으로 고개를 돌려 포로 보아리오 쪽을 보았다. 그 너머에서는 눈에 보이지는 않지만 테베레 강이 흐르고 있었다. 그쪽에 피코가 지하에서 밖으로 나왔던 클로아카 마씨마 입구가 자리 잡고 있었다. 그러니까 그가 지나온 지하 하수도가 여기, 그의 발밑에 있는 게 틀림없었다. 바로 그곳에 지금은 후대에 세워진 건물들에 뒤덮여 자취를 찾을 수 없으나, 예전에는 고대 로마에서 가장 컸던 울피아 공회당과 트라야누스 황제에게 봉헌된 신전이 있었다. 신전의 안쪽에는 거만하면서도 불경스러운 제단 같은 기둥 하나가 시민과 신들에게 그것을 건축한 이의 힘을 드러내 보이고 있었다.

이제 그 거만함은 하늘을 향해 솟아 있는 대리석 덩어리로만 남아 있을 뿐이었다. 불가사의한 기술 덕에 서로 차곡차곡 쌓여 높이 세워진, 조각된 거대한 벽돌들로. 오늘날 누군가 그런 거대한 작업에 상응하는 일을 할 수 있을지 누가 알겠는가? 피코는 속으로 이런 생각을 해보았다. 고대인들에 필적하는 천재성을 가진 레온 바티스타 알베르티가 바로 그런 일을 할 수 있었을지도 모를 일이다.

원주 하나가 탑처럼 넓었고, 넓은 토대 위에 출입문이 있었다. 이 원주를 만든 사람은 그 꼭대기까지 올라갈 수 있게 준비를 해둔 게 틀림없었다. 내부에 계단이 있는 게 분명했다. 이 원주 위에서 레온 바티스타는 포로의 광경을 그렸을 것이고 그림은 나중에 콜론나 가문의 탑에 걸리게 되었다.

그는 시간의 흔적들과 파편들이 거의 60여 센티미터 가량 그 위에 덮여 있는 토대에 다가갔다. 문의 윗부분이 흙 위로 튀어나와 있었는데, 엔태블리처(기둥 위에 걸쳐 놓은 수평 부분으로서 위로부터 세 부분으로 됨)의 대리석 벽돌들 틈에 자리 잡고 있었다. 문은 두꺼운 떡갈나무 판자에 청동 패널로 보강이 되어 단단했다. 원주가 세워졌을 때 만들어진 게 틀림없었다.

청동은 부식이 되어 녹청에 뒤덮여 있었고 자물쇠 구멍은 변형이 되어 거의 완전히 막혀 버린 상태였다. 오래 전부터 아무도 그것을 열지 않은 게 틀림없었다.

피코는 점점 흥분하여 검을 빼내, 문이 움직일 수 있게 하려고 정신없이 문 앞의 흙들을 파내기 시작했다. 그런 다음 문을 흔들어 보았다. 그가 문을 밀자 청동이 살짝 움직였다. 더욱 힘을 주면서 칼끝을 문설주의 틈에 집어넣고 지렛대처럼 움직였다. 문이 움직이는 것이 느껴졌고 좁은 틈이 보였다. 칼을 내려놓은 후, 손가락에 불이 붙은 듯 화끈거렸지만 있는 힘을 다해 문을 잡아당겨 보았다. 마침내 문이 날카로운 소리를 내며 움직이더니 그가 들어갈 수 있을 정도의 공간이 열렸다.

그가 들어간 곳은 사각형의 방으로 수도원의 독방 같은 넓은 방이었는데, 원주의 주추를 이루는 벽돌들로 주위가 꽉 막혀 있었다. 그 안은 완전히 깜깜했다. 반쯤 열린 문으로 스며들어오는 달빛 한 줄기만이 그 어둠을 다소 누그러뜨렸다. 방 한가운데, 바닥의 석판 위에 커다란 대리석 단이 위풍당당하게 자리를 잡고 있었다. 예전에는 그 위에 황제의 유해가 황금 항아리에 담겨 안치되어 있었다. 세월이 흐르는 동안 유골 단지는 사라졌고 그것을 올려놓았던 단 역시 보물 약탈자들에게 훼손당했다. 단을 장식했던 정교한 돋을새김 대부분이 어지럽게 뒤섞여 거의 알아볼 수 없을 지경으로 변해 있었다. 여기저기 새겨져 있는 인간이나 말의 형상들을 겨우 알아볼 수 있었다.

대리석 한 부분에 가로로 길게 틈이 하나 나 있었는데 보물을 강탈했던 반달족(5세기에 서유럽에 침입하여 로마를 약탈한 게르만의 한 종족, 로마 문화의 파괴자들)들의 공격을 받은 게 바로 그 부분이 틀림없었다. 주변에는 먼지와 길고 긴 시간의 흐름을 보여주는 것밖에는 아무것도 없는 것 같았다. 그는 거대한 무게가 위에서 누르고 있다는 생각을 하며 깜짝 놀라서 잠시 동작을 멈췄다. 그리고 천장으로 눈을 들어보았지만 두 눈은 다시 어둠 속에 빠져 버리고 말았다. 하지만 눈이 서서히 어둠에 적응하게 되자 피코는 희미한 빛을 감지하기 시작했다. 그리고 잠시 후에는 무수한 빛들이 점점이 나타났다. 마치 별이 뜬 하늘이 단단한 돌들 속에 길을 열어주는 것처럼.

그의 위쪽으로, 기둥의 몸통에 거대한 벽난로 같은 게 자리 잡고 있었다. 거기에 계단이 있었는데, 그것은 원주의 몸통을 빙빙 돌아 위쪽으로 향했다. 벽에는 외부에서 볼 수 없는 틈들이 규칙적으로 나 있었고 그 사이로 달빛이 스며들어와 그가 본 것과 같은 이상한 효과를 만들어냈다.

피코는 계속 자신을 이 안으로 들어오게 이끈 직감에 대해서 생각했다. 혹시 마닐리오 다 몬테가 정말 말 그대로 "콜론나를 통해서"라고 말하고 싶었던 것은 아닐까? 그의 머리 위의 그 좁은 공간이 아카데미아의 본거지가 될 수 있을까?

그는 기둥 꼭대기로 이어지는 나선형의 계단처럼 생긴 곳으로 올라가 보려 했지만 곧 실망을 하며 포기했다. 웅장하기는 하지만, 사람이 올라갈 수 없는 그 계단은, 처음에 끈기 있게 만들었을 때의 용도, 그러니까 신과 같은 황제의 석상을 떠받치는 거대한 주두로 올라가는 용도와는 다르게 사용되었다. 그러면 상징적인 장소인가? 우르베(로마)를 건설한 위대한 사람들 중의 하나인 트라야누스의 유해가 안치된 장소일까? 자신의 승리를 기리기 위해 새로운 포로를 세우게 하고 언덕 하나를 완전히 깎아 없애고, 로마에서 가장 큰 공회당을 세우게 했던 남자의 유해가 있던 곳일까? 그런데 무엇 때문에 자신의 원주를 귀족 가문의 이름으로 사용하게 한 것일까? 그런데……

피코는 프란체스코 콜론나와 함께 하수도관을 통해 도망치다가 분기점을 만났을 때 콜론나가 했던 말을 다시 생각했다. 콜론나는 바로 그 지점에서 하수관이 트라야누스의 위대한 작품인 고대 울피아 공회당 옆으로 지나간다는 사실을 그에게 알려주었다. 이제 그 공회당은 땅에 박혀 있는 귀중한 기둥들 여러 개와 중앙 벽의 잔해들만 남아 있을 뿐이었다. 세월이 흐르면서 그 위에 탑과 오두막들이 세워졌다. 그런데 혹시 그 폐허 밑에 아직도 공회당의 지하 납골실이 숨겨진 채 남아 있는 것은 아닐까? 그리고 레온 바티스타가 고대 건축물들을 연구하던 중 그 지하 납골소를 발견하고 그곳을 아카데미아의 본거지로 만든 것은 아닐까? 대낮의 밝은 태양과 적들의 시선을 피해 비밀을 유지하기 위해서.

하수도에서 그쪽으로 들어가기는 불가능했다. 그 누구도 물을 역류해서 올라갈 수는 없을 것이다. 그런데 혹시 지하 납골소에 또 다른 입구가 있다면?

그는 램프의 불을 다시 켜고 대리석 단을 주의 깊게 손으로 만져보며 검사를 하기 시작했다. 그것은 대리석판 하나를 깎아서 만든 것 같았다. 무게가 엄청날 게 틀림없었다. 그래서 처음에는 도둑들이, 그 뒤에는 유물을 약탈한 자들이 훔쳐가기를 포기하고 이곳에 그냥 놔뒀을 것이다. 많은 이들이 그처럼 이 대리석판 밑에 통로가 있을 거라고 생각해 그것을 움직여 보려 했지만 모든 노력이 수포로 돌아갔다는 것을, 대리석에 난 흠집들이 증명해 주었다. 입구가 원주의 주추가 되는 벽에 숨겨져 있는 게 아니라면 말이다. 공회당은 기둥의 서쪽에 위치해 있었다. 그래서 그쪽 벽을 검사해 보기 위해 움직였다. 하지만 벽돌들은 단단하여 꿈쩍도 하지 않을 것 같았다.

결국 포기하고 밖으로 나가기 위해 돌아서려던 찰나 동쪽 벽의 벽돌 사이에 박힌 고리를 발견했다. 로마인들이 사용하던 초록빛 도는 청동이 아니라 쇠를 녹여 만든 단단한 것으로 최근에 제작된 것 같았다. 그가 온힘을 다해 고리를 잡아당기자 고리가 떨어져 나오려 했고 그와 더불어 벽의 일부분이 허물어졌다. 그러자 지하로 내려가는 계단들이 나타났다. 무의식 속에서, 기억의 밑바닥에서 그가 콜론나의 탑에서 보았던 평면도가 떠올랐다. 알베르티가 직접 자기 눈으로 보고 그린 것처럼 모든 부분이 완벽했던 그 평면도가. 그 평면도에서 통로는 공회당과 반대쪽 방향으로, 신격화된 황제를 위해 세워진 신전이 있던 바로 그 쪽으로 향해 있었다.

긴 계단 끝에 벽돌 벽 사이로 난 복도가 있었는데 양쪽 벽 모두 어둠 속으로 사라져 끝이 보이지 않았다. 포로를 건축하던 시대에 만들어진 통로로, 황제가 공무를 수행하던 공회당으로 이어지는 지하 통로가 틀림없었다. 그는 공회당 쪽으로 가보기로 마음먹었다. 하지만 서른 발짝 정도 지나자 길이 끊어져 버렸다. 복도의 천장이 무너져 길을 가로막아 버렸다.

그는 돌아서서 반대 방향으로 갔다. 이번에는 신전 쪽이었다. 길은 곧게 뻗어 있었고 성수가 가득 든 항아리를 행인에게 내미는 동작을 하고 있는 여사제의 석상들이 놓인 벽감들이 규칙적인 간격으로 그 길을 가로막았다.

피코는 황제의 인도에 따라 그 길을 가득 메웠을 행렬들과 신전에서 식이 거행되기 전에 치러졌을 정화의식을 상상해 보았다. 트라야누스는 자신의 힘으로 세운 그 신전에서 다른 신들과 함께 경배되었다.

피코는 빨리 앞으로 걸어가서 무엇이 나오는지 보고 싶었다. 그렇기는 해도 수세기 전부터 마치 그가 오기를 기다린 것 같은 그 놀라운 작품들에 감탄의 눈길을 던지지 않을 수 없었다. 로렌초 일 마니피코가 이곳에 있었다면 어떤 기분이었을지 궁금했다. 아마 이런 아름다움을 향유하고 싶은 욕망을 참지 못하고 걸음을 멈췄을 것이다. 현세에 누군가 일 마니피코를 위해 이렇게 웅장한 무덤을 세워줄 수 있을지 어찌 알겠는가?

피코는 힘을 내서 다시 걷기 시작했다. 백여 걸음 이상을 걸었을 때 램프의 빛에 다른 아치가 나타났는데, 그 너머로 또 다른 방이 보였다. 그는 걸음을 서둘렀고 얼핏 보기에 지하의 큰 방 같은 그곳으로 들어갔다. 하지만 곧 너무 놀라 입을 딱 벌린 채 걸음을 멈추고 말았다.

포로의 동쪽 모퉁이에 있는 트리야누스 신전 지하 납골소에 도착한 게 분명했다. 기둥들이 2열로 반원형 천장을 떠받치고 있었고 벽은 귀한 반암(斑巖)으로 덮여 있었다. 한쪽 면에 육중한 나무로 만든 긴 테이블이 놓여 있었고 그 위에는 두루마리 종이들이 수북했고 또 다른 종이들이 테이블 위에 어지럽게 펼쳐져 있어서 마치 방금 전 누군가가 그것들을 뒤적여본 것 같았다.

램프의 불빛에 건물들의 설계도, 건물 정면 그림, 석상과 아치 스케치들이 되살아났다. 그리고 땅바닥에 놓여 있는 특이한 몇

몇 장치들도 모습을 보였고 램프의 불빛에 그 장치의 금속 부품들이 생기를 띠며 되살아나는 듯했다. 테이블 너머에는 제단과 비슷한, 장식된 기둥이 서 있었다. 그리고 기둥 위에 귀중한 봉헌물처럼 책이 한 권 놓여 있었다.

피코는 두방망이질치는 가슴으로 앞으로 걸어가서, 신성을 모독하는 일을 하기라도 하는 듯 주저하며 덮여 있는 책 쪽으로 한 손을 뻗었다. 그리고 두려움을 누르고 책을 집어 들었다. 그리고 조심스럽게 책을 펴서 첫 번째 페이지를 찾았다.

피코는 깜짝 놀라 흠칫했다. 속표지에 코시모 일 메디치가 가지고 있던 종이에 그려진 그림들 중의 하나가 들어 있었다. 동일 인물이 그린 그림이었다. 신비한 세피로트 계도로 하느님이 최초로 하신 말씀을 들었던 구(球)가 자리잡고 있었다. 두꺼운 책은 속표지 뒤로도 속지가 빽빽했는데, 가끔 의미를 이해할 수 없는 알레고리들이 그 페이지 중간 중간 섞여 있었다.

그는 심장박동이 더욱 빨라지는 것을 느꼈다. 그는 거기 적힌 게 완전한 문자라는 것을 알 수 있었다. 각 페이지는 촘촘히 나열된 글자들에 덮여 있었다. 종이의 위쪽에서 아래쪽 가장자리로 쏟아져 내리는 빗줄기, 허공 속으로 떨어지는 원자들의 영원하면서도 무의미한 빗줄기 같았다. 하지만 그 카오스에서 어떤 형태도 나타나지 않았다. 그 어떤 것도, 완성된 의미의 단어 하나조차 드러나지 않았고 그저 여기저기에서 암시적인 형태가 나타났다가 곧 페이지 속으로 가라앉아 버렸다.

문자들은 불 옆에서 춤추는 불나방들처럼, 흥분한 그의 눈앞에서 춤을 추었다. 그래서 잠시 그는 의미 없는 작품, 헤르메스 트리스메기스투스가 알 수 없는 어떤 이유로 포기했던 우스꽝스러운 게임 앞에 서 있는 것 같은 두려움이 들었다. 아니면 신의 저주가 그 페이지들의 비밀을 영원히 밀봉해 버려서 인간에게 남겨진 유일한 가능성이라고는 그저 지속적이고 집요하게 거기 쓰인 글자들을 바라보는 것뿐일까? 이해할 수 없는 강변 사이로 흐르는 좁은 강을 향해 부질없이 내려가 보는 것뿐일까?

어쩌면 다른 사람들이 이미 그러한 시도를 했었는지도 모른다. 그러니까 지금 그가 손에 들고 있는 것은 무에서 무로 무한히 변신한 결과물에 불과한 것일 수도 있었다. 절망한 피코가 막 포기하려던 찰나였다. 그런데 얼핏 보기에는 무의미한 기호들의 양탄자 같기만 하던 그 페이지에서 의미가 부여된 일련의 문자들, '많은사물들을' 이라는 글자가 눈에 들어왔다.

그는 흠칫했다. 이렇게 단순한 설명을 어떻게 알아차리지 못했던 건지! 이 글을 쓴 사람은 무슨 이유에서인지 현대의 습관대로 글자를 띄어 쓰지 않았다. 대신 고대의 관습에 따라 글자들을 빽빽하게 붙여 써서 본문 내용을 완성시켰다.

뜻하지 않게 페이지 위의 단어와 단어 사이에서 하얀색 공간이 생겨나기라도 한 것처럼 글자들이 떨어지기 시작했다. 이제 머릿속이 맑아지자 그 체계와 의미가 복잡하지만 이해할 수 있는 형식들로 떠올랐다. 마법에 의해 아침 안개가 흩어지며 풍경이 나타나는 것처럼.

"이것은 많은 사물들을 사랑한 남자 폴리필로의 꿈이다. 그리고 그는 많은 사물들을 사랑하는 사람들을 불러 자신과 같이 꿈을 꾸게 했다."

그는 조각가가 몇 번의 망치질로 대리석을 깨뜨려 그 속에 있는 얼굴이 나타나게 만들듯, 어지러운 문자들의 덩어리에서 첫 번째 문장을 이끌어내서 큰 소리로 또박또박 읽었다. 무기력한 재료에서 해방된 문자들은 그의 목소리에 의해 조화롭게 함께 모여 하나의 이야기가 되어 나갔다. 많은 사물들을 사랑했던 사람의 이야기가.

"태양이 장밋빛 오로라(로마 신화에 나오는 여명의 여신)와 함께 4두 2륜 마차를 타고 떠오르는 아침 그 시간에 육체의 피곤을 사랑하고, 채워지지 않는 사랑 때문에 고통스러운 영혼에 짓눌린 나 폴리필로는 소박한 침대에 누워 있었다. 그리고 내 정신이 그녀의 꿈 속으로 들어갔던 것은 바로 그때였다."

피코는 자신이 점점 더 흥분하고 있음을 느꼈다. 웅장한 건물들과 시원하게 물을 뿜는 분수들 사이를 지나는 놀라운 여행 이야기를 읽었다. 폴리필로의 여정은 돌로 만들어진 정원의 아름다운 철책들을 지나 그가 사랑하는 폴리아의 뒤를 따라가는 것이었다. 손에 잡히지 않는 여자는 아치들과 여러 개의 문 사이로 춤을 추듯 달아나서 그는 그녀를 따라 그 도시에 사는 이상한 존재들을 이기고 계속 앞으로 나가게 되었다. 무엇인가를 찾기 위해…… 그게 무엇일까? 이 수수께끼 같은 여행의 끝에는 무엇이 있을까? 이 글이 말하고자 하는 것은 무엇일까? 폴리필로는 오르페우스의 또 다른 이름일까? 그 정원은 죽은 이들이 쉬는 장소일까? 그가 기대했던 흔적들, 혼령들을 불러내기 위한 신비한 법칙은 전혀 찾아볼 수 없었다. 죽은 이들을 지상으로 다시 불러낼 수 있는 강력한 목소리는 어디 있는 것일까? 로렌초 일 메디치는 실현 불가능한 희망에 밀려 헤르메스의 의식을 찾아내라고 그를 떠밀었다. 그런 의식은 존재하지 않았고 존재해 본 적도 없었다! 그와는 반대로 이 책은 사랑스럽고 수줍음 많은 안내자의 뒤를 따라, 믿어지지 않는 형태의 건물에 난 문들을 통해 눈부시게 위로 올라가는 여행을 이야기하고 있었다. 안내하는 그 여인은 이야기에 등장하는 모든 장소를 자신의 아름다움으로 물들였다.

그리고 더불어 마법의 도시의 포장도로 위를 살며시 스치며 소리 없이 걸으면서, 위풍당당한 아치 형태로 강 위에 서 있는 마지막 다리를 향해 가는 그 길에 보이는 풍경에서 자신의 존재 이유를 끌어내는 것 같았다.

그는 다시 한 페이지를 넘겼고 차츰 책의 끝부분에 다가갔다. 끝부분에 마지막 비밀이 감춰져 있는 게 틀림없었다. 하지만 기호의 덩어리들에 몰두해 열심히 의미를 찾으면서 읽고 있었기 때문에 그의 등 뒤로 소리 없이 사람들이 미끄러지듯 걸어오고 있다는 것을 알아차리지 못했다.

원주의 지하 납골실에서

"이렇게 찾아냈군요."

무미건조한 목소리가 낮게 울렸다. 피코가 단검 손잡이를 찾으며 후다닥 돌아섰다. 지하 납골소에 시커먼 그림자들이 꽉 차 있었다. 조각들이 살아난 것 같았다. 그리고 그 이상한 꿈의 정원들에서, 아치에서, 분수에서 그 인물들이 튀어나와 생명을 갖게 된 것 같았다.

피코는 재빨리 상의 속으로 책을 숨겨 두 손을 자유롭게 쓸 수 있게 했다. 아니 책을 몸에서 절대 떼어놓지 않기 위해서 그렇게 한 것일 수도 있었다.

넓게 주름진 모자 속에 파묻혀 있던, 방금 말을 한 남자의 얼굴에 미소가 번졌다.

"그래 봐야 아무 소용없소, 친구. 우린 벌써 그 내용을 다 알고 있소. 우리에게는 비밀이 아니오. 그렇지만 적당한 때가 올 때까지는 모두에게 비밀로 해야 하오. 그래야 위대한 건축가가 그의 신전을 세울 수 있을 거요. 레온 바티스타가 생각했던 그 신전을 말이오. 그 책을 돌려주시오."

피코가 몇 발자국 뒷걸음질치자 벽이 등에 닿았다. 거기서는 사람들을 또렷이 볼 수 있었다. 열두어 명 정도 되는 남자들로 양날의 긴 칼을 들고 있었는데 모두 행진할 때 초를 들고 있듯 칼을 자기 앞으로 똑바로 쳐들고 있었다. 그들의 분위기는 뭔가 이상했는데 평화로우면서도 위협적이었다. 무기를 다루는 사람들 같아 보이지는 않았다. 하지만 금방이라도 공격할 준비가 되어 있는 것 같았다.

남자들의 각기 다른 분위기에 놀란 피코가 그들의 얼굴을 자세히 살펴보았다. 귀족적인 용모에 사색적인 분위기의 남자들도 있었고 햇볕에 그을려 야외에서 생활한 분위기가 몸에 밴 사람도 있었으며 힘든 삶의 흔적이 새겨진 사람도 있었다. 하지만 모두 단호한 눈빛에 생기 있는 얼굴이었다. 처음 말을 한 남자의 뒤에 숨어 있던 한 남자가 앞으로 나왔다.

"그렇소, 친구. 당신은 아카데미를 찾아냈소. 바로 이곳이오."
프란체스코 콜론나가 말했다.

"책을 내놔요. 안 그러면 목숨을 잃게 될 거요."

피코는 재빨리 상황을 저울질해보았다. 낯선 남자들은 수적으로 압도적이긴 했지만 제한된 공간이라는 게 그에게 유리했다. 그는 주의를 끌지 않으려고 애쓰면서 한 손을 단검 쪽으로 움직여 그것을 힘껏 잡았다.

목 근육이 본능적으로 수축되는 것을 느꼈다. 그의 정신이 미친 듯이 움직이면서 무술 수업 시간에 배웠던 것들을 하나도 빠짐없이 불러냈다. 충돌은 체스 게임과 같았다. 한 번의 동작으로 이길 수도 있고 질 수도 있었다. 그는 늘 체스판 위에 있었다. 적들은 졸들이었다. 여왕을 방어하기 위해 보병을 사용하듯이 적들을 방패로 이용해야 해, 그가 속으로 생각했다.

그가 만일 이 무리들의 한가운데로 뛰어들어 처음 말했던 남자를 제일 먼저 찌른다면, 적들은 자신들의 몸으로 피코의 공격을 막아내려 할 것이다. 그들이 격투에 익숙한 사람들이 아니라면 아마도 서로의 몸에 상처를 입히고 말 것이다. 혹은 그렇게 될지도 모른다는 두려움 때문에 망설이며 모여 있다가 피코에게 길을 열어줄 수도 있었다.

"위대한 건축가라니? 누구 말이오?" 피코가 물었다. "그리고 당신들은 누구요?"

그는 시간을 벌어보려고 했다. 좀더 유리한 위치를 확보하기 위해 낯선 남자들 쪽으로 다가갔다.

"모든 일의 근원에 있는 바로 그 사람이오. 우리의 정신은, 우리가 삶이라고 부르는, 불확실한 휴식 속의 속임수를 이겨내고 그 근원으로 돌아가길 갈망하고 있소. 난 그분의 작품을 보잘것없이 재현하는 사람에 불과하오. 내 이름은 아벤치오 스피나요. 책을 내게 줘요."

남자가 한 손을 뻗으며 같은 말을 되풀이했다.

"불경스러운 사람을 위해 쓰인 책이 아니오."

피코가 옷 속에 감춘 책을 보호하기라도 하듯 단검을 가슴 위로 들어올렸다.

"나도 이 책에서 비밀을 찾아내기 전에는 줄 수 없소. 주지 않을 거요!"

주변의 남자들이 한걸음 앞으로 나와 칼날이 만들어 내는 원이 좁혀졌다. 하지만 그들의 대장이 단호한 손짓으로 그들을 세웠다. 그리고 다시 피코에게 말했다.

"이 책을 알고 있는 사람은 누구든 이 책에 쓰인 말과 결부되어야 하오. 아직 그 비밀을 모르기 때문에 당신이 목숨을 부지할 수 있을 때 그만 멈추시오. 너무 늦게 되면 그 말에 복종하거나 죽거나 둘 중 하나를 선택할 수조차 없게 되오. 그럴 준비가 되어 있소?"

"그렇소." 피코가 조그맣게 말했다.

"그럼 계속 하시오. 그러나 그것을 알게 되었을 때는 너무 늦을 거요."

피코는 망설였다. 공격을 하기에 최적의 위치에 이르렀다. 돌진해서 제일 먼저 프란체스코 콜론나를 공격할 수 있을 것이다. 그리고 그의 몸을 방패 삼아 다른 사람들을 공격하며 지하 통로 쪽으로 길을 열어 볼 수 있을 것이다.

하지만 뭔지 모를 어떤 것 때문에 그는 행동을 자제했다. 그는 천천히 옷 속에서 책을 꺼냈다. 그리고 자기 주위의 검들에 신경을 쓰지 않은 채 천천히 정확한 순서로, 변형시킨 단어들을 또박또박 읽기 시작했다.

그는 다시 한 번도 본 적이 없는 도시의 웅장한 건물들 속으로 꿈꾸듯 지나가는 부분으로 돌아갔다. 수수께끼 같은 인물인 폴리필로는 천상의 기하학적 구조로 이루어진 화려한 정원으로 들어갔다. 눈부시게 아름다운 분수에서 뿜어지는 물로 몸을 씻은 뒤 사랑하는 여인의 환영을 따라 웅장한 아치들을 지나 끝없이 긴 성벽을 따라 갔다. 성벽의 테라스에는 조각상들이 도도한 자세로 서 있었다. 폴리필로는 사람이 하나도 없는 광장들을 지나갔다. 광장의 대리석 바닥에서는 그의 신발 스치는 소리만 들렸을 뿐인데 한 걸음 한 걸음 떼어놓을 때마다 완벽한 모자이크 그림들을 발견할 수 있었다. 그는 높은 주랑 밑으로 미끄러지듯 걸어갔다. 그 안의 텅 빈 공간들에 여자의 목소리가 울려 퍼졌다. 노래하는 것 같은 억양의 그 목소리가 아무도 살지 않는, 인간이 아니라 신들을 위해 만들어진 멀고 먼 도시의 중심부로 자꾸만 그를 끌고 갔다.

소리 없이 흐르는 강물이 갑자기 그의 길을 가로막았다. 하지만 바로 그 페이지에서 서술자는 노련하게 다리를 상상해 낸 것 같았다. 강을 다스리는 신의 손으로 만들어진, 현기증 날 것 같은 하나의 곡선으로만 이루어진 석조 아치 다리였다.

"이런 건 절대 존재할 수 없어요." 피코가 중얼거렸다. "이 책을 쓴 사람은 거대한 바빌로니아와 페르세폴리스를 꿈꾸고 있어요. 인간이 아는 돌과 대들보를 재료로 만든 도시가 아니라."

"그런 도시는 어디에도 없었소, 맞소. 하지만 있게 될 거요." 아벤치오가 침착하게 대답했다.

"바로 여기, 그의 부활을 기다리고 있는 이 도시에 말이오."

"로마요? 로마에서 무슨 일이 벌어지게 되는 겁니까?"

"그가 써놓은 그 일이오. 그가 꿈꿨던."

피코가 고개를 들었다. "알베르티 말씀입니까?"

"그렇소, 바로 피렌체 출신 그 천재요. 호메로스가 우리들 세계로 돌아올 수 있다면, 다른 누구보다 알베르티에게 찬사를 보

널 게 틀림없소. 다양한 형태의 재능을 지닌 그의 율리시즈에게
바쳤던 찬사를 말이오. 알베르티는 바로 그런 사람이오. 지치지
않고 진실을 찾았소. 모든 것을 희생한 채, 자신의 개인적인 행
복마저 희생한 채 연구에 몰두했소. 그 갈망이 그를 전염병처럼
소모시켰소. 아주 젊은 시절부터 알베르티는 고대의 신전들과
고대 서적에 적힌 말들 속에 진실이 감춰져 있다고 직감했소. 위
대한 헤르메스가 제일 먼저 알았고 자신의 저작 속에서 밝힌 진
실이지요. 돌로 찬양해야 할 진실이었소. 그분은 교황청 건축가
의 소임을 기꺼이 수락했소. 그리고 세월에 의해 흔적이 지워진
카이사르 시대의 로마 형식들을 연구하기 시작했소. 그리고 그
것이 기독교 세계의 새로운 요람에 형식을 만들기 위한 첫걸음
이라고 믿게 만들었지요. 그 사이 두 번째 아카데미아가, 이미
고대인들의 스승이었던 비트루비우스의 이름으로 그의 주위에
서 형성되기 시작했소. 무엇보다 비트루비우스의 가르침에서
그의 꿈을, 모든 것을 사랑한 이의 꿈, 폴리필로의 꿈을 돌과 대
리석으로 옮겨 실현시킬 수 있는 지침을 끌어냈기 때문이라오.
고대 도시를 부활시킬 수 있다는 생각을 따른다면, 왕관처럼 둥
글게 모인 눈부시게 아름다운 건물과 정원과 광장, 분수들이 무
(無)에서 하늘을 향해 올라갈 수 있을 거요. 새로운 신자들이 최
고의 신전으로 옮겨갈 때 함께 하기 위해서이고, 주변의 모든 작
품들을 움직일 수 있는 버팀목이 되고 성 베드로 대성당의 재건
을 함께하기 위해서요. 어마어마하게 큰 건축물이 될 거요. 천
재 바티스타만이 생각해낼 수 있는 건물이라오. 로마의 어떤 성
당보다 클 것이며 브루넬레스키가 피렌체에 높이 세운 돔보다

훨씬 큰 돔이 그 위에 덮이게 될 겁니다. 그리고 그 무엇과도 다를 겁니다."

"다르다니요? 어떻게?"

"그 둥근 지붕 밑에 놓이게 될 것을 말하는 겁니다."

남자가 알쏭달쏭한 어투로 말했다.

"하지만 대성당을 건축하려면 엄청난 자금, 많은 시간, 흔들림 없는 의지 이외에도 꼭 필요한 조건이 있습니다. 평화지요."

남자가 잠시 눈을 돌렸다. 자신이 말하고 있는 모든 것들을 허공에서 다시 보기라도 하듯이.

"평화 말이오. 왕국들 사이의 영원한 평화. 그리고 내적인 평화요. 하지만 열광하는 여러 지지자들 중에서 소수의 사람들만이 계획을 알고 있소. 꿈을 위해 자신의 집을 사용한 프란체스코 콜론나 같은 사람들이지요. 그리고 그 계획을 위해 검과 자신의 용기를 바쳤던 시지스몬도 말라테스타 같은 사람들이요. 또 교황에게 자신의 교리와 우정을 바친 베싸리오네 추기경도 있소. 또 다른 사람들은 다양한 꿈들을 좇고, 불안감에 짓눌린 채, 아마 바티스타 같은 끈기 있는 천재성으로 유지되는 것은 아니지만 그래도 풍부한 환상에 압도되어, 더욱 빠르다고 생각되는 길로 뛰어들었습니다. 로마의 귀족 스테파노 포르카리가 무력을 사용하려고 했던 시기였지요."

"그 이야기는 알고 있습니다. 그게 당신들하고 무슨 상관이 있습니까?"

"스테파노의 거사는 발각이 되었고 배신을 당했습니다."

남자는 피코가 끼어들어 하는 말에 전혀 신경을 쓰지 않은 채 계속 말했다.

"그 거사에 가장 열린 정신을 가진 것처럼 보였던 바로 그 베싸리오네 추기경에게 말이오. 배신의 결과는 스테파노와 그 공모자들의 죽음이었고 교황 니콜라우스의 의심이었지. 교황은 그 이후로 혁신자들의 전염병에 감염된 것 같아 보이는 사람이면 누구든 의심을 하게 됐지요. 모든 게 정지되었습니다."

"하지만 알베르티의 꿈은 아니잖습니까?"

남자의 입술에 희미한 미소가 번졌다.

"아니지요. 그리고 알베르티의 동료였던 사람들의 꿈도 마찬가지요. 계획은 몇 개의 스케치로만 직공들에게 전해졌고 서서히 작업으로 진행이 되었소. 우리는 표면적으로는, 시간에 의해 약간 파괴된 것들만을 복구시킨다는 목표를 가지고 시작했소. 그 사이 바티스타는 자신의 설계도들을 계속 완성시켜 나갔소. 그리고 자신의 작품이, 그가 그렇게 사랑했던 고대 거장들이 만든 것처럼 그렇게 위엄 있는 모습을 갖추게 될 것이라는 확신을 가지고 있었기 때문에 그것을 글로 남겨두어야겠다고 생각했다오. 그 작품은 건축술에 관한 열 권의 책에서 가장 최고의 논문으로 대접받는 게 옳을 거요."

"이겁니까? 폴리필로의 꿈?" 피코가 중얼거렸다. "폴리필로가 레온 바티스타 알베르티가 맞았군요…… 그런데 건축 논문 같지는 않은데……"

"기다려 보시오."

아벤치오가 한 손가락을 들며 그의 말을 가로막았다.

"그런데 1468년에 우리의 계획이 거의 발각될 뻔했소이다. 또 다시 지나친 열의 때문에 위기가 찾아온 거요. 이번에는 일단의 서기들 때문이었소. 그들은 고대 공화국을 재건하기 위해 음모를 꾸미기 시작했어요. 우리들 중 많은 이들이 고소를 당하고 체포되어 감옥에 갇히고 고문을 당했습니다. 레온 바티스타는 자신의 작품이 비록 숨겨져 있기는 하지만 우리 적들에게 알려지는 건 너무 위험할 거라고 생각했소. 그래서 꿈이라는 알레고리 속에, 당신이 지금 손에 들고 있는 그런 형식으로 그것을 숨겨놓았소. 그 책은 딱 세 권밖에 없는데, 한 권은 우리 아카데미아가, 다른 하나는 바티스타 본인이 그리고 한 권은 그가 가장 신뢰하는 친구였던 코시모 일 그란데('위대한 코시모'라는 뜻으로 코시모 데 메디치를 가리킴)가 가지고 있었소."

"코시모는 책의 의미를 알고 있었습니다. 제가 압니다. 그런데 왜 책을 없애버렸을까요? 그 책이 검은 마법 의식을 담은 책이 아니라면……" 피코가 나지막이 말했다.

아벤치오가 고개를 저었다.

"코시모는 친구가 그 자신의 삶의 열쇠를 자기에게 맡겼다는 것을 알았습니다. 그래서 마지막까지 자신의 장서들 속에 그것을 조심스레 간직하고 있었지요. 하지만 자신에게 죽음의 그림자가 다가오고 있다는 것을 알게 되었을 때 그 책을 무덤으로 가져가고 싶어 했소."

"그런데 이 책이 왜 그렇게 위험했던 것입니까? 레온 바티스타의 계획 속에 그들의 목숨 자체를 위태롭게 만들 뭔가가 있었던 겁니까?"

"계속 읽어보십시오. 마지막 단어가 당신의 머릿속으로 들어

갈 때 그걸 알게 될 겁니다."

폴리필로는 이제 꿈 속에서 마지막 다리를 지나 신전 입구의 넓은 계단 앞에 도착했다. 무수한 기둥들 속에 자리 잡은 건물 양쪽에 난 문들 위에는 삼각형의 박공이 달려 있었다. 박공에 조각된 긴 행렬의 사람들은 고대 민족들의 위대한 모험을 보여주었다. 마치 돌로 조각된 입이 고함을 치는 것처럼 보일 정도로 힘 있는 모습이었다. 신전의 모든 입구들이 수세기 전부터 들려오는 목소리로, 무한한 지식을 담은 영광스러운 목소리로 크게 외쳤다.

피코가 혼란스러운 마음으로 책에서 눈을 들었다.

"정말 꿈이군요. 레온 바티스타 알베르티가 그의 천재성 속에 내재한 모든 능력을 가지고 꾸었던 꿈이요. 하지만 난 이해할 수가 없습니다. 어떤 면에서 이 모든 게 베드로 성인의 위대함과 기독교의 장엄함을 찬양한다는 겁니까?"

"베드로의 위대함이오? 그런데 당신은 그의 말들을 읽었고 책을 위해 준비했던 조판들을 보았지요."

건축가가 이해할 수 없는 태도를 계속 보이면서 대답했다.

"그것만으로는 아직도 이해를 하지 못하는 겁니까?"

"이해 못하겠습니다…… 수천 개의 입을 통해 하늘을 향해 진실을 외치는 거대한 건물을 향한 여행…… 그런데 책을 통해서는 형식과 의미를 완전히 포착할 수 없지요. 물론 제 상상력을 레온 바티스타의 것과 비교할 수는 없겠지요."

"그런데 혹시 그 건물이 실제로 구현된 걸 당신 눈으로 볼 수 있다면?"

피코가 고개를 저었다.

"그런 건물은 아무도 볼 수 없을 겁니다."

"혹시 당신이 그럴 수 있다면?"

건축가가 고집스레 다시 물었다.

"그러면 레온 바티스타가 건축가일 뿐만 아니라 마법사이기도 하다는 뜻이겠지요."

"어쩌면 그럴지도 모릅니다."

남자가 알쏭달쏭하게 대답했다. 그러더니 피코 쪽으로 한 손을 뻗어 그의 어깨를 잡았다.

"이리 오십시오."

피코는 그를 따라 옆쪽 벽에 기대 놓은 커다란 나무 상자 쪽으로 갔다. 그 상자를 보자 갑옷 상자가 떠올랐다. 하지만 그것은 완벽한 정육면체로 어디에도 뚜껑은 보이지 않았다. 앞쪽의 패널에 구리 동전 크기의 작은 구멍 하나가 나 있을 뿐이었다.

"여기 가만히 있어요."

건축가가 그에게 이렇게 말하고 상자 옆으로 다가갔다. 패널에서 뭔가를 작동시켜 작은 문을 열었다. 그러더니 램프를 들어 그것을 상자 안에 내려놓았다. 불꽃이 잠시 번득였다. 그러자 남자가 웃으면서 작은 문을 다시 닫았다.

"이건 바티스타가 원근 극장이라고 불렀던 것입니다. 그가 죽기 얼마 전 이 장치를 대중적인 것으로 만들려고 했었지요."

그가 경건한 어투로 말했다.

"구멍에 눈을 대고 주의 깊게 보십시오."

피코는 잠시 망설였다. 닫힌 상자 안에서 램프가 타오르는 걸 왜 지켜봐야 하는 걸까? 하지만 건축가가 설득하는 듯한 미소를 지으며 다시 권했다. 피코가 문 쪽으로 몸을 숙였다.

뜻밖의 환한 빛 때문에 그는 잠시 눈을 제대로 뜨지 못했다. 마치 거울들이 이상하게 장난을 쳐서 그 상자 안에서 타고 있는 단 하나의 불꽃이 여러 개로 증식된 것 같았다. 피코는 방금 눈으로 본 것에 겁이 나서 펄쩍 뛰듯 뒤로 물러났다.

"저 안에 뭐가 있는 겁니까?"

"당신이 보여 달라고 청했지요. 겁내지 마십시오."

건축가가 피코에게 다시 구멍에 눈을 가까이 대보라고 권하면서 이렇게 대답했다. 피코는 의심을 떨쳐 버리고 다시 안을 들여다보았다.

그는 현기증이 났다. 마치 보이지 않는 손이 그가 있는 곳에서 그를 강제로 잡아끌어 높은 곳으로, 눈부시게 환한 하늘로 끌고 가는 것 같았다. 밑으로는 놀랄 만큼 멋진 건축물들이 빼곡하게 들어선 큰 도시가 보였다. 그 건물들이 계곡과 언덕을 뒤덮었고 웅장한 성벽이 도시를 에워쌌다. 조금 전의 상자가 사라졌고 그 내부는 마법에 의해 확장되어 총천연색의 세상으로 변해서 이제 피코의 눈앞에 끝도 없이 넓은 풍경이 펼쳐졌다.

강물이 그 도시를 가로질러 천천히 흘렀고 그 강에는 대리석으로 만든 반짝이는 다리가 세워져 있었다. 건물들 사이로 난 긴 거리의 모퉁이마다 석상들이 서 있었고 수많은 마차들이 거리를 오갔다. 남자와 여자들이 거리와 광장에 활기를 주었다. 놀라운 조화를 이룬 주랑이 광장을 에워쌌다. 어떤 이는 은빛 물줄기를 힘차게 뿜어내는, 믿기지 않을 정도로 아름다운 분수에서 떨어진 물이 고인 돌 수반에서 물을 긷기도 했다.

피코는 도시의 건물 몇 개를 알아보았다. 완전한 모습을 되찾은 원형 극장, 주변에 치욕스럽게 늘어서 있던 오두막집들이 사라지고 백여 개의 기둥에 에워싸인 판테온, 폐허에서 벗어나 다시 세계 지배의 중심부가 된 포로 로마노의 모습이었다. 그의 눈앞에 펼쳐진 도시는 로마, 로마 황제들의 시대의 로마였다. 하지만 그에게 낯선 건축물들도 있었다. 오벨리스크들이 땅에서 높이 솟아 포장도로 위에 긴 그림자를 던졌다. 높디높은 건물들과 피라미드 같은 탑들은 신들이 존재한다는 표시처럼 각 구역을 나누어놓았다. 주랑들이 양쪽으로 늘어선 넓은 길이 언덕에서부터 시작되어 시내를 반으로 갈라놓았다. 언덕은 강 쪽으로 완만하게 경사가 진 채 도시를 내려다보았다. 석상들로 장식된 다리를 건너 강을 지나면 원형의 넓은 광장이 나타났다. 이곳에 거대한 신전이 도시의 경계를 표시하며 높이 솟아 있었는데 신전 지붕에는 어마어마한 돔이 덮여 있었다.

현기증이 더 심해졌다. 피코는 힘들게 구멍에서 눈을 뗐다. 그리고 잠시 앞이 깜깜했지만 지하 방의 희미한 불빛에 다시 눈을 적응시키려고 애썼다.

"어떻게 이럴 수가……"

그가 자신이 본 게 환각에 불과하다는 것을 알아차리고 중얼거렸다. 반짝이는 구멍이 난 시커먼 상자는 여전히 그 자리에, 피코 앞에 있었다. 보잘것없는 크기의 이 상자가 어떻게 그 도시를 담아낼 수 있었던 것일까?

건축가가 계속 미묘한 분위기로 피코의 반응을 주시했다.

“마법이군요……” 피코가 중얼거렸다.

“아니오…… 레온 바티스타의 지식이 이뤄낸 또 다른 성과요. 지옥의 밑바닥에서 올라온 게 아니라 눈부신 지식의 산 정상에서 내려온 지식이라오. 최초의 신의 가르침으로 인간들에게 처음 알려진 바로 그 지식이오. 세 배나 위대하신 헤르메스가 그 지식을 모아서, 아직 바벨의 혼돈이라는 저주를 경험하지 않았던 인간들의 언어로 종이에 써서 보관을 했던 지식이오. 레온 바티스타가 돌로 경의를 표하고 싶어 했던 지식으로 그것을 위해 이런 꿈을 궁리해냈소.”

“글로 써서 말입니까?”

피코가 말하자 건축가가 고개를 저었다.

“돌과 대리석, 청동과 황금으로 만들어진 꿈이오. 당신은 레온 바티스타가 폐허의 흙먼지 속에 추락해 버린 로마를 재건할 생각이었다는 것을 보았소. 강 너머의 신전, 로마의 부활을 완성하게 될 그 신전을 다시 보시오.”

아벤치오가 상자를 가리키며 말했다.

피코가 구멍에 눈을 가까이 가져가서 다시 한 번 눈부신 요술 환등 속에서 천사들로 둘러싸인 다리 너머의 건물을 찾았다.

“새 베드로 성당…… 옛 성당을 재건하려는 것이군요……”

“아니오. 책에 있는 것을 세울 거요. 레온 바티스타가 그의 머릿속에 든 것을 각 페이지에 적어 놓은 책 말이오. 하지만 그 책에는 그런 위대함을 갉아먹는 보잘것없는 벌레밖에 없소. 바티스타는 그에 관한 분명한 기억을 남겼고 우리는 그것을 건축하는 데 필요한 기간 동안 그 기억을 바탕으로 우리가 가진 기술을 사용하고 있소. 그걸 보고 싶소?"

"보고 싶냐고요? 신전이 정말 있습니까?"

피코가 깜짝 놀라서 외쳤다.

건축가가 철문의 입구에서 걸음을 멈추더니 옷 속에서 열쇠를 하나 꺼냈다. 피코에게 등을 돌린 채였다. 그는 고개를 숙인 채 잠시 꼼짝을 하지 않았다. 마치 지금 하고 있는 일을 위해 힘을 모으고 있거나 조용히 기도에 빠진 것 같기도 했다. 잠시 후 그가 고개를 획 쳐들었다.

"이 문을 넘어가면 우리의 작업과 그 작업의 비밀에 당신이 연결될 것이오. 그것들을 연결하는 끈은 죽음이오. 계약을 맺을 준비가 됐소?" 그가 물었다.

"준비 됐습니다." 피코가 주저 없이 대답했다.

남자가 그 말을 듣고 동의의 뜻으로 고개를 끄덕였다.

"당신의 목소리에서 진심이 느껴지는군요. 그러면 계약을 한 겁니다."

그가 엄숙하게 말하면서 자물쇠 구멍에 열쇠를 넣고 돌리자 둔탁한 소리가 났다. 철문이 경첩 위에서 날카로운 소리를 내며 움직였다.

갑자기 그때까지 피코가 보았던 모든 것들, 그를 당황스럽게 만들었던 이미지들이 그의 눈앞에 나타나서, 윤이 나는 거대한 목제 모형 앞에서 사라지는 것 같았다. 그것은 적어도 20여 미터는 되어 보이는 건축 모형으로 방 한가운데에, 모형 돔의 제일 높은 지점이 천장에 닿을 듯 우뚝 서 있었다.

피코는 그를 기다리고 있는 것처럼 활짝 열려진 3중의 문 쪽으로 몇 발짝 걸어 들어갔다.

모형에서 신비하고 거대한 느낌이 발산되어 나왔다. 그 모형에 형태를 부여한 아이디어의 장엄한 목소리의 메아리가 거기에 새겨져 있는 듯했다. 피코는 프로나오스(전실)의 거대한 박공들을 재빨리 훑어본 뒤, 건물 정면을 장식하고 있는 수많은 기둥들, 벽에 난 홈들, 우묵 들어간 창문들을 살펴보았다. 그리고 그 건물 위에 우뚝하게 자리잡은 돔의 거대한 둥근 몸통을 보았다. 그 몸통은 돔을 완전히 감싸서 돔이 완벽한 원형을 만들어내게 했다. 그는 입구로 이어지는 계단에 램프를 가까이 가져갔다. 흔들리는 불빛 아래에서 섬세하게 조각한 작은 석상들이 계단 위에 놓여 있는 것을 발견했다. 그것들은 고대 의상을 입은 여자와 남자들로서 건물로 들어가기 위해 계단을 오르는 동작을 취하고 있었다. 그 조그만 존재들과 거대한 건축물의 크기를 비교하다 보니 그는 어질어질해졌다.

모형을 통해 가능성만이 표현된 이 건물이 실제로 빛을 보게 된다면, 태초부터 인간이 만든 모든 작품을 그 그림자로 지워버릴 수도 있을 정도로 웅장한 건물이 될 것이다. 피코는 현기증이 점점 더 심해지는 것을 느꼈다. 기둥의 첫 번째 입구에서부터 느끼기 시작했던 그 압박감은 이제 완전히 사라지고, 대신 심연의 가장자리에 있는 것 같은 정반대의 감정을 느끼게 되었다. 그럴 때면 우리의 유한함과와 무한한 자연이 비교가 되어 겁을 집어먹게 된다.

"이렇게 될 겁니다. 실물은 이 모형보다 40배 더 크답니다."

돌을새김으로 고대의 신들을 묘사해 장식한 돔의 몸통에 "최초의 신에게"라는 글자가 새겨져 있었다. 글자는, 산타 마리아 노벨라 성당 정면의 것과 마찬가지로 태양 형태로 조각된 장미창 주위를 둥글게 에워쌌다.

아벤치오는 성당 정면으로 이어지는 계단으로 올라가서 정문 너머로 자기를 따라오라고 피코에게 권했다. 피코도 문의 장식틀 밑으로 고개를 살짝 숙이고 들어갔다.

안으로 들어가자 램프의 불빛이 중앙의 회중석을 환히 비췄다. 회중석은 여러 갈래로 곧게 뻗었다가, 반원형의 입구 반대편에 있는 후진에서 다시 합쳐졌다. 여러 개의 반기둥과 돋을새김이 새겨진 거대한 기둥들이 그의 머리 위 둥근 격자 천장을 떠받치고 있었고, 내부의 공간을 길게 늘어선 예배당으로 나누어놓았다. 측면의 예배당들은 시야에서 벗어나 있었다. 그는 아래쪽을 내려다보다가 그의 발밑에 새겨진 글씨를 보고 충격을 받았다. 다양한 색의 넓은 패널로 된 바닥에 "말쿠트"라고 새겨져 있었다. 말쿠트, 어디선가 이 말을 들었던 것 같은데? 그러다가 갑자기 죽은 유대인과의 대화가 생각났다. 말쿠트는 세피로트의 첫 번째 발산물로, 이런 발산물들을 통해 영혼이 신에게로 다시 올라갈 수 있다. 말쿠트, 왕국. 그 왕국에서는 최고의 힘을 가진 빛이 다양한 존재들 속에서 다시 눈부시게 빛나고 다양한 밀도를 가진 존재들과 뒤섞였다. 그곳의 입구는 우리들의 제한된 의식이 신의 무한한 지혜에 살짝 닿을 수 있는 지점이다.

피코가 다시 몇 발짝 앞으로 걸어 나가면서 두 그룹의 기둥들을 지났다. 그리고 "예소드", 토대라는 글자가 보였다. 신의 존재가 현현하고 우주의 주춧돌로 자리한 곳이다. 양쪽으로 두 개의 커다란 아치가 다른 두 개의 예배당, "네자흐"와 "호드", 즉 영원과 영광 위로 넓게 펼쳐져 있었다. 붙박이창들과 그림, 나무 벽 위에 조각한 돌을새김이 각각의 예배당을 화려하게 장식했다. 피코는 앞으로 더 걸어 나가서 건물의 중앙에 도착했다. 그의 머리 위로 거대한 돔이 넓게 펼쳐져 있었는데 판테온의 천장처럼 격자천장이었다. 이곳에서는 돔의 정중앙에 수직으로 램프가 하나 걸려 있었고 바닥에는 로마의 석관이 자리 잡고 있었다. 피코의 발밑에는 새로운 글자, "티페렛", 즉 미(美)라고 새겨져 있었다.

건물 전체가 메나헴에게서 들었던 신에게 이르는 인간의 단계를 표현하고 있었다. 그렇지만 이 신은 성서의 신과 공통되는 점이 전혀 없었고, 보이지 않고 말로 할 수 없는 힘을 가지고 있었다. 이러한 형식들은 신의 성질이 아니라, 여러 등급을 가진 발산물들 사이의 순수한 관계를 다시 정리해 주었다. 복도들과 수랑(십자형 교회당의 좌우 날개 부분)은 그들 사이로 그물 같은 통로와 교차 지점, 막다른 모퉁이들을 만들어냈다. 그러니까 이게 최초의 신의 형태라는 것인가? 유대인이 고통 속에서 꿈꿨던 바로 그 형태?

피코는 주위를 둘러보며 넓은 중앙의 공간을 전부 눈에 담았다. 돔을 지탱해주는 기둥이었을 게 분명한 기둥들이 길게 늘어선 벽감 안에 정렬해 있었고 그 기둥들을 원기둥들과 벽기둥들이 에워싸고 있었다. 그리고 각각의 원기둥과 벽기둥들에는 조각상이 세워져 있었다. 남녀를 조각한 것인데 알몸의 조각상도 있었고 축축 늘어져 주름이 생긴 두꺼운 고대 의상을 입은 것들도 있었다. 지금은 사라진 세계의 남신과 여신들, 그리고 그 시대의 예언자와 신관들, 인류에게 전달된 지식의 상징들과 그 지식을 수용해서 자신들의 천부적인 재능으로 성장시킨 위대한 사람들의 초상들이었다. 인간의 기억을 돌로 기록한 것으로 신의 장엄함을 찬양하기 위해 자랑스럽게 우뚝 서 있었다.

노건축가는 말없이 탐색을 하는 피코의 시선을 좇으며 손가락으로 건물의 구조들을 살며시 만졌다. 노건축가의 한숨 소리가 들렸다.

"내 눈은 이제 레온 바티스타의 광휘를 감지할 수가 없소이다. 얼마 되지 않는 그림자만을 볼 뿐이지요. 하지만 그 형태들은 레온 바티스타의 손으로 만들어 냈을 때처럼 내 머리 속에 새겨져 있소. 그것이 완성되었을 때 어떤 형태가 될지 그 모습을 볼 수 있습니다. 당신도 책을 읽었지요. 책은 거짓말을 하지 않습니다."

"폴리필로의 꿈 말입니까? 하지만 그건 환상입니다. 광적인 상상에 사로잡힌 남자의 헛소리라구요. 그 책에 묘사된 그런 도시는 존재한 적이 없습니다. 거기에 어울릴 만한 신도 존재해 본 적이 없습니다."

피코가 대답했다.

"우리가 알고 있는 그런 신이 아니오. 그런데 위대한 헤르메스가 말했던 그 신이 최초의 신일까요? 헤르메스의 저서에서 그 성질이 드러난 신일까요? 히람(구약 성서에 등장하는, 다윗의 친구이자 솔로몬의 협력자) 왕이 최초의 신전을 바쳤던 그 신일까요? 바티스타가 이 신전을 설계한 것은 그 신을 위해서입니다! 시간과 인내심이 이것을 세우는 데 없어서는 안 될 돌과 석회가 될 겁니다. 그리고 여기에, 예배당의 한가운데의 중심 공간들이 만나는 이곳에……"

노건축가가 검지로 바닥을 가리키며 계속 말했다.

"기둥들로 이루어진 이 거대한 십자가 모양의 한가운데, 판테온보다도 더 큰 어마어마한 돔이 세워질 겁니다. 여기서 궁극적인 미, 티페렛(Tipheret)의 왕국이 찬양될 것이고, 돌로써 우리들 속에 다시 그 모습을 보이게 될 겁니다. 바티칸 언덕 위에, 잊혀진 사도의 유해 위에 이 신전이 세워지게 될 때, 이곳에 세상을 방문했던 아이온을 위한 기념비가 세워지게 될 겁니다! 이곳, 세배나 위대하고 장엄하신 헤르메스의 신전에 말입니다!"

피코가 석관 쪽으로 눈을 돌렸다. 세상을 방문했던 아이온이라고? 노인이 말하고 있는 게 무덤이었단 말인가?

"레온 바티스타 알베르티…… 당신이 산타고스티노 성당에서 그의 시신을 훔쳐온 게 이 때문이었습니까?"

피코가 믿어지지 않아서 중얼거렸다.

"그는 이미 여기, 석관에 있소. 하지만 언젠가는 신전 한가운데에서 쉬게 될 것이오. 이 땅을 밝히러 왔던 영광의 상징으로 말이오!"

너무 놀란 피코는 계속 무덤을 뚫어지게 보았다. 손가락은 아직도 책을 꽉 쥐고 있었는데 아플 정도로 경련이 일었다. 그 통증으로 인해 그는 다시 제정신을 차리게 되었다.

"조각가인 풀젠테를 살해한 게 이 비밀을 지키기 위해섭니까? 인쇄 기술자도? 당신은 '꿈'을 공개적으로 만들려고 했던 겁니까? 그럼 유대인은? 그 사람도?"

아벤치오는 무슨 말인지 알아듣지 못하는 것 같았다.

"살해를 해요? 누구를 말입니까? 지금 누구 이야기를 하는 겁니까?"

"피렌체에서 살해된 사람들입니다. 그들이 이 책의 사본을 가지고 있었어요. 독일 인쇄기로 인쇄를 하려는 중이었습니다. 당신이 그것을 막으려고 그들을 살해한 거지요! 그럼 메나헴 할레비는?"

노인은 계속 믿어지지 않는다는 태도를 보였다. 그는 그때까지 말없이 그의 곁에 서 있던 콜론나를 돌아보았다.

"프란체스코, 당신은 이 젊은이가 지금 무슨 말을 하는 건지 아십니까?"

콜론나가 어깨를 으쓱했다.

"풀젠테 모라는 레온 바티스타의 말년에 곁에 있던 조각가입니다. 레온 바티스타가 설계한 몇 가지 활자들을 만들었습니다. 아마…… 그는 어떤 식으로 해서 '꿈'의 세 번째 필사본을 갖게 된 것 같습니다. 알베르티가 소중하게 간직하고 있었던 그 책을 말입니다……"

"난 몰랐소……" 아벤치오가 당황스러워하며 대답했다.

"그리고 난 결코 누군가를 살해하라는 명령을 내린 적이 없소! 그럼 지금 세 번째 필사본은 어디 있습니까?" 그가 불안한 목소리로 계속 말했다.

"그 두 사람의 목숨과 함께, 파괴되어 버렸습니다." 피코가 말했다.

노인이 안도하는 것 같았다.

"그렇다면 잘 됐군요. 물론 침묵의 대가가 너무 비싸긴 했지만 말입니다."

"그럼 로마에 나타난 여인은요? 대부분의 사람들이 죽음에서 살아 돌아온 시모네타 베스푸치라고 믿고 있는 그 여인은요?" 피코가 다시 물었다.

노인이 실눈을 떴다.

"나도 그 여자를 봤습니다. 잠깐이었지만 나는 하늘이 우리들에게 천사를 내려 보내기 위해 열렸다고 생각했어요. 난 그 여자가 누군지 모르지만, 최초의 히람의 이야기에서 그에게 모습을 보였던 눈부시게 아름다운 천사 이야기가 있소. 히람이 그 아름다움에서 신전을 세울 수 있는 자극과 힘을 끌어낼 수 있게 하기 위해 천사가 나타난 거지요. 분명 완벽한 언어로 인도된 완벽한 것은 이데아의 빛을 세상에 보여주기 위해 이 땅에 내려올 수 있소이다. 누군가는 그런 위업을 달성하는 데 성공하기도 할 것이고 믿음직한 동료로 우리의 길을 따라올 사람도 있을 겁니다. 때가 되면 누군가 모습을 드러내게 될 겁니다. 난 확신합니다."

노인이 고개를 높이 들면서 중얼거렸다.

"그 사람이 누구인지는 아무도 모릅니다. 알 필요도 없어요. 이제 모든 비밀을 다 알았소, 친구. 하지만 당신은 침묵을 지켜야만 하오. 돌아갈 수 없는 길이라고 당신에게 말했을 거요."

이 마지막 말이 신호가 되기라도 한 듯, 모자를 쓴 남자들이 다시 공격 자세로 검을 쥐고 동시에 피코 쪽으로 움직였다. 프란체스코도 자신의 검을 들었다. 피코는 재빨리 자신의 계획을 되새기면서 살짝 뒤로 물러서며 천천히 오른쪽 발에 몸의 무게를 싣기 시작했다. 돌진할 준비를 하며 근육을 긴장시켰다.

그런데 그의 마음 속에 쌓여 있던 긴장감이 일순간에 무너져 버리는 기분을 느꼈다. 그 전투는 결코 이길 수 있는 게 아니었다. 그가 이 모형 건물에 들어온 순간부터 그것을 알고 있었다. 그리고 그 이전에, 놀라운 상자의 구멍으로 그 안을 보았을 때부터였다. 아니 그보다 더 먼저, 로렌초 일 마니피코의 열정이 그를 이 모험에 끌어들였을 때부터였다. 그것이 그가 이 길에 들어서게 된 시초였고 이제는 끝까지 가보는 수밖에 없었다.

"전 비밀을 누설하지 않을 겁니다. 저도 당신이 원하는 것을 원하고 있습니다."

피코가 항복의 표시로 두 손을 들면서 말했다.

"우리가 어떻게 당신을 믿을 수 있소?"

아벤치오가 피코의 제스처를 받아들이지 않고 물었다. 그의 등 뒤에 있던 다른 남자들이 계속 앞으로 걸어 나왔다. 피코는 프란체스코 콜론나만이 검의 끝을 약간 내리는 것을 곁눈질로 보았다.

"당신은 우리와 신념이 다르오."

"맞습니다. 신들은 절대 한 인간에게 이야기하지 않습니다. 당신들의 헤르메스가 모래사막에서 들었다고 확언하는 것은 망상의 결과일 뿐이고 결코 존재한 적 없는 사람에 대해 꾸며낸 이야기일 뿐입니다. 아니 혹시 그런 이름을 가진 누군가가 존재했었다고 해도 그 사람은 자신의 꿈에 비친 것을 찾았을 뿐입니다. 하지만 이 신전은 세워져야만 합니다!"

피코가 자신의 머리 위에 있는 돔 쪽으로 한 손을 들면서 크게 외쳤다.

"레온 바티스타 알베르티는 아무것도 없는 무에서 역사에 남을 눈부신 형식을 끌어냈습니다. 이걸 설계했던 이유가 어떤 것이든, 그것을 정당하게 만들 만한 작품입니다. 모든 게 분해되어버리고 인간들에게는 그것을 막을 수 있는 시간이 얼마 주어지지 않습니다. 우리에 관한 것도, 당신들의 신에 관한 것도 아무것도 남지 않을 겁니다. 하지만 이 돌의 산은 형태를 갖추게 된다면 인간이 세운 그 어떤 것보다 위대한 기념비가 될 것입니다. 그리고 이 점이 수천 번의 선서보다 더 단단히 여러분들과 저를 결속시킬 겁니다. 저는 비밀을 발설하지 않을 것입니다."

아벤치오는 확신이 서지 않아 그의 말을 저울질하는 것 같았다. 그러더니 천천히 검을 밑으로 내렸다.

"당신은 전혀 다른 길로 여기까지 왔소. 하지만 우리들의 길이 마주치게 될 운명이라면 아마 그렇게 될 것이며, 이미 우리가 결속되어 있기 때문은 아닐 겁니다. 그럼 당신에게 가장 신성한 것을 걸고 맹세를 하십시오. 그런 게 있다면 말이오."

피코가 주위를 둘러보았다. 그러더니 몇 발자국 움직여 석관 쪽으로 다가갔다.

"이것을 걸겠습니다." 그가 한 손을 돌 위에 펴면서 말했다. "이 안에 보관된 유해를 걸겠습니다. 됐습니까?

건축가가 천천히 고개를 끄덕였다.

"그러면 제 맹세를 받아들이셨습니다. 이곳에 있는 것은 모두 햇빛을 보게 되는 날까지 그대로 남아 있게 될 겁니다."

아벤치오가 수락의 뜻으로 고개를 숙였다. 그러고 나서 프란체스코 콜론나에게 말했다.

"이 젊은이와 함께 우리가 이곳을 떠날 때까지 기다리십시오. 그런 다음 신전 문을 잠그십시오. 그리고 피코, 새벽에 살라리아 문에 당신이 탈 말이 준비되어 있을 거요. 피렌체로 돌아가요. 그리고 기다리시오. 대략 앞으로 여러 해를 기다려야 할 겁니다. 긴 작업이 될 거요. 그리고 어쩌면 지금 젊음이 한창인 당신이 그 작업의 완성을 보지 못할 수도 있소. 하지만 이미 정확한 컴퍼스를 이용해서 첫 번째 돌을 정사각형으로 재어 놓았소."

"첫 번째 돌이요? 어디 있습니까?"

"여기, 이 머리 한 귀퉁이에 있소. 신전을 지을 사람들의 머릿속에 말입니다. 도나토 브라만테가 계획을 알고 있습니다. 나는 교황이 그에게 마음을 열게 만들 거요. 교황이 그를 신뢰해서 책임을 맡기도록 말이지요. 그 후에 말과 꿈은 실체를 갖게 될 겁니다."

피코는 자신의 앞을 지나 멀어져 가는 무리들에게서 눈을 떼지 않았다. 모형의 내부가 텅 비게 되자 신전은 더욱 넓어 보였다. 건축물의 세부 구조들이 더욱 크게 눈에 띄었다. 그의 관심은 끝 쪽에 자리한 후진에 쏠렸는데, 그곳에는 수를 놓은 것처럼 창문과 원기둥들로 장식되어 있었다. 그것은 알베르티가 신의 왕관, 최초의 의지, 말로 표현할 수 없는 케테르(Keter)의 승리를 상상해서 표현한 것이었다. 모형을 좀더 자세히 살펴보기 위해 아무 생각 없이 그 쪽으로 몇 발짝 움직였다.

그가 십자 부분의 경계를 넘자마자 옆쪽 예배당에서 나온 누군가가 그의 길을 가로막았다. 그 사람은 세상의 자궁, 생명의 기원이 되는 여성성인 비나(Binah)에서 나왔다.

"여기 있었군요."

피코가 중얼거렸다. 그는 놀라지 않았다. 아니 마음 속으로는 이런 만남을 기다리고 있었던 것 같았다.

그녀는 피코가 너무나 잘 알고 있는 그 눈을 그에게로 돌렸다. 그 눈은 멀리 사라진 무엇인가를 찾아 피코의 몸을 지나쳐 아득한 곳을 보는 것 같았다.

"아마 우리가 다시 만날 운명이었나 보죠. 모든 게 끝나게 될 여기서 말이에요."

"왜 여기인가요? 이 꿈과 당신은 어떻게 연결되어 있습니까?"

여자가 고개를 들어 돔을 물끄러미 보았다.

"여기서 내 두 아버지의 작품이 결합되니까요."

피코는 이해를 할 수가 없었다. 프란체스코 콜론나가 설명해주기를 바라며 그를 돌아보았다.

"스테파노 포르카리에 대해 당신에게 이야기를 한 적이 있었지요." 콜론나가 입을 열었다. "그의 운명을 잘 아실 겁니다. 배신을 당했을 때, 겨우 동료들에게 위험을 알릴 시간밖에 없었습니다. 그렇게 함으로써 파멸하는 자신의 흔적을 남길 수 있었던 거지요. 레온 바티스타의 그림을 보셨을 겁니다."

"자신의 목숨을 구하는 것보다는 같은 도시 사람들의 행복을 우선시했지요."

여자가 콜론나의 말을 가로막았는데 갑작스레 너무 고통스러운 듯 목소리가 갈라졌다.

"그날 밤 저는 포르카리의 집에 있었어요."

피코는 믿을 수가 없었다.

"그것은 있을 수 없는 일입니다. 거의 30년 전 일인데……"

"거기 있었어요……"

여자가 꿈을 꾸듯 다시 말했다. 피코가 다시 콜론나를 보았다. 어쩌면 이 여자는 그냥 미친 여자에 불과할지도 몰랐다. 피코의 생각을 읽기라도 한 듯, 콜론나가 고개를 저었다.

"그곳에 스테파노 포르카리의 아내가 있었습니다. 그녀의 뱃속에 두 명의 자식이 있었지요. 불과 몇 달 후면 태어날 예정이었습니다."

"당신이 그럼 포르카리의 딸이란 말인가요?"

피코가 중얼거렸다. 이제야 비로소 그녀가 포르카리의 버려진 집 앞에서 보여주었던 그 이상한 의식을 이해할 수 있었다. 그 초라한 경의의 표시 속에 읽을 수 있는 아픔과 연민도. 그것은 신비 의식이 아니라 한 번도 만난 적 없는 아버지에 대한 딸의 사랑을 증명하는 것일 뿐이었다.

여자가 계속 허공을 바라보았다.

"그렇습니다." 여자 대신 프란체스코 콜론나가 대답했다.

"포르카리의 희생 덕에 공모자 몇 명이 함정을 피할 수 있었어요. 포르카리는 모진 고문을 당했지만 그들의 이름을 말하지 않았지요. 이 때문에 많은 이들이 목숨을 구했습니다. 프로스페로 추기경, 내 아버지, 그리고 의심을 사고 있던 다른 여러 사람들이지요. 그래서 포르카리에게 감사하는 마음 때문에 내 선친께서는 그의 부인을 팔레스트리나에 숨겨주었고 그 딸을 남몰래 우리 집에 받아들여 우리 가문에서 키웠어요. 그리고 살아남은 다른 사람들과 함께 아버지에 대한 기억을 그녀에게 심어주었지요."

"그런데 아까 두 아버지라고 했잖습니까……"

갑자기 여자의 말을 떠올린 피코가 크게 말했다.

"그래요, 또 다른 분이 계셨지요. 제가 고독했던 시절 제 손을 잡아준 분이에요. 아버지같이 다정하게 제 곁에 머물며 제 아버지와 공유했던 바로 그 이상들을 제게 전해주셨어요. 다른 아버지가 제 몸에 피를 주셨다면 이 분은 제 정신이 서서히 형태를 갖춰나가게 해 주셨어요."

여자가 말을 멈추고 피코의 반응을 기다리며 강렬한 눈으로 그를 살펴보았다.

"레온 바티스타가 공모에 가담했었단 말입니까?"

피코가 당황스러워하며 중얼거렸다.

"이건 아무도 모르는 사실입니다. 초기 회원을 제외하고는 비트루비우스 아카데미아 회원들조차 모르는 일이지요. 레온 바티스타는 활기차고 대담하게 가담했지요. 아는 사람이 몇 안 되는 무기를 능숙하게 다루면서 말이지요. 바티스타는 바티칸 궁들을 공격하는 전위 부대 공격을 지휘하는 임무를 맡았지요. 그 사이 스테파노는 캄피돌리오에서부터 로마인들이 반란에 참가하게 선동을 하려고 했습니다."

　이제 피코의 머릿속에서 커다란 프레스코화의 조각들이 하나
씩 제자리를 잡아가기 시작했다. 건축가의 인류애와 천재성이
꿈을 만들어냈다. 사생아로 초라하게 태어나 힘겹게 유형 생활
을 이어나가며 가난 속에서 조금씩 학문을 성취한다. 플라톤의
가르침과 만나게 되고 그리스인들의 지식보다 훨씬 더 오래된
지식이 존재했었다는 사실을 발견하게 된다. 오래 전 인간들이
알았었지만 잃어버리고 만 그 지식을. 그래서 그것을 다시 찾아
내겠다는 꿈을 키운다. 그것을 돌에 새기겠다는 꿈을. 그러다가
극심한 고독을 친구의 어린 딸에 대한 사랑으로 지워나간다. 그
처럼 그 딸도 당연히 누려야 할 가문의 권리들을 빼앗겼고, 치유
할 수 없는 공허감에 상처를 입었다. 그렇다, 이제 피코는 삶의
빛과 그림자가 어떻게 그를 그 계획으로 이끌었는지를 이해하
게 되었다. 고통이 그를 완전히 관통한 것이었다.

　그는 무표정한 눈으로 자신을 계속 바라보고 있는 여자를 돌
아보았다. 이제 그는 그 무심함의 비밀도 알 것 같았다. 그의 어
머니의 눈에서 수없이 보았던 것과 똑같은 공허한 체념의 눈빛
이었다.

　난쟁이들이 그림자처럼 소리 없이 측면의 예배당들에서 나왔
다. 그들은 신전의 중앙통로를 따라서 미끄러지듯 걸어와서 석
관 주위에 빙 둘러 섰다. 여자가 고개를 까딱하자 난쟁이들이 곧
믿어지지 않을 정도로 여러 번 회전해서 서로의 어깨 위로 뛰어
올라가서 맨 위에 선 난쟁이가 둥근 천장에 높이 달린 램프에 닿

을 수 있게 되었다. 동료들이 만든 피라미드 위에 안전하게 선 맨 위의 난쟁이가 무엇인가를 잡자 곧 인간 고리들이 흩어져 바닥에 다시 미끄러져 내려서 마치 똬리를 튼 뱀 모양이 되었다.

난쟁이 하나가 여인의 발치에 천으로 싼 커다란 꾸러미를 내려놓고 옆으로 물러나자 다른 난쟁이들이 그 뒤를 따랐다. 피코의 얼굴이 환해졌다. 그러니까 피렌체의 여관에서 건초장에 머물던 조각가가 이런 식으로 살해되었던 것이다. 죽음의 손이 건초장 지붕에 난 작은 구멍을 통해 내려왔다 다시 올라가며 그를 무덤 속에 집어넣었던 것이다.

"당신들이었군요! 당신들이 풀젠테와 인쇄 기술자를 살해했어요! 그런데 대체 왜? 그들이 당신들을 배신하려고 했습니까?"

경멸의 미소가 프란체스코 콜론나의 얼굴을 스쳐 지나갔다.

"우리를 배신한다고요? 아니오. 그들은 당신이 알고 있는 것과는 너무나 동떨어져 있습니다. 그들은 이런 사실을 전혀 몰랐어요. 그들이 목숨을 잃은 것은 그들의 야심 때문입니다. 스승의 그림자에 사로잡혀 있고, 자신의 적수인 보티첼리의 크나큰 행운에 대한 질투심으로 눈이 먼 초라한 장인의 야심이지요. 풀젠테는 알베르티의 글자를 이용해서 알베르티의 책을 출판해서 마치 그 글자를 자기가 만든 것인 양 세상에 소개하고 싶어 했지요. 그의 빈약한 지식으로 보면 그저 건축과 관련된 환상적인 이야기에 불과한 그 책이 한 줄 한 줄에 위대한 계획을 숨기고 있다는 것을 알지도 못한 채 말입니다. 예리한 지성만이 곧 꿰뚫어 볼 수 있는 계획이지요. 이 때문에 풀젠테는 죽어야 했고 그래서 죽었습니다."

"그럼 메나헴 할레비는요? 그는 왜? 유대인은 '꿈'을 가지고 있지 않았습니다! 어떤 면에서 당신들에게 해를 끼친 겁니까?"

"유대인은…… 전혀 해를 끼치지 않았습니다. 하지만 그 사람은 레온 바티스타의 스승이었고 절친한 친구였습니다. 계획을 알고 있었습니다. 우리가 자기에게 불의 비밀을 알려주지 않으면 그 계획을 폭로하겠다고 우리를 위협했지요."

"그럼 서기 마르코는요? 나는 그의 피만 봤습니다. 그런데 그 피는 당신들의 손과 연결이 되었습니다! 그도 당신들이 죽인 겁니까?"

"아니요, 친구."

프란체스코 콜론나가 차갑게 대답했다.

"당신이 죽인 거요."

"내가요?"

"그렇소. 당신의 질문 때문이오. 그 질문들이 레온 바티스타의 작품에 대한 그의 호기심에 다시 불을 붙였소. 그는 즉시 교황청에 당신이 마닐리오 다 몬테에게 관심을 가지고 있다고 보고하려고 했소. 그를 막아야만 했소."

"그럼 그에게서 감옥의 세부 사항을 알아낸 겁니까? 마닐리오 다 몬테와 함께 그가 알고 있었던 것을? 죽을 정도로 그를 고문해서!"

콜론나가 대답 대신 어깨를 으쓱했다. 여자는 그 짧은 대화를 건성으로 듣고 있는 것 같았다. 네 사람의 목숨을 앗아가 버린 게 그녀에게는 조금도 중요하지 않은 듯했다. 그녀는 계속 허공을 응시했는데 마치 그녀의 기억이 이미지들로 변해서 고대의 형상들이 그 공간을 가득 메워버린 듯했다. 프란체스코가 그녀에게 다가가서 다정하게 어깨를 만졌다.

"때가 됐소." 그가 낮게 말했다.

그녀가 다시 정신을 차렸다. 그러더니 그제야 짐꾸러미가 있다는 것을 알아차린 듯 웃으며 허리를 숙였다. 끈을 풀어 꾸러미 속에 들어 있던 것을 꺼내기 시작했다. 옷과 금속의 물건들이었다. 그것을 차례차례 자기 발밑에 늘어놓았다. 피코는 그게 갑옷의 부속품이라는 것을 알아차렸다. 어깨판, 목 가리개, 엉덩이 보호대, 정강이받이들이었다. 그리고 그녀가 미늘 갑옷을 꺼내 콜론나의 손에 넘겨주는 것을 보았다. 그러더니 뜻밖에도 피코에게 전혀 신경을 쓰지 않은 채 가슴 부근에 묶인 옷의 끈을 풀어 옷이 허리까지 흘러내리게 내버려 두었다.

흘러내린 윗옷으로 아랫도리만 겨우 가린 채 반라의 몸이 되어 서 있었다. 여전히 두 남자에게는 신경을 쓰지 않은 채 몸을 구부려 짧은 가죽 치마를 집어 허리에 걸쳤다. 그러더니 강철로 된 흉갑을 집어 가슴에 둘렀다. 그리고 몸을 돌려 콜론나가 등갑을 덮어주도록 그에게 등을 보였다. 그리고 그가 끈을 묶어주기를 기다렸다. 그러더니 직접 어깨판을 집어 간단하게 걸쳤고 목 가리개를 착용할 수 있도록 백조처럼 우아하게 목을 쭉 폈다.

피코는 그 광경에 빠져들어 그 이상한 착복식을 꼼짝 않고 지켜보았다. 갑옷은 그녀의 몸에 딱 맞아서 금속으로 된 새로운 피부를 덧입힌 것같이 눈부신 그녀의 몸매가 고스란히 드러났다. 여자가 다시 몸을 숙여 정강이받이를 집어들었다. 그러더니 그들 중 하나를 종아리 뒤로 묶기 시작했다. 불편한 자세 때문에 어색한 손놀림이 영락없는 여인네의 것이었다. 넋이 나가 있던 피코가 정신을 차린 건 바로 그때였다. 그는 앞으로 나가서 그녀 앞에 몸을 숙였다. 그녀의 손에서 조심스럽게 긴 정강이받이를 넘겨받아서 그것을 복사뼈에 기댄 뒤, 설화석고의 결처럼, 피부 밑으로 비치는 가느다란 정강이뼈를 따라 세웠다. 그가 재빠르게 손을 움직였다. 그는 끈을 어느 정도 조여야 하는지 알고 있었다. 단단하게 묶어야 했지만 싸울 때 움직임에 방해가 되어서는 안 되었다. 그리고 보다 효과적으로 공격할 수 있게 목가리개도 마찬가지로 착용해야 했다.

여자가 갑옷으로 완전히 몸을 가렸다. 비너스가 미네르바로 변신을 했다. 하지만 강철판 밑에서 흘러나오는 살 냄새에 피코는 온몸의 감각이 뜨겁게 달아오르는 것을 느꼈다. 마치 그녀의 육체가 그 무기력한 강철더미 속에서 사라진 게 아니라 더욱더 매혹적으로 변한 뒤 완전히 알몸이 된 것 같았다.

피코의 손이 허리로 올라갔다. 그는 욕망의 물결에 휩쓸렸고 일순간 여인의 몸을 누르는 자신의 손가락 밑에서 그녀의 몸이 굴복하는 것을 느꼈다. 하지만 곧 그녀의 몸이 경직되었고 그녀가 한 걸음 뒤로 물러섰다. 그녀는 갑옷의 연결부위를 분명하게 확인해 본 뒤, 아직도 무릎을 꿇고 있는 피코 쪽으로 한 손을 뻗었다. 손끝으로 피코의 이마를 살짝 만진 뒤, 프란체스코 콜론나 쪽으로 돌아섰다. 그는 얼굴을 찡그린 채 그 광경을 모두 지켜보고 있었다.

콜론나가 갑옷에 걸치는 겉옷을 집어 여자에게 내밀었다. 여자가 두 팔을 들어, 겉옷이 가슴으로 흘러내리게 내버려 두었다.

가슴 부위에 방패를 수놓고, 파란색과 붉은색 마름모꼴 바탕 위에 털이 많은 수퇘지 형상을 수놓은 흰색의 옷이었다. 포르카리의 갑옷이 전투를 할 때처럼 다시 눈부시게 빛났다.

"시간이 단호한 걸음으로 다가오고 있소. 우리가 결정한 대로 모두 움직여야 하오."

그러자 여자가 두 사람에게 눈길 한 번 주지 않고 재빨리 출구 쪽으로 갔고 난쟁이들이 사냥개 떼들처럼 종종걸음으로 그 뒤를 따랐다.

피코는 아무런 반응도 보이지 못한 채, 쉿소리를 내며 문 너머로 사라지는 그녀를 눈으로 좇았다. 그러다가 마침내 마비되어 꼼짝 않던 의지가 되살아나 움직이는 것 같았다. 이제 그 갑옷 착복식이 완전히 비현실적인 것으로 여겨졌다.

"지금 어디로 가는 겁니까? 세워야 합니다!"

그가 그녀를 따라가려고 하면서 외쳤다. 하지만 콜론나가 재빨리 앞으로 뛰어나와 그의 앞에 서서 길을 가로막았다.

"그녀가 우리에게 바라는 건 이게 아니요. 그녀는 아버지들의 부름에 응답을 해야 하오. 피를 준 스테파노와 그녀에게 의지의 틀을 만들어준 레온 바티스타 말이오."

"레온 바티스타는 그녀의 지식을 키워주었을 뿐 전투 전략을 교육시킨 건 아닙니다!" 피코는 이렇게 반박하며, 콜론나를 밀치고 그에게서 벗어나려 했다.

하지만 콜론나는 예상 밖으로 강하게 반박했다.

"조반니, 당신은 크게 잘못 알고 있소. 우리가 태어날 때 운명이 우리의 정신에 찍어둔 인장은 시간이 흐른다 해도 지워지지 않소. 그녀의 몸 속에는 그들과 똑같은 불길이 타고 있소.”

프란체스코는 계속 피코를 가로막으려 하면서 피코 등 뒤쪽의 벽을 보았다. 피코는 혹시 다른 사람이 콜론나를 도와주러 오는 게 아닌지 겁이 나서 본능적으로 뒤를 돌아보았다. 하지만 그의 뒤쪽에는 작은 통 같은 구리 물건이 놓인 큰 상자 말고는 아무것도 없었다. 눈금이 표시된 일종의 가느다란 봉 같은 게 그 상자의 뚜껑 위로 몇십 센티미터 정도 튀어나와 있었고 통의 정중앙에는 금속 굴대가 솟아 있었는데 그 끝에는 청동으로 만든 작은 큐피드가 달려 있었다. 큐피드는 한 팔을 앞으로 내민 채 공중으로 날아갈 것 같은 자세로 조각이 되어 있었다. 그리고 한 손이 가느다란 봉에 거의 닿아 있어서, 이 작은 조각상이 정확히 그 봉의 어느 지점을 가리키려고 하는 것 같았다.

“뭡니까?” 피코가 물었다.

“레온 바티스타의 발명품입니다. 놀랄 만큼 간단한 물시계입니다. 마르지 않는 샘과 연결만 된다면 영원히 사용할 수 있지요. 어쨌든 한 번에 물을 가득 채워놓으면 일주일 동안 시간을 알려줄 수 있습니다. 행복한 시절을 위해 바티스타가 고안한 저 기계는 지금은 우리 거사의 시간을 측정하고 있습니다. 큐피드의 손가락이 열 번째 시간, 큐피드 팔 옆에 있는 그 칸을 가리키면 행동할 시간이 되는 겁니다.”

콜론나가 큐피드의 검지손가락에서 눈을 떼지 않으면서 계속 말했다. 그 손가락은 눈으로는 거의 감지할 수 없게 위로 올라가고 있었다.

"왜죠? 왜 열 번째 시간에 행동을 해야 하는 겁니까?"

"기다려 보십시오, 조반니. 왜 이미 예정되어 있는 것을 미리 예측하려는 겁니까? 바티스타는 자신의 꿈을 실현시키기 위해 20년을 기다렸습니다. 죽음으로 이 지상에서의 임무가 끝나지 않았다면 아마 또다시 20년을 기다렸을 겁니다. 모든 것을 사랑했던 우리들의 폴리필로……"

콜론나가 이렇게 외치더니 갑자기 슬픈 얼굴이 되었다.

"그가 여기 우리들과 함께 있었어야 합니다. 그렇지만 죽음의 법칙은 오늘 밤 예외가 될 것이고, 지금 여기서 자신의 이름으로 꿈이 완성되는 것을 보기 위해 그의 위대한 영혼이 죽음의 장벽을 넘을 것입니다. 그렇습니다. 난 그가 벌써 우리들 속에 와 있다고 생각합니다."

"뭘 본다는 겁니까? 지금 무슨 일이 벌어지고 있는 건가요?"

"식스토가 훈계할 시간은 이제 거의 막바지에 이르렀소."

콜론나가 이제 열 번째 시간에 거의 닿아 있는 시계의 봉을 뚫어지게 보면서 차갑게 웃었다.

"자정이 되기 전에 로마 시내의 종들이 울려 교황청이 비었다는 것을 알릴 겁니다. 로마 시민들이 드디어 15세기 전에 잃었던 자유를 되찾게 되었다는 것을 말이오."

"교황을 살해하려는 겁니까?"

"그렇게 될 거요."

"성공할 수 없을 겁니다! 식스토 4세를 살해하는데 성공한다고 해도 로드리고 보르자가 그 뒤를 잇게 됩니다! 보르자가 자신의 병력으로 로마를 완전히 포위하고 있습니다. 모든 권력이 그의 손 안에, 스페인파의 손 안에 있습니다! 보르자가 추기경회의를 지배하고 삼중관을 차지할 표를 얻게 될 겁니다!"

"그 스페인인은 식스토의 뒤를 따라 깜깜한 길로 걸어가고 있습니다. 그자는 욕정과 권력에 대한 갈망에 눈이 멀어서 그 길을 걸으며 식스토의 등 뒤까지 바짝 따라붙었습니다. 그렇게 해서 자신이 식스토를 추월할 수 있다고 생각한 거지요. 그런데 죽음의 구도 안에서만 교황의 자리에 도달하고 있다는 것을 모르고 있지요."

콜론나가 침착하게 말하면서 벽 옆에 놓인, 두루마리 종이가 수북하게 쌓인 여러 개의 상자 중의 하나로 다가갔다. 상자 위 벽의 고리에 꽂힌 횃불이 활활 타올랐다. 횃불을 벽에서 떼어내서 다시 피코 쪽으로 돌아섰다.

"당신이 그녀를 사지로 몰고 있어요! 물리적 아버지의 고통스러운 죽음을 다시 경험하게 될 겁니다! 그리고 그렇게 그녀를 부추기는 건 당신이고요!"

피코가 콜론나를 공격했다. 어쩌면 그의 이 미친 계획을 실행에 옮기지 않도록 여자를 말릴 시간이 아직 있을지도 몰랐다.

"그리고 당신 말입니다! 그렇다면 왜 그녀 곁에 함께 있어주지 않는 겁니까?"

피코는 비웃는 듯한 말투로 물으면서 모형 신전에서 나가려고 했다. 하지만 콜론나의 목소리에 그는 멈춰서고 말았다.

"그녀가 혼자 하고 싶어 했소. 한 발짝도 움직이지 마시오, 조반니. 만일 움직이면 당신을 죽일 수밖에 없소."

피코가 뒤돌아섰다. 프란체스코 콜론나가 횃불을 손에 든 채 그를 노려보고 있었다. 다른 손에는 막대기 같은 것을 들고 있었는데 그 막대기 끝에는 굵고 둥근 쇠가 박혀 있었다. 콜론나는 막대가 작은 창이라도 되듯 피코 쪽을 향해 그것을 겨누었다. 횃불이 그 무기 옆에서 위협적으로 활활 타올랐다.

피코는 움직이지 않았다. 피코는 자신을 위협하고 있는 그 무기가 무엇인지 알 수 있었다. 조금 전까지 설계도 두루마리들 속에 숨겨져 있었던 게 틀림없었다. 그것은 얼마 전부터 북쪽에서 널리 사용되기 시작한 신종 무기, 화승총(火繩銃)이었다. 피코도 독일 용병들이 사용하는 것을 본 적이 있었다. 경포보다 훨씬 작고 정확도도 더 떨어져서, 실제로 전쟁터에서는 쓸모가 없었다. 하지만 이 정도 거리에서는 한 사람을 관통해서, 그 어떤 석궁보다 훨씬 심한 상처를 입힐 수 있었다.

"난 당신을 죽이고 싶지 않소. 하지만 내 명령에 따르지 않으면 그렇게 할 거요."

콜론나가 뇌관의 구멍에 횃불을 더 가까이 갖다 대며 말했다.

피코가 항복의 표시로 두 손을 들었다.

"지금 뭐하시는 겁니까, 프란체스코. 미친 거 아닙니까?"

콜론나가 고개를 저었고, 눈에 띄지 않게 무기에 횃불을 더욱 가까이 가져갔다. 잠시 피코는 최악의 상황을 맞게 될까 두려웠다. 하지만 곧 그가 횃불을 무기에서 떼는 것을 보았다.

"당신이 가만히 있기만 하면 아무 일도 벌어지지 않을 거요."

"대체 어떻게 할 생각입니까?"

콜론나가 잠시 동안 망설였다.

"당신은 이 도시가 새롭게 태어나는 것을 보게 될 겁니다."

잠시 후 그가 이렇게 말했다. 그가 시계로 눈을 돌렸다가 다시 원래의 자세로 돌아왔다.

"포폴로 광장에 전부 준비되어 있소."

"무슨 일이 일어나게 되는데요?" 피코가 계속 물었다. "포폴로 광장이라고요? 대체 무슨 일입니까?"

"후에 알게 될 거요. 지금 막 행동을 개시하려고 하오. 그리고 마침내 우리가 제압을 하게 될 거요."

"누구를 말입니까? 지금 대체 무슨 말을 하려는 거요?"

피코가 화가 나서 이렇게 소리치며 위험하다는 것도 생각하지 않은 채 콜론나 쪽으로 한 걸음 움직였다. 콜론나가 다시 횃불을 뇌관에 가져갔기 때문에 피코는 어쩔 수 없이 그 자리에 설 수밖에 없었다.

"누가 행동을 개시하려고 한다는 겁니까?"

"모든 게 뜻대로 되고 식스토가 죽으면 로마 주변 영지에서 온 우리 가문의 남자들이 칼라브리아 공작의 군대와 합류하게 될 거요. 군대는 이미 산 조반니 문을 압박하고 있소. 로마냐에서도, 예전엔 스테파노 포르카리의 동료였고 지금은 그 딸을 섬기는 사람들이 내려왔소. 그들은 살라리아 문을 넘었고 지금 성을 공략하기 위해 퀴리날레 숲에서 기다리고 있어요. 우리 사병(私兵)들이 성벽 주변에서 성을 공격할 준비를 하고 있고."

"산탄젤로 성 말이오? 하지만 그곳은 난공불락이오. 모로의 포병대도 그 성벽에 돌파구를 뚫지 못했소!"

"정해진 때가 되면 안에 있는 누군가가, 도개교를 고정시킨 쇠사슬의 고정 장치를 빼서 다리를 내려놓을 거요. 이집트 곡예

사들이 첫 번째 내리닫이 격자문을 통과해서 다른 사람들에게
문을 열어주는 건 식은죽먹기요. 이제 마닐리오 덕에 비밀 방어
체계를 알게 되었으니 급습을 해서 성을 우리 손에 넣게 될 거
요. 그런 다음 그 테라스에서 교황 자리가 비었다는 것을 알리게
될 것이고 로마 시민들의 봉기를 호소할 거요."

"로마 시민이라고요, 프란체스코, 당신은 착각하고 있어요.
예전에 스테파노 포르카리처럼 말이오. 로마 시민들은 그 누구
도 손가락 하나 까딱하지 않을 거요!"

"조국에 대한 사랑이 그들을 움직이지 못한다면, 공포가 그들
을 광장으로 나오게 만들 겁니다. 그건 이집트인들이 알아서 할
거요."

"이집트인들이요? 근거지도 없이 떠도는 누더기를 걸친 그 거
지 떼들이 말이오? 어떻게 말입니까? 그리고 무엇 때문에?"

"그리스 불을 이용해서지요. 그렇게 되면 그들은 드디어 수백
년 전부터 찾아왔던 땅을 얻게 될 겁니다. 그들은 베네벤토 공작
령을 선물로 받게 될 거고 그곳에 오랫동안 평화롭게, 다른 이탈
리아 주민들과 사이좋게 살아갈 거요. 우리가 그들에게 약속한
게 바로 이겁니다."

"불? 꺼지지 않는 불로 도시에 불을 지를 생각입니까?"

피코가 목이 잠겨 제대로 나오지 않는 목소리로 다시 물었다.

"그렇소. 불을 사용할 거요. 끔찍할 거요. 하지만 그건 그 후
의 일이지요."

"그 후라니요?"

"첫 번째 불길이 타오른 뒤 말이오."

콜론나가 이해할 수 없는 대답을 했다.

피코는 뭔가에 사로잡힌 듯한 콜론나의 눈 뒤에 감춰진 진실이 무엇인지를 알아내 보려고 그의 눈을 뚫어지게 보았다. 프란체스코 콜론나는 어리석은 계획을 피코에게 솔직하게 설명했다. 이미 30년 전에 실패로 끝났던 모험을 되풀이해서 어떻게 성공할 수 있을 거라고 생각한 것일까? 게다가 이탈리아 국가들 중 어느 한 곳이라도 굴복하는 시능만 해도 이탈리아를 차지하기 위해 반도로 내려올 준비를 하고 있는 전 유럽의 군대들 때문에 이탈리아 상황이 더욱 어려워진 지금? 군대를 동원해도 모자랄 판에 흥분한 맨주먹의 남자들만 데리고?

젊은 콜론나의 창백한 얼굴은 자유를 위해 순교하는 사람의 얼굴일까? 아니면 단순히 광기어린 얼굴빛인 걸까? 그런데……그런데 이 일이 정말 성공 가능할까?

아니다. 그가 속으로 생각했다. 이 절망적인 거사는 모두를 파멸로 이끌 뿐이다. 비록 교황을 살해하는 데 성공하고 로마 거리거리에서 시민들을 봉기하게 만드는 데 성공하더라도, 그들의 행동으로 인해 지금의 카니발에 더해지게 될 이 두 번째 카니발의 열광이 지나가고 나면 그들이 얻을 수 있는 결과라고는, 모든 도시를, 아니 어쩌면 이탈리아 전역을 긴 세월에 걸친 무정부 상태와 동족 살해의 전쟁에 넘겨주는 것뿐일 것이다.

"그렇지만 레온 바티스타의 설계, 아카데미의 작품…… 아카데미 회원들은 이것을 인내심을 가지고 준비해 왔습니다……"

피코가 반박을 해보았다.

"그들은 너무 오래 꿈을 꾸어왔소!"

프란체스코 콜론나가 대답했다.

"이제 모든 일이 끝나고 다시 시작될 때까지 당신은 여기 있어야 하오. 내가 당신을 풀어 주러 올 테니, 겁낼 것 없소."

콜론나가 지하 납골소의 입구 쪽으로 돌아서며 계속 말했다.

피코는 콜론나가 마지막으로 그를 바라볼 때 그의 눈이 불안정하게 번득이는 것을 놓치지 않았다. 콜론나의 얼굴이 잠시 어두워졌다. 그는 거짓말을 하고 있었다. 그는 절대 돌아오지 않을 것이다. 피코는 그 이유를 알고 있었다. 평생 한 여인을 향해 있던 그 절망적인 사랑, 경쟁자를 결코 용납할 수 없는 그 사랑 때문이었다. 그는 그녀의 집념을 함께 공유할 수는 있지만, 다른 남자와 그녀를 공유할 수는 없을 것이다.

바로 그때 시계 바늘이 봉의 제일 윗부분에 닿았다.

"다 됐소. 잠시 후면 마지막 경주가 시작될 거요. 그리고 경주 우승자의 승리가 독재 정치의 종말을 알리겠지."

콜론나가 중얼거렸다. 그러더니 피코가 움직이지 않는 것을 다시 한 번 확인하기 위해 피코를 한 번 더 쳐다본 뒤, 돌아서서 벽에 무기를 기대놓고 자물쇠를 잡았다.

그 순간 피코는 근육을 모두 긴장시킨 뒤, 재빨리 뛰어나가 무기를 빼앗기 위해 콜론나에게 덤벼들었다.

필사적으로 달려갔지만 단련된 그의 몸에도 거리가 너무 멀었다. 그가 콜론나의 등 뒤에서 한 발짝 떨어진 지점에 겨우 도착한 순간 프란체스코 콜론나가 위험을 알아차리고 반격을 했다. 그는 화승총을 다시 움켜쥐고 그것을 겨누려 했지만 피코가 한 손으로 무기를 잡아 총신을 위쪽으로 돌렸다. 콜론나가 쥐고 있는 횃불이 얼굴에 닿아 고통스러웠지만 온 힘을 다해 그의 손을 계속 눌러 무기를 떨어뜨리게 하려고 했다. 하지만 얼굴 근처에서 불길이 다시 느껴졌는데, 이번에는 바로 눈앞이었다. 피코는 어쩔 수 없이 눈을 보호하기 위해 잠시 손의 힘을 풀었다.

그 순간 피코는 균형을 잃었고 그 사이 프란체스코는 문으로 나가는데 성공했다. 그는 등 뒤로 육중하게 문을 닫아 버렸다. 피코가 앞으로 달려가서 문에 붙은 청동 패널을 밀어보았지만 철커덕 하고 닫히는 자물쇠 소리와 함께 그는 그 안에 갇히고 말았다.

피코는 화상으로 인해 통증이 심했지만. 그것에 신경을 쓰지 않은 채 온몸으로 문을 밀어 열어보려고 했다. 하지만 문은 약하게 쇳소리만 낼 뿐 꿈쩍도 하지 않았다.

온몸으로 퍼지는 통증을 참아내며 문에 격렬하게 몸을 부딪치던 피코는 잠시 후 숨을 헐떡이며 문 밑에 털썩 주저앉고 말았다. 긴장과 흥분으로 여러 날을 보내고 난 뒤 처음으로 그는 절망에 빠진 채 자신의 처지를 생각했다. 자신의 삶이 너무나도 짧다는 생각을 했다. 그리고 황제의 기념비에서 생의 마지막 장을 마감해야 하는 운명도.

곧 횃불이 꺼질 것이고 어둠이 모든 것을 감싸 피코를 둘러싼 빛을 지워버릴 것이다. 그 역시 서서히 그렇게 죽어갈 것이다.

주변의 사물들이 차츰 어둠에 잠길 때, 그의 머릿속엔 하나의 이미지만이 살아남았다. 지금도 공기 중에서 느껴지는 그녀의 향기처럼 손으로 잡을 수 없는 여인에 대한 기억이었다.

그녀는 정말 누구였을까? 각기 다른 사람들에게 보여주었던 그녀의 다양한 성질은 무엇을 나타내는 것이었을까? 그의 품안에서 거만하게 무(無)를 선언하고 자신의 무 속으로 모두를 끌어들이고 싶어 하는 것 같던 그 여인은?

로렌초 일 마니피코에게 그녀는 아마 잃어버린 젊은 날에 대한 향수일 수도 있고 보티첼리에게는 도달할 수 없는 형식에 대한 강박관념일 수도 있었다. 폼포니오에게는 무아의 상태에 이른 감각을 상징할 수 있고 아벤치오와 그의 건축가들에게는 당당한 제왕의 걸음으로 그들의 설계도를 관통하는 환영일 뿐일 수 있었다. 유대인 메나헴에게 그녀는 오랫동안 찾았던 비밀의 근원일 수 있었고 안토니오 페르페티에게 그녀는 왕국을 정복할 열쇠일 수 있었다. 이집트 공작에게는 수세기에 걸친 종속에서 벗어날 수 있다는 희망이, 레온 바티스타에게는 한 번도 가져 본 적 없는 딸이자 가정의 따스함, 운명에 의해 거부되었던 가문에 대한 위안이었을 수 있다. 프란체스코 콜론나에게는 끝없는 기다림이었을 것이다.

그럼 피코 그에게는? 그의 내부로 들어온, 그리고 이제 죽음만이 빼앗아가 버릴 수 있는 그 부드러움이 그에게는 무엇을 뜻하는 것일까? 이렇게 대답도 찾지 못한 채, 의미도 없이 끝날 수 있단 말인가?

절망에 빠져 있던 그가 체념에서 벗어날 수 있게 해 준 건 바로 이런 생각이었고 다시 힘이 생기기 시작했다. 벌써 꺼져 들어가고 있던 횃불에서 나는 탁탁 소리가 그를 채찍질했다. 포기할 수 없었다. 혹시 다른 출구가 있을지도 모른다. 아니면 철문으로 상징되는 장애물을 뛰어넘을 수 있는 방법이 있을 수도 있었다. 어쩌면 모형 신전의 미로 속에 그에게 도움이 될 연장이 숨겨져 있을지도 모를 일이다. 그는 벌떡 일어섰다. 그의 발에 뭔가 부딪힌 건 바로 그때였다.

바닥에 화승총이 놓여 있었다. 어떤 생각이 퍼뜩 떠올라서 화승총을 집고 그와 동시에 아직 바닥에서 타고 있는 횃불을 주웠다. 문의 손잡이 근처에 화승총의 입구를 겨누고 뇌관의 구멍에 횃불을 갖다 댔다.

폭발로 지하 납골실이 뒤흔들렸고 문은 폭발의 충격으로 요란한 소리를 냈다. 매캐하고 희뿌연 먼지 구름이 입으로 들어와 미친 듯이 기침을 하며 뒤로 물러서야만 했다. 그는 먼지가 가라앉을 때까지 잠시 기다렸다가 다시 온힘을 다해 몸으로 벽을 밀었다. 탄환 때문에 바깥쪽에 자물쇠가 달린 바로 그 부분에 틈이 벌어졌다. 자물쇠는 여전히 제자리에 달려 있었지만 덜렁거리는 게 느껴지는 것으로 봐서는 폭발의 충격으로 자물쇠를 문에 고정시킨 부분이 떨어져 나간 게 틀림없었다. 다시 문을 밀어보았다. 문이 천천히 경첩 위에서 움직이더니 사람이 지나갈 수 있을 정도로 열렸다.

피코는 횃불을 들어 그것을 공중에서 휘휘 돌려 불길을 살려냈다. 그리고 탑으로 이어지는 터널로 돌진했다.

바티칸에서

교황이 시종의 도움으로 마지막 옷을 걸치는 중이었다. 교황의 개인 비서가 문 앞에 나타났다.

"교황 성하, 부상서국장 추기경이 알현을 청하십니다. 추기경은……"

비서는 채 말을 마치지도 못한 채 그의 등 뒤에 나타난 거구의 남자에게 옆으로 거칠게 밀려나고 말았다. 식스토 4세가 머리에 빨간 카마우로('낙타 가죽 모자'라는 뜻으로 중세시대부터 쓰던 교황의 전통 모자)를 썼다. 그리고 새로 온 추기경에게 의례적인 인사를 받기 위해 한 손을 뻗었다.

"이렇게 방해를 해서 죄송합니다. 성하께서 아시고 계시는 게 좋을 것 같은 일들이 있습니다."

남자가 힘들게 다시 일어나면서 말했다.

"로드리고, 우리가 맡은 막중한 임무를 수행 중에 있는 얼마 되지 않는 휴식 시간을 왜 방해하는 건가? 이번에는 우리 네리나가 승리할 거라고 오르비에토 주교와 그의 소작료를 걸고 내기를 했다네. 자신의 농작물이 다 날아가 버리게 되면 그 뚜쟁이가 얼마나 실망할지 한 번 보고 싶군 그래."

"그러면 베네치아인들의 궁으로 가시기로 결정하셨습니까?"

"내 호위대가 산탄젤로 성 앞에서 벌써 날 기다리고 있다네. 파팔레 가를 비워놓았겠지?"

"일반인들은 모두 플라미니아 문에 모여 있습니다. 우르베의 다른 지역은 사실상 텅 비어 있습니다. 길에서 장애물을 전혀 만나시지 않을 겁니다. 하지만 위험한 곳은 거기가 아닙니다."

"무슨 위험 말인가?" 교황이 깜짝 놀라서 물었다. "축제의 밤일세. 이 축제와 함께 카니발이 끝나게 되지. 시민들이 즐길 수 있게 마련된 밤일세. 우리가 두려워할 게 뭐 있겠나? 포도주와 욕정으로 달아오른 난봉꾼의 음모? 거리가 안전하기만 하면 궁에 도착한 뒤로는 튼튼한 벽이 요새 안에 들어간 것처럼 우리를 보호해 줄 걸세. 궁은 튼튼해. 콜로세움의 돌들로 지었으니."

"저는 걱정이 됩니다, 교황 성하. 뭔가 불타고 있습니다. 그리고 모든 불꽃이 다 그렇듯이, 진원지에서 폭발적으로 시작되고 있습니다. 원래 진원지에서는 그 불길이 그렇게 사납게 타오르지는 않지만 말입니다."

"그럼 어떻게 해야 하나?"

"제게 좋은 생각이 있습니다. 교황 성하께서 제게 허락을 해 주십시오. 작은 것을 포기해서 큰 이익을 얻게 되실 겁니다."

"어떤 이익을 얻는다는 건가?"

"목숨을 구하시게 됩니다." 보르자가 눈을 가느스름하게 뜨며 대답했다.

트라야누스 원주 밖에서

피코는 숨을 헐떡이며 밖으로 나왔다. 그의 머리 위로 거대한 원주가 보름달빛을 받아 환히 빛났다. 예전의 신전 토대 위에 서 있었던 무너진 벽 위로 다시 올라갔다. 그러다가 걸음을 멈추고, 안에서 마신 연기 때문에 아직도 구역질이 나서 그것을 이겨보기 위해 가슴 가득 숨을 들이쉬었다.

이마에 방울방울 맺혀 있던 땀들이 추위 때문에 금방 얼어붙어 버렸다. 그는 무릎을 구부린 채 프란체스코 콜론나와 여자의 말을 다시 생각해 보았다. 그들은 교황을 살해할 계획이다. 산탄젤로 성.

그는 그 쪽으로 가는 방향을 찾아보려 했다. 성으로 가는 가장 빠른 길은 강 쪽으로, 파팔레 가를 따라 내려가서 비앙키 베키까지 가는 것이었다. 그는 갑자기 긴장해서 자리에서 일어났다. 하지만 베네치아인들의 궁이 있는 광장 쪽으로 불과 몇 걸음 옮기지 않았을 때, 캄피돌리오 언덕 옆으로 무장을 한 남자들이 멀리서 일렬로 걸어오는 게 얼핏 보였다. 원로원 궁에서 내려오고 있었다.

그들은 피코와 같은 방향으로 행진하는 중이었다.

그는 사태를 파악해보려고 재빨리 벽에 몸을 피했다. 만일 보르자가 자신의 병사들을 집결하고 있다면, 거사를 계획한 사람들이 그들의 실제 목표물인 산탄젤로 성과 바티칸 궁에서, 어느 정도는 의심을 사지 않을 수 있을 것이다. 그런데 그 미친 계획이 과연 성공할 수 있을까?

그는 고통스러운 선택의 기로에 서 있다고 생각했다. 그 여자와 그녀의 사병들은 거대한 프레스코 화를 만들어 가고 있었다. 그 속에 역사의 인물들은 붓이 아니라 단검의 날로 새겨지게 될 것이다. 그리고 그는 이제 그 벽화의 구경꾼이 될 것인지 그것을 만드는 사람이 될 것인지를 선택해야 했다.

어쩌면 교황의 운명이나 로마 시민의 운명 따위는 그와 아무 상관이 없을지도 몰랐다. 그는 도망을 쳐서 기적 같은 것들은 존재하지 않는다는 증거를 가지고 피렌체로 돌아갈 수 있었다. 하지만 미래의 어느 날 이 모든 일을 다시 생각했을 때 자기 자신에게 뭐라고 말할 수 있을까? 그러한 도주를?

무장병들이 멀어져 가길 기다리면서, 그는 최근의 사건들을 다시 생각해 보았다. 그 사건들이 박자에 맞춰 행군하는 병사들의 발걸음에 따라 그의 눈앞으로 주마등처럼 스쳐 지나갔다.

그는 허공에서 끝없이 회오리치는 원자들, 이 시간 그를 이곳에 있게 만들었을 원자들의 충돌과 해체의 거대한 사이클을 생각했다. 이제 그는 싸움을 중단하고, 무기력한 습관 쪽으로 다시 추락해서, 바람 속에서 금발 머리를 흩날리며 달려가는 아름다운 그녀보다 자신의 목숨을 구하는 일을 더 소중히 여겨야 하는 걸까? 그녀를 홀로 남겨두고 떠난다면 앞으로 우물에 비친 자신의 얼굴을 어떻게 볼 수 있겠는가?

피코는 밖으로 돌진했다. 곧게 뻗은 길이 막혀 있었기 때문에 장애물을 약간 우회해서 캄포 마르치오를 지나 세텐트리오네에 좀더 가까운 강에 도착해야만 했다. 그 순간, 리아리오 추기경 궁 앞쪽의 산티 아포스톨리 광장은 사람 하나 없이 한적했다. 건물마저 버려진 것처럼 창문에서 불빛 하나 비치지 않았다. 길은 거기서부터 코르소 가와 나란히 북쪽으로 길게 이어졌다. 왼쪽의 먼 곳에서 떠들썩한 소리가 들려오는 것으로 보아 그쪽에 사람들이 모여 있는 게 분명했다. 그쪽에서 카니발의 축제와 퍼레이드가 절정에 이른 것 같았다.

이건 다른 거리가 텅 비었을 것이라는 뜻이었다. 그는 어둡고 한적한, 미로 같은 골목길들을 지나 안토니아나 원주 근처라고 생각되는 곳까지 걸어갔다. 거기서 치타토리오 산을 넘어 산탄젤로 성 앞의 강가에 곧 도착할 수 있을 것이다.

하지만 원주가 있는 광장으로 이어지는 공터에 도착했을 때 그는 다시 걸음을 멈추어야만 했다. 여기서도 보르자 가문의 군복을 입은 무장한 남자들이 무리를 지어 코르소 가 입구를 막고 있었다. 겉으로 보기에 병사들은 건물들을 따라 난 높은 갓길에 모인 군중들의 움직임을 감시하는 데 열중한 것 같았다.

피코는 한 블록을 더 우회해서, 포폴로 문 쪽으로 계속 걸어가 보려고 했다. 하지만 포도밭 담벼락이 그를 가로막았다. 달빛을 받은 수도원이 담 위쪽으로 그 형체를 드러냈다. 피코는 왼쪽으

로 구부러져 강 상류로 가서 산탄젤로 성 쪽으로 다시 내려와야
겠다는 생각을 잠시 해 보았다. 그렇게 되면 갈 길이 더 멀어진
다는 의미였다. 하지만 옆쪽의 길에서 교황의 병사들과 부딪힐
위험을 피하고 이제 점점 많은 곳에 모이기 시작해서 진로를 방
해하고 있는 사람들을 우회하면, 빠르게 그 거리를 만회할 수 있
을 것이다.

정말 로마 시민 전부가 그 쪽으로 모여들고 있는 것 같았다.
사방에서 시민들이 웃고 농담을 하며 걸음을 재촉했다. 소박한
작업복을 입은 사람들도 있었고 우아하게 옷을 입고 각양각색
의 가면을 쓴 사람들도 있었다. 그 가면들은 그들의 초라한 삶을
에워싼 다른 형상들, 그러니까 제단 뒤쪽의 장식들과 이야기꾼
들의 그림, 그리고 카드 같은 데에 그려진 형상들에서 따온 것이
었다.

유령과 수녀, 주홍색 옷을 입은 망나니와 마녀, 주교와 황제들
이 어지럽게 이리저리 뛰어다니고 시끄럽게 떠들어댔는데 들판
의 무덤에서 죽음이 승리를 거둔 것처럼 그로테스크한 장면이
었다. 현실적 의미의 즐거움이 전혀 담겨 있지 않아서 더욱 비극
적인 그 광경은 그저 우스꽝스러운 패러디 같았고, 그 불행한 사
람들이 매일 그들의 주인들의 궁에서 몰래 훔쳐보았던 기쁨을
과장되게 표현하는 것같이 보일 뿐이었다. 그리고 지금 차가운
바람이 휩쓸고 지나간 광장에서 그들은 지나친 흉내내기에 몰
입해 있었는데 그것은 그저 절망감을 드러낼 뿐이었다.

그때 귀를 먹먹하게 하는 굉음이 멀리서 다시 울려 퍼졌다.

"지금 어디로 가는 겁니까? 전부 다들 어디로 가십니까?"

피코가 악마로 변장한 한 남자에게 큰소리로 외쳤다. 남자는 쇠스랑을 공중에서 휘두르며 한 무리의 사람들 앞에서 달려가고 있었다.

"포폴로 광장이오! 경주를 보러 가는 겁니다. 하느님께서 식스토의 영혼과 그가 만든 식료품 수입세를 고이 잠들게 해 주시길! 승리한 사람은 금화를 받을 거요. 그런데 이렇게 길을 막으면, 빌어먹을!"

"잠깐만요!"

마지막 말을 듣고 흥분한 피코가 다시 말했다.

피코는 남자가 공중에서 계속 휘두르는 쇠스랑을 힘껏 잡아 그것을 정지시켰다.

"무슨 경주 말입니까? 누가 그 경주에서 달리는 겁니까?"

"시간 낭비하게 하지 마시오, 이방인!"

남자가 이렇게 대답하며 화가 나서 쇠스랑을 잡은 피코의 손을 떼어놓으려고 했다.

"이러면 당신 때문에 제일 좋은 자리를 놓치잖소! 산탄젤로 성에서 첫 번째 대포를 쐈단 말이오. 잠시 후면 하느님의 영광을 위해 출발할 거요! 처음에는 작은 초들의 행렬이 코르소 가를 지나 베네치아인들의 광장까지 갈 거요. 그리고 자정에는 베르베르산 말들이 달릴 거요! 그리고 식스토의 발코니 밑에 제일 먼저 도착하는 사람이 깃발과 상을 받게 된다오!"

촛불들의 경주. 이탈리아 전역에서 감탄을 하기도 하고, 경멸하기도 하면서 이 경주에 대해 이야기들을 했었다. 절름발이들과 노인들과 유대인, 그리고 이 경주를 위해 사면된 이슬람 죄수들, 갤리선을 젓는 노예와 도둑들이 플라미니아 문에서 캄피돌리오 언덕 밑까지 강제로 달려야만 했다. 그들을 비웃으며 발길질을 하고 어떻게 해서든 길을 가로막고 달리지 못하게 하는 흥분한 군중들 속을 뚫고서 말이다. 참가자는 모두 의무적으로 초를 하나씩 들어야 했는데 촛불을 꺼뜨리지 않고 목적지까지 도착해야 했다. 승리자에게 그들의 수치스러운 상을 넘겨주기 위해서였다.

프란체스코 콜론나가 경주 이야기를 했었다. 경주가 식스토 왕국의 종말을 고하게 될 것이라고. 이 경주를 말한 것일까? 30년 전 시작된 꿈과, 영웅의 절망적인 행동, 그리고 누더기를 걸친 거지 떼들의 무의미한 도전 사이의 공통점은 무엇일까?

악마가 자신의 쇠스랑을 계속 흔들며 바보 같고 잔인한 분위기로 욕설을 퍼부었다. 피코가 잠시 방심한 순간을 이용해서 악마는 툴툴거리듯 승리의 함성을 지르며 피코에게서 벗어나 환호성을 지르는 행렬을 이끌고 다시 코르소 가로 빠르게 걷기 시작했다. 피코 역시 자신의 앞쪽에 있는 골목으로, 점점 더 떠들썩한 소리가 들리는 곳으로 움직였다. 불빛과 횃불의 연기와 함성들이 들렸다. 그리고 이따금 귀에 거슬리게 울어대는 수많은 말들의 울음소리도 들렸다.

광장 한가운데는 불꽃들이 일렁이는 호수 같았다. 다양한 연령대의 남자들이 군중들에 에워싸여 차례로 모여들었다. 반라에 자신의 어리석은 힘을 자랑스러워하는 젊은 평민들도 있었고 유대인이라는 표시를 몸에 단, 슬픔에 젖고 기운이 하나도 없어 보이는 노인들도 있었다. 그리고 예전에 벌어진 전투에서 사지가 잘려 다리가 불편한 사람, 손이 없는 사람들도 있었다. 자연이 인간에게 가한 모욕의 끝없는 표본이 그 자리에 모여 있는 것 같았다. 피코는 이집트 난쟁이들도 발견했는데 그들은 자기들끼리 한쪽 구석에 모여 있었다. 각자 손에 불 켜진 작은 초를 들고 있었으며 사납게 몰아치는 북풍으로부터 심지의 불을 지키려고 애쓰고 있었다.

경주를 위해 준비된 베르베르 말들도 공기 중에 퍼져 모든 것을 지배하는 미친 듯이 흥분한 분위기를 감지해서 뒷발로 일어서서 발길질을 하고 콧구멍을 벌름거리며 콧김을 거세게 내뿜었다. 말들 역시 잠시 후 미친 경주 속으로 자신들을 끌어들이게 될 싸움의 긴장을 감지한 것 같았다.

피코는 팔꿈치로 사람들을 밀치며 겨우 불빛이 비치는 지역의 가장자리에 도착했다. 플라미니아 문 주위에 모인 사람들 역시 맹목적인 잔인함에 사로잡혀 있었고, 그런 잔인함이 곧 시작될 고대의 경기에 활기를 불어넣었다. 야유의 함성과 박수소리가 불구의 집단을 모욕했다. 그들은 밧줄로 테두리를 두른 구역에 갇혀, 이따금 횃불로 그들을 괴롭히는 것을 즐기는 수비병들의 감시를 받고 있었다. 그 군중들 중 십여 명의 사람들이 근처의 폐허더미에 올라가서 누가 더 참가자들 쪽으로 오줌을 길게 싸는지 내기를 하며 소리를 질렀고 길게 뻗어나가는 오줌줄기들을 보며 환호했다.

그런 오줌 비를 맞으며 기이한 형상의 사람들은 무자비한 싸움의 출발지점에서 유리한 위치를 확보하는데 열중했다. 유대인 노인들은 겁에 질려 서로 꽉 부둥켜안았다. 형벌로 발목에 쇠사슬이 채워진 갤리선의 노예들은 가능하면 코르소 가 입구와 가까운 쪽의 위치를 차지하려고 다른 사람들과 싸웠다. 난쟁이들만이 자신들 주위에서 벌어지는 일에 신경을 쓰지 않은 채 팔이 없는 사람과 절름발이들을 가장자리로 밀어내기 위해 이따금 발길질만 했다.

바로 그 때 누군가 밧줄 근처로 가서 난쟁이들과 이야기를 나누기 시작했다. 프란체스코 콜론나였다.

콜론나도 피코를 알아보았다. 그가 피코의 길을 가로막으려 재빨리 피코 쪽으로 왔다.

"거기서 나오다니!"

그가 주먹을 쥐며 조그맣게 말했다.

피코는 이제 아무것도 이해할 수 없을 것 같았다. 지금 콜론나는 여기서 뭘 하는 걸까? 피코는 여자를 찾아 주위를 둘러보았지만 사람들이 거센 파도처럼 몰려들고 있어서 흥분한 수백 명의 얼굴들이 하나로 뒤섞여 구별이 되지 않았다.

"여긴 웬일이십니까? 산탄젤로 성으로 간 것 아니었나요? 그곳으로 간다는 건 그냥 속임수였습니까?"

그 순간까지 피코를 따라다니던 두려움이 일순간에 사라져버렸다. 그는 다시 기운이 나는 것을 느꼈다. 어쩌면 그들의 계획이 무산된 것일 수도 있었다. 혹시 길가에 배치된 무장병들을 보고 그 미친 계획을 포기해야 한다고 확신했는지도 모른다.

"모든 게 내 손에 들어오게 될 거요."

프란체스코가 이렇게 대답했는데 그 표정을 보고 피코는 온

몸이 얼어붙었다.

거기서 얼마 떨어지지 않은 곳에서 진홍색 빛 하나가 번득이며 사람들을 뚫고 경주자들이 모여 있는 쪽으로 오고 있었다. 그녀였다. 망토를 두른 그녀는 다른 가면들과 혼동이 되었다. 누군가 횃불을 흔들었다. 그러자 금속성의 눈부신 빛이 망토 주름 사이에서 번득였다.

잠시 후 가면을 쓴 한 무리의 사람들이 주교 옷을 입은 거대한 인형들을 끌고 그들 사이로 끼어들었다. 그리고 다시 시야에서 사라져 소용돌이치는 사람들 속으로 빨려 들어갔다.

횃불을 든 호위병이 밧줄을 쳐놓은 공간을 가로질러 갔다. 그러면서 호위병들은 횃불에서 주변으로 떨어지는 불꽃들을 미처 피하지 못한 참가자들이 화상을 입는 것에 아랑곳하지 않고 횃불을 제일 먼 곳에 있는 사람들 쪽으로 뻗었다.

피코는 가끔씩 사람들 속에서 반짝이며, 점점 더 경기 참가자들 쪽으로 다가가는 진홍색 점을 향해 목을 쭉 빼면서 여자의 움직임에서 눈을 떼지 않았다. 난쟁이들 옆에 있는 그녀의 모습이 잠시 보이는가 싶더니 다시 파동치는 사람들 속으로 빠져들어 사라졌다. 난쟁이들의 행동이 뭔가 이상했다. 다른 사람들이 옆의 사람들을 촛불로 위협하며 공간을 확보하려고 애쓰는 반면, 그들은 자기들끼리 몸을 딱 붙이고 몸으로 작은 촛불들을 지켰다. 촛불이 어떤 대가를 치르고서라도 지켜야 할 소중한 것이라도 되듯이.

코르소 가 입구에서

피코가 혼란스러운 본능에 떠밀려 거의 밧줄을 쳐놓은 곳에 도착했을 때 출발을 알리는 뿔나팔 소리가 날카롭게 들렸다. 밧줄이 끊어지더니 경주 참가자 전원이 한 몸이 된 듯 앞으로 뛰어나오며 다른 사람들을 밀치고 미친 듯이 밟아댔다. 원형극장에서의 대담한 행동에 익숙한 사람들답게 난쟁이들이 민첩하게 미끄러져 나와서 맨 앞에 있는 사람들 다리 사이로 뛰어들어 순식간에 그룹의 선두를 차지해서 그 짧은 다리로 상상도 할 수 없을 정도로 민첩하게 걸어 나갔다. 난쟁이들은 어느 새 길의 첫 번째 건물 모퉁이에 도착을 해 있었고 다른 경주자들은 그들보다 십여 발짝 뒤처져 있었다. 난쟁이들은 갤리선의 돛대처럼, 깜깜한 어둠 속에서 흔들리는 초를 들고 미친 사람들처럼 달렸다. 경주자들이 모두 어둠 속에서 빛을 반짝이며 그 뒤를 달렸다. 길에 모여 있는 사람들이 지르는 함성과 열광과 조롱 속에서 도망치듯 미친 듯이 달리는 거대한 반딧불이들이었다. 그리고 저택의 창가에 모여 참가자들에게 동전과 불붙은 양초 토막을 던지는 귀족들이 외치는 소리도 거기에 더해졌다.

경주자들이 출발하고 나서 두 번째 뿔나팔 소리가 울리면서, 이제 구경꾼들이 경주를 좀더 가까이에서 구경하기 위해 경주자들의 뒤를 따라 달릴 수 있다는 것을 알려주었다. 사람들의 물결이 좁은 코르소 가 쪽으로 흘러갔다. 남자와 여자들이 모여들었고 서로 밀치며 고함을 치고 다른 사람을 부르고 나무로 밑창을 댄 신발로 포장도로를 쾅쾅 밟아댔다. 굉음이 건물 담벼락을 타고, 촛불이 반사된 하늘 위로 올라갔다.

피코는 자신의 몸이 말들이 모여 있는 쪽으로 심하게 떠밀리는 것을 느끼며 사람들에게 밀려 쓰러지지 않으려고 발버둥을 쳤다.

바로 그때 검을 빼든 장교가 선도하는, 미늘창을 든 교황의 부대가 문으로 들어왔다. 병사들이 재빨리 코르소 가 입구에 정렬해 서서, 베네치아인들의 광장으로 달리는 사람들의 등 뒤에 일종의 철벽을 만들었다. 그 병사들을 보자 아직 움직이지 않았던 시민들은 깜짝 놀라 소리를 지르며 급히 옆으로 물러섰다. 피코 역시 뜻하지 않았던 병사들의 등장이 당황스러웠다. 흥분하여 계속 입에서 거품을 뿜어대는 말 뒤로 몸을 숙이며 지금 무슨 일이 벌어지고 있는지 알아내려고 애썼다.

어떤 이유 때문인지는 알 수 없지만 병사들이, 긴 깔때기 모양의 코르소 가 입구 쪽으로 되돌아가지 못하게 정렬해 있었다. 피코는 사람들에게 거칠게 떠밀려 위험하게도 말발굽 옆에 엎어지고 말았다. 말들은 발굽으로 땅을 긁기도 하고 발길질을 하기도 했다. 말들이 모인 곳에 둘러쳐졌던 밧줄이 끊어졌고 누군가 그 속에서 말들을 자극하기 위해 요란하게 몸을 움직였다. 말 떼들 속에서 횃불이 일렁였다. 그러자 첫 번째 말이 사납게 울어대며 앞발을 들고 일어서더니 경계를 넘어 코르소 가 쪽으로 달리기 시작했고 곧 다른 말들도 그 뒤를 따랐다.

피코는 간신히 몸을 피해 모퉁이 교회의 문에 몸을 딱 붙이고 자기 앞으로 달려가는 말떼들을 생생하게 볼 수 있었다. 말들은 미늘창을 든 병사들을 쓰러뜨린 뒤, 거리로, 경주자들의 등 뒤쪽으로 달려 나갔다.

누군가 그 말 하나에 뛰어올라서 한 팔로 말의 목을 움켜쥐었고 다른 팔로는 말 위에서 계속 횃불을 흔들었다. 피코는 격렬하게 달리는 무리 중에서 요란하게 물결치는 금빛 머리카락을 얼핏 보았다. 여자는 망토를 벗어버렸다. 쇠로 뒤덮인 손으로 말갈기를 힘껏 잡아당겼다. 횃불이 갑옷에 반사되어 말이 움직일 때마다 갑옷이 번득였다. 군중들도 그녀를 알아보았다. 피코는 사람들이 깜짝 놀라 웅성거리는 소리를 들었다. 그 소리는 곧 감탄의 소리로 바뀌었다. 아마 사람들은 그녀가 변장을 한 것이라고 생각하거나 축제가 그들에게 선사하는 새로운 무언극이라고 생각하는 것 같았다. 몇몇 젊은이가 고함을 치고 웃어대면서 앞으로 나갔다. 아마 그녀를 붙잡을 생각인 것 같았다. 하지만 곧 그들이 지르던 고함소리는 공포의 비명소리로 바뀌었고 말발굽에 밟혀 신음하느라 그 소리마저 사라져 버렸다.

여자가 피코를 지나 미친 듯이 계속 말들을 자극하며 길 입구 쪽으로 말을 몰았다. 피코도 그녀를 시야에서 놓쳐서는 안 된다는 막연한 생각에 사로잡혀 피해 있던 곳에서 밖으로 뛰쳐나왔다. 바로 그때 마지막 대열의 말 한 마리가 그의 앞으로 지나갔다. 그는 말 옆으로 달려가서 두 손으로 말갈기를 잡았다. 말에 뛰어올라서 팔꿈치로 짚고 말 등에 안전하게 올라타는 데 성공했다. 그리고 그를 떨어뜨리기 위해 양 옆에서 위협적으로 압박해 오는 다른 말들에 개의치 않고 말의 옆구리에 두 다리를 딱 붙이고 말이 달리는 대로 몸을 맡겼다. 여자는 말 두어 필 정도 앞선 거리에서, 계속 횃불을 흔들어서, 이미 제어할 수 없게 된 베르베르 말들을 자극했다.

말들이 순식간에 경주자들 뒤를 따르던 시민들 뒤에 도착했다. 뒤에 말들이 달려오고 있다는 것을 누군가 알아차리기도 전에 돌진하는 말들이 거리를 가득 메운 사람들에게 달려들어 사람들을 휩쓸어버렸고 미처 피하지 못한 사람들의 몸과 머리를 사나운 말발굽으로 짓이겨 버렸다.

그러자 길이 열렸고 고통과 절망의 비명소리가 등 뒤에 메아리로 울려퍼질 뿐이었다. 피코는 앞쪽을, 경주자들이 들고 있는 촛불의 불꽃이 번득이는 선두 그룹 너머를 보았다. 경주자들은 이제 아우구스토 영묘의 유적지를 지나 안토니아나 원주에 도착하고 있었다.

공포에 사로잡힌 군중들이 몸을 피하기 위해 길 가의 건물에 달라붙거나 좁은 옆골목으로 들어갔다. 무장병들이 그들을 막아보려 했지만 오히려 그들에게 밀려 쓰러졌다. 대열이 무너지면서 혼란 속에 빠지게 된 병사들도 길에서 물러나버려, 미친 말들이 돌격할 수 있게 길이 열렸다.

피코는 주위에서 벌어지는 참극에 놀라 공포에 사로잡혔다. 그는 말의 속도를 늦추기 위해 필사적으로 말갈기를 움켜쥐었지만, 등 뒤에서 압박하는 다른 말들 때문에 아무 소용이 없었다. 피코는 여자가 그렇게 잔인하게 행동하는 이유를 궁금해하며 큰 소리로 여자를 불러보았다.

여자가 잠시 뒤를 돌아본 것으로 봐서 그 소리를 들은 게 틀림없었다. 하지만 크게 뜬 눈 속에서 그녀의 광기어린 계획만을 읽어낼 수 있었을 뿐이었다. 말에 짓밟혀 죽은 이들은 어떤 의미로 해석될 수 있었다. 그것은 처음에 끝내지 못했던 예전의 비극을 되풀이하는 것이었다. 스테파노 포르카리는 자신의 거사를 유리하게 하기 위해 로마 시민들에게 공포를 심어 주려고 생각했었는데, 지금 그 딸이 도시에 그 공포를 뿌리고 있었다. 그때처럼 복수로 인해 무고한 사람들이 피해를 입었다.

이제 말들이 거의 선두 경주자 그룹에 도착했다. 제일 젊은 남자들이 선두에서 달렸는데 그들은 이미 그들 등 뒤에서 달려오는 말들을 알아차리고 공포에 질려 도망치기 시작했다. 그들 바로 뒤에서 난쟁이들이 그 짧은 다리를 빠르게 움직이며 쏜살같이 달리고 있었다. 그들은 금방이라도 말들에 치여 쓰러질 것 같았다. 그런데 그들이 뒤로 돌아서더니 뜻밖에도 두 줄로 나란히 서서 그들을 파괴하려는 그 미친 말들이 지나갈 수 있는 일종의 통로 같은 것을 만들었다.

그러자 여자는 말갈기를 난폭하게 잡아당겨서 말을 그 통로 쪽으로 몰았고 나머지 다른 말들도 그들을 따랐다. 말들은 그녀를 자신들의 우두머리로 뽑은 것 같았다. 난쟁이들은 말들이 자신들 곁으로 달려가기를 기다렸다. 그리고 말들에게 밀려 벽에 짓눌리기 전에, 두 사람이 한 팀이 되어 믿어지지 않는 회전 동작으로 가까이에 있는 말 잔등에 뛰어올랐다. 먼저 한 사람이 말갈기를 잡고 말을 타고 달리며 자신의 동료에게 다른 쪽 팔을 뻗어 동료가 말 위로 올라올 수 있게 했다. 놀랄 만큼 빠르게 움직이면서도 초를 놓치지 않고 들고 있어서 촛불은 달리는 속도에 따라 바람의 힘을 얻어 환히 타올랐다.

피코는 당황스러운 눈으로 그 광경을 지켜보았다. 난쟁이들은 이런 위험한 동작을 능수능란하게 하기 위해 수도 없이 연습을 한 게 틀림없었다. 말들은 고함 소리 속에서, 그리고 창문과 발코니에서 마치 8월 저녁에 별똥별이 떨어지듯 던져지는 불타는 촛불 토막 속에서 계속 미친 듯이 달렸다. 창가에 있는 구경꾼들은 지금 어떤 일이 벌어지고 있는지 모르는 듯했다. 그들은 지금 벌어지고 있는 일이 축제 프로그램을 독특하게 변형시킨 것으로 생각하고 흥분해서 계속 선동적인 고함을 지르며 경주를 구경했다.

피코는 자신이 탄 말을 방향을 조절하여 사방에서 압박하는 다른 말 떼들에게 짓눌리지 않도록 하면서 길 한가운데에 서 있어 보려고 했다. 그의 앞에서 여자는 말의 옆구리를 발로 차서 점점 더 빠른 속도로, 난쟁이들이 만들어내는 뜨거운 촛불의 원 안으로 들어갔다.

격렬하게 달리느라 갑옷에 두른 짧은 가죽 치마가 위로 올라가 여자의 다리가 거의 서혜부까지 드러났다. 흥분해서 말을 달리고 있으면서도 피코는 온몸이 훅 달아올랐다. 피코가 다시 분노해서 박차를 가하자 그가 탄 말이 고통스러워 요란하게 울어댔다. 그 순간 말 잔등이 구부러지는 것을 느꼈고 곧바로 말이 도약을 하자 몸이 위로 튀어올라 공중에 붕 떠 있는 것 같은 기분이 들었다. 그 점프로 여자가 탄 말꼬리에 거의 스칠 정도까지 전진을 하게 되었다. 이제 거리가 끝나는 지점까지는 거의 백여 걸음도 채 남지 않은 지점에 이르렀다. 그리고 거리 끝으로 베네치아 인들의 궁이 있는 광장과, 달리는 베르베르 말들을 멈추게 하려고 캄피돌리오 언덕 근처에 준비해 놓은 거대한 그물망들이 보였다.

그 위쪽으로, 건물 잔해들이 여기저기 산재한 경사면 너머로 웅장한 아라 코엘리 대성당 건물이 횃불들에 에워싸여 빛났다. 그 횃불들 때문에 성당 건물은 물 위에 떠 있는 배처럼 검은 하늘에서 눈부시게 빛났다.

그런데 장애물 앞에 뭔가 예기치 못했던 게 나타났다. 예상했던 광경, 그러니까 시민들이 떼를 지어 자신들의 용기에 대한 상을 받기 위해 준비하고 있는 게 아니라 그물 앞에 검은 점들이 한 줄로 정렬해 있었다.

무장병들이었다. 병사들은 그들 앞에 세워 둔 긴 석궁들이 놓인 작은 권양기를 미친 듯이 움직이고 있었다. 피코가 여자에게 고함을 쳤다. 여자가 잠시 뒤를 돌아보았다. 그녀는 흥분으로 일그러진 얼굴에 입을 크게 벌리고 승리의 함성을 지르고 있었다. 피코는 한 팔을 휘저어 그녀가 예상치 못한 위험을 알리려고

했다. 하지만 그녀는 신경질적인 웃음을 터뜨리더니 다시 돌아
서서 앞쪽을 보며 말에 박차를 가했다.

포장도로 위로 요란하게 달리는 말발굽 소리 속에서 냉정한
외침 소리를 들은 것 같았다. 석궁 사수들이 석궁을 겨눈 채, 병
사들의 명령을 기다리며 무릎을 꿇고 있었다.

피코는 말이 광장까지 달려가는 동안 근육이 긴장으로 팽팽
해지는 것을 느꼈다. 그리고 다시 학생들 사이에 싸움이 벌어졌
을 때 혹은 결투가 최고조에 달했을 때면 여러 번 경험했던 그
기분을 다시 느끼게 되었다.

이상한 두려움으로 몸이 얼어붙어 도망을 칠 수가 없었다. 마
치 그 순간 살고자 하는 바람과 죽고자 하는 바람이 완벽하게 균
형을 이뤄 그 어떤 선택도 할 수 없게 만드는 것 같았다. 잠시 후
면 화살이 그들을 향해 날아올 것이고 그들이 미친 듯이 달려가
고 있기 때문에 화살과 만나는 속도는 더 빨라지게 될 것이다.
서로가 어느 쪽으로 향하게 될지 예측조차 할 수 없을 정도로 모
든 게 혼란스럽게 움직이고 있는 이 상황에서 번개처럼 날아오
는 화살들을 보게 될 것이다. 그리고 그런 예측할 수 없는 카오
스 속에서는 행운만이 죽을 자와 살 자의 운명을 나눌 것이다.

그는 움직이는 병사들을 물의 장막을 통해 바라보듯 쳐다보
았다. 그들은 꿈결에 나타나는 또렷하지 않은 환영들과 비슷했
다. 피코는 지금 그 꿈 속으로 빠져드는 것 같은 기분이었다.

하지만 자극적인 광경 때문에 그는 다시 현실로 돌아왔다. 그
의 옆에서 그녀가 투명하고 눈부시게 웃고 있었다.

그녀는 말의 목을 꼭 잡은 채 검은 하늘을 향해 고개를 들고

입을 벌린 채 웃고 있었다. 거칠면서도 부드러운 그 밀어지지 않는 미소가, 지금 벌어지고 있는 일을 위에서 지켜보고 있는 누군가를 부르는 것 같았다.

감각이 마비된 것은 순식간에 불과했던 게 틀림없었다. 하지만 그 짧은 순간에 말들은 주택들 사이로 난 마지막 좁은 길을 지나 밀려드는 파도처럼 광장으로 돌진해 들어갈 수 있었다.

피코는 일렁이는 촛불을 든 난쟁이들이, 창문마다 불이 환히 켜져 있고 중앙 발코니에는 휘장이 쳐진 저택의 한 모퉁이 쪽으로 향하는 것을 보았다. 그 위에서, 고위 성직자의 화려한 예복을 입은 몇몇 형체들이 큰 현관문 위쪽 발코니에서 길을 향해 얼굴을 내밀었는데, 또 다른 무장병들이 현관문을 호위하고 있었다. 짧은 시간이었지만 피코가 이 상황을 인지한 순간, 그들을 향해 석궁을 겨누고 있던 대열이 진동을 했다.

피코는 쉬익 소리를 내며 날아오는 구름 같은 화살들을 피해 보려고 말의 목 쪽으로 몸을 숙였다. 머리 옆에서 어떤 떨림 같은 것을 감지하기는 했지만 통증은 전혀 없었다. 그의 옆에 있던 난쟁이 두 명이 비명을 지르며 땅으로 떨어졌다. 그들의 초도 땅에 떨어졌다. 하지만 다른 난쟁이들은 잠시 흩어졌다가 다시 계속 달려갔다. 귀청을 찢을 듯한 소리와 함께 무지개 빛의 불꽃이 폭발하며 난쟁이들이 떨어진 말을 휘감아서 그 말을 빨갛게 불타오르는 괴물로 만들어 버렸다. 그 바람에 광장이 갑자기 대낮처럼 밝아졌다.

뜨거운 공기가 훅하고 피코에게로 불어왔고 그와 함께 고통의 비명 소리도 들렸다. 조금 더 앞쪽에서 여자의 말이 옆으로 방향을 돌리며 멈춰서더니 포장 도로 위에서 네다리를 쭉 뻗으며 미끄러졌다. 잠시 후 말이 크게 울며 활활 타는 괴물 옆에서 뒷다리로 일어서는 것을 보았다.

여자는 있는 힘을 다해 말의 목을 잡고 땅에 내동댕이쳐지지 않으려고 발버둥을 쳤다. 그 순간 피코가 여자가 탄 말의 귀를 잡아 뒤로 잡아당겼다. 격노한 말이 울부짖으며 불길 속으로 미끄러지지 않으려고 말발굽을 땅에 딛고 섰다. 피코가 그녀 쪽으로 몸을 뻗어 한 팔로 여자의 허리를 잡아 말에서 끌어내렸다. 그 사이 그녀의 말은 절망적으로 울어대며 쓰러졌다.

피코는 여자를 옆구리에 꽉 껴안은 채 쓰러진 말로부터 멀어졌다. 여자의 발이 바닥에 스쳤다. 그의 말은 새로운 사람의 무게에 균형을 잃고 위험하게도 불구덩이 속으로 뛰어들려고 했다. 하지만 그녀가 고양이처럼 날렵하게 두 발로 포장도로에 똑바로 섰다가 뒤쪽으로 점프해서 피코의 등 뒤에 올라타는 데 성공했다. 그녀가 자기 뒤에 확실히 올라앉은 것을 느낀 피코는, 무릎으로 말을 쳐서 오른쪽으로 방향을 바꿔 다시 촛불들 주위로 달려 나가게 했다.

이제 그들은 광장의 한쪽에 도착했는데, 그들과 베네치아인들의 궁 사이에는 불기둥밖에 없었다. 문 앞에 정렬해 있던 병사들이 난쟁이들을 향해 달려와 검으로 그들을 공격하려 했다. 병사들이 난쟁이 한 명을 죽였다. 그러자 곧 다시 공중에서 새롭게 불길이 폭발해서 공격하는 병사들과 공격받은 난쟁이들을 절망적으로 요동치는 인간 횃불로 바꿔놓아 버렸다.

다른 병사들이 공포에 사로잡혀 화급히 뒤로 물러섰다. 살아

남은 난쟁이들은 미친 듯이 말을 달렸고 병사들이 물러서는 틈을 이용해 흩어진 방어망을 지나 발코니에 도착했다. 그리고 우아한 동작으로 초 밑부분을 잡았다. 마치 손바닥에서 그 초의 무게를 가늠해보기라도 하는 듯이. 그러더니 갑자기 팔을 들어 초들을 발코니 위에, 열어놓은 큰 창문을 향해 정확히 던졌다.

피코는 촛불이 마치 고유한 힘을 부여받은 듯, 그들의 목표물을 향해 곧장 날아올라가 건물 안으로 사라지는 것을 보았다. 잠시 모든 게 멈춰선 것 같았다. 마치 마법사의 손이 온 광장에 마법을 부린 것처럼. 발코니에 얼굴을 내밀고 있던 남자들도 자신들의 머리 위로 지나가는 촛불에 아무런 반응도 하지 못했다. 마치 그들이 입고 있는 예복이 너무 무거워 한 걸음도 떼어놓을 수 없는 것처럼. 혹은 지금 벌어지고 있는 일이 너무 당황스러워 온몸이 굳어버린 것처럼. 병사들만이 대응을 해보려 했다. 살아남은 난쟁이들을 추격해 재빠르게 검으로 그들을 쓰러뜨려 피바다를 만들었다.

잠시 후 건물 중앙의 방에서 빛이 번득이더니 새하얀 불길이 창문에서 솟구쳐 나와 발코니를 뒤덮었다.

순식간에 교황과 추기경들의 형체가 흩어졌고 딱딱 소리를 내며 불타올랐다. 피코는 자신의 등 뒤에서 들려오는 승리의 함성을 들었다. 여자는 불길이 타오르는 쪽으로 몸을 내밀며 멀리 있는 불길을 손가락으로 잡기라도 하려는 듯 팔을 흔들었고, 화재 현장과의 거리를 좁혀 보려 했다. 그녀는 입을 크게 벌리고 미친 듯이 웃었으며 공기 중에 있는 화재의 열기를 훔쳐내서 그게 넥타르라도 되는 것처럼 마시려는 것 같았다.

“해냈어! 해냈어!”

피코는 이렇게 외치는 그녀의 목소리를 들었다.

아라 코엘리 성당 계단 밑에 정렬해 있던 석궁사수들은 발코니에서 끔찍하게 불타오르는 사람들을 보며 정신을 빼앗겨 그들을 까맣게 잊고 있었다. 피코는 그 틈을 타서 말의 방향을 오른쪽으로 더 틀어서, 원주 주변에 있는 집들 사이로 난 골목으로 몸을 피하려 했다. 여자의 손이 느껴졌다. 여자는 그가 움직이지 못하게 그의 어깨를 잡았다.

“도망치지 말아요! 우리가 전투를 치를 곳은 여기예요!”

그녀가 다시 발코니 쪽을 보았다.

“승리했어요!” 그녀가 다시 외쳤다. “새로운 시대가 시작될 거예요! 우리 아버지의 원수를 갚았어요!”

“아니요, 패한 겁니다!” 피코가 대답했다. “궁 안에 아무도 없어요!”

“우리 병사들에게 가야 해요.”

여자는 피코의 말을 듣지 못한 것처럼 이렇게 외쳤다. 피코는 자신을 잡은 여자의 손에서 힘이 풀리는 것을 느꼈다. 잠시 후 그녀가 땅에 뛰어내렸다. 피코가 재빨리 뒤를 돌아보며 그녀의 팔을 잡아, 그녀가 움직이지 못하게 했다.

“분명히 말하지만 아무도 없어요! 봐요!”

피코는 화가 나서 계속 불타고 있는 형체들을 가리키며 소리쳤다. 그 형체들은 아무런 움직임도 없이 비명조차 지르지 않은 채 백열광을 내는 불길 속에서 타오르고 있었다.

“저건 그냥 인형들이에요. 궁에는 아무도 없었어요!”

그는 여자가 아파서 신음할 정도로 세게 손목을 쥐었다.

하지만 여자가 번개처럼 재빠르게 그의 손에서 벗어났다. 피코가 좁은 골목에서 말을 제어하려 애쓰는 사이, 여자는 그들 등 뒤에 모여 있는 집들 쪽으로 되돌아갔다. 말을 돌려 그녀에게 가 보려 했지만 골목이 너무 비좁아 제대로 움직이지 못하던 말이 아무렇게나 방향을 바꾸며 흥분해서 날뛰었다.

말을 놓아 버린 채, 피코도 땅에 뛰어내렸다. 미로 같은 좁은 골목길 한가운데에서는 걷는 게 훨씬 움직이기 좋을 거야, 그는 이렇게 생각하며 여자가 사라진 방향으로 달려갔다. 골목에서 갑옷의 형체가 잠시 번득이다가 다시 길모퉁이로 사라지는 게 보였다. 그 지역은 완전히 텅 빈 것 같았다. 주민들이 모두 경주를 구경하러 몰려갔기 때문이었다. 혹시 보르자의 병사들이 나타날지 모른다는 두려움 때문에 주위를 두리번거리다가, 갑자기 그녀가 자신을 어디로 데려가고 있는지를 알게 되었다. 다시 구부러진 길을 몇 번 돌고 나자 그의 눈앞에는 한적한 작은 광장이 나타났다. 그녀가 자신만의 의식을 거행하며 꽃을 놓아두던 곳이었다.

이번에도 그녀는 버려진 건물 쪽으로 곧장 걸어갔다. 하지만 처음과는 달리, 그녀의 걸음걸이가 불안정해 보였다. 패배로 인한 절망감이 갑자기 그녀의 모든 힘을 빼앗아 가버린 것처럼. 그녀가 비틀거리다가 거의 몸을 끌다시피 해서 마지막 몇 걸음을 떼어놓고 건물의 문 앞까지 가서 오열하며 그곳에 쓰러지는 것을 보았다.

여자가 다시 일어나려고 애쓰는 동안 피코가 달려가 그녀의 등 뒤에 도착했다. 여자는 몸을 덜덜 떨며 대리석 문설주를 잡았다. 그러다가 다시 무릎을 구부렸다. 피코는 그녀가 그 이상한 의식을 다시 되풀이하는 것이라고 잠시 생각했다. 하지만 기도 대신 그녀의 악다문 입술 사이로 신음소리만 들려올 뿐이었다. 그녀를 부축하기 위해 그녀의 겨드랑이 아래쪽을 잡았다. 여자의 몸이 그의 손에서 벗어나려고 하는 것처럼 떨렸다. 당황한 피코가 즉시 손을 떼었다. 손가락 사이로 뭔가 축축하고 뜨거운 게 느껴졌다. 골목 입구에 켜진 희미한 등불을 향해 손을 들어본 피코는 손가락에서 붉은 자국을 발견했다. 피코는 다시 그녀 쪽으로 몸을 숙이고, 그녀의 힘없는 저항에 아랑곳하지 않고 부드럽게 그녀를 잡았다.

그녀의 옆구리에 화살이 튀어나와 있었는데, 화살은 그녀의 갑옷을 뚫고 몸 속에 파고 들어가 있었다. 갑옷 위에 입은 겉옷에는 수놓인 문장이 보이지 않을 정도로만 피가 살짝 얼룩져 있었다. 그렇지만 그들이 있는 포장도로 위에 뚝뚝 떨어지는 굵은 핏방울이 상처가 심하다는 것을 증명했다. 그녀가 숨을 가쁘게 쉬었고 반쯤 벌어진 입은 불그스름한 거품으로 뒤덮여 갔다. 그녀는 숨을 쉬어 보려고 고개를 뒤로 젖히고 있었다. 두 눈은 위쪽, 문의 장식틀에서 무엇인가를 찾고 있는 듯했다. 그 부분에는 포르카리 가문의 문장이 그 흔적만 겨우 남아 있었다.

잠시 후 피코는 갑옷 속에 있는 그녀의 몸에서 힘이 다 빠져 버리고 힘없이 축 늘어지는 것을 느꼈다. 그녀의 손가락에만 아직 힘이 남아 있어서 그녀의 손톱이 그의 팔을 꽉 누르고 있었다. 바로 그때 등 뒤에서 다급한 발자국 소리가 들렸다. 피코는 뒤를 돌아보면서 옆구리에 쓸모도 없이 걸려 있던 검의 손잡이를 본능적으로 찾았다.

프란체스코 콜론나가 그들 쪽으로 달려오고 있었다.

"여기 오면 당신이 있을 줄 알았소! 달아나야 합니다. 계획이 발각됐소, 배신을 당했어요!"

그가 흥분해서 여자를 돌아보며 외쳤다. 피코를 무시한 채 여자의 어깨를 잡아 그녀를 피코의 품에서 뺏으려 했지만 여자는 꼼짝하지 않은 채 흐느낌을 억누르며 신음하기만 했다.

피코가 말없이 튀어나온 화살을 눈으로 가리켰다. 프란체스코가 하얗게 질리며 절망적인 동작으로 두 손을 관자놀이께로 가져갔다. 그 사이 원형으로 자리 잡은 집들 너머에서 사람들의 고함 소리와 이쪽으로 다가오는 발소리가 점점 커지며 주위의 고요를 깼다.

피코는 출구를 찾아 주위를 둘러보았다. 여자의 상태는 아주 심각해보여서 그녀와 함께 달아날 수 없을 것 같았다. 발소리가 점점 가까워졌고 골목의 다른 쪽 끝에서 벌써 사람들의 목소리가 들리기 시작했다. 길이 구부러져 있어서 그들은 아직 사람들의 눈에 띄지 않을 수 있었다. 피코가 온몸의 힘을 다하여 낡은 문을 밀어보았다. 나무판자들이 꿈쩍을 하지 않았지만 다시 한 번 밀자 삐그덕 소리를 내더니 요란한 소리와 함께 판자들이 떨어져나가 좁은 틈이 생겼다.

"빨리요, 이 안으로 숨읍시다! 희망은 이것밖에 없어요!"

피코가 여자를 품에 안고 일어서면서 프란체스코에게 외쳤다. 피코는 발길로 문을 차서 열고 안으로 황급히 들어갔고, 프란체스코가 그 뒤를 따랐다.

내부는 예전에 이 건물의 아트리움(로마 건축물에서 중앙 홀)이었던 게 틀림없었다. 그곳은 스테파노 포르카리가 체포되고 난 뒤 발생한 화재로 반쯤 타다 남은 시커먼 가구들 이외에는 아무것도 없이 텅 비어 있었다. 수십 년이 지났음에도 불구하고 수북한 먼지들 밑에서도 파괴의 흔적들이 아직 뚜렷했다.

"문을 닫아요!"

피코가 잔해들이 없이 비어 있는 쪽으로 가면서 명령했다. 그리고 가만히 몸을 숙여 바닥에 여자를 내려놓았다. 위층으로 이어지는 계단이 칸막이 벽 쪽으로 함께 무너져 내려서 부서진 벽돌들이 산더미처럼 수북하게 쌓여 있었다. 무너진 벽돌 조각들 일부분이 안쪽 벽에 있는 거대한 벽난로에까지 굴러 들어가 있었다. 대리석으로 조각된 벽난로는 고대 로마 신전의 모습이었다. 마치 스테파노가 로마의 포로에서 과거 위대했던 자취를 훔쳐 내오고 싶어 그런 벽난로를 만든 것 같았다.

피코는 자신을 잡은 여자의 손에서 힘이 빠져나가는 것을 느꼈다. 상처에서 흐르던 피가 멎었다. 피는 많이 흐르지 않아서 그녀 등 밑의 바닥에 붉은 줄만 흐릿하게 그려져 있었는데, 피는 서서히 굳어가고 있었다. 하지만 그가 파도바 해부학 수업에서 배운 지식으로 인해 그는 모든 희망을 버리게 되었다. 피가 거의 나지 않는다는 것은, 화살촉 끝이 폐까지 들어가서 내출혈로 그녀가 죽어가고 있다는 것만을 알려줄 뿐이었다.

그의 불길한 예감을 확인이라도 시켜주듯 그녀가 숨을 헐떡이기 시작했다. 방안이 몹시 추운데도 완벽하게 아름다운 그녀의 이마는 땀방울로 뒤범벅되어 있었다. 그녀는 여러 번 기침을 했고 입에서 피가 솟구쳐 나왔다.

피코가 추위로부터 그녀를 보호해주려고 망토로 그녀를 감쌌다. 그러자 그녀의 몸 속에서 다시 기운이 되살아나는 것 같았다. 다시 그녀가 한 손으로 그를 꽉 잡는 게 느껴졌다. 그러면서 그녀는 반짝이는 눈으로 뭔가를 찾아 주위를 두리번거렸다. 뜻밖에도 그녀의 입가에 미소가 번졌다.

"아버지, 드디어 저를 찾아오셨군요! 우리 조상들의 집에서 오래 전부터 아버지를 기다리고 있었어요!"

프란체스코 콜론나는 몸이 굳어버려 아무런 반응도 보일 수 없는 것 같았다. 여자가 계속 눈을 굴렸다. 눈에 보이지 않는 무언가를 잡아보려고 한 손을 들었다.

"빛이……"

중얼거리는 그녀의 목소리가 들렸다.

"아버지의 손이……"

뭔가 다른 말을 하고 싶어 하는 것 같았다. 하지만 다시 아까보다 더 심하게 피가 솟구쳐 나와 그녀의 입술을 적셨다. 그녀는 고개를 들고 숨을 쉬려고 입을 벌렸다. 그렇지만 더 이상의 움직임은 없었다. 그녀는 자신의 입술을 적시는 피와 마지막 순간까지 싸우다가 그렇게 숨을 거두었다. 피코가 지켜보는 가운데, 가장 가볍고 손으로 만질 수 없는 영혼의 원자들이 상상할 수 없는 형식으로 그들을 묶어 놓았던 힘에서 풀려나서 어둠 속으로 달아나 심연을 향해 달리기 시작했다. 그리고 이제 곧 그녀 몸의 가장 단단한 원자들이, 그들을 쫓아 달리며 각자 자신과 유사한 것을 찾으려 할 것이다. 그녀를 꿈꾸었던 사람들의 원자들처럼. 실패한 그녀의 모든 꿈들. 그녀는 물, 흙, 공기, 불로 돌아갈 것이다. 그녀에 앞서 존재했던 무한한 존재의 고리처럼, 완전한 무로 돌아가게 될 때까지.

피코는 몸이 텅 비는 기분이었다. 그의 마음 속의 무엇인가가 무너져 내렸다. 눈에 눈물이 가득 고였다. 물이 넘쳐흐르는 항아리 같았다. 눈물로 뿌옇게 흐려진 눈으로 벽난로 입구를 돌아보았다. 결국 묘지의 차가운 흙 속에서 안식을 취하는 것이나 이 돌 속에 눕는 것이나 그녀에게는 무슨 차이가 있겠는가? 그는 혼자 생각했다. 운명이 그녀를 조롱하는 것 같았다. 그녀가 누릴 수 없었던 이 따뜻한 집이 이제는 그녀에게 화려한 무덤이 되어 주었다. 위대한 예술가의 작품이 그녀의 죽음에 길동무가 될 것이다.

피코는 기운을 내서 벽난로 입구를 막은 벽돌들을 치워서 옆쪽에 나란히 놓았다. 프란체스코 콜론나는 충격에 빠진 채 피코가 하는 대로 따라 했다. 하지만 피코의 의도를 이해한 게 틀림없었다. 곧 그도 폐허더미에 숨가쁘게 뛰어들어 손으로 벽돌들을 치우며 피코와 같이 일을 시작했다. 공간이 생기자 두 사람 모두 말 한 마디 나눌 필요도 느끼지 못한 채 여자의 시신 쪽으로 몸을 숙이고 헤쳐 놓은 공간으로 시신을 옮겨 놓았다. 그리고 조심스럽게 시신을 덮었다. 혹시 너무 거친 동작으로 그녀에게 다시 상처를 입히기라도 할까 두려워하듯 조심스럽게 사랑을 담아 하나하나 쌓아올리는 돌더미 속으로, 자신의 망토에 싸인 시신이 사라졌다.

여자가 돌 속으로 사라지는 동안 피코는 잠시, 그녀를 감싼 망토에 달린 모자의 주름 사이로 드러난 얼굴의 일부를 보았다. 부드러운 곡선의 턱과 보석 왕관 같은 금속 목 가리개에 가려진 백조 같은 목이 보였다. 누구와도 비교할 수 없을 정도의 아름다움은 죽음이 가하는 모욕에도 그 모습이 전혀 변하지 않은 것 같았다. 원래 시모네타로 변장했던 그 여인의 모습 그대로.

운명은 왜 두 번이나 완벽한 형식을 인간에게 주었다가 두 번 다 가장 아름답게 빛나는 시기에 그것을 멈추게 한 것일까? 이 사건을 통해 그 형식이 보여주는 메시지가 전해진 것일까? 인간들은 한 번만으로는 이해할 수 없다는?

그는 극미한 물질의 파편들이 맹목적으로 만나서 형식을 이룬다고 믿어왔는데, 그런 맹목적인 만남 그 너머로 이어지는 삶과 죽음 속에 의미가 있을 수 있는 것일까? 그것을 조절하는 행동, 하나의 목소리가 있을 수 있는 걸까? 최초의 인간들에게 말을 했던 지적인 존재가 정말 있었을까? 그 존재를 다시 찾고 그 목소리를 다시 들을 수 있을까? 레온 바티스타 알베르티가 믿었고 신전을 지어 기리고자 했던 바로 그 존재가 정말 있었을까? 메나헴, 폼포니오, 마네토의 꿈 속에까지 그 아득한 메아리가 울려 퍼졌던 그 목소리가? 그리고 만약 그런 게 있다면 그것을 찾아 평생을 바칠 만한 가치가 있지 않을까? 이 세기의 가장 뛰어난 천재를 사로잡을 정도로 그렇게 강력한 목소리를 그도 들어 볼 만한 가치가 있지 않을까? 모든 책은 진정으로 읽을 만한 가치가 있을 것이다. 알베르티가 완벽한 인간들을 보호해 주려 했던 돔 아래에서 온 세계 현인들과 토론을 해봐야 할 것이다. 그렇게 해야 할 것이다!

옆에 있던 프란체스코 콜론나가 숨죽여 흐느껴 울었다. 피코가 그의 어깨를 잡고 그를 위로해 보려 했다. 이제 그에게 아무런 증오심도 느껴지지 않았다. 여자의 죽음으로 그들 사이의 적대적인 공간이 사라져 버린 것 같았다.

“이름이 뭐였습니까?”

콜론나가 멍한 눈으로 그를 뚫어지게 보았다. 그는 피코의 말을 이해하지 못한 것 같았다.

“이름이요! 전 이름이 뭔지도 모릅니다.”

피코가 다시 물었다.

프란체스코가 즉석에서 만든 무덤 쪽을 돌아봤다.

“이제 와서 이름 같은 게 뭐 중요하겠습니까? 이 돌 위에 쓸 수도 없을 텐데요.”

콜론나가 도전적인 어투로 말했다. 하지만 피코는 그녀에 대한 것은 뭐든 혼자만 간직하고 싶은 콜론나의 순진한 바람을 이해했다.

콜론나가 눈물을 닦았다. 그러더니 신경질적으로 고개를 똑바로 들었다.

“우리는 실패했소. 내가 이 거사를 위해 모았던 남자들은 로마에서 멀리 달아나게 될 거요. 이집트 공작도 벌써 자기 동족들과 함께 야영지에서 철수했소. 남부 쪽으로 피하게 될 거요. 나는 팔레스트리나로 피신할 겁니다. 내가 보르자의 손에 잡히게 된다면 내 조상님들의 땅에서 그렇게 되고 싶소."

"북쪽으로 가는 게 어떻겠습니까?" 피코가 조언했다. "베네치아로 가세요. 베네치아 공화국이 당신을 보호해 줄 겁니다. 공화국을 위해 당신의 검을 사용하세요. 교황과의 충돌은 시작에 불과합니다!"

하지만 프란체스코가 쓸쓸하게 고개를 저었다.

"난 전투와 맞지 않습니다. 내게 힘을 준 건 바로 그녀였어요. 이제 나는 패배했습니다."

"아닙니다! 체념하시면 안 됩니다. 다른 길들이 있습니다. 다른 투쟁 방법이 있어요. 무기가 아닌 사상으로 하는 겁니다. 우리가 할 수 있는 일은 항상 있으니까요."

피코가 그의 어깨를 흔들면서 외쳤다.

"뭐가요?"

"폴리필로의 꿈. 이 책은 알려져야만 합니다! 알베르티의 작품은 살아남아서 눈으로 볼 수 있는 형식을 취해야만 합니다. 제가 그 작품을 상상의 형태로, 이방인들의 눈에는 보이지 않게, 그렇지만 그것을 알고 있는 사람들이 이해하고 기억할 수 있게 다시 써보려고 합니다."

"그런데 당신은? 어디로 가실 생각이십니까?"

"해안을 따라 도망을 쳐서 프랑스로 가는 배를 타려고 합니다. 프랑스에서는 샤를 왕자가 왕위에 오를 준비를 서두르고 있지요. 왕자에게 작품을 쓰는 데 필요한 시간과 홀로 지낼 수 있는 여건을 부탁할 겁니다."

피코는 콜론나의 손목을 계속 꽉 쥐었다. 그러다가 손을 놓아

주었다. 상의 속에서 피 묻은 초상화를 꺼내서 마지막으로 자세히 살펴본 다음 잘게 찢어 봉헌 꽃의 꽃잎처럼 그것을 묘지에 뿌렸다. 그제야 주머니에서 활자들을 싼 꾸러미를 꺼내서 프란체스코에게 내밀었다.

"이걸 가지고 가서 잘 보관하세요. 레온 바티스타가 만든 귀중한 활자틀입니다. 북쪽에서는 독일 인쇄기를 사용하는 인쇄소들이 수없이 생겨나고 있습니다. 준비가 되면 이것을 줄 만한 사람을 찾아보십시오. 제가 원고를 보내드리면 작품을 인쇄할 때 이 글자들을 이용한 활자로 사용할 수 있게 해주십시오. 이게 우리가 레온 바티스타의 생각에 경의를 표할 수 있는 방법입니다. 그리고…… 그녀에게도."

"제 선친께서 어떤 사람 이야기를 제게 들려주었습니다."

프란체스코가 중얼거렸다.

"인쇄 기술자였는데, 고대의 지혜가 담긴 서적들을 인쇄하기 시작했다더군요. 마누치오(르네상스 최고의 출판업자)라는 사람이었습니다."

잠시 후 그가 피코의 눈을 똑바로 보았다.

"그것을 보게 될까요, 조반니? 그의 계획을? 실현된 것을요?"

"그럼요, 전 그럴 거라고 생각합니다."

피코는 조금 전 만든 묘지를 돌아보며 대답했다. 어느 날 그녀의 뼈가, 아름다움의 집인 영광스러운 티페렛의 거대한 돔 밑에서 안식하게 될지 누가 알겠는가?

"비트루비우스 아카데미아의 건축가들은 도나토 브라만테를 믿고 있습니다. 행운이 그의 편이라면 어느 날엔가 바티칸 광장에 거대한 기둥들이 늘어선 건물이 설 것이고 어디서도 보지 못한 돔이 세워질 겁니다. 예, 저는 그의 꿈이 돌로 이루어질 거라고 믿습니다."

프란체스코가 피코의 시선을 따랐다.

"그런데 우리가 정말 그렇게 아름다운 여인을 다시 볼 수 있을까요?"

피코가 어깨를 으쓱했다.

"베네치아로 가시다가 피렌체에 들러주십시오. 그리고 일 마니피코를 알현하세요."

"뭐라고 말해야 하죠?"

"조반니 피코가 메시지를 전해달라고 했다고만 해주세요. 아무도 돌아오지 않았다고요."

"아무도 돌아오지 않았다고요? 그것뿐입니까?"

"그것뿐입니다. 그러면 알아들으실 겁니다."

흥미진진하게 되살려낸 역사적 사실과 상상

『죽음의 법칙』은 이탈리아의 역사 추리소설 작가로 잘 알려진 줄리오 레오니의 작품이다. 레오니는 그 동안 시인 단테를 주인공으로 하는 네 권의 소설을 발표하여 이탈리아뿐만 아니라 세계적으로도 대중적인 인기를 얻었고, 역사 추리소설 작가로서의 자리를 굳혔다. 『신곡』의 저자인 단테가 탐정으로 활약하는 '단테 시리즈'는 우리나라에도 소개되어 많은 독자들의 사랑을 받았다.

『죽음의 법칙』 역시 중세를 배경으로 한 역사 추리소설이다. 그러나 이전의 네 작품들과는 달리 단테는 등장하지 않는다. 사건이 펼쳐지는 시기는 단테가 활동하던 13세기가 아니라 15세기 말경이다. 이탈리아에서 르네상스가 한창 꽃피던 시기이다. 그 중심에는 피렌체가, 그리고 피렌체를 다스리던 메디치 가문이 있다. 『죽음의 법칙』은 바로 그 피렌체, 로렌초 데 메디치의 궁정에서 시작된다. 실제로 당시에 '위대한' '훌륭한' '화려한' 등을 나타내는 '일 마니피코'라는 이름으로도 불린 로렌초는 이 이름에 걸맞게 피렌체의 전성기를 이룬 인물이다. 그는 특히 문학과 예술을 장려해서 레오나르도 다빈치나 산드로 보티첼리 같은 화가들을 적극적으로 후원하기도 했다.

1482년 어느 날 밤, 피렌체 시의 한 인쇄소에서 인쇄 기술자인 독일인이 처참하게 살해를 당한다. 피렌체의 군주인 로렌초 데 메디치는 젊은 친구인 피코 델라 미란돌라를 데리고 사건 현장으로 달려간다. 피코 델라 미란돌라는 후에 이탈리아의 인문주의자이자 철학자로 널리 알려지게 될 인물이다. 로렌초는 20세의 젊은이인 피코의 놀라운 재능을 사랑해서 그를 친구로 받아주었다. 독일인 살해 용의자로 풀젠테라는 조각가가 지목되는데, 그 풀젠테마저 피렌체 시 외곽에서 시체로 발견된다.

그리고 그 시체 옆에서 몇 년 전에 죽은, 시모네타 베스푸치의 초상화와, 그녀가 죽을 때 목에 걸고 있던 목걸이가 발견된다. 시모네타는 놀라운 아름다움으로 피렌체 남자들의 사랑을 받았다. 보티첼리는 그녀를 모델로 그림을 그리기도 했다. 로렌초 역시 그녀를 사랑했었고 갑자기 그녀가 죽자 몇몇 지인들과 함께 은밀히 그녀를 살려내려는 비교(秘敎) 의식을 거행하기도 했다. 그녀의 초상화가 발견되면서 그녀가 죽음에서 살아 돌아온 것 같은 흔적들이 나타난다.

로렌초는 죽은 사람을 살려낼 수 있는 비법이 담긴 책, 헤르메스 전집 15권을 이용해서 그녀가 살아났을지도 모른다고 생각하고, 사라진 그 책을 찾고 사건을 해결하라는 임무를 피코에게 맡긴다. 이성적이고 합리적인 피코는 죽음에서 살아 돌아온다는 게 불가능하다고 생각하며 로렌초의 믿음에 회의를 품지만 그래도 그의 명령에 따라 책을 찾아 로마로 떠난다.

로마에 도착하면서 사건은 점점 미궁에 빠져들고 그 미궁의 한가운데에서 위대한 건축가인 레온 바티스타 알베르티가 등장하게 된다. 우리에게 건축가로만 알려져 있는 알베르티가 사실은 레오나르도 다빈치에 버금가는 천재라는 사실이 곳곳에서 확인된다. 그리고 눈부시게 아름다운 여인 시모네타 역시 실제로 로마에서, 시스티나 예배당에서 신비하게 그 모습을 보인다. 피코는 겉으로는 평온해 보이는 도시인 로마 뒤에 숨어 있는 음모와 술수의 그물 속으로 들어가 죽음의 위험을 무릅쓰며 진실에 접근해 간다.

'단테 시리즈'에서 괴팍하고 성미 급한 인물로 그려졌던 단테와 달리 피코는 뛰어난 기억력과 학식을 지닌 침착한 젊은이로 등장한다. 루크레티우스를 스승으로 생각하는 피코는 눈앞에서 벌어지는 모든 사건에 의혹의 눈길을 보내며 젊은이다운 활력과 열정으로 사건을 풀어나간다. 사색적인 주인공 피코 덕분에 범죄 사건에 철학적인 사고들이 덧붙여지지만, 그런 순간조차도 지루함보다는 호기심을 느끼게 된다.

스페인 출신으로 교황의 자리를 노리는 로드리고 보르자 추기경과 가문의 지나간 영광을 되찾으려는 프란체스코 콜론나, 화가 산드로 보티첼리 역시 이 책에서 빼놓을 수 없는 인물이다. 역사적 사실과 상상을 사실적으로 혼합해내는 뛰어난 능력을 지닌 작가 레오니는 이 책에서도 우리가 역사책에서나 들어보았을 법한 이름을 지닌 인물들과 사건을 생생하고 흥미진진하게 되살려낸다. 또한 로마에 살면서 글을 쓰는 레오니는 로마의 구석구석을 자세히 묘사하여, 글을 읽다 보면 어느 새 15세기의 로마 거리, 옛 로마 시대의 잔해가 고스란히 남아 있으며 새로 건축된 귀족의 저택들이 늘어선 그 거리를 걷고 있는 것 같은 느낌을 받는다. 이처럼 레오니는 독자를 작품 속으로 끌어들여 함께 추리를 해나가게 만드는 뛰어난 능력을 이 책에서도 발휘하고 있다.

과연 죽은 시모네타가 되살아나 로마의 거리를 걷고 있는 걸까? 죽음에서 살아오게 하는 비법이 담긴 책이 진짜 존재할까? 이러한 의문을 가지고 로마 속으로 깊숙이 들어가는 피코와 함께 우리도 색다른 모험을 해 볼 수 있으리라.

이 현 경

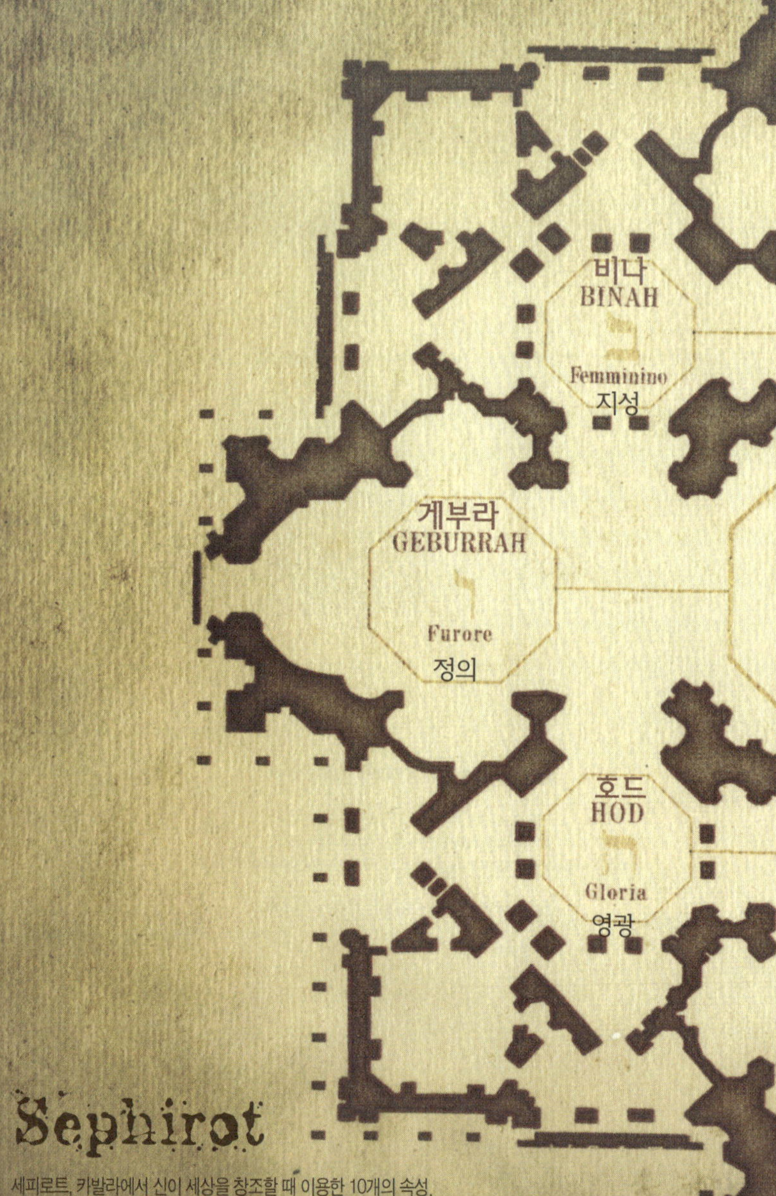

Sephirot

세피로트. 키발라에서 신이 세상을 창조할 때 이용한 10개의 속성.